Mara Volkers
Die schwarze Königin

Zu diesem Buch

Die Studentin Daniela tritt eine Stelle als Hausdame bei dem faszinierenden Urban Lassky an und lebt fortan in seiner Villa. Dort kümmert Daniela sich um die Organisation der rauschenden Feste, die der Künstler für seine Freunde gibt. Als Lassky von ihr verlangt, die Fenster und Türen ihres Zimmers des Nachts fest zu verschließen, wird Daniela neugierig. Welches dunkle Geheimnis verbirgt sich hinter der Fassade des wilden Künstlerlebens? Inmitten von Schein und Sein der Wiener Künstlerwelt macht Daniela weitere beunruhigende Entdeckungen. Gibt es einen Zusammenhang zwischen den unheimlichen Morden, die die Gassen Wiens erschüttern, und Lassky? Welche Rolle spielt bei alldem die Muse des Künstlers, eine atemberaubend schöne und geheimnisvolle Schauspielerin? Bald schwebt Daniela selbst in höchster Gefahr.

Mara Volkers wurde im Rheinland geboren. Sie studierte Medizin, brach aber das Studium ab und arbeitete als Angestellte in einem weltweit operierenden Konzern. Gemeinsam mit ihrem Ehemann schreibt sie Romane verschiedener Genres. »Die schwarze Königin« ist ihr erster Dark-Fantasy-Roman im Piper Verlag. Mara Volkers und ihr Ehemann leben als freie Schriftsteller in der Nähe von München.
Weiteres zu den Autoren: www.inys-und-elmars-romane.de

Mara Volkers

DIE SCHWARZE KÖNIGIN

ROMAN

Piper München Zürich

Originalausgabe
August 2010

Umschlagkonzeption: semper smile, München
Umschlaggestaltung: Guter Punkt, München | www.guter-punkt.de
Umschlagabbildung: Anke Koopmann unter Verwendung
von Motiven von shutterstock
Satz: C. Schaber Datentechnik, Wels
Papier: Munken Print von Arctic Paper Munkedals AB, Schweden
Druck und Bindung: CPI – Clausen & Bosse, Leck
Printed in Germany ISBN 978-3-492-26741-0

PERSONENLISTE

Alex	EDV-Spezialist
Dilia	Assistentin Andrea Lupacanis
Cynthia	eine Bekannte Urban Lasskys
Franzl	ein Bekannter Florian Mischkas
Hasic, Irene	Pensionistin
Heglinger, Anton	Großindustrieller
Heuecker, Matthias	Student
Frau Kraska	reiche, ältere Dame
Lassky, Urban	berühmter Maler
Lieserl	Köchin bei Lassky
Lukas	ein Bekannter Urban Lasskys
Lupacani, Andrea	Modistin
Fräulein Moni	Danielas Vorgängerin als Lasskys Hausdame
Mischka, Florian	ein Bekannter Urban Lasskys
Piehl, Anita	Studentin
Prallinger	Bezirksinspektor bei der Staatspolizei
Prestl, Monique	Schauspielerin
Schreitlinger, Daniela	Studentin
Terenci, Ludwig	Komponist
Wardaschl, Alois	Hausmeister

Eins

Der unsichtbare Tod

1

Mit einem Mal ging das Licht aus. Daniela blieb stehen, um nicht im Dunkeln gegen die Lattenverschläge der Kellerabteile zu stoßen. Nach der ersten Schrecksekunde versuchte sie, sich an den nächstgelegenen Lichtschalter zu erinnern. Dabei stieg so eine Wut auf den Hausmeister in ihr auf, dass sie den Kerl am liebsten geohrfeigt hätte. Das Kellerlicht fiel beinahe regelmäßig aus, und Wardaschl hätte längst etwas unternehmen müssen. Aber das war nur eines von vielen Ärgernissen in dieser Wohnanlage.

Daniela begriff schnell, dass dies nicht der richtige Zeitpunkt war, um sich über den Hausmeister aufzuregen. Zuerst einmal musste sie sich durch die engen Gänge zwischen den Kellerabteilen zur nächsten festen Wand tasten. Dabei war es schon bei Licht nicht einfach, hier durchzugehen, weil immer wieder Gegenstände aus den Lattenverschlägen ragten, an denen man hängenbleiben konnte. Zudem trieb ihr die Erinnerung an einen Vorfall, der sich im Nachbarhaus zugetragen hatte, einen Schauer über den Rücken. Dort war ein junges Mädchen während eines Lichtausfalls von einem Unbekannten vergewaltigt worden.

Plötzlich glaubte Daniela, leise Schritte in ihrer Nähe zu hören. Sie blieb stehen und lauschte. Dabei schlossen sich ihre Finger um den massiven Wohnungsschlüssel, den sie im Notfall als Waffe benutzen konnte.

Werd jetzt nicht hysterisch!, wies sie sich selbst zurecht. Sie atmete tief durch und tastete sich weiter. Nach zwei, drei Schritten vernahm sie ein schmatzendes Geräusch, das ihr die Haare zu Berge stehen ließ.

»Ist da wer?«, fragte sie mit vor Anspannung schriller Stimme.

Das Schmatzen hörte auf. Stattdessen vernahm sie ein Gurgeln und Stöhnen, so als sei jemand dabei zu ersticken. Daniela nahm nun an, es würde sich um eine Katze oder einen Hund handeln, die von den Rattenködern gefressen hatten, die der Hausmeister eifrig auslegte. Das war die einzige Arbeit, die Wardaschl zuverlässig erledigte. Irgendetwas in ihr sagte jedoch, dass die Laute von keinem Tier stammten, und sie spürte, wie ihre Angst ins Unermessliche stieg. Sie wollte schreien, brachte aber keinen Ton heraus, und die undurchdringliche Dunkelheit um sie herum steigerte ihre Panik. Ihr war, als sei etwas ganz Schreckliches in den Keller eingedrungen und schlucke jedes Licht.

Als sie sich vorsichtig weitertastete, erklang direkt vor ihr ein grässlicher Laut, wie von einem Menschen in höchster Not.

In dem Moment war Daniela überzeugt, dass sie, wenn sie den Lichtschalter nicht bald fand, vor Angst sterben würde.

Der Laut ging in ein Ächzen über und verstummte. Gleich darauf vernahm sie ein Rascheln, als würden Dutzende von Ratten über den Betonboden trippeln. Dann lief ihr etwas über die Füße, das sich pelzig anfühlte, und begann, an ihr hochzuklettern.

»Nein, nicht, verschwindet!«, schrie sie auf und trampelte wie ein kleines Kind, um das Ding abzuschütteln. Gleichzeitig hörte sie, wie die Kellertüre geöffnet wurde, und im nächsten Augenblick begann jemand zu schimpfen.

»Herr Wardaschl, das Kellerlicht brennt schon wieder nicht!«

Also musste der Hausmeister ganz in der Nähe sein. Doch der Gedanke beruhigte Daniela nicht. Sie spürte noch immer die Ratten, die um sie herum einem unbekannten Ziel zuströmten, doch zu ihrer Erleichterung kletterten sie wenigstens nicht mehr an ihr hoch.

Da tauchte links von ihr ein schattenhafter Umriss auf. Jemand sprang auf sie zu, riss sie zu Boden und fiel auf sie drauf. Daniela schlug mit den Fäusten um sich und schrie dabei so durchdringend, dass es aus den Tiefen des Kellers widerhallte.

»Ist da wer?«, hörte sie die Stimme des Hausmeisters. Kurz flammte die Kellerbeleuchtung auf und erlosch wieder. Während der Hausmeister fluchend den Schalter drückte, ohne dass etwas geschah, begriff Daniela, dass die Person, die sie niedergerissen hatte, sich nicht bewegte, sondern steif wie ein Brett auf ihr lag. Mit einem energischen Ruck schob sie den Kerl von sich weg und versuchte, auf die Füße zu kommen.

Auch wenn die unflätigen Flüche des Hausmeisters laut durch die Gänge hallten, vernahm sie irgendwo im Hintergrund ein unheimliches Gelächter, das langsam in der Ferne verklang.

»He, was ist da los?«, brüllte der Hausmeister.

»Hierher! Da liegt jemand!« Daniela schauderte noch immer, aber sie raffte sich auf, tastete nun selbst nach dem Lichtschalter. Als sie ihn drückte, glomm das Licht wieder auf, und sie konnte die Person erkennen, die sie so erschreckt hatte. Es war niemand aus dem Haus, aber auch kein Fremder.

Der Hausmeister, der jetzt mit der alten Tratschtante Hasic und Frau Materna im Schlepptau heranwalzte, runzelte die Stirn. »Das ist doch der Sandler, der sich immer wieder in unseren Keller schleicht, um hier zu übernachten. Den Kerl hab ich im letzten Monat schon zweimal hinausgeworfen.«

Daniela war diesem Obdachlosen auch schon ein paar Mal begegnet und erkannte ihn an seiner abgerissenen Kleidung, die aus alten Bundesheerhosen und einem auffälligen orangefarbenen Parka bestand. Sein Gesicht hingegen …

Irene Hasic, eine der beiden Frauen, die Wardaschl gefolgt waren, kreischte bei dem Anblick erschrocken auf. »Der schaut ja aus wie die Mumienleiche, von der erst letztens die Fotos in der *Kronenzeitung* gewesen sind.«

Daniela starrte den Toten an und spürte, wie es in ihrer Kehle würgte. Die Haut im Gesicht des Mannes wirkte wie trockenes, rissiges Pergament. Seine Wangen waren eingefallen, die eingeschrumpften Lippen gaben gelbe, schadhafte Zähne frei, und die Augen lagen wie trübe Glasmurmeln in den Höhlen.

»So was habe ich noch nicht gesehen!« Frau Materna schlug das Kreuz und stimmte ein Gebet an.

Daniela ging das Gelächter nicht aus dem Sinn, das unweit des Toten erklungen war. Es hatte sich geradezu teuflisch angehört. Bei dem Gedanken fror sie von innen heraus und fühlte, wie das Gefühl, es müsse etwas abgrundtief Böses in diesem Keller vorgehen, mit voller Wucht zurückkehrte. Es war so stark, dass sie sich mit aller Willenskraft daran hindern musste, schreiend davonzulaufen.

2

Während die Polizisten jenen Teil des Kellers, in dem der Tote lag, mit rotweißen Bändern absperrten, blieb Bezirksinspektor Prallinger von der Kriminalpolizei neben der Gruppe stehen, die sich um Daniela versammelt hatte. »Wer von ihnen hat den Mann gefunden?«

Hausmeister Wardaschl zeigte auf Daniela. »Fräulein Schreitlinger!«

Prallinger musterte Daniela und deutete mit dem Kopf auf den Toten. »Können Sie mir genau sagen, was vor sich gegangen ist?«

»Leider nein. In dem Augenblick ist wieder einmal die Kellerbeleuchtung ausgegangen. Der Mann ist auf mich gefallen, und da habe ich vor Schreck geschrien.«

»Und weiter?«, fragte Prallinger.

»Als ich gemerkt habe, dass der Mann sich nicht rührt, habe ihn weggeschoben und bin aufgestanden, um den Schalter zu suchen. Da sind aber Herr Wardaschl und die beiden Damen schon auf mich zugekommen.«

»Sonst haben Sie nichts bemerkt?«

Daniela überlegte kurz und gab mit belegter Stimme Antwort. »Ich meine, ich hätte jemanden nicht weit von mir lachen gehört, aber das kann ich mir ebenso eingebildet haben wie die Ratten um mich herum.«

»Der Tote hat bestimmt nicht gelacht.« Prallinger schien einen Witz machen zu wollen, doch weder Daniela noch die anderen verzogen eine Miene. Stattdessen behauptete Hausmeister Wardaschl steif und fest, dass es in seiner Wohnanlage keine Ratten gäbe. Er bedachte Daniela mit einem beleidigten Blick und hätte noch mehr gesagt, wurde aber von Prallinger unterbrochen.

»Seien Sie endlich ruhig! Das ist schließlich schon die dritte Mumienleiche in einem Monat! Es wird Zeit, dass wir eine aussagekräftige Spur finden. Habt ihr schon was?« Der letzte Satz des Bezirksinspektors galt seinem Assistenten, der zusammen mit zwei Polizisten den Keller durchsuchte.

Der Mann schüttelte den Kopf. »Nicht das Geringste! Dieses Kellergeschoss ist riesig. Wenn wir das durchsuchen wollen, brauchen wir mindestens eine Woche.«

»Ich will endlich einen Hinweis haben, wie der Sandler umgebracht worden ist, und wenn wir das ganze Haus dafür auf den Kopf stellen müssen«, erklärte Prallinger mit grimmiger Stimme.

»Ich hoffe, Sie finden einen Hinweis auf den Mörder«, sagte Daniela.

Der Bezirksinspektor schüttelte den Kopf. »Es ist nicht geklärt, ob die Männer ermordet worden sind. Laut Obduktion können sie auch an einem Herzschlag gestorben sein. Mich interessiert mehr, was nach ihrem Tod mit ihnen passiert ist. Nach Ansicht des Gerichtsmediziners sehen die Leichen so aus, als wenn sie eine Woche lang in der Saharasonne gedörrt worden wären.«

»Aber der kann keine Woche hier herumgelegen haben«, widersprach Frau Hasic. »Den Kerl hab ich gestern Abend noch vor der Tür herumlungern sehen. Wahrscheinlich hat er irgendwo geläutet, und jemand hat blindlings den Türöffner gedrückt, anstatt nachzuschauen, wer da herein will. Auf dem Weg ist er schon öfter ins Haus gekommen. Es sperrt ja sonst keiner den Keller ab, außer mir!«

»Sie haben ihn gestern Abend noch gesehen? Das ist ja interessant.« Prallinger blickte auf seine Uhr und rechnete die Stunden aus, die seitdem vergangen waren.

Daniela überschlug ebenfalls den Zeitraum und kämpfte gleichzeitig mit dem Gefühl, der Tote könnte in dem Augenblick, in dem sie den Keller betreten hatte, noch gelebt haben. Aber kein Mensch konnte binnen weniger Minuten zu einer Mumie schrumpfen.

»Das geht nicht mit rechten Dingen zu!« In ihrer Anspannung sprach Daniela ihren letzten Gedanken laut aus.

Prallinger winkte mit einem ärgerlich klingenden Auflachen ab. »Unsere heutige Technik wird auch dieses Rätsel lösen! Aber jetzt muss ich Sie bitten, den Keller zu räumen. Er darf erst wieder betreten werden, wenn wir ihn freigeben.«

»Aber Sie können doch nicht …!«, rief Frau Hasic empört, wurde aber von Prallinger unterbrochen.

»Und ob wir können, Gnädigste! Es geht hier schließlich um einen unerklärlichen Todesfall, vielleicht sogar um Mord. Da muss alles ganz genau untersucht werden. Haben Sie mich verstanden?«

Auf den zornigen Ausbruch des Bezirksinspektors hin verließen der Hausmeister und die beiden alten Frauen den Keller. Daniela aber rührte sich erst, als der Prallinger sie mit einer energischen Handbewegung hinausscheuchte und ihr auf dem Fuß folgte. Draußen forderte er Wardaschl auf, ihm ein Zimmer zur Verfügung zu stellen, in dem er ungestört mit den Zeuginnen sprechen konnte.

3

Es dauerte einige Zeit, bis Daniela Prallingers bohrende Fragen beantwortet hatte und der Bezirksinspektor sie in Ruhe ließ. Unzufrieden mit dem, was er gehört hatte, nahm er sich die nächste Person vor. Schließlich kam ein Toter nicht einfach aus dem Nichts geflogen.

Da sie nicht mehr gebraucht wurde, bat Daniela den Ermittler, gehen zu dürfen. Prallinger nickte kurz und widmete sich dann Frau Hasic.

Daniela verließ Wardaschls Erdgeschosswohnung, die Prallinger kurzerhand okkupiert hatte. Doch als sie den Lift erreichte, wäre sie am liebsten wieder umgekehrt, um dem Hausmeister die Meinung zu geigen. Der Aufzug funktionierte wieder einmal nicht, und wie sie Wardaschl kannte, würde er so schnell nichts unternehmen. Seufzend stieg Daniela die fünf Stockwerke zu ihrer Wohnung hoch. Das klatschende Geräusch, das die Ledersohlen ihrer Schuhe auf den alten Steinstufen machten, peinigte ihre Ohren, und als dann mitten auf der Treppe auch noch das Licht ausfiel, geriet sie in Panik.

Während sie verzweifelt nach dem Lichtschalter suchte, flammten die Leuchtstoffröhren wieder auf. Dennoch wurde sie das Gefühl nicht los, auch dieser Vorfall habe etwas mit dem Unheimlichen zu tun, das sie eben im Keller erlebt hatte. Sorgfältig lauschend ging sie weiter und betrat den spärlich ausgeleuchteten Flur, der zu ihrem Appartement führte, steckte den Schlüssel ins Schloss und sperrte die Tür auf.

Ihre Hoffnung, sich in den eigenen vier Wänden geborgen zu fühlen, erfüllte sich jedoch nicht. Irgendetwas trieb ihr Schauer über den Rücken, und das war nicht nur der Schock, den ihr die Mumienleiche versetzt hatte. Unwillkürlich sah sie sich um. Aber nichts deutete darauf hin, dass sich zwischen diesen Wänden etwas getan hatte.

Während sie sich umschaute, wurde ihr bewusst, wie schäbig ihr Domizil war, das sich hochtrabend Garçonnière nannte. Das Zimmer hatte früher zu einer größeren Wohnung gehört und war durch eine Mauer im Flur abgetrennt worden. In dem toten Gang befanden sich nun ein winziges, fensterloses Badezimmer und eine Kochnische mit einem Becken, einem Dreiplattenkocher, von dem eine Platte nicht mehr funktionierte, und dem Kühlschrank darunter, der nur zwei winzige Fächer besaß. Aber solange sie unter der Woche in der Mensa essen konnte, kam sie mit dem Ding zurecht.

Mit dem Bett war sie bisher ganz zufrieden gewesen, aber nun wurde ihr klar, dass sie die alte, unbequem hart gewordene Matratze dringend ersetzen musste. Sie hätte auch gerne einen anderen Schrank gehabt, aber das klobige und unpraktische Ding, das noch nicht alt genug war, um eine Antiquität zu sein, gehörte zur Einrichtung und hatte wohl schon etliche Generationen von Mietern über sich ergehen lassen müssen.

Daniela war froh gewesen, überhaupt ein bezahlbares Zimmer in Nähe der Universität zu bekommen. Draußen vor der Stadt mochten die Wohnungen vielleicht besser sein, aber sie waren nur unwesentlich billiger, und die lange Fahrzeit hätte sie daran gehindert, das Geld zu verdienen, mit dem sie ihr Studium finanzierte.

Finanziell sah es derzeit jedoch übel aus. Den letzten Job über die studentische Arbeitsvermittlung hatte sie nach zwei Tagen hingeworfen, denn es lag ihr nun einmal nicht, halbnackt auf einem Barhocker zu sitzen und Männer zum Trinken zu animieren. Die meisten Kerle hatten angenommen, sie stünde für einen intimeren Service zur Verfügung, und sich entsprechend aufgeführt.

»Irgendwie hatte ich mir das Studentenleben daheim noch ganz anders vorgestellt!« Daniela spürte, wie die Tränen in ihr hochstiegen, und schniefte. Seit zwei Jahren war sie jetzt in Wien und hatte es bisher in dieser Bruchbude recht gut ausgehalten. Nun aber war es ihr, als würden die Wände, die sich schnell wieder verfärbt hatten, sie erdrücken wollen.

Sie holte tief Luft, um das Gefühl abzuschütteln. Stattdessen aber war es ihr, als mache sich etwas Unheimliches im ganzen Haus breit und vergifte es langsam. Wahrscheinlich war das eine Auswirkung des Schocks, den die Berührung mit der schrecklich entstellen Leiche in ihr ausgelöst hatte. Aber der Eindruck wollte nicht weichen.

Mit einem Mal hielt sie es in ihrer Wohnung nicht mehr aus. Sie sprang auf, packte ihren Schlüssel und trat auf den Flur. Da der Aufzug defekt war, sauste sie die fünf Treppen hinunter und hielt erst wieder an, als sie draußen auf der Straße stand.

Unschlüssig blickte sie nach rechts und links und ging dann aufs Geradewohl los. Zuerst lief sie ohne ein festes Ziel umher, überlegte sich aber nach ein paar Minuten, die studentische Arbeitsvermittlung aufzusuchen und nachzusehen, ob es dort nicht auch andere Jobs als den einer Animierdame gab.

Sie überquerte die Laudongasse, bog kurz darauf in die Schlösselgasse ein und erreichte endlich die Universitätsstraße. Sie hatte ihr Ziel schon fast erreicht, als ein Radfahrer aus einer Einfahrt herausschoss. Daniela konnte sich gerade mit einem Sprung in Sicherheit bringen, prallte aber mit der Schulter gegen eine Litfaßsäule.

»Kannst du nicht aufpassen, du Depp!«, rief sie dem Radfahrer wütend nach, doch der schlängelte sich mit ein paar Slalomeinlagen zwischen den anderen Fußgängern hindurch und verschwand in der nächsten Gasse.

Daniela achtete jedoch nicht mehr auf den Kerl, sondern starrte auf das Plakat, das in Augenhöhe an der Säule klebte.

»Vernissage«, stand darauf, und darunter Galerie Meinhardi und der ausstellende Künstler.

»Urban Lassky!« Daniela sprach den Namen mit einer gewissen Ehrfurcht aus. Einzelne Gemälde des Künstlers hatte sie bereits in Ausstellungen und bei den Eltern begüteterer Kommilitonen gesehen, andere in Kunstzeitschriften.

Sie hätte in jedes Einzelne dieser Bilder abtauchen und sich darin verlieren können. Der Maler bevorzugte rote Farbtöne, und das war auch ihre Lieblingsfarbe. Außerdem besaß er einen ganz eigenen Stil, der gleichzeitig modern war und doch viel von der Art der alten Meister besaß. Gerade das gefiel ihr so gut, und sie wünschte sich, sie hätte genug Geld, um sich wenigstens ein kleines Bild von Lassky kaufen zu können.

Dann entdeckte Daniela, dass die Ausstellung an diesem Tag eröffnet würde und Urban Lassky selbst anwesend sein sollte. Das gab den Ausschlag! Sie brauchte Abwechslung, um das, was eben im Keller geschehen war, zu vergessen. Kurz entschlossen eilte sie zum Schottentor, stieg dort in die U-Bahn und fuhr in die Richtung, in der die Galerie Meinhardi lag.

4

Das Haus, in dem die Vernissage stattfand, stand etwas versteckt hinter einem Gebäudekomplex in der Josefstadt und war nur durch einen schmalen Durchgang zu erreichen. Es stammte sicher noch aus dem 17. Jahrhundert und war kaum umgebaut worden. Einst als Palais für eine hochrangige Familie errichtet, sah es mit seiner großen, halbrunden Tür, die von zwei Steinfiguren aus der griechischen Mythologie flankiert wurde, geradezu erhaben aus. Auf einem der beiden Türflügel hing das Plakat der Vernissage.

Beim Anblick des Hauses wurde Daniela sich ihrer abgewetzten Jeans und des alten T-Shirts bewusst, die sie wahllos aus dem Schrank gegriffen hatte, um die Kleidung zu ersetzen, die sie bei dem Zwischenfall im Keller getragen hatte. Doch der Name Lassky ließ sie alle Bedenken vergessen. Sie streckte die Hand aus und drückte die massig wirkende Klinke herab. Zu ihrer Verwunderung ging die Tür leicht und beinahe geräuschlos auf. Sie trat ein und fand sich in einem hell erleuchteten, ovalen Vorraum wieder. Sie erwartete eine Kasse oder wenigstens einen Angestellten zu sehen, der die Gäste in Empfang nahm. Doch da war niemand. Dafür hörte sie aus einem Nebenraum Stimmen.

»Küss die Hand, gnädige Frau! Sie sehen aber heut wieder fesch aus«, sagte gerade ein Mann, dessen Stimme sehr sympathisch klang.

Eine Frau lachte geschmeichelt auf. »Von Ihnen höre ich am liebsten Komplimente, Lassky. Da weiß ich, dass sie ernst gemeint sind, denn Ihrem Künstlerblick entgeht nichts.«

Der Mann mit der sympathischen Stimme war also Lassky selbst, sagte sich Daniela. In der Hoffnung, nicht nur neue Bilder von ihm zu sehen, sondern auch den Künstler selbst kennenzulernen, trat sie in den Ausstellungsraum. Ehe sie sich weiter umschauen konnte, nahmen die vordersten Bilder ihren Blick wie durch eine geheime Magie gefangen.

In diesen Gemälden waren nur Rottöne zu finden, aber sie wirkten trotz eines leicht abstrakten Touchs so natürlich, als müssten die Frauen ebenso wie die Landschaften jenen Augenblick zum Leben erwachen.

Daniela musste sich beherrschen, um nicht über das eine oder andere Bild zu streicheln und es auf diese Weise nicht nur visuell, sondern auch mit dem Tastsinn zu erfassen. Das Rot strahlte so, dass ihr beinahe schwindlig wurde. Gleichzeitig vermochte sie sich nicht satt daran zu sehen. Ein eigenartiges Gefühl stieg in ihr auf, wie ein Feuer, dass sich in ihr ballte, um sie schlagartig zu verzehren. Dabei überkam sie ein ungewohnt starkes, sexuelles Verlangen und gleichzeitig ein Hunger nach etwas, das sie sich ihrem Verstehen entzog.

Unter inneren Qualen löste sie ihren Blick von den Bildern und schüttelte sich, um die widersprüchlichen Empfindungen abzustreifen. Während sie noch mit ihrem inneren Aufruhr kämpfte, nahm sie eine Gruppe von Leuten wahr, die in einer Ecke des Raumes stand. Den Mittelpunkt bildeten einige Frauen, deren biologisches Alter höchstens ein Archäologe unter der dicken Schicht Schminke hätte erkennen können. Zu ihnen hatten sich einige Herren mit Champagnerkelchen in der Hand gesellt.

Ein Mann stach sofort unter den Anwesenden hervor. Er war schätzungsweise eine Handbreit größer als Daniela, besaß eine stämmige, aber nicht unharmonische Figur und ein freundliches, rundes Gesicht mit ausdrucksvollen Augen, die Daniela an den Falken erinnerten, der einmal bei einer

Greifvogelschau auf ihrem Arm gelandet war. Der Haaransatz des Mannes war leicht erhöht, konnte aber noch nicht als Stirnglatze bezeichnet werden. Das Auffälligste war jedoch seine Kleidung. Über hellroten Hosen und einem gleichfarbenem Hemd trug er ein Mittelding zwischen Sakko und Weste in einem sehr kräftigen Rot, mit dem er draußen auf der Straße eher negativ aufgefallen wäre. Aber hier zwischen den in sämtlichen Rottönen schillernden Bildern passte es wunderbar.

Daniela war sich sicher, Urban Lassky vor sich zu sehen. Unwillkürlich trat sie näher und lauschte.

»... hoffe ich doch, Sie lassen sich erweichen und malen mich auch einmal, mein lieber Lassky. Ich würde das Bild gern in meinen Speisesalon hängen lassen«, sagte eine der antiquierten Damen gerade.

Und deinen Gästen damit den Appetit verderben, dachte Daniela mit einem Anflug von Gehässigkeit. An dem amüsierten Gesichtsausdruck des Malers erkannte sie, dass er ähnlicher Ansicht war.

Er deutete eine leichte Verbeugung an. »Leider bin ich kein Porträtist, Frau Kraska. Ich glaube, für eine solche Aufgabe sollten Sie sich besser einen anderen Maler suchen.«

Lassky sprach einen leicht wienerisch gefärbten Dialekt, in dem allerdings noch ein anderer Akzent mitschwang, den Daniela nicht einzuordnen vermochte.

Die Dame ließ sich nicht so leicht abweisen. »Diese Frau dort haben Sie doch auch gemalt, Lassky.« Sie wies dabei auf ein Bild, auf dem sich eine wohlgeformte junge Frau behaglich räkelte. Obwohl der Akt ebenfalls ganz in Rot gemalt war, verströmte das Bild eine Sinnlichkeit, der sich Daniela kaum entziehen konnte. Für einen Augenblick stellte sie sich vor, Lassky würde auch sie so malen. Sofort kehrte ihre sexuelle Anspannung zurück und sie sagte sich, dass sie sich eher von Lassky fernhalten sollte. Dann sah sie Frau Kraska als Model vor sich und musste sich das Lachen verkneifen.

Wenn Lassky die weiß gekleidete Antiquität nackt malen würde, wäre es das Ergebnis wohl kein Ausstellungsstück.

»Ich würde sehr gut zahlen!«, setzte die Dame hinzu. Jetzt glaubte Daniela, die Frau wiederzuerkennen. Es handelte sich um die Gattin eines Fabrikanten, die jedes Jahr mit ähnlich monströsen Kreationen bekleidet in einer der Logen beim Opernball auftauchte. Daniela hatte schon öfters Bilder von ihr in der *Kronenzeitung* gesehen und sich nur noch gewundert. Die Frau verfügte über viel Geld, hatte aber bei der Lebensart kräftig gespart, denn sie behandelte den gefeierten Künstler wie einen Studenten, der sich sein Studium mit Auftragsarbeiten verdienen musste.

Lassky lächelte verbindlich. »Das da ist kein Porträt, Frau Kraska, sondern ein Aktbild.«

»Wenn Sie unbedingt nur nackte Frauen malen wollen, können wir auch darüber reden.«

Die Frau schien zu allem bereit zu sein, um von Lassky gemalt zu werden. Daniela war neugierig, wie Lassky sich aus der Klemme winden würde. In dem Augenblick entdeckte er sie und löste sich von seiner aufdringlichen Gesprächspartnerin. »Pardon, Frau Kraska, aber wir haben einen neuen Gast. Wir reden später weiter.«

Mit einer eleganten Bewegung, die jeden Ober in einem feinen Haus beschämt hätte, nahm er eine Flasche Champagner aus dem Kühler, füllte ein Glas und kam damit auf Daniela zu. »Habe die Ehre, Fräulein. Es ist schön, dass Sie heut bei der Vernissage vorbeischauen.«

Er reichte Daniela den Kelch. Diese nahm es, hob es kurz und trank einen Schluck. So freundlich von dem Maler willkommen geheißen zu werden, hatte sie nicht erwartet.

Die aufgetakelte Dame, deren weißes Kostüm sie nun ihr rotes Gesicht unterstrich, dachte nicht daran, das Feld zu räumen, sondern trat neben Lassky und hängte sich bei ihm ein. »Haben Sie schon eine Nachfolgerin für Ihre Hausdame gefunden, Lassky?«

Daniela riss es bei diesen Worten so herum, dass sie beinahe den Champagner verschüttet hätte. Sie brauchte dringend einen Job, damit sie weiter studieren konnte. Auch würde sie lieber heute als morgen das Haus verlassen, in dem sie wohnte, denn ihr saß noch immer der Schrecken vom Vormittag den Gliedern und sie ekelte sich fast schon vor ihrer schäbigen Bleibe. Daher spitzte sie die Ohren, um die Antwort des Malers ja nicht zu überhören.

»Ich habe keine Eile, gnädige Frau. Da muss mir schon die passende Person vor Augen kommen. Schließlich ist es nicht jederfraus Sache, einem Künstlerhaushalt vorzustehen. Als Maler sitze ich oft bis in die Nacht hinein an meiner Staffelei und vergesse die Mahlzeiten. Außerdem erwarte ich die entsprechenden Umgangsformen von der Dame. Ein besenschwingender Dragoner kommt mir da nicht ins Haus.«

Als besenschwingenden Dragoner sah sich Daniela wirklich nicht. Allerdings bezweifelte sie, dass sie die Anforderungen, die Lassky zu stellen schien, erfüllen konnte.

Es ist am besten, wenn ich jetzt gehe, sagte sie sich, denn sonst komme ich auf seltsame Gedanken. Doch sie konnte sich nicht von den Bildern losreißen. Sie trat zu dem Nächsten und wurde in einen Bann gezogen, der sie schier nicht mehr losließ. Bild für Bild nahm sie wie eine Verhungernde in sich auf. Als sie sich ihrer Umwelt bewusst wurde, hatten sich die Reihen der Gäste gelichtet und sie befand sich mit Lassky allein im Raum.

Sie fühlte sich unsicher und flüchtete sich zu einem weiteren Bild. Es war genau das mit der nackten Schönheit in Rot, auf das Frau Kraska gedeutet hatte. Da es ihr zu anzüglich erschien, ging sie zum nächsten Gemälde weiter. Es zeigte in verfremdeter Form eine Burg auf einem von Wald bedeckten Berg. Auch hier hatte der Meister die Realität in einer faszinierenden Weise verfremdet und doch lebendig abgebildet. Selbst der rote Wald erschien Daniela so natürlich, dass sie direkt den Duft von Tannenharz zu atmen glaubte. Die Burg selbst wirkte zwar verfallen wie ein altes Spukschloss, aber ihr zwickte es in den Fingern, die Türen zu öffnen und sich darin umzusehen.

»Das Schloss meiner Ahnen«, sagte Lassky neben ihr. »Es liegt in einem recht unzugänglichen Teil von Osteuropa und ist nach dem Zweiten Weltkrieg enteignet worden. Im Gegensatz zu einigen anderen Schloss- und Grundbesitzern habe ich es nicht zurückgefordert, sondern bin bloß einmal hingefahren und habe es gemalt.«

»Es ist ein sehr schönes Bild, auch wenn man sich erst an rote Bäume gewöhnen muss«, antwortete Daniela.

»In früheren Zeiten hat es gereicht, das zu malen, was man gesehen hat, doch heutzutage muss man auffallen, wenn man in der Kunstszene etwas gelten will.« Lassky zuckte mit den Achseln, schenkte ihr und sich selbst etwas Champagner nach und stieß mit ihr an. »Salut!«

»Auf Ihr Wohl!« Daniela ließ die leicht ölig wirkende Flüssigkeit durch die Kehle rinnen und spürte, wie ihre Lebensgeister wieder erwachten. Sie zeigte auf ein weiteres Bild, auf dem das Riesenrad im Prater zu sehen war. »Mir gefallen Ihre Bilder, Herr Lassky. Ich habe schon ein paar in einer Ausstellung gesehen, aber die hier sind noch schöner.«

»Darauf wollen wir trinken!« Lassky griff erneut nach der Champagnerflasche und während er die Gläser füllte, lachte er wie ein fröhlicher Junge. »Wissen Sie, dass Sie etwas Besonderes sind, Fräulein?«

»Ich, wieso?«

»Sie sind die Erste, die heut wegen der Bilder gekommen ist und nicht, weil es schick ist, meine Vernissage zu besuchen, oder um mich zu überreden, jemanden zu malen.«

»Manche Leute sind wohl arg lästig, was?«

Lassky winkte lachend ab. »Einige können richtig nerven. Aber die meisten akzeptieren es, wenn ich nein sage. Manchmal lasse ich mich aber doch erweichen und male jemanden. Man muss ja schließlich Geld verdienen.«

»Das sagt ein Künstler!«, sagte Daniela mit leichtem Spott.

»Auch ein Künstler arbeitet lieber in einem warmen, lichterfüllten Atelier als in einem dunklen Hinterzimmer, und er hat auch nichts gegen ein paar weitere Annehmlichkeiten des Lebens.«

Unbewusst lieferte Lassky damit das Stichwort für Daniela. »Wie eben eine Hausdame, die alles in Ordnung hält, damit sich der Künstler von seiner Muse küssen lassen kann.«

»Eine Hausdame ist eine sehr wichtige Person für mich, denn sie muss dafür sorgen, dass ich es behaglich habe, ohne mir dabei auf die Nerven zu gehen.«

Das hörte sich nicht so an, als wäre er leicht zufrieden zu stellen, dachte Daniela. Doch da sie die Sache einmal angefangen hatte, wollte sie sie auch durchfechten. »Was muss Ihre Hausdame eigentlich alles können?«

Lassky machte eine unbestimmte Handbewegung. »Eigentlich alles.« Er lachte, als er ihr ihre entgeisterte Miene sah, und schwächte seine Aussage sofort wieder ab.

»Ich muss ihr natürlich die Zeit lassen, sich in ihre Aufgaben einzuleben. Sie muss auch nicht putzen und kochen, dafür aber auf das Dienstmädchen und die Köchin aufpassen, damit die mir nicht im verkehrten Augenblick über die Füße laufen.«

»Ist das ein Vollzeitjob, oder kann man nebenbei noch etwas anderes machen?« Danielas Herz klopfte bis zum Hals, als sie das fragte.

»Ich zahle eigentlich gut genug, sodass meine Hausdame nicht noch woanders arbeiten müsste«, antwortete Lassky pikiert.

»Ich meine ja auch nicht arbeiten, sondern studieren«, stellte Daniela die Tatsachen richtig. »Wissen Sie, Herr Lassky, ich suche nämlich eine Anstellung, bei der ich mein Studium weiterführen kann.« Jetzt war es ausgesprochen. Während Daniela hoffte, den Maler von ihren Fähigkeiten überzeugen zu können, kamen neue Besucher herein. Lassky wandte sich um und begrüßte die Leute mit fröhlicher Miene.

»Können Sie fünf Gläser Champagner einfüllen?«, fragte er Daniela zwischendurch.

Sie ahnte, dass er sehen wollte, wie sie diesen Auftrag erfüllte, und trat an das Tischchen, auf dem saubere Gläser und die fast leere Champagnerflasche standen.

»Im Nebenraum sind noch mehr Flaschen«, sagte Lassky lächelnd und begann dann mit einem lang aufgeschossenen, aber extrem dünnen Mann eine Diskussion, ob er bei der nackten Schönheit vielleicht noch einen etwas intensiveren Rotton hätte verwenden sollen.

Unterdessen holte Daniela eine Flasche Champagner und wollte sie öffnen. Der dünne Mann, dessen schmales Pferdegesicht zu seiner Figur passte, unterbrach sein Gespräch mit Lassky und nahm ihr die Flasche aus der Hand. Dabei warf er dem Maler einen spöttischen Blick zu. »Ein Kavalier überlasst es niemals einer Dame, in seiner Gegenwart eine Champagnerflasche zu entkorken, mein Lieber. Das solltest du wissen!«

»Mein lieber Terenci, ich wollte dir das Vergnügen, dich als Kavalier zeigen zu können, nicht vorenthalten.« Lassky ließ sich von seinem Freund nicht irritieren, sondern stieß, als die Gläser gefüllt waren, mit seinen neuen Gästen an und trat anschließend neben Daniela.

»Wir sollten unser Gespräch zu einem geeigneteren Zeitpunkt fortführen. Schreiben Sie mir Ihre Telefonnummer auf. Ich melde mich dann bei Ihnen. Warten Sie, ich gebe Ihnen meine Visitenkarte.«

»Danke!« Daniela fand sich auf einmal im Kreuzfeuer neugieriger Blicke wieder und fühlte sich so unbehaglich, dass sie sich rasch verabschiedete und verschwand.

Terenci sah ihr nach und wandte sich dann an den Gastgeber. »Dein neuestes Modell, Lassky?«

Dieser schüttelte den Kopf. »Eher meine neue Hausdame.«

»Oh!« Terenci sagte nur dieses eine Wort, aber in einem so besorgten Ton, dass Lassky inständig hoffte, die junge Frau habe es nicht mehr gehört.

5

Kaum war Daniela in ihre Wohnung zurückgekehrt, war das Gefühl drohenden Unheils wieder da. Unterwegs hatte sie sich geschämt, Lassky überhaupt angesprochen zu haben, und seine Visitenkarte schon wegwerfen wollen. Aber nun war sie froh, es nicht getan zu haben. Sie holte die Karte aus ihrer Jeanstasche, schaute darauf und schluckte. Der Maler lebte in einem feudalen Bezirk, in dem sonst Minister und Wirtschaftsbosse wohnten.

Arm konnte Lassky nicht sein, und für einige Augenblicke zweifelte sie, seine Ansprüche erfüllen zu können. Dann aber nahm sie ein Blatt Papier und begann mit gestochen scharfer Handschrift ihren Lebenslauf zu schreiben.

Zum Schluss erläuterte sie ihre Studienziele und setzte ihre Unterschrift darunter. Nachdem sie das Blatt gefaltet und in ein Kuvert gesteckt hatte, suchte sie nach einer Briefmarke, fand aber keine und verließ die Wohnung, um zur Post zu gehen.

Die Vernissage hatte zu einer eher unüblichen Zeit am frühen Nachmittag stattgefunden, weil Lassky, wie sie seiner Erklärung einem anderen Besucher gegenüber entnommen hatte, die Bilder im Tageslicht hatte präsentieren wollen. Daher war es draußen noch hell. Doch auf einmal empfand sie die Strahlen der tief stehenden Sonne als eher unangenehm und trat unwillkürlich in den Schatten. Dennoch fühlte sie sich bei jedem Schritt besser, mit dem sie das abgewohnte und nun mit einem so schrecklichen Erlebnis behaftete Haus hinter sich zurückließ. Sie ärgerte sich auch nicht, weil sich in dem Postamt in der Bennogasse lange

Warteschlangen gebildet hatten, sondern reihte sich vergnügt ein.

Es dauerte eine Weile, bis Daniela an der Reihe war. Sie nervte den Schalterbeamten, weil sie eine ganz besondere Briefmarke haben wollte. Die Leute hinter ihr murrten bereits, als sie sich endlich für eine hübsche Marke mit einem künstlerischen Bezug entschied. Sie zahlte, sah zu, wie der Beamte den Brief stempelte, und ging aufatmend davon.

Draußen auf der Straße überfielen sie erneut Zweifel. Was, wenn Lassky statt eines handgeschriebenen Briefes ein Bewerbungsschreiben mit allerlei Referenzen erwartete? Oder vielleicht ärgerte ihn die Briefmarke mit dem Bild eines anderen Malers so sehr, dass er nichts von ihr wissen wollte!

Daniela hatte sich noch nie so unsicher gefühlt wie an diesem Spätnachmittag und ihr graute davor, den Rest des Tages allein in ihrem Appartement zu sitzen. Dort würde sie nur an den toten Mann denken können, der auf so entsetzliche Weise gestorben war. Es durchlief sie heiß und kalt und sie hatte auf einmal das Gefühl, der Schrecken würde wiederkehren und dann kein Ende mehr nehmen.

Nimm dich zusammen!, rief sie sich zur Ordnung. Du tust ja direkt so, als wärst du in einem Horrorfilm geraten. Um sich zu beruhigen, betrat sie sie ein am Weg liegendes Kaffeehaus, nahm an einem freien Tisch Platz und bestellte eine Melange und ein Stück Mohnstrudel. Während sie langsam aß und trank, zog sie eine herumliegende Zeitung auf sich zu und begann darin zu blättern.

Zuerst tat sie es nur, um sich abzulenken und ihre flatternden Nerven zu beruhigen. Da Politik und Sport sie nicht besonders interessierten, suchte sie nach dem Kulturteil, sah aber dann eine Überschrift, die sie elektrisierte.

»Zweite Mumienleiche im II. Bezirk gefunden!«

Verblüfft beugte Daniela sich über die Zeitung. Die abgebildete Leiche sah genauso aus wie der Tote, den sie heute entdeckt hatte. Zuerst glaubte sie, sie hätte bereits eine der

Frühausgaben der Zeitung vom nächsten Tag erwischt und die Redakteure hätten sich nur bei der Nennung des Stadtbezirks geirrt. Doch ein Blick auf das Datum zeigte ihr, dass es sich nicht einmal um das heutige Blatt handelte, und das da konnte nicht ihr Toter sein.

Nun erinnerte sie sich an eine Bemerkung von Frau Hasic. Das musste der Bericht sein, auf die die Hausbewohnerin angespielt hatte. Der Mann im Keller war also nicht der Erste, der auf so grauenerregende Weise ums Leben gekommen war. Zwei andere hatten sein Schicksal bereits geteilt. Hastig las Daniela den Text durch. Da stand jedoch nicht viel. Eine Joggerin hatte den Toten am Morgen des gestrigen Tages am Rand der Jesuitenwiese entdeckt und es gemeldet. Die Frau stand, wie es in der Zeitung hieß, unter Schock und wurde psychologisch betreut.

So etwas hätte ich auch gebraucht, dachte Daniela. Sie wusste aber, dass ihr auch ein Seelendoktor die Angst, die ihr seitdem im Nacken saß, nicht nehmen konnte. Aufmerksam las sie weiter und erfuhr, dass vor zwei Wochen eine ähnliche Leiche im IV. Bezirk gefunden worden war. Die Gerichtsmediziner zeigten sich anscheinend außer Stande, die Todesursache herauszufinden. Die Vermutungen gingen von einer unbekannten Seuche, die von irgendwoher eingeschleppt worden war, bis hin zu Opfern eines misslungenen medizinischen Experiments.

Daniela war sich sicher, dass beides nicht stimmen konnte, hätte aber nicht sagen können, warum. Irritiert schüttelte sie den Kopf, zahlte und ging, ohne ihren Mohnstrudel aufgegessen zu haben.

6

Der Aufzug funktionierte immer noch nicht, obwohl Wardaschl genug Zeit gehabt hatte, ihn reparieren zu lassen. Daher stieg Daniela mit schweren Gliedern nach oben und betrat ihre Wohnung. Kaum hatte sie die Tür hinter sich geschlossen, überkam sie das Gefühl, die Wände wollten sie erdrücken. Mit viel Überwindung ging sie ins Bad, das aus einem winzigen Kämmerchen mit einer alten Sitzbadewanne und einem halb darüber angebrachten Waschbecken bestand. Sie putzte sich die Zähne und machte sich ungeachtet der Tatsache, dass es gerade erst zwanzig Uhr war, zur Nacht zurecht.

Als sie in ihren Wohnraum zurückkehrte, dröhnte das Fernsehgerät der Nachbarin durch die dünnen Wände. Das Geräusch raspelte wie eine Feile über ihre gereizten Nerven und brachte sie beinahe dazu, den Besen zu nehmen und damit gegen die Wand zu schlagen. Stattdessen schaltete sie selbst den Fernseher an. Doch schon nach ein paar Minuten ödete das Programm sie an, und sie machte das Gerät wieder aus. Um sich nicht ruhelos im Bett zu wälzen, nahm sie eine Schlaftablette.

Zuerst konnte sie trotz des Medikaments nicht einschlafen, sondern lauschte angespannt auf die Geräusche im Haus, die in den Pausen der nachbarlichen Beschallung besonders deutlich an ihr Ohr drangen. Doch gerade, als sie glaubte, das Gelächter vom Vormittag wieder zu vernehmen, dämmerte sie weg und fand sich in einer unwirtlichen Welt wieder.

Sie stand im Schlafanzug auf der Straße und starrte auf die Autos, die an ihr vorbeirasten. Keiner der Fahrer schien sie zu bemerken, obwohl sie das Gefühl hatte, mehr als einmal von einer der Blechkarossen gestreift zu werden. Dann verließ sie wie von einem Faden gezogen die Straße und geriet in einen kleinen Park. Sie glaubte, die Silhouette der Häuser rund um ihn herum zu kennen, konnte aber trotzdem nicht sagen, wo sie sich befand.

Ein Mann, der seinen Hund Gassi führte, kam ihr entgegen. Daniela schämte sich wegen ihres Schlafanzuges und wollte sich in einem Gebüsch verstecken. Doch ihre Beine gehorchten ihr nicht, und sie schwebte genau auf den Mann zu. Er schien sie nicht wahrzunehmen, denn er ging mitten durch sie hindurch wie durch einen Nebelfetzen. Noch während sie sich verdattert umdrehte, sah sie, dass der Mann stehen blieb und sich einer schattenhaften Gestalt zuwandte, die auf ihn zutrat. Eine Stimme klang auf, rau und fauchend wie die eines wilden Tieres.

Auf dem Gesicht des Mannes erschien ein munteres Grinsen. Er nickte, band seinen Hund an einen Baum und befahl ihm, still zu sein sein. Dann folgte er dem Schatten zwischen die Büsche. Daniela sah noch, wie er im Gehen seinen Hosenschlitz öffnete und sein Geschlechtsteil herausholte. Dann drängte er sich an den Schatten. Einige Augenblicke lang hörte Daniela sein gieriges Keuchen und sah durch das Blattwerk hindurch, dass er sein Becken heftig bewegte. Plötzlich klang ein ersticktes Röcheln auf und er erstarrte mitten in der Bewegung. Der Schatten hüllte ihn nun vollständig ein, sodass Daniela den Mann nur noch als Umriss wahrnahm. Was mit ihm passierte, konnte sie nicht erkennen, doch ihr drückte allein das Zusehen die Kehle zusammen.

»Das ist nur ein Traum!« Noch bevor Daniela begriff, dass sie diese Worte gesagt hatte, waren der Park, der Mann und der Schatten verschwunden. Sie fand sich aufrecht sitzend in ihrem Bett wieder. In ihren Ohren aber gellten dasselbe Gelächter wie am Vormittag und das verzweifelte Winseln des an den Baum gebundenen Hundes.

7

Auch die starke Tablette half Daniela nicht, wieder einzuschlafen, und so wälzte sie sich im Bett und sah bei jedem Drehen auf die Leuchtanzeige des Radioweckers, die beim ersten Aufwachen genau Mitternacht angezeigt hatte.

»Nimm dich zusammen! Das war bloß ein Albtraum, den die Sache im Keller ausgelöst hat«, schimpfte sie mit sich selbst. Doch ein unbestimmtes Gefühl sagte ihr, dass die Erklärung für diesen Traum so einfach nicht sein konnte.

Als das Licht der aufgehenden Sonne die erste Helligkeit in ihrem Zimmer verbreitete, stand sie auf und ging ins Bad. Bis jetzt hatte sie ihre Morgentoilette immer rasch erledigt, doch diesmal war sie zu durcheinander. Sie verwechselte die Cremes, trug den Lippenstift zu früh auf und merkte ganz zuletzt, dass sie vergessen hatte, ihre Haare zu waschen. Daher musste sie noch einmal ganz von vorne anfangen. Als sie endlich fertig war, musterte sie sich im Spiegel und kniff irritiert die Augen zusammen. Ihre bisherigen Verehrer hatten sie immer sehr hübsch genannt, während sie sich selbst eher als Durchschnitt bezeichnet hätte. Doch das Gesicht, das ihr aus dem Spiegel entgegenblickte, wirkte anders als gewohnt. Ihre Augen waren nicht mehr braun, sondern leuchteten in einem intensiveren Bernsteingelb, ihre Haut schien heller geworden zu sein und fühlte sich glatter und geschmeidiger an. Auch schienen ihre dunkelblonden Haare über Nacht noch dichter und mehrere Zentimeter länger geworden sein.

Das bildest du dir alles nur ein, sagte sich Daniela, und machte sich an die Zubereitung des Frühstücks. Auch das ging ihr heute nicht so flink von der Hand wie sonst. Sie brühte Tee statt Kaffee auf, verwechselte beim Müsli die einzelnen Zutaten und goss zu viel Honig hinein, sodass es widerlich süß schmeckte.

Sie war froh, als sie sich für die Uni fertig machen konnte. Bei der Vorlesung hoffte sie die Ablenkung zu finden, die sie so dringend brauchte.

Mehr durch Zufall blickte sie vor dem Haus auf den durchsichtigen, an einem Lichtmast angebrachten Zeitungsständer und warf den Blick auf das Datum, um nicht die Schlagzeile lesen zu müssen. Es war Samstag, also gab es an diesem Tag keinen Unibetrieb. Wie es aussah, war ihr Zeitplan total durcheinandergeraten.

Als sie ins Haus zurückkehren wollte, war es, als zwinge sie etwas, die Augen auf die großen roten Buchstaben der Schlagzeile zu richten.

»Neue Mumienleiche gefunden!«

In ihrem Magen bildete sich ein Klumpen und sie gab ihrer Neugier nach, indem sie ein paar Münzen in den dafür vorgesehenen Schlitz steckte und eine Zeitung herausnahm. Dann ging sie ein paar Schritte die Straße entlang, trat in einen kleinen Lebensmittelladen und kaufte ein paar Sachen, auf die sie Appetit zu haben glaubte. Sie hatte am Vortag kaum etwas gegessen und ihr Müsli vorhin nur mit Widerwillen hinuntergewürgt. Nun wollte sie erst einmal gut frühstücken, dann erst den Artikel lesen und sich anschließen noch einmal hinzulegen.

Im Treppenhaus kamen ihr die einen Stock über ihr wohnende Frau mit kunstblonden Haaren und deren neuester Freund, ein baumlanger Kerl mit Glatze entgegen. Beide schimpften, weil der Aufzug immer noch zwischen zwei Stockwerken feststeckte.

Daniela dachte seufzend, dass die Unfähigkeit des Hausmeisters ein interessanteres Thema zu sein schien als der auf geheimnisvolle Weise ums Leben gekommene Stadtstreicher.

In ihrem Appartement packte sie ihre Einkäufe aus, setzte sich an den Tisch und begann zu essen. Entgegen aller Vernunft blätterte sie nebenbei in der Zeitung, um zu dem Artikel über den toten Sandler zu kommen, und als sie die entsprechende Seite aufschlug, zuckte sie zusammen. War das nicht Frau Hasics Foto? Sie legte die mit Salami und Käse belegte Semmel beiseite und beugte sich über die Spalte.

Während sie sich auf Lasskys Vernissage ein wenig von ihrem Schock erholt hatte, war offenbar ein Reporter ins Haus gekommen und hatte mehrere Hausbewohner wegen des unerklärlichen Todesfalles im Keller befragt. Daniela war froh, dass sie nicht daheim gewesen war, denn das, was sie las, bestand aus abstrusen Theorien, die keiner sorgfältigen Untersuchung standhalten konnten. Der Reporter machte sogar Erdstrahlen für das Aussehen des Toten verantwortlich und verstieg sich zu der Vermutung, dass dies eine Folge der russischen und amerikanischen Atomversuche sein könnte.

Am meisten hatte jedoch Frau Hasic gelogen. Obwohl sie nur am Rande beteiligt gewesen war, hatte sie dem Reporter gegenüber so getan, als hätte sie selbst den Toten entdeckt und nebulös angedeutet, jemanden gesehen zu haben, der davongehuscht sei.

»Da hat sie sich wenigstens für einen Moment wichtig fühlen können«, sagte Daniela und warf die Zeitung angewidert zu Boden. Als sie weiter aß, merkte sie, wie ihr Appetit zurückkehrte. Allerdings fühlte sie nun den Schlafmangel und legte sich anschließend hin. Obwohl es im Haus nicht gerade ruhig war, schlief sie rasch ein und blieb diesmal von wirren Träumen verschont.

8

Das Klingeln des Telefons riss Daniela aus dem Schlaf. Sie schreckte hoch und fasste nach dem Hörer. »Hier Schreitlinger, grüß Gott!«, meldete sie sich mit einer gewissen Ablehnung in der Stimme.

»Entschuldigen Sie, störe ich?«, fragte eine angenehm klingende Männerstimme, die sie nicht auf Anhieb einordnen konnte.

»Nein, das tun Sie nicht«, antwortete Daniela nicht ganz wahrheitsgemäß. Im Grunde hätte sie den Anrufer gegen die Wand klatschen können. Wer war er überhaupt? Bevor Daniela jedoch nach seinem Namen fragen konnte, sprach der Mann weiter.

»Ich wollte Sie fragen, ob wir uns heute treffen können.«

Ein Rendezvous mit einem Unbekannten ging ihr gerade noch ab. Daniela atmete tief durch und wollte dem Anrufer deutlich die Meinung sagen, als eine winzige Erinnerung in ihr aufglomm. »Sind Sie es, Herr Lassky?«

»Habe ich meinen Namen noch nicht genannt? Entschuldigen Sie bitte.«

»Aber natürlich, Herr Lassky. Wir können uns jederzeit treffen. Wo soll es sein?«

»Wir wäre es in einer Stunde im Hawelka? Oder ist Ihnen das zu knapp?«

»Nein, das schaffe ich schon. Bis gleich, Herr Lassky.«

»Bis gleich!«

Daniela hörte ihn noch leise lachen, dann legte sie den Hörer auf und atmete tief durch. Wenn der Maler an einem Treffen mit ihr interessiert war, hieß dies für sie, dass er sie als Hausdame in Erwägung zog. Sie schob den Gedanken, er könnte nur auf der Suche nach einem neuen, unverbrauchten Modell sein, resolut beiseite und machte sich sorgfältig zum Ausgehen bereit. Dabei beschäftigte sie die Frage, ob sie mehr Make-up auflegen sollte oder weniger, stärker als das, was hier im Haus geschehen war.

9

Daniela erreichte das Hawelka fünf Minuten vor dem vereinbarten Zeitpunkt und war enttäuscht, Lassky noch nirgends zu sehen. Dafür standen am Eingang eine Menge Touristen herum, die einen Blick in das berühmte Kaffeehaus werfen wollten. Eine Gruppe deutscher Urlauber quoll hinein und diskutierte dabei lautstark, ob sie mehrere der kreisrunden Tische zusammenschieben sollten, um sich nicht aufteilen zu müssen. Rasch schlüpfte Daniela an ihnen vorbei und setzte sich an den ersten freien Tisch.

Der Ober kam mit vollendeter Grandezza auf sie zu. »Küss die Hand, gnä' Fräulein! Was darf es denn sein?«

»Eine Melange bitte und eine Zeitung.«

»Bitte sehr, kommt gleich!«

Der Mann verschwand und Daniela hatte Zeit, ihre Nerven ein wenig zu beruhigen. Ihr Blick wanderte durch das Kaffeehaus, das mit seinen kleinen Tischen und den altmodischen Stühlen fast noch genauso aussah wie zu Kaiser Franz Josefs Zeiten. Die Bilder an den Wänden stammten von Künstlern, die sich hier im Lauf der Generationen aufgehalten hatten. Daniela ließ den Blick schweifen, um zu sehen, ob auch eines von Lassky dabei war, doch keines wies die Farbschattierungen in Rot auf, die für ihn typisch waren.

»Bilder scheinen es Ihnen angetan zu haben!« Lasskys sonore Stimme riss Daniela herum.

Sie sah den Mann einen Augenblick lang bestürzt an, dann glätteten sich ihre Züge, und sie lächelte. »Jetzt haben Sie mich beinahe erschreckt.«

»Das wollte ich nicht. Aber Sie haben die Bilder so andächtig angesehen, dass Sie mich nicht haben kommen hören. Erst einmal Guten Tag! Es freut mich, Sie zu sehen.«

»Ich freu mich auch!«

Während Lassky sich mit einer geschmeidigen Bewegung setzte, erschien der Ober mit Danielas Milchkaffee und einem Glas Wasser und stellte beides auf den Tisch.

»Bringen Sie mir einen Türkischen«, sagte Lassky.

»Sehr wohl, der Herr!« Mit einer angedeuteten Verbeugung ging der Ober weiter, um das Verlangte zu besorgen.

»Von Zeit zu Zeit leiste ich mir einen Kaffee nach türkischer Art. Aber keine Sorge. Ich verlange nicht, dass Sie ihn mir zubereiten. Das macht das Fräulein Lieserl.«

Lasskys Worte waren Balsam für Danielas Seele. Wie es aussah, erhielt sie den Job. Sie lächelte erleichtert und wies dann auf das Tablett, das der Ober gerade brachte. »Ich glaube, den würde ich auch noch aufbrühen können.«

»Als Hausdame sind Sie nicht dafür da, Kaffee zu kochen. Dafür ist meine Köchin zuständig.«

»Die kann ja auch einmal krank sein oder Urlaub machen«, wandte Daniela ein.

Lassky hob spielerisch belehrend den Zeigefinger. »Dann müssen Sie das Essen aus einem der Restaurants in der Umgebung besorgen. Es sei denn, Sie wollen mich verhungern lassen.«

»Nein, das will ich gewiss nicht. Aber ich kann kochen. Wenn Sie wollen, zeige ich es Ihnen.«

»Das glaube ich Ihnen gern. Aber wissen Sie, mit der modernen Küche habe ich es nicht so. Ich mag es lieber ein wenig altmodisch.«

Daniela krauste ein wenig die Nase. Ein recht moderner Malstil und altmodische Attitüden? Irgendwie erschien Lassky ihr ein wenig verschroben. »Dann werden Sie wohl auch nicht wollen, dass ich in Jeans und T-Shirt herumlaufe.«

»Während Ihrer Freizeit können Sie tragen, was Ihnen beliebt. Nur im Dienst hätte ich es gerne, wenn Sie ein damenhaftes Kostüm trügen – und etwas Aufwendigeres, wenn ich einmal Gäste einlade.«

»In Rot?«, platzte Daniela heraus, obwohl seine Worte sie ernüchterten. Sie besaß kein Kleidungsstück, das nur entfernt seinen Vorstellungen entsprach. Auch war ihr Geldbeutel so leer, dass sie sich niemals etwas Passendes besorgen konnte. Das war es dann wohl, dachte sie, und ihre Freude, hier mit Lassky zusammensitzen zu dürfen, schwand.

Der Maler musterte sie nachdenklich und nickte schließlich. »Ich glaube, Rot würde Ihnen ausgezeichnet stehen. Damit sollten wir anfangen. Später sollten wir überlegen, welche anderen Farben wir damit kombinieren können.«

»Das hört sich an, als müsste ich mir etliche Kleider besorgen.« Daniela konnte ihre Panik nicht länger verbergen. Da erhielt sie die Chance, aus ihrer finanziellen Misere herauszukommen, und wie zum Hohn scheiterte es daran, dass sie nicht das Geld hatte, sich neu einzukleiden.

Lassky schien ihr die Enttäuschung von der Stirn abzulesen, denn er lachte leise. »Als meine Hausdame müssen Sie etwas darstellen. Ich bin immerhin ein bekannter Künstler, und solche haben nun einmal ihren Spleen. Meiner ist, angenehm leben zu wollen, und dazu gehört eine gut gekleidete Dame im Haus. Ihre Vorgängerin war vierzig Jahre in meinen Diensten. Ich hätte sie gern länger behalten, aber nachdem ihre Schwester in Pension gegangen ist, hat sie diesen Schritt auch getan. Dabei war sie erst fünfundsiebzig Jahre alt.«

Daniela keuchte. »Fünfundsiebzig? Das ist aber ein hohes Alter für jemanden, der noch arbeitet!«

Dann dachte sie an die vierzig Jahre, die diese Frau bereits in seinen Diensten gewesen sein musste, und kam zu dem Schluss, dass er die Zeit dazurechnete, in der sie bei seinen Eltern gearbeitet hatte. Er selbst sah nämlich keinen Tag älter aus als fünfunddreißig.

»Ich hatte mich halt an sie gewöhnt. Eigentlich mag ich keine Veränderungen. Wegen mir könnte jeder Tag so sein wie gestern oder vor zehn Jahren.« Lassky atmete tief durch, rieb sich über die Stirn, als müsse er einen unangenehmen Gedanken wegwischen, und musterte Daniela prüfend. »Ihre Vorgängerin hat einen Teil ihrer Sachen zurückgelassen, aber die dürften Ihnen nicht passen. Sie sind mindestens zehn Zentimeter größer und bis auf Ihre schmalere Taille auch etwas besser gepolstert, wenn ich so sagen darf.«

Daniela ging nicht auf Lasskys lockeren Ton ein, sondern zog wie in innerer Abwehr die Schultern noch. »Leider habe ich kein Geld für teure Kleider. Es ist wohl besser, wenn ich jetzt zahle und gehe. Es war schön, Sie kennengelernt zu haben.«

Lassky schüttelte mit einem nachsichtigen Lächeln den Kopf. »Wir sind noch nicht miteinander fertig. Ich bin, was meine Hausdame angeht, sehr heikel. Ich mag es zum Beispiel nicht, wenn sie hinter mir herspioniert. Sie soll ihren Job machen, wie man neudeutsch sagt, und mich sonst in Ruhe lassen.«

»Sie müssen malen und benötigen Zeit für Ihre Inspiration.«

»So kann man es sagen. Aber jetzt zu Ihnen: Sie sehen mir ganz so aus, als könnten Sie meine Anforderungen erfüllen.«

»Aber ich kann mir keine teure Kleidung leisten. Und schenken lassen will ich mir nichts!«, setzte Daniela etwas heftiger hinzu.

»Das habe ich auch nicht vor. Aber ich könnte Ihnen das Geld für die Kleider vorstrecken und Ihnen monatlich eine gewisse Summe von Ihrem Lohn einbehalten. Wäre das in Ihrem Sinn?«

Lassky beugte sich vor und sah Daniela bittend an.

Sie konnte ihm an der Nasenspitze ablesen, dass er sich seiner Sache nicht so sicher war. Wahrscheinlich schwebte ihm eine ältere Frau als Hausdame vor, vielleicht auch eine, die bodenständiger wirkte. Vielleicht auch weniger hübsch, dachte sie und schämte sich wegen ihres Eigenlobs. Gleichzeitig wirkte er, als gäbe es etwas an ihr, das ihn faszinierte, und das war ihr unangenehm. Was, fragte sie sich, fand er nur an ihr?

Sie schob ihre Bedenken beiseite und nickte. »So könnte es gehen. Aber Sie dürfen sich meinetwegen nicht in zu große Unkosten stürzen. Ich will ja noch etwas von meinem Gehalt haben.«

»So schlimm wird die Rechnung sicher nicht sein. Die Schneiderin ist eine gute Freundin von mir und macht uns sicher einen Freundschaftspreis.«

»Ich dachte eigentlich daran, mir etwas im Kaufhaus zu besorgen.« Daniela sah ihre Kleiderrechnung in unerschwingliche Höhen klettern und hob abwehrend die Hände, als Urban Lassky ihn den Namen der Schneiderin nannte. Andrea Lupacani hatte bereits für hochrangige weibliche Gäste des Opernballs gearbeitet, und keine dieser Kreationen war billiger gewesen als zehntausend Euro. Von ihr eingekleidet zu werden, war ein Traum, in finanzieller Hinsicht jedoch ein Albtraum.

»Kaufhaus!« Lassky zog ein Gesicht, als hätte sie etwas Unanständiges gesagt. »Das wollen wir doch lieber sein lassen. Ich bin es meinem Ruf schuldig, eine tipptopp aussehende Hausdame zu haben. Sie werden mit der Andrea zufrieden sein. Keine Sorge, die zieht Sie schon nicht so an wie die aufgedonnerten Hennen aus Politik und Wirtschaft. Sie weiß, dass ich einen dezenteren Stil vorziehe. Aber gediegen muss er sein.«

Das hörte sich in Danielas Ohren sehr anspruchsvoll an, und das reizte sie erst recht, in die Dienste dieses exzentrischen Künstlers zu treten. Allerdings durfte sie ihr Studium nicht vernachlässigen.

Urban Lassky winkte dem Ober, um eine weitere Bestellung aufzugeben. »Ich hätte gerne noch einen türkischen

Kaffee, und dazu ein Stück Dobostorte. Und Sie, Fräulein Schreitlinger?«

Er erwischte Daniela auf dem falschen Fuß, denn sie hatte an alles Mögliche gedacht, nur nicht, ob sie noch etwas trinken oder essen wollte.

»Noch eine Melange und auch ein Stück von der Torte.« Dann wandte sie sich wieder Urban Lassky zu. »Ich will Sie nicht enttäuschen, aber mein Studium ist mir wichtig.«

»Was studieren Sie denn?«

»Betriebswirtschaft.« Daniela hatte es zwar schon in ihrem Bewerbungsschreiben aufgeführt, erklärte es aber noch einmal.

Ihr Gegenüber hörte ihr zu, nickte hier und da und erklärte schließlich, er würde es so einrichten, dass sie die wichtigsten Vorlesungen besuchen könne. »Ich hoffe, es kommt Ihnen nicht auf ein oder zwei Semester an, die Sie vielleicht länger studieren müssen, weil Sie bei mir angestellt sind. Aber wie schon gesagt, mag ich eigentlich keine Veränderungen und will mir ungern in zwei oder drei Jahren schon wieder eine neue Hausdame suchen müssen.«

Es hörte sich so an, als wolle er sie ebenfalls behalten, bis sie – und damit auch er – alt und grau geworden waren. Doch das hatte Daniela nicht vor. Sie wollte ihr Studium gut hinter sich bringen und sicher nicht als Hausdame enden. Vielleicht, sagte sie sich, konnte sie später Lasskys Managerin oder Agentin werden oder selbst einmal eine Galerie betreiben. Bis es soweit war, wollte sie den Maler nicht enttäuschen.

Sie lächelte ihn an. »Dafür müssen wir zuerst feststellen, wie gut wir miteinander auskommen. Jetzt würde ich gerne die genaueren Umstände der angebotenen Stelle kennenlernen.«

»Wissen Sie, ich bin ein Mensch, dem sehr viel an seiner Ruhe liegt. Aus diesem Grund sind meine privaten Zimmer vom Rest des Hauses abgetrennt und dürfen ohne meine Erlaubnis nicht betreten werden. Es reicht, wenn die Putzfrau einmal in der Woche durchwischt und saugt. In mein Atelier dagegen können Sie jederzeit eintreten, und die Gesellschaftsräume sind Ihr Reich. Ach ja, Sie haben eine kleine Einliegerwohnung für sich. Die hat zwar nur drei Zimmer, aber ich hoffe, Sie sind damit einverstanden. Nebenan hat die Köchin ihr Appartement. Sie wird Ihnen gefallen. Sie hat zwar ihre fünfundfünfzig Jahre auf dem Buckel, besteht aber darauf, dass wir sie Lieserl nennen. Sie kommt halt von einem Bauerndorf im Waldviertel.«

Um Lasskys Lippen spielte ein amüsiertes Lächeln. Daniela erinnerte sich daran, dass er gesagt hatte, er würde beim Essen eher altmodische Gerichte vorziehen. Da schien diese Lieserl gerade die Richtige für seinen Haushalt zu sein. Sie selbst schwebte wie auf Wölkchen. Wenn sie Lassky richtig verstanden hatte, sollte sie eine eigene Wohnung mit drei Zimmern erhalten! Nach den Erfahrungen mit ihrem bisherigen Apartment bot sich ihr die Aussicht auf ein kleines Paradies. Am liebsten wäre sie gar nicht mehr in das alte, verkommene Haus zurückgekehrt.

»Wann soll ich anfangen?«

»Mir wäre es recht, wenn Sie Ihren Dienst schon morgen antreten könnten. Da habe ich nämlich ein paar Freunde eingeladen und will dem Lieserl nicht zumuten, die ganze Arbeit allein zu tun. Bis morgen wird sie Ihr Apartment hergerichtet haben, denn da sind noch Sachen von Ihrer Vorgängerin.«

Lasskys Worte ließen einen Felsklotz von Danielas Herzen purzeln. Jetzt muss ich nur noch eine Nacht in der alten Wohnung aushalten, dann bin ich erlöst, dachte sie erleichtert. Sie würde noch am Abend ihre wichtigsten Dinge zusammenpacken und den Rest später holen. Die Kündigung des Apartments konnte sie auch von Lasskys Haus aus betreiben.

»Also, ich bin morgen vor Ort. Wenn es Sie nicht stört, dass ich in Jeans und T-Shirt komme, heißt das.«

»Da es nicht anders geht, werde ich darüber hinwegkommen. Aber wenn Sie erlauben, würde ich jetzt gerne aufbrechen. Ich will heute noch in den Club.«

»Sie sind der Chef und können jederzeit gehen!«, antwortete Daniela so fröhlich wie seit Langem nicht mehr.

»Es wäre nur noch eine Sache zu klären, nämlich, wie ich Sie anreden soll. Fräulein Schreitlinger ist mir ein wenig zu unpersönlich. Wie wäre es mit Fräulein Daniela, oder besser noch: Fräulein Dany?«

»Wie schon gesagt: Sie sind der Chef, und dieses Wort kommt von Anschaffen. Aber muss das ›Fräulein‹ unbedingt sein? Ginge nicht auch Daniela oder Dany?«

»Wie schon erwähnt, bin ich ein wenig altmodisch und bestehe auf gewisse Konventionen. Dany würde ich nicht einmal zu meiner Putzfrau sagen. Auch das Lieserl ist bei mir das Fräulein Lieserl. Aber jetzt muss ich wirklich weg. Herr Ober, bitte zahlen!« Er wartete, bis der Ober das Tablett mit der Rechnung brachte, legte einen Geldschein darauf und hob die Hand, als der Mann herausgeben wollte.

»Der Rest ist für Sie.«

Daniela schwankte, ob sie darauf bestehen sollte, ihre Rechnung selbst zu bezahlen, erinnerte sich aber an seinen Ausspruch, altmodisch zu sein, und hielt den Mund.

»Also bis morgen, Herr Lassky. Bis wann soll ich da sein?«

»Ist Ihnen neun Uhr recht? Dann könnten Sie mit Lieserl noch den Speiseplan besprechen.«

Ein schelmischer Ausdruck erschien auf Danielas Gesicht. »Dem Fräulein Lieserl meinen Sie.«

Lassky winkte ihr noch einmal lachend zu und verließ mit einem zufriedenen Gesichtsausdruck das Lokal.

10

Als Lassky seine Schritte in Richtung Stephansdom lenkte, fragte er sich, ob sein Haushalt einer so lebendig wirkenden jungen Frau nicht allzu ruhig und altbacken vorkommen würde. Er hatte sich jedoch für sie entschieden und wollte dies nicht mehr rückgängig machen. Allerdings würde er aufpassen müssen, ihr nicht zu nahe zu treten. Etwas an ihr zog ihn an – und das war gar nicht gut.

Mit diesem Gedanken bog er in eine Seitengasse ab und blieb vor einer Einfahrt stehen, an der keine Aufschrift und kein Schild auf das hinwies, was sich dahinter befinden mochte. Das unauffällige Tor war nur angelehnt, und schwang auf einen leichten Druck hin nach innen. Lassky schritt hindurch, blieb vor einer Tür stehen, die in die Seitenwand des gewölbten Durchgangs eingepasst war, und öffnete sie mit einem Schlüssel, der an seinem Bund hing. Dahinter befand sich eine großzügige Eingangshalle mit einem bis zum verglasten Dach reichenden Lichtschacht und zwei geschwungenen Treppen mit steinernen Geländern, die sich rechts und links hochschraubten. Lassky schenkte dem Stuck einer vergangenen Zeit keinen Blick, sondern eilte quer durch die Halle zu einer weitaus weniger imposanten Treppe, die in tiefere Geschosse führte, und stieg hinab.

Als er auf dem nächsten Flur angekommen war, bog er nicht in den Gang ab, der zum Keller der Wohnanlage gehörte, sondern öffnete eine weitere Tür, die trotz des modernen Schlosses nur angelehnt war. Er folgte der Treppe, die sich dahinter befand, und drang Etage für Etage in den Untergrund der Stadt Wien ein. Vereinzelt führten Gänge von den Treppensohlen ab und endeten vor Türen, die zwar fest, aber nicht gerade neu aussahen. Weiter unten wirkten die Türen so morsch, als könnte sie schon ein leichter Fußtritt aus den Angeln heben. Der Maler ignorierte sie ebenso wie andere, wenig vertrauenerweckende Gangmündungen, und stieg nach unten, bis er eine feste, kupferbeschlagene Tür vor sich sah. In dieser war ein Spähauge so geschickt angebracht, dass es nur demjenigen auffiel, der davon wusste.

Hier benötigte Lassky ebenfalls keinen Schlüssel, denn die Tür schwang auf, und sein Freund Terenci empfing ihn mit einem Grinsen, das allerdings gezwungen wirkte. »Ich dachte schon, du würdest den Clubabend heute schwänzen. Immerhin hast du deine Hausdame nicht mehr, um dich an deine Termine zu erinnern.«

»Ganz verkalkt bin ich doch noch nicht, auch wenn ich dir ein paar Jahre voraushabe.«

»Ein paar Jahre!« Terenci gluckste, wurde aber sofort wieder ernst. »Es ist gut, dass du gekommen bist. Die Sache geht weiter.« Der dünne Mann durchquerte einen etwa zwanzig Meter langen Gang, der vor einer weiteren, jetzt offen stehenden Tür endete.

Dahinter lag ein großer, gemütlich ausgestatteter Raum mit mehreren Sofas, einer Reihe kleiner Tische und einer Bar mit einem großen Kühlschrank. Es waren schon mehrere Gäste anwesend, die Lassky mehr oder weniger lässig begrüßten.

Terenci führte seinen Freund zu einem der Tische und deutete auf eine Zeitung. »Hier lies!«

Bevor der Maler sich über das Blatt beugen konnte, gesellte sich eine junge Frau zu ihm und reichte ihm einen großen Becher mit einem rot schimmernden Getränk.

»Lass es dir schmecken. Es ist heute von ausgezeichneter Qualität.«

»Danke, Cynthia!« Lassky nahm das Gefäß entgegen und trank den Inhalt in kleinen Schlucken. Dabei spürte er, wie die Gefühle, die Daniela in ihm geweckt hatten, auf das Niveau zurückkehrten, das einer Angestellten gegenüber angemessen war. Viel wichtiger als dieses Mädchen war ihm Terencis Bemerkung, und er las den Artikel, auf den sein Freund ihn aufmerksam gemacht hatte, sorgfältig durch.

»Die Polizei hat also eine dritte Mumienleiche gefunden. Das ist mehr als alarmierend.« Er seufzte und sah Terenci an. »Hier steht kaum etwas Neues – abgesehen davon, dass es einen dritten Toten gibt. Hast du sonst noch etwas in Erfahrung bringen können?«

Sein Freund schüttelte den Kopf. »Nein! Ich bin auf die Auskunft eines mir bekannten Journalisten angewiesen, und der weiß nur, dass die Polizei im Dunklen tappt.«

»Es gibt schon einen vierten Toten!«, mischte sich ein jüngerer Mann ein. »Der Mann ist heute Morgen im Türkenschanzpark gefunden worden. Laut dem, was ich gehört habe, hat er seinen Hund in der Nacht Gassi führen wollen. Da er Junggeselle war, ist es niemandem aufgefallen, dass er nicht mehr heimgekommen ist. Den Hund haben sie lebend aufgefunden. Er war in der Nähe des Toten an einen Baum gebunden und völlig verstört.«

»Das wird langsam kriminell«, fand Terenci.

»Das ist es doch schon längst!«, wies Lassky ihn zurecht. »Vier Tote innerhalb eines Monats, die auf diese Weise aufgefunden wurden – das ist bedrückend, um nicht zu sagen, bedrohlich.«

Die junge Frau, die Lassky das Getränk gereicht hatte, winkte verächtlich ab. »Da kann uns doch wurscht sein. Wir vom Club haben ja nix damit zu tun.«

»Gerade das ist das Problem, Cynthia«, sagte Lassky nachdenklich. »Wir sollten auf jeden Fall die Augen offen halten. Und passt auf, dass sich jeder vom Club so verhält, wie es in unserer Satzung steht.«

»Du willst doch nicht jemanden von uns verdächtigen?«, rief Terenci erschrocken aus.

Lassky nahm die Zeitung in die Hand, las den Artikel samt dem Interview der einzigen Zeugin laut vor und warf das Blatt dann auf den Tisch. »Die Frau hat jemand davonhuschen sehen. Das ist gar nicht gut.«

»Du meinst, es könnte mehr dahinterstecken?«, fragte einer.

»Das weiß ich seit der ersten Mumienleiche. Damals hätte es noch ein Unfall sein können, ein einmaliges Ereignis oder so. Aber das ist es leider nicht. Freunde, wir befinden uns in der schlimmsten Krise seit der Gründung unseres Clubs.« Lassky blickte in bestürzte, teilweise sogar panikerfüllte Mienen und hoffte, dass alle Clubmitglieder die Nerven behielten. Wenn nur einer von ihnen durchdrehte … Er wagte nicht, diesen Gedanken zu Ende zu führen, sondern lenkte das Gespräch auf ein unverfänglicheres Thema.

11

Als Daniela nach Hause kam, hing gerade der Hausmeister einen handgeschriebenen Zettel mit der Aufschrift »Auser Betrib« an die Tür des Fahrstuhls. Als er das enttäuschte Seufzen der jungen Frau hörte, drehte er sich zu ihr um.

»Glauben Sie, man kriegt am Samstag noch jemand, der den Lift richtet? Die Kerle sind alle ins Wochenende gefahren.«

Daniela verkniff es sich, ihm deutlich zu sagen, dass er schon am Tag zuvor den Reparaturdienst hätte rufen können. »Hoffentlich funktioniert das Ding bald wieder. Ich ziehe nämlich aus.«

»So? Haben Sie was anderes gefunden? Dann werde ich wohl bei Ihnen streichen müssen.«

Es klang so beleidigt, dass Daniela sich das Lachen verbiss. Sie hatte schon gehört, wie wenig es dem Mann passte, zusätzliche Arbeiten erledigen zu müssen, und wenn er sich dazu aufraffte, machte er sie schlampig. Da brauchte sie nur die Wände ihres eigenen Appartements anzuschauen, die er vor ihrem Einzug gestrichen hatte. Nicht zuletzt deshalb vergönnte sie Wardaschl die Zusatzarbeit und nahm sich vor, ihm kein Trinkgeld zu geben. In ihren Augen war er schuld, dass die Anlage so heruntergekommen war – oder besser gesagt – der Typ von der Hausverwaltung, der ihn eingestellt hatte und ihn trotz aller Beschwerden weiterwursteln ließ.

»Ein paar Tage wird es noch dauern. Ich muss das Appartement erst noch kündigen. Und jetzt noch ein schönes Restwochenende, Herr Wardaschl.« Damit kehrte Daniela dem Mann den Rücken zu und stieg nach oben.

12

Urban Lasskys Haus war ein Gedicht. Daniela schätzte sein Alter auf mindestens zweihundert Jahre und es war vollständig im klassizistischen Stil renoviert worden. Trotz der Innenstadtlage besaß es sogar einen eigenen kleinen Park.

Statt einer elektrischen Klingel war neben der Haustür ein Griff befestigt, der innen eine Glocke in Bewegung setzte, und auf das Läuten hin öffnete eine stämmige Frau um die fünfzig. Ihr rundliches Gesicht wirkte ein wenig verkniffen, als sie eine junge, schlanke Frau mit einem herzförmigen Gesicht, das von dunkelblonden Locken umrahmt wurde, vor sich sah. Daniela trug ihre besten Jeans, dazu ein T-Shirt mit einem Tiermotiv, und darüber eine offene rote Jacke als Zugeständnis an Lasskys Vorliebe für diese Farbe.

»Guten Tag! Sie sind sicher das Fräulein Lieserl«, grüßte sie.

Die untersetzte Frau nickte. »Das stimmt. Und Sie sind …?«

»Die neue Hausdame, die Herr Lassky eingestellt hat«, beantwortete Daniela die Frage.

Der Köchin quollen beinahe die Augen aus dem Kopf. »Sie sind das? Aber solche wie Sie hat er bis jetzt nur zum Malen heimgebracht.« Sie schien nicht viel von jungen Damen zu halten, die sich vor ihrem Arbeitgeber nackt auszogen.

Daniela hoffte, dass Lieserl keine Abneigung gegen sie entwickeln würde, sonst stünde ihnen ein ewiger Zweikampf bevor. Sie deutete daher lächelnd auf die beiden Koffer, in denen sie ihre wichtigsten Sachen verstaut hatte. »Herr Lassky hat gesagt, ich könnte die Einliegerwohnung beziehen. Es wäre lieb von Ihnen, wenn Sie mir die Räumlichkeiten zeigen würden. Wenn Sie dann auch noch so nett sein könnten, mir einen Tipp zu geben, was ich anschließend zu tun habe, wäre ich Ihnen sehr dankbar. Sie wissen doch viel besser Bescheid als ich.«

Der Appell an die Erfahrung der Köchin zeigte sofort Wirkung, denn Lieserl lächelte geschmeichelt und gab nicht nur den Weg frei, sondern schnappte sich auch einen der beiden Koffer. »Geben Sie her! Allein heben Sie sich noch einen Bruch.«

»Ganz so schwach bin ich nicht gebaut.« Daniela erwiderte das Lächeln und folgte der Frau ins Haus.

Allein die Eingangshalle der Villa war größer als ihr altes Appartement. Marmorsäulen stützten eine hohe, geschwungene Decke, die noch einen Hauch Rokoko atmete. Drei große Türen gingen davon ab, und an der linken hing eines von den für Lassky typischen, roten Bildern. Lieserl wies auf das Gemälde. »Dort geht es zu den Zimmern des Herrn Kunstmalers. Da dürfen wir aber bloß hinein, wenn er uns ruft. Durch die mittlere Tür kommt man in den Salon, das Atelier und die anderen Räume, in denen der Herr Kunstmaler seine Gäste empfängt. Da geht es auch ins Obergeschoss und in die Kuchl. Und dahinter …«, ihr Zeigerfinger wanderte zur rechten Tür, »… sind Ihr Appartement und mein Zimmer.«

Sie öffnete die Tür und ging voraus in einen kleinen Flur, der von einem hohen, aber schmalen Seitenfenster erhellt wurde. Gleich rechts gab es eine Tür, die halb offen stand. Daniela blickte neugierig hinein und entdeckte ein geräumiges Zimmer mit einem altmodischen Bett, einem großen Schrank, einer Anrichte mit einem Fernsehgerät sowie einige andere Möbelstücke, von denen keines jünger aussah als hundert Jahre.

»Das ist meine Kammer. Geradeaus geht es ins Bad, das wir gemeinsam nutzen müssen, und Ihre Wohnung ist hinter der Tür da drüben. Warten Sie einen Moment, ich hole bloß den Schlüssel.« Die Köchin stellte den Koffer ab, verschwand kurz in ihrem Zimmer und kam mit einem recht modern aussehenden Schlüssel zurück, an dem ein altmodischer Schlüsselanhänger aus Bronze hing.

»So, da ist er.« Die Köchin wartete, bis Daniela die ihr gewiesene Tür aufgeschlossen hatte, dann nahm sie beide Koffer und trug sie hinein.

»Das sollen Sie doch nicht machen!«, rief Daniela, doch die robust wirkende Frau lachte nur.

»An mir ist ein bisserl mehr dran als an Ihnen. Ich halte das schon aus. Also, das ist Ihre Wohnung. Sie haben ein Schlafzimmer, ein Wohnzimmer und eines, das Ihre Vorgängerin als Abstellkammer verwendet hat. Ich habe es schade gefunden, weil es eigentlich das schönere Zimmer ist. Aber was das betrifft, war das Fräulein Moni eigen. Da fällt mir ein, wie heißen Sie eigentlich?«

»Daniela Schreitlinger.«

»Dann wird er Sie Fräulein Daniela oder eher Fräulein Dany nennen. Er hat es nicht so mit den langen Namen, müssen Sie wissen.«

»Wir haben uns auf Fräulein Dany geeinigt«, bestätigte Daniela ihre Vermutung.

»Ja, so kenne ich ihn! Er ist in einigen Dingen wirklich eigen. Das werden Sie schon noch merken. Aber sonst ist er eine Seele von Mensch. Kein einziges böses Wort in all den Jahren und keine einzige Beschwerde wegen meiner Kocherei. Das muss einmal gesagt werden.«

»Wie lange kochen Sie schon für Herrn Lassky?«, fragte Daniela neugierig.

»Seit fast fünfundzwanzig Jahren.«

An der Antwort hatte Daniela zu kauen, denn sie war immer noch sicher, der Maler könne nicht älter als fünfunddreißig sein. »Sie meinen wohl für die Familie Herrn Lasskys. Er selbst muss damals ja noch ein Bub gewesen sein.«

Die Köchin schüttelte den Kopf. »Nein, schon für ihn selber. Es hat damals nicht viel anders ausgesehen als jetzt. Er ist eben einer der Menschen, die sich lange Zeit gut halten.«

Für Daniela war die Information, dass ihr neuer Arbeitgeber damit mindestens fünfundvierzig, wahrscheinlich sogar fünfzig oder mehr Jahre alt sein sollte, ein Schock. Nun begriff sie, dass sie nicht das Geringste über Urban Lassky wusste, und fragte sich, welche Überraschungen ihr noch bevorstehen mochten. Mit einem kurzen Auflachen schüttelte sie die in ihr aufsteigende Unsicherheit ab. Es konnte doch nur alles gut werden.

Zwei

Die Muse des Malers

1

Als die Köchin sie durch die Gesellschaftsräume führte, kam Daniela nicht mehr aus dem Staunen heraus. Der Salon erinnerte sie mit seiner Stuckpracht an eine Rokokokirche, während sie die hohen, bemalten Glasfenster der Neogotik zurechnete. Es wirkte wie das Innere einer Kirche. Auch wenn die unterschiedlichsten Schattierungen von Rot vorherrschten, zeichnete das Tageslicht auch blaue, goldene und grüne Farben auf den Boden. Als sie genauer hinsah, fügte sich das Ganze zu einem Bild des Erzengels Michael zusammen, der gerade den Satan bezwang. Verwundert über dieses Motiv sah Daniela sich genauer um. Mehrere bequeme Sofas und eine Menge Sessel waren geschickt um etliche kleine Tischchen mit künstlerischen Holzeinlegearbeiten angeordnet, und an einer mit punzierter Ledertapete bezogenen Seitenwand standen mehrere Kredenzen aus Nussbaumholz.

»Das schaut schon was gleich, meinen S' net?« Lieserl klang so stolz, als gehöre ihr die ganze Pracht.

Daniela nickte beeindruckt. »Das ist wirklich imposant. Empfängt Herr Lassky hier seine Gäste?«

»In dem Raum hier sitzen sie nach dem Essen zusammen, unterhalten sich und trinken ein Glas Wein oder Champagner. Gespeist wird da drüben!« Mit diesen Worten öffnete Lieserl eine Tür, die so geschickt in die Wand eingepasst war, dass sie Daniela bisher entgangen war.

Als sie hindurchgingen, gelangten sie in einen länglichen Raum, der fast zur Gänze von einem riesigen Tisch aus dunklem Nussbaumholz beherrscht wurde. Altmodische, aber gut dazu passende Stühle mit hohen Lehnen säumten die Längsseiten, während an der oberen Stirnseite eine thronartige Sitzgelegenheit stand. Die Wände des Raumes waren mit dunklem Holz verkleidet, ebenso die Decke, von der zwei große Kristall-Lüster herabhingen.

»Den Tisch müssen Sie gleich decken. Ich zeige Ihnen, wo die Sachen sind.« Lieserl trat auf eine Stirnwand zu und öffnete eine weitere, für Daniela bisher unsichtbare Tür. Der Raum, den sie jetzt betraten, war um einiges kleiner als der Speisesaal, aber immer noch größer als ihr altes Appartement. Wuchtige Schränke aus dunklem Holz standen an den Wänden. Als Lieserl Türen und Schubladen öffnete, blickte Daniela staunend auf blendend weiße Tischtücher, feinstes Porzellan, Gläser und Pokale aus geschliffenem Bleikristall sowie genug Silberbesteck, um dreimal so viele Gäste bewirten zu können, wie an die Tafel im Speisezimmer passten.

»Ich glaube, jetzt muss ich mich erst einmal setzen!« Auf einen solchen Haushalt war Daniela nicht vorbereitet gewesen. Sie hatte geglaubt, es würde reichen, ein bisschen auf die Putzfrau achtzugeben, damit diese auch sorgfältig arbeitete, und von Zeit zu Zeit ein Dutzend Gäste mit Getränken zu versorgen. Doch wie es aussah, pflegte Urban Lassky einen geradezu fürstlichen Lebensstil. Mit einem Lächeln sagte sich Daniela, dass er ja immerhin ein Malerfürst war. Allerdings bezweifelte sie, ob sie in der Lage war, ihre Aufgaben hier so zu meistern, wie Lassky es von ihr erwartete.

Unterdessen erklärte Lieserl ihr, wie Lassky den Tisch gedeckt wünschte, und kehrte sodann in ihre Küche zurück.

Daniela atmete erst einmal kräftig durch und machte sich dann ans Werk. Zunächst suchte sie mehrere Tischdecken heraus und belegte den Tisch damit. Sie war schon dabei, flache Teller darauf zu stellen, als Lassky hereinkam. Er sah ihr einen Augenblick zu und wies dann mit einer Geste, die leichtes Missfallen ausdrückte, auf die Tischdecke.

»Ihre Vorgängerin hat sie immer mit Spannern festgemacht und dann glatt gezogen, damit keine Falten zu sehen waren.«

Daniela schluckte bei dieser Zurechtweisung, sagte aber erst einmal: »Guten Morgen, Herr Lassky.«

Sofort glättete sich seine Stirn. »Ihnen auch einen schönen guten Morgen, Fräulein Dany. Es freut mich, dass Sie so früh gekommen sind. Sie machen das sicher ausgezeichnet.«

»Wenn ich die Tischdeckenspanner finde, heißt das.« Daniela eilte in die Geschirrkammer, um dort nach ihnen zu suchen.

Lassky kam ihr bis an die Tür nach. »Sie sollten das Fräulein Lieserl holen, damit sie Ihnen hilft.«

»Die Gute hat in der Küche genug zu tun.«

»Ich habe für solche Sachen leider zwei linke Hände. Soll ich die Stellenvermittlung anrufen, damit sie Ihnen jemanden zur Unterstützung schicken?«

Daniela schüttelte den Kopf. »Das schaffe ich schon allein!« Zwar war sie selbst eigentlich nicht recht davon überzeugt, aber es sollte nicht gleich am ersten Tag so aussehen, als sei sie ihren Pflichten nicht gewachsen.

»Ah, da sind ja die Spanner!« Sie hatte diese in einer Schublade entdeckt und eilte in den Speisesaal zurück, um sie anzubringen. Dafür musste sie das Geschirr, das sie bereits auf den Tisch gestellt hatte, wieder wegnehmen. Der Bequemlichkeit halber stellte sie es auf die dazugehörenden Stühle.

Lassky lächelte amüsiert. »Sie wissen sich zu helfen, Fräulein Dany.«

»Wie sagt mein Onkel Peter immer? Man darf zwar dumm sein, aber helfen muss man sich können.«

»Ein wahres Wort!« Lassky wirkte nun viel gelöster als bei seinem Eintreten, und es tat ihm offenbar leid, Daniela wegen der Tischdeckenspanner angeranzt zu haben.

»Sie machen Ihre Sache wirklich ausgezeichnet. Wenn Sie fertig sind, zeige ich Ihnen mein Atelier. Das heißt – wenn es Sie interessiert.« Nun klang Lassky beinahe wie ein kleiner Junge, der eben seiner Tante das erste, selbstgemalte Bild zeigen will und sich gleichzeitig vor ihrem Urteil fürchtet.

»Ich würde mich freuen, Ihr Atelier anzuschauen. Immerhin muss ich ja dafür sorgen, dass es sauber gehalten wird. Außerdem interessiert es mich brennend, an welchem Bild Sie gerade arbeiten.«

Um Lasskys Lippen spielte ein zufriedener Ausdruck, so als hätte er es nicht anders erwartet. Immerhin hatte Daniela sich bereits in der Galerie Meinhardi von seinen Bildern begeistert gezeigt und schien es wirklich nicht erwarten zu können, weitere zu sehen, denn sie beeilte sich in einer Weise, dass er beinahe Angst um sein wertvolles Geschirr bekam.

2

Das Atelier bestand aus einem fast quadratischen Anbau, der mit einer ovalen Kuppel aus Glas gedeckt war. Verschiebbare Markisen sorgten dafür, dass Lassky den Lichteinfall so regeln konnte, wie es seinen Vorstellungen entsprach. Außer einem Sessel, auf den der Maler sich setzen und ausruhen konnte, einer Plattform für seine Modelle sowie einem niedrigen Tisch stellten drei Staffeleien die einzigen Möbelstücke in dem Raum dar. Dafür aber waren die Seitenwände mit Bildern übersät.

Daniela hatte mehrmals dem Feuilleton einer Zeitung entnommen, wie begehrt Lasskys Werke waren und wie teuer sie gehandelt wurden. Allein der Wert der Bilder im Atelier entsprach einem Mehrfachen der Summe, die ein normaler Angestellter in seinem Leben verdienen konnte.

Schnell wurde ihr Blick von dem halb fertigen Bild auf der größten Staffelei angezogen. Es zeigte eine junge Frau, die ihr noch attraktiver erschien als die Schönheit auf dem Gemälde, welches ihr bei der Vernissage aufgefallen war. Diese hier war schlank, wirkte aber auf eine Art weiblich, als handle es sich um die Verkörperung der Eva aus dem Paradies. Lassky hatte auch für dieses Bild nur verschiedene Rottöne verwendet, und dennoch erschien Daniela die Frau so lebensecht, als stünde sie direkt vor ihr.

»Ihr neuestes Modell?«, fragte sie mit belegter Stimme.

»Leider ist sie bis jetzt noch nicht mehr als das!« Lassky seufzte und streichelte dabei über den Rand des Bildes.

Daniela empfand auf einmal eine fürchterliche Abneigung gegen die unbekannte Frau. Dann tadelte sie sich selbst. Lasskys Privatleben ging sie nicht das Geringste an.

»Wenn Sie wollen, können Sie sich noch meine eigenen Zimmer ansehen. Ich will aber nicht, dass Sie diese ohne Erlaubnis betreten. Auch die Raumpflegerin darf darin erst sauber machen, wenn ich sie hineinlasse.«

»Jawohl, Euer Gestrengen!« Daniela versuchte den Klumpen, der sich in ihrem Magen gebildet hatte, mit einem betont forschen Auftreten zu vertreiben.

Lassky lächelte und öffnete die Verbindungstür zwischen dem Atelier und seinem eigenen Reich. »Das hier ist mein Wohnzimmer!« Er präsentierte ihr einen großen, mit schweren Möbeln ausgestatteten Raum, der aussah, als stamme er aus der Zeit Kaiser Franz Josefs. Daniela entdeckte sogar einen Klingelzug, mit dem die Dienerschaft gerufen werden konnte, obwohl diese derzeit nur aus Lieserl und ihr bestand. Trotzdem war es aufregend, sich vorzustellen, welche Herrschaften in diesen Räumen ein und aus gegangen waren.

Einen Fernsehapparat oder eine Stereoanlage gab es allerdings nicht. Dafür stand ein Flügel in der Ecke und daneben ein kleiner Tisch mit einem bequemen Sessel, auf den der Maler nachlässig eine Decke gelegt hatte.

»Ich hoffe, Sie halten mich nicht für einen Tattergreis, aber ich habe mir angewöhnt, eine Decke umzulegen, wenn ich mich hierhersetze, die Zeitung lese und ein Glaserl Roten trinke.«

»Aber gewiss nicht«, versicherte Daniela. Im Stillen aber sagte sie sich, dass der Malerfürst arg exaltiert war. Sie vergaß den Gedanken in dem Moment, in dem ihr Blick auf die Zeitung fiel. Es war das Sonntagsblatt, und Lassky hatte eine Seite aufgeschlagen, die sie magisch anzog. Sie machte unwillkürlich einen Schritt nach vorne, sah aber zuerst nur das Bild eines Parks mit einem Baum, an dem ein Hund angebunden war. Dahinter lag eine Gestalt, über deren Identität die Überschrift keine Zweifel ließ.

»Weitere Mumienleiche gefunden!«, schrie die Überschrift ihr entgegen.

Daniela hätte keinen Aluminiumgroschen dagegen gewettet, dass es sich um den Mann handelte, den sie im Traum gesehen hatte. Auch die Bäume und Büsche des Parks hatten sich in ihr Gedächtnis eingebrannt.

Ihr lief es kalt den Rücken hinunter, aber sie versuchte, sich vor Lassky nichts anmerken zu lassen. »Schrecklich, nicht wahr?«, sagte sie zu ihm, als sie ihren ersten Schock überwunden hatte.

Lassky nickte mit zusammengepressten Lippen. Seine Finger zitterten, und Daniela bekam den Eindruck, als berühre ihn das Geschehen noch tiefer als sie.

»Haben Sie den Mann gekannt?«, fragte sie deshalb.

»Nein, aber es schaudert einen, wenn man so etwas liest. Es ist so unheimlich – beinahe wie aus einer anderen Welt.«

Daniela verdrängte die Erinnerung an ihren Traum und blickte den Maler verwundert an. »Sagen Sie bloß, Sie glauben noch an Geister?«

Dabei aber verspürte sie selbst ein Kribbeln im Nacken und eine Angst, die sie nur mit Mühe niederkämpfen konnte.

»Nein, nein, natürlich nicht! Das Ganze ist allerdings so mysteriös, dass selbst die Polizei vor einem Rätsel steht.« Lassky schüttelte sich kurz, trat an den Tisch und schlug die Zeitung um.

»Wir sollten uns den heutigen Tag nicht durch so eine unangenehme Sache verderben lassen. Gleich kommen meine besten Freunde zu Besuch und vielleicht taucht auch Monique auf.« Obwohl seine Augen bei diesem Namen glänzten, hatte Daniela das Gefühl, als würden ihn die Mumienleichen innerlich weiterhin beschäftigen. Gleichzeitig stieß ihr der Name Monique auf. Der Maler schien sich sehr auf deren Besuch zu freuen.

»Den Tag sollten wir uns wirklich nicht verderben lassen!«, sagte sie, wusste aber nicht, ob sie mehr die Mumienleichen meinte oder diese Monique. Sie war sicher, dass es sich um das Modell handelte, welches Urban Lassky gerade malte.

3

Um dreizehn Uhr war alles fertig. Ein Blumengeschäft hatte, obwohl es Sonntag war, mehrere schön arrangierte Sträuße als Tischschmuck geschickt. Die Leute müssen Urban Lassky gut kennen, dachte Daniela, als sie die Blumen in den Vasen musterte. Kein anderer Farbton außer dem Grün der Stängel und Blätter trübte die leuchtend rote Pracht der Blüten.

»Was meinen Sie, Fräulein Lieserl? Können wir es so lassen?«, fragte sie die Köchin, die ihr Reich verlassen hatte und neugierig in den Speisesaal schaute.

Die stämmige Frau sah sich um und nickte schließlich. »Es schaut alles so aus, wie es der Herr Kunstmaler haben will. Mit Ihnen hat er anscheinend die Richtige für den Posten gefunden. Die vorigen Bewerberinnen haben alle nichts getaugt.«

»Es hat schon andere Bewerberinnen gegeben?«

»Ja, drei oder vier. Aber von denen hat dem Herrn Kunstmaler keine zugesagt. Mir übrigens auch nicht. Die haben sich für wer weiß was gehalten. Ganz vornehm haben die getan, und auch gleich das ganze Haus ummodeln wollen. Aber auf dem Ohr hört der Herr Kunstmaler schlecht. Der hat es am liebsten, wenn alles so bleibt, wie es schon immer gewesen ist.«

Daniela musste sich ein Lachen verkneifen. Auch Lieserl schien Veränderungen nicht zu mögen. Kein Wunder, dachte sie, wenn die Frau schon seit fünfundzwanzig Jahren für Urban Lassky kocht.

»Sie haben mir zwar gesagt, welche Bestecke ich auflegen soll, aber nicht, was es eigentlich zum Essen gibt?«, sagte sie.

»Es gibt Frittatensuppe und danach als Vorspeise Eierschwammerl. Als Hauptgericht habe ich eine gefüllte Kalbsbrust gemacht. Wer dann noch Hunger hat, kriegt ein Rindsgulasch, und als Nachspeise habe ich mir Palatschinken vorgestellt, wahlweise mit Eis und Ribiseln oder mit Topfen und Mohn.«

»Das ist ja nicht wenig!« Daniela stellte sich voller Schrecken vor, wie sie bei dieser nahrhaften Kost in einem Jahr aussehen würde.

»Der Herr Kunstmaler und die meisten seiner Gäste sind keine besonders starken Esser. Er will aber, dass genug aufgetischt wird, damit alle satt werden können. Das ist bis jetzt noch jeder!« Lieserl klang zufrieden, denn vor so vielen Gästen konnte sie ihre Kochkunst am besten beweisen.

Das begriff auch Daniela. »Ich bin sicher, dass es allen schmecken wird. Mir auf alle Fälle, denn ich habe einen Hunger wie ein Wolf.« Sie lachte Lieserl zu und überblickte dann noch einmal ihr Arrangement. Die Tischdecken lagen glatt, Teller und Gläser standen in Reih und Glied, und die Bestecke lagen aufgereiht wie Zinnsoldaten.

»Also, jetzt können die Gäste kommen!«, sagte sie.

»Dann müssen Sie sich aber tummeln und umziehen«, riet die Köchin.

»Aber ich habe nichts anderes«, entgegnete Daniela, die nicht recht wusste, ob sie diesen Umstand bedauern oder sich über Lieserls Bemerkung ärgern sollte.

Die Köchin starrte sie verdattert an. »Sagen Sie bloß, der Herr Kunstmaler weiß das?«

»Aber freilich! Er hat gesagt, dass heute eine Schneiderin kommt, die mir die richtige Arbeitskleidung machen soll.«

Diese Auskunft schien Lieserl zu erschüttern. »Aber er war doch sonst alleweil so genau.«

»Das bin ich auch«, antwortete Urban Lassky, der unbemerkt von den beiden Frauen eingetreten war. »Nur sind Wunder in dieser Zeit schwer zu vollbringen. Da ist es mir lieber, mir steht eine Hausdame in Jeans und T-Shirt zur Verfügung, als gar keine. Sie wissen ja, Fräulein Lieserl, was ich von den Aushilfen von der Stellenvermittlung halte. Die können sich meistens nicht so benehmen, wie es sich gehört.«

Daniela drehte sich zu ihm um und starrte ihn verdutzt an. Beinahe fühlte sie sich in ein Gemälde aus der Biedermeierzeit versetzt. Der Maler trug Hosen mit Fußsteg und dazu ein Hemd mit goldenen Manschettenknöpfen, welches eine seidene Halsbinde krönte. Über das Hemd hatte er eine Weste mit Schalkragen und einen leichten Frack mit Seidenbesatz an Kragen und Revers gezogen. Alles einschließlich seiner flachen Halbschuhe war in verschiedenen Rottönen gehalten und wirkte so exzentrisch, dass Daniela den Kommentar, der ihr auf der Zunge lag, hinunterschlucken musste. Als Lassky sich auch noch eine rote Kappe auf den Kopf stülpte, die einem Fez glich, wurde ihre Selbstbeherrschung so arg strapaziert, dass sie sich mit dem Hinweis entschuldigte, sie müsse sich noch rasch frisch machen, bevor die Gäste kämen.

In ihrer Wohnung angekommen, lachte sie erst einmal, bis ihr die Tränen kamen. »Schäm dich, Daniela! Man lacht nicht über den Menschen, der einem die Semmeln bezahlt«, rief sie sich selbst zur Ordnung. Gleichzeitig musste sie daran denken, dass Lassky sogar in diesem Aufzug, der eher ins Jahr 1830 gehörte als in die heutige Zeit, sehr imposant wirkte. So wie ihn konnte man sich einen Malerfürsten jenes goldenen Zeitalters gut vorstellen.

Dennoch beruhigte sie sich erst wieder, als die Glocke an der Eingangstür erklang. Sie wischte sich rasch mit einem feuchten Tuch über Gesicht und Hände, sprühte ein wenig Parfüm auf und ging zur Haustür. Als sie öffnete, stand der erste Gast vor ihr, ein hochgewachsener, sehr dünner Mann mittleren Alters, der sie verblüfft musterte. »Das ist doch die Nummer siebzehn?«, fragte er mit einem Seitenblick auf die neben der Tür angebrachte Hausnummer.

Daniela erinnerte sich, ihn bei der Vernissage gesehen zu haben, und machte lächelnd den Weg frei. »Sie sind sicher einer der Gäste von Herrn Lassky. Kommen Sie doch herein!«

»Danke!« Terenci schien noch mehr sagen zu wollen, folgte ihr dann aber ins Haus.

Lassky sah ihn und reichte ihm strahlend die Hand. »Terenci! Sei mir willkommen! Ich freue mich, dich zu sehen.«

»Ich freue mich auch. Du hast dir tatsächlich die junge Dame aus der Vernissage als Hausdame zugelegt? Na, bei dem Anblick kriege ich ja direkt Angst um deine Moral!«

In Terencis Stimme schwang ein warnender Unterton mit, der Daniela aufhorchen ließ. Dies war mehr als die humorvoll vorgebrachte Mahnung an einen Freund, keine unnötige Affäre anzufangen. Daniela hatte jedoch nicht die Zeit, darüber nachzudenken, denn die Türglocke schlug erneut an, und sie lief in den Vorraum, um die nächsten Gäste einzulassen.

Diesmal handelte es sich um eine größere Gruppe von Leuten, die offensichtlich nicht zu Lasskys engeren Freunden zählten, denn sie musterten sie nur neugierig, ohne einen Kommentar abzugeben.

Für einige Augenblicke war Terenci mit Lassky allein und musterte ihn stirnrunzelnd. »Ich hoffe, du machst keinen Unsinn. Die Frau ist zu jung und zu verlockend für jemand wie dich. Außerdem wundert mich, dass du sie so leger herumlaufen lässt. Ich hätte geglaubt, in deinem Haushalt geht es noch zu wie zu Kaiser Franz Josefs Zeiten. Bei deiner vorigen Hausdame hättest du das nicht zugelassen.«

Noch während Lassky in einer beruhigenden Geste die Hand hob und erklärte, er würde in Daniela nichts als einen Ersatz für seine in Pension gegangene frühere Hausdame sehen, kamen die soeben erschienenen Gäste herein und forderten seine Aufmerksamkeit für sich.

4

Daniela war gerade dabei, den bereits erschienenen Gästen etwas zu trinken zu reichen, da tauchte eine Frau zwischen dreißig und vierzig auf, deren Haut so bleich war, als habe sie noch niemals einen Sonnenstrahl abbekommen. Sie hatte dunkle, wie Kohlen glühende Augen und einen schmalen, verkniffen wirkenden Mund. Als sie Daniela vor sich sah, musterte sie das Mädchen interessiert. »Urban hat mir bereits gesagt, dass ich dich einkleiden soll. So wie du jetzt ausschaust, wirst du bei ihm nicht glücklich werden.«

Das muss die bekannte Modedesignerin Lupacani sein, fuhr es Daniela durch den Kopf. Sie hätte sich freuen sollen, aber bei dem Anblick der Dame hoffte sie, diese würde mit ihr weniger Experimente anstellen als bei sich selbst. Das Kostüm der Frau sah nämlich so aus, als hätte sie es aus verschiedensten Seidenstücken zusammengesetzt und dabei die Enden nicht vernäht, sodass sie bei jeder Bewegung aufflatterten. Als Daniela jedoch genauer hinsah, erkannte sie die Harmonie des seltsamen Kleidungsstücks und sagte sich, dass Andrea Lupacani in der Tat eine Meisterin ihres Fachs sein musste.

Im Salon begrüßte Urban Lassky die Dame herzlich und Terenci reichte ihr ein Glas tiefroten Weines.

»Dilia lässt sich für heute entschuldigen. Sie hat noch zu tun«, erklärte Frau Lupacani und hob ihr Glas in Richtung der beiden Männer. »Auf euer Besonderes! Schade, dass es nicht das richtige Getränk ist!«

Der Ausspruch schien Lassky zu verärgern, während Terenci die Frau tadelnd anblickte. Unwillkürlich fragte sich Daniela, welche Modegetränke derzeit wohl in Künstlerkreisen üblich waren. Es waren gewiss nicht die selben wie bei ihren studentischen Freunden. Mit einem Mal kam sie sich vor wie ein kleines Kind, das zum ersten Mal die große Welt vor der Haustür zu sehen bekam.

Erneut trafen Gäste ein und forderten ihre Aufmerksamkeit. Allmählich wurde der Saal voll, und Lieserl lud, wie sie bei einem kurzen Abstecher in die Küche feststellte, bereits die Terrinen und Schüsseln mit den Speisen auf die Servierwagen.

Urban Lassky schien noch nicht zufrieden zu sein, denn er sah immer wieder nervös auf die Uhr, so als erwarte er einen Gast, der einfach nicht kommen wollte. Seinetwegen schien er auch den Platz zu seiner Rechten freizuhalten. Links von ihm saß Terenci und neben diesem die Lupacani.

Die Modedesignerin betrachtete Lassky mit einem nachsichtigen Blick. »Wenn du willst, können wir gern in den Salon zurückkehren und noch etwas trinken, bevor wir mit dem Essen anfangen.«

»Nein, nein! Wenn wir länger warten, ist das Fräulein Lieserl beleidigt und kündigt mir am Ende gar den Dienst auf. Dann stehe ich ohne Köchin da.« Es hörte sich eher gezwungen als humorvoll an. Lassky schien die Hoffnung aufgeben zu haben, der erwartete Gast könne doch noch erscheinen. Mit entsagungsvollem Blick wies er auf den noch leeren Stuhl auf der anderen Stirnseite der Tafel. »Fräulein Dany, wären Sie so freundlich, sich dorthin zu setzen und zu läuten, damit das Fräulein Lieserl servieren kann?«

Daniela nahm Platz und griff nach der silbernen Klingel. Während der klare Ton durch das Haus eilte, dachte sie daran, dass sie Lassky vorgeschlagen hatte, die Köchin dadurch zu entlasten, indem sie selbst servierte. Doch damit war sie bei ihrem Arbeitgeber schlecht angekommen.

»Das Fräulein Lieserl ist das so gewohnt«, hatte er ihr in einem indignierten Tonfall erklärt. »Ihre Vorgängerin, Fräulein Moni, ist ganz in ihrer Rolle als Hausdame aufgegangen und hätte nie etwas getan, das für sie unter ihrer Würde gewesen war.«

Nach dieser Erklärung Worten schätzte Daniela jene Frau als dumm oder borniert ein. Ihr würde es nichts ausmachen, Lieserl zu helfen. Doch in diesem Haushalt herrschten nun einmal etwas unverständliche Sitten.

Ihr Tischnachbar zur Linken beugte sich zu ihr hin und zwinkerte ihr zu. »Sie dürfen mir die Suppe einschütten. Übrigens, Sie gefallen mir weitaus besser als Ihre Vorgängerin. Die hat etwas – wie soll ich sagen – arg Altbackenes an sich gehabt.«

Daniela gefiel der Blick nicht, mit dem der Mann sie betrachtete. Er war weder bewundernd noch anerkennend, sondern einfach nur gierig. Daher antwortete sie harscher als sie es sonst getan hätte.

»Sie sind wohl Bäcker oder Konditor, weil Sie so genau Bescheid wissen?«

Lassky bemerkte es ebenfalls und wies den Gast zurecht. »Benimm dich, Mischka! Das Fräulein Dany ist meine Hausdame und nicht zum Fressen da!«

Einige lachten wie über einen guten Witz, während Terenci, Andrea Lupacani, ein Mädchen namens Cynthia und ein paar andere Mischka zornig anfunkelten. Daniela begriff, dass es unter Lasskys Gästen eine Gruppe gab, die zwar eng befreundet war, in der jedoch unterschwellige Spannungen herrschten. Die Situation würde sie im Auge behalten müssen, wenn sie nicht ins Fettnäpfchen treten wollte. Auf einen Wink Lasskys hin nahm sie die kleine silberne Glocke, die neben ihrem Teller stand, und läutete erneut. Im gleichen Augenblick öffnete Lieserl die Tür und kam mit dem ersten Servierwagen herein.

Zu Danielas Erleichterung musste die Köchin nicht jedem Gast die Suppe in den Teller geben, sondern nur die Terrinen auf den Tisch stellen. Lassky selbst bediente die Leute in seiner Nähe, und Daniela musste ebenfalls nur ihren Nachbarn Suppe eingießen. Bei jenen, die mehr in der Mitte saßen, übernahmen andere diese Aufgabe.

»Lasst es euch schmecken!« Lassky ergriff den Löffel und wollte ihn eben in den Teller senken, als die Türglocke herausfordernd durch das Haus schallte.

Die Köchin flüsterte Daniela zu, dass sie dem späten Gast öffnen würde, doch diese hatte sich bereits erhoben und verließ das Speisezimmer. Das Letzte, was sie bemerkte, war Urban Lasskys tiefes Aufatmen und der erwartungsfrohe Ausdruck auf mehreren Männergesichtern.

Als sie die Tür öffnete, begriff sie die Reaktion ihres Arbeitgebers. Vor ihr stand eine junge Frau mit feinen, ebenmäßigen Gesichtszügen und einer Wolke blaugefärbten Haars. Sie hatte sich in einen langen Mantel gehüllt, der ihre vollendeten Formen dezent zur Geltung brachte. Auf ihrem Kopf saß ein roter Hut mit einer weit zur Seite gezogenen Krempe, und an den Füßen trug sie Schuhe mit so hohen, spitzen Absätzen, wie Daniela sie bisher noch nie gesehen hatte. Am auffälligsten aber war, dass die Frau ihr Gesicht in verschiedenen Blautönen bemalt hatte, sodass es wie marmoriert wirkte.

Das musste Monique sein! Die Ähnlichkeit mit dem Bild, an dem Lassky gerade malte, war nicht zu übersehen. Die junge Frau war wunderschön, und sie strahlte etwas aus, das Daniela nicht greifen konnte und um das sie die andere sofort beneidete. Gleichzeitig aber fühlte sie sich von ihr abgestoßen. Das hatte zwar nichts mit ihrem kurzen Neidanfall auf die Schönheit ihres Gegenübers zu tun, führte aber dazu, dass es ihr schwer fiel, Monique willkommen zu heißen.

»Kommen Sie bitte herein! Die Herrschaften sind bereits beim Essen.«

»Dann wollen wir sie nicht warten lassen.« Monique knöpfte mit einer lässigen Bewegung ihren Mantel auf, ließ ihn von den Schultern rutschten und warf ihn Daniela zu. Mit gezierten Bewegungen ging sie in das Speisezimmer, blieb an der Türe stehen und blickte lächelnd in den Raum. »Es tut mir leid, dass es ein wenig länger gedauert hat. Aber ich war für eine Matinee engagiert, und die ist erst vor ein paar Minuten zu Ende gegangen.«

Lassky sprang auf und eilte ihr entgegen. »Schön, dass du doch noch gekommen bist, Monique.«

Sie umarmte ihn und küsste ihn auf beide Wangen. Anschließend ging sie die Reihe der Gäste entlang und begrüßte jeden Einzelnen auf die gleiche Weise. Mischka drückte sie dabei fest an sich und berührte mit seinen Lippen ihren schlanken Hals.

Da war Terenci bei ihm und stieß ihn zurück. »Pass bloß auf, dass dich nicht meine Faust streift!«, herrschte er den Mann an und entschuldigte sich dann bei Monique. »Verzeihen Sie, wenn ich ein wenig laut geworden bin, aber ich kann es nicht ausstehen, wenn Leute unsere Konventionen vergessen.«

»Es ist doch nichts passiert, Terenci! Da habe ich mir schon ganz andere Verehrer von Hals halten müssen.« Monique bedachte Mischka mit einem spöttischen Blick und ließ sich dann von Terenci zu dem für sie reservierten Platz führen.

Lassky kam ihnen entgegen und ergriff die Hand der Frau. »Liebste Monique, darf ich dir Fräulein Dany vorstellen, meine neue Hausdame?« Dabei drehte er Monique so, dass sie Daniela sehen musste.

Erneut zog ein spöttischer Ausdruck über das bemalte Gesicht der Frau. »Dany hast du sie genannt? Hoffentlich ist sie auch so süß wie das Dessert.«

Lassky sah ein wenig betreten drein, denn er hatte gehofft, die beiden jungen Frauen würden sich freundlicher begrüßen.

Auch Daniela nahm wieder Platz und begann zu essen. Die Suppe schmeckte ausgezeichnet, und sie nahm sich vor, Lieserl dafür zu loben.

Nicht lange, da wanderte ihr Blick zu Monique hinüber, so als ziehe diese ihre Aufmerksamkeit ihn magnetisch an. Nicht nur das Gesicht, sondern der gesamte Körper von ihr war blau marmoriert, selbst die Hände, die elegant mit dem Besteck hantierten. Hatte sie angenommen, die Frau würde ein hautenges Trikot tragen, erkannte sie nun, dass Monique mit nichts anderem als einer Schicht Farbe bekleidet war. Danielas stumme Frage, warum Monique in so einem seltsamen Aufzug zu aufgetaucht war, wurde bald gestillt, denn die Schauspielerin berichtete während des Essens ausführlich von der Matinee, an der sie teilgenommen hatte.

»Ich glaube, ich habe dem armen Treschl vollkommen die Schau gestohlen. Er wollte ja eigentlich einen Film über seinen künstlerischen Werdegang zeigen, doch die meisten Anwesenden haben lieber mich angeschaut.« Es klang sehr zufrieden, und – wie Daniela sich sagte – auch sehr von sich eingenommen. Die wie eine blaue Statue wirkende Frau wurde ihr von Gang zu Gang unsympathischer, während der Rest der Anwesenden förmlich an Moniques Lippen hing.

Daniela war froh, als das Dessert abgetragen worden war und Lassky sich erhob, um die Gäste in den Salon zu führen. »Ich habe zwar nur ein paar bescheidene Weine in meinem Keller, aber zur Not muss es reichen«, verkündete er mit entsagungsvoller Stimme.

Einer seiner Gäste, der sich Daniela als Anton Heglinger vorgestellt hatte, lachte schallend. »Also, Lassky, der schlechteste Wein, denn Sie ihm Keller haben, ist besser als das meiste, was bei uns in Wien ausgeschenkt wird. Wenn Sie ihn nicht mehr haben wollen – ich nehme ihn gern! Dabei ist mein Weinkeller, wie Sie wissen, wohlbestückt.«

»Wenn ich Ihnen den Wein überlasse, Heglinger, müsste ich mir ja Neuen kaufen, und das ist so mühsam. Allein der Gedanke, deswegen Wien verlassen und nach Ungarn oder gar Rumänien fahren zu müssen, ist mir arg zuwider. Außerdem möchte ich das Bild von unserer lieben Monique bald fertig bringen. Wahrscheinlich muss ich das Fräulein Dany losschicken, um neuen Wein zu kaufen. Sie ist eine Frau, wie man sie nur selten findet, und ich bin glücklich, sie als Hausdame gewonnen zu haben.« Lassky wunderte sich selbst ein wenig über das Lob, der er über Daniela ausgoss, spürte aber, dass er es ernst gemeint hatte.

Monique gefielen seine Worte gar nicht. »Ob die den Wein findet, den du am liebsten trinkst, bezweifle ich.«

Lassky ging nicht auf ihre Bemerkung ein, sondern winkte seiner Hausdame, ihm und seinen Gästen in den Salon zu folgen. »Wein einschenken ist Ihre Sache, Fräulein Dany. Nehmen Sie sich aber auch ein Glas, um mit unseren Gästen anzustoßen.«

»Gern!« Daniela schlüpfte zwischen den Leuten hindurch, um als Erste in den Salon zu kommen, und öffnete den Schrank, in dem verschiedene Sorten Wein und Likör bereitstanden.

»Was darf ich den Herrschaften anbieten?«

Mischka winkte verächtlich ab. »Das, was mir am besten schmeckt, haben Sie eh nicht da.«

»Sie können es ja auch mit Wasser probieren, wenn Ihnen der Wein nicht zusagt.« Es rutschte Daniela einfach so heraus, denn sie hatte sich nun schon mehrfach über den Kerl geärgert.

Terenci klatsche demonstrativ Beifall. »Bravo, das war genau die richtige Antwort! Wenn unser lieber Mischka so weitermacht, wird er noch in die Benimmschule gehen müssen.«

»Ludwig, du kannst mich mal!«, giftete Mischka.

Da packte Lassky ihn mit festem Griff an der Schulter. »Sei vorsichtig! Sonst könnte es sein, dass du aus dem Club fliegst.«

»Das traut ihr euch nicht!« Trotz seiner spöttischen Worte wirkte Mischka noch blasser, als er ohnehin schon war.

Lassky kam an Danielas Seite. »Achten Sie nicht auf den Mann. Manchmal ist er unausstehlich. Das vergeht wieder. Und jetzt schenken Sie uns ein. Der Monique als Erster.«

Die Genannte tänzelte bereits mit einem Glas in der Hand auf Daniela zu. Sie wirkte so graziös und geschmeidig, dass Daniela sich im Vergleich mit ihr wie ein Trampel vorkam. Mit einem gezwungenen Lächeln deutete sie auf die Flaschenbatterie.

»Was darf ich Ihnen anbieten?«

»Diesen Likör! Der passt von der Farbe her am besten zu meinem heutigen Bodypainting.« Monique deutete mit der rechten Hand auf eine Flasche mit blauem Inhalt. Es handelte sich dabei um einen Likör, der in einem kleineren Glas hätte ausgeschenkt werden müssen. Doch da sie Daniela ihren Pokal fordernd vor die Nase hielt, schenkte diese ihr so viel ein, als wäre es Wein.

Bei diesem schamlosen Aufzug ist es kein Wunder, dass die Männer durchdrehen, fuhr es Daniela durch den Kopf. Doch auch die Frauen, die eigentlich auf Moniques vorzügliche Figur hätten neidisch sein müssen, himmelten die junge Schauspielerin an.

Nach kurzer Zeit herrschte eine so erotisch aufgeladene Stimmung in dem Raum, dass Daniela am Verstand der Gäste und des Hausherrn zu zweifeln begann. Sie selbst fühlte sich wie eine unbeteiligte Zuschauerin, ähnlich wie damals, als Matthias Heuecker sie ins Kino eingeladen hatte. Der größte Teil des Films hatte aus einer einzigen Orgie bestanden und sie im Grunde nur abgestoßen. Ihr Verehrer aber hatte geglaubt, sie so weit zu haben, dass sie sich alles gefallen ließ, und sich schließlich nicht mehr aufs Zuschauen beschränkt. Diesen Zahn hatte Daniela ihm handgreiflich gezogen und ihn auch gleich als Verehrer abgelegt. Dabei hielt sie sich nicht unbedingt für prüde, doch Sex ohne Gefühle war in ihren Augen ebenso unbefriedigend wie ein vorsätzlicher Vollrausch.

Lassky unterbrach Danielas Sinnieren. »Schenken Sie mir bitte nach!«

Sie nahm die Flasche, auf die er deutete, und goss sein Glas voll. Er stürzte den Inhalt beinahe wie ein Verdurstender hinunter und schob sich dann durch die Menschentraube, die Monique umgab.

»Als Gastgeber werde ich wohl ein paar Privilegien haben«, wies er Mischka zurecht, der sich nicht zur Seite drängen lassen wollte. Dann wandte er sich in bettelndem Ton an Monique. »Ich würde gerne bald an deinem Porträt weiterarbeiten. Wann hast du wieder Zeit?«

»Das wird ein bisserl dauern, Urban. Ich habe Aussicht, bei einem aufregenden Filmprojekt mitzumachen. Der Streifen soll nächstes Jahr in Cannes vorgestellt werden. Die Chance will ich mir nicht entgehen lassen.«

»Das begreife ich!« Trotz dieser Versicherung breitete sich Enttäuschung auf Lasskys Gesicht aus.

Monique glitt geschmeidig auf ihn zu, umfasste ihn mit beiden Armen und küsste ihn heiß. »Wie gefällt dir dieses Privileg?«, fragte sie, als sie ihre Lippen wieder von den seinen löste. Sein anbetender Blick war ihr Antwort genug.

»Ich versuche es einzurichten, einmal in der Woche für eine Stunde vorbeizukommen, um dir Modell zu sitzen«, versprach sie ihm leise, aber so deutlich, dass alles es hören konnten, und knabberte dabei an Lasskys Ohr.

5

Die meisten Gäste verließen gegen Abend das Haus, aber diejenigen, die zu dem mehrfach erwähnten Club gehörten, blieben noch. Während Daniela Getränke servierte, fragte sie sich, was das für ein Club sein mochte, dessen Mitglieder so verschieden wirkten. Neben Andrea Lupacani, Cynthia und drei weiteren Frauen gehörten mit Terenci, Mischka und sechs Männer zu der Gruppe, die es sich auf den Sesseln und Couches gemütlich gemacht hatten, Rotwein tranken und gelegentlich ein Wort in die Unterhaltung einwarfen.

Keiner der Anwesenden war sonderlich gesprächig und wenn einer der Männer etwas sagte, hatte es mit Monique zu tun. Die Schauspielerin war als Letzte gekommen und als Erste wieder gegangen, und Lassky und seine engeren Freunde trauerten ihr sichtlich nach.

Danielas Meinung über ihren neuen Arbeitgeber geriet ins Schwanken. Bis jetzt hatte sie ihn für einen großen Künstler gehalten, der nur für seine Malerei lebte und hoch über allen Niederungen des Lebens stand. Doch wie es aussah, schienen sich jene altmodischen Vorstellungen, auf denen er herumritt, nicht auf seine moralischen Ansichten zu erstrecken. Daniela begriff auch nicht, warum er einen Menschen wie Florian Mischka in seinem Bekanntenkreis duldete, denn der Mann war einfach nur peinlich.

»Sie haben jetzt Feierabend, Fräulein Dany. Wenn noch jemand Durst hat, kann Cynthia einschenken. Sie ist das vom Club her gewöhnt«, sagte Lassky lächelnd.

Daniela stand auf und ging zur Tür, blieb dort aber noch einmal stehen. »Gute Nacht, Herr Lassky. Ich glaube, ich werde duschen und mich dann hinlegen. Es war ein aufregender Tag.«

»Tun Sie das! Ach, noch etwas: Sperren Sie Ihre Wohnungstür fest zu und schieben Sie alle drei Riegel vor. Und die Fenster lassen Sie bitte fest geschlossen.«

»Ich wollte aber noch lüften.«

»Das können Sie bis, warten sie …« Lassky sah kurz auf seine Uhr, »… bis zehn Uhr Abends tun. Danach machen Sie sämtliche Schotten dicht!«

»Das werde ich, Herr Lassky.« Daniela verabschiedete sich von den verbliebenen Gästen und ging.

Das Letzte, was sie hörte, war eine Bemerkung Andrea Lupacanis. »Deine neue Hausdame ist mir zu hübsch, zu jung und viel zu lebendig.«

Es kann ja nicht jeder als halbes Gespenst herumlaufen, spottete Daniela innerlich und schloss die Tür. Die Modedesignerin mochte eine Meisterin ihres Fachs sein, doch mit ihrem bleichen Teint sah sie aus, als hätte sie sogar noch im Schatten Angst vor dem Sonnenlicht. Auch Terenci, Lassky selbst und die anderen, die zum »Club« gehörten, wirkten nicht gerade wie Sonnenanbeter.

In ihrer neuen Wohnung sah Daniela sich erst einmal die Türe an. Diese besaß ein modernes Sicherheitsschloss, drei Riegel aus rostfreiem Edelstahl und dazu noch eine daumendicke Sicherheitskette. Da die Tür selbst ziemlich massiv und auf der Flurseite mit einer Metallplatte belegt war, hätte ein Einbrecher schon eine Panzerfaust gebraucht, um in die Wohnung zu kommen. Die Fensterscheiben waren dick und, wie Einprägungen in der Ecke anzeigten, aus Panzerglas gefertigt. Vor den Fenstern waren schwere Fensterläden befestigt, die mit einem einzigen Handgriff geschlossen und verriegelt werden konnten.

Am Vormittag hatte Daniela nicht auf solche Einzelheiten geachtet, aber nun musterte sie dieses Bollwerk und fragte sie sich, was der Grund für diese übertriebene Vorsicht sein mochte. Anscheinend besaß Urban Lassky zu seinen übrigen Marotten noch eine geradezu krankhafte Angst vor Dieben und Räubern und hatte sein Haus in eine Festung verwandelt. Dann dachte sie an den Wert seiner Bilder und an das teure Besteck und Porzellan in seinen Schränken. Bei solchen Werten war in der Tat Vorsicht angebracht.

In Gedanken versunken öffnete sie die Schubladen ihrer neuen Möbel und schaute neugierig hinein. Im Nachtkästchen neben ihrem Bett entdeckte sie ein mit Samt überzogene Schatulle, öffnete sie und starrte entgeistert auf den Inhalt. Drinnen lag eine Pistole mit silbern schimmerndem Lauf. In ihrem Heimatort hatte Daniela zwei Jahre lang der Jugendabteilung des dortigen Schützenvereins angehört und kannte sich daher ein wenig mit Waffen aus. Vorsichtig nahm sie die Pistole zur Hand und untersuchte sie. Das Magazin war gefüllt und man musste sie nur noch entsichern, um schießen zu können. Neben der Waffe lag ein halbes Dutzend Ersatzpatronen. Daniela nahm eine heraus und drehte sie, um sie von allen Seiten zu betrachten. Sowohl die Hülse wie auch das Geschoss sahen so aus, als wären sie aus Silber gefertigt.

»Vor Vampiren und Werwölfen hat der Herr Kunstmaler also auch Angst«, ahmte sie Lieserls Tonfall nach.

Sie überlegte kurz, ob sie bei der Köchin anklopfen und mit dieser über ihren seltsamen Arbeitgeber sprechen sollte, wollte aber weder als Tratschtante dastehen noch gleich am ersten Tag über Lassky herziehen.

Daher versperrte sie die Tür, wie der Maler es von ihr verlangt hatte, und schloss auch die Fenster. Im Schlafzimmer zögerte sie jedoch, denn sie war es gewohnt, in frischer Luft zu schlafen, solange das Wetter es zuließ. Daher befestigte sie die Fensterläden so, dass sie nicht ganz schlossen, brachte das Fenster in Kippstellung und machte sich für die Nacht zurecht. Es war zwar noch relativ früh am Abend, aber sie fühlte sich nach dem aufregenden Tag müde und erschöpft. Daher dämmerte sie rasch weg und schlief ein.

6

Daniela stand übergangslos in einem dunklen Kellergang. Zuerst glaubte sie, wieder in ihrer alten Wohnanlage zu sein, doch als sie genauer hinschaute, sah sie gemauerte, vor Feuchtigkeit schimmernde Wände. Es roch muffig, aber auch nach wilden Tieren, so ähnlich wie im Raubtiergehege im Schönbrunner Tiergarten. Unbehaglich zog sie die Schultern hoch, sah sich um und fragte sich, wieso sie ihre Umgebung deutlich erkennen konnte, obwohl nirgends eine Lampe brannte.

Wie von einem fremden Willen gelenkt ging sie weiter und geriet in einen Tunnel, der nach ein paar Schritten an einer aus Ziegeln errichteten Wand endete. Hier gab es kein Weiterkommen. Aber als sie ihre Hand ausstreckte und die Mauer berührte, löste sich das Hindernis auf. Noch während sie sich darüber wunderte, setzte sie ihren Weg fort. Nun geriet sie an eine Treppe, die schier endlos in die Tiefe führte, und ihr war, als tauche sie in eine völlig fremde Welt ein. Rotes Licht erfüllte die Gänge und schien von allen Seiten zu kommen, sodass sie keinen Schatten warf. Zu ihren Füßen huschten unzählige Ratten über ausgetretene Steinplatten und im Hintergrund entdeckte sie Umrisse von gespenstischen Wesen, die nun auf sie zukamen. Es waren Gestalten wie aus einem Albtraum, und die Angst schnürte ihr die Kehle zu.

Sie wollte sich umdrehen und davonlaufen. Doch ihr Körper gehorchte nicht mehr ihr, sondern folgte einem fremden Willen. Sie schritt durch ein Spalier von Monstern, die Affen glichen, denen statt ihrer eigenen Köpfe die von Schlangen an langen Hälsen aus den Schultern wuchsen. Diese verbeugten sich tief vor ihr und wagten es dabei nicht, sie anzusehen. Noch während sie sich darüber wunderte, erreichte sie einen Raum, dessen Wände rot glühten. Das, was auch immer ihren Körper beherrschte, trat auf eine der Wände zu – und wurde hineingezogen.

Daniela erhaschte noch einen kurzen Blick auf eine Höhle mit einer Art Thron, der von zwei Schreckensgestalten mit Löwenkörpern und Schlangenköpfen flankiert war. Dann vernahm sie ein Schaben und Kratzen – und setzte sich erschrocken auf.

Sie befand sich in ihrem Bett in Lasskys Haus, und die Leuchtanzeige ihres Weckers zeigte genau Mitternacht. Jemand rüttelte heftig an ihrem Fenster, so als wolle er mit Gewalt in ihr Zimmer zu dringen. Noch halb in ihrem Albtraum gefangen, tastete Daniela mit zitternden Fingern nach ihrem Nachtkästchen, öffnete die oberste Schublade und holte die Pistole heraus.

»Wer ist da?«

Ein wütendes Fauchen antwortete ihr. Wer auch immer draußen stand, riss die Fensterläden auseinander, als bestünden sie aus dünnem Sperrholz. Dann schlug er mit einer solchen Wucht gegen die Scheibe, dass die Scharniere in ihren Angeln knirschten und die Scheibe selbst von Rissen durchzogen wurde. Aber noch gaben weder die Halterungen noch das Panzerglas nach. Daniela schaltete das Licht ein und sah für den Bruchteil eines Augenblicks ein blasses, verzerrtes Gesicht und krallenartige Hände, die jedoch sofort verschwanden. Gleichzeitig hörte sie die Stimme Urbans Lasskys zornig durch die Nacht klingen. »Verschwinde, sonst mach ich dir Beine!«

Als Daniela zum Fenster eilte, war der Garten in helles Licht getaucht, und sie bemerkte nur mehr eine Gestalt, die wie von Hunden gehetzt davon rannte. Daniela konnte es zwar nicht beschwören, doch der Fliehende glich Florian Mischka, der ihr am Abend ein paar Mal unangenehm aufgefallen war. Lassky selbst war nirgends zu sehen, so als hätte er nur kurz aus dem Fenster gerufen und sich wieder zurückgezogen.

Noch während sie verständnislos auf das beschädigte Fenster starrte, läutete das Telefon auf dem Nachttisch. Sie griff automatisch danach und meldete sich. »Hier Schreitlinger!«

»Ich hatte Ihnen doch befohlen, sämtliche Fenster zu schließen und zu verriegeln!« Es war Lassky, und er hörte sich zornig an.

»Was war das eben?«, fragte Daniela verwirrt.

»Nichts, das Sie beunruhigen muss, wenn Sie meine Anweisungen befolgen. Machen Sie jetzt das Fenster zu und verschließen Sie alles. Dann passiert Ihnen auch nichts.«

»Ich glaube, da ist was kaputt! Und die Scheibe hat Sprünge.«

»Das lasse ich morgen richten. In Zukunft werden Sie jedoch die Fenster samt den Läden geschlossen halten, verstanden!«

Lassky klang harsch, doch Daniela, die sich etwas beruhigt hatte, wagte zu widersprechen. »Ich kann bei geschlossenem Fenster nicht schlafen. Ich brauche frische Luft.«

»Lüften können Sie untertags, so viel Sie wollen. Aber in der Nacht bleiben die Fenster zu! Das ist mein letztes Wort.« Damit knallte Lassky den Hörer auf die Gabel.

Daniela starrte auf ihren Hörer, legte ihn mit einer langsamen Bewegung auf und fragte sich, wo sie hingeraten war. Bisher hatte sie geglaubt, die Anstellung bei dem Kunstmaler würde sie aus allen Schwierigkeiten befreien, doch jetzt sah es so aus, als sei sie vom Regen in die Traufe geraten.

Mit dem festen Vorsatz, Lassky am nächsten Morgen deutlich zu sagen, was sie von nächtlichen Störungen dieser Art hielt, schloss sie den beschädigten Fensterladen und verriegelte ihn. Als sie danach wieder im Bett lag, kam es ihr so vor, als sei dies nicht die Wirklichkeit, sondern der Teil eines Albtraums, den sie durchlebte. Vielleicht befand sie sich immer noch in ihrem Zimmer in der verkommenen Wohnanlage und bildete sich das alles nur ein. Noch während ihr der Gedanke durch den Kopf schoss, verneinte sie ihn. Die gesprungene Fensterscheibe sah verdammt echt aus, und ihr gellte noch Lasskys zornige Stimme im Ohr. Aber wenn er glaubte, sie würde diesen Irrsinn einfach so hinnehmen, hatte er sich getäuscht. Noch während sie sich ein paar harsche Worte überlegte, die sie ihm nächsten Tag sagen wollte, dämmerte sie weg. Als sie in der Nacht einmal aufwachte, pochte ihr Herz wie ein Schmiedehammer. Dabei war es draußen so unheimlich still, dass sie sich beinahe nach dem ständigen Lärmpegel in ihrem alten Appartement zurücksehnte.

7

Etwa zu der gleichen Stunde saß eine eher zierliche Gestalt auf einem ausladenden Thron aus blutfarbenen Steinen in einer Höhle, deren Wände warmes, rotes Licht verbreiteten, und blickte auf einen Stapel Zeitungen herab.

Mehrere Artikel waren mit einer tiefroten Umrandung markiert. Es handelte sich um Berichte über die vier bis jetzt aufgefundenen Mumienleichen. Drei Zeitungen legte die Person auf dem Thron rasch wieder beiseite, doch die mit dem Artikel über die Leiche in jener Wohnanlage, in der Daniela bis jetzt gelebt hatte, las sie mehrmals laut durch.

»Diese Frau will etwas gesehen haben!« Es klang wie das Fauchen eines gereizten Raubtiers. Schlanke, geschmeidige Finger krallten sich in die Zeitung und zerknüllten sie. Dann wandte sich die Person mit einer heftigen Bewegung an das Geschöpf, das neben ihr stand und einem Schimpansen glich, der statt des eigenen Kopfes den einer großen Schlange an einem langen Hals trug. »Haben deine Affenschlangen etwas herausgebracht, Nummer Eins?«

»Die Frau heißt Hasic und wohnt im zweiten Stock. Ich glaube aber nicht, dass sie wirklich etwas weiß. Meiner Meinung nach wollte sie sich nur wichtig machen.« Die Affenschlange zischelte, als hätte sie Mühe, die Worte richtig auszusprechen.

Seine Herrin warf ihr die zerknüllte Zeitung an den Kopf. »Und wenn doch? Wenn sie die Polizei auf unsere geheimen Wege hinweisen kann? Noch bin ich nicht so mächtig, um mit einem ganzen Trupp von Eindringlingen fertig werden zu können.«

»Soll ich die Person für Euch aus dem Weg räumen lassen, Erhabene?«, fragte die Affenschlange.

»Nein, ich kümmere mich selbst darum!« Die Frau verließ den rot leuchtenden Thron in der großen, unterirdischen Halle, leckte sich die Lippen und schürzte sie so, dass weiße, sehr spitze Eckzähne zu sehen waren.

Die Affenschlange begriff, dass der Hunger seiner Herrin noch lange nicht gestillt war, und zog sich unter etlichen Verneigungen ihres Schlangenhalses zurück.

Die Frau erhob sich mit einer geschmeidigen Bewegung und verließ die rot leuchtende Höhle. Eine Weile wanderte sie durch Gänge, die ihre Kreaturen in den Untergrund gegraben hatten, und erreichte schließlich das verborgene Portal, das in die tiefsten Keller unter der Stadt Wien führte.

Die geheimen Stollen und ihre Zugänge wurden durch Zauber vor den Blicken gewöhnlicher Menschen geschützt. Allerdings war die Herrin dieser Höhlen und Stollen tief unter der Stadt Wien nicht vermessen genug zu glauben, die magisch gesicherten Türen würden ihr für alle Zeiten Sicherheit bieten. Unter den Menschen gab es einige, die tiefer blicken konnten als die meisten, und die hatte sie vorerst noch zu fürchten.

Zum Beispiel konnte das Geschwätz dieser alten Frau eine solche Person auf ihre Spur locken, und das musste sie unter allen Umständen verhindern. Bei dem Gedanken verzog die Herrin der Unterwelt ihre Lippen zu einem geringschätzigen Lächeln. Ihre Kreatur hatte die Frau wichtigtuerisch genannt, und genau das würde dem Weib zum Verhängnis werden.

Voller Vorfreude auf ein weiteres Mahl erreichte sie jene Stelle, an der sich der alte, heruntergekommene Gemeindebau erhob, und durchschritt das letzte unsichtbare Tor, welches in den Keller der Anlage führte. Um diese Zeit hielt sich niemand in dem verzweigten System aus Gängen und Verschlägen auf. Selbst die Stadtstreicher, die sich hier von Zeit zu Zeit eingenistet hatten, mieden den Ort, an dem einer der ihren auf so schreckliche Weise umgekommen war.

Die Polizei hatte ihr eigenes Schloss bereits wieder entfernt und der Hausmeister bisher kein neues angebracht. Daher konnte sie einfach die Klinke herunterdrücken, um in den Hausflur zu kommen. Leise wie eine Maus huschte sie im Stiegenhaus nach oben. Ihre Augen sahen bei Dunkelheit besser als die vieler Menschen bei Tag, und so fand sie Frau Hasics Wohnungstüre auf Anhieb.

Für einen Augenblick überlegte die unheimliche Besucherin, die sich selbst als die schwarze Königin bezeichnete, ob sie einfach läuten solle, um in die Wohnung zu gelangen. Dann aber entdeckte sie ein Flurfenster, öffnete es und stieg hinaus. Sie krallte sich mit Finger- und Zehennägeln an der Wand fest und legte so die letzten Meter zu Frau Hasics Schlafzimmerfenster zurück. Selbst durch das Glas hindurch konnte sie die Frau deutlich schnarchen hören. Ihre Augen glühten in einem magischen Licht auf, und ihre Kräfte versetzten ihr Opfer und alle, die in den angrenzenden Wohnungen in ihren Betten lagen, in tiefen Schlaf.

Ohne von mehr gestört zu werden als von einer streunenden Katze, die von einem anderen Dach herunterstarrte und vor dem Geruch der nächtlichen Besucherin fauchend zurückwich und nach einem letzten Blick mit gesträubten Schwanz die Flucht ergriff, ritzte die dunkle Gestalt das Glas mit dem geschärften Fingernagel ihres rechten Zeigefingers. Ein leichtes Knirschen ertönte, dann vermochte sie ein Stück der Scheibe einzudrücken. Es fiel auf den Boden und zersprang. Die alte Frau auf dem Bett war jedoch so stark betäubt, dass sie nichts mitbekam.

Die schwarze Königin steckte die Hand durch das Loch in der Scheibe und öffnete das Fenster. Keine drei Sekunden später befand sie sich im Schlafzimmer, trat zu Frau Hasic und starrte auf sie herab. Ihre Nasenflügel blähten sich, als sie den Hals der Schläferin freilegte und sich mit ihren scharfen Eckzähnen der pochenden Ader näherte. Sie würde nur das Blut nehmen, denn eine weitere Mumienleiche in diesem Haus würde zu viel Wirbel veranstalten.

Im letzten Augenblick zog sie den Kopf zurück und fauchte leise. Eine Verletzung an dieser Stelle war zu verräterisch. Es mochte Leute geben, die daraus die richtigen Schlüsse ziehen konnten. Aus dem Grund schlug die schwarze Königin die Bettdecke ganz zurück und ließ sie auf den Fußboden fallen. Dann fasste sie das schrumpelige Bein der Greisin, spottete in Gedanken über die rosa Bettsocken, die diese trug, und ritzte mit dem rechten Eckzahn die Ader an dieser Stelle auf. Rotes Blut trat aus der Wunde, und das unheimliche Geschöpf begann schmatzend zu saugen.

Trotz ihres magisch verstärkten Schlafes schien Frau Hasic zu spüren, dass etwas Schreckliches mit ihr geschah. Sie riss den Mund weit auf und ächzte, als würde sie von einem gewaltigen Gewicht zu Boden gedrückt. Doch es war zu spät. Mit ihrem Blut floss ihr Leben aus der kleinen Wunde am Bein, während die dunkle Herrin so geschickt sog und schleckte, dass kein einziger roter Tropfen das Bettlaken färbte.

Sie hörte erst auf, als es das gesamte Blut der alten Frau getrunken hatte. Danach fühlte sie sich ein wenig schwindelig und schüttelte abwehrend den Kopf, weil sie das Gefühl verabscheute, nicht ganz Herrin über sich selbst zu sein. Wenn die Gier nach Blut sie überkam, vermochte sie sich nicht immer zu beherrschen, auch wenn es so schlecht war das der alten Frau. Nun entdeckte sie auch die halbleer Likörflasche neben dem Bett ihres Opfers und schmeckte den Alkohol, den das Blut der Toten auf der Zunge hinterlassen hatte. Zwar zog sie frisches, reines Blut vor, doch als kleine Zwischenmahlzeit tat auch der Lebenssaft einer Säuferin seine Dienste. Böse lächelnd strich sie über die Wunde, an der sie gesogen hatte, sodass das Loch kaum mehr zu sehen war, und klebte anschließend ein Pflaster darauf. Nun sah es so aus, als habe die Frau sich verletzt und die Wunde versorgt.

»Wer jetzt noch erkennt, dass die alte Vettel jemandem als Mahlzeit gedient hat, muss selbst ein nächtlicher Jäger sein«, sagte die schwarze Königin zufrieden, während sie die Bettdecke aufhob und über die Tote legte. Um Spuren zu verwischen, schüttete sie den restlichen Inhalt der Likörflasche in den Ausguss in der Küche und steckte den Besenstiel so in die Fensterscheibe, dass es aussah, als hätte die Alte diese im Suff zerbrochen. Danach hob sie das ausgeschnittene Glasstück hoch und nahm es mit.

Kurz darauf krallte sie sich wieder draußen an das Mauerwerk, schloss das Fenster und löste sich in den Schatten auf. Das Stück Glas warf sie unterwegs in eine Mülltonne und lachte dabei über die Menschen, die alles mit ihrem beschränkten Verstand erklären wollten und dabei das Übersinnliche vergaßen.

8

Das Erwachen am nächsten Morgen war schlimmer als nach jenen Arbeitsnächten in der Bar. Daniela hatte den Geschmack von Blut im Mund, so als hätte sie sich im Schlaf auf die Zunge gebissen. Außerdem kämpfte sie mit einem gewissen Kater. Dabei hatte sie nicht mehr als zwei Gläser Wein getrunken. Fast noch schlimmer aber waren die Nachwirkungen des Albtraums, in dem sie ihre Nachbarin Frau Hasic steif und kalt im Bett hatte liegen sehen.

Zuerst nahm sie an, sie wäre noch in ihrem Apartment in der alten Wohnanlage, doch als sie die Augen aufschlug und sich umschaute, begriff sie, dass sie sich im Haus des Kunstmalers Lassky befand, und erinnerte sich an den Zwischenfall um Mitternacht.

Sie sprang auf und eilte zum Fenster. Tatsächlich waren die Läden verbogen, und auch die Scheibe wurde von langen Sprüngen durchzogen.

»Das ist zu viel!«

Wütend und gleichzeitig erschrocken wollte sie den Hausherrn zur Rede stellen, doch als sie dabei war, die Schlösser und Riegel an ihrer Wohnungstür zu öffnen, merkte sie, dass sie noch in ihrem Pyjama steckte. So wollte sie dem Maler dann doch nicht unter die Augen treten, und suchte daher erst einmal das Bad auf.

Während sie sich duschte und anschließend ihr Make-up auftrug, legte sie sich die Worte zurecht, die sie Lassky an den Kopf werfen wollte. Zornig schlüpfte sie in ihre Jeans und ein T-Shirt, das mit einer angreifenden Kobra bedruckt war, und fühlte sich für die Auseinandersetzung mit ihrem Arbeitgeber gewappnet.

Sie traf den Maler im Frühstückszimmer an, einem kleinen, holzgetäfelten Raum, in dem für zwei Personen gedeckt war. Lassky hatte einen roten Morgenmantel an und seine Fes-artige Kopfbedeckung aufgesetzt. Als er Daniela eintreten sah, erschien ein Lächeln auf seinem Gesicht.

»Einen schönen guten Morgen, Fräulein Dany. Leider haben das Fräulein Lieserl und ich nicht gewusst, was Sie zum Frühstück am liebsten essen. Deshalb habe ich ein wenig mehr vorbereiten lassen. Wenn Sie allerdings Müsli bevorzugen, muss das Fräulein Lieserl zusehen, was sie machen kann.« Mit diesen paar Worten gelang es Lassky, Daniela vollkommen zu entwaffnen.

Sie warf einen Blick auf die vorbereiteten Platten, und ihr lief das Wasser im Mund zusammen. Es gab mindestens fünf verschiedene Sorten Käse, das Doppelte an Wurst und Schinken, mehrere Sorten Brot und drei Eier in Bechern, auf denen fein säuberlich verzeichnet stand, ob sie nun weich, mittel oder hart gekocht waren.

»Verhungern tut man bei Ihnen ja nicht!«, entfuhr es ihr mit widerwilliger Anerkennung. »Allerdings wüsste ich gern, was das heute Nacht für ein Tumult gewesen ist.« Sie beschränkte sich auf das Wort Tumult, obwohl ihr vorhin noch ein weitaus härterer Ausdruck auf der Zunge gelegen hatte.

Lassky nickte ihr freundlich zu. »Genau das war es, ein Tumult. Ich habe schon veranlasst, dass Ihr Fenster repariert wird, und werde auch dafür sorgen, dass so etwas nicht mehr vorkommt.«

Lassky sagte es in einem so gemütlichen Ton, als nähme er denjenigen, der bei Daniela hatte eindringen wollen, nicht ernst. Er bat sie, sich ihm gegenüber zu setzen und ihm Kaffee einzuschenken. »Ihnen wird er wahrscheinlich nicht schmecken, denn ich mag ihn eigentlich nur auf türkische

Art, stark wie ein Bär und süß wie der Honig, auf den der Bär scharf ist.«

Da noch zwei andere Kannen auf dem Tisch standen, glaubte Daniela nicht, verdursten zu müssen, fragte aber, was darin sei.

»Wenn ich das Fräulein Lieserl richtig verstanden habe, ist in der weißen Kanne schwarzer Tee und in der grünen normaler Kaffee. Aber wenn Sie etwas anderes wollen?« Lassky streckte die Hand nach dem altmodischen Klingelzug aus, doch Daniela winkte ab.

»Ich trinke Kaffee und Tee gleich gern.« Sie schenkte zuerst dem Maler ein, dann sich selbst und griff anschließend nach einer der Kaisersemmeln, die sich den Brotkorb mit einigen Vollkornsemmeln und Brotscheiben teilten. Lassky selbst nahm ein Stück Weißbrot, strich etwas Butter darauf und belegte es mit einer dicken Scheibe Blutwurst.

Er aß diese einfache Mahlzeit mit einem solchen Genuss, dass Daniela ihn verwundert anstarrte. Aufgrund des Lebensstils, den Lassky pflegte, hatte sie zum Frühstück Kaviar und andere ausgefallene Leckerbissen erwartet. Jetzt wusste sie nicht, ob sie enttäuscht sein oder über sich selbst und ihre überbordende Fantasie lachen sollte.

Plötzlich bekam sie selbst Appetit auf das letzte Stück Blutwurst. Doch als sie die Hand mit der Gabel ausstreckte, um es sich zu nehmen, hielt der Maler sie auf. »Entschuldigen Sie, Fräulein Dany, aber die Wurst würde Ihnen nicht schmecken. Sie ist nach einem ganz speziellen Rezept für mich allein hergestellt worden.«

»Tut mir leid! Ich wollte nicht …« Daniela zog verwirrt die Hand zurück, während Lassky sich nun selbst das letzte Blutwurststück auf den Teller lud und es dann hastig verschlang.

Ein so gieriges Verhalten hätte Daniela von ihm nicht erwartet. Zu ihrem Erstaunen trauerte sie der Blutwurst nach.

»Welche Aufgaben haben Sie heute für mich?«, fragte sie, um sich abzulenken.

»Müssen Sie nicht in die Uni zu Ihrer Vorlesung?«, antwortete Lassky mit einer Gegenfrage.

»Na ja … eigentlich schon! Aber ich habe mir gedacht, ich lasse die Vorlesungen in den ersten Tagen sausen, um mich in meinen Job einzuarbeiten. Sie sagten ja selbst, dass es auf ein Semester mehr oder weniger nicht ankommt.« Aus einem ihr unbekannten Grund wollte Daniela an diesem Tag im Haus bleiben. Es konnte an dem feinen Geruch liegen, der ihr in die Nase stieg und sie faszinierte. Dabei vermochte sie ihn nicht einmal einordnen. Zuerst glaubte sie, es wäre das Aftershave, das der Maler verwendete. Aber als sie kurz schnupperte, merkte sie, dass dieser Duft langsam verflog, so als wäre er nur kurz aufgetaucht. Seltsamerweise hatte er ihr Appetit auf etwas gemacht, das sie nicht in Worte fassen konnte.

Lassky unterbrach ihr Sinnieren. »Sie sollten in die Uni gehen. Ich halte nichts davon, wenn Sie Ihren Tagesablauf völlig umstürzen. Es kommen gewiss noch viele Tage, an denen ich Sie hier brauche und Sie die eine oder andere Vorlesung versäumen werden.«

Er klang so bestimmend, dass Daniela keine Widerrede wagte. »Also gut! Dann halt bis heute Nachmittag.«

Sie stand seufzend auf und verließ das Frühstückszimmer.

Kaum hatte sie die Tür hinter sich ins Schloss gezogen, da packte Lassky seinen Teller und leckte diesen ebenso ab wie die Servierplatte, die noch Spuren der Blutwurst trug.

9

Als Daniela die Fakultät für Wirtschaftswissenschaften der Uni Wien betrat, wichen die verwirrenden Eindrücke der letzten vierundzwanzig Stunden aus ihrem Kopf, und sie war erleichtert, in den gewohnten Tagesablauf eintauchen zu können. Ihre Freundin Anita und einige andere Kommilitonen hatten sie am Freitag vermisst und begrüßten sie nun fröhlich. Viel Zeit zum Reden blieb ihnen nicht, da gleich die erste Vorlesung begann. Der Professor sprach über die Wirtschaftsdynamik der Tigerstaaten Asiens und stellte anschließend ein paar gemeine Fragen, an denen sich die meisten die Zähne ausbissen.

Obwohl Daniela das letzte Referat verpasst hatte, gelang es ihr ungewohnt leicht, dem Vortrag zu folgen, und sie konnte auch die an sie gerichteten Fragen locker beantworten.

»Sie scheinen übers Wochenende tatsächlich etwas gelernt zu haben, Frau Schreitlinger!« Der Professor wirkte unzufrieden, so als hätte er gehofft, sie vor versammeltem Auditorium bloßstellen zu können.

Daniela hatte in den letzten Tagen keinen einzigen Blick in ihre Arbeitsunterlagen geworfen. Nachdem sie zwei Tage lang als Fräulein Dany angesprochen worden war, berührte es sie eigenartig, wieder das moderne und wenig höfliche »Frau Schreitlinger« zu hören. Obwohl sie mit dem Stoff überraschend gut zurechtkam und sich im Kreis ihrer Kommilitonen wohl fühlte, sehnte sie sich in Lasskys schönes Palais zurück und es juckte ihr in den Fingern, selbst zu malen.

»Vielleicht sollte ich Malerei studieren«, sagte sie mehr für sich.

»Was willst du mit so einer brotlosen Kunst?«, warf Matthias Heuecker verächtlich ein. Er hatte vor einiger Zeit mit Daniela anbandeln wollen, war aber bei ihr auf Granit gestoßen.

»Der Maler, bei dem ich einen Aushilfsjob bekommen habe, kann sehr gut vom Verkauf seiner Bilder leben«, antwortete sie hitzig.

Ihr Ex-Verehrer begann zu lachen. »Als was bist du denn bei ihm angestellt? Als Nacktmodell? Ich glaube, da gibt es Schönere als dich.«

Bei diesen ätzenden Worten fiel Daniela die junge Schauspielerin Monique ein, und sie bleckte in unbewusster Abwehr die Zähne.

Ihre Freundin Anita tippte sich an die Stirn. »Man merkt, dass der Matthias aus Kärnten ist. Die Männer dort sind ja alle solche Kavaliere!«

»Sag nichts gegen Kärnten!«, fuhr der Bursche auf.

Daniela und ihre Freundin winkten ab. Zwar hatten sie nichts gegen Kärnten und seine Bewohner, dafür aber umso mehr gegen ihren Kommilitonen.

»Was meinst du, Daniela, wollen wir hinterher ins Kaffeehaus gehen?«, fragte Anita.

Daniela blickte auf ihren Studienplan. »Das wird knapp! Um drei Uhr ist die letzte Vorlesung zu Ende, und ich muss um fünf wieder zum Dienst antreten.«

»Ist es wieder so was wie die Animierbar?«, fragte Anita, die Danielas Hinweis auf den Maler offenbar nicht gehört hatte.

Diese schüttelte den Kopf. »Das ginge mir grad noch ab! Nein, ich bin quasi als Mädchen für alles bei dem Kunstmaler Urban Lassky untergekommen. Wenn er Gäste hat, muss ich denen nachschenken, und ich soll auf die Zugehfrau aufpassen, damit sie alles sauber macht.«

»Was, beim Lassky? Das ist doch der Malerfürst«, stieß Anita überrascht hervor.

»Dem wirst du doch nur Modell stehen oder besser liegen«, warf Matthias bissig ein.

»Ich glaube nicht, dass er Interesse für mich aufbringt. Er malt derzeit nämlich eine andere Frau, und die ist einfach perfekt. Kennt Ihr die Schauspielerin Monique Prestl?«

Matthias stieß einen keuchenden Laut aus. »Du kennst die Prestl? Die wär' grad die Richtige für mich. Kannst du mich der nicht vorstellen?«

Daniela zuckte mit den Achseln. »Ich hab sie bis jetzt erst einmal getroffen und weiß nicht, wann ich sie wiedersehen werde.«

Meinetwegen, dachte sie, kann das bemalte Flittchen dort bleiben, wo der Pfeffer wächst. Zu ihrer Verwunderung war auch Anita von ihrer neuen Bekanntschaft fasziniert. »Die Prestl würde ich auch gern kennenlernen. Sie war letztens im Fernsehen bei einem Wienkrimi dabei. Eine schönere Leiche habe ich noch nie im Film gesehen.«

»Ich habe bis gestern nicht einmal gewusst, dass die Frau existiert!« Daniela klang abweisend, konnte aber nicht verhindern, dass Matthias und Anita, die sich bisher eher befetzt hatten, sich während der Pause bis zur nächsten Vorlesung angeregt über die aufregend schöne Schauspielerin unterhielten.

10

Der letzte Referent an diesem Tag hatte anscheinend noch etwas vor, denn er peitschte seinen Stoff mit Lichtgeschwindigkeit durch und verließ das Auditorium mehr als eine Viertelstunde vor der Zeit. Da Anita darauf drängte, mit ihr in den Zwölf-Apostel-Keller zu gehen, gab Daniela nach. Zu ihrem Ärger schloss Matthias sich ihnen an und bestritt achtzig Prozent der Unterhaltung, und gab dabei mit seiner reichen Kärntner Familie an, ohne deren Zustimmung angeblich selbst der Landeshauptmann in Klagenfurt nichts zu entscheiden wagte. Dabei hätte sie gern mit Anita über Lassky und dessen Marotten geredet, um einige Dinge klarer zu sehen. So trank sie nur eine Melange, aß hastig ein Stück Mohnstrudel und verabschiedete sich mit dem Hinweis, ihr Arbeitgeber erwarte sie.

»Wenn du die Prestl siehst, dann schau zu, dass du ein Autogrammfoto von ihr kriegst«, rief Matthias ihr noch nach.

Darauf kannst du lange warten, dachte Daniela und eilte davon. Auf dem Weg zur U-Bahn kam ihr ein Mann entgegen. Erst als er sie ansprach, erkannte sie in ihm Wardaschl, den Hausmeister aus ihrem alten Wohnblock.

»Grüß Gott, Fräulein Schreitlinger! Bis wann können Sie das Apartment räumen? Ich würde gern mit dem Renovieren anfangen. Übrigens, die Frau Hasic ist heut Nacht gestorben.«

Daniela riss es herum. »Frau Hasic ist tot? Die ist doch hoffentlich keine von diesen Mumienleichen geworden.«

»Wie kommen Sie denn darauf? Sie hat am Abend vorher ein bisserl zu viel Likör erwischt, und das dürfte ihr Kreislauf nicht gepackt haben, hat der Arzt bei der Leichenbeschau gemeint. Jetzt hab ich meine Arbeit damit. Zuerst rennt mir die Polizei das Haus wegen dem toten Stadtstreicher ein, und heute habe ich den Leuten vom Bestattungsunternehmen helfen müssen, Frau Hasic bis ins Erdgeschoss zu schleppen. Der Monteur von der Aufzugfirma ist nämlich noch immer nicht gekommen.«

Bevor Wardaschl noch redseliger werden konnte, entschuldigte Daniela sich mit einem dringenden Termin und verabschiedete sich. Während sie in der vollgepfropften U-Bahn stand, ging ihr die Nachricht von Frau Hasics Tod durch den Kopf. Natürlich konnte die alte Schwätzerin betrunken gewesen sein und einen Kreislaufkollaps erlitten haben. Doch sie glaubte nicht daran. Auch wenn die Frau nicht wie eine Mumienleiche ausgesehen hatte, so hätte Daniela ihr ganzes Hab und Gut darauf verwettet, dass ihr Tod mit diesen unheimlichen Toten im Zusammenhang stehen musste.

Dieser Gedanke beschäftigte sie auch noch, als sie Lasskys Palais erreichte. Ihr blieb gut eine halbe Stunde bis zu dem Zeitpunkt, den der Maler genannt hatte, und sie wollte diese nützen, um in ihrer Wohnung die ganzen Erlebnisse Revue passieren zu lassen.

Doch kaum hatte sie den Schlüssel im Schloss herumgedreht, wurde die Tür vom Gesellschaftstrakt geöffnet, und Lieserl steckte den Kopf heraus. »Gut, dass Sie schon da sind, Fräulein Dany. Der Herr Kunstmaler hätte gern, dass Sie sofort ins Atelier kommen. Er ist grad beim Malen und möchte, dass Sie ihm assistieren.«

»Beim Malen?«, fragte Daniela verblüfft.

»Nein, das nicht! Aber Sie können ihm und dem Fräulein Monique zu trinken einschenken und andere Handreichungen machen.«

Die Schauspielerin war also doch gekommen. Auf Daniela wirkte diese Nachricht wie ein kalter Guss. Selten war ihr ein Mensch so unsympathisch gewesen wie diese Monique.

»Tummeln Sie sich!«, drängte die Köchin, denn sie wollte wieder an den Herd zurückkehren, um das Abendessen vorzubereiten.

»Ich muss mich noch umziehen und frisch machen«, wandte Daniela ein.

»Solange Sie nichts anderes haben als Ihre Jeans, können Sie ruhig so hineingehen. Der Herr Kunstmaler will, dass das Fräulein Monique sofort bedient wird, wenn es einen Wunsch hat!«

Meinetwegen kann sie verhungern und verdursten, dachte Daniela in einem Anfall von Boshaftigkeit. Sie stellte jedoch ihren Aktenkoffer hinter die Tür und schloss ihre Wohnungstür wieder ab.

»Ist das Fenster repariert worden?«, fragte sie dabei Lieserl.

Die Köchin nickte. »Ja, freilich! Gleich in der Früh sind die Handwerker gekommen. Das jetzt ist alles wieder wie neu.«

Wie es aussah, hatte Lassky bessere Karten bei den Monteurfirmen als Wardaschl, dachte Daniela, schob den Gedanken an den Hausmeister ihrer alten Wohnanlage aber rasch beiseite und betrat das Atelier.

Lassky war gerade dabei, mit einem feinen Pinsel mehrere Linien zu ziehen, und schaute sich nicht einmal um. Die Schauspielerin hob jedoch den Kopf und lächelte.

Für Danielas Gefühl fehlte diesem Lächeln jede Wärme. »Kann ich was für Sie tun?«, fragte sie betont geschäftsmäßig.

»Ich hätte gern ein Glas von dem roten Likör dort vorne.« Monique wies auf einen Kristallflakon, der auf den ersten Blick so wirkte, als wäre er mit Blut gefüllt. Als Daniela den Flakon öffnete, roch sie den intensiven Duft von Minze und anderen Kräutern.

»Das ist eines meiner Lieblingsgetränke«, bekannte Monique mit schmeichelnder Stimme. Da sie sich gerade auf dem mit rotem Samt gepolsterten Podest umdrehte, konnte Daniela sehen, dass sie völlig nackt war und diesmal keine Körperbemalung aufgetragen hatte.

Obwohl sie eigentlich nicht hatte hinsehen wollen, starrte Daniela die Frau fasziniert an. Nie zuvor hatte sie jemanden mit einer solch sinnlichen Ausstrahlung erlebt. Moniques Figur war einfach perfekt, und ihre Haut trübte nicht der kleinste Leberfleck. Sie besaß volle, rote Lippen, und ihre Augen leuchteten wie Bernstein in der Sonne. Das Haar hatte die Mimin heute in dunklem Rot eingefärbt, ebenso das bis auf ein winziges Dreieck zurückrasierte Schamhaar, das sich leuchtend von der hellen Haut abhob.

Obwohl Daniela die Frau am liebsten auf den Mond geschossen hätte, konnte sie sich dem Zauber, den diese ausstrahlte, nur mühsam entziehen. Bislang hatte sie sich gegen lesbische Anwandlungen gefeit gefühlt, doch jetzt kribbelte es ihr in den Fingern, Monique zu streicheln und zu liebkosen.

»Mein Likör?« Obwohl die Schauspielerin immer noch freundlich lächelte, fraß sich ihre Stimme wie Gift in Danielas Gedanken, und der Reiz des Erotischen schwand. Rasch füllte ein Glas und reichte es Monique. Dabei achtete sie streng darauf, die Frau nicht zu berühren.

Plötzlich richtete Monique sich auf und strich ihr über die Wange. »Du hast dir ein hübsches Mädchen angelacht, Lassky. Du solltest sie auch malen – oder noch besser uns beide zusammen. Ich glaube, das Bild würde einen ordentlichen Skandal verursachen, und der käme mir als Künstlerin gerade recht.«

Sie lachte, nippte kurz von ihrem Likör und reichte das noch halbvolle Glas Daniela zurück. »Trink auf mein Wohl, Schätzchen!«

Daniela blickte das Glas an, dann die Frau und zögerte.

Lassky bemerkte es und räusperte sich mahnend. »Den Gefallen können Sie Monique ruhig tun!«

Er sagte Monique, ohne das Fräulein davor, das er sonst bei Gesprächen mit unverheirateten Frauen verwendete. Das bewies Daniela, wie sehr die Schauspielerin sich in seine Gedanken hineingefressen hatte. Für einige Augenblicke empfand sie Eifersucht, weil nicht sie, sondern Monique dem Maler so nahe stand. Dann lachte sie über sich selbst. Immerhin war die Arbeit in Lasskys Haus nur ein Job für sie, um ihr Studium fortführen und beenden zu können. An einer engeren Verbindung oder gar einem sexuellen Verhältnis mit ihm hatte sie nicht das geringste Interesse.

Dennoch hasste sie die Schönheit, die sich eben geschmeidig wie eine Katze auf ihrem Podest bewegte und dabei ihren Körpers in lasziver Weise zur Schau stellte. Als sie dann auch noch provokant die Beine spreizte, blickte Daniela weg.

Monique lachte spöttisch. »Die Kleine ist arg schüchtern, Lassky! Fast tät ich sagen, ein bisschen verklemmt. Ich werde mich um sie kümmern, damit sie lockerer wird.« Mit diesen Worten stand sie auf, trat auf Daniela zu und schlang die Arme um sie. Ihr Mund näherte sich Danielas Lippen, dann spürte sie den Kuss der anderen hart, fordernd und schmerzhaft. Ekel stieg in ihr hoch. Sie machte sich mit einer energischen Bewegung frei und stieß Monique zurück. Ihre Lippen taten weh, und als sie unwillkürlich mit der Zunge darüber strich, schmeckte sie ihr eigenes Blut.

Sie sah, dass es auf Moniques Lippen ebenfalls feucht rot glänzte, und bekam mit, wie diese das Blut mit einem genussvollen Gesichtsausdruck mit der Zunge ableckte.

Lassky sah auf und starrte Daniela an. Dabei atmete er schwer und biss schließlich die Zähne zusammen, dass es knirschte. »Gehen Sie in Ihre Wohnung, Fräulein Dany, und stillen Sie dort die Blutung. Es ist das Beste, Sie lassen sich vom Fräulein Lieserl etwas zum Essen geben, und legen sich dann hin. Sie schauen erschöpft aus. Die Uni schlaucht halt.«

Es war eine Ausrede, und Daniela merkte es. Aber sie war froh, aus Moniques Nähe zu kommen, und verließ das Zimmer nach einem kurzen Gruß. An der Tür drehte sie sich noch einmal um und sah, wie die Schauspielerin auf Lassky zuging, ihm den Pinsel aus der Hand nahm, und ihn dann umarmte. Die Frau besaß die Moral einer streunenden Katze! Daniela war sich sicher, dass Monique nicht eher aufgeben würde, als bis sie mit Lassky zusammen auf ihrem Podest lag und sie anderes tun würden, als Modell stehen oder malen.

Drei

Das Andenfest

1

Daniela wohnte bereits seit zwei Wochen unter dem Dach des Malers und hatte sich für ihr Gefühl gut eingelebt. Allerdings stellte ihr Job nicht viele Ansprüche an sie. Seit ihrem ersten Arbeitstag in der Villa hatte es keine Einladungen mehr gegeben, und auch sonst kamen nur selten Gäste ins Haus. Zwei regelmäßige Besucher waren Ludwig Terenci und Florian Mischka. Während Ersterer sich als angenehmer Gesprächspartner erwies, verabscheute sie Mischka von Mal zu Mal mehr. Immer wieder vernahm sie seine verzweifelt klingende Stimme, die durch die Tür von Lasskys privatem Reich drang, aber sie konnte nicht verstehen, was er sagte. Es hörte sich so an, als habe der Mann Schulden bei ihrem Arbeitgeber und sei nicht in der Lage, diese zurückzuzahlen. Nun fragte sie sich, weshalb Lassky so einen unangenehmen Menschen in seiner Nähe duldete und ihn sogar wie einen Freund behandelte.

Auch die Köchin mochte den Mann nicht, ebenso wenig die Zugehfrau, die sie inzwischen auch kennengelernt hatte. Bei dieser handelte es sich um eine wortkarge Serbin, die zweimal die Woche kam, aber nicht übermäßig viel zu tun hatte, da Lieserl die Küche peinlich sauber hielt und sie selbst ebenfalls auf Ordnung und Sauberkeit achtete. Auch Lasskys persönliche Räume sahen so aus, als schwinge der Maler nicht nur den Pinsel, sondern auch Besen und Staubwedel.

Da Daniela von ihren Pflichten kaum beansprucht wurde, kümmerte sie sich wieder mehr um ihr Studium, besuchte aber auch einige Vorlesungen über Bildende Kunst.

Ihre Freundin Anita schüttelte den Kopf über so viel Studieneifer, und Matthias Heuecker spottete, Daniela interessiere sich nur deshalb für Kunst, um sich bei Lassky einschleimen zu können. Sie selbst zuckte über solche Bemerkungen die Achseln. Seit sie die alte Wohnanlage verlassen hatte und bei Lassky eingezogen war, fühlte sie sich weitaus leistungsfähiger als früher. Ihr Geruchs- und Geschmackssinn waren so empfindlich geworden, dass sie sogar die unterschiedlichen Mokkasorten im Kaffeehaus auseinanderhalten konnte. Sie wunderte sich darüber, ohne erkennen zu können, woran das lag. Außerdem begann sie beim Essen eigenartige Vorlieben zu entwickeln. So hatte sie sich gestern ein Stück Blutwurst gewünscht, und zu ihrer Beschämung hatte Lieserl es sich auf sich genommen, noch einmal zum Fleischer zu laufen, um ihr welche zu besorgen. Dabei hatte Lassky eigentlich genug davon ihm Haus. An dessen spezielle Sorte kam sie jedoch nicht heran. Fast hatte sie das Gefühl, er bewahre diese Wurst in einem eigenen Kühlschrank in seinen Privaträumen auf, denn in der Küche hatte sie sie bis jetzt noch nicht entdeckt. Eine unerklärliche Scheu hielt sie davon ab, Lieserl danach zu fragen, zumal die Köchin bereits angedeutet hatte, dass zu viel Neugier in Lasskys Haushalt nicht gerne gesehen werde.

Um die Mumienleichen war es ebenfalls ruhig geworden, da keine neue mehr aufgefunden worden war. Die Zeitungen beschäftigten sich längst mit anderen Themen, und der Einzige, der sich weiterhin um diesen Fall kümmerte, war Bezirksinspektor Prallinger. Er hatte noch einmal sämtliche Zeugen aufgesucht und auch mit Daniela gesprochen. Herausgekommen war jedoch nichts. Zwar hatte sie überlegt, ihn auf Frau Hasics Tod anzusprechen, es aber dann für sinnlos gehalten. Ihre frühere Nachbarin war den Angaben der Behörden zufolge eines natürlichen Todes gestorben und nicht durch irgendein unerklärliches Ereignis.

An diesem Tag saß Daniela im Café Demel, für das sie seit neuestem eine Vorliebe gefasst hatte, unterhielt sich mit ihren Kommilitonen – und sah Prallinger draußen vorbeigehen. Sein Gesichtsausdruck wirkte verbissen und gleichzeitig hoffnungslos. Der Mann tat ihr leid, aber da sie ihm nicht helfen konnte, drehte sie ihm den Rücken zu und nahm ihre Tasse in die Hand.

»Und, weißt du schon, was du in den Semesterferien machst?«, fragte sie Anita.

Diese wiegte unschlüssig den Kopf. »Wahrscheinlich fahre ich nach Hause. Die Oma gibt mir jedes Mal einen Hunderter, wenn ich zu ihr komme, und das Geld kann ich gut gebrauchen.«

»Ich werde auch heimfahren. Mein Onkel hat ein großes Hotel im Lesachtal und da sind in den Ferien alleweil die hübschesten Hasen zu finden. Das wird sicher recht lustig werden«, erklärte Matthias Heuecker selbstzufrieden.

»Angeber!«, spottete Anita. Da sie selbst mit jedem Cent rechnen musste, ärgerte sie sich über Matthias' großkotzige Art. Bei Daniela kam er ebenfalls nicht gut an, aber sein Fell war dick genug, sich nicht darum zu scheren. Dennoch wechselte er das Thema und fragte sie mit einem beleidigt klingenden Unterton: »Was ist denn jetzt mit meinem Autogramm von der Prestl Monique? Du solltest mir doch ein Foto von ihr besorgen!«

»Da ich sie nicht sehe, kann ich sie auch nicht fragen«, antwortete Daniela achselzuckend.

»Du hättest dich darum kümmern können!«

»Ich habe ehrlich gesagt was anderes zu tun, als dieser überspannten Henne nachzulaufen!« Daniela empfand Matthias allmählich als lästig.

»Ich muss wieder zurück. Da hast du einen Zehner, Anita. Zahl für mich mit!« Daniela schob ihrer Freundin den Geldschein hin, trank ihre Tasse leer und verschwand mit geschmeidigen Schritten.

Matthias giftete hinter ihr hinter.»Die hält sich auch für was Besseres als unsereins, seit sie bei ihrem depperten Pinselschwinger lebt!«

Dann sah er Anita an. »Also, was ist, kommt du noch mit auf meine Bude, um mit mir die letzte Vorlesung durchzugehen? Ehrlich gesagt habe ich nicht viel davon begriffen.«

»Ich habe aber nicht viel Zeit«, sagte die junge Frau ausweichend.

»Jetzt gib deinem Herzen einen Stoß. Die Viertelstunde wirst du wohl übrig haben. Herr Ober, zahlen!« Matthias grabschte sich Danielas Zehn-Euro-Schein, der noch auf dem kleinen Tisch lag, winkte dem Kellner und beglich die gesamte Zeche. Dann hakte er sich bei Anita unter und führte sie zur Tür hinaus.

2

Als Daniela nach Hause kam, befand sich Monique im Atelier. Sie lag wie ein Sinnbild fleischlicher Sündhaftigkeit auf dem Podest und lächelte den sichtlich entzückten Lassky an. Für Daniela hatte sie nur einen spöttischen Blick übrig. Sie befahl ihr in einem herablassenden Tonfall, ihr Likör einzuschenken, und schlabberte die Flüssigkeit wie eine Katze die Milch. Dabei verschlang sie Lassky mit Blicken, für die Daniela ihr am liebsten die Augen ausgekratzt hätte.

Es war offensichtlich, dass Monique mit dem Maler spielte. Tagelang ließ sie sich nicht sehen, doch wenn sie kam, präsentierte sie sich ihm in einer Weise, die jeden Mann verrückt machen musste. Daniela hätte ein Jahresgehalt darauf verwettet, dass die beiden noch vor Ablauf einer Stunde im Bett landen würden. Sie sagte sich zwar, dass es sie nichts anging, aber sie nahm Monique ihr Verhalten übel und hätte sie am liebsten vor die Tür gesetzt. So, wie sie es tat, durfte man einen sensiblen und großherzigen Künstler wie Lassky nicht behandeln.

Um Monique ein wenig den Spaß zu verderben, beschloss sie, einfach im Zimmer zu bleiben und eine Art Anstandswauwau zu spielen. Damit würde sie Lassky zwar nicht vor ihr beschützen können, aber dies stand sowieso nicht in ihrer Macht. Sie holte sich einen Schemel, setzte sich in eine Ecke, sodass Monique sie sehen musste, und sah dem Maler zu.

Sogar seine Begeisterung für diese verboten schöne Frau brachte Lassky nicht dazu, seine Kunst zu vernachlässigen. Er setzte jeden Pinselstrich mit Bedacht und schaffte es, Monique in einer Weise zu porträtieren, die seine Einmaligkeit bewies. Auf dem Bild war nicht einfach nur eine nackte Frau im verfremdeten Rot zu sehen, sondern ein Vulkan aus geballter Leidenschaft, der jeden Augenblick ausbrechen konnte. Gleichzeitig aber drückte das Bild noch etwas aus, dessen sich Lassky wohl selbst nicht bewusst war. Die gemalte Monique wirkte auf Daniela wie ein Raubtier vor dem Sprung.

Dieser Eindruck war so stark, dass Daniela die Schauspielerin erschrocken musterte. Wollte die Frau Lassky bewusst oder unbewusst zerstören?

Obwohl Monique immer noch lächelte und sich lasziv mit der Zunge über die Lippen strich, spürte sie eine Anspannung in ihr, die so gar nicht zu ihrem schwül-erotischen Verhalten passte.

Die Schauspielerin verlangte noch ein zweites Glas Likör und musterte Daniela mit einem geradezu sezierenden Blick. »Du gefällst mir, Kleine! Ich glaube, wir würden beide sehr viel Spaß miteinander haben.«

»Das glaube ich weniger!« Daniela wollte sich mit einer schroffen Bewegung abwenden, doch Monique packte sie und hielt sie fest.

Der Griff war fordernd, und als die Schauspielerin mit dem Mund ihren Nacken berührte und dessen Linie folgte, bis ihre Lippen auf der klopfenden Halsschlagader verharrten, empfand Daniela nur noch Panik. Sie spürte, wie Moniques Zähne sich gegen ihre Haut pressten. Dabei atmete die Frau in kurzen Stößen, so als könne sie sich gerade noch beherrschen. Ein leichter Schmerz brachte Daniela schließlich dazu, sich aus den Armen der Schauspielerin zu winden. Sie griff mit der rechten Hand an den Hals, doch als sie die Finger zurückzog, klebte kein Blut daran. Dennoch hatte sie seinen süßlichen Geruch in der Nase.

Monique lachte über ihr erschrockenes Gesicht und kehrte auf ihr Podest zurück. »Ich habe nur noch eine halbe Stunde Zeit, Lassky, dann muss ich zu einer Verabredung.«

»Wenn wir so weitermachen, wird das Bild nie fertig!« In diesem Moment sah der sonst eher beherrschte Maler aus, als wolle er Pinsel und Palette am liebsten in die Ecke feuern. An Daniela und das Spiel, das Monique eben mit dieser getrieben hatte, schien er jedoch keinen Gedanken zu verschwenden.

»Wir sind doch schon ziemlich weit gekommen, findest du nicht auch?« Monique glitt hoch, trat hinter Lassky und schlang nun die Arme um ihn. Der Maler holte tief Luft, legte den Pinsel weg und blickte verzückt, aber auch irgendwie abwehrend zu ihr hoch.

Monique lächelte so, dass sein Blick wachsendes Verlangen verriet. Gleichzeitig machte sie eine Handbewegung, als wolle sie eine lästige Fliege verscheuchen. »Sie können uns jetzt allein lassen, Fräulein Dany!«

Dann lachte sie. »Oder wollen Sie mitmachen?«

»Danke, da weiß ich mir Besseres!« Daniela drehte sich um und ging. Hier konnte sie nichts mehr ausrichten.

Für sie war Lassky ein Idiot. Wie konnte er sich nur in eine Frau verlieben, die keinerlei Hemmungen besaß? In ihrer Wohnung angekommen, betrat Daniela aus einem Impuls heraus als Erstes das Badezimmer und schaltete die Lichtleisten am Spiegelschrank an. Als sie dann ihren Hals ansah und dabei die Haut mit den Fingern straff zog, entdeckte sie einen winzigen Schnitt, den Monique ihr beigebracht hatte.

»Das Weibsstück ist ja gemeingefährlich!«, schimpfte sie und wollte schon ins Atelier zurückzukehren und die Schauspielerin zur Rede zu stellen. Aber der Gedanke, Monique und Lassky beim Liebesspiel vorzufinden, hielt sie davon ab.

Um sich zu beruhigen, setzte sie in ihrer Miniküche Wasser auf, obwohl Lieserl ihr sicher einen Tee aufgebrüht hätte, und ließ sich in ihrem Wohnzimmer auf die Couch sinken. Ihre Gedanken wirbelten umher wie Blätter im Sturm. Sie musste an die Sache mit den Mumienleichen denken und daran, dass die Boulevardblätter hofften, die Serie der Todesfälle sei zu Ende und die Ursache würde sich bald klären. Gleichzeitig sah sie Frau Hasic so deutlich vor sich, als stünde diese leibhaftig im Raum. Auch beschäftigte es sie, dass Monique sie schon zweimal bis aufs Blut gebissen hatte. Zwar handelte es sich bei den Mumienleichen, der verstorbenen Frau Hasic und Moniques seltsamen Benehmen um drei völlig verschiedene Dinge, doch ihr kam es so vor, als gäbe es zwischen diesen Vorgängen einen geheimnisvollen Zusammenhang.

»Ich glaube, jetzt bekomme ich auch noch Verfolgungswahn!«, stöhnte sie und war direkt froh, als die Türglocke anschlug.

Rasch eilte sie zur Haustüre und machte auf. Ihr erwartungsvolles Gesicht verdüsterte sich jäh, als sie Mischka draußen stehen sah.

»Sie wünschen?« Ihrem Gesichtsausdruck nach hätte es genauso gut heißen können: »Verschwinden Sie!«

»Ich will die Monique abholen!« Mischka schob Daniela einfach beiseite. Er schien vor Erwartung zu beben und verzichtete sogar auf die anzüglichen Bemerkungen, die er sonst von sich gegeben hatte.

Daniela fragte sich, wie Lassky reagieren würde, wenn er erfuhr, mit wem die Schauspielerin verabredet war. Leicht boshaft gönnte sie ihrem Arbeitgeber diese Enttäuschung. Monique kam ihnen bereits entgegen. Sie war nicht mehr nackt, sondern steckte in einem engen Etwas, das auf der Haut zu kleben schien, und sah so zufrieden aus, wie es eine Frau nach einem ausgiebigen Orgasmus nur sein konnte.

Lassky stand hinter ihr und wirkte ebenfalls entspannt, aber auch sehr erschöpft. Bei Mischkas Anblick brummte er ärgerlich. »Was willst du denn hier?«

»Mich abholen«, zwitscherte Monique.

Der Maler sah sie verärgert an. »Du bist mit dem da verabredet? Das ist soll doch wohl ein Witz sein!«

Monique drehte sich zu ihm um und legte ihm den Zeigefinger auf den Mund. »Du kennst doch das elfte Gebot: Du sollst nicht eifersüchtig sein!«

Mischka lachte hämisch, während Lassky mit den Zähnen knirschte. Der Maler sagte jedoch nichts mehr, sondern beobachtete mit einer enttäuschten Miene, wie Monique sich bei dem anderen einhakte und Hüften schwingend das Haus verließ.

»Irgendwann bringe ich Mischka noch um!« Lassky schüttelte sich und ließ sich auf einen Stuhl fallen.

Daniela schien er vollkommen ausgelaugt zu sein. In diesem Zustand hätte er nicht einmal mit einem kleinen Kind fertig werden können. Schnell wich ihr Spott tiefer Besorgnis. »Kann ich etwas für Sie tun, Herr Lassky?«

»Nein danke, ich …« Der Maler versuchte aufzustehen, schaffte es aber nicht. »Irgendwie bin ich heut etwas wacklig auf den Beinen. Kommen Sie, helfen Sie mir in mein Schlafzimmer. Ich muss mich hinlegen.«

»Soll ich nicht besser den Arzt rufen?«, fragte Daniela.

Lassky schüttelte den Kopf. »Nicht nötig! Gleich geht's mir wieder besser.«

Er streifte Daniela mit einem zweifelnden Blick, seufzte dann und winkte ab. »Kommen Sie, helfen Sie mir auf! Ich habe nicht alle Zeit der Welt zur Verfügung.«

Von diesem Ausbruch überrascht, stützte Daniela ihn und führte ihn in sein Zimmer.

Als Lassky eingefallen wie ein Greis auf seinem Bett hockte, wies er auf die Holzverkleidung der hinteren Wand. »Sie müssen mir noch einen Gefallen tun, dürfen aber mit niemand darüber reden! Mit keinem Menschen, verstehen Sie?«

»Ich bin kein Tratschmaul!«

»Das habe ich auch nicht behauptet. Aber es ist wichtig, dass Sie das, was Sie jetzt sehen, sofort wieder vergessen. Drücken Sie bitte auf die dritte Leiste und schieben Sie sie hoch.«

Daniela befolgte Lasskys Anweisungen, bis sie einen Teil Holzverkleidung abnehmen konnte. Dahinter kam ein Geheimschrank zum Vorschein, der für einen Menschen mit so altmodischen Vorlieben wie dem Maler sehr modern wirkte. Dann musste sie Lassky helfen aufzustehen und ihn stützen, sodass er seinen Tresor erreichen und ihn aufschließen konnte. Er zog ihn nur einen Spalt breit auf, holte eine Halbliterflasche heraus, die bis auf den Schraubverschluss mit Aluminiumfolie verkleidet war, und machte den Schrank sofort wieder zu.

»Sie können jetzt gehen, Fräulein Dany. Den Rest schaffe ich allein.«

Er klang so drängend, dass Daniela gehorchte. An der Tür aber warf sie einen schnellen Blick über ihre Schulter und sah, wie Lassky mit zittrigen Fingern die Flasche öffnete und den Inhalt wie ein Verdurstender in sich hineinschüttete.

3

Sie schwelgte noch im Nachhall des seltenen Genusses, den sie sich an diesem Tag hatte gönnen können. So etwas erlebte sie nicht oft. Erwartungsvoll musterte sie ihren Begleiter, der ihr so begeistert folgte, als führe sie ihn ins Paradies, und musste an sich halten, um den Mann nicht schon auf offener Straße an sich zu drücken. Zwar freute sie sich schon auf das, was nun kommen würde, doch diesmal musste sie vorsichtiger sein. Sie hatte ihr letztes Opfer zu stark geschwächt, weil ihr Hunger nach jener ganz speziellen Kraft, die nur einer unter Hunderttausenden besaß, zu groß gewesen war.

»Kommst du mit zu mir?«, fragte der Mann mit vor Erregung rauer Stimme.

»Gerne!«, antwortete sie, obwohl sie wusste, dass seine Wohnung nur eine Bruchbude in irgendeinem Hinterhofhaus war. Aber in ihrer gewohnten Umgebung fühlten sich ihre Opfer sicher und gingen mehr aus sich heraus. Sie trippelte neben ihm her, bis sie eine Toreinfahrt erreichten, und wartete scheinbar geduldig, während ihr Begleiter umständlich den Schlüsselbund herauszog und die Türen eine nach der anderen öffnete. Dann liefen sie mit wachsender Erregung die Treppen hoch. Gleich ist es so weit, dachte sie, und versuchte zu berechnen, wie viel Lebenskraft sie ihm entziehen musste, um ihre Pläne weiterverfolgen zu können.

Seine Wohnung lag, wie sie vermutet hatte, im obersten Stock eines Hinterhauses. Es gab natürlich keinen Aufzug, und die Beleuchtung im Stiegenhaus war so schwach, dass sie ihn am liebsten in eine der düsteren Ecken gezerrt hätte.

»Warte!«, mahnte sie sich selbst und lächelte verführerisch, als ihr Opfer sich zu ihr umdrehte.

»Was hast du gesagt?«

»Nur, dass es gleich so weit ist!«, antwortete es mit einem erotisch schmelzenden Unterton und amüsierte sich über den Mann, den sie bereits völlig in Bann geschlagen hatte. Normale Männer brachen rasch kraftlos zusammen und krepierten. Denen konnte sie nur noch den letzten Rest ihrer Lebensenergie entziehen und sie als Mumienleichen zurücklassen. Aber an diesem Tag würde es anders sein. Der magere Mann, der eben seine Wohnung aufsperrte, besaß mehr Kraft in sich als eine ganze Kompanie junger, gesunder Soldaten.

»Willst du vorher noch was trinken?«, fragte er.

Sie nickte beeindruckt. Der Mann besaß noch genug Selbstbeherrschung, um sich auf seine Pflichten als Gastgeber zu besinnen. Also verfügte er nicht nur mehr Kraft, sondern auch einen stärkeren Willen als die meisten. Doch auch das würde ihm nichts helfen. Ihr Lächeln wurde zu einer Verheißung endloser Lust. »Hast du einen roten Likör, mit einer Farbe ähnlich wie Blut?«

Sie sah, wie sein Gesicht einen gierigen Ausdruck annahm. Ganz so groß war seine Selbstbeherrschung also doch nicht. Nun ging er an den Schrank, holte zwei Gläser heraus, die nicht gerade sauber aussahen, und goss aus einer großen, bauchigen Flasche eine rote Flüssigkeit hinein.

Sie schnupperte und fühlte, wie eine heiße Welle sie überrollte. Der Mann war verrückt, ihr ein Getränk zu reichen, das zur Hälfte aus richtigem Blut bestand.

»Zum Wohl!« Er reichte ihr ein Glas, trank das andere auf Ex und goss sich sofort nach.

Sie selbst ließ die rote Flüssigkeit langsam und genussvoll über die Zunge laufen. Das Blut erfrischte sie, auch wenn es sich um kein besonders gutes handelte. Sie schmeckte zu viele Bakterien und Viren darin, ebenso Spuren billiger Drogen. Wahrscheinlich stammte es von einer Bordsteinschlampe oder einem Kerl, der bis auf den Bodensatz der Gesellschaft durchgereicht worden war und nun sich selbst und sein Blut verkaufte, um an die nötigen Drogen zu kommen.

Sie verstärkte ihre Beeinflussung und ließ den Mann Dinge erleben, die er sich in seiner Fantasie vorstellte. Sie selbst schloss die Arme um ihn und hielt ihn wie mit eisernen Klammern fest. Für ein paar Augenblicke versuchte er, sich von ihr zu lösen, dann erlosch sein Wille. Seine Augen wurden trübe und er begann zu japsen. Zuletzt keuchte er wie nach einem Zehntausendmeterlauf und stammelte wirres Zeug.

Sie hielt seinen Blick gefangen und vermittelte ihm das Gefühl einer wilden Liebesnacht, in der er sich bis zur Erschöpfung verausgabte. Dabei zog sie seine Lebenskraft an sich und beendete das mörderische Saugen erst, als seine Haut fahl wurde und ihm kalter Schweiß auf die Stirn trat. Als sie ihn losließ, rutschte er haltlos zu Boden und blieb dort liegen.

Um zu verhindern, dass er doch an Auszehrung starb, ging sie in die kleine, schmuddelige Küche, holte die Flasche mit dem Blutderivat und flößte ihm einen Teil der Flüssigkeit ein. Den Rest trank sie selbst aus und sah es als angenehmen kleinen Nachtisch an.

Dabei betrachtete sie ihr Opfer mit einem höhnischen Blick. Von nun an würde der Mann ihr ergebener Sklave sein und der Erste aus jener Schar von Kraftträgern, über die sie einmal unumschränkt herrschen würde.

4

Auf dem Heimweg traf die schwarze Königin überraschend auf Bezirksinspektor Prallinger und gönnte sich das Vergnügen, ihn dabei zu beobachten, wie er noch immer versuchte, der Herkunft der Mumienleichen nachzuspüren. Sie kicherte bei dem Gedanken, dem eifrigen Kriminaler am eigenen Leibe vorzuführen, wie Mumienleichen entstanden, verschob das aber auf später. Dennoch beschloss sie, ihm bald wieder Grund zu geben, an seinen eigenen Fähigkeiten und an denen der Gerichtsmediziner zu zweifeln.

Dann aber blieb ihr Blick auf einem vierschrötigen Mann haften, der gerade an ihr vorbei ging. Er trug eine schlecht sitzende Hose und eine verschossene Jacke und sah auch sonst nicht übermäßig präsentabel aus. Dennoch stellte er mit seiner offensichtlichen Lebenskraft ein ideales Opfer für sie dar.

»Grüß Gott, Herr Wardaschl! Sieht man Sie auch wieder einmal?«

Der Angesprochene drehte sich um und starrte die Frau an, die mit ihrem ebenmäßigen Gesicht, den langen, schwarzen Haaren und den wie poliertes Elfenbein schimmernden Zähnen in ihrem leuchtend roten Mund äußerst attraktiv erschien. »Kennen wir uns?«

»Sie werden doch nicht etwa sagen wollen, dass Sie mich vergessen haben! Immerhin habe ich ein halbes Jahr in Ihrem Haus gewohnt.« Das war zwar gelogen, doch ihr hypnotischer Blick sorgte dafür, dass der Hausmeister sich daran zu erinnern glaubte.

»Jetzt fällt es mir wieder ein! Aber ich komme nicht auf Ihren Namen.«

»Meier«, half die verführerische Schöne freundlich aus. Bei einem solchen Allerweltsnamen wäre es ein Wunder gewesen, wenn nicht irgendwann einmal eine entsprechende Frau in der Wohnanlage gelebt hätte.

Wardaschl nickte sofort. »Ah, ja! Stimmt! Wo hab ich denn bloß meinen Kopf gehabt?«

»Auf den Schultern, wo er hingehört.« Sie schnurrte vor Vergnügen, denn der Hausmeister zählte zu jenen Typen, die für ihre Art der Beeinflussung am empfänglichsten waren. Nun starrte er auf ihren Ausschnitt, als würde er am liebsten hineingreifen.

»Wissen Sie, Herr Wardaschl, ich würde mir gerne noch einmal die Wohnanlage anschauen. Es war doch schön darin. Oder erinnern Sie sich nicht daran, wie wir einmal gemeinsam im Keller waren und dann das Licht ausging?«, sagte sie, und begann, Bilder eines zwar kurzen, aber leidenschaftlichen Zusammenseins in ihm zu erzeugen.

»Ich erinnere mich gern daran!«, presste er mühsam hervor und rieb sich über die Stirn.

»Gehen Sie schon einmal voraus! Ich muss nur schnell einer Freundin sagen, dass ich nicht mit ihr mitkommen kann.« Ihr Lächeln versprach Wardaschl eine heiße Stunde, und er sagte sich, dass er ein Narr wäre, dieses Angebot nicht anzunehmen.

Zufrieden sah sie, wie er davonschlurfte. Natürlich gab es keine Freundin, aber sie wollte nicht mit ihm zusammen in der Nähe der Wohnanlage oder bei deren Betreten gesehen werden. Aus diesem Grund wandte sie sich einer Seitengasse zu, verschwand im Halbdunkel eines offen stehenden Hofdurchgangs und blieb schließlich vor einer Tür mit einem altmodischen Schloss stehen. Sie brauchte nicht einmal einen Dietrich, denn die Kraft ihres Geistes reichte aus, um den Sperrriegel zurückschnappen zu lassen. Ungesehen trat sie ein und wandte sich nach unten. Dabei amüsierte sie sich über den Zufall, Wardaschl so nahe an seiner Wohnung getroffen zu haben. Damit hatte er sie der Suche nach einem neuen, ergiebigen Opfer enthoben.

Kurz darauf befand sie sich im Keller und entdeckte rasch den verborgenen Durchgang, den ihre Affenschlangen angelegt hatten. In den Gängen, die mehr zu ihrem eigenen Reich als zur Stadt der Menschen gehörten, fand sie ihren Weg so sicher, als wäre er mit leuchtenden Farben markiert. Schon bald erreichte sie die Wohnanlage, in der sie zwei Opfer getötet hatte, und schraubte als Erstes die Sicherungen der Kellerbeleuchtung aus dem Kasten.

Danach griff sie mit ihren übernatürlichen Sinnen nach Wardaschl und brachte ihn dazu, in dieses Dunkel hinabzusteigen. Für einen kurzen Augenblick sah es ihn als Schattenriss gegen das Licht der Flurbeleuchtung, dann fiel die Tür hinter ihm ins Schloss, und sie waren allein.

Wardaschl tastete nach dem Lichtschalter und drückte ihn mehrfach. »Verdammt, jetzt ist das Gelump ganz hin!«, fluchte er und spürte im nächsten Moment, wie zwei kühle Arme ihn umschlangen.

»Für das, was wir jetzt tun, brauchen wir doch kein Licht!«, raunte sie ihm ins Ohr und berührte mit ihrem Mund seinen Hals. Sie biss jedoch nicht zu. Das machten nur diejenigen, die allein an menschlichem Blut interessiert waren. Sie jedoch wollte die Lebenskraft des Mannes haben, und die lag in jeder einzelnen Zelle.

Aus diesem Grund presste sie ihn an sich und begann, ihn auszusaugen. Im Gegensatz zu ihrem letzten Opfer legte sie sich diesmal keine Zurückhaltung auf. Sie vernahm Wardaschls Röcheln und lachte über seine schwächlichen Versuche, von ihr loszukommen. Sein Körper wurde in ihren Armen schlaffer und trockener und sie spürte, wie ihre eigene Kraft zunahm.

Während Wardaschl zu einer leeren Hülle schrumpfte, nahm sie jedes Quäntchen seiner Lebensenergie in sich auf. Er besaß mehr davon, als sie erwartet hatte, und sie fühlte sich bald wie betrunken. Als er mit einem Aufbäumen versuchte, die letzten Funken seines Selbst zu retten, gelang es ihm beinahe, sie zu überraschen. Nur mit Mühe vermochte sie ihr um sich schlagendes Opfer festzuhalten und hörte erst auf zu saugen, als sie seinen ausgetrockneten Leichnam in den Armen hielt. Sie wollte die leere Hülle einfach von sich werfen, wie sie es sonst mit ihren Opfern tat, hielt aber inne und drehte sich um.

Ein Stück entfernt hockte Nummer Eins auf dem Boden und wackelte mit dem langen Schlangenhals. Daher warf sie dem Geschöpf die Überreste des Menschen zu, der eben noch ein kraftvoller Mann gewesen war. »Sieh zu, dass du diesen Kadaver irgendwo anders ablegst! Am besten im Stadtpark oder im Burggarten. Pass aber auf, dass dich niemand sieht!«

»Das wird niemand, Erhabene!« Die Affenschlange warf sich den Leichnam über die Schulter und wollte dem Keller verlassen. Da hielt der Ruf ihrer Herrin sie auf.

»Wenn du damit fertig bist, dann sorge dafür, dass hier keine Spuren gefunden werden, verstanden? Sonst kommt noch jemand auf den Gedanken, hier wäre etwas Ungewöhnliches passiert.«

5

Obwohl Urban Lassky Andrea Lupacani gedrängt hatte, war es ihm nicht gelungen, bei ihr einen früheren Termin für Daniela zu bekommen. Die Modedesignerin besaß ein kleines Ladenlokal am Kohlmarkt, empfing aber ausgesuchte Kundinnen in ihrer Privatwohnung in der Himmelpfortgasse, die fern vom Lärm der Stadt auf einen begrünten Innenhof hinausging. Innen war die Wohnung, wie Daniela feststellte, ein Traum in Rot.

Andrea Lupacani reichte ihr mit einem freundlichen Lächeln die Hand. »Erst einmal guten Abend, Fräulein Dany. Wie geht es dem Lassky so? Hat er das Bild von der Prestl inzwischen fertig gemalt?«

»Guten Abend, Frau Lupacani. Leider nein – das heißt, er ist immer noch damit beschäftigt. Da die Monique sehr unregelmäßig kommt, wird es noch ein wenig dauern.«

»Eine faszinierende Person, diese Prestl. Schade, dass sie nicht bei mir arbeiten lässt. Diese Figur! Einfach ideal! Und das Gesicht erst …« Die Lupacani seufzte so tief, dass Daniela sich fragte, ob die Frau lesbisch war und auf Früchtchen von lockerer Moral stand.

Ein Teil ihrer Abscheu zeichnete sich wohl auf ihrem Gesicht ab, denn die Designerin bedachte sie mit einem amüsierten Blick. »Keine Sorge, Sie werden nicht so herumlaufen müssen wie eine Monique Prestl! Das wäre auch nicht Ihr Stil. Für Sie werde ich etwas Damenhafteres entwerfen. Urbans Modell ist zwar die aufregendste Frau, die ich je gesehen habe, aber eine Dame kann man sie wirklich nicht nennen.«

»Da haben Sie recht! Ich habe selten ein schamloseres Geschöpf kennengelernt.« Daniela war wieder versöhnt und erwartete, Frau Lupacani würde beginnen, ihre Maße zu nehmen.

Stattdessen bat die Modedesignerin sie in ein kleines, mit Nippes überfülltes Zimmer mit einem roten Rattantisch und ebensolchen Stühlen. »Nehmen Sie bitte Platz. Meine Assistentin bringt uns gleich Kaffee und Kuchen.«

Sie hatte es kaum gesagt, da trat eine hochgewachsene, schlanke Dame mit einem schmalen, angenehm wirkenden Gesicht ein und servierte Kaffee. Der Teint der Frau war so weiß wie frisch gefallener Schnee, und ihre Lippen leuchteten so rot wie Blut. Da ihr pechschwarzes Haar bis zu den Hüften herabfiel, fühlte Daniela sich an das Märchen von Schneewittchen erinnert. Hände, weiß wie Elfenbein, aber mit blutrot bemalten Fingernägeln, schenkten ihr Kaffee ein und legten ihr ein Stück duftenden Schokoladenkuchen vor.

»Lassen Sie es sich schmecken.« Die Stimme erinnerte an eine frische Waldbrise und machte die Frau sympathisch.

»Herzlichen Dank. Der Kuchen sieht aber gut aus.«

Die andere lächelte. »Ich hoffe, er schmeckt auch so. Ich habe ihn selbst gebacken!«

Die Lupacani sah ihre Assistentin mit großen Augen an. »Aber Dilia! Wie kannst du das sagen, wo ich doch immer angebe, ich würde den Kuchen, den ich meinen Kundinnen vorsetze, von den teuersten Konditoreien beziehen.«

»Fräulein Dany ist doch keine schlichte Kundin, sondern eine von uns«, antwortete Dilia und warf Daniela einen Blick zu, als wolle bis in ihr Innerstes schauen.

Andrea Lupacani warf ihr einen verärgerten Blick zu. »Fräulein Dany ist die Hausdame unseres lieben Lassky, nicht mehr und nicht weniger.«

»Ich hatte angenommen, sie wäre ... Aber seit einiger Zeit lässt mich mein Einschätzungsvermögen offenbar in Stich.

Ich fühle mich, als sei ich blind geworden.« Dilia wischte sich mit einer verzagten Geste über die Stirn und seufzte.

Daniela wunderte sich über die Spannung, die auf einmal zwischen den beiden Frauen herrschte, und blickte von einer zur anderen. Dilia wirkte verwirrt, während die Designerin sich gefangen hatte und auf die kleinen Tassen wies. »Trinken wir den Kaffee, bevor er kalt wird! Ich darf doch du sagen, Dany? Das ewige Fräulein hört sich arg antiquiert an. Auf so was kann auch nur unser lieber Urban kommen.«

»Also, ich habe kein Problem damit, Frau Lupacani. Aber mir wäre es lieber, wenn Sie Daniela sagen würden.«

»So ganz dürfen wir Urban nicht übergehen. Treffen wir uns eben in der Mitte und bleiben bei Dany.« Die Modistin führte die Tasse zum Mund und schlürfte genussvoll den Kaffee. »Gut ist er, Dilia.«

»Der Kuchen ist ebenfalls ausgezeichnet!« Daniela hatte den ersten Bissen auf der Zunge zergehen lassen. »Ich glaube, wenn Sie eine Konditorei aufmachen würden, könnten einige andere zusperren.«

Kaum hatte sie es gesagt, begannen Dilia und die Lupacani zu kichern. Die Modedesignerin beruhigte sich als Erste und sah Daniela mit aufblitzendem Schalk in den Augen an. »Liebe Dany, Dilia und ich haben uns schon überlegt, eine Konditorei aufzumachen, wenn mein Modeladen nicht mehr laufen sollte.«

Der Blick, sie dabei ihrer Assistentin schenkte, bewies Daniela, dass zwischen den beiden Frauen ein engeres Verhältnis bestand als zwischen Chefin und Angestellter. Da sie die sexuelle Ausrichtung der Designerin nichts anging, schob sie diesen Gedanken beiseite und widmete sich dem Rest des Kuchens. Er schmeckte so gut wie selten etwas in ihrem Leben.

»Ich hoffe, ich muss nicht zu oft zur Anprobe kommen, sonst habe ich bald ein paar Kilo zugenommen«, sagt sie, als sie den letzten Krümel verputzt hatte, und trank einen Schluck

Kaffee. Da die winzige Tasse danach leer war, schenkte Dilia ihr nach.

Andrea Lupacani legte ihre Hände an den Fingerspitzen zusammen und schien durch Daniela hindurchzuschauen. »Dilia, könntest du so gut sein und die Skizzen holen, die ich als Vorbereitung auf die heutige Sitzung gemacht habe?«

»Sofort!« Die große Frau verließ die Kammer und musste dabei den Kopf an der Türe einziehen, um nicht oben anzustoßen. Nach kurzer Zeit kehrte sie mit einer Din-A3-Mappe aus leuchtend rotem Leder zurück, legte sie kurz auf einen Stuhl, um den Tisch abzuräumen, und reichte sie dann ihrer Chefin.

Frau Lupacani zog die Schlaufen der Seidenbänder auf, mit denen sie die Mappe verschlossen hatte, und breitete die ersten Entwürfe vor Daniela aus. Diese blickte verblüfft auf gestochen scharfe Bilder, die sie in verschiedenen Kleidern zeigten.

»Wie Sie sehen, habe ich auch ein gewisses künstlerisches Geschick, selbst wenn ich kein Malergenie bin wie unser Urban. Aber ich merke, dass mir die Erinnerung einen kleinen Streich gespielt hat, Dany. Ihr Haar ist einen Hauch dunkler als hier auf den Zeichnungen, und Ihre Hüften sind ein wenig schlanker. Für spätere Modelle werde ich neue Skizzen machen müssen. Jetzt aber wollen wir erst einmal drei Kleider für Sie aussuchen. Ich kenne zwar Urbans Geschmack, habe aber nicht vor, ihm sklavisch zu folgen. Sie sind eine ganz andere Persönlichkeit als dieses Fräulein Moni, das er vor Ihnen drangsaliert hat.«

»Herr Lassky drangsaliert mich nicht«, protestierte Daniela.

»Sagen wir: Er ist manchmal recht eigenartig. Was halten Sie von diesem Entwurf? Ich glaube, er unterstreicht Ihre Damenhaftigkeit.« Andrea Lupacani zeigte dabei auf ein Bild, das Daniela mit einem knielangen Rock in Glockenform zeigte und einer Bluse, deren Säume in Rüschen endeten.

Damenhaft hatte Daniela sich bis jetzt nicht genannt, und so musterte sie die Skizze mit einem gewissen Misstrauen. »Also, ich weiß nicht so recht ...«, begann sie.

Die Lupacani hob lächelnd die Hand. »Aber ich weiß, dass Ihnen dieses Ensemble ausgezeichnet stehen wird, liebste Dany. Die Rüschen müssen vielleicht noch einen Hauch dezenter sein, aber das entscheiden wir bei der Anprobe. Ich will dieses Kleid als Erstes machen, damit Sie es am Sonntag bei Urbans nächster Festlichkeit tragen können.«

Daniela starrte sie erschrocken an. »Nächsten Sonntag? Aber davon hat er bis jetzt noch gar nichts gesagt.«

»So sind halt die Künstler! Ihre Köpfe schweben oben über den Wolken, und sie vergessen ganz, was im Leben wichtig ist. Aber keine Sorge! Ihr Kleid wird rechtzeitig fertig sein.« Die Designerin versuchte Daniela zu beruhigen, doch die schüttelte vehement den Kopf.

»Mir geht es nicht um das Kleid, sondern um dieses Fest. Lieserl und ich haben bis jetzt noch gar nichts vorbereitet.«

»Ich glaube, ich werde mir Urban einmal zur Brust nehmen müssen. Dilia, schreibst du auf, dass ich ihn später anrufe und darauf anspreche? Könntest du außerdem so lieb sein und Dany ein paar Notizen machen, was sie unbedingt beachten muss? Am besten, du hilfst ihr bei den Vorbereitungen. Wir wollen doch nicht, dass sie durch Urbans Schusseligkeit Probleme bekommt.«

»Das mache ich gerne!« Dilia schenkte Daniela ein aufmunterndes Lächeln und wies dann auf eine zweite Skizze. »Mir persönlich gefällt dieses Kleid am besten!«

Diesmal verschlug es Daniela die Sprache. Der Rock des Kleides besaß einen schrägen Saum, der rechts in einer angedeuteten Schleppe bis zur Erde fiel und ebenfalls mit Rüschen geschmückt war. An den Hüften sollte das Kleidungsstück wie eine zweite Haut anliegen und das Dekolleté wurde ebenfalls durch Rüschen betont. Die Ärmel reichten bis knapp über die Ellbogen und endeten – in Rüschen! Wie es aussah, besaßen Andrea Lupacani und ihre Assistentin eine Vorliebe für Rüschen. Gewohnt, dass das in Mode war, was sie fertigten, kümmerten sie sich nicht um die Erzeugnisse der Haute Couture, die in einigen anderen Läden am Kohlmarkt und den umliegenden Straßen angeboten wurden. Allerdings waren ihre Kreationen mindestens ebenso extravagant. So wollte Daniela eigentlich nicht herumlaufen.

»Wir müssen auf Urban Rücksicht nehmen!«

Andreas Worte gaben den Ausschlag. Seufzend nickte Daniela und übersah dabei die verschwörerischen Blicke, die sich die beiden anderen Frauen zuwarfen. Es war von drei Kleidern die Rede gewesen, und bis jetzt hatten sie Daniela nur zwei Entwürfe gezeigt. Das dritte Ensemble sollte sowohl für Daniela wie auch für Urban Lassky eine Überraschung werden.

6

Daniela schwirrte der Kopf, als sie zu Lasskys Haus zurückkehrte. Sie hatte mehr als eine Stunde lang Stoffe ansehen und auswählen müssen. Außerdem hatten Andrea Lupacani und Dilia auf eine Weise bei ihr Maß genommen, die ihr gezeigt hatte, wie viel die beiden Frauen von weiblichen Körpern verstanden. Es war ein seltsames Gefühl gewesen, ihre Hände zu spüren, obwohl beide alles getan hatten, um nicht aufdringlich zu erscheinen.

Als sie durch den Vorgarten ging, öffnete Lieserl ihr bereits die Tür und zog sie in ihr Reich. »Haben Sie sich ein schönes Gewand ausgesucht?«

»Ich bin gar nicht zum Aussuchen gekommen. Das hat alles Frau Lupacani gemacht.«

»Andrea ist eine Tyrannin, nicht wahr?« Lassky war hinter ihnen in die Küche getreten und hatte die letzten Worte mitbekommen.

Lieserl fiel beinahe vor Überraschung hintenüber. »Jessas, der Herr Kunstmaler kommt in die Kuchl! Das ist seit zehn Jahren nimmer passiert!«

Er winkte ihr freundlich zu, zog sich einen Stuhl heran und setzte sich neben Daniela.

»Andrea ist wirklich eine Tyrannin«, wiederholte er mit einer Miene, die einem gescholtenen Jungen glich. »Eben hat sie mich am Telefon fertig gemacht, weil ich Ihnen nichts von der Festivität am Sonntag erzählt habe.«

Bei den Worten sprang Lieserl erschrocken auf. »Das große Fest! Das hätte ich glatt vergessen.«

»Ist dieses Fest etwas Besonderes?«, fragte Daniela.

Die Köchin nickte. »Das will ich meinen! Da kommt alles, was in Wien Rang und Namen hat. Letztes Jahr hat sogar der Herr Bundespräsident vorbeigeschaut.«

»Die Gefahr besteht heuer nicht, da sich die Regierungsbonzen in London bei der EU-Versammlung aufhalten. Aber so an die fünfzig, sechzig Leute werden es schon werden. Keine Sorge, das hat bis jetzt noch jedes Jahr geklappt«, versuchte Lassky abzuwiegeln.

Lieserl war jedoch außer sich. »Aber die letzten Jahre haben Sie das Fest alleweil später im Jahr gehalten. Das hätten Sie uns sagen müssen! Jetzt haben wir bloß noch ein paar Tage, und ich weiß nicht, was ich den Herrschaften auftischen soll. Es ist noch überhaupt nichts vorbereitet.«

»Ich helfe Ihnen gerne in der Küche aus«, bot Daniela an, wurde aber von Lassky sofort gebremst.

»Sie müssen das Ganze organisieren, die Dekoration bestellen und aufbauen lassen und dafür sorgen, dass im Keller genug Wein und Schampus liegen. Bei solchen Festen haben die Leute immer Durst.«

»Das ist ja auch kein Wunder, wo es nichts kostet!« Lieserl klang immer noch bissig, aber sie beruhigte sich langsam. »Irgendwie bekomme ich das schon hin. Die Leute dürfen diesmal halt nichts Ausgefallenes erwarten.«

»Das, was Sie kochen, schmeckt meinen Gästen immer. Wir könnten es ein wenig einfacher aufziehen als früher.«

Während Lassky noch überlegte, schüttelte Lieserl den Kopf. »Sonst noch was? Da glauben die Gäste ja direkt, Sie hätten mit Ihren Bildern heuer nicht so viel verdient. Denen stelle ich schon etwa Gescheites auf den Tisch. Lassen Sie mich nur machen.«

»Das tu ich doch immer«, antwortete Lassky lächelnd und wandte sich dann Daniela zu. »Fräulein Dany, Sie rufen morgen früh gleich bei der Stellenvermittlung an. Wir brauchen für ein paar Tage eine Küchenhilfe für das Fräulein Lieserl. Bestehen Sie aber drauf, dass es keine ausgebildete Köchin sein darf. Eine solche bringt nur Unfrieden ins Haus.« Er bedachte Lieserl dabei mit einem nachsichtigen Blick.

Die Köchin blies die Backen auf. »Der Herr Kunstmaler meint die närrische Henne, die im letzten Jahr da war und geglaubt hat, sie könne alles besser als ich!«

»Auf jeden Fall will ich keinen Streit mehr. Die Stellenvermittlung soll außerdem zwei Hilfskräfte schicken, die Ihnen zur Hand gehen, Fräulein Dany. Der Salon und das Speisezimmer werden nämlich jedes Jahr auf eine ganz besondere Art dekoriert. Diesmal habe ich mir etwas Südamerikanisches vorgestellt, so was in der Art einer Mayapyramide und mit Federschmuck. Auch beim Essen soll darauf Rücksicht genommen werden.«

Lasskys letzte Worte galten Lieserl, die ihn daraufhin verdattert anstarrte. »Alle Zeit haben Sie ganz normal kochen lassen, und jetzt wollen Sie so was? Dabei hab ich keine Ahnung, was die Amerikaner kochen. Oder wollen Sie Ihren Gästen vielleicht Hamburger auftischen?«

Bei dieser Vorstellung brachen Daniela und Lassky in Gelächter aus. Der Maler fasste sich als Erster. »Ich habe Südamerika gesagt, nicht die USA. Und selbst da könnte man mit Steaks und Truthahnbraten einiges auf die Beine stellen.«

Daniela zwickte noch immer die Heiterkeit, und sie konnte sich einiger Vorschläge nicht enthalten. »Südamerika? Das wären gebratene Meerschweinchen, Schlangenfleisch, gegrillte Piranhas, vielleicht auch ein Lamabraten …«

Lieserl riss abwehrend die Arme hoch. »Jetzt hören Sie aber auf! So ein Zeug koche ich nicht. Da muss sich der Herr Kunstmaler eine andere Köchin suchen.«

»Da ich das nicht will, wird das Fräulein Dany auf ihren Meerschweinchenbraten verzichten müssen.« Lassky musste sich das Lachen verkneifen, denn er wusste, dass er seine Köchin sonst tödlich beleidigen würde.

Auch Daniela merkte, dass sie eine Grenze erreicht hatte, und ruderte zurück. »Herrn Lasskys Vorschlag mit Truthahn und Rindersteaks ist eigentlich das Beste. Das gibt es ja nicht bloß in den USA, sondern auch in anderen Ländern. Wir müssen nur sagen, dass es keine texanischen Steaks sind, sondern argentinische!«

»Und wie unterscheiden die sich?«, fragte Lieserl.

»Durch das Würzen. Da vertrau ich Ihnen voll und ganz!«

Damit war der Frieden wieder hergestellt. Lieserl sah sich weiterhin als die unumschränkte Herrin in ihrer Küche und dachte bereits über einige Rezepte nach, die ihr für diese Festlichkeit geeignet schienen, während Daniela Lassky die Frage stellte, die sie gerade beschäftigte. »Wenn das Fest südamerikanisch sein soll, müssten die Gäste sich doch entsprechend kleiden?«

»Dafür ist es ein bisserl arg spät, aber Sie können in den Einladungen darauf hinweisen. Schreiben Sie aber auch, dass es keine Bedingung ist. Wir drei sollten uns allerdings etwas einfallen lassen. Ich werde gleich die Andrea anrufen. Ihre Maße hat sie ja.«

»Ich ziehe nichts Südamerikanisches an. Ich muss ja schließlich kochen«, protestierte Lieserl erregt.

»Ich glaube, eine Schürze mit einem entsprechenden Motiv würde genügen«, schlug Daniela vor. Damit war auch die Köchin einverstanden.

Lassky atmete auf und warf Daniela einen dankbaren Blick zu. Er hasste Krieg in der Küche. Dabei waren seine frühere Hausdame und Lieserl sich öfters in die Haare geraten. Daniela trat weitaus diplomatischer auf und würde das Ganze zu einem guten Abschluss bringen. Nicht zum ersten Mal sagte er sich, dass er mit ihr eine gute Wahl getroffen hatte. Einen Punkt gab es allerdings noch, der ihm auf der Seele lag.

»Wegen des Festes werden Sie in dieser Woche nicht mehr zur Uni gehen können. Ich hoffe, Sie sind mir deswegen nicht böse.«

»Warum sollte ich? Immerhin habe ich die Chance, eine Menge Leute kennenzulernen, die Rang und Namen haben. So etwas lasse ich mir doch nicht entgehen.«

7

Der Rest der Woche bestand aus Stress. Am leichtesten ertrug Urban Lassky die Aufregung in seinem Haus, denn er zog sich in sein Atelier zurück und arbeitete an dem Porträt des Industriellen Heglinger, der das Bild in seinem Arbeitszimmer aufhängen wollte. Die antike Dame – Frau Kraska –, die bereits bei jener Vernissage, auf der Daniela Lassky kennengelernt hatte, diesen unbedingt dazu hatte bringen wollen, sie zu malen, kam nun beinahe täglich ins Haus, um den Maler doch noch dazu zu überreden, sie zu porträtieren. Sie nervte Daniela dabei in einer Art, dass diese Lassky zuletzt vorschlug, die Frau zu malen, damit sie Ruhe gäbe.

»Ich hätte auch schon einen Titel für das Gemälde, nämlich ›Die Ruinen von Jericho‹!«, setzte Daniela giftig hinzu.

Urban Lassky musste lachen. »Ich glaube kaum, dass ihr das gefallen würde. Sie träumt ja davon, auf meinem Bild besonders attraktiv auszusehen. Ich werde ihr den Gefallen wahrscheinlich auch tun. Der Preis, den sie mir anbietet, ist einfach zu verlockend.«

»Haben Sie das so nötig?«, wandte Daniela ein.

Der Maler schüttelte den Kopf. »Nein, aber die Frau fängt an, mich zu faszinieren. Ihr Glaube, mit Geld alles kaufen zu können, sogar eine erlogene Schönheit, ist beinahe bewundernswert.«

»Schlagen Sie ihr doch vor, dass sie zuerst in die Werkstatt zu einer Generalüberholung geht, dann würden Sie sie malen. Allerdings fürchte ich, dass für ihren Bautyp nicht mehr viele Ersatzteile existieren!«

Nun lachte Lassky, bis ihm die Tränen kamen. »Sie sind einfach köstlich, Fräulein Dany. Ich weiß nicht, was ich getan habe, bevor Sie gekommen sind. Aber lassen wir Frau Kraska erst einmal beiseite. Wie weit sind die Vorbereitungen gediehen?«

»Ich glaube, ich werde fertig. Sie haben mir ja zwei Hilfskräfte verschafft, die kräftig zupacken. Wir sind schon dabei, die Dekoration aufzubauen. Wenn Sie sich den Saal einmal ansehen wollen?« Daniela stand auf und wollte in die Richtung gehen, doch Lassky schüttelte abwehrend den Kopf.

»Ich schaue es mir lieber an, wenn es fertig ist. Wissen Sie, mit einer noch nicht fertigen Saaldekoration ist es wie mit einem im Werden begriffenen Bild: Man kann nicht ermessen, welchen Eindruck es einmal machen wird. Ich verlasse mich da ganz auf Sie. Außerdem möchte ich Heglingers Porträt wenn möglich noch vor dem Andenfest fertigbringen.«

»Andenfest?« Danielas Gesicht glich einem Fragezeichen.

»So habe ich unsere kleine Veranstaltung genannt. Der Name soll ja etwas mit Südamerika zu tun haben. Aus Amazonasfest würde Andrea sofort Amazonenfest machen, und mit einem Fest in der Pampa kämen wir wahrscheinlich auch nicht gut an. Da habe ich mich für die Anden als Namenspatron entschieden.«

»Dann müssen Sie aber als Inkakönig auftreten«, sagte Daniela mit einer Mischung aus Anerkennung und leichtem Spott.

»Vielleicht tu ich es sogar. Wie ist es eigentlich mit Ihnen? Ist die Andrea wegen eines Kostüms noch einmal auf sie zugekommen?«

»Frau Lupacani – oder besser gesagt ihre Assistentin Dilia – hat gestern angerufen und erklärt, dass alles rechtzeitig fertig sein wird. Gesehen habe ich das Kostüm aber noch nicht.« Sie klang ein wenig verzagt, dann so ganz traute Daniela der Modistin und ihrer Assistentin nicht über den Weg.

Urban Lassky kannte die beiden schon länger und machte sich daher keine Sorgen. »Das wird schon werden«, sagte er und interessierte sich dann für die Bestellungen für den Wein- und Getränkekeller. »Sie haben hoffentlich an ein paar Flaschen des Likörs gedacht, den Monique so gerne trinkt.«

»Sie meinen das Zeug, das eigentlich nach nichts anderem als nach Zucker schmeckt? Keine Sorge, davon stehen genug Flaschen unten. Die sind aber schon vor meiner Zeit angeschafft worden.«

»So schlecht ist dieser Likör auch wieder nicht. Es ist zwar nicht unbedingt mein Geschmack, aber die Monique liebt ihn heiß und innig.« Lassky seufzte, und in seinen Augen glomm ein hoffnungsvoller Schimmer auf.

Daniela spürte, dass seine Verliebtheit in diese schamlose Frau noch ungebrochen war, und für ein paar Augenblicke verdarb dieser Umstand ihr den Spaß an der Sache. Zwar war sie nicht Lasskys Hüterin, aber sie hoffte, dass er nicht so verrückt sein würde, Monique zu heiraten. Dann nämlich würde sie selbst dieses Haus sofort verlassen. Der Gedanke, in eine ähnliche Wohnanlage einziehen zu müssen wie die, der sie gerade entkommen war, hatte etwas Ernüchterndes an sich. Aber das war ihr immer noch lieber, als mit Monique unter demselben Dach zu hausen. Um die Schauspielerin wieder aus ihren Gedanken zu vertreiben, wechselte sie das Thema.

»Ich habe mich vom Fräulein Lieserl beraten lassen, was Sie in den Jahren zuvor haben einkaufen lassen, und glaube, dass alles reichen wird.«

»Es sollte trotzdem genug von allem da sein, und zwar nur von der besten Qualität. Ich verlasse mich da ganz auf Sie!« Lassky betrachtete Daniela, die gleichzeitig energisch und hübsch wirkte, und nickte sinnend. »Mit diesem Gesichtsausdruck täte ich Sie gerne einmal malen. Sie haben jetzt etwas Amazonenhaftes an sich.«

»Aber bitteschön nicht barbusig!«, platzte Daniela heraus.

»Sind Sie so zugeknöpft?«

Daniela schüttelte den Kopf. »Das nicht! Aber ich mag nicht, wenn alle Leute sehen, wie ich oben herum ausschaue. Anderen mag das ja gefallen, aber mir nicht.« Sie spielte damit auf Monique an, die es ständig darauf anlegte, möglichst aufreizend zu wirken.

»Ich werde es mir merken«, hörte sie Lassky sagen und blickte sah ihn verwundert an.

»Was wollen Sie sich merken?«

»Dass ich Sie nicht nackt oder auch nur halbnackt malen darf. Ich glaube, unserer Antiquität namens Frau Kraska wäre das egal.«

Der Gedanke, die arg verblühte Dame würde sich in ähnlichen Posen wie Monique auf dem Podest im Atelier räkeln, brachte Daniela zum Lachen. Auch Lassky schmunzelte, entschuldigte sich dann aber mit Arbeit. Auch Daniela erinnerte sich an die vielen Dinge, die noch zu tun waren, und eilte los, um die wichtigsten davon möglichst gleich zu erledigen.

8

Am Morgen des Festes war der Trubel am schlimmsten. Lieserl arbeitete in der Küche und trieb dabei die Helferin, die ihr zugeteilt worden war, beinahe in den Wahnsinn, und Daniela musste selbst mit Hand anlegen, um die Dekoration in den Gesellschaftsräumen so hinzubekommen, dass Lassky zufrieden sein konnte. Gemäß seiner Idee vom Andenfest hatte sie ein großes Poster besorgt, das hohe Berge zeigte, die von einer Inkafestung gekrönt wurden. Doch den Clou des Ganzen stellten mehrere etwa einen halben Meter hohe Stofflamas dar, die sie in einem Spielzeuggeschäft in der Mariahilferstraße entdeckt hatte. Auch bei den Getränken hatte Daniela, so gut es ging, auf die Herkunft aus Südamerika geachtet. Es gab argentinischen und chilenischen Rotwein, Kakaolikör und Rum in verschiedensten Formen. Einige Getränke waren bereits in Karaffen abgefüllt und mit Lebensmittelfarbe rot gefärbt worden, um Lasskys Vorliebe für diese Farbe zu schmeicheln.

Als endlich der letzte Handgriff getan war, trat Daniela aufatmend zurück und betrachtete sowohl das Poster, wie auch den Tisch mit den Getränken und Snacks, die sie Lasskys Gästen anbieten wollte. »Ich glaube, so kann man es lassen!«

»Es sieht wirklich grandios aus. Na ja, wenn man das Geld hat, kann man sich das leisten.«

Eine ihrer Helferinnen kämpfte mit einem Neidanfall, und Daniela konnte nur hoffen, dass sich die Frau zusammennehmen und die Gäste so bedienen würde, wie es sich gehörte.

»Sie sollten jetzt Ihre Kostüme anziehen und sich bereithalten, den ankommenden Gäste sofort Getränke anzubieten.«

Dieser Wink von ihr brachte die beiden Frauen dazu, jenes Zimmer aufzusuchen, das ihnen zum Umkleiden zur Verfügung gestellt worden war. Daniela hatte ihnen knielange Röcke im südamerikanischen Stil und Ponchos bei einem Kostümverleiher besorgt. Auch sie hätte sich jetzt umziehen müssen, doch ihre Festkleidung war von Andrea Lupacani gefertigt worden, und die war bis jetzt noch nicht erschienen.

Das Anschlagen der Türglocke unterbrach ihren Gedankengang. Daniela eilte rasch in den Vorraum und öffnete. Draußen stand jedoch nicht wie erhofft die Designerin, sondern Urban Lasskys Freund Ludwig Terenci, der sich trotz sommerlicher Temperaturen in einen weiten Mantel gehüllt hatte.

»Einen schönen guten Tag, Fräulein Dany. Ist Urban schon aufgestanden?«

»Ich habe ihn bis jetzt nicht gesehen«, antwortete Daniela.

»Es ist gestern im Club ein wenig spät geworden. Mischka hatte nämlich die Monique mitgebracht. Es waren zwar nicht alle damit einverstanden, aber nachdem der Urban und ich ein Machtwort gesprochen haben, hat sie bleiben dürfen. Das war eine Schau! Schade, dass Sie nicht dabei gewesen sind. Es hätte Ihnen sicher gefallen.«

Da Monique der Star des Abends gewesen war, bezweifelte Daniela dies. Sie gab eine Floskel von sich, die Terenci als Bestätigung ansehen konnte oder auch nicht, und zeigte dann auf seinen Mantel. »Wollen Sie denn nicht ablegen?«

»Ablegen? Doch, eigentlich schon. Aber ich brauchte Ihre Hilfe, um mein Kostüm richtig hinzukriegen. Auf so eine Schnapsidee, was Indianisches sehen zu wollen, kann auch bloß Urban kommen.«

Terenci hörte sich so entgeistert an, dass Daniela sich das Lachen verkneifen musste. Sie überlegte bereits, ob er wohl als nachgemachter Winnetou oder Sitting Bull auftreten wollte, obwohl als Thema Südamerika ausgegeben worden war. Doch als er sich aus seinem Mantel schälte, sah sie, dass er einen langen Wickelrock und einen kurzen Poncho trug. Dazu hatte er sich eine Leinentasche unter den Mantel gehängt, aus der er jetzt eine Wollmütze nach Inka-Art und eine Tube Faschingsfarbe hervorzauberte. Als sie die Aufschrift der Tube las, war der Inhalt, wie sie schon vermutet hatte, rot.

»Was soll ich damit machen?«, fragte sie.

»Mir das Gesicht und die Arme einschmieren. Die Beine mache ich selber. Ich will heute als echte Rothaut auftreten.«

»Waren die Indianer wirklich rot?«, fragte Daniela, die einige Filmberichte über amerikanische Eingeborene gesehen und sie für relativ hellhäutig gehalten hatte.

Terenci winkte ab. »Es geht doch bloß um den Spaß! Wenn Sie so lieb sein könnten … Ich bin extra früher gekommen, damit wir noch Zeit dafür haben.«

Zeit hatte Daniela zwar nicht, dennoch öffnete sie die Tube und begann, Terencis Gesicht einzufärben. Er sah danach so komisch aus, dass sie lachen musste. »Nichts für ungut, aber Sie sollten hinterher niemand die Hand geben, ihn umarmen oder gar küssen.«

»So schlimm treibe ich es schon nicht. Außerdem habe ich rote Handschuhe dabei. Dann kann ich wenigstens ein Glas in der Hand halten.« Jetzt lachte auch Terenci und drehte ein wenig den Kopf, damit Daniela ihm auch den Hals färben konnte.

»Na, was treibt denn ihr beide denn da?«, fragte Lassky, der noch verschlafen aussah und einen seiner roten Morgenmäntel übergeworfen hatte.

»Habe die Ehre, Urban. Fräulein Dany hilft mir, wie ein echter Indianer auszusehen«, antwortete Terenci fröhlich.

»Komm mir hinterher nicht zu nah! Du wirst nämlich fürchterlich abfärben. Aber jetzt etwas anders. Warum sind Sie noch nicht umgezogen, Fräulein Dany?«

»Weil Frau Lupacani noch nicht hier ist, und die bringt, wie Sie selber angeordnet haben, mein Kostüm mit.« Danielas Antwort verriet, dass sie sich über Lasskys vorwurfsvollen Ton ärgerte.

»Streichen Sie die Federn wieder glatt, die Sie aufgestellt haben, und verwandeln dieses Riesenross da weiter in einen Fuchs. So verrückt muss man sein, sich am ganzen Leib anzumalen.«

»Bei Monique hat es Ihnen gefallen«, stichelte Daniela.

»Das ist ja auch was anderes. Sie hat eben Stil!«

»Den ich nicht habe?« Terenci spottete sowohl über sich wie auch über seinen Gastgeber. Unterdessen war Daniela so weit fertig, dass sie ihm die Tube überlassen konnte. Allerdings sahen ihre Hände nun aus, als hätte sie diese in Blut getaucht.

Terenci schaute mit schiefer Miene darauf und streckte ihr ein Bein hin. »Könnten Sie weitermachen? Solch rote Pfoten will ich nicht haben.«

»Du bist wirklich der ideale Kavalier!«, höhnte Lassky, den das Getue, das sein Freund um die junge Frau machte, mit einem Mal ärgerte.

»So schlimm ist das nicht. Mit ein bisserl Seife kriege ich das schon wieder weg«, antwortete Daniela und fuhr fort, Terenci einzufärben.

Lassky sah seinen Freund an und tippte sich an die Stirn. »So schön rot, wie du jetzt glänzt, kannst du im nächsten Fasching als Osterei gehen.«

»Keine schlechte Idee!«, konterte Terenci gelassen und streckte nun sein rechtes Bein nach vorne, damit Daniela dort Farbe auftragen konnte.

Lassky öffnete bereits den Mund zu einer weiteren Bemerkung, da läutete es an der Haustür. Mit einem Blick auf ihre rot gefärbten Hände bat Daniela ihn, für sie zur Tür zu gehen. Er tat es brummend und begrüßte mehrere Gäste, die ebenfalls etwas zu früh eingetroffen waren. Zu Danielas Leidwesen befand sich auch Mischka unter ihnen. Er kam ihr noch hagerer vor als früher, schien aber bester Laune zu sein.

»Es war genau das Richtige, dass ich die Monique mit in den Club genommen habe!«, trumpfte er vor Lassky auf.

Für sein Gefühl hatte er den Maler bei der jungen Schauspielerin ausgestochen und ließ dies nun heraushängen. Während er in farbigsten Tönen und äußerst gestenreich von Monique schwärmte, beendete Daniela das Einfärben von Terenci und entschuldigte sich, weil sie sich die Hände waschen wollte.

»Mit diesen Fingern können Sie keinen Türgriff anfassen. Kommen Sie, nehmen Sie mein Badezimmer, das ist näher als das Ihre. Ich halte Ihnen die Türen auf!« Lassky winkte ihr mitzukommen und verließ den Salon durch eine fast unsichtbare Tür in der Wandverkleidung.

Er führte Daniela in sein Badezimmer, das ungewöhnlich groß und mit einer altertümlich aussehenden Emaillebadewanne und einem ebensolchen Becken ausgestattet war. Beides sah recht neu aus, ebenso wie der trapezförmige Spiegel an der Wand. Für Lasskys Toilettensachen gab es zwei Schränke, die ausnahmsweise nicht in Rot, sondern in Grau gehalten waren. Auch Becken und Badewanne stachen aus der Reihe, denn sie schimmerten in einem samtigen Grün.

Obwohl Daniela schon ein paar Mal in diesem Raum gewesen war, fiel es ihr erst jetzt auf. »Sie überraschen mich, Herr Lassky. In Ihrem Badezimmer ist kein einziger roter Fleck zu finden.«

»Sie haben die hier übersehen!« Lassky reichte ihr eines der roten Handtücher, damit Daniela nach dem Waschen ihre Hände abtrocknen konnte. »Ich glaube, es ist ganz gut, dass ich keine weißen Handtücher nehme, denn die würden danach aussehen, als hätten Sie gerade ein Blutbad verursacht.«

Er hatte es eigentlich nur so dahin gesagt, doch plötzlich traten feine Schweißperlen auf seine Stirn und er wandte das Gesicht ab, um Daniela nicht ansehen zu müssen. »Ich muss mich fertig anziehen«, stammelte er und ging hastig davon.

Da er in seiner Eile vergaß, die Türen richtig zu schließen, konnte Daniela, während sie mit der Farbe kämpfte, bruchstückhaft mithören, was im Salon gesprochen wurde. Eine der Helferinnen ließ gerade einen neuen Gast ein, bei dem es sich um Andrea Lupacani handeln musste, denn als Lassky zu seinen Gästen trat, beschwerte er sich bei der Designerin, weil sie so spät erschienen sei.

»Das Fräulein Dany müsste längst in ihrem Kostüm stecken«, setzte er gekränkt hinzu.

»Dilia hat es mit und hilft deiner Hausdame gleich beim Anziehen. Aber das ist jetzt nicht wichtig. Urban, es geht wieder los! Die Polizei hat eine weitere Mumienleiche gefunden und zwar direkt im Rathauspark. Wenn das keine Absicht war, dann weiß ich nicht mehr, was ich denken soll.«

Für einige Augenblicke herrschte eine Stille, in der Daniela nur das Rauschen des Wassers vernahm. Da sie gespannt war, wie Lassky und seine Freunde sich zu dieser Mumienleiche äußerten, drehte sie den Wasserhahn zu und spitzte die Ohren.

»Ich habe befürchtet, dass es weitergehen würde, seit die erste Leiche aufgetaucht ist.« Lasskys Stimme klirrte wie zerbrechendes Glas.

»Wer kann dahinter stecken? Doch sicher keiner von uns!«, hörte sie Terenci sagen.

Nach einem Augenblick absoluter Stille sagte Lassky: »Wir können es nicht ausschließen. Manchmal gerät einer von uns außer Kontrolle und erkennt seine Grenzen nicht mehr.«

»Halt, Urban! Wir dürfen jetzt nicht anfangen, uns gegenseitig zu verdächtigen. Die meisten von uns sind nicht stark genug, um so was anstellen zu können.« Trotz ihrer beschwichtigenden Worte klang Andrea Lupacani, als winde sie sich innerlich vor Panik.

Lasskys nächste Worte waren nicht geeignet, die Designerin zu beruhigen. »Bis zu diesem Zustand ist es oft nur ein kleiner Schritt. Ich habe einmal einen Entarteten erlebt, einen meiner besten Freunde. Er hat mehr als dreißig Leute umgebracht, bevor wir ihm auf die Spur gekommen sind und ihn aus dem Verkehr ziehen konnten. Das Schlimme ist, dass man es diesen Leuten nicht anmerkt. Wenn sie gesättigt sind, fallen sie auch jenen unter uns nicht auf, die wie Dilia besondere Sinne haben. So ein Monster kann jahrelang unerkannt unter uns leben.«

»Aber wir müssen dieses Ungeheuer finden! Wenn die Kriminalpolizei über ihn auf unseren Club kommt, sind wir alle in Gefahr. Oder glaubt ihr, die lassen uns in Ruhe? Wir haben es jetzt schon schwer genug«, rief Mischka hörbar erregt.

Daniela schwirrte der Kopf und sie wusste nicht, was sie denken sollte. Das alles konnte doch nur ein Albtraum sein, bestenfalls ein schlechter Scherz. Doch so hatten Lassky und seine Freunde nicht geklungen. Rasch trocknete sie ihre Hände und verließ leise das Badezimmer, um hinter der Paneeltür des Salons weiterzulauschen. Doch das Gebimmel an der Haustür vereitelte ihre Absicht.

9

Ein Schwarm neuer Gäste erschien, von denen die meisten zur Wiener High Society gehörten. Da Daniela noch nicht zurückgekommen war, begrüßte Lassky die Neuankömmlinge persönlich. Andrea Lupacani aber raunte den bereits anwesenden Mitgliedern des Clubs zu, sich um Himmels willen nichts anmerken zu lassen.

»Ich schlage vor, wir halten morgen Abend eine Sondersitzung ab und reden über alles«, sagte sie rasch zu Terenci, dann begrüßte sie Frau Kraska mit freundlichster Miene. Die antiquierte Dame zählte zu ihren besten Kundinnen, und es gelang ihr immer wieder, ansprechende, wenn auch recht auffällige Kleider für sie zu entwerfen. Leider ging Frau Kraska zwischendurch auch zu anderen Modeschöpfern, bei denen sie ihre Ansichten leichter durchsetzen konnte, und wirkte in deren Kreationen nach Andreas Meinung lächerlich.

Auch Lassky widmete sich jetzt der Dame, blickte aber immer wieder zu der Tür hin, die zu seinem Badezimmer führte. Er selbst hatte nicht die Zeit, um die beiden Hilfskräfte anzuleiten, die in einer Ecke standen, innerlich den Kopf über den Spleen der reichen Leute schüttelten, die mitten im Sommer als Indianer verkleidet herumliefen, und sich dabei vielsagende Blicke zuwarfen.

Der Wirtschaftsboss Heglinger, mit dessen Porträt Lassky noch nicht fertig geworden war, erschien sinnigerweise im Kostüm eines spanischen Konquistadors mit Pluderhosen, Helm und Brustpanzer. »Auch das gehört zu Südamerika«, sagte er so selbstbewusst, wie er seine Geschäfte zu tätigen pflegte.

Einige der jüngeren weiblichen Gäste nahmen ihn sofort in Beschlag. Manch eine hoffte, seine vierte Ehefrau werden zu können, nachdem er sich vor Kurzem von seiner Dritten getrennt hatte. Andere wären damit zufrieden gewesen, einige Zeit seine ständige Begleiterin zu sein, denn er galt als spendabel und hatte Beziehungen weit über Wien und Österreich hinaus.

Nun schlüpfte auch Daniela in den Raum und versuchte Dilia zu entdeckten. Da die Gehilfin der Modistin die meisten Frauen beinahe um einen Kopf überragte, war das nicht schwer.

»Herzlich willkommen! Wissen Sie, wo mein Kostüm ist? Herr Lassky schaut schon ganz kritisch!« Es fiel ihr nicht leicht, so locker aufzutreten, denn ihr ging immer noch die erlauschte Unterhaltung im Kopf herum. Am liebsten hätte sie Dilia nach dem Club und den Mumienleichen gefragt. Sie war sich jedoch im Klaren darüber, dass sie keine ehrliche Antwort erhalten würde. Außerdem fürchtete sie sich vor der Wahrheit. Wer oder was mochten Lassky und seine Freunde sein? Das, was sie eben erlauscht hatte, deutete auf etwas Schlimmes, wahrscheinlich sogar Ungesetzliches hin. Waren diese Leute vielleicht sogar imstande, sie notfalls als unerwünschte Mitwisserin zu beseitigen? Bis vor ein paar Minuten hätte sie eine solche Vermutung weit von sich gewiesen, doch nun war sie sich nicht mehr so sicher.

»Ah, Fräulein Dany! Entschuldigen Sie, ich war mit meinen Gedanken ganz wo anders. Ich habe Ihr Kostüm im Nebenraum. Ich hoffe, es gefällt Ihnen.«

Dilia klang so bedrückt, als hätte sie Angst vor einer Katastrophe, die unvermeidlich auf sie zurollte. Ihre Augen flackerten, und sie atmete mehrfach tief durch. Dann hatte sie sich wieder in der Gewalt und bat Daniela, ihr zu folgen.

Trotz ihres Misstrauens fand Daniela Lupacanis Assistentin immer noch sympathisch. Dilia war ruhig und kultiviert, und es war schwer vorstellbar, dass sie etwas mit den unheimlichen Morden zu tun haben könnte.

Dennoch blieb Daniela auf der Hut. Dilia packte ein hübsches, mit Indiostickereien verziertes Kleid aus, das sich nicht nur für dieses Fest eignete, sondern auch so getragen werden konnte. Mit dem Kopfschmuck aus Federn in verschiedenen Rottönen und dem großen Totenkopfamulett, das zu den Merchandisingobjekten des Films »Pirates of the Caribbean Sea« gehörte, konnte sie jedoch wirklich nur auf dieser Veranstaltung herumlaufen.

»Ich glaube, das haben wir gut hinbekommen!« Trotz ihrer sichtlichen Anspannung klang Dilia zufrieden.

Daniela sah zuerst an sich herab, lief dann aber in den Flur, um sich im Spiegel zu sehen. Beinahe hätte sie sich selbst nicht mehr erkannt. Das Kleid verlieh ihr eine fremdartige Ausstrahlung und ließ sie so hoheitsvoll erscheinen wie eine echte Inka-Prinzessin.

»Das ist wunderschön!« Danielas Freude wich aber rasch einem anderen Gefühl. »Diese Kleider werde ich niemals bezahlen können, es sei denn, ich bleibe bis zu meinem fünfundsiebzigsten Geburtstag als Hausdame bei Lassky, wie meine Vorgängerin es getan hat.«

»Die ist aber gewiss nicht deswegen so lange geblieben, weil sie ihre Kleider abzahlen musste, sondern weil sie als Hausdame des berühmten Malers Urban Lassky das Anrecht hat, selbst vom Herrn Bundespräsidenten gegrüßt zu werden.«

»Darauf bin ich wirklich nicht scharf«, sagte Daniela kopfschüttelnd.

Dilia lachte leise auf. »Sie sollten Ihr Licht nicht unter den Scheffel stellen, Daniela. Ich darf Sie doch so nennen? Fräulein Dany kann vielleicht der Urban zu Ihnen sagen, aber ich hätte es lieber, wenn wir uns wie Freundinnen unterhalten könnten. Sie gefallen mir nämlich.«

Damit streckte Dilia Daniela die Hand hin. Diese zögerte einen Augenblick, ergriff dann die Rechte der anderen und lächelte. »Ich habe nichts dagegen, wenn wir Du zueinander sagen. Sie gefallen mir nämlich auch.«

Aus einem Impuls heraus zog Dilia Daniela an sich und umarmte sie. »Ich freue mich sehr, dich getroffen zu haben. Du bist so stark, so …« Zu mehr kam Dilia nicht, da ein mahnendes Hüsteln erklang.

»Du wirst mir doch nicht etwa untreu werden wollen, meine Liebe?« Andrea Lupacani war in den Raum getreten und blickte die beiden Frauen erstaunt an. Eifersucht hingegen schien sie ihren Worten zum Trotz jedoch nicht zu empfinden, eher eine Besorgnis, die Daniela nicht einzuordnen vermochte.

»Das Kostüm steht Ihnen ausgezeichnet. Das ist aber auch kein Wunder, denn es stammt ja schließlich von mir. Übrigens ist Urban schon ganz ungeduldig. Die beiden Einschenkmäuse kommen nicht so zurecht, wie er es gerne hätte.«

»Ich bin schon unterwegs!« Daniela verließ den Raum, hörte aber noch, wie Andrea Lupacani ihre Geliebte zurechtwies.

»Lass Daniela in Frieden! Ich mag sie zu sehr, als dass ich zusehen würde, wie du …« Den Rest konnte Daniela nicht mehr verstehen, da Lassky aufatmend auf sie zutrat.

»Da sind Sie ja endlich! Sie sehen schick aus, fast so, als hätte der Pizarro Sie eben im Palast des Atahualpa gefangen.«

»Das ist aber kein gutes Kompliment«, wandte Terenci mit erhobenem Zeigefinger ein. »Da hättest du schon sagen müssen, die Daniela sieht so entzückend aus, dass der Pizarro ganz gefangen wäre.«

Lassky winkte ärgerlich ab. »Es reicht mir, wenn du von ihrer Erscheinung gefangen bist. Ich muss mich jetzt um die Gäste kümmern. Fräulein Dany, sorgen Sie bitte dafür, dass die Leute etwas zu trinken bekommen. Wenn Sie dazu noch einen Helfer brauchen, dann nehmen Sie Terenci. Er hat eben erklärt, dass er Ihr Gefangener ist. Also kann er auch was tun!«

»Aber gern! Fräulein Dany, was darf ich Ihnen einschenken?«

Obwohl Daniela kurz zuvor beobachtet hatte, wie der Mann bei der Nachricht über die neue Mumienleiche beinahe in Panik verfallen war, tat er nun, als sei er heiter und gut gelaunt.

Da er ihr ähnlich wie die meisten von Lasskys Freunden sympathisch war, ging Daniela auf sein Spiel mit ein und wies auf eine Flasche Mineralwasser. »Bitteschön davon. Ein Mensch muss heute ja nüchtern bleiben.«

»Touché!« Terenci öffnete die Flasche und füllte den Inhalt in eines der Champagnergläser.

Unterdessen trieb Daniela die beiden Aushilfen an, die Gäste zu bedienen. Bei einer der Helferinnen beschlich sie der Verdacht, diese habe die Alkoholvorräte schon selbst getestet, und sie hoffte, dass sie die Frau nicht betrunken in einer Ecke wiederfinden würde.

10

Nach einem Begrüßungsschluck, den Lassky etwas länger hinauszögerte, weil der in seinen Augen wichtigste Gast noch auf sich warten ließ, bat er die Anwesenden, ihm in das Speisezimmer zu folgen.

Danielas fantasievolle Dekoration erregte sofort Aufsehen. Andrea Lupacani klatschte begeistert in die Hände und drehte sich dann mit anerkennendem Blick zu der jungen Frau um. »Ausgezeichnet! Wenn ich je frischen Wind in meinem Modesalon sehen will, werde ich mich an Sie wenden, Fräulein Dany.«

»Ich hätte nichts dagegen!« Dilias Augen leuchteten, und sie fasste nach Danielas Hand. »Es ist wirklich wunderschön.«

»Das ist es!« Frau Kraska starrte die kunstvoll gestalteten Berge und die Inkafestung an und nahm dann eines der Stofflamas an sich. »Krieg ich das für meinen Enkel … äh … Neffen meine ich.«

Lassky blickte zu Daniela hinüber. »Was meinen Sie, Fräulein Dany?«

»Warum nicht? Es wäre schade, wenn die Lamas hinterher einfach auf den Speicher geräumt würden.«

»Herzlichen Dank!« Frau Kraska schenkte ihr ein freundliches Lächeln, das noch herzlicher wurde, als Lassky ihr erklärte, Daniela habe ihm vorgeschlagen, sie zu porträtieren.

»Wissen Sie, ein junges Mädchen kann jeder Kleckser malen, aber eine Frau, die bereits einiges im Leben gesehen und erlebt hat, stellt die wahre Herausforderung für einen Künstler dar. Hier muss man nicht nur ein glattes Gesicht und einen prallen Busen auf die Leinwand bringen, sondern die ganze Reife, die Erfahrung und das Wesen, das diese Frau ausmacht.«

»Das haben Sie schön gesagt, Lassky. Ich kann also zu einer Sitzung kommen?«

Der Maler betrachtete die Frau und erwürgte Daniela im Geiste, weil sie ihn dazu überredet hatte, der antiquierten Dame nachzugeben. Er würde beim Malen einiges kaschieren müssen, damit diese Kundin nachher nicht vor Wut an der Decke hing. Sein Blick kreuzte sich kurz mit dem Danielas, und er sah kleine Spottteufelchen in ihren Augen tanzen.

»Wir sollten auftragen lassen, sonst schmiedet das Fräulein Lieserl noch Mordpläne in ihrer Küche. Sie hat wie immer alles perfekt vorbereitet. Schauen wir mal, wie südamerikanisch ihre Kochkunst heute ausgefallen ist!«

Lasskys Worte veranlassten Daniela, nach Lieserl zu läuten. In den silbernen Klang mischte sich das Anschlagen der Glocke an der Haustür. Während Lassky sichtlich aufatmete, kniff Daniela die Lippen zusammen, denn sie hatte gehofft, Monique würde nicht kommen. Sie stand auf und ging zur Tür. Als sie öffnete, wurde sie von den gleißenden Farben der Federn geblendet, die Moniques Kopfschmuck bildeten. Ein nur zum Ende der Schulterblätter reichendes, ebenfalls mit bunten Federn besetztes Mäntelchen sowie ein Nichts von einem Lendenschurz vervollständigten das aufreizende Kostüm, das den Busen ebenso frei ließ wie die Pobacken.

Mit einem spöttischen Lächeln wies Monique auf das vor der Tür stehende Taxi, dessen Fahrer Glupschaugen machte. »Können Sie diese Kleinigkeit für mich erledigen, Süße?«, sagte sie und stolzierte ins Haus.

Daniela blieb nichts anderes übrig, als den Taxifahrer zu bezahlen und eine Quittung zu verlangen, um das ausgelegte Geld von Lassky zurückfordern zu können. Schließlich war Monique dessen Geliebte und nicht die ihre. Danach folgte sie der Schauspielerin ins Haus. Auch ohne lange zu rätseln, wusste sie, weshalb die Frau sie hatte zahlen lassen. Monique war es darum gegangen, bei ihrem Eintreten ins Speisezimmer die alleinige Aufmerksamkeit auf sich zu ziehen.

Dies war ihr auch gelungen. Alle Männer sahen aus, als wären ihnen eben die Augen übergegangen. Selbst für die Frauen, die sich sonst einen harten Wettbewerb lieferten, schien die Schauspielerin jenseits aller Konkurrenz zu schweben. Andrea Lupacani hatte anscheinend alle Ängste vergessen und himmelte Monique in einer Weise an, die Daniela ärgerte. Ihr tat Dilia leid, die völlig unbeachtet neben der Designerin saß.

Monique zelebrierte ihren Auftritt, indem sie um den langen Tisch herumging und jeden Gast, ob männlich oder weiblich, mit einem Kuss begrüßte. Mischka wollte sie gar nicht mehr loslassen, doch ein kurzer Blick der Schauspielerin brachte ihn zur Räson. Auch Terenci zog Monique wie eine lang entbehrte Freundin an sich, während Lasskys Eifersucht, wie Daniela mit gehässigen Vergnügen bemerkte, ins Uferlose zu steigen schien.

Der Ärger des Malers wuchs sichtlich, als sein derzeitiger Auftraggeber, der Industrielle Heglinger, sich an Frau Kraska wandte, die ihm als Tischdame zugeteilt worden war. »Haben Sie etwas dagegen, mit der jungen Dame den Platz zu tauschen? Sie wollten doch eh mit Herrn Lassky über Ihr Porträt reden.«

Die antiquierte Dame nahm die Gelegenheit, an die rechte Seite des Malers zu kommen, erfreut wahr und stand auf. Dafür lächelte der Wirtschaftsboss Monique aufmunternd zu. »Heute leisten Sie mir Gesellschaft!«

»Gern! Ich will nur noch die übrigen Gäste begrüßen.« Die Schauspielerin schenkte ihm dabei ein vielversprechendes Lächeln, das seine Augen erregt aufblitzen ließ.

Lassky hingegen sah aus, als wolle er diesen Gast am liebsten eigenhändig aus dem Haus werfen. Auch Daniela empfand Heglingers Verhalten als anmaßend. Immerhin war Lassky der Gastgeber, und es gehörte sich einfach nicht, über dessen Kopf hinweg die Sitzreihenfolge umzustoßen. Dennoch freute es sie, dass Monique nicht direkt neben ihrem Arbeitgeber sitzen würde. Sie fragte sich, ob dies an ihrer Sympathie für den Maler oder ihrer Abneigung gegen die junge Schauspielerin lag, konnte sich aber keine Antwort darauf geben.

»Wenn wir noch länger warten, wird die Suppe kalt, und dann kündigt das Fräulein Lieserl noch vor dem Hauptgang!«, sagte sie lächelnd, um Monique, die weiterhin ihre Begrüßungsrunde machte, zur Eile anzutreiben. Die Schauspielerin lachte jedoch nur und schloss auch die restlichen Gäste in die Arme. Zuletzt küsste sie auch Lassky, und wie durch ein Wunder verschwand der gekränkte Ausdruck auf seinem Gesicht.

Daniela fragte sich, wie diese Frau es anstellte, so viel Macht über Männer zu gewinnen. Mit Lassky und Mischka saßen mindestens zwei ihrer Liebhaber am Tisch, und die beiden würden sie jetzt auch noch mit Heglinger teilen müssen. Trotzdem blieben sie friedlich und lachten schon kurz danach gemeinsam über die frivolen Anekdoten aus der Filmwelt, die Monique von sich gab.

11

Das Essen fand allgemeinen Anklang, auch wenn es, wie Lassky witzelnd erzählte, nicht den von Daniela vorgeschlagenen Meerschweinchenbraten gab. Sofort fand diese sich im Zentrum empörter Blicke wieder, während Monique lächelnd fragte: »Wie schmeckt ein Meerschweinchen eigentlich?«

»Sie werden doch gewiss noch keines gegessen haben, Fräulein Dany?«, rief Andrea Lupacani schockiert.

»Natürlich nicht! Außerdem habe ich nicht vorgeschlagen, Meerschweinchen zu braten, sondern nur darauf hingewiesen, dass sie in einigen Gegenden Südamerikas gegessen werden.« Es gelang Daniela, ruhig und gelassen zu antworten, obwohl Moniques Spitzen sie innerlich auf die Palme brachten.

Zu ihrer Erleichterung wurden die Gäste der Meerschweinchen schnell müde. Dafür aber machte Heglinger Monique auf eine Weise an, die einfach peinlich war. Zuletzt wandte er sich grinsend Lassky zu.

»Das Bild, dass Sie von Monique malen, gehört mir. Ich zahle mehr als jeder andere!«

»Sie sind aber sehr großzügig.« Für einen Moment blitzte so etwas wie Feindschaft in Lasskys Augen auf, und eine Drohung, die Daniela erschreckte. Dann aber warf er ihr einen kurzen Blick zu und wies auf das silberne Glöckchen. »Sie könnten Fräulein Lieserl signalisieren, dass sie den nächsten Gang auffahren lassen soll.«

Der schrille Ton füllte den Raum, und kurz darauf erschienen die angeheuerten Helferinnen mit zwei Servierwagen, die sich unter der Masse an Törtchen, Cremes und Schnitten bogen.

Als Andrea Lupacani das sah, hob sie in gespieltem Entsetzen die Hände. »Ich weiß, warum ich nicht öfters zu Ihnen als Gast komme, Lassky. Ich würde mir sonst meine Figur vollkommen ruinieren.« Wie alle Mitglieder des Clubs, die sich untereinander mit Du und dem Vornamen ansprachen, gebrauchte sie in Gesellschaft den halboffiziellen Ton, der in dieser Schicht üblich war.

»Aber meine Liebe, bei Ihrer Figur können Sie sich ein oder zwei Stück Kuchen wirklich leisten«, antwortete Lassky und widmete sich anschließend Frau Kraska. Dabei streifte sein Blick Daniela, und er sagte sich, dass er auch sie auf Leinwand bannen musste. Sie hatte an diesem Tag so etwas Hoheitsvolles an sich, das selbst den meisten Angehörigen ehemals adeliger Häuser nicht in die Wiege gelegt worden war. Ein wenig erinnerte sie ihn aber auch an Monique, aber sie war weitaus weniger triebhaft. Dennoch stellte er sich vor, wie es wäre, sie als Geliebte zu erringen. Da schob sich wie von selbst das Bild der Schauspielerin in seine Gedanken und er vergaß, was er eben gedacht hatte. Auch wenn Monique diesmal nicht an seiner Seite hatte sitzen wollen, konnte er die Einladung als Erfolg ansehen.

Im Augenblick aber hatte er mit anderen Problemen zu kämpfen als mit Leuten, die unbedingt von ihm gemalt werden wollten. Er blickte zu Andrea Lupacani und Dilia hinüber und musterte dann nacheinander Terenci, Mischka und die anderen, die zum Club gehörten. Dabei fragte er sich, wer von ihnen sich über die Regeln hinwegsetzte, die sie sich notgedrungen hatten geben müssen, und sie damit alle in höchste Gefahr brachte.

Vier

Der Club

1

Der Tag nach dem Fest brachte für Daniela eine Menge Arbeit, denn bis Mittag mussten die gesamte Dekoration abgebaut und alle Räume gesäubert werden. Danach klopfte sie an die Tür zu Lasskys Privaträumen.

»Guten Morgen Herr Lassky! Sie haben heute Nacht gesagt, dass Sie um elf Uhr geweckt werden wollen. Es ist jetzt zwei Minuten vor elf. Soll ich die anderen Bilder wieder ins Atelier schaffen lassen?«

»Wer ist da?«, klang es schwächlich zurück.

»Ich, die Daniela – oder besser gesagt das Fräulein Dany!«

»Kommen Sie in ein paar Stunden oder besser heute überhaupt nicht wieder.« Den Geräuschen zufolge schlurfte Lassky in Richtung Bad.

Das erinnerte Daniela wieder an die Worte, die sie gestern erlauscht hatte. »Ich glaube nicht, dass es Ihnen gefallen würde, wenn ich Sie weiterschlafen lasse. Sie wollten doch heute in Ihren Club. Haben Sie das vergessen?«

Wie es aussah, weckte ihre Bemerkung Lasskys Lebensgeister, denn die Antwort bestand in einem nicht gerade stubenreinen Fluch.

»Ich will um zwölf Uhr essen und um ein Uhr das Haus verlassen. Sie haben hinterher frei«, sagte er dann mit bemerkenswert klarer Stimme.

»Mit dem Freinehmen wird es wohl nichts, denn dafür ist noch zu viel tun. Der Salon sieht aus, als hätten die Hunnen darin gehaust.«

»Die wären mir lieber gewesen als der eine oder andere, der gestern dabei war.«

Trotz dieser bissigen Bemerkung wusste Daniela, dass er im Grunde nur einen einzigen Gast meinte, nämlich Heglinger, der als einer der Letzten Arm in Arm mit Monique abgezogen war. Sie wollte jedoch kein Salz in offene Wunden streuen und fragte noch einmal, ob sie die Bilder, an denen er arbeitete, wieder ins Atelier bringen sollte.

»Das mache ich selbst. Bis zum Mittagessen habe ich ja noch ein wenig Zeit. Oder gibt es noch Frühstück?«

»So, wie Sie es wünschen!«

»Ein leichter Imbiss reicht. Ich esse dann später im Club.«

»Was ist das für ein Club?« Daniela entschlüpfte die Frage beinahe gegen ihren Willen. Sie erhielt jedoch nur ein Brummen als Antwort und hörte, wie die Wasserhähne im Badezimmer aufgedreht wurden.

Wie es aussah, hatte Lassky keine Lust, etwas über den ominösen Club zu erzählen. Das war bedauerlich, denn anders als am Vortag verspürte Daniela mehr Neugier als Angst. Nach dem, was sie bisher gehört hatte, gab es eine Verbindung zwischen dem Club und den Mumienleichen. Ihr war klar, dass sie sich auf sehr dünnes Eis begab, wenn sie sich weiter mit dem Thema befasste. Doch wenn sie es nicht tat, würde sie nicht bei Lassky bleiben können.

Da die Räume vom Grübeln allein nicht sauber wurden, ging Daniela noch einmal durch das ganze Haus und wies der Putzfrau und den beiden Helferinnen von der Stellenvermittlung ihre Arbeit zu. Dabei sah sie großzügig darüber hinweg, dass die Letzteren nicht ganz einsatzfähig waren. Eine von ihnen jammerte über Kopfschmerzen, wollte aber nicht heimgehen, weil sie das Geld, das Lassky zahlte, dringend benötigte.

Während Daniela ihre dienstbaren Geister überwachte, sagte sie sich, dass sie im Vergleich zu diesen Frauen privilegiert war. Auch ihr hätte es blühen können, als Aushilfe für reiche Leute den Dreck beiseiteräumen zu müssen. Als Lasskys Hausdame verdiente sie weitaus besser und brauchte vor allem nicht zu zittern, ob die Stellenvermittlung ihr schnell genug einen neuen Job besorgen konnte.

Dafür muss ich mich bloß mit den Mitgliedern eines seltsamen Clubs und mit Mumienleichen herumschlagen, korrigierte sie sich in bitterer Selbstverspottung. Auf diese Weise versuchte sie, der nagenden Angst Herr zu werden, und es gelang ihr auch, zumindest für den Moment. Für ihr eigenes Seelenheil, sagte sie sich dennoch, wäre es wahrscheinlich besser gewesen, genauso wie diese Frauen von der Hand in den Mund zu leben.

Bei dem Gedanken schüttelte Daniela energisch den Kopf und irritierte damit eine ihrer Helferinnen, die sie eben etwas gefragt hatte.

»Sollen wir das große Anden-Poster nun doch nicht auf den Speicher bringen?«, fragte diese verdattert.

»Doch, das muss nach oben! Ich hab bloß an etwas anderes gedacht.« Daniela lächelte ihr zu und ging in den Frühstücksraum, der als Erster gewienert worden war, weil Lassky auch eher hätte aufstehen und das Frühstück verlangen können. In den Raum hatte sie vorhin die Zeitung gebracht. Eigentlich gehörte es sich nicht, das Blatt aufzuschlagen, bevor Lassky darin gelesen hatte, doch ihre Hände führten ein Eigenleben. Sie faltete die Zeitung auseinander und blätterte darin, während sie die Überschriften las, bis sie auf die Schlagzeile stieß, die sie so ähnlich erwartet hatte.

»Das Grauen geht weiter – Neue Mumienleiche gefunden!«, stand da in roter Schrift. Daniela zog es den Magen zusammen, als sie auf das Bild des Unglücklichen starrte.

»Das ist doch der Wardaschl!«, sagte sie zu sich selbst, schüttelte dann aber irritiert den Kopf. Es musste eine zufällige Ähnlichkeit sein. Der Hausmeister ihrer ehemaligen Wohnanlage war ein großer, kräftig gebauter Mann gewesen, doch die Leiche schien eher zu einem ausgemergelten Greis zu gehören. Als sie auf den Text starrte und das Wort Hausmeister neben dem Namen der Straße las, in der sie gewohnt hatte, begann sie zu zittern. Zwar war der Name des Opfers auf Alois W. gekürzt worden, und es fehlte auch die genaue Hausnummer, aber es konnte sich um niemand anders handeln als um Wardaschl.

Obwohl Daniela den Mann für unfähig gehalten hatte, tat er ihr leid. Gleichzeitig fragte sie sich, was in ihrer ehemaligen Wohnanlage vorging. Sie selbst hatte den toten Stadtstreicher entdeckt. Danach war Frau Hasic gestorben, und nun hatte es auch den Hausmeister erwischt. Mit ihm und der Frau Hasic waren bereits zwei der vier Leute tot, die damals die Mumienleiche gefunden hatten. Wollte jemand etwa alle Zeugen aus dem Weg schaffen? Wenn es so war, schwebte auch sie in höchster Gefahr.

2

Sie räkelte sich genüsslich. In einem so weichen Bett wie diesmal hatte sie selten geschlafen. Der glatte Satin der Bettwäsche schmiegte sich sanft an ihre Haut, und die Matratze besaß eine so gute Qualität, wie Geld sie kaufen konnte. Ihr Blick traf den Mann neben sich. Er schlief noch und würde auch in den nächsten zwei, drei Stunden nicht aufwachen.

Ohne seinen Anzug und sein selbstbewusstes Auftreten wirkte er nur noch mickrig. Er war gerade mal mittelgroß, erstaunlich mager und besaß ein längliches Pferdegesicht. Alles, was er darstellte, war er durch Geld geworden. Für ihn bedeutete der ach so schnöde Mammon das Gleiche wie Blut für Vampire.

Für ihre weiteren Pläne war dieser Mann ideal. Noch ein oder zwei Behandlungen, und der Mann würde ihr aus der Hand fressen. Der Gedanke, einen der mächtigsten Männer Österreichs zu beherrschen, erschien ihr beinahe ebenso berauschend, wie sein Blut zu trinken oder seine Lebenskraft aus ihm herauszusaugen.

Sie mahnte sich noch einmal selbst, sich zu beherrschen und den Mann nicht als Mahlzeit anzusehen. Dann beugte sie sich über ihn, knöpfte seine Pyjamajacke auf und legte den Hals frei. Mit einem leichten Ritzen des scharfen Eckzahnes öffnete sie die Halsschlagader und begann zu saugen.

Sie hörte jedoch bald wieder auf und fuhr mit der Zunge mehrmals über die winzige Wunde, bis diese sich geschlossen hatte. Stolz auf ihre Selbstbeherrschung, leckte sie sich das letzte Blut von den Lippen. Ihr Opfer würde nur eine leichte Schwäche fühlen und sich bald erholen. Dafür aber würde der Mann bald jeden ihrer Befehle blindlings befolgen. Ein paar Augenblicke überlegte sich sie, sich auf diese Weise eine ergebene Schar von Sklaven zu schaffen. Dann schüttelte sie den Kopf. Spätestens beim zweiten oder dritten Opfer würde sie ihre Beherrschung verlieren und es in jene leere Hülle verwandeln, die die Presse Mumienleichen getauft hatte.

Zufrieden mit sich und der Entwicklung, stand sie auf und verließ das Schlafzimmer in der Gestalt der betörend schönen Frau, mit der sie den Mann in ihren Bann geschlagen hatte. Auf dem Flur lief ihr die Hausdame ihres Gastgebers über den Weg. Als diese eine junge Frau völlig nackt auf sich zukommen sah, schüttelte sie ärgerlich den Kopf. Ihr Arbeitgeber hatte zwar das ein oder andere Mal ein Mädchen mit nach Hause gebracht, doch so schamlos wie dieses Weibsstück war noch keine aufgetreten.

»Guten Morgen!« Sie lächelte, als sie die Hausdame ansprach.

»Guten Morgen!«, klang es knapp-kühl zurück.

»Können Sie mir ein Taxi bestellen?«, fragte sie.

Diese starrte sie an und schluckte sichtlich. »Sie wollen doch nicht etwa so, wie Sie sind, in ein Taxi steigen?«

Ihr Lächeln wurde noch lieblicher. »Ich habe nichts bei mir!«

»So geht das nicht! Damit erregen Sie ein öffentliches Ärgernis!« Der Gedanke, dass ihr Arbeitgeber in einen Skandal hineingezogen werden könnte, brachte die Hausdame dazu, verbindlicher zu werden. »Kommen Sie mit! Ich gebe Ihnen was von mir. So können Sie wirklich nicht ins Freie.« Die Frau drehte sich um und ging in Richtung ihres Zimmers.

Die junge Frau folgte der Hausdame mit wippenden Schritten und strahlte dabei eine unterschwellige Anziehungskraft aus. Amüsiert nahm sie wahr, wie die Hausdame gegen die Verlockung ankämpfte. Mehrfach drehte diese sich zu ihr um und warf ihr verstohlene Blicke zu. Da sie noch nicht gesättigt war, verstärkte sie ihre Beeinflussung und brachte die andere dazu, wie eine ferngelenkte Puppe zu reagieren. Kaum hatten sie das Schlafzimmer der Frau betreten, drehte diese den Schlüssel um und legte sich steif auf das Bett.

Sie legte den Hals der Hausdame frei und wollte schon zu saugen beginnen. Dann aber sagte sie sich, dass es auffallen könnte, wenn sowohl der Hausherr als auch seine Angestellte über die gleichen Symptome klagten. Daher glitt sie weiter nach unten zum Bein ihres jetzigen Opfers, öffnete dort eine Ader und trank voller Gier. Die Frau besaß gesundes, kräftiges Blut und es zu trinken bereitete ihr mehr Lust, als jeder Sex es tun hätte können. Sie genoss es so, dass sie ihrem Opfer zu viel Blut abzog, denn als sie aufschaute, lag die Frau mit wächserner Haut auf ihrem Bett, und ihr Atem ging nur noch ganz schwach.

Jetzt erschrak sie, denn sie hatte sich am Bett des Hausherrn noch selbst davor gewarnt, auf diese Art mit den Menschen herumzuspielen. Wenn die Frau tot aufgefunden wurde, würden die Beschauärzte genauer hinsehen als bei jener alten, betrunkenen Vettel. Kamen die Kerle auf den richtigen Gedanken, verlor sie ihre schärfste Waffe, die Heimlichkeit.

Um das zu verhindern, beugte sie sich über das Gesicht der Frau, öffnete deren Mund und blies hinein. Schwarzer Dunst quoll zwischen ihren Lippen hervor und suchte sich den Weg in die Lungen. Der Körper zuckte wie unter heftigen Stromschlägen, dann stieß die Frau einen keuchenden Laut aus und begann schneller zu atmen.

Sie öffnete die Augen und starrte ihr Gegenüber mit einer Mischung aus Verzweiflung und Angst an. Aber sie stand bereits zu sehr unter dem Bann der seltsamen Besucherin ihres Arbeitgebers, um noch Widerstand leisten zu können. Im Grunde ihres Herzens begriff sie, dass ihr Leben unnatürlich geworden war und sie von nun an völlig von den Launen des ebenso schönen wie grausamen Geschöpfes abhing, welches prüfend auf sie herabblickte.

Diese plante jedoch nicht, ihre neue Dienerin lange zu erhalten. »Du wirst übermorgen heimlich das Haus verlassen und zur U-Bahn-Station Museumsquartier gehen. Dort werde ich dich erwarten.«

Sie nannte der Hausdame noch die genaue Uhrzeit, dann befahl sie ihr, wieder an ihre Arbeit zu gehen. Sie selbst bediente sich an deren Garderobe und wählte wohl zum ersten Mal seit langer Zeit unauffällige Kleidung aus. Wenige Minuten später verließ sie das Haus, suchte die nächste U-Bahn-Station auf und stieg in den ersten Zug, der einlief.

3

Urban Lassky fühlte sich nicht gut. Das Schlimme daran war, dass er den Grund dafür nicht kannte. Für kurze Zeit überlegte er, ob es das Alter sein konnte; immerhin war er der Älteste im Club. Oder hatte er in letzter Zeit zu sehr gefastet? Doch das konnte es nicht sein. Er hatte jahrzehntelang die gleichen Rationen zu sich genommen und keine Probleme gehabt. Die einzige Möglichkeit, die ihm sonst noch einfiel, war zu erschreckend, als dass er daran glauben wollte.

»Ich bin nicht entartet und auch nicht auf den Weg dazu, es zu werden!«, sagte er zu seinem Spiegelbild im Badezimmer. Der sorgenvolle Blick, vor dem er am liebsten geflohen wäre, war jedoch sein eigener, und er wusste nicht mehr, was er denken oder glauben sollte.

»Ich werde mich zusammennehmen, so wie ich es immer getan habe!« Seine eigene Existenz wie auch die seiner Freunde hingen davon ab, dass er kühlen Kopf behielt.

An diesem Tag verwendete er mehr Sorgfalt auf seine Toilette und wählte die Kleidung, die er tragen wollte, mit Bedacht aus. Keiner seiner Freunde durfte merken, dass etwas mit ihm nicht stimmte. Sie sollten ihn alle für stark halten, denn nur auf diese Weise konnte er ihnen Vertrauen einflößen und verhindern, dass sie in Panik gerieten.

In bordeauxroten Hosen, einem etwas helleren Hemd und sowie einem Sakko in der Farbe frischen Blutes machte Urban sich auf den Weg. Er bog in die Marc-Aurel-Straße ein, folgte der Landskrongasse und der Roten-Turm-Straße zum Stephansplatz und erreichte schließlich über die Kärntnerstraße und die Weihburggasse das Clublokal. In Gedanken versunken, achtete er nicht aus das, was um ihn herum geschah, Deswegen entging ihm auch, dass seine Hausdame ihm in einem gewissen Abstand folgte.

Daniela klopfte das Herz bis zum Hals. Mehr als einmal glaubte sie, den Maler aus den Augen verloren zu haben. Die auffällige Farbe seiner Kleidung half ihr jedoch, ihn jedes Mal wieder zu finden. Langsam fragte sie sich, ob er tatsächlich diesen Club aufsuchen wollte, denn er nahm weder ein Taxi noch ein öffentliches Verkehrsmittel, sondern ging etliche Hundert Meter zu Fuß Richtung Innenstadt. Daniela fürchtete schon, er habe sie bemerkt und wolle sie in die Irre leiten, aber dann bog er in eine schmale Seitengasse ein. Um kein Risiko einzugehen, blieb sie an der Ecke stehen und spähte ihm vorsichtig nach. Als er in einen Tordurchgang verschwand, lief sie auf Zehenspitzen hinter ihm her. Doch als sie das zum Glück offen stehende Tor erreichte, sah sie dahinter mehrere Häuser, die jeweils einen eigenen Eingang hatten, und wusste nicht, wohin Lassky sich gewandt haben konnte.

Da kam ihr der Zufall zu Hilfe. Eine in der Seitenwand der Einfahrt eingelassene Tür wurde von innen geöffnet, und eine Frau trat heraus. Im Hintergrund entdeckte Daniela einen roten Fleck, der sich nach unten bewegte und dann verschwand. Rasch lief sie zur Tür und hinderte sie daran, ins Schloss zu fallen. Sie atmete dreimal tief durch, schritt durch das Treppenhaus und wählte die Treppe, die in die Tiefe führte. Zu ihrer Verwunderung endete diese nicht in einem normalen Kellerflur, sondern setzte sich, von kurzen Gangstücken mit verschlossenen Türen unterbrochen, über mehrere Etagen fort. Als sie den Fuß auf die nächste Stufe setzte, überkam sie wieder diese zittrige Angst, die sie schon mehrmals verspürt hatte. Alles an diesem Ort schien Abwehr auszustrahlen. »Bleib wo du bist! Geh nicht weiter!«, hörte sie jemand sagen und begriff erst danach, dass sie selbst es war. Etwas in ihr sträubte sich jedoch dagegen. Wenn sie jetzt aufgab, würde sie das Geheimnis, das Lassky und seine seltsamen Freunde umgab, niemals aufdecken. Daher nahm Daniela sich zusammen und schritt in die Tiefe, bis die letzte Treppe in einem längeren Flur endete. Im Schein einer trüben Lampe sah sie auch hier mehrere Türen, aber die meisten wirkten so morsch, als würden sie bei der ersten Berührung zerbröseln. Ganz am Ende entdeckte sie jedoch eine kupferbeschlagene Tür, die nicht in diese von Zahn der Zeit angenagte Umgebung passte.

Nun befand Daniela sich in einer Zwickmühle. Wenn sie die Tür öffnete und dahinter standen Leute, hatte sie Schwierigkeiten, ihr Erscheinen zu erklären. Blieb sie jedoch hier heraußen, würden eventuelle Nachzügler sie entdecken, und sie war ebenfalls verraten. Da sie nicht völlig unverrichteter Dinge wieder gehen wollte, legte sie ihr Ohr an das Kupferblech.

Daniela glaubte Stimmen zu hören, doch die klangen zu fern, als dass die Sprecher sich gleich hinter der Tür befinden konnten. Vorsichtig streckte sie die Hand aus, drückte die Klinke nieder und konnte die Tür öffnen. Sie hatte erwartet, in einen Kellerraum zu gelangen, doch vor ihr lag ein weiterer, etwa zwanzig Meter langer Korridor, der von drei Lampen erleuchtet wurde. Von innen steckte ein Schlüssel, den Lassky anscheinend vergessen hatte umzudrehen. Oder erwartete er noch weitere Leute?

Noch während sie sich zweifelnd umschaute, entwickelten ihre Beine ein Eigenleben und trugen sie auf Zehenspitzen die etwa zwanzig Meter weiter zur nächsten Tür, die den Korridor absperrte. Nun konnte sie die Stimmen deutlich verstehen. Eine konnte sie Lassky zuordnen, eine weitere Andrea Lupacani. Die der Modeschöpferin klang ängstlich und sogar anklagend. Diese Entdeckung überzeugte Daniela Lasskys Geheimnis und dem seines Clubs auf der Spur zu sein.

4

Während Daniela sich noch vorsichtig orientierte, wies Urban seine streitenden Clubfreunde zurecht. »Könnt ihr nicht einen Augenblick ruhig sein?«

Seine Stimme dröhnte wie ein Glockenschlag durch den Raum und brachte die anderen zum Schweigen.

»Da bist du ja endlich!«, rief Andrea Lupacani. »Wir haben dich schon vermisst.«

»Wenn ich mich recht erinnern kann, wurde die außerordentliche Clubversammlung für dreizehn Uhr und dreißig Minuten anberaumt. Jetzt ist es fünf Minuten vor halb.« Urbans Versuch, gelassen zu erscheinen, beeindruckte die anderen und löste fürs Erste die Spannung, die sich über den Raum gelegt hatte.

»Entschuldige, Urban, aber ich bin so nervös, dass ich nicht auf die Uhr geachtet habe«, rechtfertigte sich die Modedesignerin.

»Es gibt bestimmt einen Grund, warum du so nervös bist«, stichelte Mischka. »Wahrscheinlich hast du Hunger – und das nicht bloß auf unseren speziellen roten Saft.«

»Gar nichts habe ich!«, fuhr Andrea Lupacani auf.

Urban machte eine beschwichtigende Geste. »Hört auf! Es darf keinen Streit geben, sonst schwächen wir uns nur zusätzlich, und das in einer Situation, die uns alle gefährdet. Als Erstes sollten wir einen Schluck trinken. Danach werden wir alle ruhiger sein.«

»Keine schlechte Idee.« Terenci wollte den Kühlschrank aufmachen, doch Cynthia kam ihm zuvor. Sie füllte die Gläser, die ein junger Mann namens Alex ihr reichte, mit dem Inhalt einer Ballonflasche.

Eines davon nahm Urban entgegen und hob es hoch. »Auf unser Wohl und darauf, dass sich unsere derzeitigen Probleme bald lösen lassen.«

»Zuerst möchte ich einmal wissen, was überhaupt los ist! Seit ich gekommen bin, hat die Andrea hysterisch alle Welt beschuldigt, für die Mumienleichen verantwortlich zu sein«, fuhr Mischka auf.

»Andrea hat nicht alle Welt beschuldigt, sondern in erster Linie dich«, rückte Terenci die Tatsachen zurecht.

»Mich? Das ist doch lächerlich!« Mischka lachte hart auf und sah dann Urban an. »Du glaubst doch diesen Unsinn nicht!«

»Ich glaube an gar nichts, sondern bilde mir meine Meinung anhand der Fakten, die wir zusammentragen müssen. Und jetzt trinkt. So seid ihr mir alle zu zittrig. Prost!« Urban trank und ertappte sich dabei, wie er den Inhalt des Glases gierig verschlang. Also war doch etwas mit ihm, das nach mehr Blut verlangte, als er sich sonst zugestand. Ein rascher Blick in die Runde zeigte ihm, dass es den anderen ebenso erging. Mischka leckte sein Glas aus und schielte so begehrlich auf die Flasche, die noch auf der Theke stand, als sei er am Verdursten.

»Sperr sie wieder weg!«, forderte Urban Cynthia auf.

Sie nahm die Flasche, zögerte aber. »Sollten wir nicht lieber noch ein Glas trinken?«

Urban schüttelte den Kopf. »Es muss fürs Erste reichen. Jetzt wollen wir in aller Ruhe miteinander reden. Setzt euch! Im Stehen ist es mir zu ungemütlich.«

»Vielleicht hast du einfach nicht das Hungergefühl wie wir, weil du andere Quellen anzapfen konntest. Hast du nicht vor einem Jahr ein Bild an den Präsidenten des Österreichischen Roten Kreuzes verkauft, und wie war das mit dem Ordinarius Feixl vom AKH?« Mischka brach ab, doch die Blicke seiner Freunde verrieten Urban, dass es dem unbeliebtesten Mitglied des Clubs gelungen war, mit ein paar Worten Misstrauen gegen ihn zu säen.

Dilia eilte ihm zu Hilfe. »Urban war schon immer derjenige von uns, der sich am besten in der Gewalt hat. Aus diesem Grund haben wir ihn zum Vorsitzenden unseres Clubs gewählt.«

»Das muss er aber nicht für alle Zeit bleiben«, blaffte Mischka sie an.

»Damit hast du vollkommen recht! Allerdings solltest du dir auch ins Gedächtnis rufen, weshalb wir den Club gegründet haben. Du hast am meisten davon profitiert!«

»Das stimmt! Keiner liegt der Clubkasse so auf der Tasche wie du, Mischka.« In ihrem Ärger nannte Andrea Lupacani den Mann bei seinem Nachnamen und nicht, wie im Club üblich, beim Vornamen. Damit deutete sie an, dass sie ihn nicht als gleichberechtigtes Mitglied der Gemeinschaft ansah.

Urban gefiel diese Entwicklung nicht, denn ihr aller Wohl hing davon ab, dass sie trotz gelegentlicher Spannungen zusammenhielten. »Wir sollten jetzt nicht darüber reden, wer wem auf der Tasche gelegen ist oder noch liegt, sondern wie wir mit dieser bedrohlichen Situation umgehen sollen. Bis jetzt ist es uns jedes Mal gelungen, Leute mit unserer Veranlagung, die in der Stadt aufgetaucht sind, zu finden und entweder in unsere Gemeinschaft einzugliedern oder auszuschalten, bevor sie eine Gefahr darstellen konnten.«

»Bist du dir sicher, dass wirklich jemand wie wir dahintersteckt?«, wandte Terenci ein. »Immerhin geht diese Person, wenn sie überhaupt eine ist, ganz anders vor, als wir es gewohnt sind.«

»Ich habe gestern bereits erklärt, dass ein früherer Freund von mir dasselbe getan hat. Er war schlichtweg entartet und hat sich nicht mehr mit Blut zufriedengegeben, sondern alles an Lebensenergie aus seinen Opfern herausgesaugt. Hinterher haben sie dann so ausgesehen wie die Mumienleichen, über die sich die hiesige Polizei die Köpfe zerbricht.

Seine Opfer so zurichten kann nur ein entarteter Vampir. Wir stehen nun vor der Frage, ob derjenige erst vor Kurzem in die Stadt gekommen ist und sein Unwesen treibt, ohne von uns zu wissen, oder ob einer von uns diese Entwicklung durchgemacht hat. Beide Möglichkeiten sind für uns fatal, denn es besteht die Gefahr, dass die Leute auf unsere Existenz aufmerksam werden und begreifen, dass Vampire unerkannt unter ihnen leben. Danach wird es für uns immer schwieriger werden, an Blutvorräte zu kommen. Wahrscheinlich werden wir nur noch von solchen Junkies etwas bekommen, wie Mischka sie aufreißt – verseuchtes Zeug voller Drogenrückstände.«

»Wo soll ich das Geld hernehmen, Ärzte zu bestechen, wie einige von euch es tun? Ich bin kein berühmter Kunstmaler, eine bekannte Modemacherin oder ein gut verdienender Computerspezialist! Anders als ihr habe ich zu kämpfen, um überhaupt über die Runden zu kommen!«, giftete Mischka und ließ sich den Neid auf jene Clubmitglieder, deren Talente ihnen ein besseres Leben ermöglichten, deutlich heraushängen.

»Eben wegen solcher Leute wie dir haben wir den Club gegründet. Hier bekommst du genug Blut aus unseren persönlichen Vorräten, damit du nicht durchdrehst und wahllos über fremde Menschen herfällst. Ein Vampir, der zügellos tötet, wird schnell entdeckt, und dann machen die Behörden auf uns alle Jagd.« Urban versuchte Mischka zur Vernunft zu bringen, doch der lachte ihn nur aus.

»Gib doch zu, dass du und die anderen wohlhabenden Clubmitglieder mich nur deshalb aushaltet, damit ihr selber ungeschoren bleibt. Für den halben Liter Blut in der Woche, den ihr mir gnädig zukommen lasst, soll ich anbetend zu euren Füßen liegen und zuschauen, wie ihr euer High-Society-Leben führt. Das ist verdammt billig, sage ich euch!«

Urban begriff, dass Mischka die Gelegenheit ausnützen wollte, um für eine Umverteilung der Vermögensverhältnisse zu sorgen. Das hatte er schon früher versucht, doch damals waren sie nicht von außen bedroht worden und hatten ihn mühelos in die Schranken weisen können. Aber in einer Situation, in der es unabdingbar war, dass sich einer fest auf den anderen verlassen konnte, war seine Haltung fatal.

»Darf ich dich daran erinnern, dass wir über einen entarteten Vampir reden, der hier in Wien sein Unwesen treibt? Er hat immerhin schon fünf Leute auf dem Gewissen!«

»Sechs!«, flüsterte Daniela, die die teilweise recht heftig geführte Diskussion mitverfolgen konnte. Mehr denn je war sie der Ansicht, dass auch Frau Hasic diesem unbekannten Geschöpf zum Opfer gefallen war.

Während sie lauschte, wunderte sie sich über sich selbst. Sie verstand nicht, wie sie angesichts des Gehörten so ruhig bleiben konnte. Urban Lassky, der berühmte Kunstmaler und ihr augenblicklicher Arbeitgeber, war, wie er selbst gesagt hatte, ein Vampir, der sich von Menschenblut ernährte. Damit waren sie und Lieserl in höchster Gefahr, ihm ebenfalls zum Opfer zu fallen. Dann dachte sie daran, dass die Köchin bereits seit fünfundzwanzig Jahren in Lasskys Haus lebte und bestimmt nicht wie eine Mumienleiche aussah. Hatte sie nicht gehört, dass Lassky und die anderen sich Blut von bestochenen Ärzten besorgten? Sie konnte sich durchaus vorstellen, dass Teile von Blutspenden abgezweigt und gegen Geld verkauft wurden. Die Lieferanten wussten wahrscheinlich nicht einmal, was ihre Kunden damit beabsichtigten.

Gerade als Daniela schwankte, ob sie weiter lauschen oder sich zurückziehen sollte, vernahm sie ein Geräusch, das aus der Richtung der eigentlichen Keller kam. Es erinnerte sie daran, dass jeder, der durch die kupferbeschlagene Tür trat, sie hier stehen sehen musste. Da sie vorerst einmal genug erfahren hatte, huschte sie den Gang entlang und schlüpfte zur Tür hinaus. Es war keinen Augenblick zu früh, denn Lassky hatte ebenfalls etwas gehört und blickte in den Gang. Doch da war Daniela bereits verschwunden.

5

Als Daniela die geheimnisvollen Tiefen verließ und in das normale Kellergeschoss hochstieg, löste sich aus dem Halbschatten hinter der Treppe eine Gestalt. Zuerst glaubte sie, es handle sich um einen der Hausbewohner, und wollte einfach vorbei gehen.

Da hielt ein spöttischer Ruf sie auf. »Du bist wohl auf der Suche nach Urban, Süße?«

»Monique!« Es gab auf der Welt etwa sechs Milliarden Menschen, denen Daniela in diesem Augenblick lieber begegnet wäre als der Schauspielerin. Als Monique ins Licht trat, konnte sie sehen, dass die Frau an diesem Tag etwas weniger aufreizend gekleidet war. Dennoch strahlte sie eine erotische Grundstimmung aus, bei der sich Daniela die Härchen auf den Armen aufstellten.

»Komm! Ich weiß, wo es langgeht.« Monique packte Daniela trotz ihrer abwehrenden Haltung am Arm und zog sie mit sich.

Daniela geriet in Panik. Wenn Lassky erfuhr, dass sie hinter ihm herspioniert hatte, würde er sauer sein und sie entlassen. Vielleicht brachte er sie auch gleich um. Für einen Augenblick sah sie sich als Mumienleiche in irgendeinem Park liegen und wollte sich losreißen. Doch Moniques Finger hielten sie wie mit Schraubzwingen fest.

Die Schauspielerin führte sie wieder sämtliche Treppen hinab und dann durch die kupferbeschlagene Tür. Vor dem Eingang zum eigentlichen Clubraum blieb sie stehen, klopfte kurz und trat dann mit einem schmelzenden Lächeln auf den Lippen ein. »Habe die Ehre, Herrschaften! Ich habe unterwegs die Daniela getroffen und von ihr gehört, dass Urban in den Club wollte. Da habe ich mir gedacht, wir könnten gemeinsam vorbeischauen. Darf ich mir einschenken?«

Sie streckte die Hand nach der Flasche mit dem Blutgetränk aus. Urban versetzte Mischka rasch einen Stoß, sodass dieser Monique vor die Füße stolperte. Beide konnten gerade noch einen Sturz vermeiden. Währenddessen vertauschte Urban die bewusste Flasche mit einer, die etwas Unverfängliches enthielt, schenkte zwei Gläser ein und reichte sie den beiden Frauen. »Auf euer Wohl!«

»Auf dein ganz spezielles Wohl!« Monique setzte das Glas an die Lippen und schlürfte den Inhalt wie eine vernaschte Katze.

Urban wusste nicht, wie er mit dieser unerwarteten Entwicklung umgehen sollte. In Gedanken verfluchte er Mischka, weil dieser Monique vor ein paar Tagen mit in den Club gebracht und ihr somit den Weg gezeigt hatte. Noch mehr aber ärgerte er sich über Danielas Anwesenheit.

»Wollten Sie nicht zu Hause aufräumen?«, fragte er nicht gerade freundlich.

»Es ist fast alles fertig, und da dachte ich, ich … geh ein bisschen spazieren.« Ihr kurzes Zögern fiel nur Lassky auf.

Monique, die sich die Lehne von Terencis Sessel gesetzt hatte und die Szene geradezu genießerisch verfolgte, lachte auf. »Ihr habt wirklich ein heißes Clublokal. Ich schätze, es liegt im untersten Kellergeschoss.«

»Das stimmt!«, bestätigte Terenci, obwohl er annahm, dass Monique es von ihrem ersten Besuch her hätte wissen können. »Es ist das fünfte. Tiefer geht's nicht mehr.«

»Das heißt, darüber über diesem gibt es noch vier richtige Kellergeschosse?«, fragte Daniela verblüfft.

»Ja, aber davon wird nur das oberste wirklich benutzt. Die anderen Keller sind uralt und teilweise schon seit Jahrhunderten eingestürzt. Ich würde niemand raten, da hineinzugehen. Es ist zu gefährlich.«

»Ganz besonders wegen der Ratten!«, warf Monique ein. »So weit unten sollen sie riesig sein.«

»In unserem Clubraum und seiner Umgebung gibt es keine Ratten!«, erklärte Urban mit einem Seitenblick auf Daniela. Dabei wunderte er sich, weshalb er seine Hausdame beruhigen wollte. Schließlich hatte sie hier unten nicht das Geringste verloren. Das galt allerdings auch für Monique.

Er fragte sich, warum Mischka die Schauspielerin mitgebracht hatte. Wollte er Verwirrung stiften oder die Clubmitglieder gegeneinander aufhetzen, bis die Gruppe im Streit auseinanderfiel? War er vielleicht der entartete Vampir, der ihnen so zu schaffen machte? Urban war beinahe bereit, es zu glauben, auch wenn er keine handfesten Beweise hatte. Aus diesem Grund beschloss er, den Mann in der nächsten Zeit zu beobachten oder Terenci auf ihn anzusetzen. Das war er schon Monique schuldig, die in höchster Gefahr schwebte, solange sie sich mit diesem Kerl abgab. Aber er musste ihr auch raten, sich von Terenci fernhalten, dem sie gerade über die Wange strich und etwas ins Ohr flüsterte.

Urban streifte seinen Freund mit einem wütenden Blick und rief sich dann selbst zur Ordnung. Eben hatte er noch Mischka verdächtigt, und nun hatte er das Gefühl, sein bester Freund könnte der Entartete sein. Doch es konnte sich ebenso um eine Frau handeln. Schnell schätzte er die mentale Kraft der einzelnen Clubmitglieder ab und kam zu dem Ergebnis, dass von den Frauen höchstenfalls Andrea Lupacani oder Dilia in Frage kamen, und von den Männern konnten es neben Mischka und Ludwig Terenci nur noch zwei der Jüngeren sein.

6

Urban konnte nicht sagen, ob das Clubtreffen erfolgreich war oder eher für die Katz. Für sein Gefühl hatte er bisher gar nichts erreicht. Er hatte nicht einmal verhindern können, dass Terenci sich bei Monique untergehakt und gemeinsam mit ihr den Clubraum verlassen hatte. Nun hoffte er, dass sein Freund nicht der Entartete war und sich auch sonst zurückhielt. Urban war in der langen Zeit seines Lebens Selbstbeherrschung und Disziplin zur zweiten Natur geworden. Dennoch empfand er die Verlockung des süßen Blutes, das in Danielas Adern floss, und das Gefühl war hier im Clubraum weitaus stärker als in seinem Haus. Gleichzeitig wunderte er sich, dass die von ihm verehrte Schauspielerin nicht dieses starke Verlangen in ihm ausgelöst hatte. Wahrscheinlich, so erklärte er es sich, war Moniques Besuch hier unten zu kurz dafür gewesen. Oder war es, weil er sie als Frau so stark begehrte, wie es ihm bislang noch niemals passiert war.

Nachdenklich musterte er Daniela, die mit einem Glas Cola in der Hand auf einem der roten Sofas saß und ihn anlächelte. Sein Blick wurde von dem leichten Pochen ihrer Halsschlagader angezogen, und er stellte sich vor, wie es wäre, einen sanften Biss dort anzusetzen und etwas von ihrem Blut zu trinken. Es durfte nicht mehr als ein Viertelliter sein, damit das Mädchen nicht zu Schaden kam. Bei dem Gedanken ertappte er sich, wie er leise zu schmatzen begann, und senkte betroffen den Kopf. Wohin verirrten sich seine Gedanken? Er wollte doch Daniela nicht zu seiner Sklavin machen.

»Wenn nicht mehr los ist, dann geh ich wieder. Ich möchte heut noch zum Prater.« Ohne ein Abschiedswort stapfte Mischka davon.

Urban war klar, was der Mann vorhatte. Mischka würde bis in den Abend hinein die Leute im Prater beobachten und sich einen betrunkenen oder von Drogen benebelten Jungen heraussuchen, in eines seiner Verstecke abschleppen und dort mittels einer Hohlnadel und eines Plastikbeutels abzapfen. Obwohl der Betreffende irgendwann am Morgen auf einer Parkbank erwachen würde und sich an nichts würde erinnern können, gefiel Urban dieses Vorgehen nicht. Doch mehr als das Verbot, sein Opfer nach alter Sitte zu beißen und das Blut direkt am Körper zu saugen, hatte er nicht durchsetzen können. Allerdings durften nur Männer abgezapft werden, denn bei hilflos aufgefundenen Frauen konnte leicht der Aspekt sexuellen Missbrauchs aufkommen und zu verschärften Polizeimaßnahmen führen.

Andrea Lupacani legte Urban die Hand auf die Schulter und weckte ihn aus seinem Sinnieren. »Wir gehen jetzt auch. Allerdings sollten wir noch einmal unter sechs Augen miteinander reden.«

»Das sollten wir!«, bekräftigte Dilia. »Morgen will Daniela zur Anprobe kommen. Mir wäre es lieb, wenn du sie begleiten könntest. Wir wollen kein Gerede unter den anderen Clubmitgliedern.«

»Das gibt es schon mehr als genug.« Trotz der trüben Situation gelang es Urban zu lächeln. Die beiden Frauen gehörten zu den ältesten Mitgliedern des Clubs und hatten ihn immer unterstützt. Außerdem mochte er sie, und der Gedanke, eine von ihnen könnte entartet sein, tat ihm körperlich weh.

Auch die anderen Clubmitglieder verabschiedeten sich nach und nach. Als Urban nach einer Weile aufschaute, befanden sich nur noch Daniela und er ihm Raum. Das Glas der jungen Frau war leer, doch als er an den Kühlschrank gehen wollte, war dieser bereits verschlossen, und er wusste nicht, wer den Schlüssel an sich genommen hatte.

»Es tut mir leid, aber die Bar hat zu. Wenn Sie noch was trinken wollen, sollten wir in ein Kaffeehaus gehen.« Urban bemühte sich dabei, an Daniela vorbeizusehen, um nicht andauernd jene verlockende Stelle an ihrem Hals vor Augen zu haben.

»Ich würde gerne noch was trinken. Wohin wollen wir?«

»Ich lass Ihnen die Auswahl. Hawelka, Demel – oder möchten Sie in die Zwölf Aposteln?«

»In die Aposteln lieber nicht. Dort sitzen meistens einige meiner Kommilitonen herum, und auf die hab ich derzeit keinen Bock.« Bei diesen Worten erinnerte sie sich an Matthias und dessen Wunsch nach einem Autogramm von Monique. Um das würde sie sich bei dem nächsten Zusammentreffen mit der Schauspielerin kümmern. Jetzt war sie erst einmal froh, Lassky für sich allein zu haben.

»Gehen wir zum Demel! Heute brauche ich eine Kalorienbombe.« Es gelang ihr sogar, ein wenig zu lachen.

Urban spürte jedoch, dass es hinter der glatten Fassade, die sie ihm vorzuspielen versuchte, brodelte.

»Dann wollen wir mal!«, sagte er betont munter und wies zur Tür. Daniela schritt voraus, während er das Licht ausschaltete und zusperrte. Dabei bemühte er sich, der jungen Frau nicht zu nahe kommen und sie vor allem nicht zu berühren. Der Drang, ihr Blut zu saugen, machte ihn krank. War er etwa ebenfalls dabei zu entarten? Sein Verlangen nach Blut war zumindest stärker als in den letzten Jahrzehnten. Auch bei einigen anderen Clubmitgliedern hatte er den Eindruck, sie kämen nicht mehr mit ihren gewohnten Portionen aus. Möglicherweise war das, was bisher geschehen war, nur ein Vorspiel zu einer Epidemie, die alle Mitglieder des Clubs irgendwann einmal packen und in Ungeheuer verwandeln würde! Doch soweit war es noch nicht. Zumindest im Augenblick gelang es ihm noch, sich zu beherrschen.

Als sie endlich ins Tageslicht traten, verminderte sich seine Gier, und er vermochte Daniela wieder anzusehen, ohne den drängenden Wunsch zu spüren, sie zu beißen. Er bemerkte allerdings, dass sie ihn scharf beobachtete und beim Gehen immer wieder Stellen aufsuchte, die voll im Sonnenlicht lagen. Also schien sie begriffen zu haben, was er war, oder es zumindest zu vermuten. Nur ging sie von falschen Voraussetzungen aus und hielt ihn und seine Freunde für jene Fantasiegeschöpfe, die den Hirnen von Romanautoren entsprungen waren. Für seinesgleichen war der Aufenthalt in der Sonne zwar ähnlich unangenehm wie für einen normalen Menschen mit Sonnenallergie, und daher vermied er es, sich länger der direkten Bestrahlung auszusetzen. Aber das helle Licht brachte ihn nicht um und verbrannte ihn auch nicht zu Asche. Wäre es so einfach für ihn, sein Leben zu beenden, hätte er diesen Weg in Phasen tiefer Depression längst beschritten. Es war nicht leicht, mit dem Gefühl zu leben, ein potenzieller Mörder zu sein und gleichzeitig in Gefahr zu schweben, von anderen Menschen als Ungeheuer entlarvt und erbarmungslos gejagt zu werden.

Nach einer Weile stummen Nebeneinanderher-Schlenderns erreichten Lassky und Daniela den Kohlmarkt, betraten das Café Demel und setzten sich an einen freien Tisch. Der Ober kam und nahm die Bestellung auf, und dann herrschte weiterhin Stille zwischen ihnen.

Während Daniela die gediegene Einrichtung des Cafés betrachtete, fragte sie sich, wie es weitergehen sollte. Sie mochte Lassky und hätte ihn bis zu diesem Morgen nichts Schlimmes zugetraut. Doch war er wirklich so schlecht, wie man sich einen Vampir vorstellte? Ihr Verstand sagte ihr, dass sie sich irren musste. Es gab keine Vampire, höchstens als Fledermäuse, und in eine solche konnte Lassky sich wirklich nicht verwandeln. Zudem hatte sie das Gefühl, Lassky vertrauen zu können. Er und seine Freunde waren wahrscheinlich von einer Krankheit befallen, die sich nur durch den Genuss von

Blut dämpfen ließ. Doch er tat alles, um diesen Drang in geregelte Bahnen zu lenken. Immerhin hatte er seine Freunde zu äußerster Zurückhaltung aufgefordert, und der Club war gegründet worden, um seine Mitglieder auf unverfängliche Weise mit dem für sie lebensnotwendigem Blut zu versorgen.

»Ich würde viel dafür geben, wenn ich Ihre Gedanken lesen könnte«, sagte Urban.

Da legte Daniela ihre Hand auf die Seine. »Herr Lassky, finden Sie nicht, dass es an der Zeit wäre, mir reinen Wein einzuschenken?«

Ihre Hand war kühl und ruhig, doch er fühlte, dass sie Angst vor ihm hatte. Dennoch besaß sie genug Vertrauen, um ihn zu berühren und diese Frage zu stellen. »Ja, Daniela, ich glaube, es ist an der Zeit. Allerdings möchte ich das nicht hier tun, sondern zu Hause in meinen Privaträumen.« Noch während er es sagte, fiel ihm auf, dass er eine große Anforderung an ihre Geduld stellte und noch mehr an ihre Bereitschaft, das Gute in ihm zu sehen. Sie konnte seine Worte genauso gut auffassen, dass sie dort, wo ihr niemand beistehen konnte, sein Opfer werden sollte.

Tatsächlich schwankte Daniela zwischen schroffer Ablehnung und dem starken Drang, mehr über ihn und seine Lebensweise zu erfahren. Den Ausschlag gab schließlich der Gedanke, dass er selbst nichts mit den Mumienleichen zu tun hatte, sondern verhindern wollte, dass es zu weiteren Opfern dieser Art kam.

»Sie wissen, dass Sie damit sehr viel von mir verlangen, Herr Lassky. Aber ich sage ja! Ich mag Sie nämlich.«

»Danke!« Urban atmete tief durch und winkte dann dem Ober, ihm noch einen Kaffee zu bringen.

Daniela bestellte sich einen Mohnstrudel, wusste aber nicht, ob sie es tat, weil sie Appetit auf das süße Gebäck hatte, oder ob ihr vor dem Gespräch mit Lassky in dessen Räumen graute und sie dieses so lange hinausschieben wollte, wie es möglich war.

7

Florian Mischka schlenderte durch den Volksprater in Richtung Bowlinghalle und ärgerte sich über Lassky und die übrigen Clubmitglieder. Bloß weil die Geld besaßen, behandelten sie ihn wie einen armen Verwandten. Dabei hatte er dasselbe Recht, so zu leben wie sie, und auch dasselbe Recht auf frisches Blut. Bei dem Gedanken streifte sein Blick drei junge Mädchen, die ihrem Dialekt nach aus ländlichen Gebieten hierhergekommen waren, um sich zu amüsieren. Sie waren alle so um die zwanzig und in ihren Adern floss das süßeste Blut, das es gab.

Er folgte den Dreien ein Stück und überlegte bereits, sie anzusprechen, als er sich an die Warnung erinnerte, die er im Club erhalten hatte. Nicht auffallen und vor allem keine Frauen abfangen. Im ersten Augenblick bäumte sich in ihm alles gegen diese Einschränkung auf. Dann aber dachte er an Lasskys Worte, dass jeder, der sich nicht an die Regeln des Clubs hielt, seine Strafe erhalten würde. Bei anderen Vereinen wurde man einfach ausgeschlossen, doch in seinem Fall lag die Sache anders. Es war zwar schwierig, einen wie ihn zu töten, allein aber hatte er keine Chance gegen die anderen Vampire. Sie würden ihn finden und eliminieren.

Der einzige Ausweg wäre, die Stadt sofort zu verlassen und sich in einem anderen Land anzusiedeln. Zum Einen aber wusste er nicht, ob es dort ebenfalls Vampire gab, und zum anderen war er in der Fremde allen möglichen Gefahren ausgesetzt. Die Schlimmste davon war, von der Polizei gefangen und als Psychopath angesehen zu werden, der hinter Anstaltsmauern gehörte. Man würde ihn einsperren und damit zu einem langen Sterben durch Verhungern verurteilen.

Bei dem Gedanken schüttelte es Mischka, und er ließ die drei munteren Landmädchen sausen. Stattdessen suchte er die Bowlinghalle auf. Dort gab es immer Leute, die Anschluss suchten und froh waren, wenn sich schließlich jemand bereit fand, ihnen nach Hause zu helfen.

Diesmal hatte er jedoch kein Glück. Die Gruppen, die hier kegelten, gehörten zusammen und hatten keine Lust, einen Fremden mitspielen zu lassen. Grummelnd verließ er die Halle und streifte ziellos über das Gelände, ohne jemand zu finden, der als potenzielles Opfer in Frage kam. Er überlegte bereits, den Prater zu verlassen und über die Reichsbrücke in Richtung Donaupark zu gehen, als er an einer Trinkbude einen alten Bekannten entdeckte.

Der Mann saß auf einer Bank, hielt ein Seidel Bier in der Hand und sah den flanierenden Leuten zu. Seit ihrer letzten Begegnung mussten sich die Lebensumstände des Kerls zum Besseren gewandelt haben, denn statt schmutziger, zerrissener Hosen und einem ausgefärbten Hemd trug er nun neue, hautenge Jeans, ein Designer-T-Shirt und blank geputzte Schuhe. Um seinen Hals hing eine daumendicke Kette, die dem Geruch nach, den Mischka in die Nase bekam, aus echtem Gold sein musste.

»Grüß dich, Franzl! Hast du was dagegen, wenn ich mich zu dir setze?« Ohne auf eine Antwort zu warten, winkte Mischka der Frau an der Theke, ihm ein Bier zu zapfen, und nahm Platz.

Der andere sah mit missmutiger Miene auf. »Sollte ich dich kennen?«

Das war kein guter Beginn. Mischka erinnerte sich nun, dass der Mann bei ihren früheren Zusammentreffen jedes Mal stockbesoffen gewesen war und er selbst mit seinen Fähigkeiten dafür gesorgt hatte, dass der andere sich nicht mehr an ihn erinnern konnte. Sein Hunger musste ungewöhnlich groß sein, sonst hätte er diesen Umstand nicht außer Acht gelassen. Bevor er sich eine Erklärung aus den Fingern saugen konnte, sprach der andere weiter.

»Wenn du was willst, dann komm heut Abend wieder. Aber wenn du mit der Polizei zusammenarbeitest, solltest du vorher deine Knochen nummerieren.«

Also hat der Kerl Karriere gemacht und ist vom drogenabhängigen Säufer zum Dealer aufgestiegen, dachte Mischka. Drogenabhängig war der Mann immer noch, das sah er seinen Augen an. Aber als Opfer konnte er den Menschen abschreiben.

»Ich will bloß mein Bier trinken«, behauptete Mischka.

»Trotzdem tät' mich interessieren, woher du mich kennst!«

Mischka wies mit dem Daumen in die Richtung, in der die Bowlinghalle stand. »Wir haben ein paar Mal miteinander Kegel geschoben. Aber da bist du meistens so breit gewesen, dass du deine eigene Mutter nimmer gekannt hättest.«

»Hast du mir vielleicht den Stoff angedreht, bei dem mir am nächsten Morgen beinahe der Schädel geplatzt wär'?« Jetzt klang der Mann verdammt grantig, und eine Hand wanderte unter eine Jacke, die er neben sich auf die Bank gelegt hatte.

Mischka hätte nicht dagegen gewettet, dass sich dort eine tschechische CZ 75 mit vollem Magazin befand. Die Waffe ängstigte ihn jedoch nicht. Zum einen konnte man ihn damit nicht umbringen, und zum anderen würde der Dealer sicher nicht am helllichten Tag herumballern.

»Mit so jämmerlichem Zeug handle ich nicht«, sagte er mit einem Unterton, der den anderen aufhorchen ließ.

»Mit was den sonst? Mit Hasen vielleicht?«

»Nicht mit Frischfleisch, sondern mit …« Mischka brach ab und sah sich kurz um.

»Red schon, mit was?«

»Blut. Konserven fürs Ausland.«

Der Dealer winkte verächtlich ab. »Bringt das überhaupt was?«

»Fünfzig Euro der Beutel.«

»Pah, das krieg ich ja fast, wenn ich zum Roten Kreuz spenden geh!« Der Mann tippte sich an die Stirn und machte ein Zeichen, dass er das Gespräch als beendet ansah.

Mischka dachte jedoch nicht daran, so ohne Weiteres aufzugeben. Ihm war eine Idee gekommen, wie er an Blut gelangen konnte, ohne selbst dafür sorgen zu müssen. »Beim Roten Kreuz nehmen sie aber nicht jeden. Meinen Auftraggebern ist es jedoch egal, ob Restalkohol, Bazillen oder Heroinspuren darin sind.«

»Und das verkauft ihr an die Neger? Sauber, sag ich!«, antwortete Franzl lachend.

»Ich zahle fünfzig Euro für jeden vollen Beutel, den du mir bringst. Für dich wäre es ein Zusatzgeschäft, für das du fast nichts tun müsstest. Du brauchst von deinen Kunden bloß zusätzlich zu dem Geld, das sie für deine Ware zahlen müssen, noch einen Beutel Blut verlangen. Die Nadeln und die Beutel kannst du von mir haben. Na, was meinst du?«

Der Dealer musterte Mischka und überlegte. Wenn er nur zwanzig seiner Kunden dazu brachte, wären dies eintausend Euro mehr für ihn. Angesichts der Summen, die sonst durch seine Finger gingen, war das jedoch nur ein Klacks. Daher winkte er ab. »Das ist mir zu viel Aufwand. Such dir einen anderen Trottel, der das für dich macht.«

Der herablassende Ton des Mannes trieb Mischka zur Weißglut. So konnte der Kerl mit seinen Kunden reden, aber nicht mit ihm. Er zwang sich jedoch eine glatte Miene auf und sah den anderen scharf in die Augen. Seine hypnotischen Fähigkeiten waren zwar nicht besonders gut, reichten aber aus, um Franzl ein paar Stunden kontrollieren zu können.

»Wir zwei gehen jetzt zu dir nach Hause. Dort haben wir was Wichtiges zu bereden!«

»Wir haben was zu bereden?« Für einen Moment schien es so, als könnte der Dealer sich gegen die geistige Kraft des Vampirs behaupten, aber nach kurzem Zögern nickte er. »Gehen wir!«

Mischka brachte ihn noch dazu, die Zeche zu zahlen, dann flanierten sie wie zwei Freunde in Richtung Praterstern, um dort in die U-Bahn einzusteigen. Noch wusste Mischka nicht, was er mit dem Mann anstellen sollte. Seine Kräfte reichten nicht aus, um ihn anknabbern und hinterher dazu zu bringen, alles zu vergessen. Da hätte er ihn schon unter Alkohol setzen müssen oder unter noch stärkere Drogen. Bei diesem Gedankengang flammten seine Augen auf. Immerhin hatte er den anderen unter Kontrolle und konnte ihn zwingen, sich die Birne so voll zu dröhnen, dass er alles vergaß, was in dieser Zeit mit ihm geschah.

Sie fuhren mit der U1 bis zum Stephansplatz und stiegen dort in die U3 Richtung Ottakring um. Zwei Stationen vorher verließen sie die U-Bahn und legten das letzte Stück zu Fuß zurück. Der Dealer hauste in einem Wohnblock in der Nähe der Hütteldorfer Straße. Das Gebäude sah so gewöhnlich aus wie die meisten in dieser Gegend, doch die Wohnung selbst war ein Mischmasch aus Protz und Schlampigkeit.

Gerade als Mischka sich in dem von einer riesigen Ledercouch beherrschten Wohnzimmer umsah, tauchte aus einem der anderen Zimmer ein weiteres Problem auf. Es war weiblich, noch halb im Drogentran und sicher nicht viel älter als fünfzehn oder sechzehn Jahre.

»Bist du schon zurück, Franzl?«, fragte sie.

»Ja!«, antwortete der Dealer und versuchte sich zu erinnern, weshalb er nach Hause gekommen war. Dabei starrte er Mischka an. Dieser begriff, dass der Mann dabei war, seiner Kontrolle zu entgleiten, und geriet in Panik. Mit einem Satz war er bei dem anderen, packte ihn, bevor dieser zu seiner Pistole greifen konnte, und brach ihm mit einem heftigen Ruck das Genick.

Das Mädchen öffnete noch den Mund zum Schrei, doch da hatte der Vampir sie schon an sich gerissen und presste ihr die Hand auf den Mund. »Sei ruhig, sonst erwischt es dich auch!«, flüsterte er ihr ins Ohr.

Mischka wusste, dass er sie nicht am Leben lassen durfte. Doch wenn er sie schon umbringen musste, sollte es sich für ihn lohnen. Er fasste sie um die Taille und zerrte sie ins Schlafzimmer. Ihr erschrockener Blick zeigte ihm, dass sie erwartete, vergewaltigt zu werden. Doch daran hatte er keinerlei Interesse. Er legte sie aufs Bett, bog ihren Kopf nach hinten, und näherte seinen Mund ihrem Hals. Sie begriff nicht, was er wollte, selbst als sie den leichten Schmerz spürte, mit dem er ihre Schlagader öffnete und mit schmatzenden Lauten ihr Blut zu saugen begann.

Kurze Zeit später war sie ebenso tot wie ihr Liebhaber, und Mischka erhob sich so satt wie schon lange nicht mehr. Er leckte sich die letzten Tropfen Blut von den Lippen und schwankte dabei zwischen Triumphgefühlen und Angst vor Lassky und den gemeinsamen Freunden.

Unentschlossen starrte er auf die Leiche der jungen Frau herab. Einen kleinen Stich am Hals hätte er vielleicht verbergen können, doch in seiner Gier hatte er mit beiden Eckzähnen zugebissen und die Ader zerfetzt. Jeder Arzt, der die Kleine so sah, würde Stein und Bein schwören, dass sie einem Perversling zum Opfer gefallen war, der sich für einen zweiten Dracula gehalten hatte. Die Presse würde sich auf eine solche Story stürzen, und wenn es erst einmal in den Zeitungen stand, würden alle im Club wissen, dass einer der ihren durchgedreht war, und ihn als Ersten verdächtigen.

Mit einem Mal wusste er, was er zu tun hatte. Er ließ das Mädchen liegen, eilte ins Wohnzimmer und schleppte den toten Dealer in den Schlafraum. Er legte ihn neben das Bett mit dem Kopf Richtung Tür, so als wäre er gestürzt. Danach fetzte er alles an Bettwäsche und Kleidung aus den Schränken, was darin zu finden war, und warf es als lockeren Haufen über die beiden Leichen. Zuletzt holte er mehrere Flaschen hochprozentigen Schnaps aus der Zimmerbar und tränkte die Wäsche damit.

Nach einem letzten Blick auf die Vorbereitungen steckte er im Wohnzimmer mit einem Tischfeuerzeug eine Zeitung an, warf diese durch die offene Tür ins Schlafzimmer und wartete zwei, drei Sekunden, bis der Stoffhaufen Feuer gefangen hatte. Danach verließ er eilig die Wohnung und gelangte ungesehen aus dem Haus, bevor jemand auf das Feuer aufmerksam wurde.

8

Zu der Zeit, in der im XV. Bezirk eine Wohnung ausbrannte, saßen sich Daniela und Urban in dem altmodisch ausgestatteten Wohnzimmer des Malerpalais gegenüber. Urban wusste nicht so recht, wie er beginnen sollte. Schließlich stand er auf, kramte im Schrank, und kehrte mit einer Pistole in der Hand zurück.

Er fasste die Waffe beim Lauf und hielt Daniela den Kolben hin. »Bitte nehmen Sie diese Waffe an sich. Wenn Sie sich von mir bedroht fühlen, dann schießen Sie. Sie müssen mich dreimal tödlich treffen, also zielen Sie aufs Herz!«

Sie steckte beide Hände demonstrativ auf den Rücken. »Ich habe nicht die Absicht, für den Rest meines Lebens ins Gefängnis zu kommen!«

»Es wäre Notwehr!«, beschwor Urban sie.

Daniela schüttelte energisch den Kopf. »Dankschön! Aber ich will das Ding trotzdem nicht. Außerdem könnte ich die Notwehr niemals glaubhaft machen. Die sperren mich doch ins Irrenhaus, wenn ich der Polizei sage, der berühmte Maler Urban Lassky sei ein Vampir gewesen, der mich aussaugen wollte.«

»Sie könnten zum Beispiel sagen, dass ich zudringlich geworden wäre«, schlug Urban vor.

»Fast könnte ich meinen, Sie wollten die Situation herbeireden. Aber daraus wird nichts! Ich erschieße niemanden.«

»Auch nicht, um das eigene Leben zu retten?«

»Bis jetzt sehe ich es noch nicht als bedroht an. Außerdem liegt eine ähnliche Pistole in meiner Nachttischschublade.« Daniela gab sich zuversichtlicher, als sie sich fühlte. Wenn

Lassky ihr für das Gespräch eine so großkalibrige Waffe anbot, musste es schlimm um ihn stehen. Gleichzeitig bewunderte sie ihn für seine Bereitschaft, lieber sterben zu wollen, als ihr etwas anzutun.

»Kommen Sie, setzen Sie sich! Ich hole Ihnen was zu trinken, und dann erzählen Sie mir, was es mit dem Ganzen auf sich hat.«

Urban nickte unbewusst und überlegte, sich eine seiner Notrationen aus dem Schlafzimmer zu holen. Aus Angst, das konservierte Blut könnte seinen Appetit auf Frisches anfachen, ließ er es sein. Er goss sich ein Glas Rotwein ein, füllte einen Pokal für Daniela und setzte sich seufzend.

»Ich weiß nicht so recht, wie anfangen soll«, bekannte er nach einer Weile.

»Wie wäre es damit, dass Sie mir sagen, wer oder was Sie wirklich sind«, schlug Daniela vor.

»Nun, ich stamme weder aus Transsylvanien, noch bin ich ein Nachkomme des Woiwoden Vlad Tepesch Dracul, dem Namensgeber für den Dracula aus dem Roman. Geboren bin ich in Ungarn, aber als Untertan Seiner Majestät, Kaiser Franz II., der erst drei Jahre später, nämlich 1804, zu Franz I. von Österreich geworden ist.«

»Jetzt erzählen Sie mir ein Märchen«, fuhr Daniela auf.

Urban schüttelte bedauernd den Kopf. »Es stimmt. Andrea ist nicht viel jünger als ich, allerdings verschweigt sie ihr wahres Alter. Die anderen sind später geboren worden. Ich vermute, dass wir die Ersten unserer Art sind, die es geschafft haben, in ihrer Umgebung zu überleben. Das war damals nur in der Kaiserstadt Wien möglich. Wer versucht hat, in seiner Heimat zu bleiben, der ist rasch empörten Nachbarn zum Opfer gefallen. Ich verurteile die Leute nicht! Auch wenn ein Vampir einen anderen Menschen umbringt, um selbst zu überleben, ist es Mord.«

»Aber wie haben Sie überleben können? Sie haben doch auch diesen Hunger nach Blut?«

Urban rieb sich mit den Fingerspitzen über die Schläfen, so als wolle er alte, längst verschüttete Erinnerungen wachrufen. »Natürlich hungere ich nach Blut. Aber im Gegensatz zu einigen anderen unserer Sorte hatte ich genug Verstand, mein Verlangen in Bahnen zu lenken. Ich habe die Zeiten zwischen meinen Anfällen mit Schweineblut gestreckt. Wenn ich es dann nicht mehr ausgehalten habe, bin ich auf Reisen gegangen.«

»Und haben dabei die Leute umgebracht?« Daniela schüttelte es vor Ekel, aber sie spürte auch Mitleid mit Lassky, denn ein solches Leben zu führen musste schrecklich gewesen sein.

»Ich habe niemanden umgebracht – außer einem, und da ging es nicht um meinen Hunger. Aber das ist eine andere Geschichte. Um an Blut zu kommen, habe ich mich meistens an käufliche Frauen herangemacht, sie für eine Nacht bezahlt, hypnotisiert und dabei ganz vorsichtig etwas Blut abgezapft. Wenn man das richtig macht und nicht zu viel trinkt, sieht man hinterher nicht einmal eine Wunde, und die Leute fühlen sich nicht schlechter als nach einer Zecherei. Mein damaliger Freund, der später mein erbittertster Feind wurde, hat es sich noch einfacher gemacht und als Bader Leute zur Ader gelassen. Dafür hat er sogar noch Geld bekommen.«

»Aber wie wird man so was wie Sie?« Daniela wusste noch immer nicht, ob sie Lassky glauben oder seine Erzählung als Fantasiegebilde abtun sollte.

»Heute würde man wahrscheinlich sagen, es handelt sich um einen Gendefekt. Würden wir alle aus einem abgeschiedenen Tal in den Bergen stammen, könnte man vermuten, das Ganze habe sich durch Inzucht verstärkt. Aber wir kommen aus allen Gegenden des damaligen Kaiserreiches. Ich schätze, dass viele von uns bereits als Kleinkinder an Auszehrung gestorben sind, weil sie noch nicht in der Lage waren, sich Blut zu besorgen. Der Rest, der durchgekommen ist, kann sehr alt werden, wie man an Andrea und mir sieht. Allerdings brauchen wir unsere Blutmahlzeiten, und an diese zu kommen ist nicht immer einfach. Sie können jetzt sagen, dass es in einer Großstadt wie Wien nicht auffallen würde, wenn es alle paar Tage einen Toten gibt, aber sobald irgendjemand etwas merkt, geht die Jagd auf uns alle los.

Aus diesem Grund haben wir den Club gegründet. Er existiert jetzt seit einhundertfünfzig Jahren. Angefangen hat es mit Andrea, Terenci und mir. Im Lauf der Zeit haben wir sämtliche Vampire in Wien um uns gesammelt und auf unsere Statuten eingeschworen. Diejenigen, die dazu in der Lage sind, besorgen auch für die anderen das notwendige Blut. Unser Problem ist allerdings, dass keiner von uns auf Dauer als Arzt oder Sanitäter bei einem Blutspendedienst arbeiten kann. Bei der täglichen Arbeit mit Blut dreht der Betreffende irgendwann durch. Dann entartet er und wird zu einer Art Supervampir.

Genau das ist dem Bader passiert, von dem ich erzählt habe. Irgendwann hat ihm Blut allein nicht mehr gereicht, und er hat begonnen, seinen Opfern mehr als nur das zu entziehen. Ich will nicht behaupten, dass es sich dabei um die Seele handelt – die steht wieder auf einem anderen Blatt. Doch er hat die Menschen in jene knisternden Hüllen verwandelt, die die Zeitungen heutzutage als Mumienleichen beschreiben.«

Lassky schwieg, und Daniela begriff, dass er ungern an jene Vorgänge erinnert werden wollte. Trotzdem konnte sie ihm ihre Fragen nicht ersparen. »Wie haben Sie diesen entarteten Vampir aus dem Verkehr gezogen?«

»Mit sechs Kugeln aus Silber, genau ins Herz geschossen. Außer unserer Langlebigkeit besitzen wir extrem gute Regenerationsfähigkeiten. Ich habe einen von uns erlebt, der konnte sich seinen abgetrennten Arm wieder nachwachsen lassen. Die normalen Blei- oder Eisengeschosse können nicht verhindern, dass sich die getroffenen Organe sofort wieder regenerieren. Nur reines Silber kann das, aber auch das hilft bei einem normalen Vampir erst beim dritten Treffer genau ins Herz. Ich hatte Glück, denn mein ehemaliger Freund war plötzlich auf mein Blut aus, weil er glaubte, das eines anderen Vampirs würde ihn noch stärker machen.

Beinahe wäre es ihm auch gelungen, aber ich konnte mich seiner Beeinflussung entziehen und ihn gemeinsam mit zwei anderen Vampiren erschießen. Hinterher habe ich seinen Leichnam in mehrere Teile zerschnitten und verbrannt. Danach konnte ich nicht mehr in meiner Heimat bleiben, und so habe ich mich auf den Weg nach Wien gemacht.«

»Und jetzt glauben Sie, dass die in Wien gefundenen Mumienleichen ebenfalls Opfer eines Supervampirs sein könnten?«

»Es gibt keine andere Möglichkeit. Entweder hat einer von uns durchgedreht, oder es ist ein neuer, starker Vampir in der Stadt aufgetaucht, von dem wir bisher noch nichts wissen.«

»Ziehen viele Vampire hierher?«, fragte Daniela verblüfft.

»Nein«, antwortete Urban kopfschüttelnd. »Cynthia war die Letzte. Sie ist durch die Unruhen nach dem Zusammenbruch des Dritten Reichs nach Wien gespült worden und wäre hier wahrscheinlich vor die Hunde gegangen, wenn Dilia sie nicht gefunden hätte. Dilia hat die beste Nase von uns allen, was andere Vampire angeht. Sie ist Anno 1867 von selbst auf Andrea und mich zugekommen und hat auch mehr als die Hälfte der neuen Clubmitglieder entdeckt. Ich werde mit ihr über alles reden müssen. Wenn sie nicht selbst der entartete Vampir ist, dürfte sie am ehesten in der Lage sein, ihn zu finden.«

Daniela interessierte im Augenblick jedoch etwas anderes. »Wenn ihr so alt seid, wie schafft ihr es dann, nicht aufzufallen? Im Allgemeinen leben die Leute keine zweihundert Jahre.«

»Als Urban Lassky bin ich dreiundfünfzig Jahre alt. Davor war ich dessen Onkel, ebenfalls Maler, und noch früher habe ich als Ulrich Lasskiewic eine Möbelschreinerei betrieben. Andrea und Dilia wechseln so alle dreißig Jahre ihre Identität. Jetzt ist Andrea als Modeschöpferin die angebliche Chefin, vorher war es Dilia als Konditoreibesitzerin. Wichtig ist, dass man genug Geld zusammenbringt, um diesen Wechsel durchführen zu können. Das fällt nicht immer leicht. Florian Mischka zum Beispiel schafft es nie. Der Kerl hat sich im Lauf der Zeit daran gewöhnt, von uns versorgt zu werden, und ist trotzdem neidisch auf das, was wir uns geschaffen haben.« Nun, da er Daniela alles gebeichtet hatte, fühlte Urban sich besser, und er vermochte sogar wieder zu lächeln.

Daniela fand ein weiteres Haar in der Suppe. »Ist es denn nicht schwierig, plötzlich die Identität zu wechseln und als ganz anderer aufzutreten?«

»Dafür braucht es schon eine gewisse Kreativität«, gab Urban zu.

»Aber warum geht ihr nicht auf die Behörden zu, sagt, so und so sieht es aus, und arbeitet mit ihnen zusammen? Ich bin sicher, sie würden euch das nötige Blut besorgen lassen.«

»Die Beamten würden uns sofort in einer Anstalt zusammensperren, sogenannte Wissenschaftler auf uns loslassen, die ihre Experimente mit uns anstellen, und uns Tag und Nacht beobachten. Ich habe wenig Lust zuzusehen, wie einer meiner Freunde draufgeht, und will auch selbst nicht krepieren, nur weil die Ärzte herausbringen wollen, wie lange wir es ohne Blut aushalten. Außerdem würden sie alles tun, um auf das Geheimnis unserer Langlebigkeit zu kommen, und dabei etliche von uns opfern. Die Experten könnten es vielleicht sogar schaffen, die dafür notwendigen genetischen Veränderungen aufzudecken. Doch was wäre das Ergebnis? Leute, die es sich leisten können, würden versuchen, sich selber so verändern zu lassen – oder wenigstens ihre Kinder. Ein paar Jahrzehnte später gäbe es Hunderte, vielleicht sogar

Tausende von unserer Art, die alle Geld haben und überzeugt sind, den normalen Menschen weit überlegen zu sein. Für diese Leute wären dann Sie oder das Fräulein Lieserl nur mehr Blutlieferanten. Nein, danke! Lieber nehme ich diese Pistole und versuche, mir die drei nötigen Kugeln ins Herz zu schießen. Drei von uns haben auf diese Weise Selbstmord begangen, weil sie das Leben nicht mehr ausgehalten haben.«

Daniela spürte, dass Lassky es ernst meinte, und erschrak. »So sollten Sie nicht denken!«

»Wenn ich Angst haben müsste, auch so ein entartetes Ungeheuer zu werden wie mein damaliger Freund oder dieser bis jetzt unentdeckte Supervampir, würde ich es tun.« Urban schüttelte sich bei dem Gedanken, schenkte sich dann noch einmal Wein ein, und trank.

Nachdem er sein Glas wieder abgestellt hatte, sah er Daniela durchdringend an. »Ich will, dass Sie die Pistole aus Ihrem Nachtkästchen in Zukunft immer bei sich tragen. Die hier werde ich Monique geben, damit sie sich ebenfalls schützen kann.« Er nahm die Waffe, die zwischen ihnen auf der Couch lag, kontrollierte sie noch einmal genau und zeigte dann Daniela, wie sie damit umgehen musste.

Sie hörte aufmerksam zu, obwohl sie sich nicht sicher war, ob sie eine Waffe mit sich herumschleppen sollte. Wenn sie in die Stadt ging, hatte sie zumeist nur Jeans und T-Shirts an. Es würde komisch aussehen, wenn sie eine Pistole im Gürtel stecken hätte. Im Winter konnte sie das Ding unter dem Mantel verbergen, aber bis dahin waren es noch einige Monate. Da sie nicht wusste, was sie sagen sollte, wechselte sie das Thema. »Sie könnten mir einen Gefallen tun. Wenn Sie Monique das nächste Mal sehen, fragen Sie sie bitte nach einer Autogrammkarte. Ein Bekannter von mir ist ganz scharf darauf.«

»Ich kann sie fragen. Hoffentlich lässt sie nicht zu lange auf sich warten, denn ich will ihr Bild fertig malen.« Urbans

Gedanken galten jedoch weniger dem unvollendeten Werk als der jungen Schauspielerin. Er wusste selbst, dass Moniques Moral nicht den Konventionen entsprach, die er in seiner Jugend gelernt hatte, und dass sie selbst für die heutige Zeit viel zu freizügig war. Trotzdem sehnte er sich in einer Weise nach ihr, die beinahe noch stärker war als sein Durst nach Blut.

9

Die schwarze Königin blickte auf ihr neuestes Opfer herab. Der groß gewachsene, aber sehr dünne Mann war sowohl als Liebhaber als auch als Kraftspender mehr als ergiebig gewesen. Sex war zwar nicht das Wichtigste in ihrem Leben, doch sie verband gerne das Vergnügliche mit dem Nützlichen. Außerdem gingen Männer beim Sex am meisten aus sich heraus und gaben ihre Kraft sogar freiwillig ab. Da sie so kurz hintereinander mehrere Opfer gefunden hatte, fühlte sie sich so stark wie nie zuvor. Sie hatte beinahe schon zu viel Kraft an sich gezogen und beschloss daher, ihre geheimen Pläne zu beschleunigen. Dieser Mann hier und seine Freunde würden ihr als Quellen der Macht dienen. Am liebsten hätte sie ihn jetzt gleich gebissen, um sein Blut auf der Zunge zu spüren, doch dafür musste sie ihn erst völlig unter ihren Bann zwingen. Den Anfang dazu hatte sie bereits gemacht.

Zufrieden mit dem Erreichten zog sich sie sich an, strich dem erschöpften, aber verzauberten Mann noch einmal über die Wange und verließ mit einem fröhlichen Lied auf den Lippen seine Wohnung in der Schlossgasse. Nach wenigen Minuten erreichte sie die U-Bahn-Station Pilgramgasse und stieg in den ersten Zug Richtung Zentrum ein.

In einem anderen Bahnhof stieg sie aus und kehrte durch eine geheime Tür in ihr unterirdisches Reich zurück. Hier unten, tief unterhalb der quirligen Stadt, spürte sie erst, wie stark sie geworden war. Es war tatsächlich höchste Zeit, ihre Überlegungen in die Tat umzusetzen. Zufrieden nickte sie ihrer Dienerin zu, die sich trotz ihres seltsamen Aussehens als geschickte Helferin erwiesen hatte.

»Habt ihr die neuen Höhlen gegraben?«, fragte sie.

Die Affenschlange Nummer Eins nickte. »Das ist geschehen, Erhabenheit. Allerdings sind wir noch nicht ganz fertig. Der östliche Teil muss noch besser gegen das Grundwasser abgedichtet werden.«

»Dann macht das!« Die schwarze Königin scheuchte die Affenschlange fort und begab sich in ihre persönliche Höhle. Etliche ihrer Dienerwesen hockten dort an den Wänden, um auf Befehle zu warten. Wütend packte sie den nächstbesten Gegenstand und warf ihn nach ihren Leuten.

»Faules Pack! Was hockt ihr hier herum? Helft mit, die unteren Höhlen fertig zu stellen. Ich brauche sie bald!«

»Sehr wohl, Erhabenheit!« Die Affenschlangen verbeugten sich und verließen mit wackelnden Köpfen den Raum. Die Vampirin sah ihnen nach und kräuselte die Lippen zu einem verächtlichen Lächeln. Ein Magier und Forscher hatte diese Wesen einst geschaffen, um treue Diener und Wächter zu erhalten. Der Mann hatte sich für mächtig gehalten und von einem geheimen Reich geträumt, das er tief unter den Häusern von Wien hatte errichten wollen. Irgendwann war er auf sie aufmerksam geworden und hatte sie zu sich geholt, bevor sie Urban und dessen Vampiren hatte auffallen können.

Lange Jahre hatte der Magier sie als seine Sklavin und Geliebte angesehen und sie vieles von dem Wissen gelehrt, das er sich im Lauf der Jahrzehnte und Jahrhunderte angeeignet hatte. Seine Affenschlangen hatten durch Diebstähle dafür gesorgt, dass sie immer genug Blut bekommen hatte, doch ihr Hunger war mit der Zeit immer stärker geworden. Von ihren Instinkten beherrscht, hatte sie ihren Herrn während einer Liebesnacht in eine Mumienleiche verwandelt – die Erste auf ihrem Weg. Nummer Eins und einige andere Affenschlangen hatten den Toten verschwinden lassen, indem sie ihn heimlich im Fundament eines neu gebauten Einkaufszentrums einbetoniert hatten.

Seit jenem Tag war sie die unumschränkte Herrin in diesem unterirdischen Reich, und die Tiergeschöpfe dienten ihr genau so wie ihrem ersten Herrn. Ihr Ehrgeiz reichte jedoch weiter als der ihres einstigen Förderers. Ihr war das überschaubare Reich in der Tiefe zu klein. Ihre Gedanken eilten weit voraus und sie sah sich als strahlenden Mittelpunkt einer Stadt, die nur einem einzigen Zweck diente: sie zu verehren und ihr jene Opfer zu liefern, die sie brauchte, um hier auf ewig herrschen zu können.

Sie wollte einen ihrer Diener rufen und sich etwas zu trinken bringen lassen. Doch als sie aufsah, waren die Geschöpfe fort. Nun erinnerte sie sich daran, sie an die Arbeit geschickt zu haben, und stand auf. Sie trat zu einem der verborgenen Schränke, öffnete ihn und nahm einen der gekühlten Beutel heraus, die ihre Affenschlangen auf geheimen Wegen aus den unerschöpflichen Vorräten des Allgemeinen Krankenhauses gestohlen hatten. Sie hatte zwar keinen direkten Durst auf Blut, war aber einem kleinen Appetithappen nicht abgeneigt. Während sie den Beutel mit ihrem scharfen rechten Eckzahn aufritzte und behaglich die rote Flüssigkeit schlürfte, dachte sie mit Vergnügen daran, dass die Diebstähle ihrer Diener mehreren Vampiren des Clubs ihre Blutquelle gekostet hatten. Die Verluste waren zu groß geworden, als dass die bestochenen Klinikangestellten es hätten wagen können, weitere Blutkonserven zu unterschlagen.

In gelöster Stimmung stieg sie die Treppe hinab, die zu den neuen Höhlen führte. Dabei hörte sie über sich das Rumpeln eines U-Bahn-Zugs, der durch seinen Tunnel fuhr. Keiner der Leute, die darin saßen, ahnte, dass sich noch ein Stück tiefer in der Erde ein geheimes Reich befand, dessen Herrin schon bald entscheidend in ihr Leben eingreifen würde.

Die Anführerin der Affenschlangen kam auf sie zu und verbeugte sich so tief, dass der Schlangenhals über den Boden strich. »Wir sind so gut wie fertig, Erhabene. Einige von uns haben Spezialzement aus einem Baumarkt besorgt. Er ist sehr gut!«

Es kränkte den Stolz der schwarzen Königin, dass ihre Knechte Sachen aus dem Reich der Menschen zu Hilfe nehmen mussten, um die neuen Kammern abzudichten. Dann aber sagte sie sich, dass ihr bald alles gehören würde, was sich über der Erde befand, und wies Nummer Eins an, alles zu besorgen, was sie benötigte.

»Das wird geschehen, Erhabene.« Der Schlangenkopf klatschte erneut auf den Boden, dann verschwand das Wesen so lautlos, dass selbst seine Herrin die Schritte kaum wahrnehmen konnte.

Sie selbst trat nun in einen der kleineren Räume. An der hinteren Ecke stand ein Regal, das seinen Weg ebenfalls nicht auf normalem Weg hierhergefunden hatte, genauso wie die bauchigen Glasbehälter, von denen jeder mindestens zwanzig Liter fasste. Als die schwarze Königin bei einem den Deckel abnahm und hineinschaute, entdeckte sie ein weißliches Pulver auf dem Boden. Nummer Eins hatte also bereits vorgearbeitet und die Nährmasse eingefüllt. Mit einer energischen Handbewegung rief sie eine der Affenschlangen zu sich. Das Wesen gehorchte zögernd, denn es schien zu begreifen, welches Schicksal ihm bevorstand.

Eine andere Affenschlange brachte ein scharfes Messer herbei und reichte es seiner Herrin. Diese prüfte die Klinge, musterte ihr Opfer mit einem abschätzenden Blick und stieß ihm den Stahl in die Brust. Dabei achtete sie sorgfältig darauf, dass kein Tropfen Blut floss. Erst als zwei andere Affenschlangen den Leichnam ihrer Artgenossin über die große Öffnung des Behälters hielten, lockerte sie die Klinge ein wenig und ließ mehrere Spritzer Blut in das Gefäß tropfen. Im Zentrum der weißen Masse bildete sich eine kleine rote Lache und schäumte auf.

Die Vampirin nickte zufrieden und ging weiter zum nächsten Glas. Hier wiederholte sie die Prozedur genau so wie bei den übrigen Ballonflaschen. Sie hörte nicht eher auf, bis sie in jedes der sechsunddreißig Glasgefäße etwas Blut eingefüllt hatte. Danach reichte sie das Messer an eines der Dienergeschöpfe weiter.

»Teilt Arme, Beine, Rumpf und Kopf in je sechsunddreißig Teile und steckte diese in die Behälter. Danach füllt ihr sie bis zur Hälfte mit Nährmasse und der speziellen Lösung aus dem Fass da drüben auf. Wenn ihr fertig seid, meldet euch.« Damit kehrte die Herrin der Unterwelt dem Regal mit den Glasbehältern den Rücken zu und begab sich wieder in ihre privaten Räume.

Dort wartete Nummer Eins auf sie. »Ich habe Befehl gegeben, alles zu besorgen, was wir brauchen, Erhabene«, meldete sie.

»Ich hoffe, du hast deine Leute zur Vorsicht gemahnt! Kein Mensch darf sie sehen oder auf sie aufmerksam werden.«

Der Hals des Wesens streifte ein weiteres Mal über den Boden. »Keiner wird sie sehen, Erhabene, und es wird auch keine Spuren geben.«

»Das will ich hoffen. Versagen deine Leute, wirst du als nächste Grundmasse in die Bottiche kommen!«

Den Affenschlangen war von ihrem Schöpfer die Bereitschaft zum absoluten Gehorsam eingepflanzt worden, dennoch bleichten die Schuppen des Wesens aus.

»Habt Ihr weitere Befehle für mich?«, fragte es schließlich mit mühsam beherrschter Stimme.

»Im Augenblick nicht. Wenn es so weit ist, werde ich dich rufen!« In Gedanken sagte die schwarze Königin sich, dass sie ihre Drohung wahr machen würde. Nummer Eins wurde ihr allmählich zu selbstständig, und sie konnte keine Dienerin brauchen, die auch nur einen Herzschlag lang zögerte, ihre Befehle zu befolgen.

10

Während der Vorbereitungen auf das Andenfest war Daniela nicht dazu gekommen, ihre Vorlesungen zu besuchen, und nach Urban Lasskys Beichte fühlte sie sich ebenfalls nicht in der Lage dazu. Aus diesem Grund blieb sie im Palais des Malers und sortierte erst einmal die Berichte über die Mumienleichen, die Lassky aus den Zeitungen herausgeschnitten hatte. Sie wusste nicht genau, warum sie sich die Arbeit machte, doch irgendwie hoffte sie, anhand des Auftretens des entarteten Vampirs herauszufinden, wo er herkommen könnte. Doch als sie den letzten Artikel durchgelesen hatte, wusste sie auch nicht mehr als vorher. Der Supervampir, wie Lassky ihn nannte, hatte zwar meistens in der Innenstadt zugeschlagen, aber das war auch schon alles, was sie herausfinden konnte.

Verärgert legte sie die Mappe auf den Tisch von Urbans Wohnzimmer und ging hinüber ins Atelier, um den Maler zu suchen. Dort fand sie ihn in Moniques Gesellschaft. Die Schauspielerin war gerade eingetroffen und wirkte strahlender denn je. Außerdem trug die Frau wieder einmal keinen Fetzen Stoff am Körper. Bei Danielas Eintreten hob sie überrascht die Augenbrauen. »Du lässt also doch einen lebenden Menschen in dein Allerheiligstes, Urban? Dabei dachte ich, es wäre für alle tabu«, fragte Monique zuckersüß lächelnd und schenkte Urban einen Blick, bei dem es ihm gleichzeitig heiß und kalt über den Rücken lief.

»Du machst wohl Studien am lebenden Objekt und schaust, ob deine Hausdame zum Malen geeignet ist. Pfui! Dabei war ich überzeugt, du wärest mir treu!«

»Aber das bin ich doch!«, quetschte Urban heraus.

Monique warf ihm einen Handkuss zu und drehte sich dann zu Daniela um. »Ich möchte ein Glas von dem roten Likör«, sagte sie und strich sinnlich mit der Zunge über ihre Lippen.

Daniela schenkte den verlangten Likör mit unbewegtem Gesicht ein, obwohl sie wünschte, er möge der Schauspielerin die Kehle zuschnüren, und reichte ihn Monique.

Diese nahm das Glas ohne ein Dankeswort entgegen und schlürfte den Inhalt in einer provozierenden Weise. Dabei musterte sie Daniela voller Spott. Sie bemerkte an vielen kleinen Anzeichen, dass dieses Mädchen Lassky nicht gleichgültig gegenüberstand. Doch das hatte nichts zu bedeuten. Keine andere Frau konnte mit ihr konkurrieren. Ihr Blick glitt zu Urban weiter, der sich mit der Disziplin eines langen Lebens zwang, weiterzumalen. Sein Gesicht wirkte beherrscht, und doch fühlte sie, wie es in ihm brodelte. Er wollte sie haben, aber ganz für sich allein, und das war nicht in ihrem Sinne. Für einige Augenblicke tauchten die Gesichter ihrer Liebhaber und Zufallsbekanntschaften in ihrer Erinnerung auf. Sie hatte längst aufgegeben, sie zu zählen. Nur wenige von ihnen waren wirklich wichtig. Lassky gehörte zu ihnen, aber auch Männer wie Mischka, Terenci oder Heglinger.

Bei dem Gedanken zuckte sie zusammen. Beinahe hätte sie etwas Dringendes vergessen. »Ich muss gleich weg, Urban! Wir machen das nächste Mal weiter.«

»Jetzt schon? Dabei hast du gesagt, du hättest heute länger Zeit als sonst!« Der Maler klang enttäuscht.

Monique erhob sich, trat zu ihm und küsste ihn auf die Wange. »Es tut mir leid, aber ich hätte beinahe einen dringenden Termin verschwitzt. Du darfst mir deswegen nicht böse sein.«

»Das bin ich bestimmt nicht!« Urbans Miene verriet jedoch, dass er sich gekränkt fühlte.

Monique ärgerte sich darüber, denn eigentlich hätte er anbetend zu ihren Füßen liegen und alles gutheißen müssen, was sie tat. Mit einer heftigen Bewegung wandte sie sich ab, schlüpfte in ihre spärliche Kleidung und fand, dass sie in diesem Aufzug vielleicht doch ein wenig zu auffällig wirkte.

»Süße, du kannst mir mit einer Jeans und einem T-Shirt aushelfen?«, sagte sie zu Daniela.

Diese kniff die Lippen zusammen und wusste, dass sie die Sachen, die Monique tragen würde, selbst nicht mehr anziehen würde. Dann aber sagte sie sich, dass sie die Hose und das Shirt Lassky auf die Rechnung schreiben konnte, und nickte.

»Soll ich Ihnen was holen, oder kommen Sie mit?«

»Hol mir ruhig etwas. Ich vertraue auf deinen Geschmack, Süße.« Damit wandte Monique sich Lassky zu und umarmte ihn. »Ich komme ja bald wieder. Weißt du, ich habe richtigen Hunger auf dich!«

Während Lasskys Augen bei diesen Worten aufleuchteten, verließ Daniela das Atelier. In ihrer eigenen Wohnung angelangt, kämpfte sie gegen den Wunsch an, Monique die ältesten und unansehnlichsten Klamotten aus ihrem Kleiderschrank herauszusuchen. Sie entschied sich schließlich für eine normale Jeans und ein noch recht neues T-Shirt, dessen Motiv ihr nach dem Kauf nicht mehr gefallen hatte.

Als sie ins Atelier zurückkehrte, musterte Lassky das unfertige Bild mit kritischen Augen. »Auf die Weise kriege ich es nicht so hin, wie ich es will. Du wirst beim nächsten Mal länger bleiben müssen.«

»Ich schaue noch heute in meinen Terminplan und gebe dir Bescheid!« Monique lächelte ihn verlockend an und sagte sich, dass ein längeres Zusammensein Lassky noch stärker an sie fesseln würde. Allerdings musste sie dafür sorgen, dass diese kleine, eifersüchtige Hexe von Hausdame nicht dabei war.

»Wann hast du eigentlich die nächste Anprobe bei Andrea?«, fragte sie Daniela überraschend.

»Morgen Abend – soviel ich weiß.«

»Welche Uhrzeit?«

Daniela fragte sich, warum die Schauspielerin dies wissen wollte, aber sie antwortete ihr trotz ihrer Abneigung. »Um sieben, das heißt, neunzehn Uhr.«

»Dann komme ich morgen um diese Zeit vorbei und bleibe, bis deine Hausfee wieder zurückkommt, Urban.« Monique erwartete ein erfreutes Ja, stattdessen aber zeigte der Maler eine unschlüssige Miene.

»Ich habe Frau Lupacani versprochen, Daniela zu begleiten, um zu sehen, ob die Entwürfe meinen Vorstellungen entsprechen.« Es war eine Ausrede, denn Urban wollte eigentlich nur mitgehen, um Daniela vor eventuell vorhandenen Gelüsten der beiden Vampirinnen zu beschützen. Nun aber fragte er sich, ob das wirklich notwendig war. Sowohl Andrea Lupacani als auch Dilia gehörten zu den ältesten und diszipliniertesten Mitgliedern des Clubs. Außerdem würde er darauf dringen, dass Daniela die Pistole mitnahm. Ein Blick in einen Lauf, der mit Silberkugeln geladen war, würde Andrea und Dilia zur Besinnung bringen.

»Also gut, dann bleibe ich daheim. Aber du kommst eine halbe Stunde eher und bleibst auch eine halbe Stunde über die Zeit hinaus, zu der Daniela zurückkommt.«

»Das mache ich doch gerne«, zwitscherte Monique und wunderte sich, wie fordernd und bestimmend Lassky ihr gegenüber immer noch sein konnte.

Der Maler dachte bereits an etwas anderes. »Eine Frage, Monique. Du besitzt doch sicher Autogrammkarten. Daniela hätte gern eine, wenn es möglich ist.«

»Warum sollte es nicht möglich sein?« Monique lachte und sah Daniela dabei spöttisch an. Trotz ihrer Eifersucht war das Mädchen auch nur jemand, das Stars wie sie anhimmelte und Fotos von ihnen sammelte.

»Ich bringe dir eines mit, Süße. Mach's gut, Urban! Morgen haben wir endlich wieder genug Zeit für uns.«

11

Ein Blick auf die Uhr zeigte ihr, dass sie sich gefährlich verspätet hatte. Sie musste auf dem schnellsten Weg zur U-Bahn. Kurz entschlossen ging sie zur Eingangstür eines noch immer recht prachtvollen Gebäudes, das längst in Eigentumswohnungen aufgeteilt worden war, und drückte wahllos einige Klingelköpfe.

Eine Frauenstimme fragte: »Wer ist denn da?« Ein anderer Bewohner drückte jedoch auf den Türöffner, und sie betrat das Haus. Bevor irgendjemand sie bemerkte, war sie im Kellergeschoss verschwunden und fand auf Anhieb einen Durchgang zu den Kellergängen unterhalb Wiens. Weitaus schneller als oben auf der Straße mit ihren Ampeln und dem starken Verkehr erreichte sie die nächstgelegene U-Bahn-Station und hatte Glück, gleich Anschluss zu bekommen. Als sie die Station Museumsquartier erreichte, hatte sie den Zeitverlust bis auf fünf Minuten wettgemacht.

Sie schnupperte kurz, dann hatte sie ihr Opfer entdeckt. Die Frau, mit der sie sich an dieser Stelle verabredet hatte, stand steif wie eine Schaufensterpuppe in der Nähe des Informationsschalters. Auf die anderen Fahrgäste wirkte sie nur wie eine arg blasse Frau mit flackernden Augen. Sie selbst sah jedoch tiefer und erkannte, dass der Lebenshauch, den sie in die andere hineingeblasen hatte, am Erlöschen war. Der Körper hatte das verlorene Blut nicht ersetzen können, und ohne ihr Einwirken wäre ihr Opfer längst kollabiert.

Ich hätte keinen Augenblick später kommen dürfen, fuhr es ihr durch den Kopf. Sie richtete ihre magischen Sinne auf die Haushälterin und sah, wie diese zusammenzuckte und hektisch umherschaute. Gleichzeitig spürte sie die Todesangst, die ihrem Opfer die Kraft verlieh, sich gegen ihren magischen Zugriff zu stemmen.

»Ich will nicht sterben!«, las sie in den Gedanken der anderen.

»Das wirst du aber!« Ungeduldig verstärkte sie ihre Beeinflussung, trieb ihr Opfer damit aber vollends in Panik.

Die Frau rannte los, prallte gegen ein paar andere Leute und für einige Augenblicke schien es, als könne sie ihrer Peinigerin entkommen.

Diese trat in den Schatten eines Pfeilers und griff mit aller Macht zu. Hätte jemand die hübsche, schwarzhaarige Frau beobachtet, wären ihm die roten Augen und das starre, entrückte Gesicht aufgefallen. Die Fliehende spürte die Kraft, mit der ihre Peinigerin nach ihr griff, und blieb so schnell stehen, als wäre sie gegen eine Wand geprallt. Dann drehte sie sich mit staksigen Bewegungen um.

Genau in dem Augenblick, in dem die nächste U-Bahn einfuhr, zwang die schwarze Königin ihr Opfer dazu, sich vor den Zug zu werfen. Sie hörte das Schreien der Leute und das Quietschen der Notbremsen und kämpfte mit einem ungewohnt heftigen Schwindelgefühl. Die Frau war zwar fast tot gewesen, hatte sich aber ungewöhnlich zäh an den Rest ihres Lebensfadens geklammert. Daher hatte es sie unerwartet viel Kraft gekostet, diese Frau in den Selbstmord zu treiben. Dennoch war sie zufrieden. Einer Toten, die von einem U-Bahn-Zug förmlich in Stücke gerissen worden war, konnte keiner mehr ansehen, dass in ihren Adern nur noch ein Bruchteil des sonst üblichen Blutes geflossen war.

Fünf

Die Autogrammkarte

1

Als Daniela Andrea Lupacanis und Dilias Wohnung erreichte, warteten diese bereits an der Tür auf sie.

»Wo ist Urban? Er wollte doch mitkommen«, fragte Dilia verwundert.

»Monique hatte heute Zeit für eine Malstunde. Deshalb ist er zu Hause geblieben.«

»Er hätte sie wegschicken und mit dir gehen sollen.« Andrea Lupacani machte eine ärgerliche Geste und überlegte. »Vielleicht ist es besser, wenn du morgen wiederkommst und Urban mitbringst.«

»Für morgen haben wir schon Termine und für die nächsten Tage auch. Wenn Daniela die Sachen heute nicht anprobiert, haben wir erst wieder in zwei Wochen Zeit für sie«, wandte Dilia ein.

Ihre Freundin streifte sie mit einem forschenden Blick. »Du bist dir schon im Klaren darüber, worüber wir vorgestern im Club gesprochen haben?«

»Das bin ich. Aber ich will Urban nicht enttäuschen. Er vertraut uns, sonst hätte er Daniela nicht allein gehen lassen.«

»Pah! Wenn ein Mann mit den unteren Regionen denkt, schaltet er seinen gesamten Verstand aus!« Andrea Lupacani wusste noch immer nicht, ob sie Daniela in die Wohnung bitten oder sie auffordern sollte, wieder zu gehen. Ihre Freundin nahm ihr die Entscheidung ab, indem sie den Gast bei der Hand nahm und in das Anprobezimmer führte. Dort lagen mehrere Kleider auf dem Tisch, die selbst bei einer notorischen Jeansträgerin wie Daniela Begeisterung hervorriefen.

»Die sehen aber gut aus!« Sie strich mit der Hand über die glatte Seide und lauschte dem leisen Knistern, das sie dabei erzeugte.

»Wir haben gehofft, dass dir die Modelle gefallen würden.« Dilia lächelte Daniela zu und bat sie, sich auszuziehen und das erste Kleid anzuprobieren.

Daniela wollte nach gewohnter Manier ihr T-Shirt über den Kopf streifen, doch eine kleine Seitentasche hinderte sie daran. Als sie diese ablegte, wurde sie blutrot. Urban hatte nämlich darauf gedrungen, dass sie die Pistole mitnahm. Jetzt kam sie sich lächerlich vor und schämte sich vor den beiden Frauen, die immer freundlich zu ihr gewesen waren. Daher beschloss sie, von Anfang an mit offenen Karten zu spielen.

»Ich habe mich vorgestern noch lange mit Herrn Lassky unterhalten. Er hat mir gesagt, was er ist und was ihr seid. Mir ist es egal, ich … ich mag euch trotzdem.«

»Da drin ist eine seiner geladenen Pistolen, was? Er ist wirklich ein Idiot! Er hätte mit dir kommen und zusammen mit uns alles erklären sollen. Aber ihm ist es wichtiger, Monique zu pudern. Männer, sag ich da bloß!« Andrea Lupacani trat mit nach vorne gestreckten Handflächen bis an die Wand zurück und wagte es nicht, Daniela anzusehen, aus Angst, der Anblick der jungen Frau könnte ihren Blutdurst reizen.

Dilia aber ging auf Daniela zu, schloss sie in die Arme und küsste sie. Als sie mit ihren Lippen Danielas Hals berührte, keuchte Andrea Lupacani erschrocken auf. Doch da löste Dilia sich lächelnd von Daniela und drehte sich zu ihrer Freundin um. »Wie du siehst, vermag ich dem Reiz warmen Blutes zu widerstehen.«

»Jetzt noch!«, antwortete Andrea bissig.

»Leg die Pistole auf den Tisch, Daniela. Ich schwöre dir, dass ich eher Andrea erschießen werde, obwohl ich sie liebe, als zu dulden, dass sie dich umbringt. Das Gleiche wird sie mit mir tun, wenn ich auf dich losgehen sollte.«

»Ich will aber nicht, dass jemand erschossen wird!« Daniela schob die Tasche mit der Pistole beiseite, doch Dilia hob sie auf, holte die Waffe heraus und legte sie offen hin.

Daniela war sicher, dass sie selbst nicht einmal eine Toreinfahrt auf fünf Meter Entfernung treffen würde, geschweige denn einen Menschen oder gar dessen Herz. In der Hinsicht hatte Urban sein Gewissen auf leichte Weise entlastet. Sie korrigierte sich jedoch sofort. Der Maler wäre wahrscheinlich der unglücklichste Mensch der Welt, wenn ihr oder den beiden Vampirinnen etwas geschehen würde.

»Ich mag euch alle, Lassky eingeschlossen, aber ich weiß nicht, was ich von dem Ganzen halten soll.«

Andrea Lupacani atmete tief durch und wagte sich wieder etwas näher. »Glaube nicht, dass es angenehm ist, so zu leben, wie wir es tun. Die Tatsache, dass wir uns immer wieder Menschenblut besorgen müssen, vergällt uns dieses Dasein. Wir versuchen ja, die Zeiten, in denen wir es brauchen, durch Tierblut zu strecken. Manche von uns besorgen es sich beim Schlachthof oder beim Metzger und trinken es roh, andere – wie Urban und wir – lassen es verarbeiten oder mischen etwas Menschenblut hinein. Es ist nicht schön, jeden Tag eine riesige Blutwurst essen zu müssen, wenn man zwar Blut, aber eben keine Blutwurst mag. Dilia versucht alles, um mir das Zeug schmackhaft zu machen, indem sie verschiedene Pasteten und andere Gerichte kocht. Aber es geht halt nichts über frisches, warmes Menschenblut.«

Bei der Erinnerung daran leckte die Modeschöpferin sich die Lippen, hob dann aber sofort beschwichtigend die Hände. »Keine Sorge, ich kann mich beherrschen. Obwohl ich sagen muss, dass du mich wirklich reizt. Du bist so kräftig und stark wie selten eine andere Frau.«

»Daniela ist etwas Besonderes«, stimmte Dilia ihr mit einem wehmütigen Lächeln zu. »Sie ist der erste Mensch, der weiß, was wir sind, und nicht schreiend davonläuft.«

»Dann sollten wir sie jetzt die Kleider anprobieren lassen, bevor sie es doch noch tut!« Andrea Lupacanis Bemerkung löste die Spannung, die bislang im Raum geherrscht hatte, und die drei wandten sich der Beschäftigung zu, die für eine Frau zu den Schönsten gehört: der Anprobe neuer Kleider.

2

Als Daniela nach Hause kam, saß Lassky an der Staffelei und malte. Während er müde und tief erschöpft wirkte, sah Monique aus wie das blühende Leben. Ihr Gesicht strahlte, und sie bewegte sich auf ihrem Podest wie in einem lasziven Tanz.

Schließlich ließ Lassky den Pinsel sinken und sah zu Daniela auf. »Ah, du bist ja schon wieder zurück? Dann können wir ja aufhören. Wenigstens sind wir heute ein schönes Stück weitergekommen!« Er hörte sich so erleichtert an, als sehne er sich nach seinem Bett.

Daniela trat schräg hinter ihn und betrachtete das Gemälde. Es sah irgendwie anders aus als seine früheren Bilder, und doch war es ein echter Lassky. Die in verschiedenen Rottönen gehaltene Schöne strahlte die erotische Anziehungskraft des Originals aus, wirkte aber weniger verspielt, als vielmehr fordernd und sogar gierig. Daniela fand diese Monique abstoßend, und sie fragte sich, wieso ein verliebter Mann wie Lassky seine Angebetete auf diese Weise malen konnte.

Urban schien selbst verwirrt zu sein, weil sich das Bild in eine andere Richtung entwickelt hatte, denn er hob den Pinsel, um den Ausdruck ihres Gesichts umzuarbeiten, war aber zu kraftlos und zittrig. »Entschuldigt mich bitte! Ich will mich hinlegen. Es war ein harter Tag.«

Ohne einen Abschiedsgruß verließ er das Atelier und verschwand in seinen privaten Räumen.

Monique sah ihm ärgerlich nach und stampfte leicht mit dem rechten Fuß auf den Boden. Für einen Augenblick sah

Daniela sie genau so, wie Lassky sie gemalt hatte, und fand sie noch unsympathischer als bisher.

Die Schauspielerin beruhigte jedoch sich rasch wieder und lächelte amüsiert. »Der gute Urban hat sich, wie es aussieht, heute zu viel zugemutet. Ich habe ihn ja gewarnt, aber er wollte nicht hören. Er ist schließlich nimmer der Jüngste!«

»Das ist er wirklich nicht«, platzte Daniela heraus, die mehr an die über zweihundert Jahre dachte, die er tatsächlich zählte, als an den Eintrag in seinem Pass.

»Sieh zu, dass er wieder zu Kräften kommt! Er braucht seine regelmäßigen Mahlzeiten und ausreichend Schlaf.«

Monique kicherte dabei in einer Weise, die an den Nerven riss. Dann tänzelte sie an Daniela vorbei und blieb vor ihrem Abbild stehen. Ihre Augenbrauen hoben sich, als sie ihr Konterfei erblickte, und einen Moment schien sie schockiert zu sein. Dann lachte sie und drehte sich schlangengleich zu Daniela um. »Er hat mich ausgezeichnet getroffen, sagst du nicht auch?«

»Herr Lassky hat ein scharfes Auge und eine sichere Hand beim Malen«, erklärte Daniela abweisend.

Monique kam an ihre Seite und schlang den rechten Arm um sie. »Bei mir brauchst du nicht so zu tun, als wenn du und Urban halbe Fremde sein würdet. Ich bin nicht eifersüchtig, weißt du. So ein begnadeter Künstler braucht seine individuellen Freiheiten. Übrigens habe ich das Autogrammfoto für dich mitgebracht. Ich hoffe, es gefällt dir.« Damit griff sie nach ihrer Handtasche, die zu ihrem exzentrischen Wesen passte, kramte darin und brachte ein postkartengroßes Bild zum Vorschein, das sie in einem aufreizenden Kostüm zeigte. Die Unterschrift unter dem Bild wirkte arg lässig hingeworfen.

»Hier! Es ist übrigens ein besonderes Foto. Ein guter Freund von mir hat es gemacht. Je nachdem, wie man es dreht, sehe ich anders aus. Schau her!« Monique führte es Daniela vor. Diese sah verblüfft zu, wie das Abbild der Schauspielerin sich mit jeder Drehung mehr entblätterte, bis sie schließlich ganz nackt zu sehen war.

»Na, gefällt dir das?«, fragte Monique selbstverliebt.

Daniela hätte ihr sagen können, dass das Foto nicht für sie gedacht war, sondern für ihren Studienkollegen Matthias, doch das war ihr den Aufwand nicht wert. Sie wollte das Bild nehmen, aber Monique zog es rasch zurück. »Nicht so schnell. Erst müssen wir noch etwas tun.«

Sie nahm das Bild, legte es an die Lippen und hauchte einen Kuss darauf. »Das musst du jetzt auch tun!«

Daniela zögerte, weil ihr die Sache nicht geheuer war, schüttelte dann innerlich den Kopf über das kindische Verhalten der Schauspielerin, die ihr das Foto vor das Gesicht hielt, und berührte es kurz mit dem Mund. »Jetzt zufrieden?«

Monique lachte leise auf. »Voll und ganz, Kleine. Schau dir mein Bild nur oft genug an. Es wirkt bei jedem Mal anders. Im Winter ist es besonders schön. Da siehst du um mich herum Schnee und am Heiligabend sogar einen Christbaum!«

Jetzt war Daniela endgültig davon überzeugt, dass die Schauspielerin nicht mehr alle Tassen im Schrank hatte. In gewisser Weise beruhigte sie diese Erkenntnis. Mit ihrer sprunghaften und launischen Art würde Monique Lassky bald vergraulen. Aber sie riss sich nicht darum, selbst den Platz seines bevorzugten Modells und seiner Muse einzunehmen. Dafür war der Maler ihr zu unheimlich geworden.

»Also dann, gute Nacht, Kindchen. Träum süß von mir!« Monique umarmte Daniela so überraschend, dass diese sie nicht abwehren konnte, und leckte ihr mit der Zunge über den Hals. Es tat zwar nicht weh, war aber trotzdem unangenehm, und so war Daniela froh, als dieses Weib endlich das Haus verlassen hatte. Sie schloss die Tür hinter der Schauspielerin und drehte den Schlüssel bis zum Anschlag um.

Anschließend ging Daniela in ihre Wohnung und steckte das Bild in den Rucksack. Jetzt, da sie das Autogramm hatte, wollte sie wieder in die Uni gehen. In der Atmosphäre dieses Hauses fürchtete sie, verrückt zu werden. Bislang hatte sie Vampire für einen Auswuchs mittelalterlichen Aberglaubens gehalten. Nun aber bei einem zu wohnen und zu wissen, dass es in der Stadt noch eine ganze Reihe dieser Gestalten gab, war etwas viel für ihre Nerven. Am liebsten hätte sie mit Lieserl darüber gesprochen, doch die wusste nichts von der Doppelnatur ihres Arbeitgebers und würde ihr wahrscheinlich auch nicht glauben. Daniela kamen die Ereignisse der letzten Wochen selbst unwahrscheinlich vor. Hätte sie nicht eine der Mumienleichen gesehen und von den anderen in der Zeitung gelesen, so hätte sie Lasskys Bekenntnis als Verrücktheit eines überspannten Künstlers abgetan haben.

Bei dem Gedanken erinnerte sie sich daran, wie erschöpft er ausgesehen hatte, und machte sich gegen ihren Willen Sorgen um ihn. Daher kehrte sie noch einmal ins Atelier zurück und klopfte an der Tür zu Lasskys Privaträumen.

Als keine Antwort kam, zögerte sie zuerst, trat aber dann trotz ihrer Bedenken ein. Ihre Rechte fand den Lichtschalter und drückte ihn. Als die Flurlampe aufleuchtete, hörte sie Lassky stöhnen.

»Verschwinden Sie! Sofort!«

Seine Stimme klang so schwach und verzweifelt, dass Daniela nicht anders konnte, als weiterzugehen. Als sie sein Schlafzimmer erreichte, stand die Türe halb offen, und das Licht der Flurlampe fiel hinein. Lassky hockte in der hintersten Ecke auf seinem Bett, die Arme um die Knie geschlungen, und zitterte.

»Mein Gott, was ist mit Ihnen los?« Daniela schaltete die gesamte Beleuchtung ein und sah die Bescherung. Der Geheimschrank stand offen; ein noch voller Beutel mit Blut, wie man ihn für Transfusionen verwendete, lag auf dem Boden, neben ihm die Scherben einer mit Aluminiumfolie umhüllten Flasche, an denen noch Blut klebte. Der Schlafanzug des Malers und die Bettdecke waren voller Flecken. Offensichtlich hatte er in seiner Gier einiges von der begehrten Flüssigkeit verschüttet.

»Sie sollen verschwinden!« Lassky heulte wie ein kleines Kind und zog die Bettdecke über den Kopf, um Daniela nicht anblicken zu müssen. Eigentlich hatte er genug getrunken, um satt zu sein, aber er sehnte sich mehr den je nach frischem, warmen Blut. Seine Konserven kamen ihm vor wie abgestandenes, kaum mehr genießbares Wasser.

»Verstehen Sie nicht?«, schrie er. »Ich kann mich kaum mehr zurückhalten. Ich brauche Blut!«

»Ich glaube, davon haben Sie genug bekommen«, antwortete Daniela gelassener, als sie sich fühlte. Sie hatte begriffen, in welcher Gefahr sie schwebte, aber ihr war auch klar, dass Lassky dringend Hilfe benötigte.

»Was ist eigentlich mit Ihnen los? So schwach wie heute und wie letztens, als Sie mit Monique intim waren, habe ich Sie noch nie erlebt! Sie sollten sich vielleicht mit dem Gedanken vertraut machen, dass Ihre Potenz mit zweihundert Jahren nicht mehr ganz so gut ist wie mit zwanzig.«

Trotz seines elenden Zustandes musste Lassky lachen. »Was das angeht, bin ich für mein Alter noch gut im Schuss. Meine Schwäche hat nichts mit der Monique zu tun. Das macht allein die Anwesenheit dieses Supervampirs. Als das damals mit meinem Freund passiert ist, hatte ich die gleichen Anfälle, konnte sie aber Gott sei Dank beherrschen.«

»Dann beherrschen Sie sich jetzt gefälligst auch! Schauen Sie, wie Sie aussehen! Sie sind ja eine Schande für jeden Vampir!«

Daniela brachte Urban erneut zum Lachen. Er fühlte, wie der Hunger nach Blut geringer wurde, und konnte wieder zu ihr aufsehen. Er wusste jedoch selbst, dass alles auf Messers Schneide gestanden war. Hätte Daniela nach Angst gerochen oder gar geschrien und damit das typische Opferverhalten gezeigt, wäre er wohl über sie hergefallen.

»Diese Sauerei kann ich der Zugehfrau nicht zumuten. Wenn die das sieht, glaubt sie gleich, es hätte einen Mord gegeben. Los, stehen Sie auf und gehen Sie ins Badezimmer! Duschen Sie sich gründlich. Ich ziehe inzwischen das Bett ab und mache hier sauber. Vorher bringe ich Ihnen aber noch einen frischen Schlafanzug.« Daniela wusste selbst nicht, woher sie die Kraft nahm, so bestimmt zu reagieren. Es erleichterte sie jedoch, dass Lassky gehorsam aus dem Bett stieg und sich das befleckte Schlafanzugoberteil über den Kopf zog.

»Es tut mir leid! Das wollte ich wirklich nicht!« In diesem Moment wirkte der Maler wie ein gescholtener kleiner Junge und nicht wie ein Wesen, das Kaiser Franz I. noch mit eigenen Augen gesehen hatte.

Dennoch blieb er vorsichtig. »Sie dürfen nicht vor mir aus dem Zimmer gehen, Fräulein Dany. Ich weiß nämlich nicht, ob ich meinen Instinkt weit genug beherrschen kann, um es nicht als Fluchtreaktion anzusehen. Warten Sie daher, bis ich im Badezimmer bin. Den Schlafanzug legen Sie mir vor die Tür.«

»Mache ich!« Daniela wartete, bis Lassky verschwunden war, dann zog sie das Bett ab und räumte die Reste der Blutmahlzeit beiseite. Zwischendurch suchte sie einen Schlafanzug heraus und brachte ihn zur Badezimmertür. Als sie schließlich die Waschmaschine im Keller füllte und einschaltete, war sie froh um die roten Bettbezüge und den gleichfarbigen Schlafanzug. Angetrocknetes Blut ging in der Wäsche schlecht heraus, aber auf diesem Material würde man die verbleibenden Flecken nicht sehen. Hätten die Sachen aus einem hellen Stoff bestanden, wäre ihr nichts anders übrig geblieben, als sie im Kachelofen zu verbrennen.

3

Sie nahm die düstere Atmosphäre wahr, die sich über das Anwesen ihres im Augenblick interessantesten Opfers gelegt hatte. Die tote Hausdame schien bei den anderen Angestellten beliebt gewesen zu sein, denn jeder im Haus trauerte um sie und verströmte dabei jenen dunklen Hauch, der normale Menschen bedrückte oder gar in Depressionen stürzen konnte. Sie selbst sog diese Stimmung jedoch auf wie eine leckere Vorspeise. Dabei war sie satt wie selten zuvor. Aber sie hatte ihr Hauptopfer beinahe über jene Grenze hinaus beansprucht, die sein Ende bedeuten würde. Nun musste sie es mindestens eine Woche schonen, und die Zeit wollte sie ausnützen, um sich den Besitzer dieses beeindruckenden Gebäudes vollends zu unterwerfen.

Das erste Problem bei diesem Vorhaben tauchte bereits an der Haustüre auf. Eine Frau öffnete und blickte sie angewidert an. »So eine wie dich brauchen wir heut nicht!«

Sie begriff, dass die andere sie für eine der Edelnutten hielt, die ihr Arbeitgeber öfters in sein Haus kommen ließ, und so ein frivoles Treiben an diesem Tag nicht dulden wollte.

Doch so leicht gab sich die unerwünschte Besucherin nicht geschlagen. Mit einem Lächeln blickte sie der Frau tief in die Augen und setzte ihre hypnotische Kraft ein. »Lass mich ein und melde mich bei deinem Chef!«

Ihren Fähigkeiten hatte die Angestellte nichts entgegenzusetzen, und so trat diese beiseite, um die Besucherin einzulassen, und führte sie auf direktem Weg zum Büro des Hausherrn. An der Stelle hatte sie Glück, denn die Sekretärin, die sonst im Vorzimmer saß und ihren Chef abschirmte, hatte den Raum verlassen.

Als sie an die Tür des Büros klopfte, hörte sie die unwirsche Stimme des Hausherrn.

»Ich habe doch gesagt, dass ich nicht gestört werden will!«

»Auch von mir nicht?« Mit diesen Worten trat sie ein und wies die Frau, die sie hierhergeführt hatte, mit einer herablassenden Geste an, zu verschwinden.

Der Hausherr steckte bis zum Hals in Arbeit, doch als er die Besucherin erkannte, sprang er auf und kam auf sie zu. »Das ist aber eine freudige Überraschung! Was wollen Sie trinken? Ich habe extra für Sie einen ausgezeichneten Likör besorgt, rot wie Blut, so wie Sie es mögen, und so süß, wie Sie es selber sind.«

Sie ließ zu, dass er sie umarmte und hungrig küsste. Sie heizte sein Verlangen noch stärker an und amüsierte sich gleichzeitig über den Mann, vor dessen Entscheidungen sogar der österreichische Bundeskanzler zitterte. Für sie stellte er nur ein Mittel zum Zweck dar. Nun aber gönnte sie ihm den Erfolg, sie auf seinem eigenen Schreibtisch zu lieben, und entzog ihm dabei erneut ein hübsches Quäntchen Kraft. Zu sehr durfte sie ihn jedoch nicht schwächen, damit er nicht vor der Zeit starb, die sie für ihn vorgesehen hatte.

Als er endlich fertig war und mit einem zufriedenen Grinsen seine Hose anzog, strich sie ihm über die Wange. »Bald werden wir wieder etwas machen, das noch viel schöner ist, als einfach nur miteinander zu poppen«, flüsterte sie erregt durch das Blut, das sie in seinen Adern schmeckte.

Der Mann nickte ergeben. »Ich tue alles, was du wünschst.«

Die Vampirin lächelte anzüglich. »Ist die Scheidung von deiner letzten Frau inzwischen über die Bühne gegangen?«

»Ich bin sie endlich los! Es hat mich zwar ein paar Millionen gekostet, aber das war es mir wert!«

»Das freut mich.« Sie schlang die Arme um ihn und presste ihn an sich. »Wir sollten heiraten! Das sollte aber wegen des Todes deiner Hausdame in aller Stille geschehen. Am besten wäre es, wenn keiner davon erfährt, besonders die Presse nicht!«

Das Letzte war ihr gerade noch eingefallen, denn sie wollte nicht, dass die übrigen Opfer sich über ihre Ehe mit einem vermeintlichen Nebenbuhler ärgerten und sich vielleicht sogar aus ihrem Bann lösten.

»Wir sollten heiraten!« Es klang wie nachgeplappert. Offensichtlich begriff ihr Opfer nicht, was mit ihm geschah.

»Wir treffen uns morgen früh um neun Uhr auf dem Standesamt, um das Aufgebot zu bestellen. Andere Termine wirst du verschieben!«

»Das mache ich!« Der Mann löste sich aus ihren Armen und setzte sich auf seinen Stuhl. Während er in seinem Terminkalender blätterte, betrachtete seine Besucherin das gediegene Ambiente seines Arbeitszimmers. Der riesige Schreibtisch war leicht gebogen und bestand aus einem dunklen afrikanischen Edelholz; sein Direktorensessel war mit weichem schwarzem Leder überzogen, und an der Wand hingen Bilder moderner Maler.

Ein Klopfen an der Türe beendete ihre Gedankengänge. Auf ihren Wink hin fragte er: »Wer ist da?«

»Ich bin mit der Aufstellung der KTW Klagenfurt fertig, die Sie sofort sehen wollten«, klang es zurück.

»Wer ist das?«, fragte sie leise.

»Meine Sekretärin«, antwortete ihr Opfer.

»Darf ich hereinkommen?« Die Frau drückte bereits die Klinke, als ihr Chef von seiner Besucherin beeinflusst »Nein!« rief.

»Erst sollen Sie noch was für mich erledigen. Schauen Sie zu, dass Sie alle Termine morgen Vormittag verschieben. Mir ist etwas Dringendes dazwischengekommen.«

»Aber das geht nicht! Morgen ist doch …«, begann die Frau, wurde aber heftig unterbrochen.

»Für eine gute Sekretärin geht alles!«, soufflierte sie dem Wirtschaftsboss. »Und jetzt stören Sie mich nicht länger. Ich habe zu tun!«

Die schwarze Königin begleitete ihre Worte mit starker Beeinflussungsmagie, um die Sekretärin dazu zu zwingen, ihre Aufträge draußen bis aufs letzte Tüpfelchen zu erfüllen und vorerst nicht mehr zu stören.

Nun konnte sie sich wieder um den Industriellen kümmern und ihn tiefer und tiefer in ihren Bann ziehen. Sie ließ ihm gerade noch so viel geistige Freiheit, dass er seine Geschäfte führen konnte. Für sie lag sein Wert in dem Einfluss, den er auf Wirtschaft und Politik besaß und den sie für sich nutzen wollte.

Zufrieden mit dem Erreichten, umarmte sie ihn zum Abschied und schärfte ihm noch einmal ein, am nächsten Vormittag pünktlich beim Standesamt zu erscheinen. Dann verließ sie das Haus mit der Haltung einer Siegerin.

4

Da Daniela einige Vorlesungen versäumt hatte, fiel es ihr zunächst schwer, die einzelnen Teile des Vortrags miteinander zu verbinden. Doch schon bald arbeitete ihr Gehirn wie von selbst, und sie vermochte den Referenten ohne Probleme zu folgen. Das wunderte sie. Zwar war sie schon immer eine der besten Studentinnen gewesen, doch jetzt kam sie so gut mit, als hätte sie die ganze Zeit gelernt. Dabei hatte sie in den letzten Tagen an alles andere gedacht als an ihr Studium.

Auch jetzt schweiften ihre Gedanken ab, wenn der Vortrag zu zäh wurde oder die Aufführungen des Professors sich im Kreis drehten. Sie hatte keine Ahnung, wie sie von nun an Lassky und seinen Freunden begegnen sollte. Irgendwie kam ihr das Ganze so vor, als müsse sie ihre Tage in einem Zwinger mit Kampfhunden verbringen und hoffen, dass sie nicht über sie herfallen würden.

Nein, so schlimm war es nicht. Im Grunde hatte sie nur vor einem der Vampire Angst, nämlich vor Mischka. Mittlerweile war sie sich sicher, dass er während ihrer ersten Nacht in Lasskys Haus versucht hatte, ihr Fenster aufzubrechen.

Inzwischen hatte der Referent sich einem spannenderen Thema zugewandt, und sie verfolgte die Vorlesung mit neu erwachendem Interesse. Während sie sich einige Notizen machte, blickte sie zu Matthias hinüber, der sich auf seinen Stuhl flegelte und so tat, als wüsste er bereits alles und vergeude hier nur seine Zeit.

Auch ihre Freundin Anita wirkte an diesem Tag nicht gerade aufmerksam; sie sah mehrmals mit einem wütenden, wenn auch verzweifelten Ausdruck zu Matthias hinüber, schien ihre Freundin aber nicht wahrzunehmen. Daniela fragte sich, ob Anita beleidigt war, weil sie sie in der letzten Zeit arg vernachlässigt hatte, und nahm sich vor, mittags mit ihr zu reden.

So rasch kam sie jedoch nicht dazu. Kaum war die Vorlesung beendet, rief der Professor sie zu sich. Er war ein noch jugendlich aussehender Mann, der allerdings bereits stramm auf die fünfzig zuging. Er war unverheiratet, und Daniela hatte den Verdacht, dass er entweder ein Chauvinist ersten Ranges war oder homosexuell geprägt, weil er die bestaussehenden Studenten bevorzugte, den Studentinnen in seinen Kursen aber kaum Beachtung schenkte.

»Guten Tag, Fräulein Schreitlinger. Ich habe Sie während der letzten Vorlesungen vermisst«, begann er.

»Ich hatte in meinem Job sehr viel zu tun«, versuchte Daniela sich herauszureden.

Der Professor sah sie bekümmert an. »Sie hatten bis jetzt immer arges Pech mit Ihren Zweitjobs. Ich hoffe, Sie haben diesmal etwas Besseres erwischt.«

»Das habe ich!«, beeilte Daniela sich, ihm zu versichern. Zu sich selbst sagte sie, dass sie im Grunde vom Regen in die Traufe gekommen war. Aufdringliche Kerle in einer Animierbar konnte sie sich notfalls mit ein paar kräftigen Ohrfeigen vom Hals halten. Bei Vampiren wie Mischka brauchte sie dafür schon einen mit Silberkugeln geladenen Revolver.

»Ich möchte Ihnen nur sagen, dass ich Ihnen gern helfen würde, eine Stellung zu finden, in der Sie Ihr Geld auf angenehmere Weise verdienen können als in einem Amüsierlokal«, erklärte der Professor.

Woher weiß er das schon wieder?, fragte sich Daniela. Sie hatte sofort einen Verdacht. Matthias ging in den gleichen Fitnessclub wie der Professor und musste dort einige Gerüchte in die Welt gesetzt haben. Das war sicher seine Revanche, weil sie ihn hatte abblitzen lassen.

Sie lächelte, auch wenn es ihr nicht leicht fiel, und sah dem Professor in die Augen. »Ich habe einen Job als Hausdame bei dem bekannten Kunstmaler Urban Lassky bekommen!«

»Wirklich als Hausdame oder als Modell?«

»Bis jetzt hat er nichts davon gesagt, dass er mich malen will. Derzeit arbeitet er an zwei Porträts, einmal an dem der Schauspielerin Monique Prestl und zum anderen am dem von Anton Heglinger, falls Ihnen der Name etwas sagt.«

Der Professor nickte unwillkürlich. »Das ist doch der Vorstandsvorsitzende von Austrian Industries.«

»Genau der! Und jetzt entschuldigen Sie mich. Ich möchte noch eine Kleinigkeit essen, bevor die Vorlesungen weitergehen.« Daniela wandte sich ab und ging. Dabei fragte sie sich, ob sie gerade einen fatalen Fehler begangen hatte. Vielleicht hätte der Professor ihr wirklich helfen können, einen ungefährlicheren Job zu finden. Dann würde sie nicht in Lasskys Haus bleiben müssen und Gefahr laufen, von einem übergeschnappten Vampir als Zwischenmahlzeit angesehen zu werden.

In Gedanken versunken, ging sie in die Mensa und stellte sich an der Essensausgabe an. Während sie wartete, bis sie an der Reihe war, blickte sie sich suchend nach ihrer Freundin um. Anita hatte sich an einen Tisch in einer Ecke verzogen. Zwei Tische weiter saß Matthias und schwang dem Anschein nach das große Wort.

Nachdem sie ihre Mahlzeit erhalten hatte, ging Daniela zuerst zu Matthias und blieb seitlich hinter ihm stehen. »Da hast du deine Autogrammkarte von der Prestl. Pass aber auf, dass du sie nicht zu sehr drehst. Sonst siehst du bloß noch ihr Gerippe!« Mit diesen Worten griff sie mit einer Hand in ihren lässig über der Schulter hängenden Rucksack und holte Moniques Karte heraus.

Als Matthias die spärlich bekleidete Schöne sah, stieß einen anerkennenden Pfiff aus. Sein Erstaunen wuchs jedoch, als er das Foto ein wenig drehte und die ersten Teile von Moniques Kleidung verschwanden.

»Das ist ja super. Dankeschön, Daniela! Manchmal ist tatsächlich was mit dir anzufangen!« Matthias grinste breit, hatte aber nur noch Augen für das Foto. »Mit welcher Technik ist das aufgenommen? Die Frau sieht ja in jeder Einstellung anders aus!«

»Keine Ahnung. Das hat sie mir nicht gesagt.« Daniela zuckte mit den Schultern und ging zu Anita weiter.

»Grüß dich! Darf ich mich zu dir setzen, oder bist du aus irgendeinem Grund sauer auf mich?«

Ihre Freundin sah auf und schüttelte den Kopf. »Wie kommst du auf den Gedanken, ich könnte auf dich sauer sein?«

»Weil du mich während der Vorlesung kein einziges Mal angeschaut hast.«

»Ich habe bloß nicht gemerkt, dass du heute da bist.« Anita hörte sich bedrückt an.

»Hast du Probleme?«

Ihre Freundin wehrte zuerst ab. »Nein, mit mir ist nichts!« Ihr Gesichtsausdruck und der schmale, verkniffene Mund sagten jedoch etwas anderes aus.

»Jetzt komm schon raus mit der Sprache. Vielleicht kann ich dir helfen.«

Erneutes Kopfschütteln war die Antwort. »Das muss ich mit mir selbst ausmachen.«

Daniela fasste nach Anitas Arm. »Jetzt stell dich nicht so an! Wir waren doch alleweil offen zueinander, oder etwa nicht?«

»Doch, aber …« Anita seufzte schwer und warf Matthias einen bitterbösen Blick zu. »Du erinnerst dich sicher nicht mehr daran, aber bei unserem letzten Zusammentreffen hat der Matthias mich gebeten, mit ihm zu kommen, weil ich ihm was erklären sollte.«

Auf Anitas Gesicht mischten sich Ekel und Hilflosigkeit, als sie weiter sprach. »Ich habe ihm gezeigt, was er zu machen hat, und als ich dann gehen wollte, da hat er gemeint, wir könnten doch noch zusammen einen Kaffee trinken. Ich Rindvieh bin darauf eingegangen und dann …«

»Was dann?«, fragte Daniela, als ihre Freundin verstummte.

»Dann hat er gesagt, wir sollten noch was anderes tun. Ich habe nicht wollen, aber er hat nicht nachgegeben und mich zuletzt einfach aufs Bett gezerrt. Dann hat er mich ausgezogen und …« Anita stockte erneut die Stimme und ein paar Tränen liefen ihr über die Wange.

Schockiert über das Gehörte sah Daniela sie an. »Du hast den Kerl hoffentlich angezeigt!«

Ihre Freundin schüttelte den Kopf. »Nein! Was für eine Chance hätt' ich denn? Schließlich bin ich ja freiwillig mit zu ihm gegangen.«

»Aber das ist kein Freibrief, dich zu vergewaltigen!«

»Es war keine direkte Vergewaltigung. Ich habe mich ja nicht gewehrt«, wisperte Anita.

»Du wirst den Kerl doch nicht etwa noch verteidigen wollen?« Jetzt klang Danielas Stimme scharf. Sie verstand Anita nicht. Mit ihrem passiven Verhalten bestärkte sie einen Kerl wie Matthias in seinen Ansichten, dass Frauen nur dazu da wären, von ihm aufs Kreuz gelegt zu werden.

»Ich gehe mit dir zur Polizei«, bot sie Anita an.

Diese winkte entsetzt ab. »Nein, da würde ich mich zu sehr schämen. Es ist auch wegen des Studiums. Matthias ist bei den meisten anderen Studenten beliebt, und man würde sagen, dass ich ihn bloß deswegen hingehängt hätte, weil er nicht auf Dauer mit mir gehen will.«

Daniela nahm an, dass ihre Freundin entweder von Matthias selbst oder dessen Freunden beeinflusst worden war. Vielleicht hatte dieses Schaf sich die Gründe selbst zurechtgelegt hatte, um nicht offen gegen Matthias vorgehen zu müssen. Sie ärgerte sich darüber und versuchte, Anita dazu zu bringen, den Kerl dennoch anzuzeigen. Doch diese hatte zu viel Angst vor diesem Schritt.

»Du weißt doch, dass der Professor ein guter Kumpel von ihm ist. Der würde mich eiskalt gegen die Wand laufen lassen!«

»Das glaube ich nicht!« Daniela erinnerte sich an ihr Gespräch mit dem Professor und war sich sicher, dass der Dozent Matthias eine solche Gewalttat gegen eine seiner Studentinnen nicht verzeihen würde. Doch Anita gefiel sich offenbar in der Rolle eines armen, gequälten Opfers und hatte nicht den Mut, aufzustampfen und Matthias in die Schranken zu weisen.

»Na gut! Dann werde ich mir den Kerl zur Brust nehmen!« Daniela wollte aufstehen, doch Anita hielt sie am Arm fest.

»Tu mir das nicht an! Ich möchte das Ganze so schnell wie möglich vergessen.«

»Dummes Schaf!«, schnaubte Daniela und warf Matthias einen anklagenden Blick zu.

Der hatte sie und ihre Freundin beobachtet und sich aus ihren Mienen und Gesten seinen Reim gemacht. Jetzt grinste er so provozierend, dass Daniela vor Wut beinahe platzte.

»Iss jetzt! Es geht gleich weiter«, erinnerte Anita sie an das beinahe kalt gewordene Mittagessen.

Daniela löffelte die Suppe und schaffte es auch, den Rest hinunterzuschlingen, bevor die nächste Vorlesung begann.

Sie und Anita saßen nebeneinander, während Matthias sich in die entgegengesetzte Ecke verzogen hatte. Also hat er doch Angst, dachte Daniela und wünschte sich die Kraft, ihm seine Gemeinheiten zurückzahlen zu können.

Zu Beginn folgte Matthias der Vorlesung noch aufmerksam, bald ließ seine Konzentration jedoch nach. Er zog Moniques Autogrammfoto hervor und starrte darauf. Dabei drehte er es so lange, bis die Schauspielerin auf dem Bild völlig nackt da stand. Die zu pudern wäre ein Heidenspaß, dachte er und überlegte, wie er es schaffen könnte, die Bekanntschaft der verführerischen Frau zu machen.

Auf Danielas Hilfe brauchte er nicht zu hoffen, und daran war nur diese blöde Anita schuld! Was hatte das dumme Stück sich auch so anstellen müssen. Dabei war sie nicht einmal sein Typ. Da reizte ihn Daniela weitaus mehr, wenn auch nicht ganz so stark wie die Schauspielerin, deren Bild er in der Hand hielt.

In seinen Gedanken verschmolzen Daniela und Monique immer mehr zu einer Person, und plötzlich keuchte er erschrocken auf. Das Foto in seiner Hand zeigte auf einmal nicht mehr die Schauspielerin, sondern Daniela. Auch sie war nackt, doch ihr hübsches Gesicht trug einen dämonischen Ausdruck. Sie grinste ihn böse an, und als sie den Mund öffnete, sah er zwei spitze Eckzähne wie bei einer Raubkatze. Plötzlich streckte sie die Hand nach ihm aus, und er spürte, wie etwas mit unwiderstehlicher Kraft seine Kehle zudrückte.

Er rang nach Luft und lief im Gesicht immer mehr rot an. »Helft mir!«, wollte er rufen, doch seine Stimme versagte ihm den Dienst. Ihm wurde schwindlig, und er sah bereits Sterne, als endlich jemand auf seine Probleme aufmerksam wurde.

»Matthias, was ist mit dir?« Ein Kommilitone schüttelte ihn und versetzte ihm leichte Schläge gegen die Wangen, um ihn zu sich zu bringen. Doch erst als eine Studentin, die unter starkem Asthma litt, ihr Atemspray aus der Handtasche holte und Matthias das Mittel in den weit aufgerissenen Mund blies, ging der Anfall langsam vorbei.

»Wir sollten den Notarzt rufen!«, schlug der Dozent vor.

Bisher hatte Matthias stets den Kärntner Naturburschen herausgekehrt, den nichts erschüttern konnte. Die letzten Minuten hatten ihn jedoch Todesangst gelehrt. Daher nickte er und ließ es zu, dass seine Freunde ihn auf einen der Tische legten. Einer von ihnen hob das Foto auf.

»Ein sauberer Hase! Irgendwoher kenne ich die.«

»Das ist die Monique Prestl, die wir letztens auf der Matinee vom Treschl gesehen haben. Die Angemalte, erinnerst du dich?«, klärte ein anderer ihn auf.

»Gib es her!« Matthias Stimme klang noch schwach, doch auf das Autogrammfoto wollte er nicht verzichten.

Während einer seiner Kumpel ihm das Bild in den Rucksack steckte, sahen Daniela und Anita sich verwundert an.

»Glaubst du, der Anfall war echt? Ich nehme eher an, dass er auf der Mitleidstour reiten will, um eine bessere Benotung zu bekommen. Er ist nämlich im Stoff arg hinten!« Trotz ihrer Worte hörte Anita sich so an, als täte er ihr leid.

So ein dummes Ding, dachte Daniela und blickte zu Matthias hinüber. Sein Gesicht war bleich wie frisch gefallener Schnee und seine Hände zitterten. Obwohl sie keine Ahnung hatte, was diesen Anfall ausgelöst hatte, war es offensichtlich, dass er litt, und sie konnte eine gewisse Schadenfreude nicht unterdrücken. Matthias war im Grunde seines Herzens ein Schwein und hatte ein paar schlimme Minuten verdient.

5

Florian Mischka hatte Angst. Zwar hatte er nicht zum ersten Mal gegen die Regeln des Clubs verstoßen, doch bis jetzt war es nur selten zu tödlichen Zwischenfällen gekommen, und wenn, dann hatte er die Leichen jedes Mal spurlos beseitigen können. Seine letzte Tat aber hatte wegen der damit verbundenen Umstände großes Aufsehen erregt.

Die Polizei interessierte sich stark für die Toten in der verbrannten Wohnung, und sie ging ungewohnt sorgfältig und methodisch vor. Zu den ermittelnden Beamten hatte sich jetzt auch noch Bezirksinspektor Prallinger gesellt, der im Fall der Mumienleichen um keinen einzigen Schritt weitergekommen war. Inzwischen neigte er zu der Ansicht, dass diese Toten Opfer einer neuen Droge geworden waren, die Dealer an Stadtstreichern und anderen leicht zu beeinflussenden Leuten getestet hatten. Da der zeitliche Abstand zwischen den Leichenfunden mittlerweile größer geworden war, nahm er an, dass es den Herstellern dieser Mixtur mehr und mehr gelang, das Zeug zu verbessern. Trotzdem war jeder Tote einer zu viel.

Prallinger und seine Kollegen spürten allen Leuten nach, mit denen die beiden Toten vor der Tat Kontakt gehabt hatten. Dabei stießen sie auch auf einen mittelgroßen, mageren Mann mit bleichem Gesicht, der den Dealer auf dem Prater angesprochen hatte.

Mischka hatte bereits sein derzeitiges Quartier verlassen und alles, was auf ihn hinweisen konnte, beseitigt. Nun wanderte er, den Rest seiner Habe im Rucksack, durch die Gassen. Die letzte Nacht hatte er in einem Obdachlosenasyl verbracht, es aber aus Angst, die Polizei könne ihn dort aufspüren, wieder verlassen. Mehr wütend als verzweifelt überlegte er, bei wem er Unterschlupf finden könnte. Im Grunde konnte ihm nur jemand aus dem Club helfen, am besten Urban Lassky.

Sofort setzte Mischka diesen Gedanken in die Tat um und lenkte seine Schritte in Richtung Morzinplatz. Von dort aus gelangte er unauffällig in die Seitengasse, in der Lassky wohnte. Um nicht von einer Überwachungskamera in den U-Bahnhöfen aufgenommen zu werden, legte er den Weg zu Fuß zurück und steigerte sich dabei immer mehr in das Gefühl hinein, vom Schicksal benachteiligt zu sein. Eigentlich hätte er ein ähnlich prachtvolles Palais besitzen müssen wie Lassky. Der brauchte sich nicht mit Dealern und anderen Halbweltlern herumschlagen, sondern konnte seinen Blutnachschub dezent über eine angeblich im Ausland tätige Hilfsorganisation beziehen.

Er hingegen … Mischka fluchte wüst und sah sich im nächsten Moment einem baumlangen Kerl gegenüber, der ihn an der Brust packte. »Das hast du nicht umsonst zu mir gesagt!«

»Ich habe dich doch gar nicht gemeint«, versuchte Mischka den Mann zu beschwichtigen.

»Feig bist du also auch noch!« Der andere holte aus und versetzte ihm einen Faustschlag, der es in sich hatte. Mischka flog gegen die Hausmauer. Nun begriff er, dass es dem anderen nicht darum ging, ihm eine angebliche Beleidigung heimzuzahlen. Der Kerl hatte einfach ein Opfer gesucht, an dem er seine überschüssigen Kräfte auslassen konnte.

Einige Leute blieben stehen und einer rief, man solle die Polizei rufen. Das war aber das Letzte, das Mischka wollte. Mit einem heftigen Ruck riss er sich von dem Angreifer los und schlug seinerseits zu. Obwohl er eher schwächlich wirkte, war er als Vampir körperlich um einiges stärker als ein normaler Mann, und die Angst verdoppelte seine Kraft.

Er traf den Kerl am Kinn und sah, wie dieser rückwärts auf die Straße torkelte. Ein Autofahrer konnte gerade noch bremsen und überschüttete den benommenen Mann mit einer Flut von Schimpfwörtern, für die er Augenblicke früher noch fürchterliche Prügel eingefangen hätte. Mischkas Treffer hatte dem Kerl jedoch den Zahn gezogen, denn er raffte sich auf und verschwand torkelnd in einer Nebengasse.

»Du hast einen sauberen Schlag drauf. Das sieht man dir gar nicht an«, lobte einer der Passanten den Vampir.

»Ich war früher einmal niederösterreichischer Meister im Bantamgewicht«, behauptete Mischka und hoffte, damit die Polizei, sollte sie auf diesen Zwischenfall aufmerksam werden, auf eine falsche Fährte zu locken. Er ging rasch weiter, bemühte sich aber, diejenigen, die der kurzen Rauferei zugesehen hatten, dadurch zu täuschen, dass er an der nächsten Ecke abbog und so tat, als sei er in Richtung Parkring unterwegs.

Auf die Weise brauchte er mehr als eine Stunde, bis er Lasskys Haus erreichte. Obwohl die Sonne ihm nicht direkt etwas ausmachte, tränten seine Augen von dem gleißenden Licht. Dazu fühlte er sich wie ausgedörrt und gierte nach einem guten Schluck Menschenblut.

Die letzten Meter wurden für Mischka zur Qual, und als er schließlich an Lasskys Tür läutete, dauerte es schier ewig, bis jemand aufmachte. Es war die Köchin. Sie sah Mischka stirnrunzelnd an und fragte ihn knapp, was er wolle. Freundlich ist anders, dachte er und stellte sich vor, wie er die scharfen Eckzähne in ihren Hals schlagen und ihr Blut saugen würde. Der Gedanke war beinahe zu viel für ihn, und er konnte sich gerade noch beherrschen, um ihn nicht in die Tat umzusetzen.

»Ich will zu Urban. Er ist doch da?«

Beinahe hätte Lieserl gesagt, dass ihr Arbeitgeber außer Haus sei, doch sie wollte nicht lügen. »Der Herr Kunstmaler ist in seinem Atelier. Soll ich Sie anmelden?«

»Nicht nötig! Wir sind alte Freunde!« Mischka schlüpfte an der massigen Köchin vorbei und bemühte sich, sie nicht zu berühren. Wenn er jetzt durchdrehte, hatte er Lassky und sämtliche Clubmitglieder am Hals, und die waren um einiges gefährlicher als die Polizei.

Die Köchin öffnete ihm mit verkniffener Miene die Tür zu den Gesellschaftsräumen. Mischka schritt schnell hindurch und stand kurz darauf vor dem Atelier. Er erinnerte sich noch rechtzeitig daran, wie sehr der Maler auf Konventionen achtete, und klopfte an.

»Herein!«

Mischka tat es und sah Lassky vor dem Bild des Wirtschaftsbosses Heglinger stehen.

»Was willst du?«, fragte der Maler, als er Mischka erkannte.

Dieser sah ihn bettelnd an. »Du musst mir helfen, Urban. Ich bin in Schwierigkeiten. Die Bullen sind hinter mir her.«

»Die Polizei? Was hast du jetzt schon wieder angestellt?«

»Ich? Gar nichts! Es ist ein saudummer Zufall. Ich bin im Prater gewesen und habe mit einem meiner Lieferanten verhandelt. Der hat aber auch noch andere Sachen verkauft, auf die die Grünkappen scharf sind.«

»Drogen!«, schloss Urban messerscharf.

Mischka nickte. »Genau das. Aber ich habe mir keine andere Quelle leisten können. Auf alle Fälle ist der Kerl ein paar Stunden, nachdem wir uns getroffen haben, umgebracht worden, und jetzt ist die Polizei hinter allen her, mit denen er gesehen worden ist. Wenn die mich als Untersuchungshäftling einsperren, bin ich erledigt. Ich brauch jetzt schon dringend was, wenn ich nicht durchdrehen will.«

Urban wusste nicht so recht, was er davon halten sollte. Da er sich ebenso wie die anderen Vampire fürchtete, den Gesetzeshütern aufzufallen, konnte er Mischka verstehen. Trotzdem hatte er das Gefühl, dass der Mann log.

»Du hast also nichts angestellt«, bohrte er nach.

Mischka schüttelte entrüstet den Kopf. »Wenn ich es doch sage! Urban, wenn du mir nicht hilfst, bleibt mir nichts anderes übrig, als aus Wien und am besten aus ganz Österreich zu verschwinden. Aber ohne Geld geht das schlecht. Da erwischen mich die Gendarmen eher heute als morgen. Ich bin doch einer von euch!«

Der Appell an das Schicksal, das sie beide zu tragen hatten, verfehlte seine Wirkung nicht. Urban wusste, dass er den Mann nicht einfach wegschicken konnte. Wenn Mischka von der Polizei geschnappt wurde, würde er nicht dicht halten. Auch wenn die Behörden seine Aussagen als Hirngespinste abtäten, würden sie ihnen trotzdem nachgehen, und dann war der gesamte Club in Gefahr.

»Also gut! Du kannst vorerst bei mir wohnen. Aber bleib ja friedlich, verstanden? Schaust du nur einen Menschen falsch an, breche ich dir deinen dürren Hals.«

»Ich tu schon nichts!«, versprach Mischka und leckte sich anschließend über die Lippen. »Du hast nicht zufällig eine Ration für mich übrig?«

»Warte einen Augenblick. Ich hole was.« Urban gefiel es zwar nicht, seine zusammenschmelzenden Reserven mit Mischka teilen zu müssen, doch anders konnte er den undisziplinierten Clubkameraden nicht davon abhalten, auf die Jagd zu gehen.

Mischka wartete, bis Urban in seinen eigenen Räumen verschwunden war, zog die Schuhe aus und schlich auf Strumpfsocken hinter dem Maler her. Seine Enttäuschung war groß, als er die Türe zu Urbans Schlafzimmer erreichte und diese verschlossen fand. Er hätte allzu gern gewusst, wo Lassky seine Blutvorräte aufbewahrte.

Mit leisem Fauchen kehrte er ins Atelier zurück. Kurz darauf erschien Urban. Seiner Miene war nicht abzulesen, ob er wusste, dass sein Gast ihm hatte nachspionieren wollen. In der rechten Hand trug er eine mit Folie umwickelte Flasche, die er Mischka hinhielt.

»Hier! Pass aber auf, dass du keine Sauerei veranstaltest. Die putzt du hinterher nämlich selber auf.«

Mischka zerquetschte beim Aufdrehen beinahe den Verschluss und schüttete das Blut wie ein Verdurstender in sich hinein.

»Du willst ja sicher nicht gesehen werden«, fuhr Urban fort. »Die Tür hier geht auf den Flur hinaus, und da führt auch eine Treppe ins Obergeschoss. Dort gibt es ein paar leere Zimmer, und in einem davon steht sogar ein Bett. Das kannst du derweil haben. Was Essen und so betrifft, werde ich dich versorgen. Von der Köchin und meiner Hausdame hältst du dich fern! Ist das klar?«

»Da brauchst du keine Angst zu haben. Oder glaubst du, ich hab Lust, von dir und den anderen gejagt und umgebracht zu werden?«

»Gut, dass du das so siehst! Du wärst nicht der Erste unserer Art, den ich aus dem Weg geräumt habe.« Urban nahm sich vor, es nicht nur bei dieser Drohung zu belassen, sondern Mischka, so gut es ging, zu überwachen.

6

Sie blickte in den magischen Spiegel, der wie so vieles in ihren Höhlen früher einmal ihrem Herrn, Ausbilder und ersten starken Opfer gehört hatte, und fauchte enttäuscht. Statt der Wohnung, in der Lassky Daniela untergebracht hatte, sah sie ein Krankenzimmer vor sich, dazu einen jungen und in ihren Augen nicht besonders attraktiven Mann, der auf das Gegenstück des Spiegels blickte.

Als eine Krankenschwester ans Bett trat, feixte der Patient und klopfte der Frau auf den Hintern.

Diese drehte sich um und blickte spöttisch auf ihn herab. »Ihnen geht es wohl schon wieder zu gut, was? Aber dagegen habe ich ein probates Mittel!« Sie zog ein Pillenkärtchen aus einer Tasche ihrer Schwesterntracht, drückte mehrere Tabletten heraus und befahl dem jungen Mann, den Mund zu öffnen. Der tat es, weil er etwas sagen wollte, doch die Frau schob ihm die Tabletten geschickt auf die Zunge.

»Und jetzt schlucken, sonst setzt es was!«, sagte sie und reichte ihm ein mit Tee gefülltes Glas zum Nachspülen. Der Bursche war zu verdattert, um sich zu widersetzen.

»So ist's brav!«, lobte die Schwester ihn und steckte ihm ein Fieberthermometer zwischen die Lippen. Es handelte sich um eines der modernen Dinger, die das Ergebnis innerhalb weniger Augenblicke lieferten.

»Sie haben immer noch erhöhte Temperatur. Dabei sind Sie laut unserer Untersuchung pumperlgesund. Da muss sich der Herr Doktor morgen noch einmal darum kümmern. Aber jetzt gute Nacht! Wenn Sie was brauchen, dann läuten Sie einfach. Allerdings glaube ich, dass Sie mit den

Tabletten, die ich Ihnen gegeben habe, bis morgen früh durchschlafen werden.« Die Schwester lachte auf und verließ das Zimmer.

Während der junge Mann der Frau verdrossen nachsah, kniff die heimliche Beobachterin ärgerlich die Lippen zusammen. Sie hatte Daniela fangen wollen und nicht diesen Gimpel. Allerdings spürte sie Danielas Wut auf den Burschen und erkannte überrascht, dass ihr magisches Abbild auf die Wünsche von Lasskys Hausdame reagiert und diese in die Tat umgesetzt hatte. Das war etwas, das nicht hätte passieren dürfen.

Für die schwarze Königin war dies ein Schock. Ihr war es schwer genug gefallen, mithilfe ihrer magischen Fähigkeiten diese angeblichen Autogrammkarten herzustellen, die ihr dienen sollten, für sie wichtige Personen und Orte zu überwachen. Diese spezielle Karte war dazu gedacht gewesen, einen Weg zu finden, Daniela zu verderben. Doch diesem lächerlichen Mädchen war es, wie es aussah, mit Leichtigkeit gelungen, diese Karte loszuwerden.

Die Herrin der Unterwelt zischte vor Wut wie eine Schlange. Diese kleine Hexe schien Fähigkeiten zu besitzen, die ihr gefährlich konnten. Allerdings fehlte dem Mädchen die Ausbildung, die sie selbst durchlaufen hatte. Aber sie durfte nicht leichtsinnig sein und die Kleine unterschätzen. Daniela musste so schnell wie möglich sterben, sonst stellte sie eine Gefahr für ihre eigenen Pläne dar.

Zuerst musste sie das magische Foto wieder in die Hand bekommen. Wenn ein Fotograf es untersuchte und sich wunderte, mit welcher Technik die Effekte darin hatten erzeugt werden können, war das bereits eine Frage zu viel. Schwankend, ob sie den jungen Mann zu ihrem Handlanger machen oder ihn kurzerhand in eine Mumienleiche verwandeln sollte, beschloss sie, ihren Hunger entscheiden zu lassen. War dieser zu groß für ihn, hatte der Bursche Pech gehabt.

Vorher musste sie jedoch herausbringen, in welchem Krankenhaus er lag. Sie erhob sich von ihrem Thron und ergriff ihr Zepter. Es bestand aus einem langen Stab mit dem knöchernen Schädel des toten Magiers als Knauf. Anstelle der Augen steckten zwei blutrote Edelsteine in den leeren Höhlen. Sie ließ die Rubinaugen wandern, bis sich zwei Lichtstrahlen aus ihnen lösten und in die Richtung fielen, in der sich das Allgemeine Krankenhaus befand.

Die Vampirin nickte zufrieden, denn sie hatte schon vermutet, dass ihr Opfer dort zu finden sein würde. Mit einer geschmeidigen Bewegung stand sie auf und winkte Nummer Eins zu sich. »Ich will, dass die Höhle ausgebaut wird. Neben dem Eingang benötige ich Sitzplätze für zwei Dutzend Gäste und dort in der Mitte einen Platz für die Opfer, die ich meinen Dienern als Nahrung anbieten werde.«

»Aber wir sind doch Eure Diener, Erhabene!«

Sie musterte die Affenschlange mit einem kalten Blick. »Das siehst du falsch. Ihr seid meine Sklaven! Wie gedeiht übrigens unsere Nachzucht?«

»Es wächst etwas heran, aber es sieht eigenartig aus.« Es klang kleinlaut, als hätte Nummer Eins Angst, für eine falsche Entwicklung der Brut zur Verantwortung gezogen zu werden.

Ihre Herrin beschloss, sich die Zuchtbehälter anzusehen, bevor sie sich auf dem Weg zum Krankenhaus machte, und ging in die Bruthöhle hinüber. Dort nahm sie den Inhalt eines der Glasgefäße in Augenschein. Aus der Mischung aus Blut, Fleisch und Knochen war eine durchsichtige, gallertartige Masse geworden, die bereits erste Gliedmaßen zu entwickeln begann. Schwache Bewegungen verrieten, dass das entstehende Wesen lebte. Im Moment wirkte es wie ein Sack, an dessen Enden sich Arme, Beine und ein Kopf ausstülpten.

Im Gegensatz zu Nummer Eins, die selbst zu den so erzeugten Wesen gehörte und noch nie eine Nachzucht erlebt hatte, wusste sie, dass dieses Geschöpf im weiteren Verlauf seiner Entwicklung die normale Form einer Affenschlange annehmen würde. Daher nickte sie zufrieden, als sie sah, dass in allen Glasbehältern etwas heranwuchs, und forderte ihre Untergebene auf, die Wesen gut zu füttern.

»Was sollen wir ihnen geben, dieses Nährmehl oder Blut?«

»Kein Blut!« Die schwarze Königin wollte keine Diener heranziehen, die mit ihr in Wettstreit um die Nahrung treten konnten, sondern ergebene Sklaven. »Nimm das Mehl und mische es in die Lösung aus dem Tank da drüben, dessen Inhalt ich vor Kurzem angesetzt habe. Gib aber Obacht, dass die Kleinen nicht ertrinken. Sonst lasse ich dich in Stücke hacken und als Grundlage für die nächste Nachzucht in die Behälter stecken!«

Zwar hatte sie genau das vor, aber es war sicher kein Schaden, die Arbeitsbereitschaft ihrer Untergebenen vorher noch einmal zu steigern. Ohne sich weiter um Nummer Eins zu kümmern, verließ sie die Bruthöhle und lenkte ihre Schritte in die Richtung, in der sie das Allgemeine Krankenhaus wusste.

7

Tief in der Nacht wirkte der riesige Klinikkomplex wie ausgestorben. Nur in wenigen Räumen brannte noch Licht und zeigte, dass dort Nachtschwestern am Werk waren.

Sie hatte überlegt, unterirdisch in das Krankenhaus einzudringen, doch da es noch keinen Verbindungsgang zu diesem Teilkomplex gab, hätte sie ihn erst von ihren Affenschlangen graben lassen müssen. Daher verließ sie ein paar Straßenzüge vorher das unterirdische Labyrinth und schritt auf einen der Eingänge zu.

Der Pförtner sah kurz auf, doch die hypnotischen Fähigkeiten der heimlichen Besucherin gaukelten ihm vor, eine Frau in Schwesterntracht vor sich zu sehen. Da es auch für ihn unmöglich war, alle Angestellten der verschiedenen Kliniken zu kennen, die zum Gesamtkomplex des Allgemeinen Krankenhauses gehörten, brummte er einen kurzen Gruß und starrte wieder auf das Sudoku-Rätsel, das ihm half, in der Nacht wach zu bleiben.

Von dem dünnen magischen Faden geleitet, der sie mit ihrem Foto verband, schritt sie durch die Gänge und nahm einen Aufzug, um in das gewünschte Stockwerk zu kommen. Vor einer Tür, über der eine grüne Lampe brannte, blieb sie stehen. Dahinter musste sich die Nachtschwester befinden. Sie trat zur Seite, wartete, bis die Frau erschien, und setzte ihre beeinflussenden Kräfte ein.

Die Krankenschwester erstarrte und vergaß für einige Augenblicke sogar zu atmen. Dann aber setzte sie sich mit hölzernen Schritten in Bewegung und verschwand im Stationszimmer. Die nächtliche Besucherin sandte ihr den Befehl nach, diesen Raum während der Nacht nicht mehr zu verlassen. Sie selbst schlüpfte durch jene Tür, hinter der sie ihr Opfer wahrnahm, und zog als Erstes die Vorhänge zu, damit man sie nicht aus einem der anderen Gebäude beobachten konnte. Anschließend schaltete sie das kleine Nachtlicht an und betrachtete den jungen Mann.

Sie fand ihn trotz seiner Schwäche gut aussehend, außerdem entstammte er einer einflussreichen Familie. Auch besaß er jenen ambivalenten Charakter, den sie formen und zu ihrem willigen Sklaven machen konnte. Daher überlegte sie, ihn sich zu unterwerfen und für ihre Zwecke zu benützen. Doch als sie sich über ihn beugte, ihn berührte und das warme Blut in seinen Adern spürte, erwachte ihr Hunger nach seiner Lebenskraft so stark, dass sie alle anderen Pläne vergaß.

Sie überlegte, ob sie ihn beißen sollte, beschloss dann aber, ihre Fähigkeiten anders einzusetzen, und presste ihre Hände gegen seinen Kopf.

Die Wirkung der Schlaftabletten war so stark, dass Matthias nicht mehr erwachte. Zwar öffnete er den Mund, als seine Peinigerin begann, seine Lebenskraft an sich zu reißen, und wimmerte wie bei einem schlimmen Traum. Sie sog, bis der Körper ihres Opfers erschlaffte und zu einem verschrumpelten Etwas wurde, das nur noch wenig Ähnlichkeit mit dem kräftigen Mann aufwies, der in das Krankenhaus eingewiesen worden war.

Mit einem lustvollen Stöhnen ließ sie von ihm ab und musste gegen den Wunsch ankämpfen, gleich im Nebenzimmer weiterzumachen. Eine Mumienleiche im Allgemeinen Krankenhaus war jedoch fürs Erste genug. Daher nahm sie das Foto an sich, verließ nach einem letzten Blick auf ihr Opfer das Zimmer und verschwand kurz darauf aus der Klinik, ohne dass jemand mehr hätte wahrnehmen können als einen Schatten, der für einen Augenblick an ihm vorüberhuschte. Als der Krankenhauskomplex hinter ihr lag, dachte sie vergnügt, dass Daniela ihr mit der Weitergabe des Fotos an den jungen Mann einen angenehmen Schmaus verschafft hatte.

8

Nach ein paar Tagen kam Florian Mischka die Situation so beengend vor, als säße er in einem Gefängnis. Urban überwachte ihn scharf, und wenn der Maler das Haus verließ, sperrte er ihn in dem Zimmer ein, das er ihm zur Verfügung gestellt hatte. Auch deswegen hatten sich Mischkas Hoffnung, die geheimen Blutreserven des Malers zu finden, bislang nicht erfüllt.

Allerdings war der magere Vampir nicht auf den Kopf gefallen, sonst hätte er nicht so lange überlebt. Als er bemerkte, dass alle Zimmer in Lasskys Privatwohnung das gleiche Schloss besaßen, ließ er den Schlüssel des Ateliers, dessen Türen nur selten versperrt wurden, in seiner Hosentasche verschwinden. Dann nahm er ein Glas mit Konservenblut entgegen, und während er trank, hörte er zu, wie der Hausherr mit Monique telefonierte. Als sein feines Gehör die Stimme der Schauspielerin auffing, fühlte er eine Unruhe in sich, wie er sie nur selten zuvor erlebt hatte. Seine Sehnsucht nach Monique und seine Eifersucht auf Lassky flammten von Neuem auf, und er hätte dem Maler am liebsten den Hörer aus der Hand gerissen, um selbst mit Monique sprechen zu können. Es war, als hätte die Schauspielerin seine Gegenwart gespürt, denn sie fragte nach ihm.

Urban drehte sich erbost um. »Woher weiß Monique, dass du bei mir bist?«

»Von mir nicht!«, rief Mischka, während seine Augen aufleuchteten. »Darf ich kurz mit ihr sprechen?«

Urban reichte ihm mit einer verärgerten Geste den Hörer. »Hier! Fasse dich kurz. Ich habe noch was mit ihr zu bereden.«

»Ja, ja!« Mischka winkte ab. »Wie geht es dir, Monique? Tut mir leid, dass ich mich nicht eher gemeldet habe, aber ...«

»Wieso kennst du Moniques Telefonnummer?« Urbans Gesicht rötete sich vor Zorn, denn er selbst kannte die Nummer nicht und musste daher warten, bis sie sich meldete.

»Ihre Nummer kenne ich auch nicht, nur ihren Briefkasten. Da habe ich von Zeit zu Zeit eine Nachricht hineingeworden«, erklärte Mischka.

Da Urban auch Moniques Adresse nicht kannte, erbitterte ihn diese Auskunft noch mehr.

Monique schien indessen zu spüren, dass sich ein Streit zwischen ihren Verehrern anbahnte. »Gib mit kurz den Urban«, sagte sie zu Mischka. Dieser knirschte mit den Zähnen, gehorchte aber.

Als Urban den Hörer ans Ohr hielt, vernahm er ein leises Lachen. »Mein Guter, du musst dem armen Mischka verzeihen. Er hat meine Adresse nur durch Zufall herausgefunden. Just zu dem Moment, in dem ich in das Haus ging, kam er die Straße hoch.«

»Aber warum hast du mir deine Adresse und Telefonnummer nicht gegeben?«

»Jetzt spiele nicht den Othello! Ich hätte dir beides schon längst gesagt, aber du hast mich ja nie danach gefragt! Da habe ich es einfach vergessen. Ich war viel zu glücklich, bei dir zu sein.«

»Da bin ich wohl nicht der Einzige, bei dem du glücklich bist!« Urban schnaubte und sagte sich, dass er sich diesmal nicht so einfach abspeisen lassen würde. Doch er vermochte dem lockenden Klang von Moniques Stimme nicht lange zu widerstehen und lachte zuletzt über seinen Eifersuchtsanfall. »Ich bin niemand böse, dir am allerwenigsten. Aber du gibst mir deine Adresse und Nummer?«

Voller Vorfreude legte er Stift und Notizpapier zurecht und schrieb sich die Straße samt Hausnummer und die Nummer des Telefonanschlusses auf.

»Kann ich dich heute besuchen?«, fragte er anschließend.

»Tut mir leid, aber ich muss gleich weg. Sobald ich Zeit habe, melde ich mich bei dir. Dann kannst du mich besuchen und auch über Nacht bleiben«, erklärte Monique.

»Das mache ich«, antwortete Urban und übergab den Hörer auf ihre Bitten hin wieder an Mischka.

Inzwischen sah er den Mann nicht mehr als Konkurrenz um Moniques Gunst an, denn dafür waren ihre Ansprüche zu hoch. Ein Teil seiner selbst fragte sich jedoch, was er selbst von der Schauspielerin wollte. Heiraten konnte er sie nicht. Zum einen war er fast zehnmal so alt wie sie und zum anderen ein Vampir. Gerade aus diesem Grund konnte er es sich nicht leisten, auf so engem Raum mit einer normalen menschlichen Frau zusammenzuleben. Irgendwann würde ihn der Bluthunger packen – und dann konnte er für nichts mehr garantieren. Seine Bedenken verflogen jedoch, als sein Blick über Moniques Bild wanderte. Sie brauchten nur noch wenige Sitzungen, dann würde es fertig sein – das schönste Bild, das er je gemalt hatte.

Unterdessen wechselte Mischka ein paar belanglose Sätze mit der Schauspielerin. Dabei spürte er, wie der Hunger nach frischem Blut wie eine Woge in ihm hochstieg. Er leckte sich über die Lippen und stellte sich vor, wie schön es wäre, seine Eckzähne in den Hals einer jungen, gesunden Frau zu schlagen und zu trinken, bis er so richtig satt war. Dabei tauchte Daniela vor seinem inneren Auge auf, und eine Stimme in ihm sagte, dass sie genau das Opfer war, das er brauchte.

»Bist du fertig?«, fragte Urban, weil Mischka den Hörer in der Hand hielt, aber nichts mehr sagte.

Dieser schüttelte sich, als wäre er aus einem Sekundenschlaf erwacht, und hielt den Hörer wieder ans Ohr. Aber Monique hatte bereits aufgelegt. Mit einer fahrigen Bewegung legte er den Hörer auf die Gabel und bog die Lippen zu einem Grinsen. »Die Monique ist wirklich ein tolles Weib!«

»Das ist sie«, bestätigte Urban und ärgerte sich schon wieder. Seine große Liebe sollte keine Frau sein, über die andere Männer in einem solchen Ton sprachen. Mit einem Handzeichen wies er nach oben. »Ich bin für den Rest des Tages weg. So lange bleibst du oben in deinem Zimmer.«

»Muss das sein? Allmählich solltest du wissen, dass du mir vertrauen kannst«, antwortete Mischka scheinbar beleidigt. In Wahrheit aber zitterte er vor Erregung und strich über den gestohlenen Schlüssel in seiner Hosentasche.

9

Urban gegenüber hatte Mischka so getan, als wolle er sich hinlegen und schlafen. Doch kaum hörte er die Haustür ins Schloss fallen, sprang er auf und kramte nach dem Schlüssel. Hoffentlich passt er, dachte er, während er barfuß und in Unterhosen zur Tür eilte. Er steckte den Schlüssel ins Schloss und drehte ihn herum. Es ging! Beinahe hätte er vor Freude aufgeschrien. Vorsichtig öffnete er die Tür und lauschte. Im Haus blieb alles still.

Mutiger geworden eilte er zur Treppe und blickte hinab. Auch dort war zunächst nichts zu hören und zu sehen. Daniela musste jedoch im Haus sein, denn er konnte ihre Anwesenheit riechen. Daher schlich er weiter und drang in die von Urban bewohnten Räume ein. Sein Bluthunger war inzwischen so stark, dass er gar nicht nach dem Versteck suchte, in dem der Maler seine geheimen Vorräte hortete. Es gab eine weitaus besser schmeckende Blutquelle, die nur darauf wartete, von ihm ausgesaugt zu werden. Nach dieser Mahlzeit würde er wieder in sein Zimmer zurückkehren und sich dort einschließen. Dann durfte Lassky rätseln, wer seine Hausdame umgebracht hatte. Er konnte es ja nicht gewesen sein.

Grinsend öffnete Mischka die Tür zum Atelier, deren Schlüssel ihm diese unerwartete Freiheit geschenkt hatte. Er musste ihn nur rechtzeitig wieder ins Schloss stecken, sonst würde Lassky doch misstrauisch werden. Jetzt aber galt es erst einmal, seinen Hunger zu stillen. Er hatte Glück, denn Daniela war gerade dabei, die Malutensilien aufzuräumen, die Lassky liegen gelassen hatte. So ist es am einfachsten, dachte Mischka und schlich sich von hinten an die junge Frau heran.

10

Daniela fühlte sich schon seit etlichen Minuten seltsam unruhig und nervös, so als rückten die Wände auf sie zu. Am liebsten hätte sie das Haus verlassen und Anita besucht, aber sie hatte Lassky versprochen, in seinem Atelier für Ordnung zu sorgen. Am nächsten Tag würde Anton Heglinger kommen, und da wollte Lassky Moniques Porträt zur Seite gestellt und verhängt sehen.

Daniela dachte ein wenig rachsüchtig daran, dass es die richtige Strafe für Lassky wäre, wenn Monique sich von Heglinger kaufen ließ. Im gleichen Moment bemerkte sie eine Bewegung schräg hinter sich und zog den richtigen Schluss. Sie hatte von Lassky gehört, dass er einem anderen Vampir Obdach geboten hatte, doch dieser durfte sich während der Abwesenheit des Malers nicht in diesen Räumen aufhalten.

Lassky hatte ihr befohlen, ihre Pistole selbst hier im Haus immer bei sich zu tragen. Auch wenn sie das für eine der Marotten des Malers hielt, steckte die Browning in ihrem Hosenbund. Sie fasste danach und fühlte den kühlen Griff der Waffe unter dem Stoff. Wenigstens war sie nicht wehrlos, auch wenn sie hoffte, auf das Ding verzichten zu können.

Als der Schatten näher kam, spannte sie die Muskeln an und drehte sich um. Bei Mischkas Anblick stieß sie einen ärgerlichen Laut aus. »Was wollen Sie?«

Das Grinsen des Vampirs wandelte sich zu einer gierigen Maske. »Dich! Gleich wirst du sterben!«

Mischka riss den Mund auf und ließ die scharfen Eckzähne blitzen. Gleichzeitig verströmte er jene Aura der Angst, unter der bisher noch jede Frau erstarrt war.

Daniela fühlte zwar, dass etwas Unangenehmes von ihm ausging, aber es beeinträchtigte sie nicht, sondern machte sie nur wütend. Sie blickte dem Vampir in die Augen und holte die Pistole hervor. »Sie sollten schleunigst verschwinden, Herr Mischka. Lassky hat mir gesagt, was Sie sind und wie ich Sie töten kann!«

Es gelang ihr, die Worte ohne Zittern in der Stimme auszusprechen. Im Grunde wollte sie niemanden töten, auch Mischka nicht, und hoffte daher, ihn einschüchtern zu können.

Mischka wurde von der Gier nach ihrem Blut jedoch in einer Art und Weise beherrscht, wie er sie selbst noch nie erlebt hatte. Nun fauchte er wie ein Raubtier und stellte sich so, dass er Daniela den Fluchtweg versperrte. Der Pistole in ihrer Hand schenkte er nicht die geringste Beachtung. Selbst wenn sie auf ihn schoss, war es für ihn nicht mehr als ein Kratzer. Da müsste sie ihn schon genau ins Herz treffen, und die Zeit würde er ihr nicht lassen.

Ansatzlos sprang er auf sie zu und hieb gleichzeitig nach ihrem Arm, um ihr die Pistole aus der Hand zu prellen. Zu seiner Überraschung vermochte sie ihm noch schneller auszuweichen und ließ ihn ins Leere laufen. Als er sich wieder zu ihr umdrehte, zeigte der Lauf der Waffe auf seine Brust.

»Das ist meine letzte Warnung! Verschwinde oder es knallt!« Danielas Stimme vibrierte vor Aufregung, doch die Hand, mit der sie die Waffe hielt, zitterte nicht im Geringsten.

Mischka stürmte erneut auf sie zu. Im gleichen Moment sah er eine grelle Feuerzunge. Blankes Silber durchschlug seine Rippen und bohrte sich in sein Herz. Der Schmerz war entsetzlich, und für einige Augenblicke stand er so steif da, dass Daniela das ganze Magazin auf ihn hätte abfeuern können.

Sie zögerte jedoch und starrte auf die Wunde in seiner Brust. Zu ihrer Verwunderung trat kein Blut aus, und unter dem Loch, das die Kugel in sein Unterhemd gerissen hatte, fügten sich die zertrennten Fleischfasern wieder zusammen. Dies wirkte so abartig, dass sie am liebsten laut geschrien hätte. Gleichzeitig begriff sie, dass er gleich wieder handlungsfähig sein würde. Entschlossen richtete sie die Waffe erneut auf den Mann und krümmte den Zeigefinger.

Mischka begriff, dass Daniela im nächsten Augenblick abdrücken würde, und verspürte auf einmal Todesangst. Ohne sich zu besinnen, rannte er auf die Ausgangstür zu und stürmte davon. Bis Daniela klar wurde, dass sie einen nach ihrem Blut hungernden Vampir in die Flucht geschlagen hatte, war er verschwunden.

Während die junge Frau erleichtert aufatmete, weil sie ihn nicht hatte töten müssen, hetzte Mischka die Straße entlang und begriff erst allmählich, dass er sich auf dem absoluten Nullpunkt befand. Von nun an würde ihn nicht nur die Polizei jagen, sondern auch Urban und die anderen Vampire. Wenn er nicht rasch einen Ausweg fand, war dies sein sicherer Tod.

Als er seine Möglichkeiten durchging, gab es in seinen Augen nur mehr einen Menschen, der ihm helfen konnte, und das war Monique. Für einen Moment wunderte er sich, dass er nie daran gedacht hatte, die Schauspielerin als Opfer zu wählen.

Der empörte Aufschrei einer Passantin erinnerte ihn daran, dass er nur mit Unterhose und einem durch die Kugel zerfetzten Unterhemd bekleidet unterwegs war. Wenn er es darauf angelegt hätte, hier in Wien aufzufallen, hätte ihm nichts Besseres einfallen können. Da fingen seine feinen Sinne das Flattern von Stoff auf. Sofort bog er von der Straße ab und fand sich in einem kleinen, betonierten Innenhof wieder. Zwischen etlichen Pfosten waren Wäscheleinen gespannt, auf denen Kleidungsstücke im Luftzug wehten.

Mischka schnappte sich eine Hose und ein Hemd, eilte damit in den Durchgang zum Nebenhaus und zog die Sachen an. Das Hemd war zu weit und die Hosenbeine so lang, dass er sie aufkrempeln musste. Doch er war wenigstens wieder bekleidet. Nur Schuhe hatte er keine und seine Sohlen waren verdammt empfindlich. Die Leute, die ihm begegneten, mussten ihn für einen Sandler halten, einen jener Stadtstreicher, die die städtischen Mülleimer nach brauchbaren Dingen durchsuchten.

Zu seiner Erleichterung erregte er gerade dadurch weniger Aufsehen als eine Ratte, die über den Bürgersteig läuft. Die Menschen waren zu sehr mit ihren eigenen Problemen beschäftigt, um sich für einen Ausgestoßenen der Gesellschaft zu interessieren. Trotzdem stellte der Weg eine Qual für ihn dar. Mit dem steigenden Bluthunger war auch seine Sonnenverträglichkeit verschwunden. Obwohl er sich bemühte, so gut es ging im Schatten zu bleiben, brannte seine Haut schon bald wie Feuer. Ihm wurde schwindlig und zuletzt musste er alle paar Dutzend Schritte anhalten, um neue Kräfte zu sammeln. Er brauchte dringend frisches Blut, und nur die Angst, von den übrigen Passanten gestellt und überwältigt zu werden, hielt ihn davon ab, wahllos über einen Menschen in seiner Nähe herzufallen.

Mischka war daher mehr als erleichtert, als die Wohnanlage in Sicht kam, in der sich Moniques Appartement befand. Sie lag nicht gerade in der besten Gegend von Wien und wurde von den wuchtigen stadteigenen Wohnblocks beherrscht, die in den Jahren nach dem Zweiten Weltkrieg aus dem Boden gestampft worden waren.

Die Häuser in dieser Straßenzeile sahen alle gleich aus, sodass er sich nur an den Hausnummern orientieren konnte. Schließlich erreichte er den richtigen Eingang und drückte die Klingel, neben der ein Zettel mit Moniques Namen klebte.

Zu seiner Überraschung ertönte sofort das Summen des Türöffners. In dem ungepflegten Stiegenhaus roch es nach Kraut und Knoblauch. Es gab auch keinen Aufzug, und in die steinernen Treppenstufen waren im Lauf der Zeit Dellen getreten worden. Zwar hatte Mischka auch nicht besser gewohnt, aber nun fragte er sich, warum Monique sich keine präsentablere Unterkunft gesucht hatte. Ihm kam der verkommene Bau jedoch gerade recht, denn hier konnte er notfalls sogar Monique zur Ader lassen und danach unauffällig verschwinden.

Noch während er dieser Vorstellung nachhing, stand er vor der Wohnungstür und streckte die Hand aus, um zu klingeln. Doch da wurde die Tür geöffnet. Monique schaute heraus und winkte ihm, einzutreten. »Wie siehst du denn aus?«

Mischka schlüpfte in die Wohnung und zog die Tür hinter sich zu. »Bist du allein?«, fragte er, ohne auf ihre Frage einzugehen.

»Ich bin allein!« Ein spöttisches Lächeln erschien auf Moniques Lippen. Es hätte ihn warnen können, doch er achtete nicht darauf. Er sah eine junge, gesunde Frau vor sich und glaubte das Blut in ihren Adern zu riechen. Sofort stürzte er sich auf sie und wollte sie packen.

Monique wehrte seinen Griff jedoch mit Leichtigkeit ab, riss ihn hoch und warf ihn auf ihr Bett. Ehe er begriff, was da schief lief, berührte sie seinen Hals mit dem Mund und er spürte, wie ihre scharfen Eckzähne die Haut durchbohrten und in seine Halsschlagader drangen. Gewohnt, selbst Panik zu erzeugen, packte ihn nun Todesangst. Er wollte um sich schlagen, doch sein Körper war wie gelähmt. Es gelang ihm nicht einmal mehr, zu schreien. Hilflos musste er zulassen, wie Monique sein Blut saugte und dabei Töne von sich gab, als erlebe sie einen Orgasmus nach dem anderen. Dann erlosch sein Bewusstsein wie eine vom Windzug ausgeblasene Kerze.

11

Als Mischka erwachte, ragte Monique wie eine Riesin über ihm auf. Er war noch ganz verwirrt und wusste nicht, ob er das Ganze jetzt tatsächlich erlebt oder nur geträumt hatte. Als Monique sich über ihn beugte und er ihre scharfen Eckzähne und die blutbeschmierten Lippen sah, wurde es zur entsetzlichen Wirklichkeit. Er war einem anderen Vampir zum Opfer gefallen!

Gleichzeitig wunderte er sich, dass er noch lebte. Irritiert schüttelte er den Kopf und spürte im gleichen Moment, wie schwach er war. Er war nicht in der Lage, allein aufzustehen, geschweige dann, sich gegen die Vampirin zur Wehr zu setzen. Bei dem Gedanken zuckte er zusammen. Monique hatte ihn in die Halsschlagader gebissen und dort Blut gesaugt. Hatte sie ihn dabei zu ihrem Sklaven gemacht? Für einen Augenblick hoffte er, dass dies bei anderen Vampiren nicht möglich war.

»Gut für dich, dass du es sofort begreifst!«, höhnte sie, als sie sein Erschrecken wahrnahm.

Mischka wollte etwas darauf sagen, brachte aber nur ein schwaches Krächzen heraus.

Die Vampirin warf ihm einen Plastikbeutel zu. »Trink, damit du wieder auf die Beine kommst!«

Er griff daneben. Sie fing den Beutel auf, biss ein Loch hinein und hielt ihm die Öffnung an die Lippen. Frisches, vor weniger als vierundzwanzig Stunden gezapftes Blut floss über seine Lippen. Mischka schluckte es hinunter, als wäre er am Verdursten, und brummte verärgert, als der Beutel leer war.

»Mehr gibt es jetzt nicht! Später bekommst du noch etwas – aber nur, wenn du mir aufs Wort gehorchst!«, erklärte die Vampirin.

»Ich werde dir gehorchen!« Mischka merkte selbst, dass ihm nichts anderes übrig blieb. Moniques Macht über ihn ließ ihm keine Wahl.

»So, wie du aussiehst, brauche ich wohl nicht zu fragen, ob du Lasskys lästige Hausdame erwischt hast.« Die Vampirin war so wütend auf Mischka, dass sie schon bedauerte, ihn nicht umgebracht zu haben. Obwohl sie ihn angeheizt hatte, ihr Daniela vom Hals zu schaffen, hatte er versagt.

Ihr Opfer zitterte unter ihrer Ausstrahlung, öffnete hastig das Hemd und zeigte auf das Loch in seinem Unterhemd. »Das Miststück hat mir eine Silberkugel verpasst und hätte weiter auf mich abgedrückt, wenn ich nicht schnell genug gerannt wäre.«

»Daniela weiß also, mit wem sie es zu tun hat. Das hat ihr sicher der Lassky erzählt oder diese elende Dilia. Dieses Weibsstück scheint trotz meiner Vorkehrungen zu ahnen, dass ich nicht einfach nur eine Schauspielerin bin. Zum Glück war ich auf eine Begegnung mit der Vampirspürerin vorbereitet und konnte ihre magischen Sinne lähmen. Aber sie wird mir trotzdem lästig. Wir werden sie und Daniela aus dem Verkehr ziehen müssen, und du wirst mir helfen.«

»Gern! Dilia ist ein Miststück, das alleweil gegen mich gehetzt hat, und mit Daniela habe ich noch eine Rechnung offen.« Mischka bleckte die Zähne, als wolle er am liebsten gleich über die beiden Frauen herfallen.

Die Vampirin bremste ihn. »Ein paar Tage haben wir noch Zeit. Zuerst muss ich etwas anderes erledigen.«

Monique dachte an den Milliardär Heglinger, der schleunigst ein neues Testament machen musste. Inzwischen hatten sie das Aufgebot bestellt, und obwohl es heimlich geschehen war, kannte sie die Presse gut genug, um zu wissen, dass die Journalisten bald dahinterkommen und die Heirat als Story des Jahres ansehen würden. Bis dorthin aber musste sie Lassky und die übrigen Vampire ebenso unter ihre Kontrolle bringen wie Mischka. Doch bei den anderen würde es wohl nicht so einfach werden.

Sie sah auf den versklavten Vampir herab und überlegte. »Übermorgen findet doch die nächste Zusammenkunft eures Clubs statt. Wir werden beide hingegen.«

Mischka setzte sich panikerfüllt auf. »Die bringen mich um, sobald sie mich sehen!«

Die Vampirin drückte ihn wieder zurück und lächelte. »Das werde ich zu verhindern wissen. Jetzt aber sollten wir erst einmal dafür sorgen, dass du dich wieder auf die Straße trauen kannst. Du benötigst einen neuen Haarschnitt, eine andere Haarfarbe und einen neuen Ausweis. Das Letzte wird ein bisschen schwierig werden, denn es sollte ein echter Pass sein. Aber ich kenne jemand, der das macht. Wir wollen doch nicht, dass dieser komische Kriminalpolizist dich mit jenem Kerl in Verbindung bringt, der den Dealer und seine Freundin umgebracht und deren Wohnung in Brand gesteckt hat.«

»Du weißt davon?«

»Ich weiß fast alles über dich und die anderen Vampire des Clubs.« Monique rieb sich die Hände, denn schon bald würde es ihr Club sein und sie selbst die unumschränkte Herrin aller Vampire von Wien.

Sechs

Monique

1

Bezirksinspektor Prallinger starrte auf den Toten und spürte, wie sich sein Magen hob. Der Leichnam auf dem Klinikbett war am Vortag noch ein junger, agiler Mann aus wohlhabender Familie und mit den besten Zukunftsaussichten gewesen. Nun aber sah er aus, als hätte er mehrere Tage in einen Dörrofen gelegen.

Während Prallinger seinen rebellierenden Magen niederkämpfte, wandte er sich an den Arzt, der den Toten gemeldet hatte. »Und? Wie erklären Sie sich den Zustand des Toten?«

»Da fragen Sie mich zu viel. So was habe ich noch nie erlebt. Dabei habe ich den Patienten bei seiner Einlieferung gründlich untersucht.«

»Wegen was ist er denn eingeliefert worden?«, wollte der Bezirksinspektor wissen.

»Laut der Aussage seiner Kommilitonen handelte es sich um eine Art Lebensmittelallergie. Die Studenten hatten schon Angst, es könnte am Essen in der Mensa gelegen haben. Aber der Mann hier ist der Einzige mit diesen Symptomen geblieben.«

»Was war die Ursache für diesen Anfall?«

Der Arzt kam sich vor wie bei einem Verhör, so schnell prasselten Prallingers Fragen auf ihn ein, und er hob mit einer hilflosen Geste die Hände. »Die Untersuchung hatte ergeben, dass der Mann kerngesund war. Allerdings hat die Stationsschwester im Krankenprotokoll vermerkt, der Patient habe am Abend leichtes Fieber gehabt.«

»Ist der Mann in der Nacht überwacht worden?«

»Warum hätten wir das tun sollen? Ihm hat ja nichts Akutes gefehlt. Die Nachtschwester hat halt ein paar Mal nach ihm geschaut. Aber der ist auch nichts aufgefallen.«

»Wo ist die Nachtschwester? Ich will ihr ein paar Fragen stellen!«

Der Arzt wies mit der rechten Hand nach draußen. »Sie hat heut früh die Station übergeben und ist nach Hause gegangen. Als die Stationsschwester kurz darauf ins Zimmer gekommen ist, lag der Mann so im Krankenbett, wie Sie ihn jetzt sehen.«

»Und wo ist diese Schwester?«, fragte Prallinger weiter.

»Die hat einen schweren Schock erlitten und liegt in einem der Zimmer. Ich habe ihr eine Beruhigungsspritze gesetzt. Jetzt schläft sie.«

»Dann wecken Sie sie auf!«

Der Arzt stieß ein freudloses Lachen aus. »Das brauchen wir bei dem Mittel, das ich ihr gegeben habe, gar nicht erst zu versuchen. Die schläft noch ein paar Stunden.«

»Herrschaftszeiten noch einmal! Ich brauche die Zeugin. Geben Sie ihr eine Spritze, damit sie wieder wach wird.«

»Das kann ich als Mediziner nicht verantworten, denn das würde ihren Kreislauf zu sehr beanspruchen.«

Prallinger platzte beinahe der Kragen. »Wir haben hier einen Toten, der wirklich nicht an Altersschwäche gestorben sein kann, und Sie schicken die Einzigen, die etwas darüber wissen könnten, entweder nach Hause oder ins Bett. Verdammt, das ist jetzt die fünfte oder sechste Leiche dieser Art! Langsam wird mir das zu viel!«

»Mir ist die eine schon zu viel. Was meinen Sie, was das für einen Skandal gibt, wenn das aufkommt! Das Ansehen unserer Klinik steht auf dem Spiel.« Der Arzt wurde ebenfalls laut, entschuldigte sich dann und wies auf den Toten.

»Tut mir leid, aber so etwas geht mir an die Nerven!«

»Da sind Sie nicht der Einzige. Ich schlag mich schon seit Wochen mit solchen Leichen herum. Wissen Sie, wie weit ich mit meinen Ermittlungen gekommen bin? Keinen einzigen Schritt! Aber vielleicht können Sie mir helfen. Sie sagen, Sie hätten den Toten gestern Nachmittag untersucht.«

»Ja, aber da war er noch lebendig.«

Prallinger rollte die Augen und zählte langsam bis drei. »Ich habe nicht behauptet, dass er gestern schon tot gewesen ist. Mich interessiert, ob Sie irgendwelche Abnormitäten bei dem Mann entdeckt haben, die zum Beispiel auf den Konsum von Medikamenten oder Drogen hindeuten könnten.«

Der Arzt schüttelte den Kopf. »Wie ich schon gesagt habe, war der Mann laut meiner Untersuchung pumperlgesund.«

»Vielleicht können Sie mir dann sagen, wieso ein Mann, der Ihrer medizinischen Meinung nach gestern noch vollkommen in Ordnung war, heut so aussehen kann?« Prallinger spürte, dass er allmählich die Kontrolle über sich verlor.

»Sie sagen, das wäre schon die sechste Leiche dieser Art? Ist das vielleicht ansteckend?« Der Arzt wurde bleich und sah sich im Geiste schon selbst so daliegen. Dann aber musterte er den Bezirksinspektor, der seit Wochen mit solchen Mumien zu tun hatte und trotzdem noch auf den Beinen stand, und atmete erst einmal auf.

Er erinnerte sich an Prallingers letzte Frage und schüttelte den Kopf. »Ich habe keine Ahnung, wie so etwas kommen kann. Ich kann nicht einmal mit Sicherheit sagen, ob es sich wirklich um unseren gestrigen Patienten handelt. Diese Leiche ist mindestens zehn Zentimeter kleiner und hat kaum noch Fleisch auf den Rippen. Der Patient war aber ein kerniger Kärntner Bursch – durchtrainiert und muskulös. Also, wenn Sie mich fragen, könnte das auch ein Studentenscherz sein, den er und seine Kommilitonen sich mit uns geleistet haben.«

Prallinger packte den Arzt am Kragen und zog ihn ganz nahe zu sich heran. »Sieht so ein Scherz aus? Untersuchen Sie den Toten und bringen Sie den Grund dieser Veränderung ans Tageslicht. Der Mann ist gestern hier untersucht worden. Daher können Sie Vergleiche anstellen und mögliche Abweichungen herausfinden.«

»Ich bin kein Gerichtsmediziner, der den ganzen Tag Leichen aufschneidet, sondern Facharzt für lebendige Menschen …«

Zu mehr kam der Arzt nicht, denn Prallinger schüttelte ihn und stieß ihn gegen das Bett. »Sie sind der Arzt, der diesen Mann untersucht hat! Also sind Sie am besten für diese Aufgabe geeignet. Wegen mir können Sie es im gerichtsmedizinischen Institut tun, wenn es Ihnen hier in der Klinik nicht passt. Aber Sie werden diesen Mann auseinandernehmen und herausfinden, woran er gestorben ist!«

Prallingers Sprache war nicht gerade höflich, doch wirkungsvoll. Der Arzt starrte ihn erschrocken an und nickte. »Ich mache es. Mir wäre es jedoch lieb, wenn einer Ihrer Gerichtsmediziner dabei wäre, der bereits Erfahrungen mit solchen Leichen gesammelt hat.«

»Das lässt sich einrichten.« Prallinger holte sein Handy heraus und rief in seiner Dienststelle an.

Der Arzt wartete, bis er fertig war, dann hob er den Zeigefinger. »Sie müssen mir aber einen Gefallen tun, Herr Bezirksinspektor! Bitte geben Sie es nicht an die Presse weiter, dass der Tote bei uns in der Klinik entdeckt worden ist. Das wäre schlecht fürs Renommee.«

Prallinger zuckte mit den Achseln. »Von mir aus! Dann müssen Sie aber dafür sorgen, dass Ihre Leute den Mund halten. Glauben Sie, dass Sie das schaffen? Die Zeitungsreporter zahlen einige Tausend Euro, um an Informationen zu kommen.«

Der Arzt überlegte kurz, wer in der Klinik bereits von dem Toten wusste, und winkte ab. »Lassen wir es. Irgendeiner redet immer. Die Menschen sind halt so.«

2

Als Urban nach Hause kam, saß Daniela auf einem Stuhl im Atelier und hielt noch immer die Pistole in der Hand. Noch während sich die Türklinke bewegte, sprang sie auf und richtete die Waffe auf den Eintretenden, lies sie aber sofort sinken, als sie ihn erkannte. »Gott sei Dank, Sie sind es. Ich dachte schon …«

Urban starrte sie verdattert an. »Was ist los?«

»Mischka! Er hat mich angefallen. Da habe ich geschossen, aber nur einmal. Er ist wie ein Verrückter davongerannt – nur in seiner Unterwäsche.« Daniela fragte sich, weshalb sie diese Kleinigkeit extra erwähnte. Dabei war anderes wichtiger.

»Er hat nicht einmal geblutet. Dabei habe ich ihn genau hier getroffen!« Sie deutete auf ihr Herz. »Wäre er kein Vampir, hätte ich ihn erschossen und würde als Mörderin dastehen.«

»Unsinn! Es wäre Notwehr gewesen. Aber wie ist Mischka überhaupt aus seiner Kammer herausgekommen? Haben Sie oder das Fräulein Lieserl irgendwas gemacht?«

Daniela schüttelte heftig den Kopf. »Lieserl ist die ganze Zeit nicht aus der Küche herausgekommen. Ich glaub sogar, sie ist einkaufen gegangen. Sonst hätte sie den Schuss gehört.«

»Kommen Sie mit!« Urban winkte Daniela, ihm zu folgen, und betrat seine Privatsuite. Er durchsuchte jeden Raum im Erdgeschoss, doch die waren alle leer. Als sie jedoch ins Obergeschoss hochstiegen, entdeckte er, dass die Türe, die er selbst versperrt hatte, offen stand. Der Schlüssel steckte innen. Er zog ihn ab und musterte ihn. Auch wenn alle Räume seiner Wohnung die gleichen Schlösser besaßen, hatte er doch die Schlüssel markiert.

»Das ist der Atelierschlüssel. Mischka muss ihn heimlich an sich gebracht haben. Ich Idiot! Damit hätte ich rechnen müssen. Nun habe ich Sie mit meiner Dummheit in Gefahr gebracht!« In seiner Erregung wechselte Lassky in die persönlichen Anrede, ohne dass es ihn oder Daniela auffiel.

»Es ist ja zum Glück nichts passiert, außer dem Mischka natürlich«, wandte diese ein.

Urban fuhr herum. »Er hätte Sie nicht bedrohen dürfen! Mein Gott, Mädchen, wenn dir etwas passiert wäre, hätte ich mir ewig Vorwürfe gemacht.«

»Wäre ich dann auch zu einer Mumienleiche geschrumpft?«, fragte Daniela, die sich bei der Vorstellung schüttelte.

»Nur dann, wenn er wirklich der Supervampir ist, den wir alle suchen. Aber er kann es nicht sein. Der hätte nicht nach dem ersten Schuss aufgegeben und wäre davongerannt.«

»Aber was ist mit Mischka? Dieser Treffer hätte jeden normalen Menschen umgebracht!« Daniela zitterte bei dem Gedanken, den Mann vielleicht doch erschossen zu haben.

»Dem dürfte bis auf den Schreck nichts fehlen. Ich wünschte, Sie hätten ihm zwei weitere Kugeln aufgebrannt. So stellt er eine Gefahr für jeden Menschen dar, der ihm über den Weg läuft. Ich werde eine Sondersitzung des Clubs einberufen. Wir dürfen Mischka nicht frei herumlaufen lassen, denn jede Stunde, die vergeht, kann einen anderen Menschen das Leben kosten!«

Daniela hatte Urban noch nie so erregt gesehen. Zuerst glaubte sie, er hätte nur Angst, durch Mischka könnte die Existenz des Vampirclubs aufgedeckt werden. Dann aber merkte sie, dass er sich wirklich Sorgen um mögliche Opfer machte. Seit einhundertfünfzig Jahren hatte er darauf geachtet, dass weder er noch ein anderer aus dem Club einen Menschen tötete. So ganz, vermutete Daniela, konnte ihm dies nicht gelungen sein, denn Leute wie Mischka waren auf Dauer wohl kaum an die Kette zu legen. Dennoch hatte Lassky das kleine Grüppchen der Wiener Vampire geschickt durch die Jahrzehnte geleitet und Opfer unter der Bevölkerung vermieden.

Es tat ihr leid, dass er sich im Augenblick als gescheitert ansah. Daher trat sie auf ihn zu und fasste seine Hände. »Wir werden es schon schaffen, Herr Lassky. Glauben Sie mir!«

Er sog scharf die Luft ein, als sie so nahe vor ihm stand, beruhigte sich aber und nickte. »Wir schaffen es! Ich rufe gleich alle Clubmitglieder an und bestellte sie für heute Abend in unser Lokal. Sie sollten mitkommen. Jetzt aber laden wir als Erstes Ihre Pistole nach. Jede Kugel kann wichtig sein.«

Daniela war klar, dass er sie beschützen und deswegen im Auge behalten wollte. Wahrscheinlich fürchtete er, Mischka könnte zurückkommen und sich an ihr rächen. Laut Lassky waren die Folgen ihres Schusses eher gering, doch sie hatte die Schmerzen und auch die Todesangst in Mischkas Gesicht gesehen. Gerade deswegen traute sie dem Kerl zu, sie noch einmal anzugreifen. Diesmal aber, so schwor sie sich, würde sie nicht zögern, alle drei Kugeln abzufeuern.

Bei dem Gedanken musste sie über sich selbst lachen. Urban sah sie fragend an. »Was ist denn jetzt los?«

»Entschuldigen Sie, aber es ist zu krass! Vor ein paar Wochen noch hätte ich jeden ausgelacht, der behauptet hätte, dass es Leute wie Sie, Dilia oder Mischka geben könnte. Heut aber kommt mir euer Leben fast normaler vor als das der anderen Leute da draußen. Allein der Gedanke, dass ich bereit bin, auf jemanden zu schießen, ist vollkommen verrückt! Vielleicht sollte ich mich auf meinen Geisteszustand untersuchen lassen.«

»Was glauben Sie, würde ein Psychologe zu dem sagen, was Sie ihm erzählen könnten?«, fragte Urban.

Daniela zuckte mit den Schultern. »Er würde mich wahrscheinlich in eine geschlossene Anstalt stecken!«

»Also ist es besser, wenn Sie den Seelenklempnern aus dem Weg gehen. Für so was haben wir nämlich keine Zeit. Kommen Sie! Ich lade die Pistole und dann brechen wir auf.«

»Und was machen wir, wenn der Vampir zurückkommt und es ist nur das Lieserl da? Wenn die ihm aufmacht …« Daniela ließ den Rest ungesagt, doch Urban verstand sie auch so.

»Ich lege ihr einen Zettel hin, dass sie sich nach ihrer Rückkehr einsperren soll und niemanden hereinlassen darf. Keine Sorge, sie ist solche Anweisungen gewöhnt!« Urban schnappte sich seinen Skizzenblock und schrieb schnell ein paar Sätze nieder.

Daniela lief in ihre Wohnung und zog sich um, denn an ihrer Kleidung hing noch Pulverdampf, und ihr wurde von dem Geruch beinahe übel. Als sie zurückkehrte, hatte Urban seine Botschaft an Lieserl sowohl in der Küche wie auch an der Tür ihres Appartements hinterlassen, und schob gerade ein gefülltes Magazin in die Pistole.

»So, die ist geladen. Wenn auch nur einer der anderen Vampire mit dem Mundwinkel zuckt, schießen Sie! Haben Sie verstanden? Das ist eine Browning mit dreizehn Patronen im Magazin. Drei davon werden wohl ins Herz gehen.«

Lassky hört sich an wie ein alter Militär, der einem Rekruten Anweisungen gibt, fuhr es Daniela durch den Kopf, während sie die Pistole entgegennahm. Sie steckte sie in die Handtasche, die sie sich für diesen Zweck besorgt hatte, und hoffte, dass sie das Ding unterwegs nicht in einem Taxi oder in der U-Bahn liegen ließ.

3

Als Daniela und Urban das Haus erreichten, unter dem das Clublokal lag, trafen sie noch in der Toreinfahrt auf Andrea Lupacani und Dilia. Die beiden Frauen sahen besorgt aus, sagten aber nichts, da eben einige Hausbewohner ins Freie traten. Urban grüßte freundlich, trat dann ein und stieg die Kellertreppe hinab.

Daniela war den Weg schon einmal gegangen, doch in ihrer Aufregung hatte sie kaum auf ihre Umgebung geachtet. Nun empfand sie das verfallen wirkende Labyrinth als ähnlich bedrohlich wie die Keller in der alten Wohnanlage. Sie glaubte zu spüren, wie etwas abgrundtief Böses aus der Tiefe quoll, und wäre am liebsten davongelaufen. Dabei sah das obere Kellergeschoss so aus, wie sie es gewohnt war. Es besaß einen aus Beton gegossenen Boden und – wie sie durch eine offen stehende Tür sehen konnte – durch Lattenroste abgetrennte Kellerabteile. Ein Stockwerk tiefer bestanden die Wände aus gemauerten Ziegeln, die den verschiedenen Färbungen nach zu urteilen mehrfach instand gesetzt worden waren. Eiserne Türen versperrten die meisten Eingänge, und nicht jede sah so aus, als würde sie noch benutzt.

»Da drinnen lagert der Hausmeister einige Sachen, und es gibt Mieter und anwohnende Geschäftsleute, die Zusatzkeller hier unten gepachtet haben. Da es hier gleichmäßig kühl ist, eignen sich diese Räume zum Lagern von Wein und ähnlichen Sachen«, erklärte Urban, dem Danielas forschender Blick aufgefallen war.

»Ich habe gelesen, dass Wien noch aus der Zeit der Türkenkriege von unterirdischen Gängen durchzogen sein soll, in denen man von einem Ende der Stadt zum anderen kommen könne«, antwortete Daniela.

»Gewiss nicht ganz Wien! Keller wie diese hier dürfte es nur in der Altstadt geben.« Obwohl sie schon seit vielen Jahrzehnten in Wien lebte, hatte Andrea Lupacani sich bislang kaum für die unterirdischen Kavernen interessiert, und Dilia zuckte mit den Achseln, um ihr Nichtwissen anzudeuten.

Urban hatte mehr Erfahrung gesammelt als die beiden Vampirinnen. »Diese Keller gehen teilweise bis zu fünf Stockwerke unter die Erde, aber die meisten sind erst im 19. Jahrhundert angelegt worden, bevor es elektrische Kühlanlagen und Ähnliches gegeben hat. Mit dem Eis, das man im Winter aus der Donau und den umliegenden Teichen und Seen geschnitten hat, konnten Lebensmittel hier unten lange frisch gehalten werden.

Später haben die Keller ihre Bedeutung verloren. Einige der Älteren sind eingebrochen, andere beim Bau der U-Bahn verschüttet worden, doch wer sich hier auskennt, kann immer noch den gesamten ersten Bezirk unterqueren, und es gibt Leute, die von sich behaupten, auf diese Weise innerhalb des Gürtels jeden Punkt der Stadt erreichen zu können.«

Während Urbans Erklärung waren sie noch tiefer gestiegen. Hier herrschten Holztüren an den Kellereingängen vor. Bei einigen standen noch die verblassten Namen der einstigen Besitzer und die Jahreszahlen, in denen diese Keller erbaut oder renoviert worden waren. Mindestens zwei davon stammten, wie die 1 und die 7 als erste Ziffern verrieten, aus dem 18. Jahrhundert. Entsprechend alt und morsch wirkten die Türen. Daniela traute sich zu, einige davon mit einem kräftigen Tritt aus den Angeln zu heben. Als sie auf eine bereits beschädigte Tür zuging, wehte ihr ein beißender Gestank entgegen.

»Diese Keller sind wohl ein Rattenparadies!«, schimpfte sie und schüttelte sich.

»Ratten gibt es hier natürlich auch, aber in der Nähe unseres Clubraums haben wir ehrlich gesagt noch keine gesehen.« Urban, der nichts roch, wunderte sich ein wenig über Danielas Empfindlichkeit, sagte sich dann aber, dass Frauen eben so waren.

Im letzten Stockwerk gab es teilweise nicht einmal mehr Türen vor den Kellergängen. Ein nachlässig angebrachtes Schild verbot, diese zu betreten. Daniela hätte es auch so nicht getan, denn hier stank es in einer Weise, dass es fast nicht auszuhalten war.

Dilia schien das Gleiche zu empfinden, denn sie schüttelte sich. »So schlimm hat das noch nie gerochen.«

Urban und Andrea sahen die beiden verwirrt an. »Ich rieche nichts anderes als sonst auch«, sagte der Maler und schritt auf die Tür zu, die den Gang zu ihrem Clublokal verschloss.

»Warum sind die Keller nicht besser gesichert?«, wollte Daniela wissen.

»Wir haben weiter oben eine Tür passiert, die ich aufschließen musste. Den Schlüssel dazu besitzen nur wir und der Hausmeister. Da kommt keiner aus Versehen herein, so wie es dir mit dieser einen Mumienleiche ergangen ist.«

»Was ist mit Daniela und einer Mumienleiche?« Dilia drängte sich zwischen Daniela und Urban und hielt die beiden fest.

»Im Keller meiner alten Wohnanlage ist eine dieser Leichen gefunden worden«, antwortete Daniela.

Dilia spürte, dass sie nicht die ganze Wahrheit sagte. »Hast du den Supervampir gesehen?«

»Nein! Das Licht war ausgefallen. Ich habe nur sein Lachen gehört. Er muss mich bemerkt haben, denn er hat mir den Toten in die Arme gestoßen.«

»Dann hast du mehr Glück als Verstand, dass du noch lebst!« Dilia war sichtlich betroffen. Ihr machte bereits der Gedanke an diesen entarteten Vampir Angst. Sich vorzustellen, dass Daniela nur die Hände hätte ausstrecken müssen, um ihn zu berühren, war beinahe zu viel für sie. Sie sah im Geist Daniela in den Fängen dieses Ungeheuers sterben und umklammerte sie, als wolle sie sie beschützen. Dabei sah sie jedoch so aus, als benötige sie selbst Schutz.

Unterdessen hatte Urban die Türe geöffnet und ließ die Frauen in den Gang treten. Es mussten bereits Clubmitglieder vor ihnen eingetroffen sein, denn das elektrische Licht brannte.

»Habt ihr das extra legen lassen?«, fragte Daniela und zeigte auf die Lampe.

»Freilich! Oder glaubst du, wir würden uns im Schein von Fackeln versammeln? Das mag vielleicht im Freien romantisch sein, aber hier im Clubraum ist die Brandgefahr zu groß. Außerdem stinken die Dinger!«

Inzwischen hatten sie den eigentlichen Clubraum betreten. Cynthia und Alex, die zwei nachrangigsten Mitglieder des Clubs, saßen auf ihren Stühlen und nippten an Gläsern, die mit Blut gefüllt waren. Bei Urbans Anblick zogen sie die Köpfe ein.

»Entschuldige! Wir wissen, dass wir eigentlich hätten warten sollen, bis alle da sind, aber wir haben es nicht länger ausgehalten. Ich habe schon davon geträumt, wie ich mich in fremde Zimmer schleiche und schlafende Leute beiße«, erklärte Cynthia.

Urban hob beschwichtigend die Hand. »Es ist schon gut, Cynthia. Gib uns dreien auch gleich etwas. Ich will nicht aus Versehen die Daniela anknabbern.«

Dilia kicherte, wurde aber sofort wieder ernst und sah Urban prüfend an. Ganz so hungrig, wie die anderen hier waren und wie sie sich selbst fühlte, schien Lassky nicht zu sein. Anscheinend hatte der Maler vorhin noch rasch einen kleinen Blutimbiss zu sich genommen. Das verneinte sie sofort wieder, denn das würde sie riechen. Sie nahm Platz, ließ sich von Cynthia ein Glas reichen und schlürfte den Inhalt mit Genuss. Dann sah sie Urban besorgt an. »Das kann nicht mit rechten Dingen zugehen!«

»Was?«

»Unser Hunger nach Blut! Vor ein paar Monaten hat mir ein halber Liter pro Woche gereicht. Aber jetzt muss ich an manchen Tagen zweimal trinken, um nicht durchzudrehen.«

»Das liegt an dem Supervampir. Wir spüren seinen Hunger und werden dadurch verrückt. Wenn es so weitergeht, müssen wir diejenigen von uns, die es am schlimmsten trifft, pflöcken.«

»Was heißt pflöcken?«, fragte Daniela in die Stille hinein, die Urbans Worten gefolgt war.

»Der Betreffende wird gefesselt und bekommt einen Pflock aus Eichenholz durch die Brust getrieben.«

»Aber dann ist er doch tot!«, rief Daniela entsetzt aus.

Urban schüttelte den Kopf. »Ein normaler Mensch wäre es. Ein Vampir schaltet, solang der Pflock in seinem Herzen steckt, seine Körperfunktionen aus. Sobald der Pflock herausgezogen wird, wächst die Wunde wieder zu. Es ist für den Betreffenden zwar nicht angenehm, aber immer noch besser, als das Herz durch drei Silberkugeln zerfetzt zu bekommen. Danach ist nämlich jeder Vampir tot.«

»Auch ein Entarteter?«

»Der braucht ein paar Kugeln mehr.«

»Wie war das mit Ihrem einstigen Freund?«, fragte Daniela.

Urban rieb sich die Stirn und überlegte. »Es ist schon verdammt lange her, und ich habe mich bemüht, diese Sache zu vergessen. Wir haben ihn damals, so glaube ich, sechsmal getroffen. Allerdings mit Vorderladerpistolen von einem Kaliber, mit dem man Kastanien hätte verschießen können. Danach haben wir ihn in Stücke geschnitten und verbrannt, bis nur noch Asche übrig war. Die Überreste haben wir in die Donau geschüttet.«

»Also kann es sich nicht um den gleichen Vampir handeln. Oder habt ihr die Fähigkeit, euch aus Staubkörnern wieder zusammenzusetzen?«

Andrea Lupacani verneinte sofort. »Das können wir sicher nicht. Aber nicht nur silberne Kugeln, auch das Pflöcken, von dem der Urban gesprochen hat, kann einen Vampir umbringen, wenn er zu lange in diesem Zustand bleibt. Dort, wo ich herkomme, habe ich das einmal erlebt. Die Leute hatten einen Verwandten von mir erwischt, gepflöckt und begraben. Ich war damals noch ein kleines Kind und konnte mich mit dem Blut von Kaninchen und Hühnern am Leben halten. Später habe ich mit einer Kusine zusammen die Stelle gesucht, an der man ihn verscharrt hatte, und den Mann ausgegraben. Er konnte zwar noch die Augen aufschlagen, besaß aber nicht mehr die Kraft, sich wiederherzustellen.«

»Wahrscheinlich hättet ihr ihn gleich mit Blut füttern müssen«, warf Urban ein.

»Wir hatten welches dabei – vom Bader gestohlen, der einen Patienten zur Ader gelassen hatte. Aber es hat nichts genützt. Allerdings lag der Mann fünfundzwanzig Jahre in der Erde, und das ohne Sarg.«

»Wir werden hoffentlich keine fünfundzwanzig Jahre brauchen, um diesen Supervampir zur Strecke zu bringen.« Urban wollte noch mehr sagen, aber da quollen weitere Clubmitglieder in den Raum.

4

Es handelte sich um vier Männer und eine Frau. Urban atmete auf, als er Terenci erkannte. Dann aber wurde sein Blick eisig. Hinter Terenci tauchte nämlich Mischka auf, Arm in Arm mit Monique, auf deren Lippen ein verführerisches Lächeln lag.

»Halt! Bevor irgendjemand einen Fehler macht, wollen wir über das Ganze reden.« Terenci stellte sich so, dass er zwischen den beiden Paaren Urban/Daniela und Monique/Mischka stand, so als wolle er verhindern, dass es zu Handgreiflichkeiten kam.

Urbans Augen sprühten vor Zorn. »Hier gibt es nichts mehr zu reden! Mischka ist auf Daniela losgegangen und hätte sie umgebracht, wenn sie nicht eine Pistole besessen und sich gewehrt hätte.«

»Das hat er mir schon gebeichtet. Er ist durch einen starken Anfall von Blutdurst durchgedreht. Hättest du ihm ein Päckchen deiner Notration zurückgelassen, wäre nichts passiert«, verteidigte Terenci seinen Begleiter.

»Willst du etwa behaupten, an dem Ganzen wäre nur ich schuld?«, fuhr Urban auf.

»Natürlich nicht! Aber wir sollten die Kirche im Dorf lassen. Schließlich ist nichts passiert.«

Urban sah seinen Freund Terenci irritiert an. Wieso redete er auf einmal so? Es klang, als wäre er nicht mehr derselbe Mann. Bis jetzt waren sie beide der Meinung gewesen, dass die Regeln des Clubs streng befolgt werden mussten. Wer dagegen verstieß, hatte dafür zu büßen. Doch jetzt tat er Mischkas Angriff auf Daniela wie eine Nebensächlichkeit ab.

»Mischka hätte beinahe einen Menschen umgebracht, und da sagst du, es wäre nichts passiert? Es hätte es auch jemand anders treffen können, wie zum Beispiel die Monique!«

»Es wundert mich eh, dass er nicht über die hergefallen ist«, raunte Dilia Andrea ins Ohr.

Die Modemacherin hörte nicht auf sie, sondern starrte Daniela entsetzt an. Diese hatte im ersten Schrecken über Mischkas Erscheinen in ihre Handtasche gegriffen und die Pistole herausgeholt. Die anderen Vampire zuckten sichtlich zusammen, als sie die für sie tödliche Waffe bemerkten. Zum Glück richtete Daniela sie auf niemanden, sodass sich keiner direkt bedroht sah und vor Angst durchdrehte. Das Getuschel hinter ihrem Rücken hörte sich jedoch nicht gerade freundlich an.

Monique schien es nicht zu bemerken, denn sie lachte fröhlich und machte die anderen damit auf sich aufmerksam. »Unser Freund Mischka weiß, dass er sich danebenbenommen hat, und es tut ihm auch sehr leid. Als Daniela ihm die Kugel aufgebrannt hat, ist er davongelaufen und vor Schmerz und Angst zitternd zu mir gekommen. Es ist mir gelungen, ihn zu beruhigen. Dabei hat er mir alles über euch erzählt. Er ist jetzt übrigens wieder ganz harmlos, denn ich hatte ein paar Beutel mit Blut daheim, die ich euch mitbringen wollte. So hat er seinen Hunger stillen können. Das Blut besorgt mir übrigens ein Arzt aus meiner Nachbarschaft. Von ihm kriege ich bestimmt genug, dass ihr nicht verhungern müsst.«

Dieses Angebot verfing. Etliche Clubmitglieder, die Mischka eben noch böse angestarrt hatten, atmeten erleichtert auf und entspannten sich. Zu ihnen gehörte auch Andrea Lupacani.

Nur Dilia schüttelte den Kopf. »Irgendetwas stimmt nicht«, sagte sie halblaut. »Ich habe alleweil ein ganz komisches Gefühl, wenn ich die Monique ansehe, und heute ist es noch schlimmer als sonst.«

»Du ärgerst dich doch bloß, weil sie nicht bei uns schneidern lässt«, wies Andrea sie zurecht.

Dilia zog unwillig die Schultern hoch und trat neben Daniela. Auch bei Lasskys Hausdame überkam sie ein seltsames Gefühl, aber im Gegensatz zu Monique fühlte sie sich nicht von ihr abgestoßen.

»Du willst also behaupten, Mischka wäre zu dir gekommen und hätte sich ausgeweint wie ein kleiner Bub, der was ausgefressen hat?« Urban konnte es nicht glauben. Er kannte die Gier nach Blut, die einen Vampir ergreifen konnte, und wusste auch, wie sich einer von ihnen fühlte, nachdem ihn eine Silberkugel getroffen hatte. Aus einer fernen und sehr unangenehmen Erinnerung heraus griff er sich an die Brust und glaubte beinahe den Schmerz zu spüren, der ihn damals durchtobt hatte. Dabei hatte er die Verletzung schon vor mehr als anderthalb Jahrhunderten ausgeheilt. Mischka hingegen litt unter einer frischen Wunde, auch wenn er äußerlich bereits wieder so aussah, als wäre er wieder ganz hergestellt.

Monique ließ Urban seinen Gedankengang zu Ende spinnen, dann gab sie Antwort. »So war es auch wieder nicht. Er wollte tatsächlich auf mich losgehen, war aber noch zu angeschlagen, um mit mir fertig zu werden. Ich bin nicht die Schwächste, müsst ihr wissen.«

»Und der Schrecken? Jeder normale Mensch gerät in Panik, wenn ein Vampir ihn beißen will. Das liegt an unserer Ausstrahlung!« Dilias Ausspruch brachte einige andere Vampire dazu, Monique fragend anzusehen.

Diese hob mit einer einstudierten Geste die Hände, so als stände sie auf einer der großen Bühnen der Welt. »Wahrscheinlich war Mischka zu schwach, um mir noch Schrecken einflößen zu können. Außerdem war ich …« Sie machte eine Geste, als ziehe sie die quer über ihren Handrücken verlaufende Linie eines feinen Pulvers in eines ihrer Nasenlöcher.

»Wie ihr selber wisst, sind Betrunkene gegen den Schrecken, den wir verbreiten können, fast immun. Bei Drogen dürfte das nicht anders sein«, sprang Terenci ihr bei.

»Und wie kommst du mit ins Spiel?«, fragte Urban aus einer gewissen Eifersucht heraus.

»Nachdem Mischka wieder halbwegs auf den Beinen war, sind wir zu Ludwig gegangen und haben ihm alles erzählt. Dort haben wir auch von deinem Aufruf zu einer Sondersitzung erfahren und beschlossen hierherzukommen, damit Mischka sich vor euch rechtfertigen kann.«

Moniques Worte waren gut gewählt. Neben Urban genoss sein Freund Ludwig Terenci das meiste Ansehen bei den versammelten Vampiren, und wenn er die Sache nicht so schwer nahm, wollten auch die anderen keinen Elefanten aus einer Mücke machen.

»Also, ich muss sagen, die Aussagen von Monique, Ludwig und Florian haben mich überzeugt«, meldete Alex sich zu Wort. Allein die Tatsache, dass er Mischka beim Vornamen nannte, zeigte, dass er bereit war, ihm zu vergeben. Nun sprachen sich auch andere Vampire zu Mischkas Gunsten aus.

Urban merkte rasch, dass er auf verlorenem Posten stand. Für die Clubmitglieder war Mischka einer der Ihren, und sie maßen der Tatsache, dass er gegen die Regeln verstoßen hatte, nicht mehr Bedeutung bei als normale Menschen einem schuldhaften Autounfall. Es war ärgerlich, aber deswegen wollten sie ihren Freund nicht gleich verdammen.

Monique kam auf Urban zu und legte die Arme um ihn. »Ich weiß, du bist auf den armen Florian böse, und er hat es auch verdient. Aber er wird es sicher nicht wieder tun, nicht wahr?«, wandte sie sich an Mischka.

Dieser nickte sofort. »Ich werde es ganz bestimmt nicht wieder tun.«

»Siehst du, mein Lieber«, sagte Monique und gab Urban einen heißen Kuss. »Ich werde bald zu dir kommen, damit du das Bild fertig malen kannst!«

Bei diesen Worten schlug Urban sich mit der flachen Hand gegen die Stirn. »Verdammt! Ich habe für heute Heglinger zur Sitzung bestellt. Der wird toben, wenn er vor verrammelten Türen steht.«

»Wenn du willst, rufe ich ihn schnell an. Ich habe seine Handynummer.« Monique zog ihr Mobiltelefon aus der Tasche und begann, die Nummer einzutippen.

»Von hier herunten wirst du keine Verbindung kriegen«, erklärte Urban.

Monique lachte nur. »Mein Handy schafft das!« Sie hätte ihm sagen können, dass zu der Einrichtung ihres unterirdischen Reiches auch einige Funkantennen gehörten, von denen sich eine ganz in der Nähe des Clubraumes befand. Über dieses Werk menschlicher Technik konnte sie mit der Außenwelt Verbindung halten.

Es dauerte nur wenige Augenblicke, denn meldete Heglinger sich. »Wer ist da?«

»Ich, die Monique! Ich soll dir einen schönen Gruß vom Lassky ausrichten. Heute klappt es nicht mit dem Malen. Er ist nämlich nicht zu Hause!« Es kam keine Rückfrage, denn Heglinger stand schon zu sehr unter Moniques Bann, um sich den Kopf über solche Dinge zu zerbrechen.

Urban wollte selbst mit ihm sprechen, um einen neuen Termin zu vereinbaren, doch da beendete Monique die Verbindung und klappte ihr Handy zu. »Erledigt!«

»Danke!« Urban klang ein wenig gepresst, denn er mochte es nicht, wenn jemand anderes über ihn bestimmte. Ein Kuss von Monique, der für später mehr versprach, vertrieb jedoch seine Verstimmung, und nach einer Weile fand auch er es nicht mehr so schlimm, dass Mischka noch einmal davongekommen war.

Derweil wechselte Ludwig Terenci das Thema und zeigte auf die Schauspielerin. »Ich schlage vor, wir nehmen Monique in unseren Club auf. Sie hat einem von uns geholfen und weiß über uns Bescheid. Also spricht meiner Ansicht nach nichts dagegen.«

»Einverstanden!«, erklärte Andrea zum Missfallen ihrer Geliebten. Dilia schüttelte unmerklich den Kopf und wich noch weiter von Monique zurück.

Auch Urban schwankte. »Wir können über eine Mitgliedschaft Moniques reden. Allerdings sollten wir dann auch Daniela mit in unsere Gemeinschaft aufnehmen. Sie weiß, wie Ludwig es so schön gesagt hat, ebenfalls über uns Bescheid und hat im Übrigen Mischka daran gehindert, eine Riesendummheit zu begehen.«

Der Genannte wimmerte leise, so als schmerze ihm allein bei der Erinnerung die Verletzung. Auch einige andere Vampire machten abweisende Gesichter.

»Ich weiß nicht so recht«, begann Terenci. »Monique hat einem der Unsrigen das Leben gerettet, während Daniela ihn beinahe erschossen hätte.«

Urban fuhr auf. »Hätte sie es getan, würde ich Mischka keine Träne nachweinen!«

Beinahe sah es so aus, als würden die beiden alten Freunde in Streit geraten, da schritt Monique erneut ein. »Wegen mir kann die Daniela gerne Mitglied sein. Sie weiß schon zu viel über euch und könnte es weitererzählen, wenn sie nicht dazu gehört.«

»Dasselbe kann man auch von dir sagen«, erklärte Dilia.

Monique ging nicht darauf ein, sondern griff nach der Pistole, die Daniela neben sich gelegt hatte. »Das ist also diejenige welche. Was ist das eigentlich für eine Waffe?«

»Eine Browning Double Mode mit einem Dreizehnermagazin Neunmillimetermunition – Silberprojektile!«, erklärte Urban.

»Dreizehn Schuss?« Monique schien beeindruckt, doch schon ihre nächste Bemerkung bestand aus einem weiteren Seitenhieb gegen Daniela. »Mit dreizehn Silberkugeln kannst du einige Vampire erschießen!«

Sofort fand Daniela sich im Zentrum etlicher böser Blicke wieder und bedauerte es, Urban hierhergefolgt zu sein. Dilia legte ihr die Hand auf die Schulter.

»Lass dich nicht ärgern! Sie legt es doch nur auf einen Streit mit dir an, weil sie keine anderen Götter neben sich dulden will.«

»Wahrscheinlich hast du Recht.« Daniela wollte Monique die Pistole wieder abnehmen.

Da schritt Urban ein. »Monique soll die Waffe behalten, damit sie nicht schutzlos ist, wenn Mischka doch wieder durchdreht. Du bekommst eine andere Pistole.«

Daniela zog die Hand zurück und war erleichtert, die Waffe nicht vor aller Augen in die Tasche stecken zu müssen. Die neue Pistole würde sie auf jeden Fall an anderer Stelle tragen, und wenn sie sich ein Schulterhalfter basteln musste, denn sie wollte nicht, dass die Vampire wussten, wie sie zu entwaffnen war.

Unterdessen sah Monique die Pistole mit einem spöttisch wirkenden Blick an und wollte sie Urban zurückreichen. »Ich glaube nicht, dass ich dieses Ding brauche. Ich vertraue meinen Freunden hier im Club.«

»Es geht mir weniger um die Clubmitglieder als um den unbekannten Vampir, der in Wien sein Unwesen treibt. Er ist verdammt stark, und ich glaube nicht, dass er mit drei Silberkugeln aufzuhalten ist. Wenn ihr von dem angegriffen werdet, feuert das gesamte Magazin ab und hofft, ihn oft genug entscheidend zu treffen!« Damit hatte Urban das Gesetz des Handelns wieder an sich gerissen. Die übrigen Vampire zogen sichtlich die Köpfe ein, als er sie an jenes Wesen erinnerte, das einen Menschen in eine morsche Hülle verwandeln konnte.

»Heute Morgen ist eine weitere Mumienleiche gefunden worden«, meldete sich Cynthia zu Wort. »Es handelt sich um einen jungen Mann aus dem Allgemeinen Krankenhaus, der erst gestern eingeliefert worden ist. Ich habe es von einer

Frau erfahren, die beim selben Bäcker einkauft wie ich. Ihr Mann ist bei der Kriminalpolizei.«

»Etwa der Prallinger?«, platzte Daniela heraus.

Cynthia nickte. »Du kennst ihn?«

»Das ist der Kriminaler, der mich wegen der Mumienleiche in jenem Wohnblock vernommen hat, in dem ich vorher gewohnt habe. Ich war diesem Supervampir damals so nahe, dass ich ihn hätte berühren können.«

»Und? Wie war es, einem Supervampir gegenüberzustehen?«, fragte Monique und beugte sich lauernd zu Daniela hinüber.

Diese antwortete mit einem Achselzucken. »Das Licht war aus, daher konnte ich ihn nicht sehen. Ich habe ihn nur lachen gehört.«

»Wenn es nicht mehr ist!« Monique wollte zu lachen anfangen, holte stattdessen aber tief Luft. »Besonders gut scheinst du ja nicht zu schmecken, sonst hätte dieser Supervampir, wie ihr ihn nennt, dich kassiert und nicht irgendeinen Stadtstreicher, der ihm zufällig über den Weg gelaufen ist.« Sie machte bei dem Wort ihm eine kaum merkliche Pause, so als hätte sie etwas anderes sagen wollen.

Daniela wunderte sich über das kurze Zögern, doch außer ihr schien dies niemanden aufgefallen zu sein.

Urban versuchte, die Diskussion auf die aktuellen Probleme zu lenken. »Was machen wir mit Mischka? Er wird immerhin von der Polizei gesucht!«

Einige der Vampire sahen sich betreten an, doch Mischka winkte sofort ab. »Ich habe damit überhaupt nichts zu tun! Aber wenn mich die Kriminaler verhören, kommen sie auf meine Lieferanten, und werden sich fragen, warum ich so viel Blut brauche. Dann ist es bis zu unserer Enttarnung nicht mehr weit.«

»Das kann durchaus sein«, antwortete Urban grimmig. »Eines ist aber klar: Ich nehme dich nicht mehr auf. Soll sich ein anderer mit dir herumschlagen!«

»Florian kann zu mir kommen!« Damit verblüffte Terenci Urban gleich zweifach, denn er hatte Mischka bisher weder beim Vornamen genannt noch ihn zu sich nach Hause eingeladen.

»Wegen mir kann er bei dir bleiben. Pass aber gut auf ihn auf!«

»Im Gegensatz zu dir werde ich ihn im Zaum halten können! Außerdem lebe ich allein und habe mir keine lebendige Notration angeschafft!«

Daniela war über Terencis Worte empört, und Urban sah aus, als würde er seinem alten Freund am liebsten ohrfeigen. Er hielt sich jedoch im Zaum und forderte die übrigen Vampire auf, wachsam zu sein. »Ein Supervampir macht auch vor unseresgleichen nicht halt. Der ist nicht allein auf Blut aus, sondern saugt euch das Leben aus den Knochen. Und glaubt ja nicht, ihr wärt gegen seine Ausstrahlung immun. Der treibt euch genauso in Panik wie ihr einen normalen Menschen. Da helfen auch ein paar Gramm Kokain nicht mehr!«

Diesen kleinen Hieb gegen Monique konnte Urban sich nicht verkneifen. Ihn ärgerte es, dass die Schauspielerin sich so vehement für Mischka eingesetzt hatte und jetzt auch noch Terenci in ihren Bann geschlagen hatte.

5

Urbans Ärger wäre noch weitaus größer gewesen, hätte er sehen können, wie Monique noch am gleichen Abend am Arm mit Heglinger in die Oper ging. Für diesen wichtigen Anlass hatte sie ein Kleid gewählt, das genug Luft an ihre Haut ließ und nur die intimsten Stellen verhüllte. Dem Saaldiener, der sie zu Heglingers Loge führte, war ihr Aufzug zu offenherzig und er hätte sie gewiss hinausgeworfen, wäre sie nicht in Begleitung eines der mächtigsten Männer Österreichs erschienen.

Monique streckte dem Mann in Gedanken die Zunge heraus, lächelte aber nach außen hin und erwiderte freundlich die Grüße, die an Heglinger und sie gerichtet wurden. Etlichen Bekannten des Milliardärs war die Irritation anzumerken, denn keiner von ihnen hätte erwartet, dass er mit einer solchen Frau öffentlich auftreten würde.

»Kennt die jemand?«, fragte eine ältere Dame in der Nachbarloge.

Einer ihrer Begleiter nickte. »Das ist die Prestl, eine zweitklassige Schauspielerin, würde ich sagen. Ich habe sie vor ein paar Wochen bei der Matinee von Treschl erlebt. Ich würde mich schämen, mit so einer in die Oper zu gehen.«

»Heglinger tut gerade so, als wenn er auf die Eroberung stolz wäre! Er hat sie bei dem Kunstmaler Lassky kennengelernt. Der malt nämlich beide.« Die Sprecherin war sich der Aufmerksamkeit aller in ihrer Loge sicher. Es handelte sich um Frau Kraska, die es endlich geschafft hatte, ebenfalls einen Termin bei Lassky zu bekommen.

So manche Societylady kochte vor Zorn, dass eine nachrangige Mimin, die mehr für ihre Nacktszenen als für ihr schauspielerisches Talent bekannt war, Heglingers Interesse auf sich gezogen hatte. Männliche Opernbesucher hingegen stellten sich vor, wie es wäre, anstatt ihrer Angetrauten diese aufregende Frau neben sich im Bett zu wissen.

Monique genoss das Aufsehen, das sie erregte, und sog die Emotionen, welche die Leute um sie herum ausstrahlten, gierig in sich auf. Nicht ganz unbeabsichtigt verstärkte sie dadurch das Interesse der Leute an ihr. Schon bald, so sagte sie sich, würde sie auch deren unumschränkte Herrin sein.

6

Während des Heimwegs von der Clubversammlung blieb Urban völlig in sich gekehrt. Daniela konnte ihm ansehen, dass ihn irgendetwas bedrückte, wagte aber wegen seiner abweisenden Miene nicht, ihn anzusprechen.

Während sie normalerweise mit Bus und U-Bahn fuhr, wählte Urban in der Regel ein Taxi. So hielt er es auch diesmal und forderte Daniela auf, mitzukommen.

Vor der Tür seines Palais' bezahlte er den Fahrer, schritt durch den Garten auf die Türe zu und benützte die Türglocke wie ein Morsegerät.

»Jetzt weiß das Fräulein Lieserl, dass wir zurück sind.« Das waren die ersten Worte, die er seit dem Verlassen des Clublokals zu Daniela sagte. Nun begriff sie, dass sein Unmut nicht ihr galt. Eine Antwort schien er jedoch nicht zu erwarten, denn er schloss auf und trat ein.

Keine fünf Sekunden später schoss die pummelige Köchin aus ihrem Appartement. »Gott sei Dank, dass Sie wieder da sind! Ich hab mir schon Sorgen gemacht.«

»Ist es schon so spät?« Urban schaute auf die Uhr und schüttelte den Kopf. »Es ist noch nicht einmal zehn Uhr abends. Um die Zeit mache ich mich sonst erst zum Ausgehen zurecht.«

»Ihr Zettel hat mich erschreckt. Ich hab nämlich an den Kerl gedacht, der Danielas Fenster hat aufbrechen wollen, und hab es mit der Angst zu tun bekommen.«

»Sie brauchen wirklich keine Angst zu haben. Es war nur eine Vorsichtsmaßnahme«, versuchte Urban sie zu beschwichtigen.

Er wusste jedoch selbst, dass seine Köchin mehr gefährdet war als Daniela. Aber anders als seiner Hausdame traute er Lieserl nicht das kalte Blut zu, sich im Notfall gegen einen angreifenden Vampir zu wehren. Daher hatte es auch keinen Sinn, ihr eine Pistole mit Silberkugeln in die Hand zu drücken. Dieser Gedankengang brachte ihn auf das zurück, was er sich bereits auf der Rückfahrt überlegt hatte.

»Wenn Sie uns noch einen kleinen Imbiss zurechtmachen könnten, Fräulein Lieserl, wäre ich Ihnen dankbar. Ich hätte gerne die doppelte Portion Blutwurst. Wir essen in einer Stunde. Vorher haben wir noch etwas im Keller zu erledigen. Erschrecken Sie nicht, wenn es ein wenig kracht. Ich habe Fräulein Dany versprochen, ihr das Schießen beizubringen.«

»Wegen dem Kerl vor dem Fenster?«, fragte die Köchin und wechselte gleich selbst das Thema. »Dass ein so erfolgreicher Mann wie Sie alleweil die billige Blutwurst essen muss. Sie können sich wirklich den besten Schinken leisten.«

»Mir schmeckt aber die Blutwurst besser, und was das Schießen angeht, haben Sie recht. Es geht um diesen Kerl. Ein zweites Mal macht der das nicht mehr!« Damit winkte Urban Daniela, mit ihm zu kommen, und führte sie in das Kellergeschoss hinab.

Die meisten Räume kannte Daniela bereits. In einigen waren alte Möbel abgestellt, in anderen Bilder, die Lassky gemalt hatte, ohne sie verkaufen oder anderweitig ausstellen zu wollen, und zwei der Keller hatte Lieserl in Beschlag genommen, um ihre Vorräte darin aufzubewahren.

Urban ging jedoch weiter bis zum Ende das Kellergangs und hing dort ein großes Bild ab, das aus einer Phase stammte, in der er sich noch nicht so stark auf Rottöne festgelegt hatte. Dahinter befand sich eine Metalltür, die er mit demselben Schlüssel aufsperrte wie die Haustüre. Als er öffnete, stellte Daniela fest, dass es sich um eine Sicherheitstür handelte, die selbst ein Vampir nicht aus den Angeln heben konnte. Um in diesen Raum einzubrechen, hätte man schon schweres Werkzeug gebraucht.

Ein Stück dahinter befand sich eine weitere Tür dieser Art, und neben ihr führte eine Treppe in die Tiefe. Urban stieg hinab, ohne auf Danielas abwehrende Geste zu achten. Sie wäre am liebsten stehen geblieben, denn im Augenblick hatte sie eine heftige Abneigung gegen Keller, und die stammte nicht nur von dem Zwischenfall mit der Mumienleiche. Sie schnupperte und war erleichtert, nicht den gleichen unangenehmen Geruch wahrzunehmen wie in der Nähe des Clublokals.

»Ich habe den Keller in den Fünfzigerjahren des letzten Jahrhunderts ausbauen lassen. Es gibt hier unten auch einen Ausgang in das Gangsystem unter der Stadt, und ich kann auf diesem Weg bis ins Clublokal kommen. Ich nehme ihn allerdings nur gelegentlich, um zu schauen, ob er noch in Ordnung ist«, erklärte Urban.

Für Daniela hatte der Gedanke, dass man aus diesen unterirdischen Kavernen bis in Lasskys Haus gelangen konnte, etwas Erschreckendes an sich. »Was ist, wenn dieser Supervampir sich dort unten versteckt?«, fragte sie.

Urban schüttelte nachsichtig den Kopf. »Keine Sorge! Die Betonmauern meines Kellers nagt auch ein Supervampir nicht durch, ebenso wenig die beiden Sicherheitstüren. Sollte er es trotzdem versuchen, macht er genug Lärm, sodass wir uns auf seinen Angriff vorbereiten können.«

»Und wenn wir alle außer Haus sind?«

Urban fand ihre Befürchtungen übertrieben, wollte sie aber nicht mit irgendwelchen Behauptungen in einer Sicherheit wiegen, die sich vielleicht doch als falsch erweisen konnte.

»Ich werde eine Warnanlage einbauen lassen, die uns darüber informiert, wenn sich hier etwas Unvorhergesehenes tut.«

Da Daniela wusste, dass sich unter der museumshaften Einrichtung des Hauses viel moderne Technik verbarg und

Lassky nur das Beste einbauen ließ, fühlte sie sich bei diesem Versprechen erleichtert. »Es ist ja nicht so, dass ich wirklich Angst habe. Aber ich will nicht von diesem Ungeheuer überrascht werden und möchte auch nicht, dass es Ihnen so ergeht.«

Das Mitgefühl, das in ihren Worten mitschwang, überraschte Urban, denn bisher hatte er angenommen, Daniela würde auch in ihm ein Ungeheuer sehen. Freundschaft oder gar Sympathie hatte er gewiss nicht erwartet. Er blieb vor der Tür stehen, die er gerade öffnen wollte, und drehte sich zu ihr um. »Danke!«

»Für was?«

»Dass Sie mich trotz allem noch als Mensch ansehen.«

»Das ist doch selbstverständlich«, erklärte Daniela verwundert.

»Nicht für jeden Menschen«, sagte Urban, schloss auf und tastete nach dem Lichtschalter. Helles Licht durchflutete eine längliche Kammer, die gut und gern fünfzehn Meter lang und etwa vier Meter breit sein mochte. Zu Danielas Linken stand ein großer Metallschrank, und an der gegenüberliegenden Wand waren mehrere Schießscheiben mit menschlichen Umrissen zu sehen, auf denen die Stelle des Herzens extra mit roter Farbe gekennzeichnet worden war.

»Das ist mein Schießkeller. Ich trainierte immer wieder, um im entscheidenden Moment nicht zu versagen. Es ist nämlich nicht jeder Vampir bereit, unsere Regeln zu akzeptieren. Da hat es in der Vergangenheit bereits einige Probleme gegeben.«

Urban sagte es so nebenher, doch Daniela begriff, dass sein Leben auch hier in der Großstadt nicht ohne Gefahren gewesen war. »Wann haben Sie den letzten Vampir erschossen?«

»Den letzten hat Ludwig Terenci erwischt. Das liegt schon etliche Jahrzehnte zurück. Bei mir war es im Jahr 1899, genau an Sylvester. Der Vampir war einige Monate vorher zu uns gestoßen und hatte eigentlich einen ordentlichen Eindruck gemacht. Aber wir überwachen jeden Neuen, um herauszubekommen, ob er zuverlässig ist. Der war es nicht. Er hat sich auf dem Prater an eine nicht mehr ganz nüchterne junge Frau herangemacht, und die ist mit ihm gegangen, weil sie dachte, er wolle was Amouröses von ihr. Stattdessen hat er sie hinter ein paar Buden gebissen und wollte sie aussaugen. Ich bin gerade noch rechtzeitig gekommen, um die Frau zu retten. Der Kerl ist abgehauen, doch ich bin hinterher und habe ihn an einer abgelegenen Stelle in der Praterlände erwischt. Da die Leute auf dem Gelände meine Schüsse wohl für Feuerwerkskracher gehalten haben, ist auch keiner gekommen, um nachzuschauen. So konnte ich den Toten unbemerkt in das Kavernensystem tragen und zusammen mit anderen Clubmitgliedern in einem abgelegenen Keller pflöcken.

Terencis Vampir ist Ende des Zweiten Weltkriegs aufgetaucht und wollte die herrschenden Unruhen ausnützen. Er hatte schon vier Frauen umgebracht, als wir ihm endlich auf die Spur gekommen sind. Wir haben ihn ebenso gepflöckt wie den anderen und ein paar weitere, die glaubten, ungestraft morden zu können, um ihren Hunger zu stillen.«

Urbans Stimme klang düster, und Daniela verstand, dass es ihm keinen Spaß machte, andere Menschen zu töten, auch wenn diese zu reißenden Bestien geworden waren. Doch gerade das brachten sie auf ihre nächste Frage. »Könnte der Supervampir nicht einer von denen sein? Vielleicht ist es ihm gelungen, den Pflock zu entfernen.«

»Das war auch mein erster Gedanke. Daher habe ich sofort unsere Vampirgruft untersucht. Es waren noch alle fünf da. Der Supervampir ist also entweder einer von uns, oder er muss von außen gekommen sein. Auf jeden Fall müssen wir ihn schnellstens zur Strecke bringen. Bis das geschehen ist, will ich, dass Sie in der Lage sind, sich gegen dieses Ungeheuer zu verteidigen. Aus diesem Grund werden Sie schießen lernen! Es geht ja nicht nur um Sie allein, sondern auch um Fräulein Lieserl. Der kann ich keine Pistole in die Hand drücken.«

»Das denke ich auch!« Zu jedem anderen Zeitpunkt hätte Daniela über die Vorstellung gelacht, Lieserl würde mit einer Pistole bewaffnet herumlaufen. Doch dafür war die Situation zu ernst.

Urban öffnete den Schrank und warf Daniela den Schlüssel zu. »Nehmen Sie ihn! Ich habe noch Ersatz.« Ohne weiter auf sie zu achten, kramte er in den Fächern herum und brachte schließlich eine Pistole zum Vorschein.

»Das ist eine ähnliche Browning wie die, die ich Monique überlassen habe. Allerdings ist diese hier mit normaler Munition geladen. Für Lernzwecke reicht das aus. Schauen Sie her!«

Er stellte sich breitbeinig hin, richtete die Waffe auf eine der gemalten Gestalten und zog in schneller Folge den Stecher durch. Die Schüsse hallten so stark in dem engen Raum, dass Daniela sich die Hände auf die Ohren pressen musste.

Urban lächelte abbittend. »Ich könnte Ihnen Ohrenschützer anbieten. Doch wenn es hart auf hart kommt, haben Sie mit Sicherheit keine dabei. Also ist es besser, wenn Sie im Lärm und unter Druck zu schießen lernen.«

Er winkte ihr, näher zu kommen, und drückte ihr die Waffe in die Hand. »Jetzt probieren Sie es!«

Daniela spürte, dass ihre Handinnenflächen feucht wurden und sie die Waffe nicht mehr festhalten konnte. Rasch klemmte sie sich die Pistole unter den rechten Arm und rieb die Hände an den Jeans trocken.

»Fehler. Ein Vampir lässt Ihnen dafür keine Zeit«, kommentierte Urban ihre Bemühungen.

Mit zusammengebissenen Zähnen packte Daniela die Pistole, zielte auf eine der Scheiben und versuchte zu vergessen, dass die Figur eines Menschen darum gemalt worden war. Mit zitterndem Zeigefinger zog sie den Stecher durch und dann gleich noch einmal. Als sie jedoch den dritten Schuss abgeben wollte, hörte sie nur ein Klacken.

»Fehler Nummer zwei!«, erklärte Urban. »Wenn Sie eine Waffe an sich nehmen, überzeugen Sie sich vorher, ob sie auch vollständig geladen ist. Hinterher ist es meistens zu spät.«

Von einer Minute auf die andere hatte er sich in einen gnadenlosen Ausbilder verwandelt. Er tat es nicht zuletzt deswegen, weil er die Verlockung überwinden musste, die Daniela auf ihn ausübte. Seine Zunge strich über seine Eckzähne, die zwar kaum länger waren als die eines normalen Menschen, aber so scharf, dass er aufpassen musste, sich nicht in die Zunge zu schneiden. Blut war jedoch das Letzte, das er jetzt schmecken durfte, selbst wenn es sich um sein eigenes handelte. Er zwang sich mit äußerster Disziplin zur Ruhe und erklärte Daniela, wie sie die Waffe nachladen und welche Patronen sie dafür verwenden musste.

»Das hier ist die gängige Neun-Millimeter-Parabellum-Munition – ein ziemlich schweres Kaliber für Pistolen. Im Bundesheer wird sie sogar für Maschinenpistolen verwendet. Das heißt, die Patronen schlagen durch, wenn sie treffen.«

»Das habe ich bei Mischka bemerkt!« Obwohl der Mann überlebt hatte, hatte Daniela den Schock, auf ihn schießen zu müssen, noch nicht überwunden. Daher fiel es ihr auch schwer, die Pistole wieder in einen schussbereiten Zustand zu versetzen. Als sie einige weitere Schüsse abgefeuert hatte, brachte Urban ihr die Zielscheibe und zeigte sie ihr mit einem ärgerlichen Blick.

»Fehler Nummer drei. Ein Vampir ist nur durch drei Kugeln genau ins Herz auszuschalten. Wie oft hätten Sie den getroffen?«

Daniela starrte auf die vollkommen unversehrte Scheibe und schluckte. »Ich habe wirklich drauf gezielt!«

»Auf alle Fälle hätte der Vampir für eine oder zwei Stunden Probleme mit seinem Knie. Das würde ihn allerdings nicht daran hindern, Sie bis auf den letzten Tropfen Blut auszusaugen. Also zielen Sie beim nächsten Mal besser!«

Schniefend hob Daniela die Waffe und wollte weiterfeuern, doch da legte Urban ihr die Hand auf den rechten Unterarm.

»Wie war das mit dem Nachladen? Kind, das muss automatisch gehen. Was nützt Ihnen eine halbleere Waffe, wenn Sie mit drei Kugeln genau ins Zentrum treffen müssen, es aber nur bei jedem dritten Schuss schaffen?« Mit diesen Worten warf er ihr eine Packung Munition zu und trat einen Schritt zurück.

Wütend über die Art, in der er sie behandelte, lud Daniela nach. Als sie jetzt schoss, wies die Scheibe hinterher den ersten Treffer genau in die Mitte auf.

»Na also, es geht doch!«, erklärte Urban. »Sie werden aus jeder Lage schießen lernen, bis Sie von fünf Schüssen drei genau ins Herz setzen. Keine Sorge, die Munition wird Ihnen nicht ausgehen. Ich habe genügend da und kann jederzeit neue besorgen. Und noch etwas: Diese Pistole behalten Sie zum persönlichen Gebrauch. Das bedeutet, dass Sie jedes Mal, bevor Sie hier schießen, das Magazin mit der Silbermunition gegen eines mit normalen Patronen austauschen müssen. Ich werde eine meiner anderen Pistolen mit Silberkugeln laden und hier in den Schrank legen, damit Sie auch dann nicht ohne Schutz sind, wenn Sie üben. Wo die Silberpatronen sind, zeige ich Ihnen anschließend. Und jetzt trainieren Sie weiter. Das Fräulein Lieserl richtet bereits unser Abendessen her, und da will ich nicht zu spät kommen.«

Daniela sagte nichts, sondern lud die Waffe nach und feuerte erneut auf die Zielscheiben. Lob erntete sie keines, doch wenigstens wurden Urbans kritische Kommentare im Lauf der nächsten halben Stunde seltener.

7

Monique schnurrte vor Vergnügen, während sie auf die beiden nackten Männer hinabblickte, die auf dem großen Perserteppich lagen und nach Luft schnappten, als hätten sie eben einen Marathonlauf hinter sich gebracht. Ihre Gesichter waren rot und verschwitzt, drückten jedoch höchste Zufriedenheit aus. Auch sie selbst fühlte sich zum ersten Mal seit Langem restlos befriedigt. Sie hatte Mischka und Terenci abwechselnd zu Höchstleistungen angetrieben und ihnen dabei so viel Lebensenergie abgezogen, wie sie verantworten konnte. Es war mehr als je zuvor an einem Tag, und sie beschloss, sich einen Harem von männlichen Vampiren einzurichten, um sowohl als Frau wie auch als Vampirin höchste Erfüllung zu finden.

Noch wusste sie nicht, was sie mit den weiblichen Vampiren wie Andrea und Cynthia anfangen sollte. Als Sexualpartnerinnen waren sie eher unergiebig, und man konnte ihnen auch nicht so leicht die Lebenskraft absaugen wie den Männern. Sie schwankte daher, ob sie sie töten und dabei zu Mumienleichen machen oder als Dienerinnen halten sollte. Noch war ihre Entscheidung nicht gefallen, doch eines war ihr bereits jetzt klar: Dilia musste ausgeschaltet werden, und zwar so rasch wie möglich. Zu Beginn war es ihr gelungen, deren natürliche Spürfähigkeiten lahmzulegen, doch inzwischen regenerierten sich deren Kräfte immer schneller und sie würde schon bald in der Lage sein, sie als jene Supervampirin zu entlarven, vor denen sich alle anderen Vampire fürchteten. Bei diesem Gedanken fauchte die schwarze Königin giftig.

Irgendwie musste Dilias wachsende Immunität gegen ihren Einfluss mit Lasskys Hausdame zusammenhängen. Dieses kleine Miststück besaß ebenfalls übernatürliche Kräfte, hatte aber zum Glück keine Ahnung davon. Daher musste auch Daniela sterben, denn die Hexe stellte auf Dauer eine Gefahr für sie dar. Die restlichen Vampire aber würde sie sich unterwerfen.

Bis jetzt hatte sie nur Mischka voll in ihrer Hand. Lassky und Terenci waren zwar in sie vernarrt, doch der Schock, sie als die Supervampirin enttarnt zu sehen, würde beide dazu bringen, sich gegen sie zu stellen und sie bis aufs Blut zu bekämpfen. Daher würde sie zumindest einen der beiden noch an diesem Tag zu ihrem gehorsamen Diener machen.

Geschmeidig erhob sie sich aus dem Sessel und trat neben ihr Opfer. »Du bist wundervoll, weißt du das?«

»Danke, dass du es sagst. Aber du bist auch wundervoll. Ich habe noch nie eine Frau wie dich getroffen. Wir Vampire sind, was Sex betrifft, eher zurückhaltend, weil wir Angst davor haben, im Rausch der Leidenschaft die Kontrolle über uns zu verlieren. Aber bei dir verspüre ich kein Verlangen nach Blut, sondern nur den Willen, dich glücklich zu machen.«

»Das freut mich!« Monique beugte sich über ihn und presste ihre Lippen auf die seinen. Dann aber blitzte sie Mischka auffordernd an. »Halte ihn fest!«

Mischka packte Terencis Beine, während Monique dessen Arme mit aller Kraft gegen den Teppich drückte und mit ihrem Mund seine Halsschlagader suchte. Zuerst reagierte er nur verwirrt. Aber als er ihre scharfen Eckzähne an seinem Hals spürte, geriet er in Panik. Er kam jedoch nicht mehr dazu, sich zur Wehr zu setzen, und sein Schrei erstarb in dem Augenblick, in dem Moniques Eckzahn in seine Ader eindrang und sie schmatzend sein Blut zu schlürfen begann.

Da er bereits durch den Verlust an Lebensenergie geschwächt war, durfte die Vampirin ihm nicht allzu viel Blut entziehen, doch während sie es tat, ritzte sie sich selbst in die Zunge, und mithilfe ihres eigenen Blutes unterwarf sie ihn endgültig ihrem Willen.

Als seine Peinigerin von ihm abließ, war der Mann so schwach und elend wie nie zuvor in seinem Leben. Trotzdem lächelte er, denn er kannte nur noch einen Gedanken – Monique jeden Wunsch zu erfüllen, selbst wenn dies sein Leben kosten sollte.

So weit wollte Monique jedoch nicht gehen. Sie setzte sich halb auf, blickte auf den Mann herab und strich mit den Fingern über seine Brust und den Bauch. »Du wirst mir gehorchen, für jetzt und immerdar!«

Terenci nickte schwächlich. »Das werde ich.«

»Dann beantworte mir eine Frage: Ich habe von Mischka gehört, dass ihr Vampire, die sich euch nicht anschließen wollten, gejagt und in einer speziellen Gruft begraben habt. Die Schlüssel zu dieser Gruft besitzen nur zwei Leute, Lassky und du. Du wirst mir den deinen geben und mich, sobald du wieder auf den Beinen bist, dorthin führen. Vorher habe ich noch etwas anderes zu tun. Ich werde aber bald zurück sein.«

»Damit wirst du uns glücklich machen, Erhabene!« Mischka befand sich bereits in jenem Zustand, in dem sich nach Moniques Plänen alle Vampire befinden sollten. In ein oder zwei Tagen würde auch Terenci so weit sein, und dann konnte sie sich den nächsten Vampir vornehmen. Sie überlegte, ob sie gleich auf Lassky losgehen sollte, entschied sich aber dagegen. Lassky war stark und ließ sich auch im Bett nicht so weit gehen wie Terenci oder Mischka. Sie durfte nicht riskieren, dass er Verdacht schöpfte und die Flucht ergriff. Mit einer Pistole mit Silberkugeln in der Hand war er ein Feind, den selbst sie noch zu fürchten hatte.

8

Als Andrea Lupacani und Dilia an diesem Tag nach Hause kamen, herrschte zwischen ihnen Funkstille, beinahe so, als hätten sie das Sprechen verlernt. Wenn die Modeschöpferin ihre Geliebte ansah, huschte ein Schatten über ihr Gesicht, der tief sitzenden Ärger verriet. Andrea konnte nicht begreifen, weshalb Dilia Monique so feindselig gegenüberstand.

Nach einer Weile ertrug sie das Schweigen nicht mehr und wandte sich mit einer heftigen Bewegung an Dilia. »Ich weiß nicht, was du gegen Monique hast! So selbstlos, wie sie Mischka geholfen hat, hätte es kaum eine andere getan.«

»Gerade das wundert mich. Keine normale Frau behält die Nerven, wenn ein Vampir sie angreift!«

»Du hast doch selbst gehört, dass sie high war. Sie hat das Ganze wahrscheinlich für einen Riesen-Gag gehalten.«

»Dafür hat sie mir zu entschlossen gehandelt. Mischka hat schon mehrmals Frauen angeknabbert, die im Drogenrausch waren. Von denen war keine in der Lage gewesen, sich gegen ihn zu wehren!« Dilia hoffte, ihre Freundin zum Nachdenken bringen zu können, doch Andrea winkte nur verärgert ab.

»Du bist doch bloß eifersüchtig, weil sie mir gefällt.«

»Das bin ich nicht. Ich habe doch oft genug zugesehen, wenn du dir ein hübsches Lärvchen geangelt und nach allen Regeln der Kunst verführt hast. Monique ist nicht so wie diese. Sie mag frivol sein, aber in ihrem Innern steckt ein Kern aus Stahl. Was mich betrifft – ich habe Angst vor ihr!«

»Angst vor Monique!« Andrea lachte schrill auf. »Da müsstest du viel eher Angst vor Daniela haben. Oder findest du es nicht merkwürdig, dass sie, die angeblich nichts von Pistolen versteht, dem armen Mischka gleich mit dem ersten Schuss genau ins Herz getroffen hat?«

»Vor Daniela habe ich keine Angst. Ich weiß, dass sie im Herzen eine der unseren ist.« Dilia wolle noch mehr sagen, kniff dann aber die Lippen zusammen, um sich ihren Verdacht nicht entschlüpfen zu lassen. Andrea würde wahrscheinlich die falschen Schlüsse ziehen, und das konnte fatale Folgen haben.

»Im Herzen eine von uns – und dann bringt sie einen von uns beinahe um? Du bist ein Schaf!« Andrea zeigte deutlich, dass sie an diesem Abend nur eine Meinung hören wollte, und das war ihre eigene.

Dilia zuckte mit den Schultern, drehte sich um und ging hinüber in ihr Zimmer. Andrea und sie waren zwar nicht immer einer Meinung gewesen, doch noch nie war ein Streit zwischen ihnen so eskaliert wie an diesem Tag. Da sie Andrea kannte, war sie sicher, dass ihre Partnerin nicht allein durch Moniques Aussehen und Charme angezogen wurde. Hinter ihrem Benehmen musste mehr stecken. Aber was es war, vermochte sie sich nicht zu erklären. Sie war die einzige Spürerin unter den Wiener Vampiren, doch seit einigen Wochen hatte sie das Gefühl, sich durch einen ekligen Nebel zu tasten. Gerade in Moniques Nähe wurde dieses Gefühl besonders stark, während es bei Daniela … Sie unterbrach diesen Gedankengang und fragte sich, was sie tun sollte. Da sie nicht mit Andrea über dieses Thema reden konnte, benötigte sie jemanden, der ihr vorurteilsfrei zuhörte und ihre Ängste verstand. Zum jetzigen Zeitpunkt kamen da nur noch zwei Personen infrage. Eine davon war Urban Lassky und die andere Daniela.

Kurz entschlossen stand sie auf, zog ihre Schuhe an und hängte sich ihre Handtasche über die Schulter. Als sie durch das Wohnzimmer ging, saß Andrea vor dem laufenden Fernseher und blickte verwundert auf. »Du willst noch einmal ausgehen?«

»Ja, ich brauche frische Luft. Hier herinnen ist sie so dick, dass ich daran ersticke.«

»Daran bist du selbst schuld!«, rief Andrea, doch da hatte Dilia die Wohnung bereits verlassen.

»Dumme Kuh!«, giftete Andrea, und fragte sich, wie sie es all die Jahrzehnte mit Dilia hatte aushalten können.

9

In Urbans Haus brannte noch Licht. Dilia atmete erleichtert auf und betätigte den Klingelzug. Nach einer Weile öffnete Urban, der den beiden Frauen im Haus nicht hatte zumuten wollen, um diese Zeit an die Tür zu gehen und sich der Gefahr eines Angriffs auszusetzen.

»Es freut mich, dich zu sehen. Bis du allein?« Seine Frage war berechtigt, denn Dilia und Andrea hingen normalerweise zusammen wie siamesische Zwillinge.

»Andrea wollte fernsehen, aber ich hatte keine Lust dazu. Da habe ich mir gedacht, ich könnte mit dir und Daniela über das reden, was heute im Club passiert ist.«

»Komm herein!« Urban hielt ihr die Tür auf und ließ sie eintreten. »Wir gehen in mein Wohnzimmer!«

Als Dilia sich in die angedeutete Richtung wandte, sah sie Daniela hinter der Tür zu Lasskys Privaträumen stehen und rasch einen Gegenstand unter ihre Bluse stecken. Dennoch konnte Dilia feststellen, dass es sich um eine Pistole handelte, und sie roch sogar die Silberkugeln, mit denen sie geladen war. Wenn Urban schon so weit ging, Daniela in seinem eigenen Haus zu bewaffnen, musste er die Situation als kritisch einschätzen.

»Ich hoffe, ich störe euch nicht?«, fragte sie unsicher.

»Ich wollte die Daniela weder malen noch mit ihr ins Bett gehen, also störst du nicht.« Es sollte scherzhaft klingen, doch während er es sagte, spürte Urban zum ersten Mal, dass er Daniela nicht nur als ein mit köstlichem Blut gefülltes Lebewesen ansah, sondern auch als eine durchaus begehrenswerte Frau. Dabei hatte er vor Moniques Auftauchen an den Fingern einer Hand abzählen können, wie oft er in den letzten Jahren mit einer Frau im Bett gewesen war. Nun aber schien es ihm, als wären seine Hormone in einer fast erschreckenden Weise erwacht. Sein Blick blieb an Dilias Busen haften, und er fragte sich, wie es sein würde, mit der Vampirin zu schlafen. Diese Vorstellung rief jedoch kein Echo in ihm hervor.

»Was möchten Sie trinken, Dilia?«, fragte Daniela und riss Urbans aus seinem Grübeln. Der Maler wunderte sich, wie weit sich seine Fantasie verstiegen hatte, und hob die Hand.

»Den Drink für Dilia und mich hole ich selbst. Sie können sich ein Glas Likör einschenken, Fräulein Dany.«

Dilia lachte auf und schüttelte gleichzeitig den Kopf. »Wann hörst du endlich mit diesem dummen Fräulein Dany auf und sagst Daniela zu ihr, wie ich und die anderen es tun?«

»Ich bin es eben so gewohnt.« Mit einem ärgerlichen Brummen, das ihr zeigte, dass er an diesem Abend keine Kritik an seinem Lebensstil vertrug, verließ er das Zimmer, um zwei Portionen seines Geheimvorrates zu holen. Er verspürte Hunger auf Blut und glaubte diesen auch bei Dilia bemerkt zu haben.

Unterdessen sah Dilia Daniela zu, die den kleinen Wandschrank mit den Getränken geöffnet hatte und nach einer Flasche suchte, deren Inhalt ihr schmecken würde. Den roten Likör, den Monique trank, schob sie beiseite, doch viel anderes stand nicht zur Auswahl.

»Wenn man die Batterien an Flaschen ansieht, die Herr Lassky für Monique besorgt hat, könnte man die Frau für eine heillose Alkoholikerin halten«, sagte Daniela gehässig, während sie ganz hinten noch eine angebrochene Flasche eines anderen Likörs entdeckte. Sie schenkte sich ein Glas ein und füllte ein anderes für Dilia, die sie darum bat.

»Das brauche ich im Augenblick beinahe dringender als Blut«, erklärte diese, nachdem sie das Glas mit einem Zug geleert hatte.

»Wenn du kein Blut brauchst, kann ich diese Flasche wohl wieder zurückbringen«, erklärte Urban, der gerade ins Zimmer trat. Obwohl es diesmal wirklich spaßhaft gemeint war, schnappte Dilia nach dem Gefäß und schraubte es hastig auf.

Urban aber nahm sich die Zeit, den Inhalt seiner Flasche in ein Glas zu füllen. »Das werden Sie heute noch spülen, Fräulein Dany. Ich will nicht, dass das Fräulein Lieserl die Reste sieht.«

»Mach ich!« Daniela fragte sich, wie Lassky in dieser bedrückenden Situation noch auf solche Kleinigkeiten achten konnte. Dann begriff sie, dass es gerade jetzt für ihn wichtig war, die Nerven zu behalten und sein Leben so weiterzuführen, als wäre nichts geschehen. Andernfalls würde er womöglich durchdrehen und dem unheimlichen Feind den Vorteil bieten, den dieser brauchte.

»Was ist nun, Dilia? Du bist sicher nicht deshalb gekommen, weil mein Gesicht so hübsch ist. Bei Daniela ist das etwas anderes, aber ich glaube nicht, dass sie auf deiner Wellenlänge schwimmt.«

Urbans Lachen erinnerte Dilia fatal an Andrea. Sie hoffte nur, dass er nicht ähnlich borniert sein würde, wenn sie ihm ihre Besorgnis mitteilte. »Daniela ist wirklich hübsch! Mir gefällt sie sogar besser als eine gewisse Schauspielerin, aber da dürfte ich wohl die Einzige im Club sein.«

Urban wollte schon sagen, dass Daniela sich nicht im Geringsten mit Monique messen könne, fand aber, dass diese Bemerkung kränkend sein würde, und schluckte sie hinunter.

»Jede von ihnen hat ihre ganz speziellen Vorzüge«, antwortete er stattdessen. Das stimmte auch. Monique war ein Vulkan der Leidenschaft, würde aber niemals seine Wohnung so in Ordnung halten wie Daniela. Dafür war seine Hausdame … Er unterbrach seine Gedanken, denn so viel weniger erotisch als Monique fand er die junge Frau nicht. Auf jeden Fall wirkte sie distinguierter und trieb sich nicht mit anderen Männern im Bett herum.

Dilia nickte heftig. »Daniela hat etliche Vorzüge!«

»Auf jeden Fall ist sie eine ausgezeichnete Schützin. Sie hat vorhin beim Training mit dreizehn Kugeln sechsmal genau ins Zentrum getroffen. Das hätte für zwei Vampire gereicht!« Urban war ein gewisser Stolz auf diese Leistung anzumerken.

Die Vampirspürerin zog eine Miene, als verdopple diese Bemerkung ihre Sorgen. »Bitte erzählt das nicht den anderen Clubmitgliedern! Die reagieren seit neuestem ein bisschen komisch, versteht ihr?«

Urban starrte sie einen Moment nachdenklich an und nickte. »Danke für die Warnung! Daran hätte ich selbst denken müssen. Ich fand die Situation heute schon sehr seltsam. Man hätte denken können, Moniques Beitritt wäre für alle das Wichtigste gewesen. Dabei sind wir auf der Suche nach dem Supervampir um keinen Schritt vorwärtsgekommen.«

Er atmete tief durch und versuchte, sich seine Enttäuschung über die Haltung seiner Freunde nicht so anmerken zu lassen. »Mich ärgert am meisten, dass Ludwig sich gegen mich gestellt hat. Dabei haben wir bis jetzt am gleichen Strang gezogen.«

»Wenn du mich fragst, hängt das mit dem Supervampir zusammen. Ich habe das Gefühl, er hat uns längst entdeckt und tut jetzt alles, um zu verhindern, dass wir ihn finden.« Für einen Moment schwebte Dilia Moniques Bild vor Augen, doch bevor sie richtig danach greifen konnte, verblasste es wieder. Eine Vampirin, sagte sie sich, würde niemals so stark nach Aufmerksamkeit streben wie diese schamlose Person.

»Es könnte aber auch einer von uns sein. Diesen Verdacht hatte ich schon von Anfang an. Doch wer kommt dafür in Frage?« Urbans Blick ruhte auf Dilia, als wolle er sie durchbohren.

Diese schüttelte heftig den Kopf. »Das kann ich mir nicht vorstellen. Auch wenn mein Gespür in letzter Zeit nachgelassen hat, hätte ich zumindest den Beginn der Entartung bemerken müssen.« Dabei blickte sie Daniela an, die dem Gespräch aufmerksam gefolgt war, ohne sich daran zu beteiligen.

»Kann es Mischka sein?«, fragte Daniela prompt, denn diesem Vampir traute sie alles Schlechte zu.

Urban winkte mit einer verneinenden Geste ab. »Wäre er der Supervampir, würdest du jetzt nicht mehr leben. Für diesen ist eine einzige Silberkugel ins Herz nicht viel mehr als für einen normalen Menschen ein Mückenstich. Er wird dadurch höchstens noch wütender. Mischka aber hat es trotz seiner Blutgier mit der Angst zu tun bekommen und ist abgehauen.«

»Schade! Wenn er es gewesen wäre, hätten wir ihn ausschalten können, und dann würde es keine weiteren Mumienleichen mehr geben.« Daniela seufzte enttäuscht.

Bevor jemand antworten konnte, klingelte das Telefon.

»Das muss das Fräulein Lieserl sein«, sagte Urban nach einem Blick auf den Apparat, der scheinbar noch aus der Anfangszeit der Telekommunikation stammte, aber ein neues Innenleben barg. Er hob ab und meldete sich mit »Lassky!«

»Entschuldigen Sie, Herr Kunstmaler, dass ich Sie um die Zeit noch störe. Eigentlich hatte ich ja das Fräulein Daniela sprechen wollen.« Es war die Köchin und sie hörte sich an, als wäre sie ein wenig durcheinander.

»Ich gebe sie Ihnen!« Urban reichte den Hörer weiter und nahm wahr, wie sich Danielas Miene veränderte. Zuerst las er Unglauben auf ihrem Gesicht, dann Bestürzung und schließlich schieres Entsetzen.

»Dankschön, Fräulein Lieserl. Ich werde morgen daran denken!« Damit legte Daniela auf und sah ihre Gesprächspartner mit flackernden Blicken an. »Lieserl hatte vergessen, mir auszurichten, dass der Bezirksinspektor Prallinger heute Nachmittag angerufen und nach mir gefragt hat. Die neue Mumienleiche ist nämlich ein Kommilitone von mir. Einige der anderen Studenten haben ihm erzählt, dass wir befreundet gewesen wären, und deswegen hat er einige Fragen an mich.«

Dilia fasste nach ihren Händen und zog Daniela an sich. »Das tut mir leid!«

Sie bemerkte nicht, dass Urban sie scharf im Auge behielt und bereit war, sofort einzuschreiten, wenn Dilia gewisse Grenzen überschritt. Die Vampirin hielt die junge Frau jedoch nur kurz fest. Während Urban sich wieder entspannte, starrte Daniela blicklos vor sich hin.

»Matthias war kein angenehmer Mensch und …«, sie brach ab, weil sie die Sache mit Anita nicht vor anderen Leuten ausbreiten wollte. »Auf jedem Fall hätte ich es ihm nicht gewünscht, auf eine so elende Weise umzukommen.«

Urban holte einen Stadtplan von Wien aus einer Schublade, auf dem er den Fundort der übrigen Mumienleichen angestrichen hatte, und machte ein Kreuz beim Allgemeinen Krankenhaus.

»Vielleicht hilft uns diese Übersicht, den Wirkungskreis des Supervampirs einzugrenzen«, sagte er. Dabei war ihm klar, dass allein das innerhalb des Gürtels gelegene Zentrum Wiens viel zu groß war, um diese Nadel im Heuhaufen zu finden.

10

Etliche Häuserzeilen weiter beugte Bezirksinspektor Prallinger sich über eine ähnliche Karte. Auch er hatte die Fundorte der Mumienleichen gekennzeichnet, nur gab es daneben noch ein paar Anmerkungen. So hatte er auch die Stelle des Praters markiert, an welcher der Dealer Franzl meistens gesehen worden war, sowie die Straße, in der er gewohnt hatte. Einige andere Stellen hatte Prallinger mit Bleistiftkringeln versehen. Dort lebten Leute, die entweder mit Franzl oder dessen Bekannten zu tun hatten. Dazu gehörten auch einige der vornehmsten Gegenden der Stadt, bei deren Bewohnern Kokain zum Nachtisch ebenso beiläufig gereicht wurde wie Schokoladencreme.

Prallinger war sich im Klaren darüber, dass er riskierte, in ein besonders großes Wespennest zu stechen. Eine falsche Handlung, und er konnte seine Karriere vergessen und seine Pensionsberechtigung gleich mit dazu. Trotzdem war er nicht bereit, so einfach aufzugeben.

Aber ihm fehlte ein entscheidender Anhaltspunkt. Die Untersuchung der letzten Leiche hatte ergeben, dass im Körper des Mannes eine unerklärliche chemische Reaktion stattgefunden haben musste, bei der der größte Teil der Körperflüssigkeit verdampft war. Den Grund dafür hatten ihm jedoch weder der Arzt vom AKH noch der Gerichtsmediziner nennen können.

In einer Zeit, in der eine vor dreißig Jahren weggeworfene Zigarettenkippe genügte, um die DNA eines Mörders zu bestimmen, sahen die Ärzte sich unvermittelt mit den Grenzen ihrer technischen Möglichkeiten konfrontiert.

Doch auch sonst hielt Prallinger nur Vermutungen in der Hand.

Da er irgendwo den Hebel ansetzen musste, las er noch einmal die Namen auf seinem Zettel durch. Es handelte sich um die Bekannten des letzten Toten. Die meisten waren Studenten und einige davon wohlhabend genug, um sich die neuesten Trends in Sachen Kleidung, Autos oder Drogen leisten zu können. Zu dieser Gruppe hatte auch Matthias Heuecker gehört. Wichtiger als der Tote war für Prallinger jedoch die Frau, die er für die Mittelsperson zwischen den Drogenhändlern und den Konsumenten hielt. Er hatte nicht vergessen, dass Daniela Schreitlinger den Stadtstreicher im Keller ihrer damaligen Wohnanlage gefunden hatte. Später war dann auch noch der Hausmeister des Blocks ein Opfer dieses Teufelszeugs geworden, und jetzt hatte es einen Freund von ihr erwischt.

Da Daniela Schreitlinger als Einzige zu mehr als einem Opfer Kontakt gehabt hatte, war sie in Prallingers Augen die Hauptverdächtige. Dazu kam, dass die Frau seit Neuestem bei Urban Lassky lebte. Dieser zählte als Künstler ebenfalls zu jenen Leuten, die für Drogen anfällig waren. Daher erweiterte der Bezirksinspektor den Kreis der verdächtigen Personen auf mehrere Bekannte Lasskys, die er bereits ausgeforscht hatte. Die Modeschöpferin Andrea Lupacani führte einen angesehen Modesalon am Kohlmarkt, und der Komponist Ludwig Terenci zählte ebenfalls zu jenen erfolgreichen Menschen, die sich, vom Leben gelangweilt, einen Kick durch Drogenkonsum versprechen mochten.

Da Prallinger jedoch nicht den geringsten Beweis in Händen hielt, konnte er weder eine Hausdurchsuchung beantragen noch diese Leute verhören. Das war einzig und allein bei Daniela Schreitlinger möglich, weil die Frau mehr als eine der Mumienleichen gekannt hatte.

Der Kriminalbeamte verfluchte die Einschränkungen, mit denen er sich herumschlagen musste, und schwor sich, nicht eher aufzugeben, bis der Fall geklärt war.

Sieben

Der schleichende Tod

1

Der Wiener Vampirclub hatte sich diesmal zu einem normalen Clubtreffen eingefunden, und anders als bei den kurzfristig einberufenen Sitzungen herrschte eine entspannte Stimmung. Dies lag vor allem an Monique, die die Anwesenden mit Anekdoten aus dem Film- und Fernsehmilieu unterhielt. Dabei nutzte sie ihre hypnotischen Fähigkeiten, um sich bei den Vampiren einzuschmeicheln und deren natürlichen Verteidigungsreflex auszuschalten. Bei den meisten gelang ihr das beinahe spielend.

Nur Dilia hatte sich zu Daniela in die entfernteste Ecke des Raumes gesetzt, und beiden war anzusehen, dass sie sich nicht besonders wohl fühlten.

Obwohl sie die zwei Frauen, die ihr gefährlich werden konnten, isoliert hatte, war Monique mit der Entwicklung unzufrieden. Zwar saß Urban in ihrer Nähe und lachte wie die anderen über ihre witzigen Erzählungen, aber sie fühlte, dass sie ihn nicht so leicht in ihren Bann schlagen konnte wie die Übrigen. Irgendetwas war an ihm, das sich ihrem Zugriff widersetzte, beinahe wie eine Beeinflussung von anderer Seite. Doch niemand außer ihr besaß die Fähigkeiten, so viel Macht auszuüben. Es musste an Lassky selbst liegen. Einen Moment lang überlegte sie, ob es nicht besser wäre, ihn zu töten. Aber das ließ ihr Stolz nicht zu. Sie wollte ihn erst als Sklaven zu ihren Füßen sehen, und ihn danach ganz langsam seiner Lebenskraft berauben, bis auch er zu einer Mumienleiche geworden war.

Auch Alex, den jüngsten der Vampire, konnte sie mit ihrem magischen Charme nicht einwickeln. Seine Lippen kräuselten sich sogar spöttisch, als sie von einem Regisseur erzählte, der stolz darauf war, jede seiner wichtigsten Darstellerinnen persönlich zu testen.

Monique beugte sich in seine Richtung und lächelte. »Kannst du mir noch ein Glas Likör einschenken?« Dabei strahlte sie so viel beeinflussende Magie aus, wie sie vertreten konnte. Es war fast zu viel, denn Dilia wurde unruhig. Obwohl es ihr gelungen war, die Spürfähigkeiten dieser Vampirin zu dämpfen, konnte sie die speziellen Sinne der Frau nicht völlig lähmen. Solange Andreas Freundin zu der Gruppe gehörte, würde sie weiterhin sehr behutsam vorgehen müssen.

War Dilia überhaupt noch die Geliebte der lesbischen Modeschöpferin? Wohl kaum, denn besonders herzlich gingen die beiden nicht miteinander um. An diesem Tag waren sie sogar einzeln erschienen, und das war laut Terenci seit Jahrzehnten nicht mehr vorgekommen. Monique nahm sich vor, den Riss zwischen den beiden zu vertiefen, und wollte Andrea gerade ansprechen, da merkte sie, dass Alex ihr Glas noch nicht gefüllt hatte.

»Du bist heute kein Kavalier!« Diesmal schwang unterschwelliger Ärger in ihrer Stimme mit.

»Sorry! Cynthia, schenkst du Monique etwas ein?« Alex gab den Auftrag weiter und schien wieder ins Grübeln zu versinken.

Monique schnaubte verärgert und schwor sich, Alex als einen der Nächsten zu ihrem gehorsamen Diener zu machen. Doch vorher musste sie einige andere Probleme lösen, und so wandte sie an die Modemacherin. »Andrea – ich darf doch du sagen, nicht wahr? Wo wir doch beide zum Club gehören! Ich würde mich freuen, wenn du in den nächsten Tagen Zeit für mich hättest. Ich möchte meinen Look verändern, und dafür gibt es keine Bessere als dich.«

Andrea Lupacanis Gesicht leuchtete auf, und sie versicherte Monique, wie sehr sie sich freuen würde, einige tolle Modelle für sie zu entwerfen.

Dilia stieß Daniela an. »Das wird Andrea ohne mich tun müssen. Für Monique rühre ich keinen Finger. Ich weiß nicht, was in Andrea gefahren ist, dass sie sich mit so einer einlässt!« Ihr war die Schauspielerin unsympathischer als jeder andere Mensch, der ihr in ihrem Leben begegnet war.

»Vielleicht bin ich einfach nur eifersüchtig«, sagte sie zu sich selbst. Das wäre jedoch das erste Mal. Sex bedeutete ihr wenig, und sie hatte ihrer Geliebten nie Vorhaltungen gemacht, wenn diese sich mal wieder ein junges, hübsches Model angelacht hatte. Schließlich beruhte ihre Verbindung nicht auf blanker Leidenschaft, sondern reichte weitaus tiefer. Zumindest hatte sie das bisher geglaubt, schränkte Dilia angesichts der letzten Szenen in der gemeinsamen Wohnung ein. Wenn sich ihr Umgang miteinander nicht besserte, würde sie ausziehen müssen. Aber sie fragte sich besorgt, woher sie so schnell eine Wohnung bekommen konnte.

Da blitzte eine Idee in ihr auf, und sie sprach Daniela an. »Kann ich notfalls für ein paar Tage bei dir unterkommen?«

»Das ist kein Problem. Meine Wohnung ist groß genug«, antwortete diese.

Da aber hatte Dilia bereits das Haar in der Suppe entdeckt. »Urban wird es nicht wollen, weil ich doch ein Vampir bin. Obwohl du …« Sie brach ab, denn sie vermochte das, was sie an Daniela zu fühlen glaubte, nicht festzuhalten.

»Dann soll Urban dir ein Zimmer geben! Er wird dich sicher nicht auf der Straße stehen lassen.« Danielas Worte beendeten Dilias Gedankengang. Die Vampirin sah die junge Frau dankbar an und richtete ihre Aufmerksamkeit wieder auf das, was bei der Gruppe um Monique geschah.

Die Schauspielerin nippte an dem Likörglas, das Cynthia ihr gereicht hatte, und sah die anderen Vampire auffordernd an. »Ihr kommt doch hier zusammen, um gemeinsam Blut zu trinken. Also lasst euch von meiner Gegenwart nicht abhalten.«

»Gegen einen Schluck Blut hätte ich nichts«, setzte Terenci sofort hinzu.

Als auch Mischka nickte, trat Andrea an den Schrank, obwohl es eigentlich Cynthias und Alex' Aufgabe war, die anderen zu bedienen. »Wer will was haben?«

Bis auf Dilia meldeten sich alle Vampire. Während Andrea die Gläser füllte und verteilte, leckte Monique sich unbewusst die Lippen. »Darf ich auch einmal probieren? Nur einen ganz kleinen Schluck.«

Sofort hielten die meisten der Schauspielerin ihre Gläser hin.

Monique nahm das von Urban und nippte daran. Danach musste sie sich zwingen, aufzuhören, denn das Blut schmeckte einfach zu köstlich. Mit einem bedauernden Seufzer, den sie mit einem Lächeln tarnte, reichte sie das Glas zurück.

»Jetzt gehöre ich endgültig zu euch!« Wie erhofft wandten jetzt einige ihre Blicke Daniela zu, die in Gedanken versunken auf ihrem Sessel saß und ein Glas normalen Likörs in Händen hielt.

Monique hatte den Mitgliedern des Clubs mit dieser Geste noch einmal deutlich gemacht, dass Daniela eben keine von ihnen war. Noch immer lächelnd legte sie Urban die Hand auf die Schulter. »Wir müssen noch unsere nächsten Termine absprechen, mein Lieber. Schließlich wollen wir ja beide, dass mein Porträt bald fertig wird. Danach wirst du ein neues Bild von mir malen müssen – diesmal mit etwas mehr Stoff am Leib. Übrigens will Heglinger morgen Nachmittag zu dir kommen. Er sagte, der Sonntag wäre der einzige Tag, an dem seine Geschäfte es ihm erlauben.«

»Du bist ja sehr eng mit Heglinger befreundet!« Urbans Stimme knirschte leicht, denn Monique hatte ihm damit klar gemacht, dass er nicht mit einem mehrfachen Milliardär konkurrieren konnte.

Monique passte Urbans offene Eifersucht wenig. Gleichzeitig fragte sie sich, weshalb ihre beeinflussenden Kräfte auf ihn nicht so wirkten wie auf die anderen. Auch jetzt blickten seine Augen eher kühl, und er sah zu Dilia und Daniela hinüber, so als überlege er, sich zu ihnen zu setzen.

Ich hätte eine andere Strategie einschlagen und Urban gleich als Erstem meinen Willen aufzwingen müssen, fuhr es Monique durch den Kopf. Aber sie hatte geglaubt, ihn wie alle anderen um den Finger wickeln zu können. Jetzt würde sie härtere Maßnahmen ergreifen und sich zuerst einige andere Vampire handzahm machen müssen. Danach würde ihr auch Urban nicht mehr entkommen können. Sie lachte kurz auf und erzählte die nächste Schnurre aus dem Filmgeschäft.

2

Daniela hatte lange gezögert, den Weg zum Bezirkspolizeikommissariat am Deutschmeisterplatz anzutreten. Aber ein zweiter, noch dringenderer Anruf von Bezirksinspektor Prallinger hatte ihr klargemacht, dass sie es nicht länger aufschieben durfte. Als sie das Gebäude betrat, schickte der Portier sie in den zweiten Stock. Dort sollte sie sich bei der Sekretärin melden. Daniela sagte »Danke!« und stieg die beiden Treppen hinauf. Noch während sie anhand der Schilder neben der Tür herauszufinden suchte, an welcher sie klopfen sollte, eilte ihr jemand entgegen und schlang die Arme um sie.

»Daniela, endlich sehe ich dich wieder. Das ist alles so schrecklich! Der arme Matthias! Wir haben ihn doch beide gern gehabt.«

Erstaunt musterte Daniela ihr Gegenüber. Es war tatsächlich Anita, die ihre engste Freundin gewesen war und nun zu einem ganz anderen Leben zu gehören schien. Diese wirkte verheult und aufgelöst vor Trauer. Hatte sie denn so stark verdrängt, dass Matthias sie vergewaltigt – oder wie es auf Amtsdeutsch hieß – zum Geschlechtsverkehr genötigt hatte? Nun tat sie, als wäre ihr bester Freund umgekommen. Verstehe einer die Frauen!, dachte sie und vergaß dabei ganz, dass sie selbst eine war.

»Grüß dich, Anita. Was machst du denn hier?« Danielas Stimme klang eher verwundert als herzlich.

»Der Bezirksinspektor hat mich herbestellt. Dabei weiß ich rein gar nix über Matthias' Tod.«

Daniela zuckte mit den Achseln. »Ich weiß auch nicht

mehr als du. Seit er von der Uni ins Krankenhaus gebracht worden ist, habe ich ihn nicht wiedergesehen.«

»Bei mir ist es genauso. Obwohl ich mir überlegt hatte, ihn dort am nächsten Tag zu besuchen. Aber da war er schon tot.« Anita brach in Tränen aus und klammerte sich so fest an Daniela, dass sie ihr beinahe die Luft abschnürte.

Daniela befreite sich vorsichtig und gab es gleichzeitig auf, Anitas Gedankengänge nachzuvollziehen. Wenn die Frau um Matthias trauern wollte, sollte sie damit glücklich werden. Sie selbst wies auf eine Tür, neben der sie das Schild Sekretariat entdeckt hatte.

»Ich glaube, wir sollten uns jetzt anmelden. Dann werden wir schon erfahren, was die Herrschaften von uns wollen.«

»Sie werden uns eh nacheinander vernehmen!« Anita schniefte noch einmal und eilte dann so flink zu der Tür, dass Daniela erst nach ihr eintreten konnte.

»Guten Tag, Sie wünschen?«, sprach die am Schreibtisch sitzende Frau Anita an.

»Ich bin vom Herrn Bezirksinspektor Prallinger aufgefordert worden hierherzukommen. Es geht um den Todesfall Matthias Heuecker.«

Das Gesicht der Sekretärin verdüsterte sich, dann bat sie Anita, draußen Platz zu nehmen, und ergriff den Telefonhörer.

»Herr Bezirksinspektor, die Zeugin Piehl ist gekommen.« Dann legte die Frau wieder auf und sah Daniela an. Bevor sie etwas sagen konnte, begann diese zu sprechen.

»Sie hätten dem Bezirksinspektor auch gleich mitteilen können, dass die Zeugin Schreitlinger ebenfalls anwesend ist.«

Die Sekretärin wies nach draußen. »Wenn Sie auf dem Flur Platz nehmen wollen.«

Daniela verließ das Zimmer und setzte sich auf einen der Plastikstühle, die draußen auf dem Gang standen. Da von Anita nichts mehr zu sehen war, nahm sie an, dass Prallinger sie bereits in sein Büro geholt hatte. Danielas Blick schweifte durch den schmucklosen Gang. Am anderen Ende befand sich ein Behälter mit Trinkwasser. Da ihr Mund sich auf einmal trocken anfühlte, ging sie hin, füllte einen der Pappbecher und trank.

Dann hieß es wieder warten. Nach einer Weile bedauerte sie, sich nichts zu lesen mitgenommen zu haben, denn wie es aussah, erzählte Anita dem Bezirksinspektor ihre gesamte Lebensgeschichte. Daniela seufzte und dachte dann über einige Dinge nach, die ihr auf dem Herzen lagen. Am meisten belastete sie die Frage, wer dieser Supervampir sein mochte. Urban hatte zwar den Verdacht, einer dem Club könne entartet sein, doch das bezweifelte sie. Dilia hätte bestimmt Verdacht geschöpft, bevor der Kerl ihre Fähigkeiten beeinflussen konnte. In ihren Augen war es wahrscheinlicher, dass ein unbekannter Vampir diese Untaten begangen hatte.

Für einen Augenblick sah sie Monique so vor sich, wie die Schauspielerin an dem Blutbecher nippte, den Urban ihr gegeben hatte. Die Frau hatte dabei alles andere als angewidert gewirkt. Man hätte fast den Eindruck gewinnen können …

»Daniela, du bist dran!« Anita war aus dem Zimmer des Bezirksinspektors getreten und forderte ihre Freundin nun gestenreich auf hineinzugehen.

»Danke! Wartest du auf mich, oder sehen wir uns bei den Zwölf Aposteln?«, fragte Daniela.

»Ich gehe ins Kaffeehaus. Nach dem Verhör brauche ich einen doppelten Espresso.«

»Also bis gleich!« Daniela trat durch die Tür, zog sie hinter sich ins Schloss und sah sich dem Bezirksinspektor gegenüber. Prallinger saß auf einem nicht besonders bequem aussehenden Bürostuhl und wies mit der Hand auf ein noch unkomfortabler wirkendes Sitzmöbel jenseits des Schreibtischs.

»Setzen Sie sich, Fräulein Schreitlinger, und dann erzählen Sie mir, was Sie über Matthias Heuecker wissen.«

»Nicht besonders viel, Herr Bezirksinspektor. Er war halt einer meiner Kommilitonen.«

Der Bezirksinspektor legte die Fingerspitzen gegeneinander und sah sie durchdringend an. »Ich habe erfahren, dass zwischen Heuecker und Ihnen mehr gewesen sein soll. Einige Zeugen behaupten, sie hätten eine Beziehung mit ihm gehabt.«

»Er hätte schon wollen, aber ich nicht.«

»Heuecker soll sehr viel Erfolg bei den Frauen gehabt haben. Warum also nicht bei Ihnen?«, schoss Prallinger seine nächste Frage ab.

»Vielleicht, weil er mir zu aufdringlich war. Ich mag solche Typen nicht.«

»Sie haben zeitweise als Stripteasetänzerin in einem Nachtlokal gearbeitet?«

»Wer das behauptet, könnte sich leicht eine Verleumdungsklage einfangen«, gab Daniela eisig zurück. »Tatsache ist, dass ich ein paar Tage als Animierdame gearbeitet habe. Aber ich habe den Job sofort wieder hingeworfen, als mehr verlangt wurde, als den Gästen zuzuprosten und sich ihr Gejammer anzuhören.«

Prallinger brummte enttäuscht, denn er hatte sich vorgestellt, dass Daniela Schreitlinger tief in der Halbwelt verwurzelt sei und als Drogenkurier gearbeitet hatte.

»Das werde ich nachprüfen lassen«, erklärte er schließlich. »Wann waren Sie das letzte Mal in Ihrer alten Wohnung?«

»An dem Tag, an dem ich meine neue Wohnung im Palais des Herrn Lassky bezogen habe. Da fällt mir ein, ich muss ja noch den Rest meiner Sachen holen und die Wohnung räumen. Recht schönen Dank, dass Sie mich darauf aufmerksam gemacht haben, Herr Bezirksinspektor.«

»Kommen wir jetzt wieder auf den aktuellen Fall zurück. Matthias Heuecker hat vor seiner Einlieferung ins Krankenhaus einen schweren Erstickungsanfall erlitten. Haben

Sie einen Verdacht, wodurch dieser ausgelöst worden sein könnte?«

»Tut mir leid, aber ich studiere Betriebswirtschaft und nicht Medizin.«

»Laut Zeugen haben Sie Matthias Heuecker kurz vorher etwas gegeben! Kann da etwas dabei gewesen sein, das zum Beispiel eine allergische Reaktion ausgelöst hat?« Prallinger hoffte, Daniela in die Enge getrieben zu haben, denn er war überzeugt, dass sie den Toten mit Drogen versorgt hatte.

Daniela verstand durchaus, was der Bezirksinspektor meinte, und war über den geäußerten Verdacht so wütend, dass sie ihn am liebsten heruntergeputzt hätte. Dann aber erinnerte sie sich an Moniques Autogrammfoto und lächelte Prallinger freundlich an. »Matthias Heuecker hatte mich gebeten, ihm eine Autogrammkarte der Schauspielerin Monique Prestl zu besorgen, die meinem Arbeitgeber, dem Künstler Urban Lassky, als Modell zur Verfügung steht. Diesen Gefallen habe ich ihm getan. Alle, die damals mit ihm am Tisch saßen, können das bestätigen.«

Prallinger kniff ärgerlich die Augenbrauen zusammen. »Auch das werde ich nachprüfen lassen. Wissen Sie zufällig, wo dieses Autogrammfoto abgeblieben ist?«

»Matthias Heuecker hat es, bevor die Sanitäter ihn weggebracht haben, in seinen Rucksack gesteckt. Mehr weiß ich nicht.«

»Dann hätte er es im Krankenhaus noch besitzen müssen. Aber bei den Sachen, die wir dort mitgenommen haben, war nichts dergleichen.«

»Da kann ich Ihnen leider auch nicht helfen. Ich war nicht im Krankenhaus.« Daniela wurde die Sache allmählich lästig, außerdem biss die trockene Büroluft in ihrer Nase. Sie griff in die Hosentasche, um ein frisches Papiertaschentuch herauszuholen, und erinnerte sich dann erst, dass sie die Packung in ihrer Handtasche verstaut hatte. Sie öffnete den

Bügel, kramte ein wenig darin herum und ertastete den Griff der Browning.

Am liebsten hätte sie laut geflucht. Da Urban von ihr verlangt hatte, die Waffe überallhin mitzunehmen, hatte sie die Pistole an diesem Morgen ohne nachzudenken in die Tasche gesteckt. Wenn der Bezirksinspektor das Ding bemerkte, saß sie in der Klemme. Sie besaß keine Berechtigung, so eine Waffe zu führen, und die Erklärung, sie hätte sie als Schutz gegen Vampire eingesteckt, würde ihr Prallinger mit Sicherheit nicht abnehmen. Unauffällig drehte sie die Tasche so, dass er nicht hineinschauen konnte, holte ein Taschentuch heraus und schnäuzte sich. Dann verdeckte sie die Browning mit dem gebrauchten Knäuel. Als sie ihre Handtasche wieder schloss, atmete sie innerlich auf.

Zu seinem Pech hatte Prallinger nicht auf Daniela geachtet, sondern war noch einmal den Ordner mit den Aussagen der anderen Zeugen durchgegangen. Einer davon hatte tatsächlich erklärt, dass Daniela der späteren Mumienleiche eine Autogrammkarte mit einem Bild gegeben hätte.

Doch wo war dieses Foto jetzt? Sein Instinkt, auf den er sich all die Jahre hatte verlassen können, sagte Prallinger, dass das Ding eine wichtige Rolle spielen musste. Er notierte sich den Namen Monique Prestl und beschloss, sich alle Informationen über die Schauspielerin zu besorgen.

Obwohl es ihm nicht gelungen war, Daniela irgendetwas anzuhängen, war Prallinger mit dem Erreichten zufrieden. Wenigstens hatte er ein paar Anhaltspunkte gesammelt, denen er nachgehen konnte. Daher verabschiedete er Daniela freundlicher als beabsichtigt. Kaum hatte sie sein Zimmer verlassen, nahm er den Telefonhörer zur Hand und forderte über das Sekretariat einige Informationen an.

3

Noch nie war das Klima in der hübschen Wohnung in der Himmelpfortgasse so frostig gewesen wie an diesem Tag. Beinahe schien es, als hätte Andrea Lupacani die vielen Jahrzehnte vergessen, die sie und Dilia glücklich miteinander verbracht hatten. Dilia fragte sich verzweifelt, wieso ihre Geliebte es darauf ankommen ließ, ihre langjährige Beziehung wegen einer Frau wie Monique zu gefährden. Andrea sprach von nichts anderem mehr als von der Schauspielerin und vernachlässigte sogar ihre Stammkundinnen.

Dilia versuchte zu retten, was zu retten war, doch da sie nur als Assistentin der Modeschöpferin galt und nicht als deren Teilhaberin, war dies vergebliche Liebesmüh. Keine Dame der Gesellschaft, die etwas auf sich hielt, wollte sich von einer als nachrangig angesehenen Angestellten beraten lassen, während ihre Freundinnen von den Chefs und Chefinnen der bekannten Modehäuser betreut wurden. Es tat Dilia in der Seele weh, sehen zu müssen, wie altbekannte Kundinnen den Modesalon am Kohlmarkt auf einmal mieden und zur Konkurrenz gingen. Andrea schien dies nicht zu stören. Sie arbeitete an den Kreationen für Monique, und wenn ihre Partnerin etwas einwandte, ging sie mit einem Achselzucken darüber hinweg.

»Die kommen schon wieder!«, sagte sie. »Außerdem zahlt der Milliardär Heglinger für Moniques Garderobe. Also bekomme ich genug Geld in die Kasse, um die aufgeblasenen Hennen vergessen zu können.«

»Aber was ist, wenn der Auftrag erledigt ist? Dann brauchen wir die Hennen – wie du sie nennst –, um weitermachen zu können«, wandte Dilia ein.

»Pah! Ich werde genug neue Kundinnen aus der Film- und Fernsehwelt bekommen.«

Sonst hatte Andrea Lupacani immer »Wir« gesagt, doch jetzt kam das »Ich« so giftig heraus, als sehe sie ihren Modesalon als persönliches Eigentum an und nicht als etwas, das sie beide in langen Jahren aufgebaut hatten.

Auch sonst behandelte sie Dilia wie eine x-beliebige Angestellte, die sie jederzeit vor die Tür setzen konnte. In den stillen Stunden, in denen sie allein in ihrem Bett lag und über all das nachdachte, wunderte Andrea sich jedoch über sich selbst, wie schnell sie und ihre Freundin sich auseinandergelebt hatten. Manchmal hatte sie das Gefühl, der Bruch ihrer Beziehung könne mit nicht rechten Dingen zugehen, und deswegen hatte sie sich fest vorgenommen, sich am Morgen mit Dilia auszusprechen. Doch seit dem Moment, in dem sie ihre einstige Geliebte zu Gesicht bekommen hatte, fühlte sie wieder eine heftige Abneigung gegen Dilia, die sie nicht überwinden konnte.

»Wenn dir nicht passt, was ich mache, kannst du ja gehen!« Irgendetwas in ihr zwang Andrea, ihrer langjährigen Partnerin auch noch diesen Tritt zu verpassen.

Dilia hätte einwenden können, dass ihr aufgrund des Privatvertrages, den sie miteinander abgeschlossen hatten, die Hälfte des Modesalons und der Wohnung gehörte. Doch sie war von den vielen seelischen Verletzungen, die Andrea ihr zugefügt hatte, zu wund geschlagen, um sich wehren zu können.

»Ich glaube, es ist wirklich das Beste, wenn ich solange ausziehe, bis du wieder zur Vernunft gekommen bist«, sagte sie und verließ den Raum so schwerfällig wie eine alte Frau. In ihrem Zimmer standen bereits zwei Koffer, die ihre wichtigsten Sachen enthielten, sodass sie innerhalb weniger Minuten mit dem Packen fertig war. Sie hatte auch ihren Vertrag mit Andrea mitnehmen wollen, doch die tiefe Enttäuschung brachte sie dazu, ihn wieder herauszuholen und auf ihre Kommode zu legen. Etwas in ihr hoffte, Andrea würde ihn sehen und begreifen, wie unmöglich sie sich derzeit benahm.

Als Dilia mit den Koffern in der Hand am gemeinsamen Wohnzimmer vorbeiging, blickte sie kurz durch die offene Tür, doch von Andrea war nichts zu sehen.

»Auch egal!« Dilia seufzte und verließ mit Tränen in den Augen die Wohnung, in der sie mehr als drei Jahrzehnte mit Andrea glücklich gewesen war. An der Haustür kam ihr Monique entgegen. Deren Augen blitzten kurz auf, und um ihre Mundwinkel erschien ein spöttischer Zug. Sie sagte jedoch nichts, sondern rauschte an Dilia vorbei und stieg nach oben, um zu der Wohnung zu gelangen, welche ihre abgeschlagene Rivalin um Andreas Gunst gerade verlassen hatte.

Als Monique oben auf die Türklingel drückte, lächelte sie zufrieden. Seit Tagen hatte sie darauf hingearbeitet, die beiden Freundinnen auseinander zu bringen. Sobald die restlichen Vampire in Dilia nur noch einen Störenfried sahen, konnte sie zuschlagen und diese Gefahr für sich beseitigen.

Da niemand an die Türe kam, klingelte sie erneut. Andrea Lupacani war zu Hause, das sagten ihr ihre feinen Sinne. Aber erst nach dem dritten Klingeln näherten sich drinnen Schritte. Die Türe wurde aufgerissen, und die Modistin schaute mit zornigem Gesicht heraus. »Jetzt willst du also doch zu Kreuze kriechen, aber nicht mit mir!«

Dann begriff sie, dass nicht Dilia vor der Türe stand, sondern Monique. Ihre Miene glättete sich und machte einem freundlichen, beinahe schmeichlerischen Ausdruck Platz.

»Ja grüß dich, Monique! Ich freue mich, dich zu sehen. Entschuldige, dass ich dich eben angeblafft habe. Aber Dilia hat mich vorhin einfach zu sehr geärgert und ist dann fortgerannt. Im ersten Moment habe ich gedacht, sie hätte geklingelt. Du kommst sicher, um das ganz spezielle Kleid anzuprobieren, von dem niemand etwas wissen darf.«

Sie zwinkerte der Schauspielerin verschwörerisch zu, um ihr zu zeigen, dass deren Geheimnisse bei ihr gut aufgehoben waren.

Das war auch nötig, denn bei diesem Kleid handelte es sich um das Brautkleid, das für Moniques Hochzeit mit Heglinger bestimmt war. Keiner der männlichen Vampire, die noch nicht völlig unterworfen worden waren, durfte davon erfahren, am wenigsten Urban. Ihm traute sie es zu, sich aus Enttäuschung oder verletzter Eitelkeit gegen sie zu wenden. Immerhin hatte er als Einziger unter den Vampiren bereits einen Supervampir entlarvt und zur Strecke gebracht. Schon aus diesem Grund war er gefährlich.

Monique ließ sich nichts von ihren Gedanken anmerken, sondern umarmte Andrea und hauchte ihr Küsse auf die Wangen. »Ich musste einfach kommen. Weißt du, deine Kleider sind so wunderbar! Allein schon die Stoffe, die du ausgesucht hast …!« Sie bemühte sich, glücklich auszusehen, und schloss die Modedesignerin erneut in die Arme.

Andrea fühlte ihren festen, warmen Körper durch die Kleidung hindurch und spürte, wie ihre sexuelle Bereitschaft stieg. »Komm herein! Dilia, dieses dumme Stück, ist weg.«

Mehr sagte Andrea nicht, doch der Klang ihrer Stimme verriet alles über das Ende der Beziehung. Fröhlich lächelnd folgte Monique ihr in die Wohnung und trat in das Anprobezimmer. Wie es Andreas Art war, hielt sie diesen Raum frei von Stoffen und Kleidern, sodass ihre Besucherinnen sich nicht zwischen den halbfertigen Röcken und Blusen anderer Kundinnen bewegen mussten.

»Ich hole deine Kleider. Setz dich derweil!«, sagte sie zu Monique und zeigte auf ein hübsches Biedermeiersofa. Dann ließ sie ihren Gast fürs Erste allein.

Monique sah sich um und amüsierte sich über den Nippes aus beinahe zwei Jahrhunderten, den Andrea und Dilia angesammelt hatten. Die Wohnung mochte in den Augen anderer niedlich sein, doch für sie war sie spießig und viel zu klein. Da gefiel ihr Heglingers palastähnliches Wohnhaus viel besser. Außerdem besaß der Milliardär noch ein Jagdhaus in der Steiermark sowie Immobilien in anderen Teilen Österreichs und sogar im Ausland. All das in ihren Besitz zu bringen, war ihr nächstes Ziel.

Sie hörte die Modeschöpferin in einem Nebenraum hantieren und vertrieb die Gedanken an die Zukunft, um sich das Hier und Jetzt nicht entgleiten zu lassen. Rasch zog sie sich aus, bis sie so nackt war wie ein neugeborener Säugling, und wartete auf Andreas Rückkehr.

Als diese Monique so vor sich stehen sah, fielen ihr beinahe die Augen aus dem Kopf. Sie ahnte nicht, dass die Schauspielerin ihre sexuelle Anziehungskraft magisch verstärkte, sondern fing sich darin wie eine Fliege im Netz der Spinne. Ohne einen klaren Gedanken fassen zu können, legte Andrea die Kleider auf eine Anrichte, um die Arme frei zu haben, trat auf Monique zu und umarmte sie.

Monique küsste Andrea und berührte dabei mit dem Mund mehrfach die Stellen an ihrem Hals, an denen sie die Schlagadern spürte, doch jedes Mal warf diese reflexartig den Kopf herum. Verärgert stellte die schwarze Königin fest, dass sie diese Frau nicht so einfach zu ihrer Sklavin machen konnte. Da hätte sie schon einen anderen Vampir benötigt, der Andrea festhielt, so wie Mischka ihr bei Terenci geholfen hatte.

Einen Moment bedauerte sie es, keinen ihrer beiden Sklaven mitgebracht zu haben, winkte dann aber innerlich ab. Selbst mit ihrer gesamten Beeinflussungskraft hätte sie Andrea nicht dazu bringen können, sich in Gegenwart eines Mannes so weit gehen zu lassen.

Daher begnügte sich Monique damit, nur so viel von Andreas Lebensenergie in sich aufzusaugen, wie es unbemerkt von ihrem Opfer möglich war.

4

Heglinger schreckte hoch und merkte, dass er während der Besprechung eingenickt war. Das war doppelt ärgerlich, weil es um eine außergewöhnlich heiße Sache ging. Es hatte ihn viel Mühe gekostet, seine politischen Freunde zu überzeugen, dass der Einwand der Kartellbehörden mit einer Ministerialanweisung gekippt werden müsse. Nun war es endlich so weit, und wenn alles gut ging, würde er nach dieser Sitzung um eine, wahrscheinlich sogar um anderthalb Milliarden Euro reicher sein. Doch dazu musste er sich auf die Verhandlungen konzentrieren und seine Geschäftspartner überzeugen, sich mit kleineren Bissen zufriedenzugeben. Immerhin ging es um ein ganzes Konglomerat von Firmen, von einer feinmechanischen Fabrik in Linz angefangen über mehrere Konsumgüterfabriken bei Wien und St. Pölten bis hin zu einem Autoteilehersteller in Graz.

Bei dem Gedanken erschien ein höhnischer Ausdruck auf seinem Gesicht. Er würde die Herrschaften schon über den Löffel balbieren. Früher hatte er noch kleinliche Rücksichten genommen, doch nun fühlte er sich in der Lage, mit harter Hand zuzugreifen. Die halbe Zusage des Bundeskanzlers und des zuständigen Ministers, einige in Staatsbesitz befindliche Firmen übernehmen zu können, hatte er bereits in der Tasche. Die Summe, die er für das Zeug geboten hatte, hörte sich auf den ersten Blick gigantisch an, stellte aber nur einen Bruchteil des wirklichen Wertes dar. Die maßgeblichen Leute vertrauten ihm jedoch und machten es ihm daher leicht, sie über den Tisch zu ziehen. Wenn ihm die in letzter Zeit geplanten Coups gelangen, dann war bald er derjenige, der in dieser Republik zu bestimmen hatte, und nicht mehr das Kasperl vom Ballhausplatz, wie er den Bundeskanzler im Stillen nannte.

Die Frage eines seiner Verhandlungspartner beendete Heglingers gedanklichen Ausflug, und er legte dem Mann mit freundlichster Miene dar, dass er ihm und seiner Firma im Grunde einen Gefallen erwies, wenn er sie zu dem gebotenen Preis übernahm.

Da die anderen ihn als harten, aber auch fairen Geschäftsmann kannten, nahmen sie diese Versicherung für bare Münze. Nur einer wackelte ein paar Mal ungläubig mit dem Kopf, sagte aber nichts.

Später, als die Unterschriften geleistet und die Sache in trockenen Tüchern war, kam der Zweifler auf Heglinger zu. »Ich glaube, wir müssen noch ein bisschen über dieses Geschäft plaudern, Herr Heglinger – oder besser gesagt, über meinen Anteil daran. Ich hätte Ihre brillant vorgetragenen Zahlen mit einem einzigen Satz wie eine Seifenblase platzen lassen können, und das wissen Sie.«

Heglinger hätte den Mann am liebsten kalt abgefertigt. Er wusste jedoch selbst, dass seine Zahlen so konstruiert waren, den größtmöglichen Profit herauszuholen. Es brachte daher nichts, mit dem Mann zu streiten oder ihn sich gar zum Feind zu machen. »Kommen Sie heut Abend zu mir. Da können wir in Ruhe darüber sprechen.«

»Sehr gerne, Herr Heglinger. Ich habe doch gewusst, dass man mit Ihnen reden kann!« Der Mann deutete eine Verbeugung an und ging mit federnden Schritten davon.

Heglinger merkte ihm an, dass er sich in dem Augenblick um etliche Millionen reicher sah. Mit einem bitteren Gefühl im Mund erinnerte er sich daran, dass er früher alles getan hatte, um nicht erpressbar zu werden.

»Ich muss mit Monique darüber sprechen«, sagte er leise vor sich hin, und die trübe Laune, die ihn für einen Augenblick gefangen gehalten hatte, schwand bei dem Gedanken an seine Geliebte wie durch ein Wunder. Monique würde wissen, wie er auch diesen Mann aufs Kreuz legen konnte. Sie wusste immer Rat.

Er ging in sein Büro, einen riesigen Raum, der rein auf Funktionalität eingerichtet war. Der Schreibtisch bestand aus Chrom und Glas, und mit seiner Computeranlage konnte er in einer Sekunde alle wichtigen Börsen der Welt aufrufen.

Heglinger machte es sich in seinem Sessel bequem, einem wuchtigen Möbelstück aus Leder, in dessen Lehne einige Bedienknöpfe eingearbeitet waren, und arbeitete den Rest des Tages wie eine Maschine. Die Müdigkeit, die ihn während der Sitzung überwältigt hatte, war verschwunden. Erst als er zu später Stunde die Anlage auf Bereitschaftsmodus schaltete, spürte er sie wieder. Außerdem hatte er Durst und rief seine Sekretärin herbei.

»Bringen Sie mir ein Glas Wasser«, befahl er und verdrängte dabei die Tatsache, dass es ihn nur wenige Schritte und ein paar Handgriffe gekostet hätte, es selbst zu tun.

Nachdem die Frau zurückgekehrt war und ihm das volle Glas hingestellt hatte, sah sie ihn fragend an. »Soll ich die Schriftsätze für den Herrn Bundeskanzler noch fertig machen?«

»Tun Sie das – und schicken Sie eine Kopie an den Finanzminister. Schreiben Sie hinzu, dass ich die Antwort rasch brauche, sonst müsste ich mich im Ausland nach entsprechenden Beteiligungsmöglichkeiten umsehen. Erwähnen Sie, dass dies die Republik Österreich mindestens fünftausend Arbeitsplätze kosten würde.«

Heglinger war mit sich zufrieden. Damit machte er dem Bundeskasperl und dessen Groschenzähler Feuer unter dem Hintern. Die beiden würden es schon aus der Angst vor der Presse nicht wagen, sein Angebot abzulehnen. Bei dem Gedanken fiel ihm ein, dass er sich mindestens eines der auflagenstärksten Blätter in diesem Land sichern musste. Er brauchte ein Medium, mit dem er die Massen in seinem Sinn beeinflussen konnte. Auch ein Fernsehsender wäre nicht schlecht. Heglinger beschloss, auf die Privatisierung des ORF zu drängen und diesen anschließend für ein Butterbrot aufzukaufen. Jetzt aber wollte er erst einmal nach Hause fahren und mit Monique sprechen. Mit einer müden Bewegung zog er sein Handy aus dem Futteral und wählte ihre Nummer.

Es dauerte einen Augenblick, bis Monique sich meldete. »Hier Monique Prestl, guten Tag!«, vernahm er.

»Hallo Schatz, ich bin es! In einer halben Stunde bin ich zu Hause!«

»Ich bin gerade bei meiner Modedesignerin, werde aber rechtzeitig eintreffen!« Monique hatte sich bereits in Heglingers Haus eingenistet und ihr altes Appartement Mischka überlassen. Inzwischen waren Nummer Eins und die übrigen Affenschlangen dabei, einen unterirdischen Gang zu den Kellerräumen des Heglingeranwesens zu graben, damit sie auch von dort aus jederzeit ihr unterirdisches Reich betreten konnte. Bei dem Gedanken erinnerte sie sich an die Nachzucht, die bald schlüpfen würde. Aber so gut ihre Diener in der Unterwelt auch sein mochten – für die Realisierung ihrer Pläne benötigte sie menschliche Sklaven. Ihr ging es nicht darum, hier in diesen verschimmelten Höhlen zu bleiben und gelegentlich ein paar Leute ihrer Lebenskraft zu berauben. Sie wollte die absolute Macht erringen und andere beherrschen. Die einen sollten ihr dienen, ihre Herrschaft zu festigen und auszubauen, und die anderen als Nahrung für ihren wachsenden Hunger, bis ihre Kraft so groß geworden war, dass nicht nur diese Stadt, sondern auch ganz Österreich unter ihre Kontrolle geriet. Mit einem bösen Lächeln fragte sie sich, warum sie sich mit diesem kleinen Land begnügen sollte. Die Welt war so groß und irgendwann würde ihr Schatten selbst die Sonne verdunkeln.

Monique dachte an Heglinger und überlegte, ihn als Grundmasse für sechsunddreißig Diener zu nehmen, die sie als absolute Herrin ansehen würden. Der Mann besaß den Verstand, um ein Vermögen zusammenzuraffen, und würde diesen an eine magische Nachzucht vererben.

Zuvor aber musste die Hochzeit über die Bühne gegangen und sie allen wichtigen Personen als seine Ehefrau und Nachfolgerin vorgestellt worden sein. Sie verabschiedete sich von Andrea, die matt und schwitzend auf der Biedermeiercouch lag und sich überlegte, wann sie zum letzten Mal solch einen Sturm der Leidenschaft erlebt hatte.

Monique verließ die Wohnung mit dem Gefühl, Andrea völlig zu beherrschen. Auf die paar rebellischen Gedankenfetzen, die die Frau noch durchzuckten, gab sie wenig. Immerhin hatte sie die Modemacherin so weit beeinflusst, dass dieser die erotischen Erlebnisse mit Dilia schal und langweilig vorkamen.

Andrea Lupacanis Gefühl, in Glückseligkeit zu schwimmen, verlor sich jedoch in dem Moment, in dem ihr klar wurde, dass Monique ganz vergessen hatte, die neuen Kleider anzuprobieren. Ein wenig traurig räumte sie alles wieder weg und hoffte trotz dieser kleinen Enttäuschung auf ein baldiges Wiedersehen.

5

Zu Hause angekommen, stieg Heglinger aus dem Auto, ging mit federnden Schritten zum Eingang hinauf und eilte sofort in sein privates Esszimmer, das als Zirbelstube eingerichtet war. Dort wartete bereits Monique auf ihn, und die hatte wahre Berge an Nahrung auf den Tisch gestellt. Früher hatte Heglinger darauf geachtet, nicht zu viel zu essen, um seine schlanke Linie zu behalten, doch in letzter Zeit fraß er wie ein Scheunendrescher und nahm trotzdem ab.

Eine Ehefrau hätte womöglich spottend gefragt, ob er einen Bandwurm mit ernähren müsse. Doch Monique war klar, dass der Mann die Kraft zu ersetzen hatte, die sie ihm abzog. Da sie beschlossen hatte, ihn noch einige Monate als ihre schärfste Waffe auf dem Finanzmarkt zu behalten, sorgte sie dafür, dass er genug und vor allem die richtigen Lebensmittel zu sich nahm. Er musste nicht nur das Blut ersetzen, das sie während des Liebesspiels saugte, sondern auch seine Lebensenergie.

Auf einmal sprach Heglinger sie an. »Wir werden gleich Besuch bekommen. Einer der Vorstände des zugekauften Konzerns hat gemerkt, dass wir die Zahlen zu unseren Gunsten manipuliert haben. Jetzt will er seinen Anteil kassieren.«

Moniques Miene verdüsterte sich. »Ist der Mann wichtig?«

»Wie man's nimmt. Würde er sich auf unsere Seite stellen, könnte er sehr wertvoll für uns sein. Tut er es nicht, ist er nur teuer.«

»Überlass ihn mir!« Mit einem hinterhältigen Lächeln angelte Monique sich eine der Lachsscheiben, die auf einem

Tablett lagen, rollte sie zusammen und steckte sie in den Mund.

»Wenn wir eingeladen sind, solltest du bessere Tischmanieren an den Tag legen«, kritisierte Heglinger.

»Keine Sorge! Wenn es notwendig ist, weiß ich mich zu benehmen.« Monique kicherte und spitzte die Ohren. Ihr Gehör war weitaus besser als das eines normalen Menschen, und so vernahm sie das Geräusch eines vor dem Haus haltenden Autos.

»Ich glaube, unser Besuch kommt!« Beinahe mühelos griff sie nach dem Gehirn des Fremden und stachelte seine sexuelle Gier an. Trotzdem schien ihm, als er eintrat, das Geld wichtiger zu sein.

Er grüßte Heglinger mit unterwürfiger Freundlichkeit und wies mit dem Kinn auf Monique. »Ich glaube, wir sollten unsere Geschäfte unter vier Augen besprechen, Herr Heglinger.«

Gleichzeitig starrte er ihr jedoch begehrlich auf den Busen, was ihr bewies, dass ihre Beeinflussung gewirkt hatte.

»Monique und ich haben keine Geheimnisse voreinander«, versicherte Heglinger ihm.

Der Mann blickte ihn mit schief gelegten Kopf an. »Auch dann nicht, wenn sie erfährt, dass Sie heute die Republik Österreich sowie die Aktionäre meiner Firma um mindestens dreihundert Millionen Euro beschissen haben?«

Nun war ihm der Ärger über dieses Verhandlungsergebnis ebenso anzumerken wie der Wille, sein Gegenüber für den Betrug bluten zu lassen. Da griff Monique ein. Sie beugte sich vor, und ein Blusenknopf, der gerade zur rechten Zeit aufging, bot dem Mann einen tiefen Einblick in ihr Dekolleté. »Setzen Sie sich doch zu mir!«, forderte sie ihn auf und zeigte dabei auf den Stuhl neben sich.

Ihre Stimme hatte etwas Verlockendes, dem sich der Gast nicht entziehen konnte. Etwas steifbeinig trat er auf sie zu, setzte sich und streckte die Hand nach ihr aus.

»Sie sind eine aufregende Frau, wissen Sie das?«, sagte er, während er über ihre Wange strich.

»Natürlich weiß ich das«, antwortete Monique lächelnd und brachte ihn durch geschickte Beeinflussung so weit, dass er seine ursprüngliche Absicht vergaß und näher an sie heranrückte.

Monique glitt auf den Gast zu, setzte sich auf seinen Schoß und schlang die Arme um ihn. Als er einen kurzen Seitenblick auf Heglinger warf, lachte sie auf. »Keine Sorge! Der wird uns nicht stören.« Damit zog sie den Mann vom Stuhl und sank so auf den Teppich, dass sie auf ihm zu liegen kam. Er lachte darüber, wollte sich dann aber auf sie wälzen. Doch da fand ihr Mund seine Halsschlagader, und sie biss sie auf. Warmes Blut strömte in ihren Mund. Gleichzeitig begann sie, an seiner Lebensenergie zu ziehen.

Monique war bewusst, dass sie den Mann nicht töten durfte, doch für einige Augenblicke gab sie sich ganz dem Genuss hin, den ihr seine inneren Kräfte verliehen. Damit er aber auch selbst glaubte, auf seine Kosten gekommen zu sein, beeinflusste sie seine Gedanken und gaukelte ihm vor, eine wilde und leidenschaftliche Liebesnacht mit ihr zu verbringen. Als Vorlage diente ihr einer der Pornofilme, in denen sie zu Beginn ihrer Karriere mitgespielt und sich dabei heimlich an der Lebensenergie ihrer Partner bedient hatte.

Als sie von ihm abließ, sah er so aus, als stünde er am Rande des Grabes. Sie strich mit der Zunge über die beiden kleinen Wunden an seinem Hals, sodass sie sich schlossen, und bemerkte zufrieden, dass nur zwei rote Flecken übrig blieben, so als habe eine Frau ihn etwas zu leidenschaftlich geküsst.

»Das hat dir gefallen, was? Es kann mehr geben, aber dafür musst du wieder kräftiger sein. Komm, zieh dich an und setz dich an den Tisch. Du solltest etwas essen und auch genug trinken.« Ab jetzt war der Mann nur noch ein Sklave, der Heglinger, ihrem anderen Sklaven, helfen sollte, noch mehr Reichtümer für sie anzuhäufen.

6

Während Monique sich einen weiteren Mann zum Sklaven machte, saß Dilia in Cynthias winziger Wohnung und starrte auf den Währinger Park hinaus. Dieser Blick war der einzige Vorteil, den das direkt am Währinger Gürtel liegende Wohnhaus bot. Cynthia zählte zu den eher ärmeren Vampiren und hatte in der Vergangenheit öfters die Hilfe anderer Clubmitglieder gebraucht, um an Blut zu kommen. Allerdings hatte sie sich stets eine eiserne Zurückhaltung auferlegt und mehrmals bis an den Rand der körperlichen Auszehrung gehungert.

Auch jetzt wirkte sie hohlwangig und erschöpft, aber auch ein wenig traurig. »Ich kann mir nicht vorstellen, was in Andrea gefahren sein mag! Hat sich euer Streit denn nicht schon früher angekündigt?«

Dilia zuckte hilflos mit den Achseln. »Nein! Ich habe auch nicht die geringste Ahnung, was mit ihr los ist. Allerdings scheint sie von Monique wie besessen zu sein. Mein Gott, wenn es ihr nur um Sex ginge, könnte sie wegen mir mit diesem Flittchen anstellen, was sie wollte. Aber sie riskiert nicht nur unsere Partnerschaft, sondern auch den Zusammenhalt unserer Gruppe.«

»Das ist schrecklich!« Cynthia seufzte und spürte noch mehr Hunger auf eine kräftige Blutmahlzeit. Ihr Kühlschrank war jedoch so leer wie eine Kirche um Mitternacht. »Ganz schrecklich ist das«, wiederholte sie, und schüttelte sich. »Ich weiß nicht, wie es dir ergeht, aber bei mir gerät alles außer Kontrolle. Ich trinke schon doppelt so viel Blut wie früher, aber ich habe fürchterlichen Hunger auf mehr.«

»Urban sagt, das läge an der Ausstrahlung des Supervampirs. Die heizt unseren eigenen Bluthunger an. Ich würde gerne wissen, ob es Zufall ist oder ob der Entartete sich dessen bewusst ist. Vielleicht setzt er seine Ausstrahlung gezielt gegen uns ein, damit wir durchdrehen sollen.«

»Aber was für einen Vorteil hätte er davon?«

»Vampire, die nicht mehr bei Verstand sind, sind keine Gegner für ihn. Eigentlich müssten wir ihn ja suchen und jagen. Doch genau das geschieht nicht! Keiner von uns interessiert sich noch dafür, wer der Supervampir sein könnte und wo er zu finden ist.« Dilia schüttelte verzweifelt den Kopf und wollte noch etwas sagen, verkniff es sich aber, denn sie hatte die junge Vampirin bereits genug geängstigt.

»Was sollen wir tun? Wir können doch nicht einfach sitzen bleiben und abwarten, was passiert. Urban hat doch gesagt, dass ein Supervampir auch vor unsereins nicht halt macht. Immerhin hat sein ehemaliger Freund eine Vampirin umgebracht.«

»Ohne diese Tat und den Schock, den sie Urban versetzt hat, hätte er den entarteten Vampir gar nicht als solchen erkannt. Ich gebe zu, ich trinke gerne Blut, aber jemanden so zuzurichten, dass nur noch eine Mumienleiche übrig bleibt, treibt mir einen Schauer über den Rücken.« Dilia schüttelte sich, versuchte aber immer noch, eine optimistische Miene zu aufzusetzen. »Keine Sorge, irgendetwas wird uns schon einfallen. Das ist es doch bis jetzt immer.«

»Da waren wir uns jedes Mal einig«, wandte Cynthia ein. »Aber jetzt …« Sie brach ab und barg das Gesicht in den Händen. Da sie erst nach dem Zweiten Weltkrieg als Vampirin erkannt worden war, hatte sie die wirklich harten Jahre während der Kaiserzeit nicht mitgemacht und besaß weitaus weniger Erfahrung im Überlebenskampf als ihre Besucherin.

Dilia blickte ebenfalls nicht sonderlich hoffnungsvoll in die Zukunft. In den letzten Tagen hatte sie versucht, mit

Urban über die Situation zu reden, doch der hatte so getan, als handle es sich bei dem Supervampir um ein eher zu vernachlässigendes Problem. Dabei hatte er vor nicht allzu langer Zeit die anderen vehement vor diesem Ungeheuer gewarnt.

Natürlich wusste Dilia genau, dass normale Menschen sie und die anderen ihrer Art als Monstren ansehen würden, wüssten diese von ihrer Existenz, und sie haderte mit dem Schicksal, das sie zu einer Vampirin hatte werden lassen. Selbst die überlange Lebensspanne, die sie ihrer Veranlagung verdankte, konnte die Nachteile ihrer Lebensweise nicht ausgleichen. Sie musste alle vier bis fünf Jahrzehnte eine neue Identität annehmen, und das war im Computerzeitalter nicht mehr so einfach wie früher.

»Manchmal wünschte ich mir, mich am Abend hinzulegen und am Morgen nicht mehr aufzuwachen«, sagte sie bedrückt und ärgerte sich gleichzeitig über ihren Kleinmut.

Cynthia wollte etwas sagen, doch da schlug ihre Türklingel an. »Wer mag das sein?« Ihrem Gesichtsausdruck nach schien sie zu fürchten, der Supervampir hätte sie entdeckt und wäre gekommen, um sie zu vernichten. Nur zögernd ging sie zur Tür, und als sie zurückkehrte, war Alex bei ihr, der jüngste Vampir, den Urban und seine Freunde gerettet hatten.

»Grüß dich, Dilia! Es freut mich, dich zu sehen.« Er schien erleichtert zu sein, auf die erfahrene Vampirin zu treffen.

»Welcher Wind treibt dich hierher?«, fragte Dilia.

»Der Supervampir! Ich habe ein Computerprogramm geschrieben, um ein paar Sachen herauszufinden. Das Ergebnis will ich bei der nächsten Clubsitzung vorlegen. Davor aber wollte ich es Cynthia zeigen. Darum bin ich froh, dass du auch da bist, denn sechs Augen sehen mehr als vier. Außerdem hast du weitaus mehr Erfahrung.«

»Mit Computern sicher nicht«, gab Dilia zurück. Sie wusste, dass Alex seinen Beruf als EDV-Fachmann nicht zufällig gewählt hatte. Ihm ging es darum, ein Computerprogramm zu entwickeln, das die Datenbanken der Einwohnermeldeämter überlisten konnte, um den Vampiren, wenn es nötig wurde, neue Papiere zu besorgen. Allerdings ging es über ihr Verständnis, wie er auf diese Weise den Supervampir entlarven wollte, und das sagte sie ihm auch.

Alex zuckte mit den Schultern. »Ob ich ihn damit entlarven kann, sei dahingestellt. Mir geht es erst einmal darum, mehr Anhaltspunkte in die Hand zu bekommen, um dem Monster auf die Spur zu kommen. Und da habe ich einige interessante Sachen herausgefunden.«

»So, und was denn?«, fragte Cynthia angespannt.

Der Vampir deutete auf einen Computerausdruck und verzog seine Lippen zu etwas, das einem Lächeln nahe kommen sollte. »Als Erstes habe ich dem Computer die Frage gestellt, ob der Supervampir ein Mann oder eine Frau ist.«

»Und?«, fragte Dilia.

»Die Wahrscheinlichkeit ist 86 zu 14 Prozent für weiblich.«

»Und wie kommt dein Computer darauf?« Dilia war anzumerken, dass sie nicht an diese wundersamen Berechnungen glaubte.

»Ich habe das Beuteschema des Ungeheuers berücksichtigt. Ist euch aufgefallen, dass ihm bislang nur Männer zum Opfer gefallen sind? Ein männlicher Vampir hätte sich aber mindestens bei der Hälfte der Fälle an Frauen herangemacht.«

Dilia schüttelte abwehrend den Kopf. »Der Supervampir hat schon sechs Männer umgebracht. Zwar sind wir Vampire kräftiger als andere Menschen, trotzdem wäre mir mindestens einer davon entkommen.«

»Du bist ja auch kein Supervampir. Ich habe Urbans Bericht über seinen früheren Freund analysiert, und ihn mit unseren eigenen Fähigkeiten verglichen. Wir können potenziellen Opfern einen gewissen Schrecken einjagen, aber wie wir selbst wissen, sind einige Leute dagegen immun.« Alex schwieg einige Augenblicke, um die Spannung zu erhöhen, und fuhr dann fort.

»Dieser Schrecken ist eine gewisse Form der Beeinflussung. Ich habe jetzt den Computer gefragt, ob unserer Supervampir ähnliche Kräfte hat, und habe eine Wahrscheinlichkeit von 92 Prozent bekommen. Mit 75 Prozent Wahrscheinlichkeit sind die Beeinflussungsfähigkeiten der Supervampirin, wie wir wohl sagen müssen, um einiges stärker als unsere und wohl auch vielfältiger. Diese Frau muss in der Lage sein, ihre Opfer zu hypnotisieren.«

»Aber warum geht sie dann bloß auf Männer los? Bei Frauen würde es ihr doch viel leichter fallen«, rief Cynthia aus.

Alex' Lächeln drückte fachmännische Überlegenheit aus. »Diese Frage habe ich meinem Computer auch gestellt, und was glaubt ihr, war die Antwort?«

»Keine Ahnung, und jetzt rede nicht um den heißen Brei herum.« Dilia wurde langsam ungeduldig.

Alex merkte ihren Stimmungsumschwung und hob den Zeigefinger, als wolle er seine nächsten Worte bekräftigen. »Ihr habt den sexuellen Aspekt vergessen! Unsere Supervampirin lockt die Männer, auf die sie aus ist, mit Sex an. Bevor die Kerle kapieren, was mit ihnen passiert, ist es für sie zu spät. Die Supervampirin muss wahrscheinlich nicht einmal zubeißen und saugen, wie es bei uns der Fall ist, sondern kann die Lebensenergie ihrer Opfer auf eine gewisse Entfernung an sich ziehen. Darauf deuten Urbans Aussagen über seinen früheren Kameraden hin.«

»Das hört sich scheußlich an! Wenn dieses Ungeheuer die Leute nicht mehr anfassen muss – und auch Vampire töten kann, dann liegen wir alle eines Morgens als Mumienleiche im Bett!« Cynthia schauderte sichtlich und äugte zur Tür, um zu sehen, ob diese auch fest verschlossen war.

Alex' Gesicht nahm einen spitzbübischen Ausdruck an, der dem Ernst der Lage eigentlich nicht angemessen war.

»Ich habe dem Computer noch zwei weitere Fragen gestellt. Die eine war, ob wir die Supervampirin kennen, und die Antwort war 49,9 Prozent. Mit der letzten Frage wollte ich wissen, wer von allen Frauen, die ich kenne, in Frage käme. Was glaubt ihr, wie die Antwort lautet?«

»Wenn du nicht im nächsten Augenblick zwei ganz normale Vampirinnen am Hals haben willst, sagst du es gefälligst sofort!«, fauchte Dilia ihn an.

Trotzdem wartete Alex noch einige Sekunden, bevor er weiter sprach. »Cynthia hat 0,3 Prozent Wahrscheinlichkeit. Interessanter ist es schon bei dir, denn du kommst auf 8,6 Prozent. Noch höher ist die Wahrscheinlichkeit bei Andrea mit 14,3 Prozent. Aber wer glaubt ihr, kommt auf die höchste Wahrscheinlichkeit?«

Im nächsten Augenblick lag er am Boden und bekam Prügel.

»He, hört auf! Ich sage es ja schon«, japste er und kreischte auf, als Cynthias Zähne nahe an seiner Halsschlagader entlangstrichen.

Dilia wollte die junge Vampirin aufhalten, doch es war nicht nötig. Cynthia stand auf, trat einen Schritt zurück und funkelte Alex zornig an. »Beim nächsten Mal mache ich ernst!«

Obwohl er sich einige derbe Schläge eingehandelt hatte, grinste Alex. »Ihr habt beide eben den Beweis geliefert, dass keine von euch die Supervampirin sein kann. Die hätte nämlich nicht aufgehört. Aber jetzt zu den Namen. Auf dem zweiten Platz kommt mit durchaus respektablen 23,7 Prozent die bisher nicht als Vampirin erkannte Monique Prestl und mit 26,1 Prozent Urbans Hausdame Daniela Schreitlinger.«

»Du hast doch einen Vogel! Die Daniela kann es nie und nimmer sein«, rief Dilia aus.

»Und die Monique, diese verrückte Henne? Das glaubst du doch selber nicht!« Cynthia begann zu lachen und hörte erst auf, als Dilia sie anfuhr, sich nicht so aufzuführen.

»Mein guter Alex«, sagte sie anschließend, »da ist dir oder deinem Computer die Fantasie durchgegangen!«

Dilia war sich vollkommen sicher, dass Daniela nicht die Supervampirin sein konnte. Monique hielt sie ebenso wenig dafür, erinnerte sich dann aber an das Nachlassen ihrer Spürfähigkeiten, das mit Moniques Auftauchen in Lasskys Bekanntenkreis zusammenfiel, und fühlte, wie es ihr kalt den Rücken hinunterrann. Immerhin war es der Schauspielerin gelungen, sich innerhalb kurzer Zeit bei den meisten Vampiren Liebkind zu machen, und die männlichen Vampire standen Schlange, um mit ihr ins Bett gehen zu dürfen.

Das passte zu Alex Vermutung, die Supervampirin würde ihre erotische Ausstrahlung als Waffe einsetzen. Wenn das stimmte, dann schwebten Urban, Terenci, Mischka und ganz besonders auch Andrea in höchster Gefahr. Sie wollte schon zum Telefonhörer greifen, um eine außerordentliche Clubsitzung einzuberufen, zuckte dann aber zurück, als wäre der Apparat glühend heiß. Es brachte nichts, die anderen Vampire zu alarmieren, solange sie unter dem Bann der Supervampirin standen. Monique würde ihr die Worte im Mund umdrehen und ihren Freunden weismachen, sie selbst sei die Entartete. Gewiss würde das Monster sich halb totlachen, wenn die anderen sie deswegen umbrachten.

Für einige Augenblicke verließ Dilia aller Mut und sie hörte stumm zu, wie Cynthia wortreich Monique verteidigte und dabei fallen ließ, dass sie es Daniela hingegen jederzeit zutrauen würde, die Supervampirin zu sein.

»Das liegt doch auf der Hand!«, erklärte sie mit aller Überzeugungskraft, die sie aufbringen konnte. »Welche normale Frau hätte sich gegen einen Vampir wie Mischka behaupten und ihn sogar noch verletzen können?«

»Monique ist auch nicht von Mischka gebissen worden, obwohl er nach seiner Verletzung einen fürchterlichen Bluthunger gehabt haben musste«, wandte Alex ein.

Cynthia fuhr ihm vehement in die Parade. »Das war ganz etwas anderes! Da war der Mischka halbtot und froh, dass ihm irgendjemand geholfen hat. Daniela hingegen hätte ihn kalt lächelnd erschossen!«

»Kalt lächelnd gewiss nicht, denn dann wäre er jetzt tot«, wandte Dilia ein, fand aber bei der jungen Vampirin kein Gehör. Cynthia verteidigte Monique so vehement, dass ihre beiden Besucher es vorzogen, den Mund zu halten, und die nächste Gelegenheit wahrnahmen, um das Thema zu wechseln. Dilia verabschiedete sich bald, da sie allein sein wollte, um ihre aufgewühlten Gedanken zu ordnen.

Seit sie in dieser Stadt weilte, hatte sie selbst in den schlimmsten Zeiten einen Hoffnungsschimmer am Horizont gesehen. Doch jetzt erschien ihr die Zukunft so schwarz, dass es ihr grauste. Wenn Monique tatsächlich die Supervampirin war, so hatte sie die meisten Clubmitglieder bereits auf ihre Seite gebracht. Die Einzigen, die ihrem Einfluss nicht erlegen waren, waren Alex und sie selbst, und sie beide besaßen kaum mehr eine Chance, etwas gegen sie zu unternehmen. Dennoch wollte Dilia nicht aufgeben und beschloss, die Situation so bald wie möglich mit Daniela zu bereden, auch wenn Lasskys Hausdame wahrscheinlich noch weniger Möglichkeiten hatte, etwas zu bewirken.

7

Nachdem Dilia gegangen war, wollte auch Alex aufbrechen. Eine plötzliche Schwäche ließ ihn innehalten, und er sah Cynthia verzweifelt an. »Hast du einen Schluck für mich? Ich habe heute noch nichts getrunken und vergehe vor Durst.«

»Tut mir leid, aber meine Vorräte sind ratzeputz aufgebraucht. Dabei brauche ich derzeit so viel, dass ich es bereits mit Tierblut strecke, das ich mir vom Metzger hole.« Cynthia schniefte, als sie an ihren leeren Kühlschrank dachte, denn sie hatte selbst Hunger. Außerdem mochte sie Alex und hätte ihm gerne etwas abgegeben.

Um die trübe Stimmung, die sich in ihrem Appartement breitgemacht hatte, zu vertreiben, versuchte sie zu witzeln. »Einen möglichen Verdächtigen für den Supervampir hast du vergessen, nämlich dich! Du würdest mit Sicherheit keine Frau anfassen, geschweige denn ihr in den Hals beißen.«

Alex blickte sie empört an. »Ich weiß, dass ich es nicht bin! Aber wenn ich es wäre, würde ich sicher keine verlausten Stadtstreicher oder mittelalterliche Wohlstandswracks nehmen, sondern junge, knackige Burschen!«

»Touché! Ich wollte dich übrigens nicht kränken – wegen deiner Vorliebe für Männer, meine ich.« Cynthia schämte sich nun für ihren doch arg an den Haaren herbeigezogenen Gag und war froh, dass Alex ihr nicht böse war.

Der junge Vampir winkte ab. »Wenn die ganze Sache vorbei ist, können wir zusammenziehen, so wie du es schon einmal vorgeschlagen hast. Es spart Kosten und wir sind nicht so allein. Wir müssen ja nicht miteinander ins Bett gehen.«

Dagegen hätte Cynthia nichts gehabt, aber sie wusste, dass Alex bei der leisesten Andeutung einen Rückzieher machen würde. Für ihn musste das Leben doppelt schlimm sein, dachte sie. Im Grunde war er in zweifacher Hinsicht ein Außenseiter, denn er war sowohl Vampir wie auch homosexuell. Beide Veranlagungen konnte er jedoch nicht ausleben, da die Gefahr bestand, bei sexuellen Kontakten die Kontrolle über sich zu verlieren und über seinen Partner herzufallen. Cynthia fragte sich, wie Andrea Lupacani es schaffte, sich bei ihren gelegentlichen Zufallsbettbekanntschaften zu beherrschen. Aber die Modedesignerin war nun einmal erfahrener als sie oder Alex, und besaß mit Dilia eine Partnerin, die ihr Halt gab.

Dabei erinnerte sie sich daran, dass die beiden sich gestritten hatten, und sie sah Alex erschrocken an. »Derzeit läuft alles aus dem Ruder!«

»Das kannst du laut sagen! Wenn wir die Supervampirin nicht schnell genug ausschalten können, werden wir alle im Chaos untergehen.«

Cynthia ballte die Fäuste. »Wenn es nicht anders geht, bringe ich die Daniela eigenhändig um!«

»Nimm dich zusammen! Meinen Berechnungen nach ist sie gerade mal zu 26 Prozent verdächtig. Das heißt, es besteht eine Wahrscheinlichkeit von fast 75 Prozent, dass sie es nicht ist.«

Mit diesen Argumenten hoffte Alex, Cynthia zur Vernunft gebracht zu haben, und ging zur Tür. »Entschuldige, wenn ich jetzt verschwinde, aber ich muss zusehen, wie ich an etwas Flüssiges komme. Leider habe ich daheim gerade noch eine Portion. Sonst würde ich dich einladen, mitzukommen.«

»Dankschön! Es zählt schon die Absicht.« Cynthia spürte, wie ihr die Tränen kamen, und ärgerte sich gleichzeitig, weil sie so nahe am Wasser gebaut hatte. Im Grunde, fand sie, war sie als Vampirin eine Missgeburt, denn sie ekelte sich vor Blut. Doch ohne diese lebensspendende Flüssigkeit würde sie innerhalb weniger Wochen an Auszehrung sterben.

Gefangen in einer schier ausweglosen Situation stolperte sie mit tränenblinden Augen zur Tür, um sie wieder zu verriegeln. Da fiel ihr ganz plötzlich ein, wie sie an Blut kommen konnte. Rasch suchte sie die Autogrammkarte heraus, die sie von Monique bekommen hatte, und wählte die Handynummer, die darauf notiert war.

8

Monique blieb in dem niedrigen Gang stehen und drehte sich zu Terenci um. »Ist es dort?«

Der dünne Vampir nickte. »Hinter dieser Tür ist die Gruft!«

Während Monique verblüfft auf die halb aus den Angeln hängende Tür starrte, lachte Mischka hinter ihr meckernd auf. »Und wegen dem da hat der Lassky so ein Theater gemacht!« Er trat auf die Türe zu und wollte sie aufreißen, doch das Ding erwies sich als so fest, dass es seinen Kräften widerstand.

»Verdammt!«, fluchte er und trat mit dem Fuß dagegen. Das scheinbar so marode Holz rührte sich jedoch um keinen Millimeter, während er selbst aufkeuchte und mit der Hand an den Knöchel griff. »Verdammt, jetzt hab ich mir auch noch den Fuß verstaucht!«

»Das kommt davon, wenn man zu voreilig ist«, wies Monique ihn kühl zurecht und winkte Nummer Eins, den Strahl der Grubenlampe genau auf die Tür zu richten. Die Affenschlange drückte sich an den beiden Männern vorbei, die sie mit uninteressierten Blicken streiften. Ludwig Terenci und Florian Mischka standen bereits so stark unter dem Bann der Supervampirin, dass sie die eigenartige Gestalt des Wesens nicht einmal bemerkten. Terenci trat unaufgefordert neben Nummer Eins, als deren Lichtstrahl die Tür erfasste, kniete sich hin und fasste das Türblatt am unteren Ende. Ein Knacken ertönte, und er vermochte es aufzudrücken. Dahinter kam eine weitere Türe zum Vorschein, die sich in einem der tiefsten Keller unterhalb Wiens seltsam ausnahm.

Es handelte sich nämlich um eine moderne Sicherheitstür, die ein Zahlenkombinationsschloss besaß.

»Den Code kennen nur Urban und ich«, berichtete Terenci, während er so flink an dem Einstellrad drehte, dass Mischka der neugierig den Kopf vorstreckte, nichts mitkam.

Ein weiteres Knacken zeigte an, dass auch dieses Hindernis beseitigt war. Monique winkte den beiden Vampiren, sie durchzulassen und trat ein. Doch ihre Hoffnung, hier weitere Sklaven rekrutieren zu können, verflog beim Anblick der gepflöckten Vampire. Urban und seine Leute hatten zu gute Arbeit geleistet.

Monique verzog die Lippen und versetzte Terenci einen Schlag. »Ihr Idioten! Warum habt ihr sie ganz umbringen müssen? Es hätte doch gereicht, sie nach zwei Silberkugeln zu pflöcken. Ihnen eine Dritte ins Herz zu schießen war ihr Tod!«

»Aber dann müssten sie doch verwesen!«, wandte Terenci verwirrt ein.

»Seid ihr so dumm oder tut ihr nur so? Vampire leben weitaus länger als normale Menschen und ihre Körper brauchen daher auch mehr Zeit, bis sie zu Staub zerfallen, vor allem in einer solchen Umgebung, in der die Leichen durch die trockene Luft mumifiziert werden. Diese Kadaver werden auch in hundert Jahren noch so aussehen. Trotzdem ist kein Funken Leben mehr in ihnen. Dafür habt ihr Trottel diese Gruft gebaut!«

Monique fauchte und schlug Terenci ein weiteres Mal. Auch Mischka, der frech zu grinsen begann, bekam mehrere Hiebe ab. Nun, da sie die Männer zu ihren geistigen Sklaven gemacht hatte, brauchte sie sich nicht mehr zu beherrschen und konnte ihren Launen freien Lauf lassen.

Sie musterte die aus Ziegeln gemauerten Wände und die Decke des Raums. Das Ding sah so aus, als wäre es vor Jahrhunderten errichtet worden, doch Terencis Worten zufolge hatten die Clubmitglieder diesen Raum unbemerkt an einer abgelegenen Stelle des Gangsystems errichtet, um dort jene Vampire einsperren zu können, die eine Gefahr für sie darstellten. Monique war klar, dass sie ebenfalls hier läge, wenn es ihr nicht gelungen wäre, die Gedanken der Vampire langsam und vorsichtig zu manipulieren und sich deren Freundschaft zu erschleichen.

Ihr Blick fiel wieder auf die Toten. »Das war wohl nichts«, sagte sie und verließ das Gewölbe. Draußen begriff sie, dass der Ausflug nicht ganz umsonst gewesen war. In diesen Raum würde sie schon bald Dilias Überreste schaffen lassen und die aller anderen Vampire, die sich ihr zu widersetzen wagten.

Das Klingeln ihres Handys beendete sie ihre weiteren Planungen, und sie klopfte sich innerlich noch einmal auf die Schultern, weil sie schon früh dafür gesorgt hatte, dass sie auch hier in der Tiefe telefonieren konnte. So würde niemand auf den Gedanken kommen, sie könne sich an Stellen aufhalten, an denen es keinen Empfang gab.

Lächelnd klappte sie ihr Mobiltelefon auf und meldete sich. »Monique Prestl am Apparat. Wer spricht bitte?«

»Ich bin es, die Cynthia! Ich wollte nur fragen, ob du mir helfen kannst. Ich brauche dringend etwas zu trinken. Mir ist schon ganz schwindlig. Bei der letzten Clubsitzung hast du behauptet, du könntest etwas besorgen.« Cynthias Stimme klang so gepresst, als litte sie bereits unter schmerzhaften Entzugserscheinungen.

Auf Moniques Lippen erschien ein verächtliches Lächeln. Sie hätte sich an Cynthias Stelle längst ein Opfer gesucht und neue Kraft getankt. Doch die Wiener Vampire, die Urban Lassky um sich gesammelt hatte, besaßen alle keinen Mumm. Trotz ihrer Verachtung für das Mädchen bemühte sie sich um einen freundschaftlichen, besorgt klingenden Tonfall.

»Freilich helfe ich dir, Cynthia! Ich bin, sagen wir, in einer Stunde bei dir und bringe dir ein bisschen was mit.«

»Dankschön, Monique! Du bist ja so lieb. Dabei hat Alex, der Depp, schon gemeint, du könnest die Supervampirin sein.«

Hätte Cynthia ihre Gesprächspartnerin in diesem Augenblick sehen können, wäre ihr kaum entgangen, dass Monique wie unter einem heftigen Schlag zusammenzuckte. »Was sagst du da?«

»Du findest das sicher genau so lachhaft wie ich. Ich habe dem Trottel auch kräftig den Kopf gewaschen. Sonst ist er ja ein netter Kerl, aber da hat er sich arg verrannt.«

»Das hat er wirklich! Weißt du was? Über das Ganze reden wir, wenn ich bei dir bin. Jetzt muss ich aufhören, sonst kriege ich deine Mahlzeit nicht mehr!«

Monique beendete das Gespräch und brauchte danach mehrere Minuten, bis sie sich wieder so weit in der Gewalt hatte, dass sie einen klaren Gedanken fassen konnte. Hatte sie einen Fehler gemacht, fragte sie sich, und dadurch Alex' Verdacht geweckt? Sie war zwar sicher, vorsichtig vorgegangen zu sein, aber der Kerl musste irgendetwas entdeckt haben.

»Er muss ausgeschaltet werden und zwar so schnell wie möglich! Aber wie?« Monique zermarterte sich das Gehirn, denn wenn sie den Mann jetzt aufsuchte und ihn zu unterwerfen versuchte, konnte er vielleicht fliehen und sie vor den anderen entlarven. Zwar waren Mischka und Terenci zu gehorsamen Sklaven geworden, doch bei den anderen konnte der Schock die Beeinflussung lösen, sodass sie erkannten, mit wem sie es zu tun hatten.

»Ich muss mit Cynthia reden. Vielleicht weiß sie etwas, das mir helfen kann!« Mit einer energischen Bewegung wandte sie sich zu ihren Begleitern zu. »Mischka, Terenci, ihr zieht euch in meine Wohnung zurück und verlasst sie erst wieder, wenn ich euch rufen lasse!«

»Das tun wir«, versprach Mischka eifrig, während Terenci zögerte. In ihm stieg noch ein Funken Erinnerung an eine

Zeit auf, in der er selbst entschieden hatte, was er tun und lassen wollte. Doch das Gift der Supervampirin, das in seinem Körper kreiste, verhinderte, dass er sich ernsthaft gegen ihren Willen auflehnen konnte.

Monique kehrte den beiden Männern den Rücken zu und winkte Nummer Eins zu sich. »Du wirst mir jetzt rasch zwei Beutel Blut besorgen. Bringe sie zur U-Bahn-Station Nussdorfer Straße. Ach ja! Sorge dafür, dass meine Vorratsrationen aufgefüllt werden. Es kann sein, dass ich bald einiges an Blut brauche!«

Nummer Eins nickte, obwohl das hieß, des Nachts durch die Keller und Korridore das Allgemeinen Krankenhauses und anderer Kliniken in der Innenstadt zu schleichen und die für die Bluttransfusionen vorbereiteten Beutel zu stehlen. Die beiden Portionen aber, die ihre Herrin sofort haben wollte, lagen noch in ihrem Hauptquartier unter einem besonderen magischen Schutz, der den Inhalt so frisch hielt, wie er aus den Adern des Spenders geflossen war.

9

Cynthia stürzte sich auf das Blut, als wäre sie am verschmachten. Währens sie so gierig schlürfte, dass ihr zwei rote Fäden von den Mundwinkeln über das Kinn bis zum Hals liefen, lehnte Monique am Türbalken und sah ihr zu. Sie musste an sich halten, um nicht den zweiten Beutel aufzureißen und ihn selbst zu trinken, doch sie brauchte Cynthia in einen Zustand, der bei einem Vampir dem eines Betrunken glich. Zu diesem Zweck verstärkte sie deren Bluthunger, sodass diese kein Sättigungsgefühl mehr kannte und auch noch den Inhalt des zweiten Beutels verschlang. Nun war die junge Vampirin so aufgeheizt, dass ihre Augen rot leuchteten und sie die Überbringerin der Blutmahlzeit so gierig anschaute, als wolle sie auch diese aussaugen.

Monique beendete den für einen normalen Menschen gefährlichen Gedanken ihrer Gastgeberin durch einen hypnotischen Befehl und trat dann neben sie. »Das hat geschmeckt, was?«

»Oh, ja! Danke! Ich wusste mir nicht anders zu helfen.«

»Habt Ihr euch denn nie überlegt, euch menschliche Sklaven zuzulegen, die ihr nach Belieben anzapfen könnt?«

Die junge Vampirin schüttelte entsetzt den Kopf. »Nein! Das wäre pervers!«

Monique antwortete mit einem Achselzucken. »Zuhälter holen sich Mädchen und lassen sie von geilen Kerlen durchvögeln, bis sie an Aids krepieren, und Päderasten fliegen nach Afrika und Südostasien, um es mit kleinen Mädchen oder Buben zu treiben. Warum solltet ihr euch da nicht ein paar Blutspender halten, zumal ihr es wirklich dringend braucht, während die anderen sich auch selbst befriedigen könnten.«

Da die Haltung von Blutvieh, wie Monique die normalen Menschen nannte, ihr Ziel war, wollte sie wissen, wie Cynthia auf diesen Vorschlag reagierte. Besonders gut schien er der Kleinen nicht zu gefallen, denn sie sah aus, als müsse sie sich im nächsten Augenblick übergeben.

Aus diesem Grund verschob die Supervampirin dieses Thema auf später und begann ihre Gastgeberin über Alex auszufragen. Besonders ergiebig war Cynthias Bericht nicht. Monique erfuhr von Alex' Spielereien mit dem Computer und auch von seiner sexuellen Ausrichtung. Das Erste nahm sie nicht sonderlich ernst, sondern beschäftigte sich sofort mit der zweiten Information. Da Alex keine Frauen mochte, konnte sie ihre bereits erprobte Methode bei ihm nicht anwenden. Sie würde versuchen, ihn an einem unverfänglichen Ort heimlich anzugreifen, aber so, dass er nichts davon bemerkte. Dabei musste sie ihn soweit schwächen, dass sie ihn sich unterwerfen konnte.

Der Gedanke, Alex inmitten der anderen Vampire mit ihren speziellen Kräften zu packen, ohne dass diese etwas mitbekamen, hatte es etwas Verführerisches an sich. Dabei konnte sie ihre Grenzen austesten, und, wenn etwas schief ging, die Schuld auf Daniela abwälzen. Die letzte Idee gefiel ihr am meisten und so verabschiedete sie sich von Cynthia in demselben freundschaftlichen Ton, der bereits bei Andrea Lupacani verfangen hatte.

10

Der Rest der Woche verlief ohne nennenswerte Ereignisse. Dennoch nahm die Verunsicherung der Wiener Vampire so zu, dass sie sich sogar voneinander fernhielten. Das Einzige, was sie ein wenig beruhigte, war das Fehlen einer weiteren Mumienleiche. Einige von ihnen aber schmiedeten Pläne, um den entarteten Vampir zu entlarven und zu vernichten.

Nach Urbans Meinung halfen nur mindestens sechs Silberkugeln, die genau ins Herz dieses Ungeheuers treffen mussten. Deswegen unterwarf er Daniela einem gnadenlosen Training und übte auch selbst mit der Pistole, bis er sein Ziel beinahe mit geschlossenen Augen traf. Dilia aber musste ständig an Andrea denken und brachte es nicht fertig, eine Waffe in die Hand zu nehmen, die ihresgleichen töten konnte.

In den freien Minuten unterhielten sich die drei immer wieder über die Probleme, in denen die Gemeinschaft steckte. Wegen ihrer Erfahrungen mit Cynthia vermied Dilia es, Monique als die mögliche Supervampirin ins Spiel zu bringen, denn sie nahm an, dass Urban die Schauspielerin ebenfalls vehement verteidigen würde. Sie wies allerdings darauf hin, dass einige der Vampire Daniela in Verdacht hätten, das Ungeheuer zu sein. Urban lachte jedoch nur darüber.

»Wenn die so weiter machen, kommen sie auch noch auf die Idee, Monique wäre der Supervampir, und das ist genau so lächerlich!«, sagte er und wischte jeden Einwand mit einer Handbewegung weg.

»Vielleicht sollte ich nicht mitkommen, wenn ihr zum Clubtreffen geht«, wandte Daniela ein.

»Unsinn! Gerade jetzt ist es wichtig, dass du dabei bist. Die Leute müssen dich sehen, um zu begreifen, dass du zu uns gehörst!« Urban stieß die Worte mit einem genervten Unterton aus und lenkte das Gespräch dann auf ein anderes Thema.

Dilia wurde klar, dass er bereits zu stark unter Moniques Einfluss stand, und fragte sich seufzend, was aus ihrer Gruppe werden sollte, wenn selbst ihr langjähriger Anführer nicht begriff, aus welcher Ecke die wirkliche Gefahr drohte. Auch wenn Urban noch so intensiv übte, würde er es nicht fertigbringen, auf Monique zu schießen.

»Wir werden gut aufpassen müssen«, raunte sie Daniela zu, versuchte aber zu verbergen, dass sie sich so hilflos fühlte wie ein kleines Kind.

Urban hatte ihre Worte vernommen und machte eine wegwerfende Geste. »Mach dir doch nicht so viele Sorgen! Wir haben bis jetzt alle Gefahren überstanden, und werden uns auch jetzt zu helfen wissen. Wichtig ist, dass der Club zusammenhält.«

Dilia nickte, obwohl ihr der Zusammenhalt, der sich derzeit in der Gruppe abzeichnete, nicht geheuer war. Sie fand ihre Bedenken bereits am nächsten Tag bestätigt. Als sie und Daniela zusammen mit Urban den Clubraum betraten, schnitten die anderen Vampire sie und Daniela erntete etliche gehässige, aber auch ängstliche Blicke. Wie es aussah, hatte Alex mit seinem Verdacht nicht hinter den Berg gehalten. Auch tat Cynthia alles, um ihn noch zu verstärken. Monique aber wurde in dem Zusammenhang nicht einmal erwähnt, und wenn jemand von ihr sprach, dann lobte er sie in den höchsten Tönen.

Monique erschien kurz darauf in Begleitung von Andrea Lupacani, so als wolle sie zeigen, dass sie Dilias Rolle als deren Freundin übernommen hatte. Nun begrüßte sie die

Anwesenden überschwänglich mit Umarmung und Küsschen. Daniela und Dilia aber schienen für sie nicht zu existieren.

Die beiden saßen nebeneinander in einer Ecke des Raumes und fühlten sich angesichts der Feindseligkeit, die ihnen entgegenschlug, mehr als unwohl. Als Monique an ihnen vorbeiging, warf sie ihnen nur einen abschätzenden Blick zu, und setzte ihre Begrüßungszeremonie fort.

Der schwarzen Königin ging es vor allem darum, Alex kräftig in die Arme zu schließen und Hautkontakt herzustellen, um eine magische Verbindung zu ihm aufzubauen. Nur dann würde es ihr gelingen, seine Lebensenergie an sich zu ziehen. Damit sie eine Chance hatte, musste er jedoch das Blut aus einem ganz speziellen Beutel trinken, welches sie mit einem starken Psychopharmaka versetzt hatte. Auf diese Weise würde er nicht mitbekommen, was mit ihm geschah.

Lachend und scherzend verteilte sie einige der mitgebrachten Blutbeutel an mehrere Vampire, die, wie sie von Mischka und Terenci wusste, die meisten Schwierigkeiten hatten, sich Nachschub zu besorgen, und sicherte sich deren Dankbarkeit. Zuletzt hielt sie noch den präparierten Blutbeutel in der Hand.

»Wem soll ich den geben? Dir, Urban? Ach nein, ich glaube, du verfügst zu Hause über einen gut gefüllten Vorratsschrank. Andrea habe ich vorhin in der Wohnung schon einen gegeben. Also braucht sie ihn auch nicht. Wer will?« Sie ignorierte dabei die Meldungen einiger bis jetzt leer ausgegangener Vampire, und hielt den Beutel Cynthia hin. Dabei verstärkte sie ihre Beeinflussung der jungen Vampirin, die den Beutel dann auch wie gewünscht an Alex weiterreichte.

»Hier! Ich habe meine Mahlzeit heute schon gehabt. Mir reichen die paar Cocktails, die es hier zu trinken gibt.«

Alex nahm den Beutel entgegen und fühlte, wie ihm das Wasser im Mund zusammenlief. Er hatte in den letzten Tagen arg hungern müssen und war erleichtert, mehr zu erhalten als ein oder zwei Gläser mit Rotwein und Traubensaft versetzten Blutes, wie es sonst im Clubraum ausgeschenkt wurde.

»Danke!«, sagte er zu Cynthia, und nickte dann auch Monique zu, bevor er sich in eine Ecke setzte und trank.

Mit der Wahl seines Sitzplatzes spielte er Monique in die Hände, denn dort konnten die anderen Vampire sehen, dass er mit niemanden Körperkontakt hatte. Allerdings durfte sie, wenn sie ihr Vorhaben durchführen wollte, sich nicht an den Gesprächen beteiligen, denn das hätte ihre Konzentration gestört. An ihrer Stelle mussten ihre beiden männlichen Sklaven, die gerade eintraten, wie auch Andrea und Cynthia die anderen ablenken. Da sie die Vier entsprechend präpariert hatte, sammelten diese die anderen Vampire um sich und begannen eine angeregte Unterhaltung.

Unterdessen hatte Alex seine Mahlzeit beendet. Sein Vampirkörper hielt Drogen und anderen Giften weitaus besser stand als ein normaler Mensch. Doch die Mischung, die sich in diesem Beutel befunden hatte, machte selbst ihm zu schaffen, und er versank nach kurzer Zeit in einer Art Dämmerschlaf.

Das nützte Monique aus. Im Normalfall hätte sie ihn gebissen oder wenigstens an sich gedrückt, um ihm dann seine Kräfte zu entziehen. Aber das wäre den anderen Vampiren aufgefallen. Daher musste sie ihre Saugfähigkeiten über die Distanz von gut zwei Metern einsetzen.

Das hatte sie schon ein paar Mal spielerisch in einem Kaffeehaus oder einem Wirtsgarten probiert, bei Männern oder Frauen, die ihre Kopfschmerzen hinterher auf den berühmten Krug Bier zu viel schieben konnten, aber noch nie bei einem Vampir. Vorsichtig streckte sie ihre geistigen Fühler aus und wartete gespannt, ob von Alex eine Reaktion kam. Der junge Vampir saß jedoch in einem Sessel, das Gesicht auf die Hände gestützt, und schien zu schlafen.

Monique sah einen Augenblick lang zu Urban hin, der sich eben angeregt mit Andrea unterhielt. Ihn hätte sie gerne auf diese Weise abgesaugt, um ihn zu schwächen, doch sie wusste, dass sie das nicht wagen konnte. Er besaß schärfere Sinne als die meisten, abgesehen von Dilia, und sie musste Acht geben, dass er nicht bemerkte, was sie mit dem jungen Vampir anstellte.

Während sie begann, Alex' Lebenskraft an sich zu ziehen, überlegte sie, ob sie ihn hinterher nicht mitnehmen, zusammen mit Cynthia, Mischka und Terenci in seine Wohnung bringen und dort in die Halsschlagader beißen sollte. Das konnte sie dann auch gleich bei Cynthia tun und beide zu ihren ergebenen Sklaven machen. Der Gedanke erregte sie so sehr, dass sie stärker zu saugen begann.

Etwas in ihr mahnte sie, vorsichtiger zu sein. Dilia wurde zusehends unruhiger und auch einige andere Vampire zuckten zusammen und sahen sich irritiert um. Doch die Kraft, die ihr durch Alex' Teilnahmslosigkeit fast widerstandslos entgegenfloss, berauschte sie stärker, als jede Droge es vermocht hätte. Ohne an die Konsequenzen zu denken, gab sie sich diesem Gefühl der Macht hin und triumphierte, weil es ihr gelungen war, alle Vampire in diesem Raum zu täuschen.

Die sind alle nichts gegen mich, schoss es ihr durch den Kopf. Ich bin wirklich die größte und mächtigste Vampirin der Welt und die wahre Königin aller Vampire. Immerhin hatte sie selbst einen alten und erfahrenen Vampir wie Ludwig Terenci unter ihre Herrschaft gebracht und die meisten anderen Mitglieder des Clubs würden dieses Schicksal bald teilen. Sie lachte in Gedanken über Urban und dessen Freunde, die zwar so viel stärker und mächtiger waren als normale Menschen, sich aber dennoch vor ihnen verkrochen und ihre Natur unterdrückten. In ihren Augen glichen sie den Raubtieren im Zoo, deren Verwandte in der Wildnis gefährlich sein mochten, während sie selbst zu halben Teddybären domestiziert waren.

Sie selbst würde sich nicht freiwillig zu einem Schoßkätzchen degradieren! Der Gedanke veranlasste sie, noch stärker zu saugen. Ein Teil ihres Verstandes, der noch nicht dem Rausch verfallen war, mahnte sie, aufzuhören, doch sie gab sich ganz ihrer Gier und dem Gefühl der Macht hin, und während sie unter dem Einströmen der fremden Energien genussvoll erbebte, spürte sie, wie der Lebensfaden des jungen Vampirs immer dünner wurde. Noch nie hatte sie einen ihrer Art auf diese Weise zu Tode gebracht, und der Drang, ihr Werk zu vollenden, ließ sie alle Bedenken vergessen.

11

In ihrem ganzen Leben hatte Daniela sich nicht so unbehaglich gefühlt wie an diesem Tag. Ein Blick auf Dilia zeigte ihr, dass es dieser genauso ging. Die Vampirin griff sich immer wieder an den Hals und sah sich ängstlich um.

»Irgendetwas geht vor, und das ist nichts Gutes. Wir sollten schleunigst abhauen!«, flüsterte sie.

Damit verwirrte sie Daniela. Obwohl Dilia bereits an Auszehrung litt und sich matt fühlte, hatte sie noch keinen Blutcocktail getrunken. Um ihrer Freundin Erleichterung zu verschaffen, stand Daniela auf und trat auf Urban zu. Der war gerade dabei, eine der Geschichten aus seiner Jugendzeit zu erzählen, blickte aber auf, als Daniela ihm die Hand auf die Schulter legte. »Was gibt es?«

Er fühlte sich gestört, bemühte sich aber freundlich zu sein, um den anderen zu zeigen, dass ihr Verdacht, Daniela könnte die Supervampirin sein, ein Hirngespinst war.

»Es haben nicht alle von Monique Blut erhalten. Sollten Sie nicht auch einen Schluck bekommen?«

»Das ist eine gute Idee! Sei so nett und serviere allen eine Runde. Immerhin bist du die Jüngste hier im Club, und deswegen musst du uns nun bedienen!«

Einige seiner Freunde zogen schiefe Gesichter, doch als Daniela den Schrank öffnete und die Gläser bis zum Rand mit Blutcocktail füllte, lehnte keiner es ab, sein Glas von ihr entgegen zu nehmen.

Das erste Glas reichte sie Dilia und hoffte, dass diese nach der Stärkung ihre Nervosität ablegen würde. Nachdem alle, die bislang leer ausgegangen waren, ihre Ration hatten, reichte sie auch den übrigen Vampiren die Gläser. Es gelang ihr zu lächeln, auch wenn sie oft genug in eisige Mienen blicken musste. Zuletzt stellte sie auch Alex ein Glas hin. Er langte jedoch nicht danach, und sagte auch nichts, sondern sah aus, als wäre er eingeschlafen.

Zunächst dachte Daniela sich nichts dabei, sondern setzte sich wieder zu Dilia und überlegte, welches Thema sie aufgreifen sollte, damit ein Gespräch zustande kam. Dabei blickte sie unwillkürlich wieder zu Alex hinüber und rieb sich die Augen. Es kam ihr so vor, als würde ein schmales, leuchtendes Band aus der Brust des Mannes fließen und auf Monique zuwabern.

Erschrocken stupste sie Dilia an. »Siehst du das auch?«

»Was?« Die Vampirin blickte sich irritiert um. »Hier ist es so düster, dass ich kaum etwas erkennen kann.«

»Düster?« Daniela schüttelte den Kopf. Alle Lampen brannten. Zudem hatte Andrea eine mächtige Kerze mit fünf Dochten auf den großen Versammlungstisch gestellt und angezündet. Doch irgendwie hatte Dilia recht. Das Clublokal wirkte seltsam schmutzig, so als hätten die Vampire beim letzten Mal kräftig gefeiert und hinterher nicht richtig saubergemacht.

Es dauerte eine Weile, bis Daniela begriff, dass diese Düsternis, wie Dilia sie nannte, von Monique ausging. Die Schauspielerin hatte sich ein wenig von den anderen abgesondert. Während sie das zittrige, aus Alex heraustretende Licht in sich aufnahm, verströmte sie selbst eine düstere Wolke, die den ganzen Clubraum auszufüllen schien. Dabei machte Monique eine Miene, die nur ekstatisch genannt werden konnte. Dazu presste sie den Atem stoßweise hervor und machte immer wieder schmatzende Geräusche.

Es wunderte Daniela, dass noch keiner der anderen darauf aufmerksam geworden war. Doch die Vampire hockten dicht an dicht auf einer einzigen Sitzgruppe und redeten so eifrig miteinander, als befänden sie sich ganz allein im Raum.

»Sieh dir Alex und Monique an!«, wisperte sie Dilia zu.

»Warum, was ist mit ihnen?« Es dauerte einige Augenblicke, bis Dilia die Düsternis, die sie umgab, durchdringen konnte. Dann aber erschrak sie bis ins Mark. Anders als Daniela wusste sie genug über Vampire, um zu erkennen, was hier gespielt wurde. Doch als sie den Mund zum Schrei öffnete, sackte Alex haltlos in sich zusammen und rutschte zur Erde. Das Licht, das von ihm ausgegangen war, erlosch und sein Körper wirkte auf einmal grau und konturlos wie ein Schemen.

»Was war das?«, fragte sie erschrocken und bemerkte gleichzeitig, wie Monique einen triumphierenden Blick in ihre Richtung warf. Der finstere Nebel, der den Raum erfüllte, ballte sich und floss auf sie und Daniela zu. Die Vampirspürerin glaubte ersticken zu müssen und krallte ihre Finger in Danielas Schulter. Die beeinflussende Kraft der Supervampirin verbrannte ihr fast das Gehirn, dennoch vermochte sie sich ein paar Augenblicke gegen diese Kräfte zu stemmen.

»Raus! Nichts wie raus!«, flüsterte sie Daniela zu, »Aber sofort! Sie hat Alex umgebracht und ist gerade dabei, es uns in die Schuhe zu schieben!«

Alex sollte tot sein? Daniela konnte es nicht begreifen. Vampire mussten doch beißen und Blut saugen, aber Monique hatte nichts dergleichen getan. Der drängende Ton in Dilias Stimme ließ sie jedoch handeln. Sie stand auf, zog die halb erstarrte Vampirin mit hoch und schleifte sie zum Eingang. Sie konnten den Raum verlassen, ohne dass die anderen Vampire sich um sie kümmerten. Draußen ging es Dilia wieder besser und sie war fähig, auf eigenen Beinen stehen. In ihren Augen standen jedoch Grauen und Todesangst. Sie begann zu rennen, um so rasch wie möglich den unterirdischen Kavernen zu entkommen. Daniela hatte Mühe, ihr zu folgen, und während sie hinter ihrer Freundin herlief, wurde ihr klar, dass sie nun unwiderruflich in einem nicht enden wollenden Albtraum angekommen war.

Im Clubraum, den Daniela und Dilia eben verlassen hatten, ballte Monique wütend die Fäuste. Sie hatte Daniela und Dilia für Alex' Tod verantwortlich machen und die beiden von den anderen Vampiren umbringen lassen wollen. Anstatt unter ihrer beeinflussenden Magie zu erstarren und hilflos dem unausweichlichen Schicksal entgegenzusehen, war es den beiden gelungen, den Raum unbemerkt zu verlassen. Sie überlegte kurz, ob sie Urban und seine Freunde hinter den Entkommenen herhetzen sollte. Doch bis die anderen begriffen, was sie von ihnen verlangte, würden Dilia und Daniela längst die Oberfläche erreicht haben. Eine Verfolgungsjagd quer durch die Stadt aber würde nur unliebsames Aufsehen erregen. Daher war es besser, abzuwarten, bis sich eine günstigere Gelegenheit ergab, die beiden zu vernichten. Stark genug fühlte sie sich nun dazu.

Acht

Die Jagd

1

Bezirksinspektor Prallinger war sauer. Endlich hielt er den ersten Faden in der Hand, der ihn zu den Leuten bringen konnte, die für die Mumienleichen verantwortlich waren, und prompt warfen ihm seine Vorgesetzten Knüppel zwischen die Beine. Er blickte noch einmal auf die letzten Notizen, die er über diesen Fall gesammelt hatte. Einige Namen darauf hatte er mit Farbmarker angestrichen. Seiner Meinung nach waren es potenzielle Kunden jener Kerle, die dieses Teufelszeug in Umlauf brachten. Schon um der Gesundheit der Leute willen wäre es notwendig gewesen, die Ermittlungen zügig voranzutreiben. Doch ihm war weder eine Hausdurchsuchung bei dem Kunstmaler Urban Lassky genehmigt worden, noch eine Vernehmung der Schauspielerin Monique Prestl.

Sowohl auf Lassky wie auch auf Monique war Prallinger durch die Zeugin Daniela Schreitlinger gestoßen. Für ihn war die Frau die Drogenkurierin für das Paar, das, wie er herausgebracht hatte, miteinander liiert sein sollte. Dieser Umstand hatte Monique Prestl jedoch nicht daran gehindert, dem Wirtschaftsboss und Milliardär Heglinger mehr als nur schöne Augen zu machen, wie die Kopie des ihm vorliegenden Heiratsaufgebotes bewies.

In seiner Wut äffte Prallinger die Stimme seines Vorgesetzten, des Chefinspektors Czerny, nach. »Aber, aber! Du kannst doch nicht einfach zu solchen Herrschaften gehen und sie behandeln, als wären es Kriminelle, und das bloß, weil du bei deinen Ermittlungen nicht weiter kommst. Da täten wir ja schön ausschauen!«

»Herrschaften, sagt der! Für mich sind das alles Leute, die keine Moral und keine Hemmungen mehr kennen!« Prallinger war ein wenig laut geworden, denn die Türe öffnete sich und die Sekretärin steckte den Kopf herein.

»Was ist Ihnen denn jetzt schon wieder über die Leber gelaufen, Herr Bezirksinspektor? Übrigens, wenn Sie das vermisste Autogrammfoto von der Monique Prestl finden, dann geben Sie es mir. Die Frau ist so was von aufregend, sag ich Ihnen!«

»Sie ist aufregend ordinär«, schnaubte Prallinger mit einem Seitenblick auf die Fotos. Allerdings hatte die Sekretärin einen wunden Punkt seiner Ermittlungen berührt. Die Autogrammkarte der Schauspielerin, die Daniela Schreitlinger und einige andere Zeugen erwähnt hatten, war weder bei den Sachen des toten Matthias Heuecker noch sonst irgendwo aufzufinden gewesen. In trüben Stunden sah er diese Karte als den Schlüssel für seine Untersuchungen an. Ihretwegen war er zwei weitere Male im Allgemeinen Krankenhaus gefahren und hatte dort das Zimmer, in dem Matthias Heuecker gestorben war sowie die Kammern, in denen die Krankenschwestern ihre Sachen aufbewahrten, genauestens durchsucht. Aber es gab nicht die geringste Spur dieses ominösen Autogrammfotos.

»Ich muss was unternehmen, sonst werde ich noch verrückt!«, rief er und vergaß dabei ganz die Anwesenheit der Sekretärin.

Diese rief ihn sofort zur Ordnung. »Aber Herr Prallinger! Der Chef hat Ihnen doch streng verboten, in Hinsicht auf die Herrschaften Lassky, Prestl und so weiter tätig zu werden!«

Prallinger bleckte die Zähne wie ein gereizter Hund. Das Machtwort des Chefinspektors machte es ihm tatsächlich unmöglich, dieser Spur offen nachzugehen. Aber er war nicht bereit, diesen Ariadnefaden, der ihn zum Ziel führen konnte, wieder loszulassen. Chefinspektor Czerny und die Sekretärin durften jedoch nichts von seinen Plänen erfahren.

»Keine Sorge! Die Herrschaften lasse ich in Ruhe. Ich habe auch so genug zu tun. Jetzt muss ich noch einmal ins AKH. Vielleicht haben die Ärzte doch noch was herausgefunden.« Daran glaubte Prallinger zwar nicht, aber er brauchte einen Grund, um das Bezirkskommissariat verlassen zu können.

Der Sekretärin tat Prallinger trotz ihrer mahnenden Worte leid. In ihren Augen hatte er den elendsten Job in der gesamten Wiener Polizei am Hals und es sah nicht so aus, als würde er in absehbarer Zeit Ergebnisse bringen.

»Dann wünsche ich Ihnen viel Glück, Herr Bezirksinspektor. Sie können es brauchen!«

»Das können Sie laut sagen! Ach ja, wenn der Czerny … äh …, der Herr Chefinspektor nach mir fragen sollte: Ich schaue mir nach dem Krankenhaus die Fundorte der anderen Mumienleichen noch mal an. Es könnte ja sein, dass ich doch noch irgendwo einen Hinweis finde.«

»Das ist eher eine Suche im Heuhaufen.« Für die Sekretärin hatten Prallingers Aktionen nichts mehr mit sachlicher Aufklärung zu tun. Es waren nur noch die verzweifelten Versuche eines Gescheiterten, der sein Schicksal zu wenden versuchte und es doch nicht schaffen würde. Seinen weiteren Aufstieg im Polizeidienst konnte er sich jetzt schon abschminken.

Das war auch Prallinger klar. Deshalb nahm er es auf sich, gegen den ausdrücklichen Befehl seines Vorgesetzten zu verstoßen und dort weiterzumachen, wo er vor dem Gespräch mit Czerny aufgehört hatte.

»Also dann! Noch einen schönen Tag!« Er nickte der Sekretärin kurz zu und verließ sein Zimmer. Auf der Treppe klopfte er gegen das Pistolenhalfter, das er unter seiner Jacke trug. Mit einem Mal hatte er das Gefühl, sein Leben könnte in nächster Zeit von dieser Waffe abhängen. Die Leute, die hinter einer Droge standen, welche Menschen auf eine so scheußliche Weise ums Leben brachte, zögerten gewiss nicht, auch einen Kriminalbeamten zu erschießen.

2

Urban starrte den Toten an und versuchte einen klaren Gedanken zu fassen. Die Erkenntnis, dass es dem Entarteten gelungen war, einen der ihren mitten unter ihnen zu töten, löste Panik in ihm aus. Am liebsten wäre er davongerannt, hätte sich ein Flugticket besorgt und versucht, auf einem anderen Kontinent ein neues Leben zu beginnen. Er wusste jedoch, dass er weder seiner Vergangenheit noch seiner Natur entrinnen konnte.

Neben ihm zitterte Andrea Lupacani wie Espenlaub, während Cynthia die Hände vors Gesicht schlug und haltlos schluchzte. Auch die anderen Vampire sahen so aus, als hätten sie eben dem Tod ins Auge gesehen. Ihr Anblick erinnerte Urban an seine Verantwortung für die Gruppe, die er so lange angeführt hatte.

»Eines ist jetzt klar! Der Supervampir ist weitaus stärker, als ich es befürchtet habe. Wie es aussieht, kann er zu jeder Zeit und an jedem Ort zuschlagen.«

»Aber wieso haben wir davon nichts bemerkt? Bei Dilia habe ich jedes Mal gespürt, wenn sie Blut trank, auch wenn sie nicht im selben Raum war wie ich.« Andrea Lupacanis Stimme klang so schrill wie eine falsch gestimmte Geigenseite.

»Ich glaube, ich habe etwas gespürt«, sagte Mischka von Monique beeinflusst und blickte dorthin, wo Daniela und Dilia gesessen hatten. Auch wenn er nicht mehr sagte, begriffen die anderen, was er meinte.

Während Urban abwehrend den Kopf schüttelte, wischte Cynthia sich die Tränen aus den Augen und verzog ihr Gesicht zu einer hasserfüllten Grimasse. »Alex hat ausgerechnet, dass entweder Daniela die Supervampirin sein muss oder Dilia. Wie ihr alle seht, hat er recht gehabt!«

Urban ärgerte sich, weil einige der anderen sich Cynthias Meinung sofort anschlossen, und hob die Hand. »Jetzt seid erst einmal still! Das, was die Cynthia sagt, ist Unsinn. Ich lebe seit Wochen mit Daniela im gleichen Haus, und da hätte ich was merken müssen. Dilia wohnt ebenfalls seit einigen Tagen bei mir, und auch bei ihr habe ich nichts festgestellt, das auf einen entarteten Vampir hindeuten würde. Alex war zwar ein guter Kerl, aber ich glaube nicht, dass er mit seinem Computer ausrechnen konnte, wer der Supervampir ist. Da ist ihm seine Begeisterung durchgegangen. Was Mischka angeht, dem glaube ich gleich gar nichts! Der will sich bloß an der Daniela rächen, weil sie ihm eine Kugel aufgebrannt hat. Langsam tut es mir leid, dass sie ihn hat entkommen lassen.«

»So kannst du nicht mit mir reden!«, schäumte Mischka auf und wollte Urban am Kragen packen.

Dieser schob ihn jedoch mit einer lässigen Handbewegung beiseite. »Rühr mich nicht an! Du stinkst!«

Tatsächlich hatte Urban auch schon vor ein paar Tagen das Gefühl gehabt, Mischka würde einen widerlichen Geruch ausströmen, ähnlich dem, den Daniela auf dem Weg zum Clubraum festgestellt haben wollte. Seltsamerweise ging es ihm bei Terenci genau so, und das wunderte ihn noch mehr, denn die Herkunft und die Lebensweise der beiden Männer unterschieden sich stark. Er hatte jedoch keine Zeit, darüber nachzudenken, denn der Tod von Alex schockierte ihn so, dass er nicht wusste, wo ihm der Kopf stand.

Starr vor Grauen sah er, wie der Tote sich nun veränderte. Zuerst hatte der Körper des jungen Vampirs noch recht normal gewirkt, doch nun schrumpfte er immer schneller und verwandelte sich in eine Mumienleiche.

Andrea hatte die Arme fest um den Körper geschlagen, als fege ein Eissturm durch den Raum. »Wie kann das kommen? Bei den Vampiren, die wir selber ausgeschaltet haben, ist so etwas noch nie passiert!«

Urban spreizte abwehrend die Hände und sah sich unwillkürlich um, als erwarte er, das Ungeheuer, das für Alex' Tod verantwortlich war, jeden Moment auftauchen zu sehen. »Das bewirkt die Kraft dieses Supervampirs. Wahrscheinlich gibt es sogar noch ein unsichtbares Band zwischen ihm und Alex, über das das Monster auch noch den letzten Rest von dessen Lebensenergie an sich zieht. Jetzt könnten wir Dilia brauchen. Sie ist die Einzige, die dieses Band aufspüren kann.«

»Wenn sie nicht selbst die Supervampirin ist, Urban!« Monique fand es an der Zeit, einzugreifen, denn der Maler wirkte so, als wolle er die geflohene Vampirin suchen und mit ihr zusammenarbeiten. Zwar hatte sie Dilias Kräfte so gelähmt, dass sie nichts zu befürchten hatte, doch das Weibsstück würde ihm erklären können, ab wann ihre Spürsinne schwächer geworden waren. Da dieser Zeitpunkt mit ihrem eigenen Auftauchen zusammenfiel, bestand die Gefahr, dass Urban ihr völlig entglitt.

Urban schüttelte den Kopf. »Ach, Unsinn! Dilia hat sich nicht verändert.«

Er bekam Unterstützung von Andrea. »Dilia kann es nicht sein. Ich war lange genug mit ihr zusammen.«

»Aber du hast dich mit ihr verkracht und sie aus deinem Haus gewiesen«, trumpfte Cynthia auf, die diesmal nicht von Monique beeinflusst werden musste.

»Ja, aber gewiss nicht deswegen, sondern weil ...« Andrea drehte sich um und blickte Monique vorwurfsvoll an.

Die Schauspielerin hob abwehrend die Arme. »Dafür kann ich nichts! Die Dilia war halt eifersüchtig auf mich und ist deswegen bei Daniela eingezogen.«

»Für mich war das ein abgekartetes Spiel! Die zwei wollten zusammen sein. Wahrscheinlich sind sie beide Supervampire«, rief Cynthia erregt.

»Jetzt mach dich nicht lächerlich!«, ranzte Urban sie an. »Außerdem ist Dilia nicht bei Daniela eingezogen, sondern bei mir – oder besser gesagt, ich habe sie in der Kammer einquartiert, in der Mischka gewohnt hat.«

»Sie kann aber trotzdem die Supervampirin sein!« In ihrer Angst stützte Cynthia unbewusst Moniques Strategie und nützte ihr im Augenblick mehr als Mischka und Terenci. Dennoch war Monique klar, dass sie die junge Vampirin bald völlig unter ihre Herrschaft zwingen musste. Cynthia war ihr zu hysterisch und würde in ihrer aufschäumenden Art irgendwann die Beeinflussung abstreifen, unter der sie jetzt stand. Noch wichtiger war es, Andrea zu beißen. Zwar war die Modeschöpferin ihr momentan sexuell hörig, aber sie sehnte sich im Grunde ihres Herzens nach Dilia. Nach Andrea würde Urban an die Reihe kommen. Der Mann besaß einen starken Willen und hätte unter anderen Umständen auch zu einem Supervampir und damit zu einem direkten Konkurrenten für sie werden können.

Während Moniques Gedanken wirbelten, ging das Gespräch weiter, ohne dass die Beteiligten auf einen gemeinsamen Nenner kamen. Die Vampire des Clubs waren, was die Identität des Supervampirs betraf, völlig unterschiedlicher Meinung und stritten sich auch über die Mittel, mit denen sie gegen diesen unsichtbaren Feind vorgehen wollten.

Um das Heft des Handelns nicht aus der Hand zu geben, versetzte Monique Terenci einen magischen Stoß. Er war der Einzige in der Gemeinschaft, der sich mit Aussicht auf Erfolg gegen Urban stellen konnte. Er reagierte auch sofort und befahl den anderen, still zu sein. Dann zeigte er auf Alex. »Wir müssen erst einmal die Frage klären, was mit dem armen Kerl geschehen soll.«

Die anderen sahen sich verdattert an, denn so weit hatten sie bis jetzt nicht gedacht.

»Ich meine, wir sollten ihn beerdigen«, sagte Cynthia zögerlich.

Terenci wies sie heftig zurecht. »Wenn wir das offiziell machen, haben wir die Polizei am Hals! Die interessiert sich für jede Mumienleiche. Mit Alex bekommen sie die Verbindung zu uns und können uns ausräuchern.«

Während Cynthia vor sich hinweinte, machte Andrea einen Vorschlag. »Wir können ihn doch spät in der Nacht heimlich begraben.«

»Und du meinst, das merkt keiner?« Terenci lachte kurz auf und schüttelte den Kopf. »Selbst wenn uns niemand dabei beobachtet, wird man das frische Grab am nächsten Morgen entdecken. Oder meinst du, wir sollen Alex irgendwo in der Prärie verscharren?«

Andrea wollte schon sagen, dass Alex das Recht auf ein ehrliches Begräbnis hätte, sah aber dann selbst die Undurchführbarkeit ihres Vorschlags ein. Den Toten heimlich in der Umgebung Wiens zu vergraben, war keine gute Lösung.

»Bis jetzt sind die meisten Mumienleichen in Wiener Parks entdeckt worden. Es will wohl keiner von uns Alex zumuten, dass er irgendwo zwischen ein paar Büsche gelegt wird. Erstens käme er dann den Gerichtsmedizinern in die Hände, und die würden herausfinden, dass Einiges mit ihm nicht stimmt. Zweitens könnte uns dabei jemand sehen und es der Polizei melden, und drittens dürften die Polizisten, wenn es ihnen erst einmal gelungen ist, Alex' Identität herauszufinden, seine Verbindungen zu uns aufdecken. Das aber gefährdet unsere gesamte Gruppe. Aus diesem Grund schlage ich vor, dass wir Alex' Leiche in unsere spezielle Gruft bringen und sie dort lassen. Das ist das Sicherste für uns alle.«

Urban gefiel die Idee nicht besonders, doch er musste Terenci recht geben. Aber er beschloss, in späterer Zeit, wenn die Lage sich wieder beruhigt hatte, Alex auf einem Friedhof begraben zu lassen. Daher nickte er und trat an die Seite seines alten Freundes.

»Ihr habt Ludwig gehört. Es ist die einzige Möglichkeit, die wir derzeit haben.«

»Das sage ich doch!« Terenci hörte sich so überheblich an, dass Urban die Zähne zusammenbiss, um ihm nicht für ein paar Groschen die Meinung zu geigen. Da jeder Streit der Gruppe schaden konnte, schüttelte er seine Verärgerung ab und blickte Terenci auffordernd an. »Wir sollten es schnell hinter uns bringen. Machst du mit?«

»Freilich! Schließlich sind wir beide die Einzigen, die die geheime Gruft kennen. Wir brauchen ein Tuch, in das wir den Toten einwickeln können, und dann müssen wir aufpassen, dass uns nicht irgendein Trottel über den Weg läuft, der die Wiener Unterwelt erforschen will.« Terenci grinste verzerrt und nahm die Decke entgegen, die Cynthia sofort von der Couch zog.

Monique überlegte, ob sie den beiden folgen und Urban mithilfe ihrer Affenschlangen gefangen nehmen sollte. Dafür aber hätte sie die zurückbleibenden Vampire aus ihrer Beeinflussung entlassen müssen, und das war ihr im Augenblick zu riskant.

3

Daniela und Dilia waren zunächst kopflos geflohen und an der Oberfläche in den ersten Bus eingestiegen, der ihnen untergekommen war. Als sie nebeneinander auf der der Bank saßen und auf die von der Sonne beleuchteten Häuser starrten, an denen sie vorbeifuhren, schüttelte Daniela in komischem Entsetzen den Kopf. »Wenn man das so sieht, kann man kaum glauben, dass es noch ein anderes Wien gibt, in dem ein solches Ungeheuer sein Unwesen treibt!«

Obwohl sie leise sprach, legte Dilia den Zeigefinger auf den Mund. »Darüber reden wir, wenn wir allein sind.«

»Wohin fahren wir eigentlich?«, fragte Daniela und musste erst einmal schauen, welche Strecke ihr Bus befuhr. »Wir sollten aussteigen! Oder willst du nach Pötzleinsdorf?«

»Aber was sollen wir denn machen?«, fragte Dilia ängstlich.

»Ich schlage vor, wir setzen uns erst einmal in ein Kaffeehaus und trinken nach diesem Schrecken eine Tasse Melange. Dabei können wir überlegen, was wir tun sollen.«

Dilia war anzumerken, dass sie am liebsten so weit aus Wien hinausgefahren wäre, wie es nur ging. Aber dafür hatte sie im Moment weder das Geld, noch wollte sie Andrea und die anderen im Stich lassen. Doch wenn sie der Supervampirin auf Dauer entkommen und sie vielleicht sogar bekämpfen wollten, mussten sie ihre nächsten Schritte sorgfältig planen.

Sie stiegen an der nächsten Haltestelle aus, nahmen den Gegenbus bis zur U-Bahn und erreichten schließlich die Innenstadt. Daniela bestand darauf, dass sie ins Café Demel gingen, obwohl es nur einen Steinwurf von Andrea Lupacanis Modesalon entfernt war, denn sie hoffte, dass man sie inmitten der schier überbordenden Dekoration der k. u. k. Hofzuckerbäckerei wohl kaum vermuten oder gar entdecken würde.

Nach ein paar Tassen Kaffee und einem Stück Kuchen wurde auch Dilia ruhiger. Sie atmete mehrmals tief durch, löffelte die letzte Sahne auf ihrem Teller und sah Daniela fragend an. »Was machen wir jetzt?«

»Uns auf alle Fälle nicht den Schneid abkaufen lassen!«

»Ich würde schlagen, wir lassen aus dem nächsten Bankomaten so viel Geld heraus, wie es nur geht, und verschwinden aus Österreich. Am Besten verlassen wir auch gleich Europa und sehen zu, dass wir irgendwo in Südamerika oder Asien ein sicheres Plätzchen finden.« Dilias Angst war größer als ihr Mut und sie sah sich wieder nach Verfolgern um.

Daniela winkte heftig ab. »Mit den paar Euro, die wir haben, kommen wir nicht weit. Außerdem vergisst du deine spezielle Diät, die du dir kaum im Supermarkt kaufen kannst.«

Der Hinweis auf die Blutmahlzeiten, auf die sie angewiesen war, brachte Dilia zum Weinen. »Ich wünschte, ich wär tot! So kann ich das Leben nicht mehr ertragen. Leihst du mir deine Pistole? Ich will dir nicht zumuten, auf mich zu schießen.«

»Jetzt dreh nicht durch! Noch ist nichts verloren. Wir stehen sogar besser da als gestern. Immerhin wissen wir jetzt, wer unsere Feindin ist. Wenn ich schieße, dann auf die!«

»Nicht so laut! Die Leute könnten uns hören«, flehte Dilia.

Daniela lächelte verkrampft. »Da herinnen achtet keiner auf uns. Die haben selber genug zum Reden. Aber jetzt zu unseren nächsten Schritten: Ich habe zwar die Pistole dabei, aber keine Reservemunition und auch nicht viel Geld. Aus dem Grund sollten wir zu Urbans Haus fahren und uns dort versorgen.«

»Aber wenn sie dort auf uns warten?«, wandte Dilia ein.

»Ich glaube nicht, dass sie damit rechnen.« Daniela hörte sich mutiger an, als sie sich fühlte. Doch mit nicht mehr als ein paar Euro und einer mit dreizehn Silberkugeln geladenen Browning in der Tasche hatten sie keine Chance. Sie nickte Dilia auffordernd zu, zahlte beim Ober ihren Verzehr und verließ das Café mit dem festen Vorsatz, die Waffe im Notfall auch zu gebrauchen. Unterwegs fragte sie sich, ob sie es auch über sich bringen würde, Urban zu töten, und sie fühlte, wie sich bei dieser Vorstellung eine kalte Hand um ihr Herz legte und es zusammenpresste. Nicht er war ihr Feind, sondern die entartete Vampirin Monique. Die anderen Vampire waren bis auf wenige Ausnahmen ganz nette Leute, und Urban … Sie schob diesen Gedanken rasch beiseite, denn sie fürchtete, sonst in schwarzem Elend zu versinken. Wenn er sie wirklich angriff, musste sie ja nicht dreimal auf ihn schießen. Bei Mischka hatte eine Kugel gereicht, um ihn in die Flucht zu schlagen.

Sie konzentrierte sich wieder auf Dilia und brachte sie mit viel Überredung dazu, ihr zu Urbans stattlichem Domizil zu folgen. Dort angekommen trat Daniela jedoch nicht sofort auf die Haustür zu, sondern ging erst einmal an der Front entlang, und beobachtete das Haus von außen. Als sie nichts Auffälliges bemerkte, zog sie ihren Schlüsselbund aus der Tasche und schloss auf. Während die Tür aufschwang, hielt sie den Atem an, öffnete die Handtasche und umklammerte den Kolben der Pistole. Im Freien hatte sie die Waffe nicht ziehen wollen, um keine Passanten auf sich aufmerksam zu machen.

Da sich nichts tat, winkte sie Dilia, ihr zu folgen. Fast im selben Augenblick wurde die Tür von Lieserls Appartement geöffnet. Daniela zog die Waffe, senkte sie aber sofort wieder, denn es war tatsächlich nur die Köchin. Lieserl war keine von denen, die eine Pistolenkugel so einfach wegsteckten, mochte sie nun aus Silber sein, oder aus Blei.

Die Köchin starrte sie verdattert an. »Was ist denn jetzt los?«

Daniela überlegte verzweifelt, was sie ihr antworten sollte. Da die Wahrheit viel zu fantastisch war, sog sie sich rasch eine Geschichte aus den Fingern. »Entschuldigen Sie, aber ich wollte Sie nicht erschrecken. Uns sind Kunsträuber auf den Fersen. Herr Lassky hat uns vorausgeschickt, um einige Bilder in Sicherheit zu bringen. An Sie hat er auch gedacht. Sie sollen sofort zu ihrer Nichte ins Waldviertel fahren und dort warten, bis er Sie zurückruft.«

»Haben Sie denn nicht die Polizei geholt?«, fragte Lieserl.

Daniela lachte kurz auf, um Zeit zum Nachdenken zu bekommen. »Das Ganze ist ein Insidertipp. Ein ausländischer Freund hat den Herrn Lassky gewarnt, dass einige Leute ein paar seiner Bilder haben wollen. Russenmafia, verstehen Sie?«

Lieserl nickte. »Ja, schon, aber …«

»Kein Aber!«, unterbrach Daniela sie. »Die Kerle gehen über Leichen. Aber mit einer bloßen Vermutung können wir der Polizei nicht kommen. Die brauchen Beweise. Und jetzt beeilen Sie sich! In einer Viertelstunde müssen Sie aus dem Haus sein!« Die letzten Sätze klangen scharf, denn Daniela wollte nicht noch mehr Zeit durch eine Diskussion mit der Köchin verlieren.

Während Lieserl kopfschüttelnd in ihr Appartement zurückkehrte und ihren Koffer packte, eilte Daniela in Lasskys Wohnung und betrat das Schlafzimmer des Malers. Inzwischen hatte sie mehrmals zusehen können, wie der geheime Safe geöffnet wurde. Während sie die Holzpaneele entfernte, hoffte sie, alles richtig behalten zu haben. Dies war auch der Fall. Sie schloss den Safe auf, warf der immer bleicher werdenden Dilia erst einmal einen Beutel mit Blut zu und packte einige weitere Beutel als Vorrat für die Vampirin ein. Dann holte sie zwei Patronenschachteln heraus, überzeugte sich, dass diese Silbermunition enthielten, und steckte sie ebenfalls ein.

»Hast du vielleicht auch eine Pistole für mich?«, fragte Dilia. Sie hasste Waffen, aber sie wollte Daniela nicht die alleinige Verantwortung für ihre Sicherheit auflasten.

Daniela nahm Urbans Ersatzpistole heraus, lud sie und überreichte sie Dilia. »Hier! Hoffen wir, dass wir nie auf unsere Freunde schießen müssen.«

»Das hoffe ich auch!« Dilia nahm die Waffe mit spitzen Fingern an sich und verstaute sie in ihrer Handtasche. »Was tun wir jetzt?«

Daniela verschloss den Geheimschrank und verbarg ihn wieder hinter der Holzverkleidung. »Ich hole Geld und dann suchen wir uns erst einmal ein sicheres Versteck.«

»Ich wäre immer noch für Südamerika!«, schlug Dilia vor, erntete aber erneut Widerspruch.

»Nein, danke! Mir ist unser Österreich lieber. Außerdem will ich unsere Freunde nicht als Beute für dieses entartete Mistvieh zurücklassen.« Daniela dachte an Urban und kämpfte mit den Tränen, denn sie mochte den malenden Vampir mehr, als es ihren Gefühlen gut tat.

Mit einer resoluten Bewegung lud sie die Waffe durch und schwor sich, alles zu tun, um ihn zu retten. Den Gedanken, dass sie dafür einen Mord begehen musste, scheuchte sie sofort weg. Monique war selbst eine mehrfache Mörderin und würde weitermorden, wenn niemand sie aufhielt. Auf die Hilfe der Polizei zu hoffen, war jedoch sinnlos. Die würde sie höchstens auslachen, wenn sie ihnen sagte, sie wäre einer entarteten Vampirin auf der Spur.

Selbst ist die Frau!, machte sie sich Mut, und nahm das Geld aus der Haushaltskasse an sich, das Urban ihr für die laufenden Auslagen zur Verfügung gestellt hatte. Im Grunde beging sie damit einen Diebstahl, doch sie und Dilia brauchten das Geld. Noch während sie überlegte, in welchem Hotel sie Unterschlupf suchen sollte, schlug sie sich mit der flachen Hand gegen die Stirn. »Ich bin ja deppert!«

»Was ist los?«, fragte Dilia erschrocken.

Daniela begann zu lachen. »Ich habe gesagt, dass ich deppert bin. Gerade habe ich überlegt, welches Hotel wir nehmen könnten, da ist mir eingefallen, dass ich immer noch meine alte Wohnung habe. Wegen der ganzen Aufregung bin ich noch nicht dazu gekommen, sie zu kündigen. Dort können wir in Ruhe überlegen, wie wir weiter vorgehen müssen. Es macht dir hoffentlich nichts aus, auf einer Couch zu schlafen?«

»Nein, gewiss nicht!« Dilia war nicht davon überzeugt, dass dieses Appartement ein sicherer Ort sein würde, doch sie wollte Urbans Palais verlassen und sich irgendwo verkriechen.

Unterdessen sah Daniela durch das Fenster, wie Lieserl mit zwei Koffern das Haus verließ und in Richtung der nächsten U-Bahn-Station ging. Darüber war sie froh, denn sie wollte die stets fidele Köchin nicht in Gefahr wissen. Sie traute es der Supervampirin oder so einem Schurken wie Mischka zu, sich an Lieserl zu vergreifen. Dann vergaß sie die Köchin wieder und wandte sich Dilia zu.

»So, ich glaube, wir sind hier fertig und können gehen. Halt, nein! Ich muss noch ein paar Sachen von mir mitnehmen, und du solltest dir ebenfalls noch etwas Wäsche zum Wechseln von oben holen.«

Dilia nahm den Vorschlag auf und verschwand. Derweil ging Daniela in ihre Zimmer hinüber, und kurz darauf verließen die beiden ebenfalls mit je zwei Koffern das Haus. Als Daniela von außen abschloss, verspürte sie Trauer, denn trotz allem hatte sie sich hier wohl gefühlt.

4

Urban vernahm ein Geräusch und wich in einen verfallen wirkenden Gang aus. Dabei zog er Terenci, der das andere Ende des Bündels trug, einfach mit sich.

»Was soll das?«, fuhr sein Begleiter auf.

»Da sind Leute vor uns. Sie dürfen uns nicht sehen.« Urban kochte langsam vor Wut, denn Terenci hatte sich in den letzten Tagen arg gewandelt und das bestimmt nicht zum Guten.

Inzwischen hatte der dünne Vampir ebenfalls begriffen, dass sie auf Leute gestoßen waren, die die Unterwelt Wiens erforschen wollten. Daher deutete er wortlos auf eine Kammer, deren Eingang in der Dunkelheit selbst für seine scharfen Augen kaum zu erkennen war. »Wir sollten uns dort hinein verziehen!«

»Hoffentlich kommen die Leute nicht auf den Gedanken, diesen Gang zu untersuchen.« Trotz seiner Bedenken hob Urban sein Ende der Decke hoch, in der der tote Alex lag, und trug sie zusammen mit Terenci in den Kellerraum. Dort blieben sie so regungslos stehen, als wären sie zu Statuen erstarrt.

Die Leute schienen es nicht eilig zu haben. Ihrer Aussprache und den Bemerkungen nach, die Urban auffing, waren es Studenten, deren Führer sich vom Schwung seines eigenen Vortrags mittragen ließ. Er berichtete seinen Zuhörern, wie wichtig die Keller und Stollen von Wien während der beiden großen Türkenbelagerungen gewesen wären, und welch bedeutende Rolle sie bis zum Ende des 19. Jahrhunderts in der Vorratswirtschaft der Stadt gespielt hatten.

»Damals hat es Keller gegeben, in die man mit einem Pferdefuhrwerk hat einfahren können!«, setzte er als besonderen Trumpf hinzu.

»Verschwinde, sonst dreh ich dir den Hals um und wringe dich aus, bis kein Tropfen Blut mehr in dir ist«, knurrte Terenci.

Da Ungeduld bisher nicht zu den Charaktereigenschaften seines Freundes gezählt hatte, wunderte sich Urban noch mehr über ihn. Wie es aussah, übte Monique keinen guten Einfluss auf seinen Freund aus. Sofort nahm er die Schauspielerin in Schutz. Terencis Verhalten war eher dem Einfluss des noch nicht entlarvten Supervampirs zuzuschreiben. Anscheinend aktivierte dieser bei allen anderen Vampiren die unangenehmsten Eigenschaften. Urban dachte vor allem an Mischka, der sich noch nie so schlimm aufgeführt hatte wie jetzt. Auch Andrea hatte sich zu ihrem Nachteil verändert. Und wie war es bei ihm selbst?, fragte er sich. Zuerst war er noch überzeugt, er sei immer noch der Gleiche wie früher. Dann aber wurde ihm klar, dass er eine Veränderung an sich bemerkt hatte. Die war vielleicht nicht so stark wie bei den meisten, aber er spürte er den Blutdurst stärker und seine moralische Hemmung, einen Menschen anzufallen, schwand mehr und mehr.

»Sie sind weg. Wir können weiter!« Terencis Worte rissen Urban aus seinen Grübeln.

Dieser lauschte kurz und nickte. »Du hast Recht. Die Leute sind weiter gegangen. Ich spüre sie zwar noch, aber kann aber den Lichtschein ihrer Taschenlampen nicht mehr sehen.«

»Du willst sie auf diese Entfernung noch wahrnehmen! Das schafft nicht einmal diese Verräterin Dilia«, spottete Terenci.

Urbans Ärger wuchs. »Dilia ist keine Verräterin!«

»Ach, nein? Und wer hat den armen Alex dann umgebracht?«

»Rede leiser! Hier unten trägt der Schall weit, und wir brauchen wirklich niemand, der nachsehen will, was wir hier treiben.«

Das sah Terenci ein. Dennoch wiederholte er leise und geradezu gebetsmühlenhaft die Worte, dass Dilia die Supervampirin sein musste, und wenn sie nicht, dann war es eben Daniela.

Auf einmal empfand Urban diesen Verdacht gar nicht einmal so abwegig. Dilia hatte sich schon vor etlichen Wochen seltsam benommen. Er erinnerte sich auch daran, wie sie behauptet hatte, ihre Spürfähigkeiten würden nachlassen. Dies hatte er zwar bedauert, da kein anderer als Dilia diese Gabe besaß, es aber als gegeben hingenommen. Doch wie es jetzt aussah, hatte die Vampirin sie alle belogen. In ihr war etwas erwacht, das niemals erwachen hätte dürfen. Urban korrigierte sich. Die Entartung zur Supervampirin musste bereits lange vorher begonnen haben. Damals war Dilias Entwicklung dorthin wahrscheinlich schon abgeschlossen gewesen, und sie hatte das angebliche Versagen ihrer Spürfähigkeit nur vorgeschoben, um zu erklären, warum es ihr nicht gelang, dieses angeblich aus dem Nichts aufgetauchte Monster ausfindig zu machen. Und was Daniela betraf, so war sie nur irgendein Häschen, gerade gut genug, den Hunger eines Vampirs zu stillen.

Ein Teil seiner selbst wehrte sich gegen diese Gedanken, die auf einmal in ihn einströmten. Doch der andere Teil, der Dilia als die Schuldige ansah, gewann die Oberhand, und so grinste er Terenci auffordernd zu. »Schaffen wir diesen Kadaver endlich in die Gruft. Wir haben noch mehr zu tun!«

5

Urban konnte nicht ahnen, dass Monique ihre Beeinflussung auf ihn und die anderen verstärkte. Die Supervampirin war wütend, weil die Situation sich durch ihre eigene Unbeherrschtheit zugespitzt hatte. Sie hätte Alex nicht umbringen dürfen. Nun waren dessen Freunde so nervös, wie die Hennen auf den Eiern, und sie musste weitaus mehr Kraft aufwenden, um die Kontrolle über sie zu behalten. Kam auch nur einer von denen auf den Gedanken, sie selbst könne die Supervampirin sein, würden sie sich schon aus Angst gegen sie wenden.

Ich muss sie alle zu meinen Sklaven machen, sagte sie sich, und beschloss, gleich damit anzufangen. »Kommst du mit mir?«, fragte sie Andrea mit einem falschen Lächeln.

Die Modeschöpferin schüttelte den Kopf. »Ich möchte in die Minoritenkirche gehen und für Alex beten.«

Monique verdrehte die Augen. Für die Priester und ihre Lehre war die Frau ein vom Teufel gesandtes Ungeheuer, und doch wollte sie in ein Gotteshaus gehen und dort beten. »Vergiss aber auch das Beichten nicht. Der Pfaffe wird sich wundern, was du ihm alles zu erzählen hast!«, sagte sie spitz.

Andrea schwirrte der Kopf und sie hatte das Gefühl, als würde er gleich platzen. Zudem tat ihr der verächtliche Ton in Moniques Stimme weh. Die Frau begriff anscheinend nicht, wie wohltuend es war, in der Stille einer Kirche zu beten und dabei wieder zu sich selbst zu finden. Derzeit, so fand sie, war alles aus dem Lot. Etwas in ihr schrie, Dilia sei das Monster, das es zu vernichten galt, und das Gefühl war so intensiv, als wolle jemand Fremdes sie durch seine Lautstärke überzeugen. Ihr Verstand aber begehrte gegen diesen inneren Druck auf und sagte ihr, dass Dilia ebenfalls ein Opfer des Supervampirs geworden war.

Gefangen in einem schier unerträglichen Zwiespalt verließ sie das Clublokal. Obwohl ihr sofort Tränen in die Augen stiegen und ihre Haut in der Sonne unangenehm brannte, war sie froh, als sie ins Tageslicht treten und frische Luft atmen konnte. Sie hatte zwar schon immer leichte Probleme mit hellem Licht gehabt, aber diese Unverträglichkeit hatte sich in den letzten Wochen verschlimmert.

»Daran soll Dilia schuld sein? Das glaube ich nicht!« Energisch schüttelte sie die Überzeugung, ihre Geliebte sei ihre schlimmste Bedrohung, von sich ab, und überlegte, wo sie ihre Partnerin finden konnte. Sie musste Dilia vor den anderen Vampiren warnen und sie vor allem mit genug Geld versorgen, damit sie Wien verlassen konnte. Auch für sie selbst war es wahrscheinlich besser, wenn sie ihr Leben hier aufgab und anderswo neu begann.

Während sie in Richtung U-Bahn ging, blieb sie mit einem Mal stehen, als sei sie gegen eine Wand geprallt. In ihrer Erinnerung stiegen die rauschhaften Szenen sexueller Ekstase auf, die sie mit Monique erlebt hatte, und sie dachte daran, dass die Schauspielerin mehrmals versucht hatte, mit dem Mund an ihren Hals zu gelangen. In all den Liebesspielen mit Dilia hatte ihre Partnerin so etwas nie getan. Der Hals war für einen Vampir eine verbotene Zone, doch Monique hatte sich nicht um dieses Tabu geschert. Eine leise innere Stimme verteidigte die Schauspielerin und wies darauf hin, dass sie davon nichts hatte wissen können. Doch dafür war die Bewegung zu gezielt gewesen, und sie spürte im Nachhinein noch Moniques Missmut, weil sie sie jedes Mal heftig abgewehrt hatte.

War die Schauspielerin die entartete Vampirin? Zunächst wehrte Andrea sich gegen diesen Gedanken. Dann war es, als würde ein Schleier von ihren Augen gerissen und sie sah die Vorkommnisse der letzten Tage und Wochen in einem anderen Licht. Angst packte sie und sie fühlte, wie einiges, das sie für ihre eigenen Überlegungen gehalten hatte, wie brüchiges Glas von ihr abfiel. Jetzt sah sie Monique so vor ihrem inneren Auge, wie sie diese von Anfang an hätte sehen müssen, zwar schön wie ein Diamant, aber genauso hart. Alles Liebliche, auf das Andrea hereingefallen war, war verschwunden und in ihren Gedanken entstand das Bild einer Frau, die keiner ihrer Leidenschaften Zügel anlegte und die in der Dunkelheit Dinge trieb, die selbst einer alten und erfahrenen Vampirin Schauer über den Rücken trieben. Die sich überspannt und exzentrisch gebende Schauspielerin war in Wirklichkeit eine grausame Jägerin.

Ich muss die anderen vor der schwarzen Königin warnen, durchfuhr es Andrea. Zwar wusste sie nicht, wie sie auf diese Bezeichnung kam, doch diese schien ihr für Monique passend zu sein. Gleichzeitig wurde ihr klar, dass die Entartete ihre Freunde bereits so beeinflusst hatte, dass diese ihr nicht mehr glauben würden. Urban, Terenci und Mischka waren ihr völlig verfallen, Cynthia ebenfalls und sie selbst war es bis eben auch gewesen. Wenn sie jetzt mit einem der anderen Vampire sprach, musste sie befürchten, von ihm an diese entartete Hexe verraten zu werden.

Andrea sah nur noch eine, wenn auch geringe Chance. Sie musste Dilia finden und mit ihr zusammen den Kampf gegen die unbarmherzige Feindin aufnehmen. Vielleicht konnte Daniela ihnen ebenfalls helfen, denn das Mädchen schien bemerkenswert widerstandsfähig gegen die Beeinflussung der Supervampirin zu sein. Zu dritt hatten sie mehr Möglichkeiten, als wenn sie es allein versuchen würde.

Von diesem Gedanken erfüllt eilte Andrea weiter und übersah dabei die Gruppe, die hinter ihr aus dem Haus getreten war. Es handelte sich um Monique, ihren beinahe ständigen Begleiter Mischka sowie Cynthia und einen nachrangigen Vampir namens Lukas, den die Supervampirin zwar noch nicht zu ihrem Sklaven gemacht hatte, aber dessen Geist sie bereits so unumschränkt beherrschte, als hätte sie ihn sich unterworfen.

6

Im Allgemeinen Krankenhaus hatte Prallinger Glück. Er konnte die Krankenschwester festnageln, die am Abend vor Matthias Heueckers Tod auf der bewussten Station gearbeitet hatte. Die Frau wirkte seltsam schuldbewusst, und so bohrte er nach.

»Gibt es noch irgendetwas, das Sie mir bis jetzt nicht gesagt haben? Versuchen Sie sich zu erinnern. Jede Kleinigkeit könnte wichtig sein.«

Die Schwester kniff die Lippen zusammen und blickte zu Boden, sah aber gleich wieder auf. »Na ja, Herr Bezirksinspektor. Eigentlich gibt es nichts mehr zu sagen.«

»Und uneigentlich?«

»Wo das Foto hingekommen ist, weiß ich auch nicht. Am Abend war es noch da. Der Patient, ich meine, der spätere Tote hat es mir gezeigt. Darauf war eine Frau zu sehen, die fast nichts angehabt hat. Es soll eine Schauspielerin gewesen sein, eine gewisse Monique Prestl. Das kann stimmen, denn die habe ich letztens in einer Nebenrolle im Fernsehen gesehen.«

Die Frau redete um den heißen Brei herum, dessen war Prallinger sich inzwischen sicher. Am liebsten hätte er sie gepackt und so lange geschüttelt, bis die Worte von selbst aus ihr heraus gefallen wären. Er begnügte sich aber damit, sie strafend anzusehen und seine Fragen zu stellen. Darin geübt, einen Verdächtigen in die Enge zu treiben, brachte er die Schwester dazu, mehr über jenen Abend zu erzählen. So erfuhr er, dass der Patient nach den Untersuchungen bereits wieder recht munter gewesen war. Zu munter, wie die Frau bekannte.

»Darum hab ich ihm ja auch die Schlaftabletten gegeben. Ich wollte nicht, dass er auch der Nachtschwester an den A…, äh, Hintern greift«, sagte sie zuletzt.

»Matthias Heuecker hat Ihnen also an den Hintern gegriffen«, hakte Prallinger nach.

Die Krankenschwester nickte. »Das hat er, und auch sonst ist er recht anzüglich geworden. Man hätte wirklich nicht meinen können, dass er ein paar Stunden vorher noch einen solchen Zusammenbruch erlitten hatte.«

In Prallingers Gedanken begannen sich die Mosaiksteine zusammenzufügen. Der Patient hatte sich auffällig und nicht seinem Krankheitsbild entsprechend benommen. Dies deutete in seinen Augen auf Drogen hin. Durch chemische Substanzen konnte er trotz seines Zusammenbruchs nach kurzer Zeit wieder euphorisch geworden sein. Vielleicht hatten danach die Schlaftabletten, die Heuecker von der Krankenschwester erhalten hatte, mit den Drogen zusammen im Körper eine chemische Reaktion erzeugt. Zwar war es den Ärzten bislang nicht gelungen, in den Mumienleichen Spuren davon zu finden. Da jedoch die Toten nur noch einen Bruchteil ihres früheren Gewichtes besessen hatten, konnten die chemischen Substanzen zusammen mit der verlorenen Körpermasse verschwunden sein.

Inzwischen heulte die Krankenschwester Rotz und Wasser. »Ich habe wirklich nichts Böses wollen, Herr Bezirksinspektor! Wir geben vielen Patienten ein leichtes Schlafmittel, damit sie nicht den größten Teil der Nacht wach in ihren Betten liegen. Ich habe doch nicht ahnen können, dass es so kommen würde.«

Prallinger schaltete von einem Augenblick auf den anderen vom harten Kämpfer für Gerechtigkeit auf den verständnisvollen Freund um und legte der Frau tröstend den Arm um die Schulter. »Jetzt beruhigen Sie sich! Ihnen macht doch niemand einen Vorwurf. Hätte es einen Grund gegeben, den Patienten keine Schlaftabletten zu geben, hätte der untersuchende Arzt Ihnen das doch mitgeteilt.«

»Meinen Sie?« Die Krankenschwester schniefte und wischte sich die Augen trocken.

»Natürlich meine ich das! Der Patient wäre wahrscheinlich auch so gestorben. Damit haben Sie nichts zu tun. Machen Sie jetzt weiter und schicken Sie mir die Nachtschwester der fraglichen Nacht herein. Ich habe vorhin im Stationszimmer gehört, sie hätte heute Dienst.«

»Das mache ich, Herr Bezirksinspektor. Noch einmal dankschön. Ich habe mir wirklich Sorgen gemacht.«

Die mache ich mir auch, dachte Prallinger, und vergaß die Frau in dem Augenblick, in dem sie das Zimmer verlassen hatte. Jetzt interessierte ihn, was die Schwester zu sagen wusste, die in der bewussten Nacht die Station betreut hatte.

Die Nachtschwester trat ein, und auch ihr sah er sofort an, dass sie bis jetzt nicht alles gesagt hatte, was wichtig sein könnte.

»Setzen Sie sich, und dann erzählen Sie mir ganz genau, was sich in jener Nacht abgespielt hat!«, forderte er sie auf.

»Was soll schon passiert sein? Eigentlich nur das Übliche.«

Die Frau wehrt ab, sagte Prallinger sich und begann dasselbe Spiel wie mit der anderen Schwester. Zuerst versuchte sie noch, seinen Fragen auszuweichen, doch schließlich war sie mürbe genug, um die Wahrheit zu berichten.

»Wissen Sie, Herr Bezirksinspektor, an dem Abend ist es mir nicht besonders gut gegangen. Ich habe starke Kopfschmerzen bekommen und diese auch mit Tabletten nicht weg gebracht. Es war mühsam, und einmal bin ich sogar eingenickt, denn einer der Patienten hat behauptet, über fünf Minuten geläutet zu haben, bis ich es bemerkt habe. Mir war wirklich nicht gut. Am Tag wäre ich wahrscheinlich heimgegangen, aber in der Nachtschicht geht das nicht, weil keiner da ist, der die Arbeit übernehmen könnte. Ich war so neben mir, dass ich in der Früh sogar vergessen habe, den Bericht im Stationsbuch auszufüllen. Also ich …«

Prallinger hielt es für besser, den Redefluss der Frau wieder auf sein eigentliches Ziel zu lenken. »Wie oft waren Sie in der Nacht im Zimmer des Patienten Matthias Heuecker?«

»Das Übliche halt … warten Sie, ich kann mich nicht erinnern. Ich …« Die Frau wirkte verwirrt. »Ich weiß es wirklich nicht! Ich glaube, ich habe in der Nacht nur einen oder zwei Rundgänge gemacht und sonst nur darauf gewartet, ob sich ein Patient meldet.«

»Ich habe gefragt, wie oft Sie beim Heuecker waren?« Prallinger begann die Geduld zu verlieren.

Doch die Frau hob nur hilflos die Arme. »Ich weiß es nicht. Oft kann es nicht gewesen sein. Einmal gleich am Abend, als ich die Schicht übernommen habe, da mache ich immer einen Rundgang und frage die Patienten, wie es ihnen geht. Der Patient Heuecker hat da aber schon geschlafen.«

»Und später?«, fragte Prallinger genervt.

Die Frau kniff die Augenlider zusammen und dachte nach, dann schüttelte sie den Kopf. »Keine Ahnung. Ich kann mich nicht erinnern.«

Prallinger wusste nicht, was er von dem Gestammel halten sollte. Er hatte gehofft, durch das Gespräch mit den beiden Krankenschwestern einen Anhaltspunkt in dieser Sache zu bekommen. Stattdessen sah alles noch verworrener aus. Bedauerlich war nur, dass die Nachtschwester damals auf der Station geblieben war, obwohl sie sich hätte krankmelden müssen. Wäre sie gesund gewesen, hätte sie während der Nacht öfters in Heueckers Zimmer geschaut und wäre Zeugin seines Sterbens geworden. So aber tappte er weiter im Dunkeln.

»Dankschön, Sie können wieder gehen!« Prallinger nickte der Schwester zu und überlegte seine nächsten Schritte. Wenn er weiterkommen wollte, würde er sich mit dieser Schauspielerin und ihren Freunden beschäftigen müssen.

7

Obwohl Heglinger völlig Moniques Willen unterworfen war, vermochte er sie zu tadeln, wenn dies seiner Ansicht nach nötig war. »Meine Liebe, wenn du dich nicht beeilst, kommen wir zu spät zum Ballhausplatz.«

Monique lächelte, obwohl ein Sturm in ihr tobte. »Keine Sorge, mein Lieber. Ich werde rechtzeitig fertig sein. Cynthia wird mir dabei helfen.« Sie lächelte der jungen Vampirin, die Heglingers Haus und dessen prachtvolle Einrichtung mit großen Augen bewunderte, auffordernd zu.

Der Milliardär hingegen verzog sein Gesicht. »Sollte dir nicht besser deine Modemacherin helfen? Wo ist sie eigentlich?«

Monique hielt es für überflüssig, ihm zu erklären, dass Andrea Lupacani sich auf der Flucht vor ihr befand und sie Mischka und dessen Begleiter aufgetragen hatte, die Frau zu überwachen. Um Heglinger eine Antwort zu geben, fabulierte sie etwas von Frau Lupacanis plötzlicher Erkrankung.

»Es könnte ein Virus sein und den wollen wir doch nicht an den Herrn Bundeskanzler und dessen Frau Gemahlin weitertragen. Und jetzt mach dich selbst fertig!« Das Letzte war ein Befehl, den Heglinger sofort ausführte.

Monique eilte in das Zimmer, das sie in Heglingers geräumigem Domizil bewohnte, und nahm Cynthia mit. »Du wirst mir die Haare frisieren müssen. Dort sind die Sachen dazu.«

Da es ihr pressierte, griff sie nach dem Geist der jungen Vampirin und leitete sie an. Gleichzeitig gelang es ihr, ihre aufgeputschten Sinne wieder unter Kontrolle zu bringen.

Dennoch ärgerte sie sich, dass sie wegen des Clubtreffens beinahe die abendliche Einladung in die Residenz des Bundeskanzlers vergessen hatte. Dieses Ereignis war für ihren Aufstieg im Moment wichtiger, als Dilia auszuschalten.

Sofort rief sie sich zur Ordnung. Wenn sie die unumschränkte Herrin der Wiener Vampire und gleichzeitig die mächtigste Frau der Republik werden wollte, musste Dilia bald beseitigt werden.

Ihre weit in die Zukunft reichenden Überlegungen hinderten sie jedoch nicht daran, Cynthia anzuweisen, wie diese ihr die Haare zu legen hatte. Dann ließ sie sich in das Kleid helfen, das Andrea Lupacani für sie entworfen hatte. Zu diesem Anlass konnte sie nicht halbnackt oder gar nur mit Farbe bedeckt erscheinen, sondern musste etwas darstellen. Das Kleid bestand aus roter, changierender Seide, die sich wie eine zweite Haut an ihren Körper schmiegte, ohne zu viel zu enthüllen, und besaß eine kleine, mit Rüschen besetzte Schleppe. Als Cynthia ihr schließlich die Schmuckstücke anlegte, die Heglinger hatte bereitstellen lassen, bedauerte Monique es beinahe, dass Andrea Lupacani ihre Feindin geworden war. Die Frau hätte sie als ihre persönliche Stylistin brauchen können.

Bei dem Gedanken lachte sie auf. Es war ja noch nicht zu spät. Zwar erwies sich die Frau als überraschend immun, doch das musste eine Folge des langen Zusammenlebens mit Dilia sein. Wenn die Vampirspürerin ausgeschaltet war, konnte sie sich Andrea immer noch unterwerfen. Ein Biss in die Halsschlagader, ein wenig von ihrem eigenen Blut in den Kreislauf der anderen, und ihre hypnotische Kraft würde auch für diese Frau reichen. Der Gedanke ließ ihren Hunger wachsen und sie hätte sich am liebsten auf Cynthia gestürzt, sie unterworfen und sich dabei einiges von der Kraft der jungen Vampirin einverleibt. Nur fehlte ihr dafür die Zeit. Den Bundskanzler durfte sie wirklich nicht warten lassen.

»Halt!«, sagte sie, als Cynthia ihr ein schweres Diamantcollier um den Hals legen wollte. »Nimm die Rubine. Die gefallen mir besser!«

»Aber die sind bei Weitem nicht so viel wert«, wandte die junge Vampirin ein.

Moniques Gesicht wirkte mit einem Mal herablassend. »Als künftige Frau Heglinger habe ich es nicht nötig, meinen Reichtum so protzig zur Schau zu stellen.«

Cynthia quiekte vor Überraschung auf. »Du willst Heglinger heiraten?«

»Kannst du dir einen besseren und einflussreicheren Ehemann vorstellen? Die Sache hilft uns allen. Über Heglingers Firmen können wir genug Blut importieren, um eine Armee von Vampiren ernähren zu können, und keiner wird etwas merken.«

»Genug Blut für alle!« Cynthias Augen leuchteten auf. Von nun an war sie bereit, für Monique durchs Feuer zu gehen.

»Ja, genug Blut für alle!«, antwortete diese, und setzte in Gedanken ein »vor allem für mich« hinzu.

Als sie in den Spiegel sah, verschlug es sogar ihr den Atem. Ihr derzeit wieder schwarz gefärbtes Haar wurde durch eine Spange aus Rotgold gehalten, die mit drei roten Almandinen besetzt waren. Ihr Collier bestand aus großen Rubinen, die im Licht wie Blutstropfen funkelten, ebenso ihr Armband, während auf ihren Fingern drei Ringe mit seltenen, roten Saphiren steckten. Dazu kam ein Traum von Kleid, dessen schillerndes Rot sich wunderbar von ihrer blassen Haut und dem hoch aufgetürmten Haar abhob. Monique fand, dass sie atemberaubend, aber auch sehr distinguiert aussah.

Wahrscheinlich, spottete sie in Gedanken, würde am nächsten Tag in den Zeitungen dieses Bild zu sehen sein und daneben die Schnappschüsse, die die Fotografen früher von ihr gemacht hatten. Auf jeden Fall würde sie Aufsehen erregen und Türen öffnen können, die ihr bislang verschlossen gewesen waren.

»Das hast du sehr gut gemacht«, lobte sie Cynthia, und hielt ihr die Füße hin, damit diese ihr die neuen Schuhe anziehen konnte. Dabei kam ihr der Film ›Der Teufel trägt Prada‹ in den Sinn und sie musste kichern. Sie wurde aber rasch wieder ernst und schwebte kurz darauf die Treppe hinab. Von der anderen Seite kam Heglinger auf sie zu, der von ihrem Willen beherrscht genau zur selben Zeit wie sie fertig geworden war. Er betrachtete sie mit einem anerkennenden Blick und reichte ihr den Arm. »Du siehst bezaubernd aus! Wenn das Bundeskasperl so in dein Dekolleté starrt, wie ich mir das vorstelle, können wir ihn bei dem geplanten Deal gewaltig über den Tisch ziehen.«

»Ich werde mein Bestes tun!« Monique lächelte, denn ihren Plänen zufolge würde es nicht allein beim Starren bleiben. Sobald sich die Gelegenheit ergab, würde sie den Bundeskanzler verführen und durch einen Biss zu ihrem ergebenen Sklaven machen. An Dilia und Daniela, aber auch an Andrea Lupacani verschwendete sie vorerst keinen Gedanken mehr.

8

Bezirksinspektor Prallinger verspürte ein seltsames Gefühl im Magen, als er die alten Treppen hinab stieg und der Schein seiner Taschenlampe nur einen winzigen Teil seiner Umgebung auszuleuchten vermochte. Alles sah so alt aus, als wäre seit Jahrzehnten nichts mehr daran gemacht worden. Dennoch war von dem Schmutz und dem Verfall, den er hier tief unter dem Zentrum der Stadt Wien erwartet hatte, nichts zu bemerken. Der Gang, in den er jetzt trat, wirkte bemerkenswert sauber und es gab offensichtlich auch keine Ratten.

Dennoch hatte er schlicht und einfach Angst. Sie waberte wie klebriger Nebel aus allen Gängen und Öffnungen auf ihn zu und drückte ihm schier den Atem ab.

Er blieb stehen, schloss die Augen und zählte bis drei. Es half ein wenig, und er kam bis zu dem Punkt, an dem eine feste Tür ihm den Weg versperrte. Dahinter, so hatte er herausgebracht, sollten sich die Clubräume einer Künstlergruppe befinden, die bereits vor mehr als einhundert Jahren gegründet worden war. Die jetzigen Mitglieder mochten der dritten oder vierten Generation angehören, die hier zusammenkam und grotesken Ritualen frönte. Möglicherweise war das Ganze auch harmloser und die Leute trafen sich nur, um sich an diesem ungewöhnlichen Ort über Literatur, Malerei und derlei Dinge unterhalten.

Es war Prallinger bislang nicht gelungen, mehr über diesen Club herauszufinden, als die Namen einiger Mitglieder wie den Maler Lassky, den Komponisten Terenci, die Modeschöpferin Lupacani und einige weitere Personen. Wenn je eine Satzung eingereicht worden war, so hatte diese die Unruhen der Weltkriege nicht überstanden. Auch der Vereinszweck war unbekannt, und es gab auch keinen Hinweis auf ein mögliches Vereinsvermögen.

Ohne die Auskünfte des Hausmeisters hätte Prallinger nicht einmal den Eingang zu den Clubräumen gefunden. Jetzt stand er vor der Tür und überlegte, wie er weiter vorgehen sollte. Die Tür besaß ein Sicherheitsschloss, doch das taugte nicht als Verdachtsmoment, denn die Leute wollten sicher nicht, dass Stadtstreicher oder zwielichtiges Gesindel in ihre Clubräume einbrachen.

Prallinger holte den Generalschlüssel aus der Tasche, den ihm der Hausmeister der Wohnanlage gegeben hatte, und probierte ihn aus. Er passte. Eine gewisse Enttäuschung machte sich in ihm breit. Wenn dieser Club keine Geheimnisse vor dem Hausmeister hatte, geschah dort wohl nichts Verbotenes.

Aber da er schon so weit gekommen war, wollte er nicht einfach aufgeben. Prallinger öffnete die Tür und richtete den Strahl seiner Taschenlampe auf den Raum dahinter. Dieser entpuppte sich als ein etwa zwanzig Meter langer Gang, der keinerlei Abzweigungen besaß, und endete vor einer weiteren Tür. Dort kam er auch mit dem Generalschlüssel nicht weiter. Die Mitglieder des Clubs hatten also doch etwas zu verbergen. Prallinger fühlte sich erleichtert, und gleichzeitig bestätigt. Dennoch war er mit seinen Ermittlungen in einer Sackgasse angelangt. Um hier einzudringen, benötigte er einen Spezialisten, der dieses Schloss für ihn öffnen konnte, und damit auch einen Durchsuchungsbefehl. Beides würde sein Vorgesetzter ihm nicht zugestehen.

Geräusche, die von draußen in den Gang drangen, ließen ihn aufhorchen. Auf Zehenspitzen eilte er zu der anderen Tür zurück. Ein dünner Lichtschein, der von außen hereindrang, machte ihn auf ein Spähauge aufmerksam. Als er hindurchblickte, sah er zwei Männer, die er als Urban Lassky und Ludwig Terenci identifizierte. Die beiden sprachen miteinander, doch erst als Prallinger sein Ohr gegen das Türblatt presste, konnte er etwas verstehen.

»Gehen wir noch einmal hinein? Ich könnte eine weitere Portion als Wegzehrung vertragen«, sagte Terenci in schroffem Tonfall.

Lassky schüttelte abwehrend den Kopf. »Wie du weißt, sind die Vorräte in letzter Zeit arg geschrumpft und dürften nicht einmal mehr für die nächste Clubsitzung reichen. Wenn du was brauchst, musst du dich an deine privaten Vorräte halten.«

»Spielverderber! Du vergisst ganz, dass Monique jederzeit für Nachschub sorgen kann«, wandte Terenci ein, erhielt aber keine Antwort.

Stattdessen hörte Prallinger, wie sich die beiden Männer entfernten. Er war erleichtert. Wären sie hereingekommen, hätten sie bemerkt, dass die vordere Tür nicht zugeschlossen war, und ihn entdeckt. Im günstigsten Fall wäre er mit einer Dienstaufsichtsbeschwerde davon gekommen. Allerdings hätte Czerny ihn vorher so zusammengefaltet, dass er in eine Streichholzschachtel passte, und dann seine Versetzung in den hintersten Winkel der Republik veranlasst.

Bevor er seinem Vorgesetzten wieder unter die Augen trat, musste er stichhaltige Beweise in der Hand halten. Jetzt fragte er sich, über was die beiden Männer gesprochen haben mochten. Es handelte sich dabei sicher um kein Getränk, das es in jedem Supermarkt zu kaufen gab. Aber ihm fiel auf Anhieb kein Rauschgift ein, das in flüssiger Form verabreicht wurde. Daher wuchs sein Verdacht, es müsse sich dabei um jenes Teufelszeug handeln, das er so verzweifelt suchte.

»Na wartet! Ich kriege euch, und wenn es das Letzte ist, was ich tue!« Wütend drohte er mit der Faust hinter Lassky und Terenci her und fragte sich gleichzeitig, wo die beiden so plötzlich hergekommen waren. Es gab eigentlich nur eine logische Antwort, und die hieß: aus einem der anderen Keller. Also konnte es sich lohnen, einige Räumlichkeiten hier unten genauer zu durchsuchen.

Als er nichts mehr hörte, verließ Prallinger den Vorraum zu diesem ominösen Club, sperrte hinter sich zu und machte sich auf die Suche nach dem Kellergang, den die beiden Männer benützt hatten.

Ein Stück Spinnwebe, das aus einem alten und scheinbar seit Jahren nicht mehr benützten Zugang heraushing, brachte ihn auf die richtige Spur. Er blieb davor stehen und zerrte an der Tür. Diese saß fest, doch als er mit den Fingern am Rand entlang tastete, entdeckte er einen Haken, der sich zurückschieben ließ. Kaum hatte er das getan, konnte er die Tür öffnen.

Ein muffiger Geruch schlug ihm entgegen, und der Strahl seiner Taschenlampe verlor sich in der Dunkelheit. Prallinger trat vorsichtig ein, und ging weiter bis zu dem Durchgang, der sich in der hinteren Wand befand. Dieser führte in eine Art Stollen, von dem in gewissen Abständen Seitengänge abführten.

Während seiner Ausbildung hatte er einmal eine Spur in dem unterirdischen Labyrinth der Wiener Kernstadt verfolgen müssen. Es war eine bedrückende Sache gewesen und er erlebte sie von Zeit zu Zeit in seinen Alpträumen wieder. Dennoch hatten die Kellergänge ihn damals lange nicht so geängstigt wie die, die er jetzt vor sich sah.

Prallinger überlegte, ob er tiefer in das Gewirr der Kammern und Stollen eindringen sollte, sagte sich aber, dass er dafür nicht gut genug ausgerüstet war. Weder besaß er etwas, mit dem er seinen Weg markieren konnte, um wieder zurückzufinden, noch war seine Taschenlampe so leistungsstark, wie er es für einen längeren Aufenthalt benötigte. Zudem überkam ihn das Gefühl, er würde jenen Leuten, auf die er hier treffen konnte, ohne bessere Vorbereitungen nicht gewachsen sein.

»Jetzt dreh nicht durch! Das sind bloß alte Keller, die keiner mehr braucht«, versuchte er sich Mut zu machen. Doch er ertappte sich dabei, dass er die unheimliche Umgebung beinahe fluchtartig verließ und die Tür wieder schloss. Er schämte sich wegen seiner Feigheit und nahm sich fest vor, so bald wie möglich zurückzukehren, dann aber im Besitz einer Ausrüstung, mit der er notfalls eine ganze Woche unter der Erde bleiben konnte. Noch während er überlegte, was er alles benötigte, strich er unbewusst über sein Pistolenhalfter. Wenn er, wie er vermutete, auf eine Bande von Drogenhändlern stieß, würde seine Dienstwaffe vom Typ Glock 17 trotz des mit siebzehn Patronen gefüllten Magazins nicht reichen. Auch hier musste er sich etwas einfallen lassen.

9

Andrea Lupacani hatte zuerst ihr Ladengeschäft aufgesucht und ihren beiden Angestellten dort erklärt, dass sie die nächsten Tage ohne sie und Dilia auskommen müssten. Während die beiden Frauen sich noch geschockt ansahen, weil so etwas in all den Jahren noch nie vorgekommen war, hastete Andrea zu ihrer Wohnung in der Himmelpfortgasse. Dabei hoffte sie, Zeit genug zu haben, um Dilia zu suchen und mit ihr Pläne zu entwerfen, wie man das Ungeheuer in Frauengestalt bekämpfen konnte.

Zuerst musste sie herausbringen, wo ihre Freundin sich aufhielt. Am wahrscheinlichsten erschien ihr Urbans Palais, in dem Dilia bereits die letzten Tage gewohnt hatte. Doch als sie den Telefonhörer in die Hand nahm und Urbans Nummer anwählte, kamen ihr bereits Zweifel. Die anderen wussten ja ebenfalls, dass Urban Dilia Asyl geboten hatte, und würden sie dort als Erstes suchen.

Dennoch wartete sie, bis der Anrufbeantworter ansprang und Danielas melodische Stimme ertönte. Diese Aufzeichnung war bereits älter, das erkannte sie sofort. Mit einer müden Bewegung legte sie den Hörer wieder auf und überlegte.

Wien war eine große Stadt und es gab Tausende Möglichkeiten für zwei Frauen, irgendwo unterzukommen. Auch konnten Dilia und Daniela die Stadt längst verlassen haben.

»Dilia, wo bist du?« Andrea faltete die Hände und betete. Gleichzeitig versuchte sie verzweifelt einen Anhaltspunkt zu finden, wo sie mit ihrer Suche beginnen sollte. Als sie schon aufgeben wollte, hob sie in einer Reflexbewegung den Kopf.

Hatte Daniela nicht letztens erzählt, sie müsse noch ihr altes Appartement kündigen? Selbst wenn sie das inzwischen getan hatte, würde sie mindestens bis Ende des Monats dort bleiben können. Nur, wo befand sich diese Wohnung?

Dann erinnerte Andrea sich, dass dort eine der Mumienleichen entdeckt worden war. Sie hatte sich die Berichte in den Zeitungen ausgeschnitten und in einen Ordner eingeheftet. Rasch holte sie ihn und blätterte darin. Die meisten dieser Leichen hatte man in Parks gefunden. Diese Fälle überschlug sie, und vertiefte sich in jenen Berichten, die von dem Toten im Keller erzählten. Sie fand zwar nur den Straßennamen und nicht die genaue Adresse, dafür aber den Namen der Frau, die ein ausführliches Interview gegeben hatte. Ein Blick ins Telefonbuch reichte aus, um zwei Hausnummern herauszufinden, in denen je eine Frau Hasic wohnte.

So rasch wie diesmal hatte Andrea ihre Sachen noch nicht gepackt. Sie nahm genug Geld mit und auch die Luger-Pistole, dic sich seit fast einem Jahrhundert in ihrem Besitz befand. Die Waffe verfügte im Gegensatz zu den Brownings, die Urban favorisierte, nur ein Achtschussmagazin und sie hatte seit mindestens fünfzig Jahren nicht mehr damit geschossen. Trotzdem befand sich die Luger in gutem Zustand, und es gab auch noch eine Schachtel mit Silberprojektilen.

Wie den meisten Vampiren lief es ihr kalt den Rücken hinunter, als sie die Waffe berührte und das Silber spürte. Rasch steckte sie das Ding in die Handtasche und betete, es nicht benützen zu müssen. Doch wenn sie der Supervampirin gegenüber stand, würde ihr nichts anderes übrig bleiben. Bei diesem Gedanken atmete sie tief durch, um die Furcht zu vertreiben, die sich in ihr breitmachen wollte, und verließ ihre Wohnung. Erst draußen fiel ihr ein, dass sie vergessen hatte, ihre Notration Blut mitzunehmen. Sie war jedoch zu nervös, um noch einmal umkehren zu können. Daher eilte sie mit raschen Schritten die Kärntnerstraße entlang zur

U-Bahn-Haltestelle Stephansplatz. Da sie sich kein einziges Mal umdrehte, entging es ihr, dass Mischka und Lukas ihr in einem gewissen Abstand folgten und sie nicht aus den Augen ließen.

Andrea bekam auch nicht mit, dass die beiden Männer hinter ihr in die U-Bahn einstiegen und diese an der gleichen Station verließen wie sie selbst. Mischka kannte zwar Danielas frühere Adresse nicht, notierte sich aber die Straße und die Hausnummer, auf die Andrea Lupacani zuging. Hier erlitt er aber seine erste Enttäuschung, denn die Modedesignerin las nur die Namen auf dem Klingelschild, und ging mit einer wegwerfenden Handbewegung weiter. Erst kurz vor dem Ende der Straße, in einem Teil mit weitaus schäbigeren Häusern, blieb sie erneut stehen und betrachtete ein weiteres Klingelschild. Diesmal sahen ihre beiden Verfolger, wie sie mehrfach kräftig auf einen Klingelknopf drückte.

Einige Zeit lang tat sich nichts. Andrea drückte erneut und läutete Sturm. Sie selbst sah nicht, wie weiter oben im zweiten Stück ein Flurfenster geöffnet wurde und eine Frau den Kopf heraussteckte, um zu sehen, wer da so hartnäckig war, doch Mischka wurde von Lukas auf die Person aufmerksam gemacht, und begann zu grinsen.

»Daniela! Das wird Monique gefallen.« Nach diesen Worten zog er sein Handy heraus und wählte eine Nummer. Der junge Vampir wunderte sich zwar, weshalb Mischka so tat, als wäre die Schauspielerin ihre Anführerin und nicht Urban, aber er war froh, Daniela entdeckt zu haben. Über sie würde es ihnen gelingen, Dilia zu finden und auszuschalten.

Unterdessen kehrte Daniela in ihr Appartement zurück. »Es ist Andrea«, sagte sie zu Dilia, die vor Anspannung zitterte.

»Wie kommt die hierher?« Dilia wollte noch mehr sagen, doch da klang erneut die Klingel, diesmal aber in einem seltsamen Rhythmus, mit dem Daniela nichts anfangen konnte. Ihre Freundin hingegen legte den Kopf schief und lauschte.

»Es sind Morsezeichen. Andrea sagt, wir sollen sie unbedingt einlassen. Sie muss uns etwas Wichtiges sagen.«

»Es ist deine Entscheidung«, antwortete Daniela.

Dilia überlegte kurz und holte dann ihre Pistole. Als auch Daniela ihre in die Hand nehmen wollte, winkte sie ab. »Wenn es hart auf hart kommt, werde ich es tun. Es sieht dann nach Mord in einer Beziehungskrise aus. Ich will nicht, dass du da hineingezogen wirst. Und jetzt mach auf!«

Mit zwei Schritten war Daniela bei dem Knopf für den Türöffner, und drückte ihn kurz. Wenig später hörte sie, wie der inzwischen reparierte Aufzug bei ihrem Flur anhielt und Andrea Lupacani heraustrat. Die Modeschöpferin wirkte nervös, und als sie den Kopf so drehte, dass Daniela ihr Gesicht sehen konnte, las sie Panik darin. Dieser Eindruck war es, der sie dazu brachte, die Wohnungstüre zu öffnen.

Andrea trat aufatmend ein, und sah sich im nächsten Augenblick Dilia gegenüber, die mit der Pistole auf sie zielte. Sie ließ ihre beiden Koffer sinken und hob die Hände.

»Ich glaube, wir können ihr vertrauen«, sagte Daniela.

Dilia beäugte ihre Geliebte misstrauisch, senkte dann aber die Waffe.

Andrea atmete auf. »Gott sei Dank habe ich euch gefunden. Es war eh ein Wunder, dass ich auf die Adresse gestoßen bin.«

»Was willst du?« Dilia hörte sich ablehnend an, denn sie hatte die Demütigungen der letzten Tage noch nicht vergessen.

»Ich muss mit euch reden. Ich weiß jetzt, wer die Supervampirin ist, nämlich Monique!«

»Da erzählst du uns nichts Neues. Wir haben gesehen, wie sie Alex umgebracht hat, und sind abgehauen, weil sie uns den Mord an den Hals hätte hängen wollen«, antwortete Dilia herb.

»Sie hat euch als die Schuldigen hingestellt. Jetzt suchen diese Trottel nach euch und wollen euch umbringen.«

»Also doch Südamerika«, stöhnte Dilia auf.

Daniela schüttelte den Kopf. »Ich habe schon einmal gesagt, dass ich nicht einfach abhauen und Urban und die anderen dieser Hexe überlassen werde.«

»Das will ich auch nicht. Darum müssen wir uns überlegen, wie wir den anderen ein Schnippchen schlagen und an die Supervampirin herankommen können. Ich habe mich ebenfalls bewaffnet. Wenn es uns gelingt, sie zu dritt unter Feuer zu nehmen, müssten wir genug Silberkugeln in ihr schwarzes Herz jagen können.« Andreas Augen blitzten dabei kriegerisch. Doch sowohl sie selbst, wie auch ihre beiden Freundinnen wussten, dass sie Moniques magischen Kräften kaum etwas entgegenzusetzen hatten.

10

Mischkas Anruf erreichte Monique während eines längeren Gespräches mit dem österreichischen Bundeskanzler. Mit einem um Entschuldigung bittenden Lächeln griff sie in ihre Handtasche und holte ihr Mobiltelefon heraus.

»Es dauert nicht lange«, sagte sie, damit der Mann nicht weiterging. Dann meldete sie sich.

»Hier Prestl, ich habe leider keine Zeit.«

»Ich bin es, Mischka. Wir haben Danielas Versteck gefunden«, kam es gepresst zurück.

Moniques Augen leuchteten freudig auf. Das war eine Nachricht genau nach ihrem Sinn. Sie wusste jedoch, dass sie sich unverfänglich ausdrücken musste, um ihren unfreiwilligen Zuhörer nicht zu verschrecken. »Unternehmen Sie noch nichts. Ich kümmere mich selbst um die Sache. Guten Abend!«

Sie schaltete das Handy ab und sah den Bundeskanzler mit einem schmelzenden Lächeln an. »Leider machen meine Geschäfte nicht Feierabend wie brave Angestellte. Ich muss immer parat stehen, um zum richtigen Zeitpunkt eingreifen zu können.«

»Aber das ist doch selbstverständlich, Fräulein Prestl. Mir als Politiker geht es nicht anders. Wenn irgendwo in der Welt etwas passiert, muss ich es sofort erfahren. Im Dienst für das Volk ist man vierundzwanzig Stunden pro Tag, und das vom 1. Januar bis zum 31. Dezember.«

Monique verbarg den Spott, der in ihr tanzte. Wenigstens lässt der Bundeskanzler sich die Sorge um sein Volk gut honorieren, dachte sie mit einem Blick auf die noch aus kaiserlicher Zeit stammende Pracht, in der er residierte. Aber sie äußerte genau jene Bewunderung für die Verantwortung, die auf seinen Schultern lag, die er hören wollte. Dabei steigerte sie ihre erotische Ausstrahlung, bis der Mann sich darin verfing wie eine Fliege im Spinnennetz.

»Wenn Sie dazu Lust haben, würde ich Ihnen gerne einmal das Bundeskanzleramt zeigen, allerdings zu einer Zeit, in der weniger los ist als heute«, bot er schließlich an.

»Lust habe ich immer«, antwortete sie zweideutig und sah den mächtigsten Mann der Republik bereits als ihren neuen Sklaven an. Ihr Blick wanderte dabei weiter zum Oppositionsführer. Dieser unterhielt sich gerade mit einem ausländischen Medienzaren, schaute dabei aber immer wieder interessiert zu ihr herüber. Vergnügt reihte sie auch ihn in die Liste ihrer künftigen Opfer ein. Das Volk konnte dann bei den Wahlen entscheiden, wie es wollte – der jeweilige Bundeskanzler würde stets ihr ergebener Diener sein.

Monique überlegte, ob sie sich auch den Bundespräsidenten dienstbar machen sollte. Als sie den Mann prüfend musterte, erschien er ihr jedoch zu alt und den Freuden des Lebens längst entwachsen. Wenn sie ihn biss, würde er zusammenklappen wie ein Taschenmesser. Da der Mann nicht so aussah, als würden noch viele Jahre vor ihm liegen, war es besser, einen Nachfolger für ihn aufzubauen und seinen Abgang zum richtigen Zeitpunkt zu beschleunigen.

»Entschuldigten Sie mich bitte. Da kommt eben der tschechische Botschafter. Wenn ich nicht wenigstens ein paar Worte mit ihm wechsle, heißt es gleich wieder, ich hätte etwas gegen seine Regierung. Auch wenn das stimmt, so darf ich es nicht offen zeigen.«

Der Bundeskanzler küsste Monique die Hand und ging dann auf den genannten Mann zu. Ein unbefangener Beobachter, der die überschwängliche Art sah, mit der die beiden Herren sich begrüßten, hätte sich wohl nicht vorstellen können, dass die Regierungen der beiden Staaten sich eine erbitterte Auseinandersetzung wegen einiger zwischen ihnen aufgetretener Probleme lieferten.

Monique war froh um die Pause, denn nun konnte sie mit weiteren Gästen flirten und sich überlegen, wer von den Leuten wichtig genug war, um ebenfalls unter ihre unfreiwilligen Anhänger eingereiht zu werden. Sie unterhielt sich mit dem Innenminister, wanderte dann von einem interessanten Wirtschaftsboss zum nächsten, sprach kurz mit Heglinger, der im Geiste die Millionen zählte, die er an diesem Abend in die Tasche gesteckt hatte, und stand zuletzt einem bekannten Filmregisseur gegenüber.

Dieser tat erfreut, sie zu sehen, doch Monique erkannte am Flackern seiner Augen, wie unsicher er war. Vor einigen Jahren hatte er sie wegen einer belanglosen Nebenrolle aufgefordert, zu ihm auf die Besetzungscouch zu kommen. Daraufhin hatte sie ihn beim Liebesspiel gebissen. Zwar hatte sie ihre Macht über ihn nie ausgespielt, doch jetzt merkte sie, dass es nur eines Wortes von ihr bedurfte, um ihn wieder zu ihrem ergebenen Diener zu machen. Im Augenblick aber hatte sie für ihn keine Verwendung, und wollte ihn stehen lassen.

Er fasste sie jedoch am Arm. »Monique, kannst du mir vielleicht einen Gefallen tun?«

»So, welchen denn?«, fragte sie von oben herab.

»Du bist doch mit Heglinger und einigen anderen Geldleuten per du. Kannst du nicht einen von denen fragen, ob er nicht mein nächstes Projekt finanzieren will? Ich habe einen Superstoff bei der Hand, aber mir fehlt das Geld. Ich bräuchte etwa dreizehn bis fünfzehn Millionen. Das Geld bekomme ich jederzeit herein – und du könntest die Hauptrolle spielen!«

Vor ein paar Wochen wäre Monique freudig auf dieses Angebot eingegangen. Jetzt aber lachte sie innerlich über sein Winseln. Dennoch gab sie ihm ein halbherziges Versprechen. »Ich werde sehen, was ich machen kann.« Damit rauschte sie an ihm vorbei und stand kurz darauf wieder neben dem Bundeskanzler, dem es gelungen war, den Botschafter Tschechiens an seinen Außenminister weiterzureichen.

»Puh, ist das ein Gedränge!«, stöhnte er, winkte einem der in Rokokokostümen steckenden Lakaien zu sich und nahm zwei Gläser Sekt von dem Tablett, welches dieser ihm hinhielt.

»Auf Ihr Wohl, Monique! Ich darf doch so sagen?«

»Aber gerne, Herr Bundeskanzler. Auch auf Ihr Wohl und darauf, dass wir uns bald wieder sehen!« Monique nahm ein Glas und stieß mit ihm an. In diesem Moment sah sie die Vollendung ihrer Pläne ganz dicht vor sich und leckte sich in Vorfreude auf all die Blutmahlzeiten, die auf sie warteten, die Lippen.

Auf dem Bundeskanzler machte die Geste einen ganz anderen Eindruck und er sah all jene erotischen Träume in Erfüllung gehen, die er mit der schönen Schauspielerin verband.

11

Unterdessen schmiedeten Daniela, Dilia und Andrea in Danielas winzigem Apartement Pläne, wie sie die Supervampirin ausschalten konnten. Doch mehr, als diese zu suchen und mit allen drei Pistolen auf sie zu schießen, fiel ihnen nicht ein.

»Wenn wir wenigstens den Urban auf unsere Seite ziehen könnten. Aber der ist genau wie die anderen von diesem Biest eingeordnet worden«, jammerte Andrea, die ebenso wie ihre Geliebte keine Freundin von Schusswaffen war. Der Gedanke, auf einen anderen Menschen zu schießen, war ihr zuwider, auch wenn es sich dabei um ein so gefährliches Wesen wie Monique handelte.

»Gibt es keine Möglichkeit, Urban zur Vernunft zu bringen?«, fragte Daniela.

Dilia schüttelte den Kopf. »Monique hat ihn genauso beeinflusst wie die anderen. Wahrscheinlich hat sie ihn auch schon in den Hals gebissen und zu ihrem Sklaven gemacht.«

»Was hat es damit auf sich? Wieso wird jemand durch einen Biss zum Sklaven?«, fragte Daniela, der bei dem Gedanken, Urban könnte so etwas passiert sein, flau im Magen wurde.

Andrea rang die Hände, denn sie sprach nicht gerne über diese Dinge. »Wenn ein Vampir einen normalen Menschen in die Halsschlagader beißt, dort Blut saugt und dabei ein wenig von seinem eigenen Blut in die Wunde fließen lässt, kann er den Betreffenden zu seinem Sklaven machen. Das Ganze dauert ein paar Minuten und darf nicht unterbrochen werden. Danach tut dieser Mensch alles, was der Vampir von ihm verlangt. Einige von uns können normale Leute sogar nur Kraft ihres Willens beeinflussen. Wilde Vampire tun das, damit ihre Opfer stillhalten. Bei uns im Club ist das verpönt. Wenn einer dabei erwischt wird, wird er zuerst verwarnt, und wenn das nichts hilft, pflöcken wir ihn. Anders geht es nicht, denn er würde sonst uns alle gefährden.«

»Die Supervampirin hat die gleichen Fähigkeiten, nur viel stärker. Wie du mitbekommen hast, kann sie sogar Vampire beeinflussen und ihnen ihren Willen aufzwingen«, setzte Dilia den Vortrag fort. »Monique hat meine Spürfähigkeiten ausgeschaltet, sodass ich sie nicht als Vampirin erkannt habe. Ich habe immer noch das Gefühl eines geistigen Schnupfens. Das ist ärgerlich, denn früher konnte ich einen anderen Vampir auf mehr als einen Kilometer Entfernung ausmachen. Aber jetzt könnte einer direkt neben mir stehen, ohne dass ich es merke. Ich spüre nicht einmal mehr bei Andrea, dass sie ein Vampir ist.«

»Das muss doch allmählich besser werden? Bei mir hat sich die Beeinflussung doch auch aufgelöst«, fragte Andrea besorgt.

Dilia schloss die Augen, um sich besser konzentrieren zu können, und schüttelte danach den Kopf. »Es tut mir leid, aber scheinbar löst es sich bei mir nur allmählich auf. Sie muss mir die letzten Male eine neue Behandlung verpasst haben.«

»Weißt du, was das heißt? Sie hat Angst vor dir!« Es war mehr die Hoffnung, die Daniela dies sagen ließ, als eine logische Schlussfolgerung. Ihre Worte richteten die beiden Freundinnen jedoch auf.

»Glaubst du wirklich?«, fragte Dilia.

Daniela nickte eifrig. »Das tue ich. Außerdem bin ich sicher, dass Monique lange nicht so mächtig ist, wie wir befürchten. Erinnert euch, wie lange es gedauert hat, bis sie sich bei euch einschleimen konnte. Sie hat bei Urban, Terenci, Mischka und einigen anderen vollen Körpereinsatz bringen müssen, bis die ihr aus der Hand gefressen haben.«

Bei diesen unverblümten Worten erschienen zwei rote Streifen auf Andreas Wangen. Auch bei ihr hatte Monique ihren Körper eingesetzt und sie dazu gebracht, Dilia zu verabscheuen. Unwillkürlich blickte sie zu ihrer Geliebten hin und fragte sich, ob sie, wenn diese Sache glücklich überstanden war, wieder dort würden anknüpfen können, wo ihre Beziehung noch in Ordnung gewesen war.

»Wie sollen wir vorgehen?«, fragte sie mit einem schiefen Blick auf die drei Pistolen. »Wir können der Monique doch nicht irgendwo in der Stadt auflauern und auf sie schießen! Immerhin ist sie eine Supervampirin und wird mehr als drei Silberkugeln verdauen können.«

»Wie oft, glaubst, müssen wir sie ins Herz treffen?«, wollte Daniela wissen.

Andrea zuckte hilflos mit den Achseln. »Ich weiß es nicht, aber sicher mindestens doppelt so oft wie bei einem normalen Vampir.«

»Also sechs Kugeln!« Daniela seufzte. Also würde jede von ihnen zweimal treffen müssen. Bei ihren beiden Gefährtinnen hatte sie jedoch Zweifel, ob sie überhaupt trafen, und sie selbst fühlte sich auch nicht gerade wie eine Lara Croft, die in jeder Lage das Herz aus einer Herzdame-Karte herausschießen konnte. Sie dachte an Mischka. Dieser hatte bereits nach einem Schuss die Flucht ergriffen. Wenn die Supervampirin sich ähnlich schnell bewegte, würden sie niemals genügend Treffer anbringen.

»Wir müssen sie an einer Stelle überraschen, an der sie uns nicht mehr entkommen kann. Nur dann haben wir eine Chance, mit ihr fertig zu werden.« Daniela sah ihre beiden Mitverschworenen auffordernd an, griff nach ihrer Browning, und zog das Magazin heraus. Es war mit dreizehn Patronen gefüllt, doch selbst diese Zahl erschienen ihr zu gering.

»Habt ihr irgend eine Ahnung, wo dieses Biest herkommt und wo sie ihre Bleibe hat?«, fragte sie.

Beide Vampirinnen verneinten die Frage und Daniela begriff, dass sie die treibende Kraft bei dieser Sache sein musste, obwohl sie weitaus weniger Erfahrung besaß als Andrea und Dilia. Angesichts Moniques Macht waren das keine Aussichten, die sie optimistisch stimmten.

12

Moniques Gedanken schwangen noch immer im Dreivierteltakt des Walzers, mit dem die Festlichkeit im Bundeskanzleramt geendet hatte, als sie einen ihrer geheimen Eingänge durchschritt und sich wieder in die schwarze Königin verwandelte. Hier in den Kellern, Stollen und Kavernen, die teilweise seit Generationen nicht mehr betreten worden waren, brauchte sie weder eine Lampe noch einen Wegweiser. In kürzester Zeit erreichte sie ihr eigenes Reich und setzte sich in ihrem Festkleid und dem glitzernden Schmuck auf den mit rotem Pelz gepolsterten Thron.

Nummer Eins kam herbei und in ihrem Schlepptau befand sich Mischka, der seinen Begleiter an der Oberfläche gelassen hatte, um Danielas Appartement zu überwachen. Diesmal kostete Monique ihre Herrschaft über ihn voll aus und zwang ihn, sich vor ihr auf den Boden zu werfen.

»Die Gesuchten befinden sich noch immer in dem Haus, in dessen Keller Daniela die Mumienleiche gefunden hat, Erhabene!«, erklärte Mischka und hörte sich dabei genauso an wie die Affenschlangen, die ihr dienten.

Für ein paar Augenblicke stellte Monique ihn sich mit langem, biegsamen Hals und Pythonkopf vor, schob diese Vision jedoch rasch beiseite, und winkte Nummer Eins heran. »Nimm ein paar von den anderen mit und bring die drei Weiber hierher. Pass aber auf, dass niemand etwas merkt!«

Die Affenschlange verneigte sich und machte kehrt, um den Befehl auszuführen. Monique sah ihr sinnend nach und rief sie dann zurück. »Halt! Du bleibst hier. Statt deiner wird

Mischka die Truppe anführen. Im Gegensatz zu dir fällt er den Hausbewohnern nicht auf und kann daher nachsehen, ob die Luft rein ist.«

»Wie Ihr befehlt, Erhabenheit!« Nummer Eins war die sprunghaften Entscheidungen ihrer Herrin gewohnt und nahm sie hin wie das Wetter.

Mischkas Augen flammten auf. »Kann ich Daniela haben, Monique? Dieses Miststück ist mir noch etwas schuldig!«

»Du hast mich mit Erhabenheit anzusprechen. Wenn du das noch einmal vergisst, wirst du es bereuen. Doch zu deiner Frage: Nein, jetzt noch nicht! Du wirst Daniela lebendig und unversehrt zu mir bringen, verstanden?«

»Ja, Erhabene!« Mischka winkte mehreren Affenschlangen, die in der Nähe gewartet hatten, ihm zu folgen, und verließ mit ihnen den Saal, als wären sie seinesgleichen.

Monique wandte sich unterdessen an Nummer Eins. »Wie macht sich unsere Nachzucht?«

»Sie gedeiht gut, Erhabene!«

»Ich will sie sehen!« Monique erhob sich und verließ die Höhle. Kurz darauf betrat sie jenen Raum, in dem die gläsernen Behälter mit ihrem lebenden Inhalt standen. Die nachwachsenden Affenschlangen sahen nicht länger aus wie Quallen mit willkürlich angeordneten Gliedmaßen, sondern glichen bereits dem Wesen, das die Grundmasse für sie geliefert hatte. Sie waren inzwischen kräftig gewachsen, sodass die Glasbehälter, in denen sie schwammen, allmählich zu klein für sie wurden.

Als sie ihre Herrin erkannten, öffneten sie ihre Mäuler und zeigten scharfe Reißzähne. Während Nummer Eins bei diesem Anblick unwillkürlich hinter Monique zurückwich und ihre Augen abwandte, trat die Vampirin zu jedem einzelnen Behälter, steckte die rechte Hand in die Flüssigkeit, in der ihre neuen Sklaven heranwuchsen, und berührte jedes dieser Wesen. Dabei flossen dunkle Schlieren aus ihren Fingern und hüllten die Geschöpfe ein.

Monique war die Affenschlangen leid, die ihr einstiger Lehrmeister erzeugt hatte, denn es handelte sich um schlichte Dienerwesen, die nicht zum Kämpfen taugten. Was sie benötigte, war eine Leibwache, die für ihre Sicherheit bürgen konnte. Die Wesen, die gerade heranwuchsen, hatte sie mithilfe von altem Wissen und Zauberei geschaffen, und sie würden diesen Zweck erfüllen. Allerdings war ihre Zahl noch zu gering, und so wandte sie sich, als sie den Letzten mit dunkler Magie gefüttert hatte, mit einer heftigen Bewegung an Nummer Eins.

»Sind die Behälter für die nächste Nachzucht bereit?«

Die Affenschlange krümmte ihren langen Hals wie ein getretener Wurm. »Verzeiht, Erhabenheit, doch diese Glasbehälter sind nicht leicht zu bekommen. Wir müssen erst Stollen zu den Kellern der jeweiligen Geschäfte graben, bei denen es sie gibt. Aber wir sind nicht so vorangekommen, wie du es uns befohlen hast, denn wir hatten zu viele andere Arbeiten für Euch zu erledigen.«

Für eine Sklavin wie Nummer Eins stellten diese Worte beinahe eine Rebellion dar. Monique fuhr herum und schlug ihr so heftig ins Gesicht, dass ihr Kopf wie an einem Gummistrang hin und her hüpfte.

»Wenn ich etwas befehle, hat es zu geschehen, verstanden?«

»Wir arbeiten fast rund um die Uhr, Erhabene. Die meisten von uns haben seit Tagen nicht mehr geschlafen, nur um Eure Befehle ausführen zu können. Wir sind erschöpft! Wenn die Jungen geschlüpft sind und mitarbeiten können, wird es schneller gehen.«

Monique antwortete nicht darauf, denn sie spann bereits neue Pläne. Warum sollte sie Glasbehälter und die Nahrungsgrundlage für eine neue Aufzucht stehlen lassen, fragte sie sich. Schließlich konnte sie über Heglingers Beziehungen verfügen. Sie beschloss, gleich tausend dieser Glasbehälter in ihre Höhlenwelt bringen zu lassen. Damit konnte sie eine ganze Armee ihr treu ergebener Soldatensklaven schaffen. Später würde sie auch Menschen nachzüchten, die für sie an der Oberfläche tätig werden konnten, aber auch als Blutspender zu gebrauchen waren. Vorerst mussten ihr jedoch die Affenschlangen als Arbeiter reichen, und sie beschloss, Nummer Eins als Erste fein zerhackt in die Brutbehälter zu stecken.

Das Dienerwesen begriff ihre Absicht und ließ traurig den Kopf hängen. Der Gedanke, zu fliehen oder sich gar zur Wehr zu setzen, kam ihm jedoch nicht.

Neun

Die Keller von Wien

1

Florian Mischka wies die ihn begleitenden Affenschlangen an, hinter ihm zu bleiben, und öffnete die Kellertüre. Als Vampir waren seine Augen scharf genug, um auch bei Dunkelheit den Weg erkennen zu können, und so stieg er die Treppe hoch, ohne zu stolpern oder gegen die Stufen zu stoßen. Wenig später stand er im fünften Stock vor einer alten, verkratzten Tür. Neben dieser war ein Klingelschild angebracht, auf dem Danielas Name mit Kugelschreiber geschrieben stand. Hier war sein Weg erst einmal zu Ende, denn wenn er mit Gewalt in die Wohnung eindrang, würden die Frauen auf ihn schießen. Seine Verletzung war inzwischen verheilt, aber in seinen Albträumen erlebte er immer wieder den Augenblick, in dem die Silberkugel sein Herz durchschlug.

Dafür würde Daniela bezahlen, schwor er sich und wandte sich leise an seine halbtierischen Begleiter. »Habt ihr alles bereit?«

Die Affenschlangen wackelten bejahend mit den Köpfen.

»Gut!«, fuhr Mischka fort. »Es darf keinen Lärm geben. Also seid vorsichtig!«

»Das sind wir!« Die Affenschlange, die von Monique Nummer Zwei genannt wurde, holte ein kleines Bronzegefäß aus der Tasche, öffnete es und murmelte die Worte, mit denen der Schlafzauber, den ihr einstiger Herr dort eingesperrt hatte, freigesetzt wurde. Gleichzeitig sprachen sie und die anderen Affenschlangen zusammen mit Mischka jene magische Formel, die sie selbst von der Wirkung des Zaubers schützte.

Der Schlafzauber war stark genug, um nicht nur die Personen in Danielas Appartement, sondern auch die Bewohner der Nachbarwohnungen zu betäuben. Dann berührte eine der Affenschlangen das Türschloss mit einem magischen Schlüssel. Ein leises Knacken ertönte, dann schwang die Tür auf und die Wesen drangen in das Appartement ein. Mischka folgte ihnen etwas langsamer und sah in dem fahlen Licht, das von einer Straßenlaterne stammte, drei Frauen regungslos dort liegen, wo der Zauber sie überrascht hatte. Dilia musste noch gespürt haben, dass sich etwas tat, denn sie war auf halben Weg zur Tür zusammengesunken und hielt ihre Pistole in der Hand. Andrea hatte der Zauber sofort ausgeschaltet und Daniela lag ebenfalls da, als wäre sie auf der Stelle weggedämmert.

Die Affenschlangen fesselten ihre bewusstlosen Opfer und steckten sie in große Säcke, die sie jeweils zu zweit packten. Bevor sie jedoch das Appartement verlassen konnten, hielt Mischka sie auf. »Halt! Nehmt Blutvorräte, Pistolen, Silbermunition und alles andere mit, das auf Vampire hindeuten könnte. Ach ja, einen der Blutbeutel könnt ihr gleich mir geben, und wenn es noch einen zweiten gibt, will ich den für meinen Kumpel, der unten auf der Straße Wache schiebt.«

Die Affenschlangen gehorchten und packten die beiden Brownings und Andreas Luger mit der gesamten Munition, die Daniela aus Urbans Haus mitgenommen hatte, in einen Sack, warfen alles dazu, was sie für verdächtig hielten, und reichten Mischka zwei der Blutpakete.

»Hier! Kommst du mit uns oder hast du noch einen anderen Auftrag der Erhabenen zu erfüllen?«

»Ich muss meinem Kumpel Bescheid sagen, dass er das Haus nicht länger unter Beobachtung zu halten braucht, und die anderen Vampire zu einer außergewöhnlichen Sitzung zusammenrufen. Sagt der Erhabenen, dass sie morgen Vormittag gegen neun Uhr mit uns rechnen kann. Damit erst einmal Servus!« Mischka verabschiedete sich von dem grotesken Geschöpf wie von einem guten alten Bekannten und verließ das Appartement. Draußen prüfte er, ob der Weg für die Affenschlangen frei war, dann trat er aus der Eingangstür des Gebäudes und schritt leise vor sich hin pfeifend in die Richtung, in der er seinen jungen Freund wusste.

Lukas erkannte ihn schon auf etliche Meter und verließ den dunklen Hauseingang, in dem er sich versteckt gehalten hatte. »Endlich! Ich hab mir schon gedacht, ich schlage dort Wurzeln!«

»Die Verräterinnen sind gefangen und werden entsprechend bestraft. Aus dem Grund treffen wir uns morgen früh um neun Uhr im Clubraum. Hier hast du die Liste derer, denen du Bescheid sagen musst. Den Rest mache ich.«

»Warum machen das nicht Lassky oder Terenci?«, fragte der junge Vampir, der noch nicht so stark beeinflusst war, dass er Hierarchie im Vampirclub vergessen hatte.

»Weil es mir und dir angeschafft worden ist!«, erwiderte Mischka schnappig.

Der andere dachte kurz nach und nickte. »Die Zwei müssen wahrscheinlich die Gefangenen bewachen und aufpassen, dass die Supervampirin nicht entkommt. Aber wer ist es denn nun, die Dilia oder die Daniela?«

»Das wirst du früh genug erfahren. Und jetzt husch! Wir haben nicht die ganze Nacht Zeit.«

2

Mit jedem Schritt, den Bezirksinspektor Prallinger in die Tiefe hinab stieg, quetschte etwas seine Brust Stück für Stück wie mit einem Stahlseil zusammen und er kämpfte bald mit dem Gefühl, ersticken zu müssen. Er blieb stehen, wischte sich über die Stirn, auf der trotz der niedrigen Temperaturen hier unter der Stadt dicke Schweißtropfen standen, und fragte sich, wieso er sich das antat. Er hatte in den langen Jahren seines Dienstes Lustmörder ebenso gejagt wie Auftragskiller der Russenmafia. Mehr als einmal hatte er Kollegen und Kolleginnen sterben sehen und oft genug selbst dem Tod ins Auge geblickt.

Hier unten aber hatte er schlicht und einfach Angst. Diese Erkenntnis trieb ihm die Schamröte ins Gesicht. Schließlich war er kein kleiner Junge, der sich in ein unterirdisches Labyrinth verirrt hatte und keinen Weg mehr hinausfand, und hatte seine Ausrüstung sorgfältig zusammengestellt. Er trug feste Schuhe, Drillichhosen und einen Parka als Schutz gegen die Kälte. In seinem Rucksack steckten ein Schlafsack, Notrationen für mehrere Tage, drei volle Anderthalbliterflaschen mit Wasser und eine stählerne Thermosflasche mit heißem Kaffee. Außerdem hatte er mehrere Markierungsstifte mitgenommen, deren Zeichen hell aufleuchteten, wenn das Licht seiner Taschenlampe darauf fiel. Zudem führte er eine ebenso leistungsfähige Reservetaschenlampe mit sich für den Fall, dass er die andere verlor oder deren Batterien versagen würden.

Wehrlos war er ebenfalls nicht, denn außer der Glock 17 in seinem Schulterhalfter hatte er eine Steyr-Maschinenpistole mit drei Dreißigschussmagazinen bei sich. Besser konnten auch mögliche Drogenschmuggler nicht bewaffnet sein. Trotzdem wünschte er sich, er hätte nicht allein in diese Unterwelt eindringen müssen. Aber wenn er Chefinspektor Czerny sein geplantes Vorgehen gemeldet hätte, wäre ihm das Vorhaben rundheraus verboten worden. Prallinger war klar, dass sein Vorgesetzter ihn für einen Versager hielt, aber er würde dem Mann beweisen, dass er derjenige war, der die richtige Auffassung von den Pflichten eines Kriminalbeamten besaß.

Der Gedanke an Czerny und die Kollegen, die bereits hinter seinen Rücken über ihn lästerten, brachte ihn dazu, seine Angst zu überwinden und weiterzugehen. Der Keller, in den er eindrang, roch muffig und seine Decke war mit Holzbalken gesichert, die längst hätten vermodert sein müssen, so alt erschienen sie ihm. Er hastete unter den Balken hinweg und geriet in einen Gang, der mit einem Tonnengewölbe aus Ziegelsteinen gedeckt war.

»Halt, Markierung anbringen!«, rief er sich selbst zur Ordnung und zog den Stift aus der Tasche seines Parkas. Nachdem er ein handspannenlanges Kreuz neben den Eingang gezeichnet hatte, ging er weiter. Manche der Keller sahen so aus, als hätten die Erbauer sie erst vor Kurzem verlassen, andere waren zusammengebrochen und verschüttet. Eines wurde Prallinger schon bald klar: Wer sich hier unten auskannte, konnte von einem Punkt der Kernstadt zum anderen kommen, ohne die Oberfläche betreten zu müssen.

Als er dies erkannte, setzte er sich an einen Platz, der ihm sicher erschien, zog einen Block aus seinem Rucksack und begann, den bereits zurückgelegten Weg aus dem Gedächtnis zu skizzieren. Zwar hatte er die Kopien mehrerer Pläne des Kellersystems eingesteckt, doch als er die Karten mit seinem bisherigen Weg verglich, entdeckte er, dass er sich bereits in unbekanntem Gebiet aufhielt.

Er hatte sich vorgenommen, den Weg zu dem Clublokal, in dem sich die Künstlergruppe um diesen Lassky versammelte, unterirdisch zurückzulegen und dabei die Umgebung dieses Ortes in Augenschein zu nehmen. Nun versuchte er auszurechnen, wie weit er schon gekommen war. Es konnten höchstens noch hundert Meter bis dorthin sein, doch vor ihm war ein Gang eingestürzt oder – was eher wahrscheinlich war – mit Schutt aufgefüllt worden. Daher blieb ihm nichts anderes übrig, als sich eine andere Strecke zu suchen.

Eine Zeit lang kam er gut voran und hatte sich nach seinen Berechnungen dem Clubraum bereits auf weniger als fünfzig Meter genähert, als er in einen Kellerraum geriet, dessen Boden von einer öligen Flüssigkeit bedeckt war. Als Prallinger den Schein seiner Lampe herumwandern ließ, entdeckte er etliche verrostete, teilweise bereits undichte Fässer. Auf einem davon konnte er noch einen aufgemalten, schwarzen Totenkopf sehen. In dem Augenblick bedauerte er es, nichts bei sich zu haben, um etwas von dem Zeug mitnehmen und untersuchen lassen zu können. Wie es aussah, war er einer besonders üblen Art von Umweltverbrechen auf die Spur gekommen.

Der Bezirksinspektor notierte sich die Stelle in seinem Plan mit dem Markerstift und schrieb einige Zeilen in seinen Block. Damit hatte sich sein Ausflug in die Unterwelt bereits gelohnt. Kurz darauf musste er wieder umkehren, denn der nächste Kellergang war vermauert worden und er hätte Hammer und Meißel gebraucht, um weiterzukommen.

Prallinger durchquerte noch einmal den giftverseuchten Raum und hoffte, nicht zu viel von dem Teufelszeug abbekommen zu haben. Danach bog er rechts ab, durchquerte mehrere halb verfallene Keller, und sah im Schein seiner Taschenlampe auf einmal Ratten vor sich, die ihn aus ihren kleinen Knopfaugen böse anfunkelten. Jedes der Biester war so groß wie eine normale Katze. Den Bezirksinspektor würgte es und er wich unwillkürlich zurück. Für Augenblicke sah er sich bereits als von Ratten abgenagtes Skelett enden, doch dann biss er die Zähne zusammen und hob seine Pistole.

»Verschwindet, sonst knallt es!« Er wusste, dass ihn bereits ein einzelner Schuss an die Leute verraten konnte, denen er auf der Spur war, doch er hätte lieber das ganze Magazin leergeschossen, als weiterhin diese Ratten in seiner Nähe zu wissen. Sein Zeigefinger krümmte sich bereits, da schossen die Biester mit einem wütenden Pfeifen davon.

Der Bezirksinspektor taumelte ein paar Schritte hinterher und fühlte es nass an seinen Wangen hinab laufen. Er wusste nicht, ob er vor Erleichterung weinte oder vor Angst. Doch im Augenblick war es ihm egal. Er wollte nur hinaus aus dieser Unterwelt und wieder die Sonne sehen. Von diesem Gedanken getrieben begann er zu rennen, ohne sich auch nur ein einziges Mal umzuschauen.

Plötzlich hörte Prallinger Schritte und atmete auf. Hier waren Menschen, die ihm helfen konnten. Er blieb stehen und versuchte herauszufinden, in welcher Richtung die anderen zu finden waren. Doch als er auf sie zugehen wollte, traf er auf eine Ziegelmauer, die wie frisch gemauert aussah. Genau dahinter mussten sich die Fremden befinden.

»Ich muss mich bemerkbar machen«, entfuhr es ihm. »Sie dürfen mich nicht allein lassen!« Verzweifelt hämmerte er seine Pistole gegen die Mauer. »Hört ihr mich?«, schrie er. »Helft mir, bitte!«

Prallinger weinte vor Erleichterung, als die Leute auf der anderen Seite innehielten, und klopfte noch einmal mit aller Kraft. Fast im gleichen Moment löste sich die Mauer auf, als hätte es sie nie gegeben, und er stolperte ein paar Schritte vorwärts. Doch als er seine vermeintlichen Retter vor sich sah, war der Anblick so entsetzlich, dass er gellend zu schreien begann.

3

Danielas erstes Gefühl beim Erwachen war Übelkeit und das zweite, dass ihr Bett unter ihr wilde Tänze aufführte. Zwar hatte sie am Abend ein Glas Rotwein getrunken, aber gewiss nicht so viel, um so betrunken zu sein. Sie öffnete die Augen, sah aber nur Dunkelheit um sich herum. Zudem war es so kühl, dass sie in ihrem Schlafanzug fröstelte und ihr wehte abgestandene Luft entgegen, in der der Geruch von Verfaultem lag. Da wurde ihr schlagartig klar, dass sie gefesselt war und in einem Sack steckte, den zwei Leute vorne und hinten gepackt hatten und im Laufschritt irgendwohin transportierten.

Zu ihrer Verwunderung empfand sie keine Panik, sondern versuchte zu begreifen, was passiert war. Am Abend hatten Dilia, Andrea und sie noch über die Möglichkeiten gesprochen, wie sie mit der Supervampirin fertig werden würden, und jetzt war sie höchst wahrscheinlich Moniques Gefangene. Wie es aussah, hatte Andrea Lupacani ein falsches Spiel mit ihnen getrieben und sie an die Entartete verraten.

Wir hätten Andrea nicht trauen dürfen, fuhr es ihr durch den Kopf. Aber diese Erkenntnis kam zu spät. Daniela zerrte an ihren Fesseln, doch die saßen so fest, dass sie einschnürten. Zu ihrem Glück war der Sack nicht mehr der Neueste und hatte dort, wo ihr Kopf war, einen Riss. Sie versuchte hindurchzuspähen, nahm aber zunächst nur eine ägyptische Finsternis wahr. Dann aber begannen ihre Augen, sich an die Umgebung zu gewöhnen, und sie nahm schattenhafte Gestalten um sich herum wahr, die sich ganz sonderbar bewegten. Die Wesen schwankten stark mit ihren Oberkörpern, und schienen auch keine Köpfe zu besitzen, sondern lange, biegsame Fortsätze.

Du schläfst und hast einen Albtraum, versuchte Daniela sich zu beruhigen. Doch für einen Traum war das, was mit ihr geschah, viel zu real. Jetzt entdeckte sie zwei weitere schlaffe, in Säcken steckende Gestalten, die von diesen seltsamen Wesen getragen wurden. Den Umrissen nach konnte es sich um Dilia und Andrea handeln.

Dilias Freundin hatte sie also doch nicht verraten. Diese Erkenntnis erleichterte Daniela, wenngleich dies im Augenblick keine Bedeutung besaß. Inzwischen konnte sie ihre Entführer besser ausmachen, und der Anblick drehte ihr beinahe den Magen um. Die Körper glichen Schimpansen, auch wenn diese Wesen auf zwei Beinen liefen, doch die Köpfe waren die von Pythons. Diese saßen auf gut sechzig Zentimeter langen Hälsen, die Schlangenkörpern glichen und äußerst beweglich waren.

Auf Daniela wirkten sie wie das Ergebnis der Genexperimente eines verrückten Wissenschaftlers, und sie fragte sich, wohin sie geraten sein mochte. Von solchen Ungeheuern hatten weder Urban noch ihre beiden Vampirfreundinnen berichtet.

Auf einmal hörte sie wildes Klopfen und dann eine Stimme, die um Hilfe rief. Die Affenschlangen hielten an, setzten die Säcke ab und schienen zu beraten.

Daniela riss verzweifelt an ihren Fesseln. Doch die saßen noch genauso fest wie vorher. So rasch sie konnte, rollte sie sich zu Dilia hinüber, deren Sack nicht weit neben ihr lag, und stieß sie mit dem Kopf an.

»Wach auf, Dilia! Es ist wichtig. Komm schon!« Sie weinte fast, als sie nur unverständliches Gemurmel als Antwort bekam. Ihre Freundin war noch nicht bei Bewusstsein und konnte ihr keine Hilfe sein. Sie musste auf denjenigen bauen, der sich hinter der Wand befand, und dafür sorgen, dass er nicht in die Falle der Affenschlangen lief.

»Achtung, Vorsicht, Gefahr!«, schrie Daniela so laut sie konnte. Dann blieb ihr nur noch die Hoffnung, der andere habe sie gehört und würde entsprechend reagieren.

4

Prallinger starrte auf das Wesen, das vor ihm stand, und warf sich durchaus panikerfüllt zu Boden. Dabei brüllte er seine Angst hinaus, war aber noch soweit bei Sinnen, um seine Pistole zu ziehen.

Auch die Affenschlange war verblüfft, sah aber dann die Waffe in der Rechten des Mannes und reagierte blitzschnell. Bevor Prallinger begriff, was geschah, warf Nummer Zwei ein magisches Lasso um ihn, das sich von selbst zusammenzog, und schlug ihn mit einem Knüppel nieder.

Dann befahl Nummer Zwei seinen Untergebenen, sich die Gefangenen wieder aufzuladen und nahm selbst die Sachen an sich, die der Bezirksinspektor bei sich hatte. Dann liefen sie und ihre Untergebenen wieder los und trugen ihre Opfer immer tiefer in das Reich ihrer Herrin hinein.

5

Daniela fühlte sich ins tiefste Elend gestürzt, als sie sah, wie leicht es den Affenschlangen fiel, den Mann gefangen zu nehmen. Allerdings schöpfte sie Hoffnung, als sie Bezirksinspektor Prallinger erkannte. Der Kriminalpolizist war sicher nicht allein in diese Unterwelt eingedrungen und seine Begleiter würden alles unternehmen, ihn zu finden und zu retten. Zudem rechnete sie mit Urbans Hilfe. Auch wenn er von Monique fasziniert war, würde er die Frau mit allen Mitteln bekämpfen, wenn er sie als Supervampirin erkannt hatte. Wenn der Maler mit Prallingers Kollegen zusammenarbeitete, würden sie Monique das Handwerk legen.

Daniela nahm sich jedoch vor, das ihre dazu beizutragen. Aus diesem Grund hielt sie die Augen offen und zählte die nun häufiger werdenden Abzweigungen. Ihr war längst klar, dass dieser Stollen nicht zu den Kellergewölben und Gängen aus alter Zeit gehören konnte, sondern erst vor Kurzem angelegt worden waren.

Nach einer Strecke, die Daniela zwischen einem und zwei Kilometer schätzte, bogen die Affenschlangen in einen Seitengang ein und erreichten bald darauf eine Tür. Das Anführerwesen holte einen Schlüssel aus seiner Umhängetasche und sperrte auf.

»Bringt sie hinein!«, befahl es und trat zur Seite, um die anderen Affenschlangen vorbeizulassen. Diese schleppten die Gefangenen in einen höhlenartigen Raum, der sich anscheinend erst im Bau befand, denn es lag loses Erdreich und Gestein darin herum. Auf einem halbwegs freien Fleck warfen sie ihre Opfer zu Boden. Danielas Rippen krachten, als sie auf einem Steinbrocken aufschlug, und sie stieß einen Schmerzensschrei aus.

Nummer Zwei deutete auf eine ihrer Gefährtinnen. »Stell einen magischen Schläfer auf. Die Erhabene hat gesagt, keiner von den Gefangenen darf zu sich kommen.«

Die angesprochene Affenschlange eilte davon und kehrte kurz darauf mit einer kinderkopfgroßen Halbkugel zurück, die aus Gips zu bestehen schien, in den man mehrere Halbedelsteine gepresst hatte. Ihre Finger glitten in einem besonderen Rhythmus über diese Steine, dann legte sie den Gipsklumpen zwischen die Gefangenen. Das Ding glühte rot auf und Daniela merkte, wie ihre Glieder schwer wurden und sie in einen Zustand geriet, der zwischen Wachen und Schlafen pendelte. Sie vermochte gerade noch die Augenlider offen zu halten und durch den zerschlissenen Sack zu beobachten, wie die Anführerin der Affenschlangen alles, was das Wesen aus ihrem Appartement mitgenommen hatte zusammen mit Prallingers Sachen in eine Ecke schüttete. Ihre eigene Browning lag nun dort, ebenso wie die Pistolen ihrer beiden Freundinnen, Prallingers Waffen und die gesamte Silbermunition, die sie aus Urbans Palais mitgenommen hatte.

Wenn ich nur eine dieser Waffen in die Hand bekäme!, fuhr es ihr durch den Kopf. Nachdem die Affenschlangen den Raum wieder verlassen hatten, versuchte sie erneut, gegen ihre Fesseln anzukämpfen, spürte aber, wie das rote Ding ihre Muskeln lähmte. Sie war zwar entgegen den Absichten ihrer Entführer noch immer wach, aber das half ihr im Augenblick wenig.

6

Urban stand in seinem Atelier und starrte auf die Bilder, die darauf warteten, dass er den Pinsel zur Hand nahm und sie fertig malte. Doch heute hatte er nicht die geringste Lust dazu. Im Grunde hatte er zu überhaupt nichts Lust, außer Daniela zu suchen. Doch gerade das war unmöglich. Sein Hunger nach Blut war inzwischen so stark geworden, dass er selbst vor seiner eigenen Mutter nicht mehr Halt gemacht hätte. Längst hatte er seine Vorräte aufgebraucht. Mit einem wehmütigen Seufzen dachte er daran, dass die Menge, die er in den letzten Wochen zu sich genommen hatte, früher bis ins neue Jahr hinein gereicht hätte – und dabei war es noch Sommer. Auch vermochte er das Licht der Sonne kaum mehr zu ertragen. Wenn diese Entwicklung so weiterging, würde er bald vor Schmerzen schreien, wenn er nur vor die Türe trat.

Urban hatte durch einige Telefonate erfahren, dass es den anderen Vampiren noch schlechter ging als ihm. Doch jedes Mal, wenn er über dieses Problem nachdenken wollte, schweiften seine Gedanken ab. Er sah verführerische Frauenhälse vor sich, die nur darauf zu warten schienen, von ihm gebissen zu werden.

»Es ist zum Verzweifeln!«, stöhnte er. »Wenn ich nichts tue, werde ich bald verrückt, doch wenn ich etwas unternehme, wird es etwas Verrücktes sein!« Zum ersten Mal seit sehr langer Zeit fragte er sich, ob er es schaffen würde, sich drei Silberkugeln hintereinander ins Herz zu schießen, um seine Existenz zu beenden. Andere Vampire hatten dies in Anfällen von Verzweiflung versucht, waren aber zumeist schon nach dem ersten Schuss gescheitert. Für einen Augenblick sah er die Schlagzeilen der Boulevardpresse vor sich. »Der berühmte Maler Urban Lassky hat Selbstmord begangen!«

Mit entschlossenen Schritten verließ er das Atelier und trat in seine privaten Räume. Seine Browning lag geladen auf dem Tisch im Wohnzimmer. Zögernd streckte er die Hand aus und nahm sie an sich. Das Metall fühlte sich kühl an, er spürte das Silber im Magazin, und ihm lief es kalt den Rücken hinunter.

»Nein, das ist keine Lösung!« Er ließ die Waffe fallen wie ein heißes Eisen, und sah zu, wie sie auf dem Boden aufschlug. Als er sie dann doch wieder aufheben wollte, schellte das Telefon.

Urban stürzte zum Apparat und meldete sich atemlos. Er hoffte, es wäre Daniela, doch stattdessen war Cynthia am anderen Ende der Leitung. »Hallo, Urban! Wie geht's? Entschuldige die Frage, ich brauche bloß in den Spiegel zu schauen, um zu wissen, wie es uns allen geht. Ich habe keinen Tropfen mehr in der Wohnung und bin fast am Ende. Wenn nicht bald etwas geschieht, muss ich auf die Jagd gehen.«

»Mach keinen Unsinn!«, beschwor Urban sie, doch bevor er mehr sagen konnte, meldete sich sein Handy.

»Entschuldige, ich kriege eben einen anderen Anruf herein. Kannst du einen Augenblick warten?« Ohne sich weiter um Cynthia zu kümmern, nahm er sein Handy aus der Tasche und stellte die Verbindung her. Auch jetzt war es nicht Daniela, sondern einer der jüngeren Vampire.

»Hallo Urban, einen schönen Gruß vom Mischka. Wir sollen uns alle im Clubraum versammeln. Es gibt frischen Stoff!«

»Von wem?«, fragte Urban nach, doch da hatte der andere schon abgeschaltet.

Urban rieb sich die Stirn und versuchte seine Gedanken zu ordnen. Er hätte über die Aussicht jubeln müssen, bald das lebensnotwendige Blut zu bekommen. Stattdessen fragte er sich, wer hinter diesen Vorgängen steckte. Bis jetzt war er der von allen anerkannte Anführer der hiesigen Vampire gewesen. Nun aber war er regelrecht kalt gestellt worden, während andere die Geschicke des Clubs beeinflussten. Dabei war er sicher, dass diese Leute nicht in seinem Sinn handelten und ganz bestimmt nicht zum Wohl der Gruppe.

»Urban, was ist los?«

Die aus dem Hörer dringende Stimme Cynthias erinnerte ihn an deren Anruf. »Es ist alles in Ordnung«, antwortete er. »Lukas hat angerufen. Wir sollen umgehend in den Club kommen. Jemand hat Blut besorgt.« Er brachte es nicht fertig, Mischkas Namen zu nennen, denn er mochte den Mann weniger denn je. Allein der Gedanke, dieser ungute Kerl könnte die Situation ausnützen, um sich an die Spitze ihrer Gruppe zu setzen, versetzte ihn in Wut.

Cynthia hingegen vernahm nur Blut und jubelte auf. »Das ist ja herrlich! Ich bin schon unterwegs. Bis gleich!« Dann hörte Urban das Knacken als Zeichen, dass die junge Vampirin aufgelegt hatte.

Er selbst hielt den Hörer noch eine Weile in der Hand und starrte gegen die Wand. Eigentlich hätte er sich ebenfalls freuen müssen, stattdessen überkam ihn das Gefühl, als wüchse ihm die Situation über den Kopf. Schließlich legte er den Hörer auf die Gabel und stand auf. Wenn er das Heft noch halbwegs in der Hand halten wollte, musste er ins Clublokal gehen, nachsehen, ob es dort wirklich Blut gab, und feststellen, wer es gebracht hatte.

7

Die Falle war gestellt. Monique lächelte bei diesem Gedanken. Die ganze Nacht über hatte sie ihre magischen Fähigkeiten eingesetzt, um den Bluthunger der Vampire anzuheizen und sie in einen Zustand zu bringen, in dem sie nicht mehr klar denken konnten. Dafür brauchte sie jedoch viel Kraft und fühlte ihre Reserven bereits schwinden. Aber mit Dilia besaß sie eine neue Spenderin, der sie jeden Lebensfunken entziehen konnte. Im Augenblick aber lag Andreas Bettgespielin noch mit den anderen Gefangenen in einer Höhle, die später der Nachzucht von Affenschlangen dienen sollte. Das Einzige, was ihr noch Probleme bereitete, war der männliche Gefangene, stellte er doch das unerwünschte Eindringen der realen Welt in ihr eigenes Reich dar. Noch wusste sie nicht, was sie mit ihm anfangen sollte. Wahrscheinlich würde sie ihm etwas Blut abzapfen, ihn dann von ihren Dienerinnen zur Donau schaffen und dort betäubt und gefesselt in den Fluss werfen lassen.

Doch vorher galt es, etwas anderes zu tun. Ein hartes Lächeln erschien auf Moniques Lippen, als sie den Clubraum betrat. Mischka und Terenci begleiteten sie. Beide trugen mehrere Beutel mit Blut bei sich. Es war viel zu wenig, um den künstlich angestachelten Hunger der Vampire stillen zu können, und würde sie daher noch wilder machen. Wäre sie tatsächlich nur eine menschliche Schauspielerin, hätte sie es niemals wagen können, so unter die Halbwahnsinnigen zu treten. Ihre Macht war jedoch groß genug, um jeden Angriff auf sich im Ansatz zu unterbinden.

»Habe die Ehre, Herrschaften!« Monique blickte in blasse Gesichter, blutunterlaufene Augen und Lippen, die so schmal geworden waren, dass sie die scharfen Eckzähne nicht mehr vollständig bedeckten. Jetzt sehen sie so aus, wie sich abergläubische Menschen Vampire vorstellen, dachte Monique voller Spott, und winkte ihren beiden Trabanten, Gläser zu holen.

»Ich habe für jeden nur einen kleinen Schluck dabei. Später gibt es mehr«, erklärte sie, während sie von Vampir zu Vampir ging und sie in ihre Arme schloss. Die körperliche Berührung half ihr, ihre Beeinflussung aufrecht zu erhalten.

»Ein bisserl mehr, bitte!« Monique sah, wie Cynthia Mischka anbettelte, und deutete kurz ein Kopfschütteln an.

»Es muss für alle reichen«, erklärte Mischka und stieß die junge Vampirin zurück. Diese stürzte das wenige Blut, das sich in ihrem Glas befand, wie eine Verdurstende hinunter und leckte das Gefäß aus. Auch die anderen Vampire tranken gierig und sahen dann Monique an, als hofften sie, diese würde aus dem Nichts weitere Beutel voller Blut herbeizaubern.

Monique triumphierte. Jetzt hatte sie die Vampire in jenem kopflosen Zustand, in dem sie ihren Kräften gegenüber wehrlos waren, und konnte sie nach Belieben manipulieren. Bislang hatte sie sich wegen Dilia zurückhalten müssen, doch nun brauchte sie keine Rücksicht mehr zu nehmen.

Bei dem Gedanken an das, was nun kommen würde, leckte Monique sich die Lippen. Während sie ihre eigenen Kräfte durch Dilias Lebensenergie ersetzte, würde sie zur gleichen Zeit den Vampiren ein ganz besonderes Mahl bieten. »Ich kann euch Blut geben«, sagte sie mit lockender Stimme. »Es wird ganz frisch sein und wird euch schmecken. Ihr müsst nur zubeißen und trinken.«

»Ein lebender Mensch? Wo? Wo?« Mischka sah sich hungrig um.

Monique lachte hell auf. »Da müsst ihr schon mit mir kommen. Ich zeige euch den Weg!«

Sie stand auf und trat zum Erstaunen der Vampire auf die Rückwand zu. In dem Augenblick, in dem sie diese berührte, entstand dort eine Öffnung und kalte, nach Erde und Verwesung schmeckende Luft strömte herein.

Monique durchschritt das Tor in ihr eigenes Reich, drehte sich dann noch einmal um und winkte den anderen, mit ihr zu kommen. Mischka hastete ihr nach, als hinge sein Leben von ihrer Gegenwart ab, und die anderen folgten blindlings.

Urban stolperte ebenfalls hinter der Gruppe her, verlor aber in seinem verzweifelten Bemühen, zu verstehen, was hier vorging, den Anschluss. Terenci kehrte um und stieß ihn an. »Komm jetzt! Oder sollen wir wegen dir noch länger auf unsere Mahlzeit warten müssen?«

In diesem Kommandoton hat Terenci früher nie mit mir gesprochen, dachte Urban traurig. Dann aber sah er Monique, die stehengeblieben war und ihm ein verheißungsvolles Lächeln schenkte, und schloss eilig auf.

Während die Supervampirin den von ihren Affenschlangen geschaffenen Gang entlang eilte, musste sie an die Geschichte vom Rattenfänger von Hameln denken. Genauso hatte sie die Wiener Vampire eingefangen. Bei allen hatte die Blutgier den Verstand ausgeschaltet und sie waren kaum mehr als Tiere, die ihr bedingungslos gehorchten.

Keiner der Vampire wunderte sich über den langen, unterirdischen Stollen und sie sahen sich nicht einmal um, als Monique sie in ihre Thronhöhle führte und auf dem aus rotem Stein errichteten Hochsitz Platz nahm. Direkt vor dem Thron hatten ihre Affenschlangen ein Bett hingestellt. Der Rahmen bestand aus Messing und stammte aus einem Museum. Die Matratze und das Spannbetttuch, welches ihr in unschuldigem Weiß entgegenleuchtete, aber hatten sich bis vor Kurzem noch in den Lagerräumen eines Geschäftes befunden und würden bald vermisst werden.

Auf Moniques Anweisung stellten sich die Vampire im Kreis um das Bett auf. Ihr Hunger nach Blut war inzwischen so stark, dass einige kurz davor waren, übereinander herzufallen. So weit wollte Monique es jedoch nicht kommen lassen. Sie hob die Hand und stieß einen zischelnden Laut aus.

Es war das Zeichen für Nummer Eins, Daniela zu holen. Gespannt wartete Monique, ob einer der Vampire das Opfer erkannte. Wie sie erwartet hatte, leckte sich selbst Urban voller Vorfreude die Lippen. Weder er noch die anderen nahmen Anstoß an den bizarren Geschöpfen, die die junge Frau hereinbrachten.

»Das hier wird die erste Mahlzeit sein, die ihr in meinem Reich erhaltet, und es werden noch viele andere folgen!« Moniques Stimme hallte von den Wänden wieder und schlug in die Köpfe der geifernden Vampire ein wie der Befehl eines Jägers an gut dressierte Jagdhunde. Sie hechelten und streckten die Arme nach Daniela aus, wagten aber nicht, ohne die Erlaubnis ihrer neuen Herrin auf sie loszugehen.

Monique ließ sie einige Augenblicke schmoren, dann zeigte sie auf Urban. »Fang an!«

Für einen Moment flackerten Urbans Augen und sein Gesicht verzog sich einer gequälten Grimasse. Doch gegen den Willen der Supervampirin kam auch er nicht an. Wie eine Puppe am Faden trat er neben das Bett, auf das die Affenschlangen Daniela gelegt hatten, und beugte sich über ihren Hals.

8

Daniela war schließlich doch der einschläfernden Magie der magisch aufgeladenen Steine erlegen, kam aber wieder zu sich, als sie von kräftigen Händen gepackt und aus dem Sack gezerrt wurde. Allerdings konnte sie sich nicht bewegen und brachte das linke Auge gerade so weit auf, um etwas von ihrer Umgebung wahrnehmen zu können. Der Kriminalpolizist lag so verdreht und starr in der Ecke, als wäre er bereits tot; Andrea, die sich ebenfalls nicht mehr in einem Sack befand, sah aus, als würde sie schlafen; Dilia öffnete für einen Moment die Augenlider, schloss sie aber sofort wieder.

Daniela konnte nicht feststellen, ob ihre Freundin bei Bewusstsein war oder unter dem Einfluss des seltsamen Gerätes wild träumte, denn die Affenschlangen drehten sie so, dass sie nur noch die Tür im Blickfeld hatte, lösten ihre Fesseln und zogen sie bis auf die Haut aus. Anschließend wuschen sie sie vom oben bis unten, und streiften ihr ein langes, weißes Hemd über. Danach schienen sie auf einen Befehl zu warten, denn sie traten unruhig von einem Fuß auf den anderen.

Nach einer Weile wurde die Tür geöffnet. Eine andere Affenschlange trat ein, winkte ihren Gefährten und zischte etwas. Diese packten Daniela und trugen sie aus dem Raum. Kurz darauf erreichten sie eine fast kreisrunde Höhle von gut zehn Metern Durchmesser, in der ein roter Thron und ein altmodisches Messingbett standen. Als die Affenschlangen mit Daniela darauf zuliefen, konnte sie erkennen, dass es sich bei der Person auf dem Thron um Monique handelte. Von deren Schönheit war jedoch wenig übrig geblieben. Die Schauspielerin wirkte sehnig und wies scharf geschnittene Gesichtszüge auf, in denen zwei große, rote Augen Feuer zu sprühen schienen.

Erst als die Tierwesen sie auf das Bett legten, nahm Daniela die Vampire des Clubs wahr. Der Anblick war erschreckend. Die Männer und Frauen, die sie bis vor Kurzem noch für Freunde gehalten hatte, sahen blass und ausgemergelt aus, so als seien sie dem Hungertod nahe. Gier stand in ihren Augen und einige streckten die Hände aus, als wollten sie nach ihr greifen.

Nun begriff Daniela Moniques Absicht. Die Entartete hatte sie als Festmahl für die Vampire vorgesehen. Der Hunger nach Blut und schwarze, beeinflussende Schwaden, die von der Supervampirin ausgingen und die anderen Vampire einhüllten, hatten aus den einst so kultivierten Mitgliedern des Wiener Vampirclubs Bestien gemacht, die ausnahmslos über jeden Menschen herfallen würden.

Als Daniela sah, wie Urban näher kam, den Mund öffnete und mit der Zunge hungrig über seine scharfen Eckzähne strich, traten ihr die Tränen in die Augen. Warum muss es ausgerechnet Urban sein?, fragte sie sich. Ihr Hass auf Monique schwemmte die Angst hinweg und versuchte, ihren gelähmten Körper wieder unter Kontrolle zu bringen. Zwar konnte sie weder Arme noch Beine rühren, aber es gelang ihr, beide Augen zu öffnen. Dann zwang sie Kehle und Zunge unter ihren Willen. »Urban! Nein, bitte nicht!«

Es war nicht mehr als ein Hauch. Der Vampir zuckte zusammen und zögerte unmerklich. Dann berührte er beinahe zärtlich ihren Hals.

Die Gier nach Blut peitschte durch Urbans Körper und der Zwang, zuzubeißen und zu saugen, war fast übermächtig. Doch ein Teil von ihm wehrte sich dagegen, endgültig zu einem reißenden Tier zu werden.

»Jetzt mach schon! Wir wollen nicht ewig warten«, schrie Mischka erregt.

Urban überlegte, was er tun sollte. Wenn er zu lange zögerte, würde Mischka oder ein anderer über Daniela herfallen und ihr unnötige Schmerzen zufügen. Kurz entschlossen ließ er seinen Mund ein paar Zentimeter weiterwandern, sodass seine Zähne nicht mehr genau auf die pulsierende Halsschlagader trafen, und ritzte an einer weniger gefährlichen Stelle die Haut auf.

Mehrere Tropfen roten Blutes traten aus und bildeten einen dünnen Faden, der ihren Hals herab lief und das weiße Betttuch färbte. Um die anderen zu täuschen, tat Urban so, als würde er kräftig saugen, und bekam dabei warmes, berauschend süß schmeckendes Blut in den Mund. Zu seiner Erleichterung machte es ihn jedoch nicht rasend. Stattdessen wurde sein Kopf mit jedem Tropfen, den er schleckte, klarer.

Jetzt begriff er, wer die Supervampirin war, und er spürte die Kraft, mit der sie seine Freunde unter Kontrolle hielt. Gleichzeitig fragte er sich, weshalb diese Beeinflussung ausgerechnet bei ihm versagte, und gab sich die Antwort selbst. Es musste an Daniela liegen. An ihr war irgendetwas, das wie ein Heilmittel gegen Moniques Gift wirkte. Diese Erkenntnis half ihm jedoch nicht aus dem Dilemma, in dem er sich befand. Ewig würden die anderen Vampire nicht warten. Doch wenn sie alle über Daniela herfielen, würde das Mädchen innerhalb kürzester Zeit nur noch eine leere Hülle sein. Auf diese warteten bereits die fetten Ratten, die Monique hier als Wächter hielt und die bereits erwartungsvoll mit ihren Kiefern klackten.

Inzwischen aber hatte der Geruch des frischen Blutes Monique selbst so hungrig gemacht, dass sie Nummer Eins losschickte, ihre ganz spezielle Mahlzeit zu holen.

9

Nachdem Daniela fortgetragen worden war, kämpfte Dilia gegen ihre Betäubung an. Ihre eigenen Kräfte waren ein Nichts gegen die der Supervampirin, aber inzwischen hatte sie sich so weit in der Gewalt, dass sie wieder denken und sich auch ein wenig bewegen konnte. Obwohl sie gefesselt war, gelang es ihr, sich um die eigene Achse zu rollen. Sie musste dieses weiße Ding mit den leuchtenden Halbedelsteinen erreichen, das sie mit seinen magischen Kräften niederhielt, und es zerstören.

Gleichzeitig spürte sie die beeinflussende Magie, die Monique nicht weit entfernt ausstrahlte, und dankte allen guten Mächten, dass sie dagegen immun war. Aber wie sie die anderen Mitglieder des Clubs einschätzte, hatten diese der Supervampirin nichts entgegenzusetzen, und so befürchtete sie für Daniela das Schlimmste. Der Gedanke erfüllte sie mit einem höllischen Zorn. Sie zog die Beine an und trat zu. Zwar war der Stoß zu schwach, um das Ding zu zerstören. Aber es rollte von ihr fort und blieb an der Wand liegen. Nun zeigten mehrere der Halbedelsteine, die als Sender für die lähmenden Kräfte diente, in eine andere Richtung und Dilia spürte, wie sie die Herrschaft über ihre Glieder zurückgewann. Doch als sie sich Hoffnungen machte, ihre Fesseln lösen zu können, wurde die Türe geöffnet. Mehrere Affenschlangen traten ein und wandten sich ihr zu.

Als die Wesen sie aufhoben, weinte vor sie vor Enttäuschung und Wut. Bei ihr verzichteten ihre Kerkermeister darauf, sie zu waschen und neu einzukleiden, sondern schleppten sie so, wie sie war, vor ihre Herrin.

Dilia sah nicht, wie Andrea hinter ihr die Augen aufschlug und gerade noch mitbekam, wie ihre Freundin hinausgetragen wurde. Da das Lähmartefakt nicht mehr in ihre Richtung wirkte, löste sich auch ihre Betäubung. Sie spürte die Nähe der Supervampirin sowie deren Gier, und begriff, dass sowohl Dilia wie auch Daniela in höchster Gefahr schwebten. Zwar war sie gefesselt, doch es gelang ihr, sich so zu verbiegen, dass sie einen der Stricke mit dem Mund zu fassen bekam.

Nie war sie so froh um ihre scharfen Zähne gewesen wie in dem Augenblick, in dem sie das Seil wie mit einer kleinen Säge durchtrennen konnte. Kurz darauf war sie frei und kämpfte sich auf die Beine. Zwar fühlte sie sich kraftlos und vermochte kaum zu laufen, aber darauf konnte sie keine Rücksicht nehmen. Entschlossen stolperte sie zur Tür, betätigte den Drücker und stellte erleichtert fest, dass sie nicht versperrt war. Schon halb auf dem Weg nach draußen, machte sie kehrt und holte ihre Luger-Pistole, die Nummer Zwei auf den Boden geworfen hatte. Als sie die Waffe in der Hand hielt und die Ausstrahlung des Silbers spürte, fühlte sie sich sicherer.

Humpelnd, da ihr rechter Fuß noch immer wie eingeschlafen war, verließ sie ihr Gefängnis und wankte den Gang entlang. Die dunkle Ausstrahlung der Supervampirin leitete sie dabei wie ein Wegweiser.

Als sie den Eingang der Thronhalle erreichte, bot sich ihr ein grauenvolles Bild. Daniela lag starr auf einem Bett, während Urban sich über sie beugte und mit Leibeskräften ihr Blut zu saugen schien. Ihre geliebte Dilia aber kniete in Fesseln vor dem Thron und wurde von Moniques Armen umschlungen.

Andrea nahm wahr, wie die Lebensenergie ihrer Freundin wie ein steter, leuchtender Strom auf die Supervampirin zufloss, von dieser in schwarzen Dunst verwandelt und aufgesaugt wurde.

Der Anblick war zu viel für sie. Schreiend hinkte sie auf Monique zu und legte die Pistole an. Bevor sie jedoch einen Schuss abgeben konnte, warfen sich die anderen Vampire in die Schusslinie. Sie sah Mischkas Gesicht geifernd und hasserfüllt vor sich auftauchen und begriff, dass er zum Werkzeug jenes Ungeheuers geworden war. In ihrer Panik krümmte sie den Zeigefinger und feuerte.

Sie traf Mischka mitten in seine grinsende Fratze und sah ein schwarzes Loch, das sich aber sofort wieder zu schließen begann. Du musst sein Herz treffen, und zwar dreimal, schoss es ihr durch den Kopf. Dabei war er das falsche Ziel. Wenn sie ihre Freundin retten wollte, musste sie Monique töten.

Da waren die anderen Vampire bereits heran und rissen sie zu Boden. Andrea gelang es zwar noch, ein paar Schüsse in Richtung der Supervampirin abzugeben, traf diese aber nur durch einen Streifschuss am Arm, und die Wunde schloss sich noch schneller als bei Mischka.

Gleichzeitig erfüllte Moniques Lachen den Raum. »Du Idiotin! Glaubst du, mich damit aufhalten zu können? Du hättest klüger sein und fliehen sollen. Jetzt ist es zu spät! Los, beißt sie! Sie gehört euch!«

Die Vampire folgten dieser Aufforderung und schlugen sich um die besten Plätze, an denen sie Andrea ihre Zähne in die Adern treiben konnten. Blut spritzte wie ein roter Nebel auf, und während Andrea vor Schmerz und Grauen schrie, schob Monique Dilia von sich und richtete ihren magischen Rüssel auf die Gequälte. Zwar hatte sie Andrea als ihre persönliche Modeschöpferin behalten wollen, aber sie konnte niemanden brauchen, der fähig war, sich aus ihrer Beeinflussung zu lösen. Daher musste sie genauso sterben wie Dilia und Daniela. Allerdings wollte Monique den anderen Vampiren nur Andreas Blut überlassen. Die Lebenskraft der Modistin gehörte ihr und würde ihr zusammen dem, was sie aus Dilia heraussaugen konnte, die Macht verleihen, sich zur Herrin dieser Stadt und des ganzen Landes aufzuschwingen.

10

In dem Tumult, der nach Andreas Erscheinen ausbrach, achtete niemand auf Urban. Der Maler war im ersten Moment schier erstarrt, als seine Freunde sich auf Andrea stürzten. Dann stieg eine solche Wut in ihm hoch, dass er die anderen Vampire am liebsten in Stücke gerissen hätte. Doch er konnte nicht gegen die ganze Gruppe kämpfen. Obwohl sein Herz sich aus Mitleid mit Andrea verkrampfte, wusste er, dass er nichts mehr für sie tun konnte, sondern versuchen musste, das eigene Leben und das von Daniela zu retten. Er packte die junge Frau, die bis auf einen blutenden Kratzer am Hals noch nicht zu Schaden gekommen war, warf sie sich über die Schulter und sprintete los.

Die Affenschlange, die er als Anführerin dieser Wesen erkannt zu haben glaubte, sah es und hob schon die Hand, um es ihrer Herrin zu melden. Doch statt zu rufen, senkte sie ihren Arm und kehrte ihnen den Rücken. Damit schenkte Nummer Eins den beiden einen gewissen Vorsprung. Ihre Flucht wurde erst bemerkt, als Mischka mit blutverschmiertem Gesicht von Andrea abließ, das leere Bett sah und aufheulte. »Lassky ist weg!«

Monique hatte mit geschlossenen Augen Andreas Lebenskraft in sich aufgesogen. Jetzt schreckte sie hoch, und ihre Gesichtszüge formten sich zu einer Maske aus Hass und Zorn.

»Jagt sie und bringt sie zurück, aber lebend! Ich werde mir die Zwei persönlich vornehmen.«

Mischka, Terenci und zwei andere Vampire befolgten den Befehl sofort, während der Rest ihnen etwas zögerlich folgte.

Die Supervampirin begriff, dass die unvorhergesehenen Ereignisse ihre Herrschaft über sie geschwächt hatte, und setzte ihre beeinflussenden Kräfte mit aller Macht ein. Nun rannten auch die anderen Vampire los. Monique sah ihnen nach und sagte sich, dass sie möglichst bald die Herrschaft über jeden Einzelnen mit dem Biss in die Halsschlagader sichern musste. Vorher aber mussten die Flüchtlinge gefangen werden.

»Das gilt auch für euch! Durchsucht die Stollen und findet Lassky und Daniela«, herrschte sie die Affenschlangen an, die sich bislang noch nicht gerührt hatten.

»Wie Ihr befehlt, Erhabene!« Nummer Eins wandte sich zur Tür und trabte los.

»Etwas schneller, wenn ich bitten darf«, rief Monique hinter ihr her, und hinderte dann Nummer Zwei daran, ihrer Anführerin zu folgen.

»Du bleibst hier! Nimm ein paar deiner Leute und fange die Vampire ein, wenn sie zurückkommen. Fesselt sie gut, denn sie dürfen keine Chance bekommen, sich zu befreien. Und seid vorsichtig! Sie sind stärker als normale Menschen.«

»Wie Ihr befehlt, Erhabene!« Nummer Zwei atmete auf. Wie es aussah, war sie ihrer Herrin wichtig genug, um die Nachfolge ihrer Vorgesetzten antreten zu können. Ein wenig bedauerte sie Nummer Eins, aber in dieser Situation war sich jeder selbst der Nächste. Daher wies sie die ihr zugeteilten Affenschlangen an, magische Seile und Lähmzauber zu besorgen, damit sie die Vampire gefangen nehmen konnten.

Während die letzten Affenschlangen den Thronsaal verließen, suchte Moniques Blick ihre Ratten. »Los, folgt den Flüchtlingen und hindert sie daran, mein Reich zu verlassen. Lasst sie aber am Leben. Ihr könnt später ihre Kadaver haben!«

Auf diesen Befehl hin rannten die Ratten hurtig davon und ihr schrilles Pfeifen zeigte an, dass sie die Spur aufgenommen hatten.

Unterdessen war Dilia trotz ihrer Schwäche und der Fesseln zu Andrea gerobbt, die in einer Blutlache auf dem Boden lag. Die Modemacherin sah aus, als wären Pitbulls über sie hergefallen. Noch aber lebte sie, und streckte die Hand aus, um das Gesicht ihrer Geliebten zu berühren.

»Es tut mir leid, Dilia. Ich habe dich immer geliebt!«, flüsterte sie, während ihre Freundin wimmerte wie ein geschlagenes Kind.

»Ich liebe dich auch, Andrea!«

»Wie rührend!«, höhnte Monique. Sie trat zwischen die beiden, packte sie bei den Haaren, und riss ihre Köpfe hoch. »Freut euch, denn jetzt werdet ihr gemeinsam in Liebe sterben! Spürt ihr, wie das Leben aus euch heraus fließt, und es mich stärker und stärker macht?«

Sie sog die Lebensenergie beider Frauen an sich und fühlte, wie ihre Opfer immer schwächer wurden. Bald besaß Andrea nicht einmal mehr die Kraft, ihre Augen offen zu halten. Nur die Hände des weiblichen Liebespaares ruhten ineinander und verrieten, dass Andrea und Dilia zuletzt wieder zueinander gefunden hatten.

11

Urban hatte keinen Gedanken daran verschwendet, wie und wo er sich und Daniela vor der entfesselten Meute in Sicherheit bringen konnte, sondern war einfach losgerannt, und kurz darauf trieb ihn das Schreien und Heulen seiner Verfolger weiter.

Nach einer Weile begann Daniela sich zu regen. »Lass mich herunter. Ich kann selbst laufen!«

»Wirklich?« Urban hätte sie am liebsten weitergetragen, denn ihnen waren Wesen auf den Fersen, die nicht weniger rasch und ausdauernd waren als er selbst. Bei Daniela aber handelte es sich nur um eine normale Frau, die das Tempo niemals durchhalten konnte. Bei dem Gedanken schüttelte er unwillkürlich den Kopf. Einer normalen Frau wäre es nie gelungen, sich gegen die geistige Beeinflussung der Supervampirin zur Wehr zu setzen.

»Rechts rein, schnell!« Erst Danielas Ausruf machte Urban auf eine kaum zu erkennende Abzweigung aufmerksam. Er gehorchte unwillkürlich und merkte dann erst, dass die junge Frau trotz der herrschenden Dunkelheit besser sehen konnte als er mit seinen Vampiraugen.

Er setzte sie ab und presste sie und sich gegen die Stollenwand. Beide wagten kaum zu atmen, als sie die Schritte ihrer Verfolger nahen hörten. Mischka und Terenci rannten an dem Quergang vorbei, ohne ihm auch nur einen Blick zu gönnen, und die anderen Vampire liefen blindlings hinter ihnen her.

Urban wollte schon wieder in den Hauptgang zurück, doch Daniela hielt ihn zurück. »Noch nicht!«, raunte sie.

Noch während Urban fragte, was das sollte, hastete draußen eine Gruppe Affenschlangen vorbei, allerdings in einem gemäßigteren Tempo als die Vampire. Sie schauten zwar kurz in den Eingang des Querstollens, doch da das Geheul der entfesselten Vampire weiter vorn erklang, folgen sie diesen.

»So, ich glaube, jetzt können wir weiter«, sagte Urban, obwohl ihm nicht klar war, was sie als Nächstes tun sollten. Da krallte Daniela ihre Fingernägel in seinen Oberarm.

»Die Ratten! Monique hat die Ratten auf uns gehetzt!« Ihre Stimme klang so schrill vor Angst und Ekel wie die jeder anderen Frau, die sich ganzen Knäuel dieser Nager gegenübersah.

Urban schob Daniela hinter sich und ballte die Fäuste, um sie zu schützen.

Die ersten Ratten vermochte er noch abzuwehren. Doch es kamen immer mehr. Sie sprangen ihn an und bissen zu. Auch Daniela wurde von ihnen überschwemmt und zu Boden gerissen. Zuerst schrie sie nur, dann aber hieb sie ebenfalls mit beiden Fäusten auf die Biester ein, packte schließlich eines und brach ihm mit einem raschen Griff das Rückgrat. Einige wichen zurück und so gelang es ihr, auf die Füße zu kommen. Sie fegte einige Ratten mit Tritten beiseite. Dennoch wurde sie wieder und wieder gebissen, und die Wunden brannten, als flösse Säure hinein.

»Verschwindet!«, schrie sie voller Zorn. »Fresst euch selbst auf!«

Zu ihrer Verwunderung stürzte sich eine der Ratten auf ihren Nachbarn und zerbiss ihm das Genick. Gleichzeitig wichen die anderen Ratten vor ihr zurück.

»Tu es noch mal!«, hörte sie Lassky rufen.

»Was?«

»Du hast die Biester beeinflusst. Mach es noch mal!« Lassky entledigte sich der letzten Ratten, die sich noch an ihm festgekrallt hatten, und sah Daniela auffordernd an.

Daniela begriff nicht, was er meinte, doch instinktiv brüllte sie noch einmal die Ratten an. »Verschwindet und fresst euch selber auf!«

Tatsächlich wichen die großen Nager. Doch der Widerhall der eigenen Stimme schwang wie ein riesiger Gong in ihrem Kopf. Sie presste die Hände gegen die Ohren, und das machte es nur noch schlimmer. Um sie herum leuchtete plötzlich alles Rot, die Wände des Ganges ebenso wie Lassky. Dennoch konnte sie jede Einzelheit so scharf sehen wie durch ein Fernglas oder Mikroskop. In der Ferne hörte sie Vampire toben, und aus der anderen Richtung quoll eine dunkle, schwarze Wolke, die sie zur Raserei trieb. Dann wallte eine Hitze in ihr auf, die sie schier von innen heraus zu verbrennen drohte. Stöhnend vor Schmerz sank sie nieder.

Sofort war Urban bei ihr. »Was ist los?«

Sie keuchte wie nach einem schnellen Lauf. »Ich … Mir ist so schrecklich heiß. Ich verglühe!«

Urban sah sie genauer an und schüttelte irritiert den Kopf. Es war, als würde in jeder ihrer Zellen ein roter Funken aufglühen. Als er die Hand auf ihre Stirn legte, war diese so heiß, dass er sie kaum berühren konnte.

»Das geht nicht mit rechten Dingen zu. Ich glaube, das Ungeheuer greift dich mit einem Zauber an!« Urban fühlte sich hilflos, weil er nichts für Daniela tun konnte. Doch als sie den Mund aufriss und ihren Schmerz hinausschrie, bemerkte er wie ihre oberen Eckzähne länger und spitzer wurden.

»Bei allen Heiligen, du bist eine von uns!«, schrie er auf.

»Was bin ich?« Daniela quälte sich auf die Beine und sah entsetzt auf ihre Hände. Diese waren auf einmal durchscheinend und sie hatte das Gefühl, als würde statt Blut Feuer in ihren Adern kreisen.

»Du bist eine von uns, eine Vampirin«, wiederholte Urban, der langsam die Tragweite ihrer Verwandlung begriff. Doch noch war sie nicht abgeschlossen. Er packte Daniela und zog sie zu sich heran.

»Los, beiß mich!«

»Aber das kann ich nicht«, rief Daniela voller Panik.

»Verdammt, wenn du es nicht tust, gehst du hier drauf!«, herrschte Urban sie an.

Er war nicht gerade begeistert, einem anderen Vampir als Nahrung zu dienen, aber es war die einzige Chance, Daniela am Leben zu erhalten. Ihre wahre Natur war extrem spät durchgebrochen und sie brauchte auf der Stelle Blut, wenn sie nicht innerhalb kürzester Zeit verschmachten wollte.

Daniela näherte ihre Lippen seinem Hals und spürte, wie die Gier, ihn zu beißen, in ihr erwachte. Dann ging alles blitzschnell. Sie achtete noch darauf, seine Halsschlagader nicht zu verletzen, und saugte nur das bisschen Blut auf, das aus der Wunde trat. Sofort hörte das Brennen auf und sie fühlte sich so gut wie selten zuvor.

»Was war das?«, fragte sie verwirrt.

»Eine Transmission. Du hattest die Anlagen zu einem Vampir, und die sind nun erwacht. Ich schätze, es wäre schon bei deinem ersten Besuch im Club passiert, doch da hatte Monique ein Dämpfungsfeld aufgebaut, um Dilia und uns über ihre wahre Natur zu täuschen. Als du dich jetzt verwandelt hast, stand es auf der Kippe, ob du überlebst oder nicht. Zum Glück ist alles gut gegangen.«

Daniela schlürfte noch etwas Blut, dann ließ sie Urban los. Auf ihrer Zunge lagen tausend Fragen, doch die mussten warten. »Komm jetzt«, sagte sie. »Wir haben andere Dinge zu tun, als Theorien über das Vampirsein auszutauschen.«

»Kannst du ganz kurz mit deiner Zunge über die Wunde streichen? Sie blutet sonst weiter«, forderte Urban sie auf.

Daniela tat ihm den Gefallen und lachte dabei leise.

Aufatmend klopfte Urban ihr auf die Schulter. »Du hast dich verdammt gut im Griff, besser jedenfalls als ich bei meiner ersten Mahlzeit. Da sah es einige Stunden so als, als würde mein Opfer nicht durchkommen. Dabei musst du einen Wahnsinnshunger gehabt haben.«

»Den habe ich immer noch, aber ich wollte nicht dem Menschen Schaden zufügen, den ich am meisten liebe. Los, jetzt müssen wir uns etwas einfallen lassen.«

Daniela wies in die Richtung, aus der sie gekommen waren. »Mischka und die anderen haben sich aufgeteilt und durchsuchen jetzt das ganze Stollensystem. Das gibt uns die Chance, uns um die Supervampirin zu kümmern.«

»Ohne Waffen haben wir nicht die geringsten Chancen gegen sie, und dann sind da auch noch diese Kreaturen, die sie sich als Leibwächter hält.« Urban schüttelte den Kopf und wollte in eine andere Richtung gehen, doch Daniela hielt ihn zurück.

»Auf diese Weise laufen wir nur den anderen Vampiren in die Arme, und gegen die haben wir ohne Pistolen und Silbermunition keine Chance.«

»Also gut!« Urban folgte ihr, als sie den in die Richtung zurücklief, in der sich Moniques unterirdisches Reich befand.

Daniela hoffte, die Kammer zu finden, in der sie gefangen gehalten worden war, denn dort befanden sich die Pistolen, die sie dringend brauchten. Doch als sie glaubte, die richtige Türe gefunden zu haben, und den Raum öffnete, prallte sie mit einem Aufstöhnen zurück. Vor ihr lag eine Art Labor, das bis zur Decke mit Regalen voll gestellt war. In diesen standen Glasbehälter mit einer Flüssigkeit, in der kleine Affenschlangen schwammen. Die Wesen waren lebendig, denn sie bewegten ihre Arme und Beine und in ihren geöffneten Mäulern waren lange Reißzähne zu sehen.

Als Daniela sich umdrehte und die Türe hinter sich schloss, sah sie keine fünf Meter entfernt eine ausgewachsene Affenschlange stehen. Sie spannte ihre Muskeln zum Sprung, wusste aber, dass sie den Alarmschrei der anderen nicht mehr würde verhindern können.

Der Schrei unterblieb jedoch. Stattdessen duckte das Wesen sich, und machte Handzeichen, dass sie ihm folgen sollten.

»Ich bringe das Ding um!«, knurrte Urban.

Daniela legte ihm die Hand auf den Arm. »Halt! Nein! Es will etwas von uns.«

»Uns seiner Herrin auf dem Silbertablett servieren, was sonst?« Obwohl Urban dem Wesen nicht traute, ließ er sich von Daniela überreden, es in Ruhe zu lassen.

Sie folgten Nummer Eins, bis diese auf eine Tür deutete und sie mit einem Ausdruck auf dem Schlangenkopf öffnete, der am ehesten einem Grinsen nahe kam. Urban erwartete, dass sich sofort andere Affenschlangen auf ihn und seine Begleiterin stürzen würden. Doch es blieb alles ruhig. Daniela, die dem Wesen gefolgt war und in den Raum hineinlugte, stieß einen leisen Jubelruf aus und rannte an der Affenschlange vorbei in die Kammer.

Bezirksinspektor Prallinger lag noch immer bewusstlos am Boden, obwohl das lähmende Artefakt fast keine Leistung mehr ausstrahlte. Daniela kümmerte sich jedoch nicht um den Kriminalpolizisten, sondern suchte unter den Sachen, die die Affenschlangen auf einen Haufen geworfen hatten, ihre Browning.

»Sie ist schrecklich, nicht wahr?« Nummer Eins sah die junge Vampirin bittend an. Sie wusste, dass ihr Leben verwirkt war, wenn ihre Herrin am Leben blieb. Doch ob sie noch an diesem Tag oder später in Stücke gehackt und als Grundmasse für eine neue Generation von Affenschlangen dienen würde, kam auf dasselbe hinaus. Sollte es diesen beiden Menschen jedoch gelingen, ihre Herrin zu töten, durfte sie vielleicht am Leben bleiben.

Daniela drehte sich zu der Affenschlange um und fand sie jetzt bei Weitem nicht mehr so abstoßend wie vorhin. Das Wesen wirkte zwar skurril, aber da es ihr und Urban half, durfte sie sich nicht an seinem Aussehen stören.

»Danke!«, sagte sie, und sah, wie die andere zu hornigen Lippen zu einer Art Lächeln verzog. Dann verbannte Daniela das Geschöpf aus ihren Gedanken und horchte auf.

»Einige unserer Freunde kehren zurück! Hoffentlich kommen sie uns nicht in die Quere, während wir Monique bekämpfen.«

»Ich versuche, sie abzulenken!« Urban stopfte eine Schachtel Munition unter sein Hemd, packte die Waffe, die Dilia an sich genommen hatte, und rannte los.

Im ersten Moment wollte Daniela ihm folgen und ihn aufhalten. Dann aber spürte sie, wie nahe die anderen Vampire bereits gekommen waren und begriff, dass diese ihnen nicht die Zeit lassen würden, Monique zu erledigen.

Aber genau das war ihr Ziel. Sie steckte ihre Browning in den Hosengurt und wollte die Kammer bereits verlassen, als ihr Blick auf Prallingers Maschinenpistole fiel. Obwohl ihr die Zeit unter den Nägeln brannte, ergriff sie die Waffe und löste nach mehrfachem Probieren das Magazin. Die Patronen besaßen das gleiche Kaliber wie ihre Silberkugeln. So schnell sie konnte, ersetzte sie diese durch die Silbernen aus ihrer zweiten Munitionsschachtel. Als sie die zwanzig Patronen geladen hatte, wollte sie schon aufhören, nahm aber dann ihre Browning, leerte deren Magazin bis auf drei Schuss und steckte auch die Patronen in das der MP. Nun verfügte sie über dreißig Schuss, die sich in kürzester Zeit abfeuern ließen. Dann hängte sie sich die Waffe so über die Schulter, dass sie sie mit einem Griff anschlagen konnte, und verließ den Raum.

Nummer Eins sah ihr nach, wagte aber nicht, ihr zu folgen, sondern begann, die Patronen aufzusammeln, die Daniela aus dem Magazin der Maschinenpistole gestoßen hatte, und legte sie in der Mitte des Raumes zu einem kleinen Häuflein zusammen.

12

Daniela hörte Schüsse krachen und wusste, dass Urban um sein Leben kämpfte. Umso wichtiger war es, diesem Spuk ein Ende zu machen. Sie rannte los und hatte mit einem Mal das Gefühl, als würde sie sich erstaunlich gut hier unten auskennen. Es gelang ihr ohne Mühe, Cynthia auszuweichen, die ihr entgegen kam, und weiter auf ihr Ziel zuzusteuern. Diese Gänge hatte sie schon einmal im Traum durchschritten. Damals hatte das Labyrinth sie erschreckt, doch jetzt war sie froh um dieses Wissen.

Kurz darauf erreichte sie den Thronsaal. Der Thron selbst war leer und Daniela glaubte schon, Monique hätte den Raum verlassen, um sich an der Jagd nach ihr und Urban zu beteiligen. Dann entdeckte sie die Supervampirin jenseits des Bettes. Sie hielt Dilia und Andrea an sich gepresst und saugte deren Lebenskraft auf. Andrea sah aus, als habe man sie mit einer Axt zerfleischt, und rührte sich nicht mehr, während Dilia noch leise wimmerte.

»Gib auf!« In ihrer Nervosität vergaß Daniela die Maschinenpistole und zog die Browning aus dem Gürtel.

Monique lachte nur, und bewegte kurz den Kopf. Im selben Moment tauchte Mischka im Eingang auf und kam auf Daniela zu.

»Jetzt zahlst du für die Silberkugel, die du mir damals aufgebrannt hast, du Miststück!« Geifer troff von den Lippen des Vampirs und er riss den Mund auf, als wolle er Daniela im Ganzen verschlingen.

Sie hatte Mischka von Anfang an gehasst und spürte nun all das Schlechte in ihm, das nun endgültig die Herrschaft über ihn gewonnen hatte. Ohne mit Wimper zu zucken, legte sie die Waffe auf ihn an und drückte so schnell hintereinander ab, dass die drei Schüsse beinahe wie einer klangen.

Der Vampir machte noch einen Schritt auf Daniela zu, stieß dann ein Gurgeln aus und sank, von allen drei Kugeln ins Herz getroffen, in sich zusammen.

Mit einem wütenden Aufschrei ließ Monique ihre beiden Opfer los. Mischka war der erste Vampir gewesen, den sie endgültig zu ihrem Sklaven gemacht hatte, und vor allem der, dessen Skrupellosigkeit der ihren am nächsten gekommen war. Er hätte ihre rechte Hand werden sollen, auf die sie dringend angewiesen war, wenn sie ihre Pläne verwirklichen wollte.

Mit langsamen Schritten kam sie auf Daniela zu, bestrebt, jeden Augenblick der Rache zu genießen. »Zitterst du schon vor Angst?«, fragte sie, während sie die Kräfte freisetzte, mit denen sie Menschen und Vampiren Todesfurcht einflößen konnte.

Daniela spürte ihre ekelhafte Ausstrahlung und wich im ersten Augenblick zurück. Dann aber gelang es ihr, sich gegen Moniques Beeinflussung zu stemmen und der Entarteten ins Gesicht zu lachen. »Vielleicht solltest du Angst haben!«

»Vor dir etwa?« Monique wies auf die Browning, die Daniela noch immer der rechten Hand hielt. »Du hattest dreizehn Schuss. Drei davon hast du für Mischka verschwendet, bleiben also noch zehn übrig. Doch mich kannst du nicht mit drei oder sechs silbernen Kugeln töten. Dafür brauchst du mindestens neun, und die Zeit lasse ich dir nicht.«

Erst Moniques Spott erinnerte Daniela daran, dass ihre Browning ja nur mit drei Patronen geladen gewesen war und der Rest ihrer Patronen im Magazin der Maschinenpistole steckte. Die hing immer noch über ihrer Schulter und war Monique bislang entgangen. Kurz entschlossen ließ Daniela die leer geschossene Pistole fallen.

Die Supervampirin verzog ihre Lippen zu einem verächtlichen Lächeln. »Willst du dich etwa ergeben? So etwas gibt es bei mir aber nicht!«

»Wer sagt, dass ich mich ergeben will?« Daniela zog die MP nach vorne, richtete den Lauf auf die Entartete und begann zu feuern.

Die ersten Kugeln schlugen noch hoch in Moniques Schulter ein. Doch Daniela korrigierte die Schussrichtung und hielt genau auf das Herz ihrer Feindin. Für einige kurze Augenblicke erfüllte das Rattern der Maschinenpistole den Raum. Monique wand sich, doch der Lauf der Waffe folgte ihren Bewegungen. Das Loch in ihrer Brust wurde immer größer, Kugeln durchschlugen ihr Herz und zerfetzten es. Zuletzt brach die Supervampirin in die Knie und hob in einer fast bittenden Geste die Arme. Auf ihrem Gesicht stand noch immer das mit Erstaunen gepaarte Entsetzen, das sie als Letztes in ihrem Leben gefühlt hatte.

Als Daniela auf sie zutrat und sie mit der Fußspitze anstieß, kippte Monique um und rührte sich nicht mehr. Die Supervampirin, die mit ihren magischen Fähigkeiten die Stadt und das Land hatte unterwerfen wollen, war durch ein Erzeugnis der technischen Welt getötet worden.

Zunächst konnte Daniela es nicht glauben. Sie erwartete, dass die Wunden der Entarteten sich schließen und die Hexe erneut auf sie losgehen würde. Doch Monique blieb starr und steif liegen. Trotzdem hob Daniela die blutverschmierte Luger 08 auf, die Andrea verloren hatte, und zählte die Patronen, die ihr noch übrig geblieben waren. Es waren drei Stück – genug, um noch einen Vampir zu töten, oder, wie sie hoffte, drei von ihnen zu vertreiben.

Dilias Seufzer ließ sie die Gefahr vergessen, die ihr von den anderen Vampiren drohte. Sie kniete neben ihrer Freundin nieder und nahm sie in die Arme. »Dilia, mein Gott, kann ich etwas für dich tun?«

»Drücke mich an dich. Du bist so schön warm. Mich friert so!« Es klang wie ein Hauch, doch Dilia gelang es, zu lächeln. Dieses verschwand jedoch und sie wies auf Andrea.

»Was ist mit ihr?«

Danielas Blick streifte die zerfleischte Gestalt und ihr war klar, dass jede Hilfe zu spät kam. Die gefeierte Modezarin Andrea Lupacani hatte ihren Weg ins Paradies der Vampire angetreten.

Auch Dilia begriff nun, dass ihre Geliebte nie mehr das Ladenlokal am Kohlmarkt oder die Wohnung in der Himmelpfortgasse betreten würde, und begann zu weinen. Daniela wollte sie trösten, vernahm aber Geräusche und stand auf. Mit der Luger in der Hand wartete sie darauf, wer als Erster der Kopf zur Türe hereinstecken würde.

Es war Cynthia. Die junge Vampirin kroch über den Boden. Blut lief ihr aus den Ohren und der Nase, und sie stieß so schrille Schreie aus, als würde sie am Spieß stecken.

Von ihr ging keine Gefahr mehr aus, das wurde Daniela bereits beim ersten Blick klar. Sie steckte die Luger weg und sah Dilia fragend an. »Kannst du mir sagen, was mit der los ist?«

Es fiel Dilia schwer, zu sprechen, trotzdem versuchte sie Daniela zu erklären, was sie wahrnahm. »Es muss an der Beeinflussung liegen, mit denen Monique Cynthia beherrscht hat. Als die Supervampirin gestorben ist, war es für sie wie ein heftiger Schlag auf den Kopf. Es würde mich nicht wundern, wenn es Tote gäbe.«

»Das wollen wir nicht hoffen.« Bis auf Mischka hatte Daniela die anderen Vampire sympathisch empfunden. Jetzt, da die Gefahr durch Monique gebannt war, erinnerte sie sich wieder daran. Sollte allerdings Urban durch die anderen etwas zugestoßen sein, würde sie die Schuldigen bestrafen, das schwor sie sich. Inzwischen schleppte sich der nächste Vampir herein. Es handelte sich um Lukas, der mit Mischka zusammen Andrea verfolgt hatte. Er war noch schlimmer dran als Cynthia und blutete so stark, dass er dringend versorgt werden musste.

Daniela erinnerte sie sich an die Affenschlange, die ihr geholfen hatte, und schaute zur Tür hinaus. Dort kauerte Nummer Eins im Gang. Auch sie war von den Auswirkungen durch Moniques Tod betroffen, aber noch ansprechbar.

»Kannst du dich um meine Freunde kümmern?«, fragte Daniela.

Nummer Eins nickte und stand auf. »Ich werde meine Leute rufen und es ihnen befehlen!« Sie stieß einen Ruf aus, der von mehreren Stellen beantwortet wurde, und schon bald kamen die Affenschlangen aus allen Gängen und Stollen heraus, um sich im Thronsaal zu versammeln. Einige von ihnen trugen zusammengebrochene Vampire mit sich. Derjenige aber, auf den Daniela wartete, war nicht dabei. Sie überlegte schon, sich auf die Suche nach Urban zu machen, als sie sah, wie jemand aus einem der Seitenstollen heraustrat, sich vorsichtig umblickte und dann auf sie zukam.

»Urban, endlich!« Sie eilte ihm entgegen und schlang die Arme um ihn.

»Wenn du Blut zapfen willst, solltest du dir besser jemand anders aussuchen. Dafür bin ich zu wackelig auf den Beinen«, antwortete er.

»Schäm dich! An so etwas habe ich gar nicht gedacht. Ich bin nur glücklich, dich zu sehen.« Daniela lachte und weinte gleichzeitig, und wusste nicht, was sie sagen sollte.

Mit einem Mal tauchte Nummer Zwei neben ihr auf und streckte ihr als Friedensangebot einen Beutel mit Blut hin. Daniela starrte verblüfft darauf, Urban aber griff sofort danach, biss ihn mit einem geschickten Kniff auf, und reichte ihn ihr.

»Trink! Sonst verspeist du doch noch einen von uns zum Frühstück.«

»Ich mag kein Blut«, murmelte Daniela, spürte aber gleichzeitig, wie ihr Durst erwachte.

Urban erklärte ihr, wie sie den Beutel halten musste, um nichts zu verschütten, und sah sich dann das Häuflein Elend an, zu dem der Wiener Vampirclub zusammengeschmolzen war. Mischkas Tod erregte bei ihm noch das geringste Bedauern, denn der war schon immer ein Störenfried gewesen. Doch als er Andrea Lupacani mit gebrochenen Augen am Boden liegen sah, brach er in Tränen aus. Es fehlte nicht viel, und er hätte Cynthia und die anderen, die sie zerfleischt hatten, mit seiner Pistole niedergeschossen.

Daniela drückte ihm den Arm nieder. »Sie können nichts dafür! Ihre Bisse hätte Andrea überlebt. Doch Monique hat ihr das Leben aus dem Leib gesaugt.«

»Warum musste Andrea auch eingreifen? Wäre sie in der Kammer geblieben, wäre ich an ihrer Stelle tot und sie würde noch leben!« Dilia schluchzte verzweifelt und strich ihrer Geliebten mit der Hand über die blutige Wange.

»Hätte Andrea nicht eingegriffen, wäre es mir nicht gelungen, mit Daniela fliehen. Dann hätte die Entartete gesiegt!« Urban hatte eigentlich nur Dilia beruhigen wollen, spürte aber, dass dieser Gedanke auch ihm Trost spendete.

»Andreas Tod ist nicht umsonst gewesen. Sie hat uns alle gerettet!«, setzte er leise hinzu.

»Wir werden sie nie vergessen.« Daniela wischte sich die Tränen ab, die ihr in die Augen stiegen, und sah dann Urban an. »Gab es weitere Tote?«

Er nickte unglücklich. »Drei, darunter auch Terenci. Ich hatte ihm schon eine Kugel verpasst, aber er ging wie ein Wilder auf mich los, und dann …« Urban schwieg einen Moment, um seine Gefühle wieder unter Kontrolle zu bringen. »Ich wollte nicht, dass er stirbt. Wir waren so lange Freunde. Daher habe ich die zweite Kugel auf seinen Kopf abgeschossen. Zuerst sah es so aus, würde ihm diese Verletzung nichts ausmachen, aber dann hat es ihm förmlich den Schädel zerrissen. Zwei anderen ist es genauso ergangen, obwohl ich keine Kugel auf sie abgefeuert habe.«

»Also bist nicht du schuld am Tod deines Freundes, sondern diese Hexe Monique. Sie hatte ihn zu ihrem Sklaven gemacht, und als sie starb, konnten er und die anderen, die sie bereits unterjocht hatte, nicht mehr weiterleben. Sieh dir Mischka an.« Dilia zeigte dabei auf den Toten. Obwohl Danielas Kugeln ihn bereits niedergestreckt hatten, war auch sein Schädel geplatzt wie eine auf den Boden gefallene Melone.

»Wenigstens ist es jetzt vorbei!« Daniela atmete auf, und zuckte im nächsten Augenblick zusammen, als das Klirren zerspringenden Glases erklang. »Komm, lass uns nachschauen!«

13

Daniela und Urban folgten dem Geräusch und stürmten in die Höhle, aus der der Krach herausdrang. Es war diejenige, in die sie vorher kurz hineingeschaut hatten. Nun sahen sie, wie Nummer Eins und zwei weitere Affenschlangen die Glasbehälter mit Hämmern und Stangen zerschlugen. Die kleinen Affenschlangen, die darin herangewachsen waren, wälzten sich noch einige Augenblicke in den Scherben, erstarrten dann und schrumpften zu abstoßenden Klumpen.

Nummer Eins drehte den Hals so, dass ihr Gesicht über ihrem Rücken Daniela angrinste. »Sie sind böse! Die Macht der Hexe steckt in ihnen. Es ist besser, wenn sie krepieren.«

Daniela wollte sie aufhalten, doch als sie in die giftig glitzernden Augen eines der Jungen schaute, schreckte sie vor der Bosheit in ihnen zurück und ließ Nummer Eins und ihre Freundinnen gewähren.

Urban betrachtete die bizarren Geschöpfe, und stupste Daniela an. »Was machen wir mit ihnen? Nach oben können wir sie nicht mitnehmen.«

»Wer seid ihr, und wo kommt ihr her?«, fragte Daniela Nummer Eins.

Die Affenschlange zuckte hilflos mit den Achseln. »Unser Meister hat uns geschaffen. Später hat die Hexe ihn umgebracht und uns gezwungen, ihr zu dienen. Jetzt hast du die Hexe getötet und bist damit unsere neue Herrin.«

Auf Danielas Fragen nach diesem Meister wusste die Affenschlange nicht viel zu berichten. Sie konnte nicht einmal sagen, ob dieser in Wien gelebt hatte, oder ob sie anderswo entstanden waren. Schließlich sahen Daniela und Urban ein, dass sie die intellektuellen Fähigkeiten von Nummer Eins nicht überstrapazieren sollten.

Urban seufzte enttäuscht. »Wie es aussieht, wird die Herkunft dieses Magiers und der Entarteten für immer ein Rätsel bleiben. Vielleicht ist es besser so, sonst könnten wir in Dinge verwickelt werden, die uns unnötigen Ärger bescheren.«

»Darauf lege ich auch keinen Wert. Und was die Affenschlangen betrifft: Die können hier unten gut leben. Wir müssen nur dafür sorgen, dass sie genug zu essen haben und beschäftigt werden, damit sie keinen Unsinn machen.«

»Und wie stellst du dir das vor?«

Daniela lacht vergnügt. »Sie könnten diese Höhlen zu einem hübschen Clublokal ausbauen und uns bei den Treffen bedienen.«

»Wir bauen gerne und bedienen auch gerne!« Nummer Eins nickte jetzt so heftig mit ihrem Schlangenkopf, dass Daniela befürchtete, er würde sich samt dem langen Hals vom Körper lösen. Es war für sie immer noch ungewohnt, ein Wesen zu sehen, das so wirkte, als hätte es jemand aus einer Schimpansin und einer Würgeschlange zusammengesetzt. Wer auch immer der Erzeuger dieser Geschöpfe sein mochte, hatte einen sehr skurrilen Humor besessen.

»Dann soll es so sein!« Daniela lächelte erst Urban und dann Nummer Eins zu, und zeigte dann auf die in den Scherben liegenden Kadaver der Nachzucht. »Das räumt ihr aber rasch weg, verstanden?«

Nummer Eins nickte erneut und machte sich daran, auch noch die letzten Glasbehälter zu zerschlagen. Daniela schüttelte es bei der Ausstrahlung, die dabei frei wurde und wie Brechreiz erzeugender Gestank auf sie eindrang. Das Gleiche hatte sie schon in der Nähe des Clublokals empfunden. Schnell drehte sie sich um und kehrte in die Thronhöhle zurück. Dort hatten sich inzwischen die überlebenden Vampire versammelt und ließen sich von einigen Affenschlangen medizinisch vorsorgen.

»Wie du siehst, sind die Wesen ganz nützlich«, meinte Daniela zu Urban.

Der nickte widerwillig. »Ich werde mich an sie gewöhnen müssen. Wenn ich recht gesehen habe, handelt es sich nur um Weibchen, und damit wird sich dieses Problem im Lauf der Zeit auf natürliche Weise lösen.«

Eine der Affenschlange kam auf Daniela zu und neigte den Kopf so tief, dass der Kopf beinahe auf der Erde schleifte.

»Der andere Gefangene wird bald wach werden, Erhabene. Was sollen wir mit ihm tun?«

»Prallinger? Den hätte ich fast vergessen.« Daniela schlug sich mit der flachen Hand gegen die Stirn. »Umbringen können wir ihn schlecht, aber diese Räume sollte er nicht zu Gesicht bekommen. Komm mit, Urban! Wir lassen ihn in euer altes Clublokal schaffen. Dort wird uns schon eine Erklärung für ihn einfallen.«

14

Bis auf Dilia, die zwischen Leben und Tod schwebte, erholten sich die anderen Vampire mithilfe von Moniques Blutkonserven innerhalb kürzester Zeit. Als Daniela begriff, wie krank ihre Freundin war, verdonnerte sie Cynthia und zwei weitere Frauen dazu, sich um Dilia zu kümmern. Dann führte sie Urban und vier Affenschlangen, die den noch immer bewusstlosen Bezirksinspektor trugen, durch das Ganggewirr zum Clubkeller der Vampire hoch. Sie mussten sich beeilen, denn der magische Schlaf, in den Prallinger gefallen war, löste sich nach Moniques Tod rasch auf.

Sie konnten den Mann gerade noch auf eines der Sofas im Clublokal betten und die Affenschlangen hinausscheuchen, da öffnete er die Augen und stieß einen gellenden Schrei aus.

Daniela hielt ihn nieder, als er sich aufbäumen wollte, und redete beruhigend auf ihn ein. »Es ist alles in Ordnung, Herr Bezirksinspektor. Wir haben Sie gefunden und hierhergebracht.«

»Gefunden?« Der Kriminalpolizist starrte sie mit großen Augen an. »Wo bin ich und wie komme ich hierher?«

»Das ist unser Clublokal. Urban, ich meine, Herr Lassky wollte mir ein paar der alten Keller in der Nähe zeigen, und da sind wir auf Sie gestoßen. Sie waren bewusstlos, und da haben wir Sie erst einmal hierhergetragen. Sie sind ganz schön schwer, muss ich sagen.« Daniela musste sich dabei ein Lachen verbeißen, denn das Gesicht des Bezirksinspektors war zu köstlich.

»Aber ich … ich habe ganz seltsame Gestalten gesehen – Affen mit Schlangenhälsen«, stieß Prallinger hervor.

»Jetzt wollen Sie uns wohl auf den Arm nehmen, Herr Bezirksinspektor. So etwas gibt es doch gar nicht.«

»Ausdünstungen«, wandte Urban ein.

»Was?«

»Das waren wahrscheinlich die Ausdünstungen der untersten Keller. Ich hatte dich doch vorhin davor gewarnt. Dort unten bilden sich Grubengase. Wenn man die einatmet, bekommt man Halluzinationen und wird dann bewusstlos. Hätten wir den Herrn Bezirksinspektor nicht gefunden, wäre er dort umgekommen.«

Obwohl er unter dem Tod seiner besten Freunde litt, vermochte Urban sich der Komik dieser Situation nicht ganz entziehen. Zudem war es notwendig, dass Prallinger nichts von dem erfuhr, was dort unten geschehen war. Deshalb ging er auf Danielas Spiel ein und malte dem Kriminaler ein schreckliches Ende an die Wand.

Prallinger fühlte sich durch die Auswirkungen der magischen Beeinflussung zum Erbrechen elend und war im Grunde nur froh, wieder unter Menschen zu sein, auch wenn es sich dabei um Lassky und dessen Hausdame handelte, die er als Drogendealer oder zumindest als Konsumenten verbotener Substanzen verdächtigte.

»Wenn Sie nichts dagegen haben, schaffen Daniela und ich Sie nach oben und rufen einen Krankenwagen. Hier bekommen wir mit unseren Handys keine Verbindung«, schlug Urban vor.

Daniela fiel auf, dass er sie mit ihrem richtigen Vornamen angeredet hatte und nicht mit Fräulein Dany, und lächelte ihm dankbar zu. »Ich glaube, es ist wirklich das Beste, wenn wir den Herrn Bezirksinspektor an die frische Luft schaffen. So tief unter der Erde wird auch mir ein bisserl schummrig.«

»Dann nichts wie weg hier!« Urban schob seinen Arm unter Prallingers Achsel und half ihm auf die Beine.

»Meine Ausrüstung!« Jetzt erst erinnerte Prallinger sich an all die Sachen, die er mitgeschleppt hatte.

»Die haben wir leider zurücklassen müssen. Sie waren allein schon schwer genug«, antwortete Daniela freundlich.

»Ich muss sie holen! Das Zeug darf keinem anderen in die Hände fallen. Es ist eine Maschinenpistole dabei! Da könnte wer weiß was passieren.«

»Sie holen jetzt überhaupt nichts, sondern kommen erst einmal in die Klinik. Um Ihre Sachen kümmern wir uns. Sollen wir sie zu Ihnen ins Krankenhaus bringen?« Urban gelang es, Prallinger so weit zu beruhigen, dass dieser sich von ihnen helfen ließ. Seine Ausrüstung brannte ihm aber trotzdem auf der Seele. »Können Sie die Sachen aufheben, bis ich sie abholen kann?«

»Freilich! Sie kriegen alles so, wie es war. Ich werde keine einzige Patrone verschießen.«

Trotz seiner Kopfschmerzen verzog Prallinger sein Gesicht zu einem Grinsen. »Ihnen ist ein Pinsel halt lieber wie eine Maschinenpistole. Aber passen Sie trotzdem gut darauf auf.«

»Verspreche ich Ihnen!« Urban wechselte einen kurzen Blick mit Daniela und zwinkerte ihr zu. Wenn es um ein Wettschießen ging, glaubte er, würden sie beide besser treffen als der Kriminalbeamte. Anders hätten sie die Supervampirin auch nicht besiegen können.

15

Einige Wochen später hatten die Vampire die Nachwirkungen des Kampfes mit Monique überwunden. Auch Dilia war so weit auf den Beinen, dass sie an dem Essen teilnehmen konnte, zu dem Urban in sein Palais eingeladen hatte. Für sie war es schmerzlich, an Andrea und all ihre Freunde zu denken, die Monique zum Opfer gefallen waren. Auch die anderen Vampire schauderte es, als sie sich als erste Gäste bei Urban einfanden und ihnen die Lücken in ihren Reihen wieder stärker bewusst wurden. Erst als der Maler ihnen klar machte, dass sie nicht nur Grund zur Trauer hatten, sondern wohl mindestens ebenso sehr zur Freude, weil sie einen entarteten Vampir besiegt hatten, der eine Gefahr für die ganze Stadt dargestellt hätte, hellten sich die Gesichter auf.

Lieserl war inzwischen aus dem Waldviertel zurückgeholt und damit beruhigt worden, dass sich alles als falscher Alarm erwiesen hätte. Diesmal hatte sie sich beim Kochen selbst übertroffen, denn auch die Vampire, die sonst eher wenig aßen, griffen beherzt zu, während die andere Gäste versuchten, die Unterhaltung in Schwung zu halten.

Vor allem Frau Kraska sorgte für eine angeregte Stimmung. Die antiquierte Dame hatte sich mit ein paar ererbten Schmuckstücken behängt, die noch älter waren als sie selbst, und glänzte vor Freude, denn Urban hatte sich eben bereit erklärt, noch in dieser Woche mit ihrem Bild zu beginnen.

»Das Portrait von dem Heglinger werden Sie ja wohl nicht mehr fertig bringen. Der ist vor einiger Zeit tot in seinem Bett gefunden worden – mit einem Schädel, der ausgeschaut hat, als wär ihm das Gehirn geplatzt. Es muss ein Anblick gewesen ein, sage ich Ihnen! Mir wär schlecht dabei geworden.«

»Mir wird schlecht, wenn Sie weiter so daher reden«, wies Dilia sie zurecht.

Da Frau Kraska aussah, als wolle sie sich nicht bremsen lassen, griff Urban ein. »Gnädige Frau, darf ich Sie darauf aufmerksam machen, dass wir beim Essen sind. Nicht jeder besitzt so einen eisernen Magen wie Sie.«

»Sagen Sie das nicht. Mein Magen, sage ich Ihnen, der ist ganz nervös. Also ich habe mit meinem Arzt geredet, der sagt …«

Urban und die übrigen Gäste stellten ihre Ohren auf Durchzug und widmeten sich dem ausgezeichneten Tafelspitz, den Lieserl hingezaubert hatte.

Bezirksinspektor Prallinger, der samt Gattin eingeladen worden war, hatte sich zunächst durch die hochrangigen Gäste eingeschüchtert gefühlt. Nun aber, da es um eine Sache ging, über die er Bescheid wusste, räusperte er sich und begann etwas langatmig zu erklären. »Wir von der Kriminalpolizei glauben an einen Racheakt. Es ist nämlich bekannt geworden, dass Heglinger und einige seiner Geschäftsfreunde in absolut üble Sachen verstrickt waren. Da ging es um Millionen – ach, was sage ich! – um Milliarden, die sie mit windigen Geschäftsabschlüssen ergaunert haben. Übrigens hat es mehrere dieser Leute genauso erwischt wie Heglinger, und alle in der gleichen Nacht!«

Daniela und Urban wechselten einen kurzen Blick. Heglinger war sicher ein harter Geschäftsmann gewesen, doch zu den üblen Taten hatte erst Monique ihn getrieben. Seinem Ende nach war er ebenso wie Mischka und Terenci von ihr zum Sklaven gemacht worden und hatte ihren Tod nicht überlebt. Sie besaßen beide genug Fantasie, um sich vorstellen zu können, was Monique noch alles hätte anrichten können, wenn sie nicht aufgehalten worden wäre. Doch das war etwas, über das sie nur dann sprechen konnten, wenn sie unter sich waren.

An diesem Abend aber galt es, ihre Gäste zu bewirten. Danach wollten sie im Kreis der Wiener Vampire der toten Freunde gedenken und das eigene Überleben feiern.

Unterdessen nahm Frau Kraska den Gesprächsfaden wieder auf. »Den Mord an Heglinger wird die Kriminalpolizei wahrscheinlich ebenso wenig aufklären können wie die Sache mit diesen Mumienleichen.«

»Ist wieder eine aufgetaucht?«, fragte Daniela scheinbar erschrocken.

Prallinger winkte ab. »Gott sei Dank nicht! An der Front herrscht seit Wochen eine Ruhe. Wenn nicht noch ein Wunder geschieht, werden wir diesen Fall als ungelöstes Rätsel zu den Akten legen müssen. Aber solange es keine dieser Leichen mehr gibt, kann ich mit diesem Geheimnis gut leben.«

»Hoffen wir, dass es zu Ende ist.« Daniela musste daran denken, wie ihr im Keller ihrer alten Wohnung jene Mumienleiche entgegen geflogen war, und sie glaubte noch einmal Moniques Lachen zu hören.

Sie schüttelte die trüben Gedanken rasch wieder ab und hob ihr Glas. »Trinken wir auf uns und darauf, dass Urban weitere herrliche Bilder malen wird.«

»Zum Wohl!« Frau Kraska trank und blickte dann Urban fragend an. »Was ist eigentlich mit dem Bild dieser – äh, wie hieß sie gleich wieder? Ach ja, Monique Prestl! – geworden?«

»Das liegt inzwischen in einer großen New Yorker Galerie zum Verkauf aus.« Urbans Stimme verriet nicht, welche Gefühle ihn bei diesem Thema noch immer beherrschten.

Er hätte das Bild am liebsten zerschnitten und im Kamin verheizt, doch Daniela hatte ihn davon abgehalten und ihn dazu gebracht, es fertig zu stellen. Das Geld, das es einbringen würde, wollten sie dafür verwenden, jene Vampire zu entschädigen, die durch Moniques Umtriebe am meisten gelitten hatten. Sein Blick streifte Dilia, die blass und schmal auf ihrem Platz saß, aber den Verlust ihrer langjährigen Geliebten allmählich zu überwinden begann. Sie wollte den Modesalon nicht weiterführen, da sie alles in den Räumen an Andrea Lupacani erinnerte. Ihr Ziel war es, eine Konditorei zu kaufen und diese zusammen mit Cynthia zu führen. Ob zwischen den beiden Frauen mehr entstehen würde, konnte Urban nicht einschätzen, aber er hoffte es.

Daniela wurde nun von ihrer Freundin Anita in Beschlag genommen. Diese hatte sich zunächst riesig über die Einladung gefreut, blickte jetzt aber sichtlich eingeschüchtert auf die Pracht, die das feudale Palais ausstrahlte. Ein wenig beneidete sie ihre Freundin, die es so gut getroffen hatte, während sie selbst zu kämpfen hatte, um über die Runden zu kommen.

»Du, Daniela, könntest du mir vielleicht helfen?«, fragte sie so leise, dass die anderen es nicht hören konnten.

»Wenn es in meiner Macht liegt, gern«, gab Daniela zurück.

»Weißt du vielleicht einen Job für mich? Mein Vater ist arbeitslos geworden und daher haben meine Eltern nicht mehr das Geld, mich zu unterstützen. Ich habe in den letzten Wochen einige Aushilfsjobs gemacht und bin jetzt in der Animierbar gelandet, in der du kurzfristig gearbeitet hast.« Anita schnupfte die Tränen auf, die ihr dabei kamen, denn der Umgang mit den betrunkenen Gästen, die glaubten, in einem Bordell zu sein, war nicht gerade angenehm.

Daniela lehnte sich zurück und überlegte. Dann streifte sie Urban mit einem raschen Blick und machte ihn auf sich aufmerksam. »Hast du was dagegen, wenn ich die Anita als unsere neue Hausdame einstelle?«

»Aber das ist doch dein Job!«, platzte ihre Freundin heraus.

»Vielleicht nicht mehr lange. Weißt du, Urban und ich haben überlegt, länger zusammenzubleiben. Dann muss ich andere Aufgaben übernehmen, und es wäre schön, wenn ich jemand hätte, auf den ich mich verlassen kann. Das Fräulein Lieserl hast du ja schon kennengelernt, und ich glaube, du kommst auch gut mit ihr aus.«

Während Anita noch mit offenem Mund dasaß und nicht wusste, was sie sagen sollte, stand Dilia auf und umarmte erst Daniela und dann Urban. »Ihr wollt zusammenbleiben? Das ist das Schönste, was ich in den letzten Jahren gehört habe.«

»Ich gratuliere auch recht herzlich!« Frau Kraska schenkte Daniela einen wohlwollenden Blick, denn sie hatte nicht vergessen, dass die junge Frau Urban Lassky dazu gebracht hatte, sie zu malen. Auch die übrigen Gäste sprachen ihre Glückwünsche aus. Cynthia weinte vor Freude, als sie auf Daniela zutrat. »Jetzt wird alles gut!«, flüsterte sie.

Danielas Mundwinkel zuckten vor unterdrückter Heiterkeit. »Das will ich hoffen!« Dann sah sie Urban an. »Ich hoffe, ich habe dich mit dieser Ankündigung nicht überfahren?«

»Ganz und gar nicht. Weißt du, allmählich komme ich in das Alter, in dem man die helfende Hand zu schätzen weiß, die einem die Rheumasalbe auf den Rücken schmiert!« Er grinste dabei so anzüglich, dass Daniela schallend zu lachen begann.

16

Einige Stunden später, als die Gäste wieder gegangen waren und sie sich allein im Atelier befanden, schenkte Urban zwei Blutcocktails ein und stieß mit Daniela an.

»Auf uns! Und auf dich als unsere jüngste Vampirin!«

»Auf die Freunde, die noch leben, und die, deren Tod wir bedauern!«, antwortete Daniela und trank das für sie noch recht ungewohnte Getränk. Sie war froh, dass Urban das Blut mit anderen Zusätzen versetzt hatte, denn pur brachte sie es nur dann über die Lippen, wenn sie stark ausgehungert war.

»War ich schon vorher eine Vampirin oder bin ich es erst durch euch geworden?«, fragte sie sinnend.

»Die Anlagen dazu hattest du bereits. Dilia hat dich im ersten Augenblick für eine Vampirin gehalten, war sich dann aber nicht sicher. Moniques Kräfte hatten ihre Spürsinne schon zu stark beeinträchtigt. Auf jeden Fall warst du unser großes Glück, denn genau wie Dilia besitzt du eine natürliche Resistenz gegen die magische Beeinflussung durch einen anderen Vampir. Ihr konntet diese Gabe sogar ein wenig auf Andrea und mich übertragen, sodass es uns im entscheidenden Moment gelungen ist, uns Moniques Einfluss zu entziehen und das Richtige zu tun. Ich für meinen Fall bin dir dafür mehr als dankbar! Das allein wäre schon ein Grund für mich, mit dir zusammenzubleiben. Aber auch ohne dies bist du genau die Frau, mit der ich die nächsten Jahrhunderte überleben will.«

»Und das in deinem fortgeschrittenen Alter!«, spöttelte Daniela.

Urban grinste nur und wies auf eine Staffelei, die mit jungfräulich weißer Leinwand bespannt war, und einen Skizzenblock, der daneben lag.

»Ich würde dich gerne malen. Und dieses Bild werde ich nicht verkaufen!«

»Nur in Zeiten der Not, wenn uns nichts anderes übrig bleibt«, antwortete Daniela und begann sich auszuziehen.

Urban sah ihr zu und fand, dass sie die gleiche erotische Faszination wie Monique ausstrahlte. Aber sie hatte eine bessere Haltung und wirkte viel natürlicher als die Entartete. Für einen Augenblick überlegte er, ob er Stift und Skizzenblock erst einmal liegen lassen und andere Dinge tun sollte. Dann dachte er an Monique, die ihn genau dazu verführt hatte, und zog den ersten Strich. Immerhin hatten Daniela und er alle Zeit der Welt für sich.

ENDE

SEI UNSER
HELD!
PIPER FANTASY
Gleich mitmachen und die magische
Welt der Piper Fantasy erleben! Neugierig?
Dann auf zu www.piper-fantasy.de!
Piper-Fantasy.de
PIPER

Karen Chance

Untot mit Biss

Roman. Aus dem Amerikanischen von Andreas Brandhorst. 400 Seiten. Piper Taschenbuch

Cassandra Palmer kennt die Toten und Untoten besser, als einer jungen Frau lieb sein kann. Da Cassie in die Zukunft sehen und mit Geistern sprechen kann, sind die übernatürlichen Geschöpfe ihr seit jeher auf der Spur. Während die Toten nur nerven – sie reden einfach zu viel –, stellen die Untoten eine echte Gefahr da. Als Cassie von einem Blutsauger aufgespürt wird, der mit ihr noch eine Rechnung offen hat, muss sie den mächtigen Vampirsenat um Schutz bitten. Und dafür muss Cassie sich ausgerechnet mit einem äußerst attraktiven Vampir verbünden …

»Dieses Buch und seine toughe, sexy Heldin lassen dich nicht mehr los.«

Patricia Briggs

05/2309/02/L

Karen Chance

Hinreißend untot

Aus dem Amerikanischen von Andreas Brandhorst. 432 Seiten. Piper Taschenbuch

Dass Cassandra Palmer einmal froh sein würde, einen Vampir zum Freund zu haben, hätte sie sich niemals träumen lassen. Doch seit sie den Titel der Pythia, der mächtigsten Seherin der Welt, erworben hat, sind alle potenziellen Verehrer auffällig auf Distanz zu ihr gegangen. Das mag daran liegen, dass sie über schier unendliche Macht verfügt – ein Umstand, der nicht allen ihren magischen Zeitgenossen gefällt. Immerhin ist der Vampir, der als Einziger Cassandras Nähe sucht, ein ungeheuer attraktiver Vertreter seiner Art. Cassandra beschließt, ihre neue Macht zu nutzen, um den unerklärlichen Ereignissen auf den Grund zu gehen. Doch manchmal kommt man mit viel Gefühl weiter als mit dunklen Kräften …

05/2493/01/R

Karen Chance

Für immer untot

Aus dem Amerikanischen von Andreas Brandhorst. 464 Seiten. Piper Taschenbuch

Cassie Palmer, die toughe und sexy Seherin, und Mircea, der Meistervampir, sind durch einen Bann aneinander gefesselt – sehr zum Missfallen Cassies. Die Lösung ihres Problems: ein Zauberspruch aus einem alten Grimoire, dem Codex Merlini. Der ist allerdings in der Vergangenheit verschollen. Für eine Seherin, die durch Raum und Zeit reisen kann, sollte dies kein Hindernis sein. Doch die Suche verläuft anders als geplant, und Cassie stellt fest, dass nicht nur ihre Freiheit, sondern das Gefüge der ganzen Welt auf dem Spiel steht.

05/2494/01/L

Karen Chance

Unwiderstehlich untot

Aus dem Amerikanischen von Andreas Brandhorst. 496 Seiten. Piper Taschenbuch

Bissig und unwiderstehlich – der neue Bestseller von Karen Chance! Cassie Palmer ist nicht nur äußerst attraktiv, sie hat auch mehr Feinde, als sie zählen kann. Vampire und Magier sind noch das kleinste Übel. Einzig der Vampirsenat unterstützt Cassie, doch der verlangt einen hohen Preis: Sie soll sich endlich auf den verführerischen Meistervampir Mircea einlassen. Und dann heftet sich auch noch der Gott Apollo an ihre Fersen. Um sich – und, nicht zu vergessen, die ganze Welt – zu retten, muss sich Cassie ein für alle Mal ihrem Schöpfer stellen. Der heiße Abschlussband der Serie um Cassie Palmer!

05/2495/01/R